Britta & Christian
Habekost

Weingarten Grab

Ein Elwenfels-Krimi

PIPER

Mehr über unsere Autoren und Bücher:
www.piper.de

Wenn Ihnen dieser Krimi gefallen hat, schreiben Sie uns unter Nennung des Titels »Weingartengrab« an *empfehlungen@piper.de*, und wir empfehlen Ihnen gerne vergleichbare Bücher.

Von Britta und Christian Habekost liegen im Piper Verlag vor:
Elwenfels-Krimis
Band 1: Rebenopfer
Band 2: Winzerfluch
Band 3: Rieslingmord
Band 4: Weingartengrab

Von Christian Habekost liegt im Piper Verlag vor:
Gebrauchsanweisung für die Pfalz

FSC
www.fsc.org
MIX
Papier aus verantwortungsvollen Quellen
FSC® C083411

Originalausgabe
ISBN 978-3-492-31584-5
1. Auflage Mai 2021
3. Auflage Mai 2021

Umschlaggestaltung: FAVORITBUERO, München
Umschlagabbildung: SilkenOne / Getty Images und Motive von Shutterstock.com
Karte: Tino Latzko
Satz: Satz für Satz, Wangen im Allgäu
Gesetzt aus der Scala
Druck und Bindung: CPI books GmbH, Leck
Printed in the EU

Achtung / Owacht

Personen und Handlung sind frei erfunden.
Das Dorf Elwenfels gibt es in (dieser) Wirklichkeit nicht.
Ähnlichkeiten mit pfälzischen Lebendigkeiten,
Mentalitäten, existierenden Orten und Persönlichkeiten
waren allerdings nicht zu vermeiden.

zum Wingert
Gehege
12
10
Parkplatz
9
Elwenfels
1 Rathaus
2 Ottos Werkstatt
3 Alberts Haus
4 Cordulas Laden
5 Weinstube
6 Bäckerei Zippel
7 Arztpraxis
8 Sofies Haus
9 Weingut
10 Anthonys Haus
11 Willis Sägewerk
12 Annas Haus

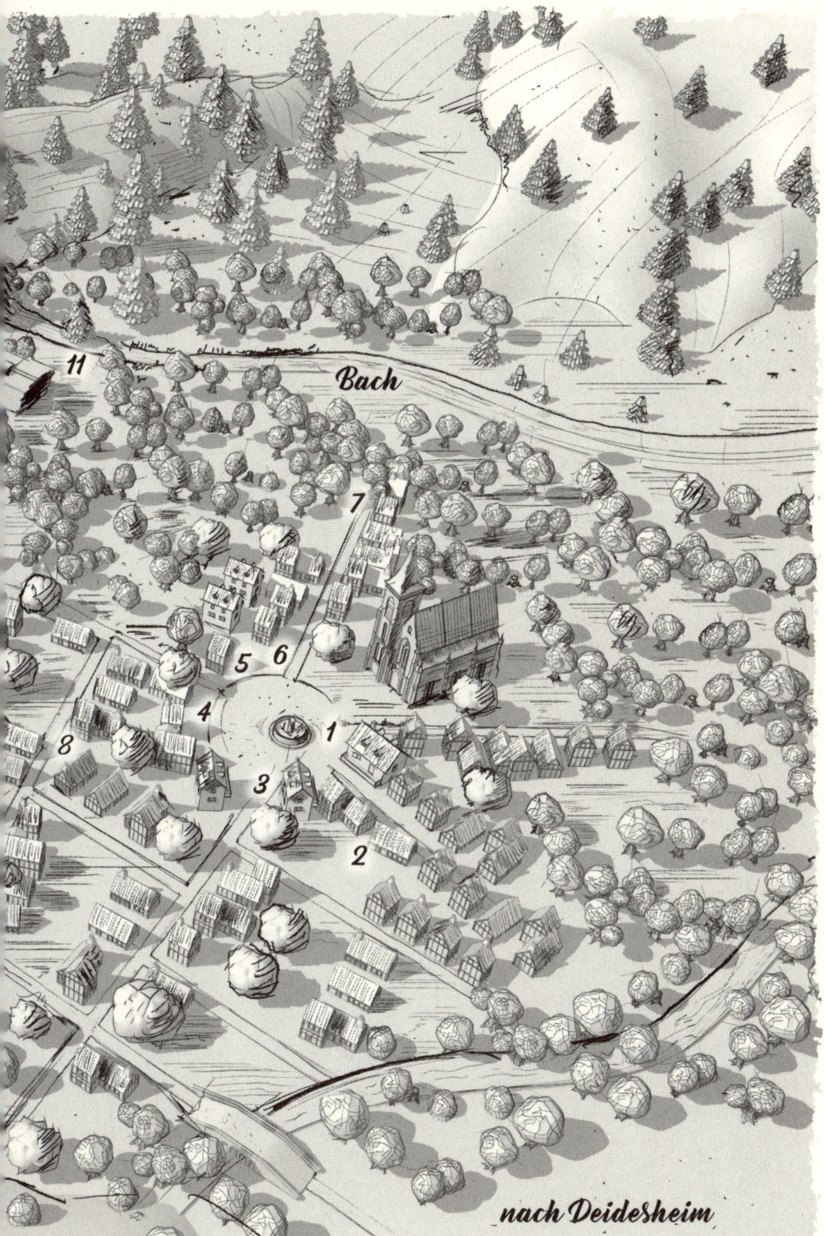
Bach
11
7
5
6
4
1
8
3
2
nach Deidesheim

Prolog

8. August 1939

Heute sind wir also endlich in dem kleinen Dorf angekommen, diesem Elwenfels. Drei Tage haben wir mit dem Zug von Berlin aus gebraucht, und ich habe zum ersten Mal ein Gefühl dafür bekommen, wie groß Deutschland ist. Nicht groß genug, findet Bruno, aber er hat gut reden. Er ist schließlich schon herumgekommen auf seinen Reisen mit Papa, und ich erlebe gerade zum allerersten Mal, wie es außerhalb der Reichshauptstadt zugeht. Vor einer Woche haben wir meinen Geburtstag gefeiert. Und mit meinen neunzehn Jahren wird es Zeit, dass ich endlich ein bisschen mehr als nur die Berliner Luft schnuppere. Bruno schaute die ganze Zeit gelangweilt aus dem Zugfenster, aber ich fand es erquickend zu sehen, wie sich die Landschaft veränderte, je weiter wir in den Süden kamen. In Landau stiegen wir aus dem Zug und fuhren über die Weinstraße ein Stück mit dem Omnibus weiter. Man möchte meinen, in einer wahren Bilderbuch-Idylle gelandet zu sein. Die gedrungenen Sandsteinhäuser und prächtigen Weingüter in den Dörfern sind von hellgrünem Laub umrankt, und auf den Gassen spielen Kinder barfuß. Ringsum Weinberge und eine bewaldete Hügelkette. Welch ein Unterschied zu Berlin, wo man nichts als Häuser vor den Augen hat! Ich freue mich so sehr, einmal etwas anderes kennenzulernen, dass mir diese niedliche Landschaft wie das reinste Abenteuer vorkommt. Aber wenn ich dann Bruno ansehe und seine ernste, grübelnde Miene, werde ich wieder daran erinnert, was der Grund für unser Hiersein ist. Ich erscheine ihm gewiss unglaublich naiv, und er hätte wohl lieber einen seiner Freunde mitgenommen. Aber Papa hat darauf bestanden, dass ich es bin, die ihn begleitet, damit von unserem Vorhaben niemand außerhalb der Familie erfährt. Es wäre auch zu gefährlich, wenn Nichteingeweihte etwas davon erführen. Ich komme mir vor wie in einem dieser Abenteuerbücher, aus denen Bruno mir früher immer vorgelesen hat.

In Deidesheim stiegen wir aus dem Bus und wussten erst einmal nicht weiter. Wir waren nicht sicher, wo dieses Elwenfels genau liegt. Oder ob es überhaupt Elwenfels heißt, denn in dem uralten Dokument, das sicher verwahrt bei Papa im Tresor liegt, kann man die Buchstaben so schwer entziffern, dass es genauso gut auch Eiwel- oder Erfenfels heißen könnte.

Wir fragten ein paar Leute auf der Straße nach dem Dorf, aber niemand schien den Ort zu kennen. Liegt es vielleicht daran, dass sie hier ein sehr seltsames Deutsch sprechen und uns nicht recht verstehen? Oder wir sie nicht? Auf einmal wusste ich, wie sich Forschungsreisende gefühlt haben müssen, wenn sie auf einer entlegenen Insel landen und zum ersten Mal in Kontakt mit den Ureinwohnern treten.

Zum ersten Mal kamen mir Zweifel an unserem Vorhaben. Was, wenn der Ort gar nicht existiert oder Papa das alte Schriftstück falsch interpretiert hat? Zum Glück fuhr ein Traktor vorbei, und der Fahrer war so liebenswürdig, uns mitzunehmen. Ein kauziger alter Mann mit Strohhut, der uns in einem merkwürdigen Kauderwelsch, aber mit unmissverständlicher Handbewegung dazu aufforderte, auf dem Anhänger Platz zu nehmen. Er kutschierte uns ohne großes Aufheben nach Elwenfels, das gar nicht weit entfernt lag. Es bereitete mir ein wenig Kopfzerbrechen, dass niemand in Deidesheim von dem Ort Kenntnis hatte. Es wird immer geheimnisvoller. Auf dem Weg durch die Weinberge fragte der alte Mann über die Schulter: »Un was suchen die junge Berliner bei uns in Elwenfels?«

Ein Schreck durchfuhr mich, was vielleicht auch an den unnatürlich blauen Augen des Alten lag. Solche Augen habe ich noch nie bei einem Menschen gesehen.

»Wie kommen Sie darauf, dass wir etwas suchen?«, erwiderte Bruno forsch.

Der alte Mann wiegte lächelnd den Kopf und sagte etwas, das mir eine Gänsehaut verursachte, weil es wie eine Prophezeiung klang. »Jeder, wo ebbes sucht ... richtig sucht, kummt irgendwann nach Elwefels!«

Wir fuhren ein Stück durch einen dichten Wald, und langsam ließ Bruno seine stoische Ruhe fallen und sah sich erwartungsvoll nach allen Seiten um. Als es immer dunkler unter den Bäumen wurde und eine verwitterte Steinbrücke auftauchte, die über einen Bach führte, griff Bruno nach meiner Hand und warf mir einen vielsagenden Blick zu. Meine Spannung stieg schlagartig an. Ich weiß, was in Brunos Kopf vor sich geht. Dieser Ort ist so versteckt vor der Welt, so tief eingebettet in diesem dichten Wald, dass er einfach perfekt ist für das, was wir hier vermuten. Ja, es kann nicht anders sein.

Der alte Traktorfahrer ließ uns in der Mitte des Ortes absteigen. Über dem Dorfplatz lag eine tiefe Stille, so als wäre der Ort von allen Menschenseelen verlassen. Nur ein Brunnen plätscherte, und ein paar Tauben gurrten auf dem Kirchendach. Der alte Mann wies auf ein Tor, das in einen Hof führte, der ganz von Weinranken eingewachsen war. Dahinter schien ein Gasthaus zu liegen. Wir bedankten uns, luden unser Gepäck ab und betraten den Hof.

Bruno ging voran, und ich war froh, mich hinter dem Rücken meines großen Bruders verstecken zu können und damit auch meine Scheu. Er stieß die Tür auf, und vor uns lag der Gastraum, der allerdings so dunkel war, dass ich fast nicht die Hand vor Augen sah. Dann erkannte ich einen großen Tisch, an dem einige Leute saßen, und eine hölzerne Theke, an der eine Frau stand und Kartoffeln schälte. Die Leute schauten von ihren Gläsern auf und musterten uns reglos. Brunos rechter Arm schnellte nach oben, und er grüßte laut. Doch statt den deutschen Gruß zu erwidern, schallte uns nur ein dumpfes Gemurmel und ein merkwürdiger Singsang aus einsilbigen Lauten entgegen.

Das Licht fiel schummrig durch die von außen halb zugewachsenen Fenster und beleuchtete eine Szenerie, die mir völlig fremd war, obwohl es auch in Berlin Menschen gibt, die mitten am Tag in Kneipen sitzen und Bier trinken. Hier tranken sie Wein aus seltsamen Gläsern, eher Kelchen mit dicken, grün geriffelten Stielen, die in den großen Händen mancher Trinker fast verschwanden. Fast hätte man meinen können, diesen Leuten wären ihre eigenen Gläser zu klein geraten und sie warteten nur darauf, dass jemand eine andere Form von Behältnis erfand, die besser zu ihren Pranken und ihrem Durst passte. Bruno stellte uns sogleich auf seine unnachahmlich selbstbewusste Weise vor und fragte, ob man in diesem Dorf ein Zimmer mieten könnte. Die Leute am Tisch wechselten einen unentschlossenen Blick mit der alten Frau hinter der Theke.

»Ja, un was wollen ihr do bei uns in Elwefels?«, fragte ein Mann mit seltsamem Singsang in der Stimme.

»Wir wollen ein Buch schreiben über die deutschen Waldvögel«, antwortete ich mit einem ungezwungenen Lächeln, so wie ich es zu Hause vor dem Spiegel geübt hatte. »Und außerdem interessieren wir uns für die Kelten. Wir haben gehört, dass es hier im Wald keltische Kultstätten zu besichtigen gibt.«

»Ah. Im Wald also«, sagte einer, und das klang nicht gerade begeistert.

Alle, die am Tisch saßen, sahen abweisend und verschlossen aus.

Ich glaubte schon, man würde uns bescheiden, dass es für uns hier keine Unterkunft gab, aber dann winkte uns die alte Frau hinter der Theke zu sich, und kurz darauf wurden wir in den ersten Stock der Gastwirtschaft geführt, wo sich ein Gästezimmer befand. In einem Doppelbett lagen geblümte Decken und Kissen. Das Fenster zeigte auf den Wald hinaus, der gleich bei einem schmalen Weg hinter dem Haus begann.

Als er den Weg erblickte, drückte Bruno mir einen stürmischen Kuss auf die Wange und packte meine Hand. »Greta, Schwesterchen, kannst du es fühlen? Hier ist es! In diesem Dorf liegt das Geheimnis, die Erlösung, nach der sich dieses Land so sehnt, ohne es zu wissen! Hier wird die deutsche Geschichte neu geschrieben!«

Ich war mir in diesem Moment nicht mehr so sicher. Hier, in diesem stillen Puppenstuben-Dorf, sollte das unfassbare Mysterium schlummern, dem Papa seit so vielen Jahren auf der Spur ist und das wir nun für ihn finden sollen, weil er selbst zu krank ist für ein weiteres Erkundungsabenteuer?

»Findest du nicht, dass diese Leute hier sehr abweisend sind?«, fragte ich unsicher.

»Ach was, so sind die Leutchen in der Provinz nun mal!«, war Bruno überzeugt. »Ein bisschen schüchtern, ein bisschen hinterwäldlerisch. Und noch dazu, wenn zwei so fesche junge Volksgenossen aus Berlin hereinschneien. Du wirst schon sehen, was für Augen die machen, wenn ihr kleines Dorf zum Schauplatz eines nationalen Triumphes wird! Stell dir vor – der Führer auf Besuch in diesem winzigen Kaff. Na, die werden Augen machen!«

»Und wo wollen wir anfangen zu suchen?«, fragte ich.

»Das entscheiden wir morgen. Jetzt ruhen wir uns erst einmal aus und lassen uns die einheimische Küche schmecken.

Ich habe gehört, der pfälzische Riesling soll gar nicht so schlecht sein und bestimmt nicht so abweisend wie die Leute, die ihn trinken.«

Ich nickte und hoffe, dass mein großer Bruder recht hat. Nicht nur in Bezug auf den Riesling.

Kapitel 1

Mit einem schiefen Kirchturm, einem ohnmächtigen Pfarrer und vielleicht sogar einer Leiche nimmt alles seinen Lauf

Carlos blinzelte sich den Staub aus den Augen und hustete in seine Armbeuge. Die Szenerie glich einem Katastrophenfilm. Vor ihm stand wankend ein mit grauem Staub bedeckter Mann, aus einer Kopfwunde sickerte ihm Blut in die Augenbraue. Überall Menschen, die durcheinanderriefen, ein einziger Aufruhr, und in der Luft die Nachwehen des Schocks. Immer wieder alarmierte Blicke hinauf zu dem geneigten Kirchturm, der jeden Moment in sich zusammensinken und auf die angrenzenden Gebäude krachen konnte. Und Pfarrer Karl stand immer noch da wie ein Prophet aus dem Alten Testament und wiederholte mit aufgerissenen Augen seine Botschaft: »Ihr glaubt net, was ich da drin gsehe hab!«, stieß er hervor und wischte sich mit zittrigen Fingern etwas Blut und Steinstaub aus der Braue.

»Ja, was donn?!«, bedrängte Willi ihn ungeduldig. Der Sägewerksbesitzer besaß das angeborene Organ einer Kirchenorgel, aber selbst damit schaffte er es nicht, den erschütterten Pfarrer zum Reden zu bringen.

»Kumm, spuck's halt aus!«, meinte der Arzt des Dorfes, Michael Schaf.

»So wie du aus de Wäsch guckscht, könnt ma grad

meine, dass do drin die Apokalyps mit de Hufe scharrt«, brummte Willi besorgt.

»Schää wär's ...« Karls Stimme kippte, als wäre er einen Marathon gelaufen. »Do drin is ... e Leich.« Dann verlor sich sein Blick irgendwo über ihnen im Himmel. Der Dorfarzt reagierte gerade noch rechtzeitig, um den zu Boden gehenden Pfarrer aufzufangen und behutsam auf dem Kopfsteinpflaster abzulegen. Auf seinem Gesicht lag noch immer ein Ausdruck ungläubigen Erstaunens.

»Hab ich das jetzt richtig verstanden?«, fragte Carlos den Elwenfelser Automechaniker Otto, der neben ihm stand. »Bedeutet *e Leich* das, was ich denke?«

»Es hot jedenfalls nix mit Frösch zu tun«, sagte Otto. »Genauer gesagt bedeutet des sogar, dass du mol wieder zur rechte Zeit am rechte Ort bischt, Großer.«

»Ich hab's doch gewusst!«, krähte ein Elwenfelser aus der Menge. »Solang der Carlos do is, passiert ebbes Schlimmes.«

Charlotte tauchte neben ihm auf und griff nach seiner Hand. Ein Leintuch wirkte gegen ihre Gesichtsfarbe geradezu rosig. »E bissel unheimlich isses aber schon, oder?«, murmelte sie. »Gerade haben wir darüber gesprochen und jetz ...«

»Jetz sieht's grad so aus, wie wenn unser Detektiv aus Hamburg mal wieder sei schicksalsverhaftete Bedeutung für Elwefels unter Beweis stelle muss«, fand Otto, dessen donnerndes Stimmvolumen dem des Sägewerksbesitzers in nichts nachstand, und patschte Carlos so stark auf den Rücken, dass der ein paar Schritte in Richtung Kirchturm taumelte.

»Schluss mit dem Gebabbel!«, rief der Arzt und deutete auf den ohnmächtigen Pfarrer. »Jetz wird hier mal Erste Hilfe geleistet, hopp!«

Kurz darauf lag Karl im Untersuchungszimmer der Arztpraxis. Er war wieder bei Bewusstsein, und ein Pflaster zierte die Stirn. Um seine Liege hatten Doktor Schaf, Willi, Otto und Carlos einen Halbkreis gebildet. »Mann Gottes! Ich hab dir immer gsagt, du sollst net so arg am Glockestrick zerre!«, mahnte Otto. Carlos hatte einmal gesehen, mit welch vollendeter Zärtlichkeit er den Motor eines Oldtimers repariert hatte. Otto besaß also trotz seiner an einen Bären erinnernde Körperfülle durchaus Sinn für motorische Feinheiten.

»Jo genau«, sagte Willi. »Ich hab manchmal gedenkt, so wie du an dem Seil nuff un runner baumelscht, bimmelscht du noch de Heiland persönlich vom Himmel runter.«

»Genau des Gegenteil is passiert«, murmelte Karl. »Die Unterwelt hat sich aufgetan.«

»Vom Glockenläuten bricht doch kein Kirchturm zusammen«, wandte Carlos ein.

»Hast du e Ahnung«, sagte Willi. »Unsere Glocke sin halt net aus Blech.«

»Ganz und gar net. Die sin aus'm 12. Jahrhundert. Un weißt du, was do druffsteht?« Otto guckte Carlos so triumphierend an, als hätte er persönlich die Elwenfelser Glocken gegossen und die Inschrift hineingemeißelt.

Jetzt hob der Pfarrer auf der Liege die Hand. »*Vinum laetificat cor hominis!* Der Wein erfreut des Menschen Herz.«

»Genau«, sagte Otto bedeutungsvoll. »Un wenn so was Bedeutungsschweres jahrhundertelang immer wieder hie- un hergschunkelt wird, dann ...«

»So ebbes kummt nämlich vun so ebbes, weeschwieschmäään?« Willi verdrehte die Augen.

Das folgende Gelächter drang durch die Arztpraxis wie

ein lautmalerischer Befreiungsschlag. Aber es wurde auch jäh wieder unterbrochen.

»Nein, nein! Das ist alles meine Schuld«, ertönte eine Stimme von der Tür.

Die Männer fuhren herum. Hans Strobel lehnte mit blutleerem Gesicht im Rahmen und sah so schuldbewusst aus, als hätte er allein den Untergang der Titanic zu verantworten. Neben ihm tauchte Sofie auf und ließ ihren Blick über die kleine Versammlung schweifen, um dann ihren Lebensgefährten anzuschauen. Der hielt seine zitternden Hände vor sich, als seien sie falsch eingebaute Ersatzteile.

»Es ist alles meine Schuld, ich habe die Kirche restauriert, eigenmächtig – was streng genommen der absolute Wahnsinn ist. Und ausgerechnet am Tag der Einweihung passiert so was. Wenn es so etwas wie ein schlechtes Omen gibt, dann das. Ich bin ganz alleine dafür verantwortlich, wenn da jemand offiziell dahinterkommt, dann wandere ich wahrscheinlich in den Knast und …«

»Jetzt halt mol die Gosch!«, unterbrach Sofie liebevoll-nachdrücklich den atemlosen Redefluss und packte Strobels Hände. Auch die anderen begannen beschwichtigend auf den Hobbyrestaurator einzureden, dass seine Steinmetzarbeiten an der Fassade unmöglich der Grund dafür sein konnten, eine Katastrophe an der Statik von diesem Ausmaß herbeizuführen.

»Hopp jetz! Keiner ist schuld, un fertig«, kam es ächzend von der Liege, und der Pfarrer richtete sich schwerfällig auf.

»Bist du sicher, dass du da unten eine Leiche gesehen hast?«, fragte Carlos.

Karl blinzelte. »Was? Leiche? Hab ich das gesagt?«

»Äh, ja. Laut und deutlich.«

»Ich? E Leich? Do unne? Also, da kann ich mich jetz gar net entsinne so richtig ...«, sagte der Pfarrer und ließ sich wieder zurücksinken.

»Ja, und was hast du dann gesehen?«, bedrängte Carlos ihn.

»Jetzt lass mol unsern arme Pfarrer in Friede!«, befahl Michael. »Der hat en Schock un braucht Ruh. Und wenn de Carlos so neugierig is, kann er ja selber gucke gehe, gell?«

Carlos betrachtete die aufmunternd nickenden Köpfe ringsum. Wie Kinder, denen man ein Abenteuer verspricht. Und auf einmal spürte er dieses mächtige Gefühl, das immer in solchen Situationen in ihm hochstieg ...

Der alte Hunger, der ihn jahrelang am Leben gehalten hatte, da war er wieder. Der Jagdinstinkt, der ihn durch seine Heimatstadt an der Elbe getrieben hatte, zuerst als Kriminalkommissar, danach als Privatdetektiv. Vielleicht lag es an seinem Privatleben, das man nur mit viel gutem Willen als solches bezeichnen konnte. Carlos hatte keine Familie, keine dauerhafte Beziehung, keine Mitgliedschaft in einem Bowling-Club. Diese Dinge hätten auch keinen Platz in seinem Privatleben gehabt, denn Carlos' Leben war seine Arbeit, die Jagd. Aber er kannte auch das bedrohliche Gefühl der Leere, das immer am Ende einer Ermittlung wie ein Urzeitmonster aus dem Meer seines Alltags aufstieg. Vor ihm floh er in irgendeine Kneipe, um hinter einer Batterie Pils- und Schnapsgläser Schutz zu suchen. Manchmal hockte diese Leere aber auch wie ein einsamer Hund vor ihm, und in seinem kläglichen Jaulen klangen sehr unangenehme Fragen mit. Was war das für ein Leben? Warum fühlte es sich so unbedeutend an, wenn Carlos nicht gerade an einem Fall dran war? Er hatte gelernt, den Hund zum Schweigen zu bringen, er war der

Meister des Verdrängens und der Ablenkung. Lose Frauenbekanntschaften, Netflix, Bücher, ab und zu ein paar harte Trainingseinheiten im Fitnessstudio. Und endlose nächtliche Wanderungen durch sein geliebtes Hamburg.

Wie der Esel, der einer Karotte hinterherlief, die ständig vor seiner Nase baumelte, aber unerreichbar blieb, weil sie von dem Reiter auf dem Rücken des Esels wie ein Köder an einer Angel gehalten wurde. Carlos war ehrlich genug, um zu erkennen, dass er dieser Esel war, obwohl er Karotten hasste. Und dann hatte sich vor sechs Jahren diese blöde Karotte in seine ganz persönliche Katastrophe verwandelt. Carlos hatte im Dienst einen Menschen erschossen. Der Mensch hieß Gregori Kulekov und war der Boss eines kriminellen Netzwerkes alteingesessener Unterweltgestalten, hatte mit Drogen und Menschen gehandelt, Morde in Auftrag gegeben und Schwarzgeld in Millionenhöhe gewaschen. Aber diese Details schienen Carlos' Seele herzlich egal zu sein, die kurz darauf völlig aus dem Gleichgewicht geriet und anfing, mit dem einsamen Hund im Duett zu jaulen. Warum brauchte so jemand wie James Bond eigentlich keine Therapie, wenn er jemanden umlegte? Das Schlimmste kam danach. Carlos wurde für dienstuntauglich erklärt und verlor seine beiden einzigen Fixpunkte im Leben. Marke und Waffe. Seine damalige *On-and-off*-Freundin hatte ihn gefragt, ob er die erzwungene Auszeit nicht dazu nutzen wollte, sein Leben wieder ins Lot zu bringen. Aber solche Ratschläge konnte er nicht gebrauchen. Carlos hatte die Freundin endgültig zum Teufel gejagt und sich eine Lizenz als Privatermittler besorgt.

Natürlich bekam er als Detektiv keine Aufträge, die für einen reißerischen Krimi taugten. Ein paar solide Jobs als Beschatter untreuer Ehepartner hielten ihn über Wasser.

Aber es gab auch noch diese gewissen Typen, die ihn für speziellere Belange einspannten. Carlos kannte ein paar von ihnen noch von früher, hatte den ein oder anderen sogar schon vor sich sitzen gehabt, im Vernehmungszimmer. Und dann arbeitete er für sie. Der Kriminalkommissar in ihm hatte die Hände über dem Kopf zusammengeschlagen. Aber am Ende war er still und leise auf die andere Seite gewechselt und hatte sich dort irgendwie im Labyrinth von Selbstbetrug und Existenzängsten verloren. Ein paar Jahre ging es gut, und Carlos machte sich einen Namen als Detektiv, den man für heikle Fälle anheuern konnte. Manchmal redete er sich ein, eine Figur aus einem klassischen Film noir zu sein, obwohl er das Rauchen schon vor langer Zeit aufgegeben hatte und die berühmte Femme fatale seinem Leben ebenso fernblieb wie ein Gefühl der Zufriedenheit. Irgendetwas fehlte immer. Und es war keine Mohrrübe.

Aber dann, eines Tages, hatte er diesen Auftrag angenommen, der ihn weit weg aus Hamburg in die tiefste Provinz führen sollte: in die Pfalz. Er sollte den millionenschweren Unternehmer Hans Strobel finden, der ein Jahr zuvor spurlos an der Weinstraße verschwunden war. Strobel war damals auf Umwegen in Elwenfels gelandet und hatte kurzerhand beschlossen, sein altes Leben hinter sich zu lassen und in der Pfälzer Provinz ganz neu zu beginnen. Das fiel ihm gar nicht so schwer, weil er sich in Sofie, die Winzerin des Ortes, verliebte und so Mitglied der ansonsten hermetischen Dorfgemeinschaft wurde. Während Carlos sich eine ganze Woche lang durch den wunderlichen kleinen Ort geschnüffelt hatte, ohne auch nur eine Spur des Verschwundenen zu entdecken, hatte Strobel die ganze Zeit munter auf dem verhängten Baugerüst an der Kirche gehockt und versteckt vor der Welt seinen alten Lebenstraum als Steinmetz zelebriert. Elwenfels und seine Bewohner hatten den dauergestressten Strobel in einen gelassenen und glücklichen Mann verwandelt, der trotz deftiger Pfälzer Küche dreißig Kilo an mitgebrachtem Kummerspeck verloren hatte. Und auch Carlos hatte am Ende jener Woche festgestellt, dass sich irgendetwas in ihm grundlegend verändert hatte. Als wäre die Nadel eines großen, unsichtbaren Plattenspielers in eine neue Rille gesprungen und hätte ein völlig neues Lied angestimmt. Von den Stones und *Paint it black* zu Bob Marley und *Could you be loved*.

Seit diesem ersten Besuch träumte Carlos heimlich davon, sein altes Leben abzulegen wie einen durchgewetzten Trenchcoat, den abgehalfterte Film-noir-Detektive so gerne trugen. Er träumte von einem einfachen Leben in der friedlichen Umarmung des Pfälzerwaldes, an der Seite von Charlotte, Sofies Schwester. Ein Leben inmitten all der Menschen, die es nicht nur geschafft hatten, dass Carlos' bis dahin eher unterforderte Lachmuskeln auf einmal olympischen Anforderungen gerecht werden mussten, sondern dass er sich ... nun, irgendwie geliebt fühlte.

Vor einer Woche hatte Willi dann das so lange ersehnte Angebot ausgesprochen, den Hanseaten einzubürgern: Carlos sollte einer von ihnen werden. Ein Elwenfelser. Ein Bewohner des Ortes, an dem das Chaos der Welt vorbeirauschte, ein Refugium im Windschatten des Wahnsinns. Wo die Natur anderen Gesetzen gehorchte, wo wenig Platz für die menschlichen Niederungen war, gegen die Carlos jahrelang gekämpft hatte. Ein Platz, an dem durch irgendeinen mysteriösen Spalt im Gefüge des Universums echte Wunder möglich waren.

Das Eigenartige war jedoch, dass der Jagdhunger, den Carlos eigentlich ablegen wollte, ihm von Hamburg bis hierher gefolgt war. Denn immer, wenn er in Elwenfels war, galt es einen Mord aufzuklären oder einen zu verhindern. Ihm fielen wieder Ottos Worte ein. Geschahen diese Dinge, weil Carlos' Unterbewusstsein auf diese Art ein Bleiberecht für Elwenfels einforderte?

Abgesehen davon: Es führte in seine alte Heimat kein Weg mehr zurück. Carlos musste seine Entscheidung, für die Hamburger Unterwelt zu arbeiten, nämlich bitter bereuen. Er hatte einen Mann beschattet, der mit beiden Beinen tief im Filz aus Politik und Verbrechen steckte. Als der Mann aus dem Weg geräumt wurde, hatte irgendein unsichtbarer Strippenzieher dafür gesorgt, dass Carlos als einzig möglicher Täter für diesen Mord infrage kam. Nun jagten ihn nicht nur ein filmreifes Sammelsurium an fiesen Gangstern aus Kulekovs Riege, sondern auch seine ehemaligen Kollegen von der Polizei. Nach Carlos wurde bundesweit gefahndet. Dadurch war Elwenfels nicht mehr nur der Ort seiner Träume, sondern das einzig mögliche Versteck.

Seine Gedanken verdunkelten sich. Wenn er doch nur Teile seiner Vergangenheit einfach vergessen und begraben könnte, so wie Kulekovs Leute es zweifelsohne mit ihm machen würden, sollten sie ihn aufspüren.

Wie auf ein Stichwort hin sagte Willi in diesem Moment: »Carlos, was is? Für e Leich bischt ja wohl du der zuständige Experte, oder?«

Ja, das bin ich wohl, dachte Carlos und nahm einen tiefen Atemzug. »Ich mach das aber nur unter einer Bedingung.«

Die Runde sah ihn fragend an.

»Das ist eure Kirche, also ist es auch eure Leiche. Wir machen das zusammen. Also ... Herr Doktor, wir brauchen Gummihandschuhe.« Und an Willi gewandt: »Du besorgst uns Helme und Gurte zum Abseilen, und am besten noch Sicherheitsschuhe. Das hast du sicher alles in deinem Sägewerk. Und du, Otto, organisierst uns Taschenlampen und eine Brechstange.«

»Zu Befehl, Herr Kriminalkommissarinspektorenanwärter!« Otto marschierte grinsend von dannen, um in seiner chaotischen Werkstatt das Angeforderte zu beschaffen.

»Dann in zehn Minute am Kirchturm«, beschloss Willi und eilte ebenfalls davon.

Der Arzt hielt Carlos eine Schachtel mit Latexhandschuhen hin. Carlos ging in Gedanken die Ausrüstungsgegenstände der professionellen Spurensicherung durch. »Wir brauchen auch noch ein paar von deinen Atemmasken, falls du so was hast. Wegen Staub und der ... äh, Leiche.«

Wortlos öffnete der Doktor einen Schrank und zeigte auf sein fein säuberlich geordnetes Equipment.

»Wenn das mal gut geht«, murmelte Hans Strobel besorgt, und Pfarrer Karl malte von der Liege aus ein Kreuz in die Luft. »Alla hopp, dann geht mit Gott!«

Carlos' Blick fiel auf Sofie. Die lächelte ihn auf ihre unergründliche Art an und sagte: »Ich komm auch mit.«

»Bist du sicher?«

»Kennst du noch *Die Goonies,* diesen alten Abenteuerfilm von Steven Spielberg?«

Carlos nickte. Er hatte diesen Film als Jugendlicher geliebt.

»Ich wollt damals immer eins von den Mädels sein, die da mitgemacht haben.«

»Andy und Stef«, erinnerte Carlos sich, und ihm wurde ganz nostalgisch zumute.

Sofie nickte begeistert. »Ja genau. Ich hab als Teenager

immer davon geträumt, auch mal so einen geheimen Ort zu finden, einen Schatz zu suchen, Abenteuer zu bestehen.«

»Was in Elwenfels wohl nicht so schwierig ist«, stellte Carlos fest. »Immerhin lebt ihr hier mit Geheimgängen und verwunschenen Wesen und Geistern. Und euer Dialekt ist auch ein ziemliches Abenteuer.«

Sofie lachte und sah Strobel von der Seite an. »Was meinst du, Hans, erlaubst du deiner Liebsten, sich der Bande der Waghalsigen anzuschließen?«, schnurrte sie.

»Auf keinen Fall!«, protestierte Strobel. »Du gehst nur da rein, wenn ich auch darf.«

Kapitel 2

Ein Hamburger Privatdetektiv geht in den Pfälzer Untergrund

Und so waren sie zu sechst, als sie sich vor den gespannten Blicken der Elwenfelser auf den Weg zum Unglücksort machten.

Auf dem Dorfplatz hatte sich der Staub gelegt. Die Dorfkatzen machten sich indessen ungestört auf den Tischen über die Reste des Festmahls her und ließen sich Saumagen und Leberknödel schmecken. Die übrigen Dorfbewohner standen immer noch zwischen dem umgestürzten Festmobiliar herum und hielten sich an ihren Schorlegläsern fest.

Carlos durchquerte als Erster die schmale Pforte, die von außen in den Turm führte. Der Eingang war nicht eingestürzt, nur ein wenig verrückt. Pfarrer Karl hatte sich an einen großen Spalt im Boden erinnern können, dort, wo der Turm an die Außenwand der Kirche angrenzte. Er hatte von einem dunklen Gewölbe darunter gesprochen und dann wieder diffuse Andeutungen über eine Hand gemacht, die da aus dem Geröll ragte, obwohl er deren Entdeckung dann gleich selbst wieder angezweifelt hatte. Carlos schob derartige Schauerbilder auf den Schock, unter dem Karl stand. Außerdem war allgemein bekannt, dass der gute Pfarrer in seiner Freizeit gerne mal die Bibel gegen einen Stephen-King-Roman eintauschte. Da konnte die Fantasie schon mal mit einem durchgehen.

Trotzdem stellten sich Carlos' Nackenhaare auf, als er mit seiner Taschenlampe ins Innere des Turms leuchtete. Der Staub hatte sich ein wenig gelegt, und trotz der Maske empfing seine Nase einen beißenden Modergeruch.

Vorsichtig machte er einen ersten Schritt und betrachtete den Boden. Er sah ziemlich stabil aus, fiel aber von der linken Seite aus schräg ab, um dann auf einmal abrupt im Nichts zu enden. »Da ist das Loch«, wisperte Carlos. Der Arzt, der gleich hinter ihm lief, folgte ihm ins Innere. Auch Sofie stand nun im engen Durchgang, und der Rest des improvisierten Expeditionstrupps drängte nach.

»Moment mal«, protestierte Carlos. »Hier drin wird es ein bisschen eng, findet ihr nicht?«

Doch seine Warnung fand kein Gehör. Neben Sofie streckte nun Hans Strobel den Kopf in den Turm. »Das ist hier total solides Bauwerk. Vom Turm selbst ist nicht mal ein Krümel runtergebrochen«, sagte er, wobei der aufgesetzt fachmännische Ton nicht verbergen konnte, wie sehr seine Stimme zitterte. Carlos wagte einen weiteren Schritt, der Boden trug immer noch. Er drehte sich um und sah, wie sich die anderen nacheinander in der Tür drängten. »Leute, so geht das nicht«, warnte er flüsternd. »Wir sind zu viele. Das ist zu eng hier, erst recht, wenn Otto und Willi – also gerade ihr ...«

»Ja genau!«, bestätigte Michael, ohne Carlos' Andeutungen zu konkretisieren.

»Wie bitte?«, fragte Willi mit Unschuldsmiene.

»Also ich will euch ja nicht zu nahe treten, aber ihr beiden, also euer ... Volumen stellt für die baulich fragile Situation hier drin ein gewisses Risiko dar.«

»Hä?«, rief Otto und fragte an Willi gewandt: »Warum red der uff einmal so geschwolle?«

»Ke Ahnung. Erklär uns des mal, Herr Detektiv!«, fuhr Willi auf.

Sofie versuchte es auf ihre Art: »Er meint, eure mit pfälzisch vollwertiger Vollkost ausgepolsterten Luxuskörper könnten e bissel zu beeindruckend sein für die empfindsame romanische Statik!« Mit einer Kopfbewegung deutete sie zum Ausgang. »Alla hopp! Raus mit euch!«

Otto und Willi stießen ein Schnauben aus, und wie auf Kommando rieselten ein paar kleine Steinbrocken von der Turmwand herab. »Seht ihr!«, rief Carlos und hielt sich an Michael fest.

»Also, dass ich mich in der Stunde der Not mal auf mei körperliche Hülle reduziere lasse muss!«, empörte sich Otto.

»Na ja, Hülle ...«, wiegelte Carlos ab.

»Jeder Suchtrupp wär dankbar für so e paar stabile Männer wie uns«, beharrte Willi. »Außerdem heißt's doch immer: Von einem guten Menschen kann gar net genug da sein!«

»Nix. Ihr seid einfach zu dick für so e diffizile Untersuchung!« Der Arzt schob Otto kurzerhand aus der Tür.

Otto schnaubte noch einmal, und Willi maulte: »Wenn du noch emol was gege mein liebevoll gepflegtes Feinkostgewölbe sagscht, dann forder ich's Technische Hilfswerk an, dass die des hier übernehme. Un dann bischt du nimmer der Boss.«

»Ich bin nicht der Boss!«, protestierte Carlos. »Ich will doch nur ...«

»Jetzt reicht's dann aber mal mit dem Gebabbel!«, unterbrach Sofie ihn. »Auf jetz, Willi, du sicherst Carlos mit einem Seil, und Otto macht das Gleiche mit Michael. Hans und ich bleiben mit euch hier oben und versuchen zusätzlich Licht zu geben. Und warnen euch, falls …«

»… falls von da oben doch mehr Brocken runterkommen«, vollendete Hans mit belegter Stimme.

Kurz darauf hatten sich Carlos und Michael Gurte angezogen, die mit Seilen gesichert und von Otto sowie Willi von draußen festgehalten wurden, um die beiden notfalls schnell wieder nach oben zu ziehen. Auf einmal kam Carlos das Ganze so professionell vor, als würde er eine Herz-OP mit einem Satz Mikado-Stäbchen durchführen wollen. Jederzeit konnte irgendwo über ihnen ein Mauerteil oder unter ihnen das Fundament absacken und sie alle unter sich begraben. Aber hatten sie denn eine andere Wahl? Das hier war Elwenfels. Hier rief niemand nach Hilfe von außen, auch nicht das THW. Trotz des Risikos und des selbstmörderischen Leichtsinns schienen sie alle eine Stimme im Ohr zu hören, die ihnen zuflüsterte, dass das alles hier nicht mehr als ein Abenteuer war. Carlos atmete tief ein und drückte Michaels Hand.

»Alla dann, ab in de Unnergrund!«, sagte der Arzt und trat neben ihm an die Abbruchkante, während Hans und Sofie sich flach auf den Boden legten und ihnen den Weg nach unten leuchteten. Die Lampe auf Carlos' Helm meißelte jetzt Details aus der staubigen Dunkelheit. Vor ihnen tat sich eine Geröllhalde aus Steinbrocken auf, die wie eine Rampe in die Tiefe führten. Da war eine Art Gewölbe unter ihnen. Ein gemauerter Bogen, der sich über den finsteren, halb zusammengestürzten Raum spannte.

»Sieht irgendwie aus wie so ein alter Kirchenraum, oder? Nicht dass ich jetzt Archäologe wäre …«, meinte Carlos.

Hinter ihm zog Hans Strobel scharf die Luft ein. »Genau!«, stieß er aufgeregt hervor. »Das ist eine Krypta!«

Mit zusammengekniffenen Augen folgte Carlos dem Strahl seiner Helmlampe. Durch das Absacken des Kirchturms war die Südwand des unterirdischen Raums unter dem Druck eingestürzt, wobei sich dieser Eingang in die Tiefe geöffnet hatte.

Carlos schob sich, die Füße voran, in die Öffnung. »Die Steine scheinen stabil, zumindest hier oben«, meldete er Michael, der ihm zögernd folgte.

Sie kletterten nach unten, jeden Schritt so behutsam aufsetzend, als würden sie über dünnes Eis laufen. Ab und an lösten sich kleinere Steine, doch die großen Brocken rührten sich keinen Millimeter, als würden sie schon seit Jahrhunderten so liegen. Alles war still, bis auf das leise Klirren der Karabinerhaken an den Gurten. Carlos spürte, dass sich um ihn herum die Luft veränderte. Allmählich wurden die Geräusche von einem leisen Hallen begleitet. Und dann sahen sie es.

Am Fuß der Gerölltreppe angekommen, richtete Carlos sich auf und legte den Kopf in den Nacken. Instinktiv griff er wieder nach Michaels Arm. Der stieß einen leisen Pfiff aus, was Carlos angesichts dieses Anblicks fast ein wenig unangemessen vorkam. Sein innerer Tempelritter, von dem er bis zu diesem Moment gar nicht gewusst hatte, dass er existierte, wäre nämlich am liebsten ehrfürchtig auf die Knie gesunken. Sie standen in einem rechteckigen Raum, der von einem niedrigen Gewölbe überspannt und von vier Säulen getragen wurde. In der Luft lag eine gespenstische Stille, und Carlos kam sich fast wie ein Frevler vor, dass ausgerechnet er nach Jahrhunderten der Unberührtheit diese Stille brach. Zusammen mit einem pfälzischen Dorfarzt, dem in diesem Moment nur ein Wort einfiel. »Sauwer.«

Mit den Lichtkegeln ihrer Helmlampen und der Maglite in Michaels Hand tasteten sie sich über die feucht glänzenden Wände, auf denen etwas sichtbar wurde. Waren das etwa Malereien? Die dunklen, ineinander verschlungenen Strukturen, die hinter dem moosigen Belag zu sehen waren, schienen zu kunstvoll, um bloße Maserungen der alten Steine zu sein.

»Wie sieht's aus?«, rief es von oben. »Ein Lebenszeichen wäre mal ganz nett!«

»Sofie!«, rief Carlos zurück. »Das ... das ist einfach unglaublich. Ein Raum ... Sieht aus wie ... wie ... ich weiß nicht. Vielleicht eine frühchristliche Kirche.«

»Seht ihr irgendwo einen Sarkophag?«, rief Strobel von oben.

»Bis jetzt nicht!« Carlos ging ein paar Schritte und blinzelte in die Dunkelheit jenseits der Lichtkegel. Seine Beine fühlten sich an wie nasse Teebeutel. Die Aufregung über diese unglaubliche Entdeckung raubte ihm den Atem. Oder war das der geringe Sauerstoffgehalt in dem Gewölbe? Das Luftholen fiel ihm schwer, und langsam legte sich ein leichtes Schwindelgefühl über seine Sinne. Michael hatte sich ein paar Schritte von ihm entfernt. Der Schein seiner Lampe geisterte über die Decke, und er taumelte mit ungläubigem Gesicht zwischen den Säulen umher. »Dunnerwedder!«, stieß er hervor. »Was e Ding!«

Carlos wusste nicht, wo er als Erstes hinschauen sollte. An einer Wand sah er mannshohe Nischen, die von Geröll und Erdreich verschüttet waren. Und an der gegenüberliegenden Wand schien ein Gang abzuzweigen, der sich dunkel drohend vor ihm öffnete. Er trat zwei Schritte zurück. Mit seinem Lichtkegel streifte er weiteres Geröll, das in dem Gang aufgeschichtet lag. »Michael, komm mal her«, wisperte er. Der Arzt trat neben ihn und richtete die Lampe auf den Gang. »Was ist das?«

»Hm. Vielleicht gehört das zu unsre Geheimgänge, wo unterm Dorf verlaufe«, erwiderte Michael. »Aber von dem Keller hier weiß eigentlich niemand ebbes. Des is … e Sensation! Ah, do könnt ma doch naus, wo ke Loch is, oder?«

Als er merkte, welche Doppeldeutigkeit dieser pfälzische Ausdruck hier unten hatte, musste Schaf unwillkürlich lachen, brach dann aber abrupt ab, als er sah, mit welchem Gesichtsausdruck sein Hamburger Freund in das dunkle Loch vor ihm starrte. Carlos betrachtete den Steinhaufen, der hinter der Öffnung bis zur Decke aufragte. Die Steine sahen nicht so aus, als hätte sie sich durch den Zwischenfall vor einer Stunde so aufgetürmt. Sie schienen dort schon länger zu liegen, wenn er den moosigen Belag richtig deutete.

»Hallo?«, drang Sofies Stimme erneut zu ihnen. »Was is'n da unten so lustig?!«

»Wir staunen einfach nur«, rief Carlos zurück. Michael hatte sich schon wieder abgewandt und ließ seinen Blick über den Raum schweifen, während Carlos noch immer wie gelähmt vor dem dunklen Gang stand. Er trat noch einen Schritt zurück, bis er gegen eine der Säulen stieß, und drehte sich zu Michael um, der mit nachdenklichem Gesicht vor einer der verschütteten Nischen kniete. Wieder kam eine Stimme von oben, diesmal von Hans Strobel: »Und? Habt ihr was gefunden?«

»Do!«, meldete der Doktor auf einmal lakonisch. »Do liegt die Leich.«

»Was?!« Carlos trat zu ihm und starrte auf die Steine.

Zwischen Geröllbrocken, Erde und Staub ragte etwas hervor, das Pfarrer Karl beim Zusammensacken des Turms eigentlich unmöglich hatte sehen können. Und doch war es da. Eine Hand. Es war das erste Mal, dass Carlos beim

Anblick einer Leiche schauderte. Nicht, weil die klauenartig gekrümmten Finger, die sich ihnen aus dem Geröll entgegenstreckten, besonders schrecklich gewesen wären. Es war dieser bizarre Beigeschmack von etwas ganz und gar Unnatürlichem.

»Eine Hand guckt da aus dem Steinhaufen«, rief Carlos zu Sofie herauf. »Eine männliche Hand«, ergänzte der Doktor.

»Weißt du, wer das sein könnte? Vermisst ihr irgendjemanden im Dorf?«

Ihm fiel der Landstreicher Gustav ein, der jahrelang nach Elwenfels kam, um zu überwintern, dann aber irgendwann nicht mehr aufgetaucht war. Carlos hatte seine Leiche später in einem Grab im Wald entdeckt. Ein sadistischer Jagd-Freak hatte ihn darin beerdigt, nachdem er den armen Gustav mit einer Ladung Schrot ins Jenseits befördert hatte.

Michael schüttelte bedächtig den Kopf, doch in seinen Augen huschte etwas vorüber, das Carlos irritierte. »Lass uns den Kerl einfach ausgraben, dann wissen wir mehr.«

Irrte Carlos sich, oder wich der Arzt seinem Blick aus? War da gerade eine unangenehme Erinnerung in seinem Kopf aufgetaucht? Carlos kniete sich hin, um zu helfen. Dann besann er sich eines Besseren und zog sein Smartphone aus der Tasche.

»Warte, wir müssen das hier erst mal dokumentieren.« Der erfahrene Tatort-Experte in ihm musste einem angelernten Muster folgen. Er machte ein paar Bilder aus verschiedenen Blickwinkeln, dann legten sie den Toten frei.

»Warum riecht's hier net nach Verwesung?«, überlegte der Arzt laut.

»Na ja, so wie es aussieht, liegt der Kerl hier schon eine

ganze Weile. Die Haut an der Hand, guck mal. Sie sieht ganz ledrig aus. Und du bist dir sicher, dass du keine Ahnung hast, wer das sein könnte?«, bohrte Carlos noch einmal nach.

Michael Schaf stieß die zwei kurz aufeinanderfolgenden »Äh«-Laute aus, die für eine kategorische pfälzische Verneinung standen. Danach räumten sie schweigend die Steinbrocken zur Seite, während ihnen von oben Hans und Sofie mit ihren Lampen leuchteten, die die Prozedur ebenfalls wortlos mitverfolgten. Von Weitem erklangen die Rufe von Willi und Otto, die sich ungeduldig und neugierig nach dem Stand der Dinge erkundigten. Irgendwann rief Sofie über die Schulter nach draußen: »Sie ham grad e Leich entdeckt!«

Da ertönten wie von sehr weit weg die erschrockenen Ausrufe der Elwenfelser auf dem Platz. Das kollektive Entsetzen erzeugte in dem Gewölbe ein unheimlich hallendes Geräusch.

»So viele Steine liegen da gar net drauf.« Michael hob einen flachen Brocken hoch, der die Brust des Toten bedeckte. Und wirklich, der Körper war nur von einer verhältnismäßig dünnen Geröllschicht bedeckt, die direkt in den unteren Rand der steinernen Rampe überzugehen schien, über die sie hinuntergeklettert waren. Carlos fiel außerdem auf, dass die Leiche auf weitaus größeren Brocken lag, die ebenfalls von einem modrigen Film überzogen waren. »Warte mal kurz!«

»Was is? Is dir schlecht?«, fragte Michael besorgt.

»Ja, ein bisschen. Aber abgesehen davon verunreinigen wir gerade einen Leichenfundort und verändern die Spurenlage.«

»Hä? Was?«

Carlos zeigte dem Arzt seine Beobachtung. »Komm, wir

gehen noch mal zu der Abzweigung da drüben. Ich will die Steine dort mit den Steinen vergleichen, auf denen der Tote liegt.«

»Ach Gott, jetz wird's aber kompliziert. Bischt du auf einmal doch en Archäologe?«

»Schön wär's.« Carlos erinnerte sich auf einmal wieder daran, dass er mit zwölf oder dreizehn Jahren eine Phase gehabt hatte, als die Archäologie sein Traumberuf gewesen war. Aber dann hatte sein Vater ihm gesagt, dass er lieber etwas Vernünftiges lernen sollte, zumal die großen Geheimnisse der Geschichte längst gelüftet waren und es an ein Wunder grenzen würde, wenn man überhaupt noch mal etwas von Bedeutung entdecken sollte. Nun, sein Vater war eben nie in Elwenfels gewesen.

»Also los, jetzt komm schon!«, bat er den Arzt.

Der legte grinsend den Kopf schief: »Du traust dich net allein.«

»Ja. Ich finde es da drüben irgendwie ... unheimlich.«

»Noch unheimlicher als die eiskalte Griffel do?«

»Michael, jetzt mach schon!«, befahl Sofie von oben.

Und Hans Strobel rief: »Wenn du nicht willst, ich mach's. Carlos, warte!«

Ehe noch irgendjemand Einwände hervorbringen konnte und ohne gebührende Sicherung gab Hans Strobel seiner Neugierde nach und kletterte kurzerhand nach unten.

»Entschuldigung, Männer, aber ich bin so neugierig, ich wäre glatt geplatzt, wenn ich nicht ...«

»Schon gut, aber dann pack mit an«, unterbrach Carlos ihn und bewegte sich zurück in Richtung des Ganges. Er fühlte sich gut an, einen weiteren Helfer hier unten zu haben. Die Vorstellung, noch einmal in die Nähe der dunklen Abzweigung zu kommen, verursachte ihm ein eiskaltes Gefühl in der Brust. Er biss die Zähne zusammen und zog Strobel mit sich.

»Unglaublich«, wisperte der. »Eine uralte Krypta. Vielleicht frühes 8. Jahrhundert. Aber irgendwie, ich weiß nicht, das alles sieht irgendwie noch älter aus. Vielleicht ist es auch nix Christliches, wer weiß ... dass es so was in Deutschland überhaupt gibt!«

»Deine Kunstgeschichte kannst du dir für später aufheben. Jetzt hilf mir erst mal hier.«

Gemeinsam traten sie in den Gang, wo die Temperatur schlagartig ein paar Grad abzufallen schien. Carlos richtete den Strahl seiner Lampe auf den Steinhaufen, der den weiteren Weg versperrte. Und doch, von irgendwo zwischen diesen Steinen rührte ein schwacher Luftzug. Carlos schnappte sich einen Stein und wandte sich um. Nur schnell wieder weg hier.

»Und jetzt vergleicht mal diesen Stein mit denen, die unter dem Toten liegen«, sagte er zu den beiden Männern. Die Lampen richteten sich auf die beiden graugrünen, trockenen Brocken. »Fällt euch was auf?«

»Irgendwie erinnert mich die Farb an e kaputte Leber, die ich im Studium mal seziert hab«, sagte Schaf, ohne die Miene zu verziehen. »Wir haben dann rausgfunde, dass der ehemalige Organbesitzer sein kurzes Lebe lang nur schwäbische Trollinger gesoffe hot.«

Carlos und Hans sahen sich an und entschieden mit einem kurzen Kopfschütteln, dass die Luft in dem unterirdischen Gewölbe zu dünn war, um noch mehr Sauerstoff mit Lachen zu verschwenden.

»Dieser Stein von der Abbruchstelle da drüben ähnelt den Steinen hier in der Ecke, aber nicht denen, die vor einer Stunde hier heruntergebrochen sind.« Carlos leuchtete die östliche Wand des Raumes an, die an der rechten Seite ebenfalls an einer Stelle eingestürzt war. »Meiner bescheidenen kriminaltechnischen Erfahrung zufolge wurde dieser Mensch hier unten vor langer Zeit verschüttet, bevor es zu dem zweiten Steinrutsch kam.«

»Du meinst, der Typ war die ganz Zeit hier unte gelege, und wir wussten von nix?«, fragte Michael.

»Könnte doch sein, oder?« Carlos deutete auf die eingestürzte Ecke des unterirdischen Raumes. »Liegt dahinter irgendetwas? Einer eurer Geheimgänge?«

»Unter der Kirch? Nää!«

»Sicher?«

»Also gut, net dass ich wüsst.«

»Meine Güte, ist das spannend!« Hans Strobel sah sich wie ein staunendes Kind in dem Gewölbe um. Ihn schien die Anwesenheit des Toten nicht weiter zu stören.

»Okay, lasst uns den Kerl von seiner schweren Last befreien«, beschloss Carlos. Sie trugen die letzten Steine ab, und als sie den Kopf freigelegt hatten, sah Carlos zuerst den Doktor an. Der starrte angestrengt auf das graue Gesicht des Mannes, runzelte die Stirn und deutete dann ein unmerkliches Kopfschütteln an. Seine Miene entspannte sich schlagartig, so als würde er in diesem Moment voller Erleichterung denken: Das ist nicht der, für den ich ihn gehalten habe.

Für Carlos bestand kein Zweifel, obwohl Michael eine Maske trug und man nur seine Augen sehen konnte. Der Arzt hatte wohl befürchtet, in dem Toten jemanden Bestimmten zu erkennen, und war nun froh, seine Ahnung unbestätigt zu finden.

Kapitel 3

Wer Geschichte, aber zu wenig Sauerstoff atmet, läuft Gefahr, selbst zur Geschichte zu werden

»Jetzt wissen wir, warum es hier nicht nach Verwesung riecht.« Carlos streifte sich Latexhandschuhe über. »Der Tote sieht fast taufrisch aus. Entweder er ist erst gestern hier drin gestorben, oder die Luft hier unten hat ihn konserviert.«

»Du meinst wie bei den Toten in dieser Katakombe in Palermo?«, fragte Hans Strobel.

Carlos nickte. Er kannte die Bilder der erstaunlich gut konservierten Körper in der *Catacombe dei Cappuccini* und hatte es immer extrem unheimlich gefunden.

»Jo, so e gut erhaltene Leich is wirklich was ganz Besonderes«, pflichtete Michael ihm bei. »Bloß bissel eingetrocknet. Wenn der noch e paar Jahrhunderte dort gelege wär, dann hätten wir irgendwann unsern eigene Elwefelser Ötzi gehabt.«

»Der Tote ist jetzt deutlich zu sehen!«, rief Sofie in Manier der guten alten Mauerschau nach draußen, um die übrigen Dorfbewohner auf dem Laufenden zu halten. Carlos schaltete die Diktierfunktion an seinem Handy ein und reichte es Michael. »Hier, sprich deine Beobachtungen da rein.«

Schaf sah ihn verdattert an. »Warum des?«

»Wir werden das alles später noch brauchen, da bin ich mir sicher. Außerdem: Hast du noch nicht gemerkt, dass wir hier das perfekte kriminalistische Dreamteam sind? Ermittler und Arzt, Schnüffler und Schnippler. So wie in diesem *Tatort* aus Münster, nur nicht so doof … äh, wie sagt ihr hier dazu: debbisch.«

Michael gab einen kurzen Lacher von sich. »Dappisch meinst du. Ein Deppisch is was anderes, do dabbt ma druff rum.«

»Ein Teppich, auf dem man rumläuft«, übersetzte der Hamburger Hans Strobel, der schon ein paar Jahre länger der hiesigen Mundart ausgesetzt war.

»Jo genau«, Michael Schaf war jetzt in seinem Element. »Oder was en Deppisch auch noch sein kann: e Deck.«

»Was?«, Carlos starrte den Doktor ungläubig an. »Ein Deppisch ist eine Decke?«

»Jo genau. Eine Decke zum Zudecke, en Deppisch. Un en Deppisch is aber auch ein ganz normale Deppisch, also ein Teppich. Ganz einfach, oder?« Der Arzt grinste die beiden Hamburger an.

»Okay. Danke für den Crashkurs. Können wir jetzt bitte …«, Carlos deutete ungeduldig auf die Leiche.

»Ach so, ja.« Michaels Miene verfinsterte sich. »Und wahrscheinlich willst du dann auch noch, dass wir den Kerl zu mir in die Praxis schleife un nackisch auf de Tisch lege, hä?« Er schüttelte den Kopf. »Ich säg dem sein Brustkorb net auf, des sag ich dir. Un des Gehirn von dem kommt auch net auf mei schöne neue Küchenwaage.«

Carlos unterdrückte ein Lachen und hustete. »Du sollst ihn doch nur oberflächlich untersuchen und uns deine Beobachtungen mitteilen.«

»Hm. Alla hopp, wenn du määnscht.«

»Also.« Schaf ließ seinen Blick langsam über die Leiche

streichen. »Der Kerl war ungefähr eins achtzig lang, fünfundachtzig Kilo schwer ... das heißt, bevor er do unne vertrocknet is. Schwarze Haare, soweit ich das erkenne kann. Eine sichtbare Verletzung unterm rechten Auge. Un was sehr auffällig is: Er hat extrem geschmacklose Klamotte an.«

Carlos musste ihm zustimmen. Der Mann trug ein Ganzkörper-Trekking-Outfit, so als hätte jemand die Karikatur eines modernen Outdoor-Sportlers zeichnen wollen. Beigefarbene Hosen mit verschiedenen Reißverschluss-Amputationsmöglichkeiten, ein kariertes Hemd und darüber eine ebenfalls beigefarbene Multifunktionsweste mit unzähligen Taschen. Komplettiert wurde sein Outfit von einem breiten Gürtel und Wanderstiefeln mit dicker Profilsohle.

»Wer ist das?«, fragte Hans Strobel. »Und was mich noch viel mehr interessieren würde – was hat der hier unten gemacht?«

Michael wiegte nachdenklich den Kopf. »Carlos, ich bin so froh, dass du hier bist. Ich weiß, du wolltest eigentlich endlich mol dei Ruh, aber des do ...« Er deutete wortlos auf den Toten und unterdrückte ein Husten.

»Ja, ja, schon gut«, winkte Carlos ab. Er hätte es nicht laut zugegeben, aber irgendwo in ihm jubelte gerade der alte Kriminalkommissar über eine neue und, wie es aussah, sehr rätselhafte Aufgabe. Er begann, die Taschen des Mannes abzutasten und die Klettverschlüsse zu öffnen. Während er unbedeutende Dinge wie einen Müsliriegel, ein Taschenmesser, eine Miniaturlupe, ein Päckchen Taschentücher und Kaugummis hervorholte, fragte er sich, wie das Ganze hier weitergehen würde. Wie würden die Elwenfelser mit dieser Entdeckung umgehen? Und wie würde es ihnen gelingen, das alles vor der Außenwelt geheim zu halten? Carlos hatte seine Zweifel, dass es möglich war, einen Vorfall von diesen Ausmaßen unter den Teppich – oder sollte er sagen Deppisch? – zu kehren. Die sich daraus ergebenden Konsequenzen ließen ihn schwindeln. Bald würde hier nicht bloß die örtliche Polizei anrücken, sondern auch das Landeskriminalamt. Dazu kämen wahrscheinlich noch Archäologen, und wenn dann auch noch die Medien davon Wind bekamen, wimmelte das ganze Dorf irgendwann nur so vor auswärtigen Besuchern. Dann war es vorbei mit der Elwenfelser Beschaulichkeit im Windschatten der Weltgeschichte.

Carlos' Hände bewegten sich schneller über den Körper des Toten. Auf einmal fühlte er sich wie ein Kind, das Angst hat, jemand könnte ihm etwas wegnehmen. Das hier war seine Entdeckung. Er öffnete den Reißverschluss an der Vorderseite der Weste und tastete das Hemd ab. Plötzlich hörte er darin das leise Rascheln von Plastik und ertastete eine rechteckige Erhebung.

»Ich glaube, wir kommen der Sache etwas näher«, wisperte Carlos. Er wollte einen tiefen Atemzug nehmen, um seine Aufregung etwas zu dämpfen, aber es gelang ihm nicht. Seine Gedanken schienen sich irgendwie zu verlangsamen, und in seiner Brust wurde es auf einmal zu eng, um richtig Luft zu holen. »Ich glaube, hier ist ein ... ein Buch, so wie sich das anfühlt. Hilf mir mal mit dem Hemd, Michael. Aber vorsichtig!«

Gemeinsam knöpften sie das Hemd des Toten auf und stießen auf ein ehemals weißes Thermo-Unterhemd und einen in eine Gefriertüte eingeschlossenen Gegenstand.

Strobel legte den Kopf schief. »Was ist das denn?«

Vorsichtig zog Carlos die Plastikhülle aus der Weste des Toten und griff hinein. Seine Finger ertasteten etwas Hartes und gleichzeitig Biegsames.

»Männer, ich will ja ken Spielverderber sein«, sagte Michael, »aber meine Vitalfunktione melde mir grad, dass hier unten net genug Sauerstoff is, um noch weiter Grabräuber zu spiele.«

»Ja, Moment noch«, sagte Carlos, der genau wusste, was der Doktor meinte. Auch in seinem Kopf drehte sich der Schwindel immer schneller, und vor seinen Augen tanzten helle Flecken. Behutsam befreite er den Gegenstand aus der Plastikhülle und hielt kurz darauf ein in braunes Leder gebundenes Buch in den Händen. Es trug keinen Titel und auch sonst keine besonderen Merkmale. Wahrscheinlich gab es bessere Momente, dieses Fundstück genauer zu untersuchen, aber Carlos konnte seiner Neugier nicht widerstehen. Von den anderen beiden machte keiner Anstalten, sich ebenfalls über das Buch zu beugen. Es war jetzt ganz still in dem unterirdischen Raum, und Carlos war sich nicht mehr sicher, ob er das Buch tatsächlich aufschlug oder ob er sich das nur einbildete. Wie in Trance betrachtete er die fremdartigen Worte vor sich, dann glitt ihm das Buch aus der Hand.

»Hey!« Sofies Stimme riss ihn aus seinem schläfrigen Zustand. »Ihr wollt da unten doch jetzt kein Nickerchen machen!«

Carlos schreckte hoch, steckte das Buch geistesgegenwärtig zurück in die Plastikhülle und schob es in seinen Hosenbund. Dann erblickte er Strobel. Sein Hamburger Landsmann war gegen eine der Säulen gesunken und offenbar eingeschlafen. Um den Doktor stand es nicht besser. Der hockte schlaff an den Steinhaufen gelehnt, wedelte schwach mit dem Zeigefinger in Strobels Richtung und sah Carlos aus verhangenen Augen an.

»Männer, ihr müsst da raus!«, rief Sofie. »Euch fehlt Sauerstoff!«

Ach ja, der Sauerstoff, dachte Carlos. Wozu war der noch mal wichtig? Er probierte sich an einer sanften Ohrfeige auf Strobels Wange, aber der stieß bloß ein kleines Seufzen aus. In diesem Moment ertönten ein lautes Knirschen und ein Schrei wie aus weiter Ferne. Schlagartig war Carlos wieder wach. Wahrscheinlich irgendein Notaggregat in seinem Gehirn, das sich gerade für eine lebensrettende Sonderschicht eingeschaltet hatte. »Raus hier!«, wiederholte er Sofies Warnung und sah zu seinem Entsetzen, dass ein paar faustgroße Steinbrocken über die Rampe nach unten rollten.

»Der Turm!«, schrie Sofie, und durch das Seil an Carlos' Sicherheitsgurt ging ein Ruck.

Michael machte einen unfreiwilligen Satz, als Otto wahrscheinlich mit aller Kraft am anderen Ende seines Seils zerrte. Plötzlich erlosch der zusätzliche Lichtstrahl von Sofies Lampe, und ein weiterer Schrei ertönte. Carlos gab Strobel eine zweite, diesmal sehr unsanfte Ohrfeige und versuchte ihn auf die Beine zu ziehen. Strobel riss die Augen auf und stammelte etwas Unverständliches.

»Zieht uns hoch!«, brüllte Carlos nach oben, doch seine Worte wurden von einem Hustenanfall verschluckt. Er sah, wie der Arzt blinzelnd nach den Steinen tastete, um sich nach oben vorzuarbeiten. Seine Rechte griff blind ins Nichts, und Carlos nutzte den Moment und zog Strobel in ihre Mitte. »Nimm seine Hand!«, befahl er dem Arzt, der gehorchte, als wäre auch bei ihm der Autopilot angesprungen. Das Knirschen war verklungen, aber eine neue Staubwolke bahnte sich den Weg durch den Spalt. Strobel wog anscheinend eine halbe Tonne, so schwer war es, ihm über die Steine nach oben zu helfen. Der kräftige Zug an den Seilen half jedoch, und Carlos war heilfroh, Willi und Otto mit dieser Aufgabe betraut zu haben.

»Sofie!«, rief er. »Bist du da?«

Sofie antwortete nicht. Ein furchtbares Bild tauchte in seinem Kopf auf. Sofie, leblos auf dem Boden liegend, erschlagen von einem Stein. Was, wenn sie es nicht schafften, wenn ihnen durch diesen neuen Ruck, der durch die Fundamente des Turms gegangen war, der Rückweg abgeschnitten wurde? Bis man sie ausgegraben hätte, wären sie längst erstickt.

»Hier bin ich!«, hustete es im nächsten Moment, und Carlos sah – in doppeltem Sinne – Licht am Ende des Tunnels. Sofie lag über ihnen und streckte ihnen beide Hände entgegen. In ihrem staubbedeckten Gesicht leuchteten ihre weit aufgerissenen Augen noch heller als sonst. Neben ihr lag ein dicker Steinbrocken in dem Spalt im Boden.

»Um ein Haar«, keuchte sie. »Da hätt der Helm auch nicht mehr geholfen!« Sie packte Strobels Hand und zerrte ihren benommenen Liebsten hoch in den Turm. Weitere Hände griffen nach ihnen, und im nächsten Moment fand Carlos sich in Ottos Armen wieder, der ihn mit einer Leichtigkeit, als würde er eine Brotscheibe aus einem Toaster nehmen, aus dem Spalt zog.

»Und raus mit dir«, keuchte er und gab Carlos einen beherzten Stoß in Richtung Tür, bevor er mit dem Arzt das Gleiche machte. »Dafür war de dicke Otto jetzt dann doch wieder gut genug, gell?«, meinte er noch, bevor er die gelungene Rettungsaktion mit einem zufriedenen Ächzen für beendet erklärte.

Kapitel 4

In dem man die Erleichterung nicht lange genießen kann, weil die Staatsgewalt ihren ersten komödiantischen Auftritt hat

Über dem Dorfplatz lag gespannte Stille. Doch sobald Sofie als Letzte mit dem Arzt aus dem Turm trat, brachen die Elwenfelser in lauten Jubel aus. Willi und Otto verbeugten sich theatralisch und patschten dann den drei immer noch nach Luft ringenden Männern schwungvoll auf den Rücken. Strobel schloss Sofie in die Arme und sah sich betreten nach allen Seiten um.

»Hopp! Notfall! Starker Flüssigkeitsverlust! Dehydrierte Patiente! Wo bleibt die Erste Hilfe?«, rief Willi scherzhaft in die Runde.

Die Erstversorgung der Geretteten bestand aus einem eilig herbei gebrachten Tablett voller Dubbegläser, in denen Rieslingschorle sprudelte. Charlotte drückte Carlos ein Glas in die zittrige Hand, bevor sie ihn fest umarmte. Unter ihrer dicken Winterjacke spürte er, dass sie ebenfalls zitterte. Er drückte ihr einen Kuss auf die Stirn, bevor er in langen Zügen den grässlichen Geschmack des Staubes aus dem Mund spülte. Nie zuvor hatte eine einfache Schorle so unerhört paradiesisch geschmeckt.

»Mach so was nie wieder, hörst du!«, stieß Charlotte halb vorwurfsvoll, halb erleichtert hervor, als Carlos erschöpft auf eine Bank sank.

»Was denn?«, fragte er.

Bevor sie antworten konnte, gesellten sich Anthony und Trudy zu ihnen. Anthony, der Friedhofsgärtner mit den jamaikanischen Wurzeln, stellte sich hinter Carlos und begann, ihm mit seinen kräftigen Händen die Schultern zu massieren. Seine langen Dreadlocks wippten vor und zurück und kitzelten Carlos' Wange. Seine Freundin Trudy, die erst vor einem halben Jahr vor einer US-amerikanischen Einheit desertiert war, hatte im Irak weitaus Schlimmeres erlebt als das hier, und dennoch lag in ihrem Blick Mitgefühl. Sie musterte vor allem Charlotte voller Besorgnis, als wüsste sie genau, wie es sich anfühlte, wenn man sich um einen geliebten Menschen Sorgen machen musste.

»So e gefährliche Aktion«, sagte Charlotte. »Des passt einfach net in den kitschige Liebesfilm, der bei uns grad am Laufe is.«

Ihr schelmisches Lächeln brachte wieder ein Stück der verliebten Stimmung zurück, in der sie schwelgten, seit Charlotte vor einer Woche beschlossen hatte, ihre Distanz gegenüber Carlos endgültig fallen zu lassen. Auf dem Fest zur Einweihung der neuen Kirchenfassade hatten sie Händchen haltend inmitten der Elwenfelser gesessen und duldsam lächelnd die grob-herzlichen Neckereien der anderen über sich ergehen lassen. Und dann, mitten im ausgelassenen Freudentaumel, war plötzlich Erwin auf seinem Traktor aufgetaucht und hatte die Katastrophe angedeutet. Wie so oft waren seine Worte allerdings zu rätselhaft, um als konkrete Warnung verstanden zu werden. Drei Minuten später war seine Vorsehung dann Realität geworden, der Kirchturm hatte sich geneigt, und Carlos fühlte sich wieder einmal bestätigt, wie nah die Extreme im Leben beieinanderlagen. Sogar in Elwenfels.

»Na ja, *so* gefährlich war das nun auch wieder nicht«, log er.

Charlotte lächelte schief. »Du hast recht. Außerdem hab ich sowieso viel mehr Angst um meine Schwester gehabt«, behauptete sie.

»Sofie wäre fast von einem Stein erschlagen worden«, murmelte Carlos und schaute zu seinen Mitstreitern hin, die sich an ihren Gläsern festhielten. »Was ist denn überhaupt passiert? Wir haben ein Knirschen gehört und dann einen Steinschlag.«

»Der Turm. Er is noch ein Stückchen weiter abgesackt.« Charlotte schaute beklommen an der Kirchenfassade hoch. Der Neigungswinkel des Turms hatte sich noch ein Stückchen vergrößert. Außerdem hatte sich an der Stelle, wo er mit der Kirchenfassade verbunden war, ein breiter Riss in der Wand aufgetan, der Boden davor war aufgeplatzt und wellig.

»Kann ma Pisa grad vergesse«, brummte Otto.

»Wir dürfen da auf gar ken Fall mehr rein«, warnte Sofie.

»Jetzt verzählen endlich, was da unten is!«, rief es aus der Menge.

»Ihr habt uns lang genug auf die Folter gespannt!«

»Un was is mit der Leich?«, wollte der Pfarrer wissen, der sich einigermaßen erholt wieder unter seine Gemeinde gemischt hatte.

Alle Blicke waren jetzt auf Carlos gerichtet. Nach einem weiteren Schluck aus dem Dubbeglas gab er in knappen Worten wieder, was sich unterhalb der Kirche befand, erzählte von der Krypta, den Säulen, den Wandmalereien und beschrieb den so erstaunlich gut erhaltenen Leichnam.

»Ich habe ein Foto von seinem Gesicht gemacht«, sagte

er. »Das müssen sich nachher alle mal anschauen. Vielleicht kennt jemand den Mann.«

Betroffenes Schweigen und vereinzeltes Kopfnicken bei den Dorfbewohnern, die in einem großen Kreis um Carlos herumstanden und von denen einige keine Kontrolle mehr über ihre Kinnlade zu haben schienen.

»Un was machen wir jetzt mit dem ganze unheilige Schlamassel?«, fragte der Pfarrer. »Unser Kirch is nimmer sicher. Was is, wenn der Turm einfach umfallt?«

»Jo genau«, meinte Willi. »Un wenn der Carlos rausfinde will, wer der Kerl in dem Loch do unne is, dann müsst ma ja noch mal da rein. Des is aber viel zu gfährlich.«

»Also?«, fragte Sofie. »Was schlagt ihr vor? Doch das THW anfordern? Ihr wisst alle, was das bedeutet.«

Aus der Menge war unwilliges Gemurre zu hören.

»Bevor ich bei den Forzathlete mit ihrem große Besteck um Hilfe ruf, reiß ich den Turm lieber mit meine eigene Händ ab!«, verkündete Otto dramatisch und fügte etwas kleinlaut hinzu: »Un bau ihn dann auch selbscht wieder auf.«

»Leute, da geht's um ein bisschen mehr als nur den Schaden an eurer Kirche«, gab Carlos zu bedenken. »So unterkellert wie euer Dorf ist, könnte es eine Gefahr für die anderen Häuser hier am Platz sein. Die Läden von Cordula und Alfred, das Rathaus und was sonst noch alles. Wollt ihr, dass hier alles vom Erdboden verschluckt wird? Ihr habt ja nicht mal gewusst, dass dieser geheime Raum existiert. Wer weiß, was es sonst noch alles da unten gibt.« Er hob die Hand und beschrieb einen weiten Halbkreis. »Hier geht's um den gesamten Ort. Euer Dorf!«

»Unser Dorf, ja?«, fragte Sofie, an deren langen Wimpern Staub klebte, und trat einen Schritt auf Carlos zu.

»Du hast wohl vergessen, dass es jetzt auch dein Dorf ist, lieber Herr Herb.«

Sie hatte recht. Aber es würde wohl noch eine Weile dauern, bis er sich an diesen so wunderbaren Gedanken gewöhnt hatte, jetzt tatsächlich ein Elwenfelser zu sein.

»Genau: *unser* Dorf«, korrigierte er sich und erntete wohlwollendes Nicken ringsum. »Da ist noch das hier.« Er tastete nach dem Buch in seinem Hosenbund. »Vielleicht liegt hier drin der Schlüssel zu alldem ...«

In diesem Moment ertönte von der anderen Seite des Platzes ein lauter, schnarrender Ton, als würde ein schlecht geöltes Rollgitter abgelassen. Kaum denkbar, dass ein derartiges Geräusch von einem Menschen kommen konnte. Und doch war es so. Es war die Stimme eines Wesens, das die Elwenfelser immer wieder mit der personifizierten Verbissenheit eines deutschen Schäferhundes heimsuchte: Polizeiwachtmeister Zohres. Wie ein Rumpelstilzchen, das plötzlich aus dem Boden gewachsen war, stand er an der Zufahrt zum Dorfplatz, die linke Hand betont lässig auf die Kühlerhaube seines Streifenwagens abgestützt, reckte sein Kinn weit nach vorn. »Was is hier los?«, schrie er.

Die Elwenfelser waren erschrocken herumgefahren. Es hatte sie kalt erwischt, und sie hatten ihrem Lieblings-Erzfeind in diesem Moment nichts anderes entgegenzusetzen als ihre ertappten Blicke. Zu sehr war man von Carlos' Erzählung gefesselt gewesen, als dass jemand bemerkt hätte, wie der übereifrige Provinz-Sheriff aus dem benachbarten Deidesheim auf den Platz gefahren war. Eigentlich hätte man damit rechnen können, denn Zohres unternahm immer wieder schikanöse Kontrollbesuche, um zu demonstrieren, dass das kleine Dorf nicht außerhalb des Gesetzes lag. Er verdächtigte die Elwenfelser schon seit Langem zwielichtiger Umtriebe und sah sich auch immer wieder bestätigt darin. Seit er im vergangenen Juni zufälligerweise genau zu dem Zeitpunkt aufgetaucht war, als ein paar der Dorfbewohner die Leiche des schwäbischen Winzers Hartmut Bitterlinger vom Tatort entfernten, hätte er am liebsten ein umfassendes Überwachungssystem im Dorf installiert. Doch das war nicht umsetzbar, denn Elwenfels lag immer noch im Abseits der normalen polizeilichen Ordnung. Und genau das wollte Wachtmeister Zohres ändern. Also tauchte er regelmäßig unangekündigt auf, in der Hoffnung, endlich jemanden *in flagranti* zu erwischen und die gesamte Dorfgemeinschaft der Mittäterschaft zu überführen. Und in diesem Moment schien es so, als hätten ihm die Elwenfelser ein Verbrechen wie auf einem Silbertablett präsentiert.

»Jetzt ist es so weit, ihr Lumpechores, ihr Gesindel. Diesmal seid ihr überführt. Alle samt und sonders!«, rief er in seinem gestelzten pfälzischen Hochdeutsch über den Platz. »Was wollt ihr hier vertuschen, hä? Schwerer Schaden an öffentlichem Bauwerk! Gefahr im Verzug. Und als ob des net schon genug wär, habt ihr auch noch e Leich, wo ihr gern versteckle tätet, hä?« Zohres schnappte mit rotem Kopf nach Luft. »Und jetzt hör ich, dass es hier auch noch unterirdische Gänge gibt. Des passt, des passt perfekt. Elwenfels als Syndronym für … äh, also, der Ort is quasi ja schon e Symbol für den Untergrund schlechthin, und genau des hab ich schon immer gewusst!!«

Er löste sich von seinem Streifenwagen und ging auf die Menschenansammlung zu. Es sollte bedrohlich wirken, und doch hallten jetzt schon vereinzelte Lacher über den Platz. Zohres hob einen Arm mit ausgestrecktem Zeigefinger und beschleunigte seine Schritte. Als er aber sah, dass plötzlich ein paar Elwenfelser aus der Menge hervortraten und in einer Reihe auf ihn zukamen, blieb er abrupt stehen. Etwas zu hektisch nestelte er sein Funkgerät aus der Gürteltasche.

»Kein Schritt weiter. Ich hab's immer gewusst, dass es hier kriminelle Machenschaften gibt. Aber jetzt is Ende Gelände und hoch die Hände! Jetzt wird aufgeräumt!«

»Uffpasse, Zohres! Sonst wirst du gleich mit entsorgt!«, donnerte Willi und deutete auf den schiefen Kirchturm. »Da unne wär noch Platz für so en großmäulige Leerschädel wie dich.«

Zohres wich zurück und tastete nach der Tür zum Streifenwagen. »Ich lass mir von euch nicht drohen!«, schnarrte er, aber seine zitternden, senfgelben Haare über der roten Stirn verrieten seine Angst. Weitere Elwenfelser lösten sich aus der Menge und kamen auf ihn zu.

»Hopp!«, schrie einer. »Jetz isser dran. Druff un dawedder!«

»Genau!«, rief ein anderer. »Wenn der fort is, sucht ihn eh keiner.«

Zohres sprang in seinen Wagen, verriegelte die Türen und lenkte ihn mit panischen Manövern zurück auf die Straße. Er schien tatsächlich zu glauben, dass die Elwenfelser ihn in den Katakomben der Kirche verschwinden lassen würden. Mit quietschenden Reifen schlingerte die selbst ernannte Nemesis des Dorfes davon.

Nachdem Zohres erschienen war, hatte Carlos verzweifelt versucht, zwischen den Elwenfelsern in Deckung zu gehen. Er war froh, dass er bei seiner kleinen Ansprache das geheimnisvolle Buch nicht in die Höhe gehalten hatte. Ob Zohres ihn gesehen hatte? Aber wenn er zufällig auf die Idee kommen sollte, die aktuellen Fahndungslisten des Hamburger LKA zu studieren, würde er nicht lange brauchen, um sich an diesen Typen mit der Lederjacke zu erinnern, der in norddeutschem Akzent mit den Elwenfelsern konspirierte. Nun, nicht sehr wahrscheinlich. Aber wenn er anderen Polizisten einfach erzählte, dass ein Hamburger im Elwenfelser Untergrund eine Leiche untersucht hatte? Dann würde der ein oder andere findige Ermittler auf seine Spur kommen. Wie leichtsinnig und dumm er doch war! Mit dieser Aktion war das Dorf als Versteck wertlos geworden, und er würde sich jetzt selbst in Elwenfels nicht mehr frei bewegen können. Erst recht nicht, wenn Zohres die Kavallerie rufen würde. Carlos nahm einen tiefen Atemzug und sah Charlotte an, die dem Streifenwagen mit nachdenklicher Miene hinterherschaute.

»Macht euch keine Vorwürfe«, sagte er halbherzig. »Der baufällige Kirchturm wäre ihm früher oder später ja doch aufgefallen. Das, was jetzt kommt, ist unvermeidlich. Leider.«

Frustrierte Laute waren auf dem Dorfplatz zu hören.

»Die Frag is nur: Sind wir gewappnet für das, was jetzt kommt?«, fragte Charlotte beklommen.

»Ach Mädel, was soll denn komme?«, fragte ihre Großmutter Elsbeth und strich ihrer Enkelin über den Arm.

»Poliziste, Beamte, Kontrolleure, die ganz Borkenkäfer-Bagage von de Behörde halt!« Michael Schaf spuckte die Worte aus, als wären sie eine Plage biblischen Ausmaßes.

»Des is de Super-GAU«, fügte Alfred hinzu.

Carlos verzichtete darauf, seine persönlichen Umstände auch noch mit in die Waagschale des allgemeinen Katastrophenszenarios zu werfen. Er würde sich die nächsten Wochen wohl bei Charlotte im Bettkasten oder in irgendeinem Kartoffelkeller verstecken müssen, um das hier zu überstehen.

Die Wirtin Elsbeth war die Einzige in der Runde, die das Ganze mit Gelassenheit sah.

»Ihr wisst schon, was de Erwin dazu sage tät, oder?«

»Ach, der Erwin mit seim geheimnisvolle Gebabbel!«, sagte Willi unwirsch. »Anstatt dass er uns mal gewarnt hätt!«

Elsbeth legte lächelnd den Kopf schief. »Nää, so ebbes macht de Erwin net. Un wisst ihr auch, warum? Weil des überhaupt nix dran ändern tät an dem, was der Erwin aus tiefster Seele glaubt. Egal was passiert ...«

»Jo, jo, is schon klar«, brummte Otto.

»Es kommt, wie's kommt«, sagte Elsbeth sanft, und ihre leuchtenden Augen schienen jeden auf dem Platz anzulächeln. Carlos lief ein Schauer über den Rücken. Manchmal vergaß er, dass Elsbeth die Enkelin vom alten Erwin war.

»Un wenn's net kommt ...«

»... kommt's halt annerscht«, kam das Echo aus mehreren Mündern gleichzeitig zurück.

Carlos sah sich um. Das Elwenfelser Mantra schien die eben noch so geknickte Runde schlagartig wieder aufgerichtet zu haben. Sprichwörtlich im perfekten Moment. Denn aus der Ferne, gedämpft durch einen dichten Wald und wie das unheilvolle Signal aus einer fremden, feindlichen Welt, ertönte in diesem Moment ein ganzes Orchester an Sirenen, die sich unaufhaltsam auf das kleine Paradies zubewegten.

Kapitel 5

Als wäre pfälzische Mundart nicht schon kompliziert genug, muss sich Carlos nun auch noch mit altdeutschen Hieroglyphen herumschlagen

Carlos hatte vorerst Unterschlupf in der Wohnung von Frau Zippel gefunden, direkt über der Bäckerei, die einen Panoramablick auf den Dorfplatz bot. Aber heute konnte er diesen Ausblick nicht genießen. Carlos stand am Fenster und grub die Fingernägel in die Handflächen. Früher hatte er schon das gelegentliche Auftauchen von Zohres' Streifenwagen zwischen den alten Sandsteinhäusern als schwer ertragbare Zumutung empfunden. Aber jetzt musste er dabei zusehen, wie der Platz in Blaulicht getaucht wurde. Drei Einsatzfahrzeuge führten die Karawane aus Feuerwehr, Rettungsdienst und THW an. Innerhalb von Minuten wurde es auf dem Platz so eng, dass die einheimischen Fußgänger in die Seitengassen und Höfe ausweichen mussten. Wagentüren sprangen auf, und überall waren Uniformen zu sehen.

Inmitten dieses Gewusels stolzierte Wachtmeister Zohres umher und spielte den Einsatzleiter, den höchstpersönlichen Katastrophenbeauftragten, ohne zu bemerken, dass seine Vorgesetzten ihre Köpfe zusammensteckten und ihn gar nicht weiter beachteten. Es hatte etwas Tragikomisches, wie der Erzfeind von Elwenfels versuchte, eine Rolle zu spielen, die ihm keiner gegeben hatte. Aber wahrscheinlich ging dennoch gerade ein lang gehegter Traum für Zohres in Erfüllung: Elwenfels unter seine Kontrolle zu bringen, und sei es auch nur in seiner Einbildung.

Carlos heftete seinen Blick an zwei Polizisten, die offensichtlich einen Verantwortlichen für das Dorf suchten. Er stellte sich vor, was er früher getan hätte, wenn er zu einem solchen Zwischenfall gerufen worden wäre. Wo anfangen? Wie sich Überblick verschaffen? Elwenfels war kein normales Dorf, wo es einen auskunftsfreudigen Bürgermeister gab, der Staatsdienern und Einsatzkräften respektvoll den roten Teppich ausrollte. Hier durften die Polizisten allenfalls einsilbige Verschlossenheit erwarten, nach dem Motto: Wenn ihr uns schon überfallen habt, dann müsst ihr auch selbst klarkommen!

Charlotte trat hinter ihn, schob ihre Hand in seine und sah nach draußen. »Was machen die jetzt?«, fragte sie.

»Sie werden erst mal die Leiche bergen und dann vielleicht die umliegenden Gebäude evakuieren, die Kirche absichern und vor allem jede Menge unangenehme Fragen stellen.«

»Wenn das doch bloß alles ein blöder Traum wär«, murmelte sie. »Was für ein Chaos!«

»Und diesmal kann ich euch nicht helfen«, sagte Carlos düster. »Ich kann mich da draußen nicht blicken lassen. Wenn mich jemand erkennt …«

Als er Charlottes abschätzigen Blick sah, hielt er inne. »Was denn?«

Sie lächelte. »Ich überleg grad, ob du mir auch mit Bart gefallen würdest.«

»Ein Bart wird nicht reichen, um unerkannt zu bleiben.«

»Nein. Aber die Cordula hat früher mal beim Friseur

gearbeitet. Ich denk mir, hellblond steht dir vielleicht ganz gut.« Charlotte strich ihm über die Wange, und einen winzigen Moment lang beneidete er sie für ihre Naivität.

»Natürlich musst du dich auch e bissel verkleide. Es muss so aussehen, wie wenn du hier wohnst. Auf keinen Fall darfst du so aussehen wie einer von woandersher.«

»Sieht man mir das wirklich so sehr an?«, fragte Carlos.

»Sag du's mir. Du bist der Ex-Bulle. Dafür gibt's doch e Gespür, oder?«

Er musste Charlotte recht geben. Erfahrene Ermittler konnten relativ schnell feststellen, wer in einer scheinbar homogenen Gruppe nicht so richtig dazugehörte und sich dadurch verdächtig machte.

Carlos blickte wieder nach draußen. Eine Gruppe von Feuerwehrmännern hatte sich die Helme aufgesetzt und stand nun vor der Kirche, um den instabilen Turm näher in Augenschein zu nehmen. Mehrere Polizisten hatten sich in einer Reihe vor den Dorfbewohnern aufgestellt und bildeten so eine Art menschliche Absperrung. An der Körpersprache war zu sehen, dass dort der ein oder andere unfreundliche Satz die Seiten wechselte. Nur Willi und Otto schafften es mit ihrer körperlichen Präsenz, ein wenig Abstand zwischen sich und die Ordnungshüter zu bringen. Carlos hätte zu gerne gewusst, was da unten geredet wurde.

Charlotte sah zu ihm hoch. Ihr Blick war seltsam schmerzvoll. »Du willst doch net weggehen, oder?«

»Wie bitte?«

»Na, des Gedees do unne, des macht dich doch bestimmt total nervees, oder?«

Carlos musste unwillkürlich lachen, weil sie *nervös* so aussprach, dass es sich auf das pfälzische Gedöns, also

Gedees reimte. »Ich war noch nie so nervös in meinem ganzen Leben. Spürst du nicht, wie ich zittere?«

»Genau des mein ich. Du wolltest doch weg von allem. Un jetz is hier alles voller Polizei. Un ich verzähl dir was vom Haarefärben.« Sie senkte verlegen den Kopf.

Er zog sie an sich. »Charlotte, Liebes, wie kommst du denn darauf, dass ich von hier wegwill? Sobald ich da draußen bin, kriegen die mich doch sofort. Nee, nee, ich mach es so, wie du vorgeschlagen hast: Ich lass mir die Haare färben und leih mir von irgendjemandem ein Winzerhemd, dann erkennt mich schon keiner. Und ich werde fleißig mein Pfälzisch trainieren, dann bin ich bald der perfekte Eingeborene, weischt du, wie ich meinen tät?«

Charlotte kicherte und verdrehte die Augen. Carlos legte die Finger unter ihr Kinn und sah ihr in die Augen. »Ihr seid alles, was ich habe«, sagte er leise.

Charlotte schlang die Arme um ihn, zögerte dann aber. Das Fundstück, das er in dem Raum unter der Kirche entdeckt hatte, steckte immer noch in seinem Hosenbund.

»Ach Gott, das Buch. Zeig doch mal her.«

Er zog es heraus und befreite es aus der Plastikhülle.

»Beweismittelunterschlagung. So nennt man das übrigens. Und ich rate dringend davon ab, dir das von mir abzugucken«, sagte er.

»Hopp, jetzt zeig schon her!«

Vorsichtig schlug Carlos das Buch auf und legte es auf den Tisch. Im nächsten Moment war das Chaos vor den Fenstern vergessen.

»Guck mal, das Datum«, sagte Charlotte. »8. August 1939.«

Carlos blätterte ein paar der Seiten um. »Scheint ein Tagebuch zu sein. Aber was ist das für eine seltsame Schrift?«

»Sieht aus wie Sütterlin.«

»Kannst du das etwa lesen?«

»Ah jo klar. Außerdem kann ich noch Hieroglyphe entschlüsseln und altgriechische Matheformeln übersetzen und Emojis dechiffrieren.«

»Also nicht. Gibt es hier jemanden, der das kann?«

Charlotte betrachtete die für sie unleserliche Schrift. »Ich hör mich mal um. Kann sein, dass die Elsbeth oder jemand von den Alten das noch kann.«

Carlos schlug den hinteren Teil des Buches auf. Der letzte Eintrag datierte vom 21. November 1943. Als er weiterblättern wollte, entdeckte er ein gezacktes Papierstück, das zwischen den Seiten hervorragte. Eine Fotografie.

Sie zeigte einen jungen Mann und eine junge Frau, beinahe noch Teenager, die vor einer Häuserfassade standen. Sah das nicht aus wie Berlin? Über ihnen ragte der Zipfel einer Flagge ins Bild, an der Carlos unverkennbar den Arm eines Hakenkreuzes entdeckte. Die Frau trug ein schickes Kleid, für das Cordula, die Vintage-Expertin von Elwenfels, wahrscheinlich ein kleines Vermögen ausgegeben hätte, und eine geflochtene Korb-Handtasche. Der junge Mann neben ihr war mit einem typischen Dreißigerjahre-Anzug mit dünner Krawatte und Einstecktuch bekleidet. Die beiden wirkten wie Geschwister. Auf der Rückseite des Fotos stand das Datum. 22. April 1939.

»Meinst du, einem von den beiden gehört das Tagebuch?«, fragte Charlotte

»Hm ... das müsste man eigentlich an der Schrift erkennen können. Und natürlich am Inhalt.«

Charlotte bebte jetzt vor Aufregung. »Wir müssen versuchen, es zu entziffern, Carlos! Vielleicht finden wir dann raus, warum die Leich unter der Kirch liegt und was der hier gemacht hat.«

»Falls es da einen Zusammenhang gibt«, wandte Carlos ein. »Könnt ja auch sein, dass die zwei auf dem Foto, was weiß ich ... seine Großeltern waren. Und er hatte das Buch nur aus rein sentimentalen Gründen dabei.«

Charlotte runzelte die Stirn und sprach aus, was er selbst dachte: »Jo alla!«

Diesmal hatte Carlos seine pfälzischen Vokabeln sofort parat und übersetzte korrekt: »Als ob! Ja, genau das denk ich auch. Als ob!«

Er stellte sich wieder ans Fenster. Die Uniformen verloren keine Zeit. Vor dem Eingang zum Kirchturm war ein weißes Zelt aufgeschlagen worden, wo gerade Profis von der Spurensicherung in Schutzanzüge schlüpften und sich Atemmasken überstülpten.

Aus Erfahrung wusste Carlos, wie lange das Ganze dauern würde. Bis sie den Fundort untersucht und den Toten geborgen hatten, konnte locker der Rest des Tages verstreichen, der ohnehin bereits dämmerte. Immer mehr Polizisten mischten sich unter die Dorfbewohner, um sie zu befragen. Carlos konnte das Haus auf keinen Fall verlassen und fühlte bereits jetzt, wie die Decke des Zimmers sich absenkte, um ihm auf den Kopf zu fallen. Er stieß einen Seufzer aus.

»Komm, jetzt piens net rum!«, forderte Charlotte ihn auf.

»Mach ich ja gar nicht. Ich seufze. Piensen ist ja wohl eine Spur schlimmer, oder?«

»Wenn man dich hört, könnt man meinen, die Arche Noah wär ohne dich abgefahren!«

»So fühlt es sich auch an.«

»Da hilft nur eins. Ich hol dir jetzt meinen Laptop und was zu esse, und du lernst e bissel Sütterlin, dann sind wir bestimmt bald schlauer. Besser wie nix, oder?«

»Ist das dein Ernst, Charlotte?« Carlos fühlte sich auf einmal schrecklich erschöpft. Ob es das Abenteuer in der Krypta der Kirche war, was ihn so geschafft hatte, oder die Tatsache, dass es mit dem Untertauchen jetzt wirklich ernst wurde, wusste er nicht. Er sehnte sich so sehr nach Ruhe, nach unspektakulärer Ereignislosigkeit, nach Elwenfelser Beschaulichkeit eben. Aber der Blick aus dem Fenster sagte ihm, dass Charlotte recht hatte. Es war jetzt nicht die Zeit, um die Füße hochzulegen. Abgesehen davon war seine eigene Neugierde auf den Inhalt des Tagebuchs viel zu groß.

Charlotte stellte sich auf die Zehenspitzen und küsste ihn. Ihre Innigkeit gab ihm eine weitere Idee, wie man einen zur Untätigkeit verdammten Nachmittag noch verbringen konnte. Er zog sie an sich und beschloss, das Chaos vor dem Fenster für eine Weile zu vergessen. Charlotte schien seine Gedanken schon wieder zu lesen. Sie machte sich los und legte ihren Zeigefinger auf seine Lippen.

»Später, mein Lieber«, vertröstete sie ihn.

»Wann später?«

»Wenn du ›Ich liebe Charlotte mit Haut und Haaren‹ auf Sütterlin schreiben kannst!«

Weg war sie und ließ ihn in Frau Zippels mit Antiquitäten überladenem Wohnzimmer allein. Zwanzig Minuten später kehrte sie mit ihrem Laptop zurück. Im Schlepptau die Bäckerin, die einen Teller mit Leberwurstbroten und ein Dubbeglas mit Traubensaftschorle vor Carlos abstellte.

»Schon mal an die unterirdischen Gänge gedacht?«, zwinkerte sie ihm verschwörerisch zu. »Du kannst dich ohne Probleme frei bei uns im Ort bewege. Nur halt net oberirdisch.«

Carlos nickte. Die Gänge unter dem Dorf hatte er fast schon wieder vergessen.

Beklag dich nicht, sagte eine Stimme in ihm. Diesen Abenteuer-Modus hast du doch früher so genossen; du warst süchtig danach. Wie um dieser Stimme beizupflichten, komplimentierte er Charlotte und die Bäckerin nun charmant aus dem Zimmer und rief im Internet Seiten auf, die sich mit dem Sütterlin-Alphabet beschäftigten. Vor den Fenstern legte sich die Dämmerung langsam über den Dorfplatz, auf dem gerade ein weiterer Streifenwagen einfuhr. Und während eine in Elwenfels nicht gerade unbekannte Kriminalkommissarin schwungvoll aus dem Auto stieg, kam Carlos sich vor wie ein Altertumsforscher, der eine uralte Inschrift Buchstabe für Buchstabe entschlüsselt, um so ein lang verschollenes Geheimnis ans Tageslicht zu bringen.

Kapitel 6

Eine Dessous-Ladenbesitzerin färbt einem Mann die Haare und zeigt einem anderen, wo der Hammer hängt

Cordula zog einen Scheitel durch Carlos' kastanienbraunes, ziemlich zotteliges Haar, bevor sie mit einem Pinsel eine Paste aus Wasserstoffperoxid und Färbemittel auf seinem Kopf verteilte.

»Und du bist dir sicher, dass Charlotte mich noch mag, wenn ich ... äh, was für eine Farbe wird das denn überhaupt, Cordula?«, fragte er.

»Mintgrün«, sagte sie und genoss sein erschrockenes Gesicht im Spiegel.

Sie saßen im Hinterzimmer ihres Ladens, der an diesem Tag geschlossen war. Die Elwenfelser Damenwelt war bei dem aktuellen Chaos im Dorf sowieso nicht in der Stimmung, Dessous und Feinstrümpfe einzukaufen. Und von den Eindringlingen bestimmt auch niemand. Polizisten und Archäologen hatten wohl kaum nennenswerten Bedarf an ihren exklusiven Waren, die an altmodischen Kleiderpuppen und in Regalen auf neue Trägerinnen warteten. Obwohl Cordula auch einige Frauen unter den Neuankömmlingen ausgemacht hatte, vor allem unter den Presseleuten, die seit dem Morgen scharenweise im Dorf einfielen, um bundesweit die Öffentlichkeit über die mysteriöse Entdeckung zu informieren. Bei der Erinnerung an das, was sie auf dem Platz vor der Kirche gesehen hatte, zog sich ihr Magen erneut zusammen. Der Anblick war so unangenehm gewesen, dass Cordula heilfroh war, sich mit einer Typveränderung für Carlos Herb ablenken zu können.

»Akazienhonigblond«, präzisierte sie und lächelte ihm beruhigend im Spiegel zu. Nicht dass es diese Farbe wirklich gab; Cordula hatte die Bezeichnung eben gerade erfunden, weil sie Carlos nicht sagen wollte, dass sie seine Haare stinknormal blond färben sollte. Und nein, sie war nicht der Meinung, dass es ihm stehen würde. Dazu war er zu blass, der Detektiv aus dem hohen Norden. Aber Charlotte hatte ihr klargemacht, dass niemand ihn so schnell wiedererkennen durfte, und da konnte man keine Rücksicht auf Hautton und -typ nehmen. Und außerdem war in den Überbleibseln ihrer eher unrühmlichen Karriere als Friseurin nur diese eine Farbmischung noch zu finden gewesen.

»Ich bin mir sicher, die Charlotte tät dich auch mit Zöpf oder einer Glatz lieben«, sagte sie.

»Außerdem: Des Allerwichtigste is doch sowieso, dass du dich selbst liebst, gell?«

»Wie du meinst, Cordula. In deinen Händen werde ich zu Wachs ... Aua, das brennt!«

»Piens net rum«, befahl sie.

»Ja, das habe ich heute schon mal gehört.«

»Na alla, dann wird's schon richtig sein, dich mal e bissel ranzunehmen.«

»Und bist du dir sicher, dass uns hier niemand stört?«

»Der Laden is geschlossen, da kommt keiner rein.«

»Hm, ich könnte mir vorstellen, dass dein Geschäft auch eine überregionale Pressemeldung wert wäre.«

»Wie määnsch'n des?«

»Na, das Ganze hier. Wenn man diesen Laden betritt, das ist eine echte Zeitreise, Cordula. So was gibt's nicht mehr. Nicht mal in der Großstadt.«

»In London schon«, sagte sie und dachte sehnsuchtsvoll an die vielen auf Nostalgie ausgerichteten Spezialgeschäfte in der englischen Hauptstadt, die sie im Internet ausfindig gemacht hatte und bei denen sie manchmal ihre Waren bestellte: Retro-Tapeten, Seidenpapier, Verkäuferinnen mit Bleistiftkleidern und Nahtnylons, Plüschsessel in den Umkleidekabinen. Eine Reise nach London, davon träumte sie schon, seit sie ein Teenager war. Das wäre jetzt genau das Richtige. Eine Woche vielleicht, bis sich die Lage hier wieder beruhigt hätte. Aber Cordula wäre keine richtige Elwenfelserin gewesen, wenn sie ihre Mitbürger in einer solch brenzligen Situation im Stich gelassen hätte.

Cordula verteilte eine weitere Portion Färbepaste auf Carlos' Kopfhaut. »Du glaubst also, die Pressegeier da draußen würden gern en Film drehn über mein kleines Königinnenreich?«

Es ehrte Carlos ja, dass er es so sah, aber ihr verursachte der Gedanke nur weitere Bauchschmerzen, und das blieb ihm nicht verborgen.

»Cordula, was ist denn los? Du siehst überhaupt nicht glücklich aus.«

»Wundert's dich etwa?«, fragte sie. »Allein die Tatsach, dass du auf so en Gedanke kommst, zeigt doch, wie schlimm des Ganze is. Fernsehen, Radio, RTL, *Spiegel*, *Focus*, *BILD-Zeitung*. Und dann noch ein ganzer Bus voll mit Archäologen und die Typen vom Landesamt. Und wir mittendrin. Ich hab das Gfühl, dass die uns all bald zerquetschen zwischen ihre Kameras, Absperrbänder und Übertragungswägen.«

Sie warf einen Blick auf die Verbindungstür zum Laden, wo vor den Schaufenstern, die sie am Morgen vorsorglich mit Tischdecken verhängt hatte, die Hölle los war. Sie konnte förmlich spüren, wie die Luft vor Sensationslüsternheit vibrierte.

»Ich will, dass die so wenig Gründe wie möglich finden, hier bei uns zu bleiben«, erklärte sie Carlos. »Und da bin ich net die Einzige.«

Sie merkte, dass sie sich in Rage redete, so wie ihre ehemaligen Friseur-Kolleginnen es oft getan hatten, aber das war ihr egal. »Klar, wenn die meinen Laden entdecke, dann mache die e Meldung draus, un dann kommen später wahrscheins auch noch Busladunge voller Touriste dazu, auf'm Event-Shopping-Trip. Da könnt ich b'stimmt was verdiene. Aber des will ich noch weniger wie e Laufmasch!«

»Schon verstanden, Cordula«, beschwichtigte Carlos, der mit dem ganzen Färbemittel auf dem Kopf ziemlich jämmerlich aussah. »Das da draußen ist wirklich beängstigend. Weißt du schon irgendwas Neues?«

Sie schüttelte den Kopf und unterdrückte ein Niesen. Die Farbe kitzelte in der Nase.

Am gestrigen Abend hatten sie nur erfahren, dass man die Leiche geborgen und abtransportiert hatte. Ein Team vom Technischen Hilfswerk hatte außerdem angefangen, eine provisorische Gerüstkonstruktion zur Sicherung des Kirchturms zu errichten, und die Polizei hatte den Durchlass gleich daneben gesperrt. Michael und Karl sowie alle Elwenfelser, die hinter der Absperrung wohnten, mussten nun den Umweg über den Friedhof nehmen, wenn sie ins Zentrum des Dorfes oder auf die Straße nach Deidesheim wollten. Außerdem war eine Absperrung rings um die Kirche aufgestellt worden, damit niemand auf die Idee kam, dort hineinzugehen. Vor dem Eingang zum Turm stand jetzt ein weißes Zelt, wo seit dem frühen Morgen die Archäologen mit allerlei Spezialgerät ein und aus gingen. An der Zufahrtsstraße und auf dem Weg zum Friedhof standen Übertragungswagen aller großen Fernsehsender des Landes. Kabelstränge wanden sich wie dicke schwarze Schlangen die mit Kopfsteinpflaster ausgelegten Gassen auf und ab, und an jeder Ecke stand irgendein Journalistenteam mit Kamera, Scheinwerfer und Reporter, das direkt und hautnah aus dem im Moment wohl berühmtesten Dorf Deutschlands berichtete.

Cordula wollte nicht wissen, was sie alles für haarsträubenden Unsinn von sich gaben, wenn sie Elwenfels ins sensationsgeile Rampenlicht zerrten. Es war zum Verzweifeln. Ihre Heimat hatte sich innerhalb von Stunden von einem beschaulichen, kaum wahrnehmbaren Punkt auf der Landkarte in ein Zentrum hektischen Medieninteresses verwandelt. Wegen eines schiefen Kirchturms und einer Leiche in einem alten Keller.

Und dann war da noch eine alte Bekannte aus Ludwigshafen aufgetaucht.

»Deine Kommissarin freut sich bestimmt, dass endlich mal wieder was passiert is, damit sie mal wieder rumschnüffle kann bei uns«, stellte Cordula betont spitz fest.

Carlos verdrehte die Augen. »Nadja Sprengel ist nicht *meine* Kommissarin.«

»Aber sie wär's gern, oder?«

Cordula räumte das Schälchen mit der Farbe weg und stellte eine Eieruhr auf eine halbe Stunde. »Komm! Die steht auf dich, Carlos. Des sieht doch e Blindschleich mit verbundene Auge. Jedes Mal, wenn die dich sieht, tät die sich am liebschte die Kleider vom Leib reiße.«

»Soll sie doch. Dann friert sie sich ihren imposanten Sixpack ab, es ist nämlich verdammt kalt gerade.«

»Woher weißt du denn, wie ihre Bauchmuskle aussehen?!«

»Ähm, das sieht man doch … durch ihre Klamotten hindurch.«

Das war zwar eine Art Ausflucht, entsprach aber auch der Wahrheit. Die Kommissarin mochte es gerne körperbetont. Wenn es in ihrem Beruf nicht extrem seltsam und unpassend gewesen wäre, würde sie wahrscheinlich sogar mit Miniröcken oder Kunstlederleggings zum Dienst kommen.

»Also jedenfalls hat diese Frau Sprengel gemeint, dass sie jetzt die Ermittlungen übernimmt und dass alle Einwohner zu dem Toten befragt werden. Ich weiß ja net, was es da zu frage gibt. Ich kenn den Kerl jedenfalls net.«

»Komm, guck dir das Foto doch noch mal an!«, forderte Carlos sie auf und hielt ihr sein Handy vor die Nase.

Cordula betrachtete das Bild der Leiche und schüttelte den Kopf. »Wann soll'n der Kerl überhaupt hier gewesen sein?«

»Die Kommissarin wird uns schon sagen, wie lange die Leiche da schon liegt«, meinte Carlos, aber an seiner nachdenklich gerunzelten Stirn sah sie, dass er sich da gar nicht so sicher war. Sie setzte sich ihm gegenüber auf den grünsamtenen Ohrensessel, den sie von ihrer Großmutter geerbt hatte.

»Und selbst wenn. Wenn sich irgendjemand von uns an den Mann erinnert …«

»… wird niemand etwas sagen«, vollendete Carlos den Satz. »Aber warum eigentlich? Habt ihr denn kein Interesse, dass dieser Fall aufgeklärt wird?«

Cordula wurde schlagartig bewusst, wie sehr sie Carlos

mochte. In einem anderen Leben, oder wenn sie einfach ein anderer Mensch gewesen wäre, hätte sie sich wahrscheinlich Hals über Kopf in diesen wunderbar altmodischen und zugleich jungenhaften Kerl verliebt. Zwar war er ehemaliger Polizist, hatte jahrzehntelang auf der Seite derer gestanden, die jetzt wie Insekten jeden Winkel des Dorfes inspizieren und alles auf den Kopf stellen würden. Und doch war er jetzt einer von ihnen geworden, ein Hamburger zum Elwenfelser. Das war in etwa so bemerkenswert, als würde ein Walfänger sich absichtlich von einem Blauwal verschlucken lassen, um zu sehen, wie es sich anfühlte, in einem Riesenbauch durch den Ozean zu schaukeln. Und dafür liebte sie Carlos Herb.

Cordula hatte ihm vor Kurzem erst vorgeschlagen, hier im Hinterzimmer ihres Ladens sein neues Detektivbüro einzurichten. Und jetzt, wie er so mit nassen Haaren und Friseurumhang vor ihr saß, hatte sie das Gefühl, als stünde bereits der ungewöhnliche Beginn einer noch ungewöhnlicheren Zusammenarbeit bevor.

»Wir wollen ja, dass der Fall aufgeklärt wird«, seufzte sie. »Aber net so. Wenn der kleine Drecksack von Zohres net aufgetaucht wär, dann ...«

»Dann hättet ihr die Leiche eigenhändig beseitigt und auf eigene Faust ermittelt, was?«, fragte Carlos. Durch seine blauen Augen huschte ein Glanz von widerwilliger Anerkennung.

»Genau. Archäologen und Presseleute sind doch schon genug Durcheinander. Un dazu jetzt auch noch die Bullerei? Nää, Carlos, des is äfach zu viel für unseren kleine Ort. Wir haben schon viel mitgemacht in den letzten paar Jahren, aber diesmal hab ich echt Angst, dass es nie wieder so wird, wie's mal war.«

Cordula versuchte noch, das unangenehme Kitzeln

in ihren Augenwinkeln zu ignorieren, aber es war zu spät.

»Verdammt, ich hab schon seit zwanzig Jahr nimmer geheult!«, schluchzte sie. »Und erst recht net, wenn en Mann in de Näh war.«

Carlos streckte die Hände unter dem Friseurumhang hervor und legte sie auf ihren Unterarm. »Aber Cordula, ihr sagt doch immer, dass … dass alles kummt, wie's kummt.«

Sie konnte nicht anders, als über seine hochdeutsch gefärbte Anwendung des pfälzischen Mantras zu schmunzeln.

»Und dass, wenn es nicht kummt, es eben anders kummt«, fuhr er fort. »Vielleicht erfahrt ihr auf diese Weise etwas über euer Dorf, das ihr ohne diese Katastrophe niemals erfahren hättet? Was ist, wenn die Krypta erst der Anfang ist? Wenn es da noch mehr Geheimnisse gibt, die endlich ans Licht wollen?«

»Jo. Is ja alles schön und gut.« Cordula wischte sich die Tränen weg. »Aber doch net so! Lauter Leut, die rumschnüffeln un durch unser Allerheiligstes trampeln.«

»Moment mal. Ich dachte, euer Allerheiligstes ist der geheime Weinberg, euer Wingert im Wald, und die Höhle, in der Sofie den Zauberwein herstellt.«

Cordulas Magen fühlte sich auf einmal an, als würde jemand versuchen, ihn wie einen nassen Waschlappen auszuwringen. »Aber Carlos, verstehst du denn net? In Elwefels gibt's die Geschichte, dass die Weinreben dort auf einem ehemaligen Keltenfriedhof wachsen. Un dass die Höhl früher eine uralte heidnische Kultstätte war. Die Sofie hat dort mal so e goldene Nadel gfunde, wo man früher die Gewänder mit verschlossen hat. Die hat sie einfach bei sich in die Schmuckschatulle gelegt. Die is wahrscheinlich total wertvoll. Und bestimmt liegt da noch ein Haufen altes Zeugs rum.«

Carlos' Augen wurden immer größer. Er ahnte wohl, worauf sie hinauswollte.

»Du meinst, wenn diese Archäologen sich jetzt in den Kopf setzen, euer ganzes Dorf nach historisch bedeutsamen Zeugnissen zu untersuchen, werden sie nicht bloß den Untergrund der Kirche erforschen, sondern irgendwann auch auf die Geheimgänge stoßen?«

Cordula nickte beklommen, aber Carlos machte weiter. »Sie werden die Umgebung scannen. Und dann zwangsläufig auf euren Wingert stoßen. Und bei den anschließenden Probegrabungen entdecken sie vielleicht ein keltisches Fürstengrab im Boden.«

»Sei still, ich kann's net höre!« Cordula sprang auf, um das schreckliche Szenario abzuschütteln. Sie wusste, dass sich Carlos zwar emotional ausmalen konnte, wie schlimm eine derartige Entdeckung wäre, bezweifelte aber, dass er als Zugezogener es wirklich bis in die letzte Zelle spüren konnte, wie sich diese Vorstellung für sie und die anderen anfühlen würde. Er konnte niemals wirklich erfassen, worum es für die Elwenfelser dabei ging: die Angst, ihre Seele zu verlieren.

Im nächsten Moment klingelte die Eieruhr, und Cordula war froh, sich jetzt damit ablenken zu können, ihm die Tönung aus den Haaren zu waschen. Carlos ließ die Prozedur schweigend über sich ergehen. Kurz danach saß er mit trocken gerubbelten Haaren vor ihr und sah sie angespannt-ängstlich an. Ihre gute Laune kehrte augenblicklich zurück.

»Carlos, eigentlich is des da drauße alles net so dramatisch. Die wirkliche Katastrophe, die is woanders. Nämlich auf deim Kopf.«

»Was? So schlimm?!« Carlos wollte sich nach dem Spiegel umdrehen.

»Warte mol. Noch net gucke!«

Sie holte Kamm und Schere und verpasste Carlos einen neuen Haarschnitt. Nicht dass sie noch in Übung war, die vier unerfreulichen Jahre in einem Friseursalon in Bad Dürkheim lagen zum Glück schon lange zurück. Aber ihre Lieblingsfrisur für Herren hatte sie immer noch drauf. Dann erlaubte sie ihm, sich nach dem Spiegel umzudrehen. »Jetzt guck!«

Carlos drehte sich langsam um, und als er sein Bild im Spiegel sah, biss er sich auf die Unterlippe.

»Heilige Sch... Ich sehe aus wie ein norwegischer Gangster aus den Zwanzigerjahren!« Er betastete ungläubig sein schwungvoll nach hinten gekämmtes Haupthaar über den altmodisch-schnittig gestutzten Seiten.

»Super, oder?! Genauso wollt ich's.«

»Und das gibst du auch noch zu?«

»Hauptsach, du siehst net aus wie Carlos Herb!«

»Jetzt brauch ich aber noch ein Paar Hosenträger und Budapester-Schuhe und eine schicke Weste, sonst passt der Kopf nicht zum Körper.«

»Gibt's alles hier. Die Sachen von meinem Opa. Der war vielleicht ein fescher Kerl, sag ich dir.«

»Nee, ist schon gut«, winkte Carlos ab. »Ich hab heute noch was zu tun.«

»Das alte Tagebuch?«

»Ja. Ich bin kurz davor, die ersten drei Seiten zu entschlüsseln. Sütterlin hab ich jetzt schon ein bisschen drauf.«

Cordulas Herz machte einen entzückten Sprung. »Carlos, des is so aufregend! Wie gern tät ich dir über die Schulter gucke. Ich lieb doch so alte, verlorene Sachen!«

»Heute Abend gibt's eine kleine Vorlesestunde in der Weinstube. Bis dahin hab ich noch ein paar Seiten übersetzt.«

»Ich bin so gespannt! Dann lass dich aber jetzt lieber net bei der Charlotte blicken. Un komm deiner Kommissarin net in die Quere, sonst hat sich's ausgetechtelmechtelt!« Sein verständnisloser Blick war köstlich. »Ach Gott, du siehst einfach zum Anbeiße aus, du Zuckerschnittsche du!«

Sie drückte ihm zum Abschied einen kleinen Kuss auf seine ziemlich stachelige Wange, und er tat ihr den Gefallen, wie ein Schuljunge zu erröten.

Kurz darauf trat Carlos den Rückweg zu Frau Zippels Wohnzimmer an. Hinter einer schmalen Tür, die in der Rückwand von Cordulas einziger Umkleidekabine versteckt war, führte eine eiserne Wendeltreppe hinab in einen der unterirdischen Gänge, den er ein paar Meter entlanglief und dann wieder nach oben steigen konnte, um in einem Besenschrank in Frau Zippels Backstube zu landen. Streng genommen war bei dieser Art der Fortbewegung eine Typveränderung gar nicht nötig. Aber Carlos konnte nicht permanent wie ein Maulwurf untertauchen. Er wollte mit von der Partie sein, wenn die Elwenfelser sich in der Weinstube versammelten. Und falls dann einer der »Fremden« hereinplatzte, durfte er nicht erkannt werden. Na ja, diese Sorge war jetzt etwas kleiner geworden, denn er sah dem Hamburger Privatermittler Herb, nach dem bundesweit gefahndet wurde, nun nicht mehr besonders ähnlich. Cordula war sehr zufrieden und stellte sich Charlottes begeistertes Gesicht vor, wenn sie der Metamorphose ihres hanseatischen Ritters gewahr wurde.

Sie kehrte die abgeschnittenen Haare zusammen und

merkte auf einmal, dass sie keine Ahnung hatte, was sie mit dem restlichen Tag noch anfangen sollte. In ihrem Nacken saß eine sonderbare Unruhe, die Cordula gar nicht von sich kannte. Sie hatte das Gefühl, als wäre ihr Leben angehalten worden, und überlegte für einen Moment, ihren Laden doch zu öffnen, damit sie sich wenigstens mit der ein oder anderen potenziellen Kundin ablenken konnte. Vielleicht übertreibe ich, und die Lage ist doch nicht so dramatisch, dachte sie. Aber ein Blick durch einen Spalt zwischen Ladentür und Vorhang zeigte ihr, dass ihre Unruhe gerechtfertigt war. Der Dorfplatz sah aus wie eine Miniaturausgabe der Berliner Funkausstellung. Cordulas Brust zog sich zusammen. So musste es sich anfühlen, wenn man aus seinem Zuhause vertrieben wurde.

Ihr Blick fiel auf das weiße Zelt vor dem schiefen Kirchturm. Ein Mann trat aus dem Eingang zum Zelt und zündete sich eine Zigarette an, von der er ein paar gierige Züge nahm. Er war so groß, dass man ihn in seiner Jugend wahrscheinlich gefragt hatte, wie denn die Luft da oben war. Er trug schwere Sicherheitsschuhe, Trekkinghosen und eine dicke Fleecejacke mit Multifunktionsweste darüber. Seine Garderobe wies eine ziemliche Ähnlichkeit mit der des Toten auf. Als Kopfbedeckung diente ihm ein gemustertes Tuch, als müsste er noch irgendwelche spätpubertären Piratenträume ausleben. Sein Gesicht war von einer Staubschicht bedeckt, aber selbst mit dieser Camouflage und auf die Entfernung erkannte Cordula einen harten Zug um seine Mundwinkel.

Der Mann warf einen Blick hinter sich und sagte etwas. Eine Sekunde später schlüpfte eine zweite Gestalt aus dem Zelt. Cordula kniff die Augen zusammen. Was für ein Kontrast! Das puppenhafte Figürchen, das jetzt neben dem rauchenden Riesen stand, wirkte wie ein englisches Porzellan-Teetässchen neben einem Met-Becher aus Büffelhorn: zitronengelber Pullover unter hellblauer Allwetterjacke, und um diese unvorteilhafte Mischung noch zu verhöhnen, ringelten sich unter einer schwarzen Wollmütze rötliche Korkenzieherlöckchen um ein blasses Puttengesicht. Nur der starre, recht abweisende Gesichtsausdruck passte nicht zu dieser niedlichen Erscheinung, was wohl an der dominanten Anwesenheit des Riesen neben ihr lag. Die junge Frau stand ihm gegenüber wie eine unartige Tochter vor dem Patriarchen. Wild gestikulierend redete der Typ auf sie ein und blies dabei Zigarettenrauch in ihre Richtung. Cordula hätte zu gerne verstanden, was der Kerl da von sich gab. Die junge Frau schien dabei regelrecht zu schrumpfen. Jetzt nickte sie auch noch demütig und warf einen scheuen Blick nach oben, wobei ihre Hände sich in den viel zu großen Jackenärmeln verkrampften. Es war offensichtlich: Der Kerl machte die Kleine nach Strich und Faden fertig, nur fünf Meter von ihrem Königinnenreich entfernt. Cordula ballte die Fäuste.

Dass ein Mann eine Frau so einschüchterte, war in Elwenfels so undenkbar wie Tiefkühlpizza in einem Feinschmeckerrestaurant. Cordula wollte nicht mehr hinsehen und konnte doch ihren Blick nicht abwenden. Das Lockenköpfchen wich nun mit einer unterwürfigen Kopfbewegung einen Schritt zurück. Der Lange schnippte seine Zigarette weg und nickte zufrieden, als hätte er gerade das Universum wieder ins rechte Lot gerückt.

Cordula hatte genug gesehen. Sie schloss die Tür auf und ging zielgerichtet auf das weiße Zelt zu.

»Hallo, Sie da!«, rief sie. Die junge Frau schaute erschrocken auf und verschwand wie eine Schnecke, die sich in ihr Häuschen verkriecht, wieder im Zelt. Aber der Riese blieb stehen.

»Sie haben hier ebbes verloren«, sagte Cordula und sah ihn sich aus der Nähe an. Der Typ runzelte die Stirn, und sie wusste, was jetzt kam. Er taxierte sie mit einem unangenehmen Blick und erfasste ihre extravagante Erscheinung, an der sich die Elwenfelser täglich erfreuten, die aber für unbedarfte Fremde und erst recht für Männer wie diesen hier eine ziemliche Überforderung darstellen mussten. Nahtnylons unter einem engen Bleistiftkleid, die in Vierzigerjahre-Pumps endeten, roter Lippenstift und ihre ausladende Sanduhrfigur – all das war nichts für schwache Nerven und ganz bestimmt nichts für Machos mit einem Frauenbild aus dem 19. Jahrhundert, die sich großartig fühlten, wenn frau devot nickte, so wie seine Mitarbeiterin gerade. Kein Wunder, dass er eine Art schiefes Pfeifen ausstieß, was wohl als Kompliment gedacht war. Cordula verdrehte innerlich die Augen.

»In der Tat habe ich gerade etwas verloren, und zwar meine Contenance. Aber darauf legen Sie's ja wohl an, Lady«, schnarrte er und verschränkte die Arme vor der breiten Brust. Der Sprachmelodie nach kam er irgendwo aus der Gegend, in der man *Broiler* und *ei verbibschd* sagte. Auch das noch.

»Nää, ich mein die Kipp.« Sie deutete auf den immer noch qualmenden Zigarettenstummel auf dem Boden. »Do! Bücke, aufhebe un abdampfe!«

Für einen kurzen Moment schaute er sie irritiert an, ihr Dialekt in Kombination mit dem Befehlston schien ihn zu verwirren. Aber er hatte sich schnell wieder gefangen. »Hören Sie mal, wenn wir hier fertig sind, werden Sie sowieso den ganzen Platz putzen müssen. Da fallen ein paar Kippen bestimmt nicht auf.« Er grinste gönnerhaft und starrte sie dabei mit hungrigen Augen an. Er war wirklich ein Baum von einem Kerl, aber im Inneren ein

Kind geblieben, das ständig Angst um seine Spielsachen hatte.

»Bei uns gibt's ke Kehrwoch! Hier macht jeder Drecksack seinen eigenen Dreck weg«, flötete Cordula.

Er schnaubte abfällig. »Wir sind hier nicht in Singapur. Außerdem hab ich Besseres zu tun.«

»Ich weiß. Ihre Kollegin runtermachen zum Beispiel. Ich hab eigentlich gedacht, so Exemplare wie Sie sind am Aussterbe oder auf der Flucht, zurück in die Höhle.«

»Ach, sind Sie hier der Hausmeister, Fräuleinchen?«, blaffte er, was bei seinem sächsischen Singsang weniger bedrohlich, sondern eher komödiantisch klang.

»Nää. Aber Sie brauchen dringend e *Fräuleinchen*, was Ihnen mal ein paar Manieren beibringt.«

Cordula drehte sich um, sodass er die kurvige Rückseite ihres engen Kleides sehen konnte, bückte sich betont langsam und hob die Kippe auf. Dann wandte sie sich ihm wieder zu, und mit einer schnellen Bewegung schob sie ihm den Stummel in die offen stehende Brusttasche seiner Multifunktionsweste. So viel Kram konnte ein Mann unmöglich mit sich führen, um so viele Taschen zu brauchen, da konnte man eine davon ruhig zum Aschenbecher umfunktionieren.

»Hey! Das geht aber jetzt entschieden zu weit!«, schnauzte er.

»Ich hab noch gar net angefange.« Cordula setzte ein spezielles Lächeln auf, von dem sie wusste, dass es bezaubernd, aber auch ein bisschen unheimlich auf ihr Gegenüber wirkte. »Und so wie Sie aussehen, gibt's doch noch einige Plätze, wo ich Ihne die Kipp beim nächsten Mal hinstecken werd. Das hier ist kein Mülleimer, sondern ein pälzisch biodynamischer Lebensraum, klar?«

»Blöde Gans! Wer hat Sie denn losgelassen?«

Cordula antwortete nicht, sondern drehte sich um und ging mit langsamen, wiegenden Schritten zurück in den Laden. Sie musste die Energie von diesem Kerl schnell abschütteln, sonst würde sie seelischen Ausschlag kriegen, und dann wäre es mit ihrem an diesem Tag ohnehin sehr wackeligen inneren Gleichgewicht ganz vorbei. Irgendwie hatte es zwar gutgetan, sich an diesem Typen etwas abzureagieren, aber die allgemeine Lage wurde dadurch nicht weniger unangenehm.

Als Erstes wusch Cordula sich gründlich die Hände, ging dann in die Küche und drehte das in ein altes Transistorradio eingebaute Internetradio laut, in dem sie einen englischen Vintage-Sender empfing, auf dem gerade *Guilty* von Al Bowlly lief. Schon besser. In einem Emailletopf setzte sie Wasser auf und wartete, dass es heiß genug wurde für eine Tasse Kakao mit extra viel Sahne.

»... *If it's a crime then I'm guilty. Guilty of loving you!*«, sang sie leise mit und schaute aus dem Fenster auf den Platz. So viele Menschen dort unten, und sie hier oben ganz allein. Als sie sich in ihren Sessel sinken ließ, kam ihr Kater angestromert, der auf den schönen Namen »Mr Catsby« hörte, und rollte sich auf Cordulas Schoß zusammen. Er war zwar ein sehr anspruchsvolles, launisches und wenig charmantes Exemplar seiner Gattung, hatte aber überaus feine Antennen für die emotionalen Veränderungen bei seiner Herrin. Mr Catsby wusste genau, welche beruhigende Wirkung sein Schnurren hatte. Dankbar streichelte Cordula ihrem Kater den Bauch. Schon viel besser.

Als sie ihren Mund in den Sahnetuff auf der Tasse versenkte, überkam sie aber doch wieder ein unangenehmes Gefühl. Bedauern. Selbstmitleid. Was machst du jetzt, du toughe Lady? Sitzt hier ganz allein in deiner kitschigen

Küche mit einer Katze und ... ja, was eigentlich? Bedauerte sie es, dass ihre Hormone nicht in Richtung eines edlen Mannes wie Carlos Herb ausschlagen konnten?

Nein, die Zeiten, in denen sie ihre Neigungen infrage gestellt hatte, waren längst vorbei.

Stattdessen dachte sie an die junge Frau mit den schönen Ringellocken. Schade, dass sie so verhuscht war. Vielleicht hatte sie ja bald genug von der beißenden Kälte da unten, genug von Staub und Steinen und diesem unausstehlichen Kerl, dessen schändliches Mundwerk nur von seiner hässlichen Weste übertroffen wurde.

Und dann, dachte Cordula, was dann? Kakao für zwei und eine Lektion in Feminismus, auf die spezielle Art, so wie Cordula ihn verstand?

Warum eigentlich nicht?

Kapitel 7

In dem der Geschichtsunterricht in die Weinstube verlegt wird

Für Carlos lief es immer besser. Inzwischen kam ihm das Sütterlin-Alphabet nicht mehr vor wie eine Art außerirdische Geheimschrift. Vielleicht steckte das Ganze auch irgendwie in seiner kulturellen Matrix. Gestern Nachmittag hatte er das Tagebuch noch mühsam Wort für Wort entziffern und ein paarmal nachschauen müssen, ob seine »Übersetzung« auch stimmte. Aber seit heute Morgen nahm die Sache Fahrt auf, und das, was er las, ergab einen Sinn.

Die junge Frau namens Greta, die im August 1939 damit begonnen hatte, das Tagebuch zu schreiben, verfügte allerdings nicht über eine klassische Schönschrift, was sein Unterfangen nicht leichter machte. Doch als die Wanduhr in Frau Zippels Wohnzimmer halb sieben zeigte, war Carlos bereit. Er transkribierte noch ein paar Zeilen bis zum Ende des ersten Eintrags und klappte das Tagebuch zu. Er fühlte eine eigenartige Zufriedenheit in seinem Innern, die es dort viel zu selten gab.

Ein Blick aus dem Fenster zeigte ihm, dass die Archäologen trotz Dunkelheit und Kälte immer noch zugange waren. Aus dem weißen Zelt vor dem Kirchturm drang diffuses Licht, und er sah menschliche Schatten darin herumhuschen. Allerdings standen keine Streifenwagen mehr auf dem Platz. Carlos hatte keine Ahnung, was an diesem Tag in Elwenfels alles passiert war, sondern sich bis auf seinen Friseurbesuch ausschließlich mit dem Tagebuch und der Recherche nach seinen Protagonisten beschäftigt. Sein Ermittlerhirn stellte drängende Fragen. Warum trug der unbekannte Tote dieses Buch bei sich? Woher hatte er es? Und was hatte den Mann unter der Kirche und diese Greta vor fast achtzig Jahren nach Elwenfels geführt?

Carlos hatte die Namen Greta und Bruno Treptow in diversen Suchmaschinen eingegeben, aber keine eindeutigen Einträge gefunden. Es gab allerdings einen Wikipedia-Eintrag über einen gewissen Ludwig Treptow, bei dem es sich nur um den Vater der beiden handeln konnte. Denn der Artikel beschrieb Ludwig Treptow als Altertumsforscher, der einige archäologische Funde für Berliner Museen beschafft und analysiert hatte. Außerdem hatte er Bücher zu verschiedenen archäologischen Themen verfasst und war zu seiner Zeit eine Koryphäe auf dem Gebiet der altgermanischen Forschung gewesen. Heutige Wissenschaftler sahen Treptows Beitrag sehr kritisch, denn seine Forschungsergebnisse folgten den Vorgaben der nationalsozialistischen Geschichtsschreibung. Carlos war sich sicher, in diesem Mann den Vater der beiden Besucher gefunden zu haben. Aber warum hatte er seine Kinder nach Elwenfels geschickt? Er war aus dem Tagebuch noch nicht schlau geworden, das sich wie der Beginn eines Abenteuerromans für Jugendliche las.

Irgendetwas hatten Greta und Bruno kurz vor Ausbruch des Zweiten Weltkriegs auf Geheiß ihres Vaters in Elwenfels gesucht. Carlos spürte die unsichtbare Saite in seinem Innern, die sich langsam anspannte. Er war einem Geheimnis auf der Spur. Einem alten Rätsel, das zu lösen wohl nicht in den Aufgabenbereich seiner ehemaligen Kollegen bei der Polizei fallen würde.

Kurz darauf wagte er sich für einen kleinen Spaziergang nach draußen. Er brauchte dringend frische Luft und Bewegung, und so konnte er gleich einmal testen, ob ihn irgendjemand mit seiner neuen Frisur erkannte. Aber das Dorf lag wie ausgestorben da. Ein einsamer Kameramann drehte Abendaufnahmen vom verwaisten Dorfplatz – Carlos hörte förmlich den Auftrag des Redakteurs: »Wir brauchen noch Atmo!« –, von dem leise plätschernden Brunnen und dem weißen Zelt. Carlos hätte zu gern einen Blick dort hineingeworfen, blieb aber vorsichtig. Er wanderte eine Weile auf dem schmalen, halb zugewachsenen Mauerweg am Waldrand entlang, ehe ihn Hunger und Kälte daran erinnerten, dass es angenehmere Orte gab, an denen man jetzt verweilen konnte.

Ein paar Minuten später betrat er die Weinstube und sah sich um. Zu seiner Erleichterung entdeckte er nur bekannte Gesichter. Der Gastraum war zum Bersten gefüllt mit Elwenfelsern. Alle Blicke wanderten zur Tür, und Carlos zog in Erwartung der unvermeidlichen Neckereien über seine neue Frisur den Kopf ein.

»Ou, de Carlos!«, begrüßte es ihn aus mehreren Mündern gleichzeitig, ehe Otto den verbalen Startschuss gab. »Hast du dir endlich mal e neue Perück geleistet?«

»Hear Blondie!«, rief Willi ihm entgegen. »Es gibt ja ziemlich viel Witze über die Art von Haarfarb. Aber irgendwie bring ich grad kein Ton raus vor lauter Verzückung.«

»Ach Gott nää, da braucht man jo e Sonnebrill!«, krähte Alfred. »Jo genau, jetzt weiß ich endlich, warum man so jemand wie dich Nordlicht nennt!«

Die Weinstube schüttelte sich vor Lachen, und Carlos grinste pflichtschuldig. Was hatte er auch erwartet? Mit spürbar mehr Blut in den Wangen ließ er sich auf einem freien Platz auf der Eckbank neben Pfarrer Karl nieder, der wenigstens ein mitleidiges Lächeln zur allgemeinen Heiterkeit beisteuerte. Ansonsten sah er ziemlich mitgenommen aus. Sein Blick suchte Charlotte, und Carlos entdeckte sie hinter der Theke neben ihrer Großmutter Elsbeth, die gerade einen riesigen Gänsebraten aus dem Ofen auf die Anrichte hievte. Na klar, dachte Carlos. Heute war der 11. November. Martinstag. Die Weinstube brach in begeisterten Applaus aus, und er war dankbar, dass der Gänsebraten ihm die Show stahl. Das gab ihm Gelegenheit, Charlotte von Weitem zu begrüßen, indem er mit gespitzten Lippen einen Kuss andeutete. Sie biss sich seitlich auf die Unterlippe, flatterte mit den Wimpern und fächerte sich mit der Hand Luft zu.

Carlos entfuhr ein erleichtertes Lachen. Gut. Das wäre also auch geschafft. Er ließ seinen Blick weiterwandern. An einem Tisch neben dem Arzt entdeckte er Cordula, die ihm triumphierend lächelnd zuwinkte. Gerade als er sich fragte, ob eine Martinsgans nicht ein bisschen wenig war für all die hungrigen Gäste, traten mehrere Frauen aus der Küche und stellten bereits angerichtete Teller mit Braten, Klößen und Rotkraut auf die Theke. Kurz darauf stand auch vor Carlos ein voller Teller und ein Glas Rieslingschorle.

Der Einzige, vor dem noch nichts auf dem Tisch stand, war Anthony, der als Veganer keine Freude an einer Martinsgans gehabt hätte. Als Elsbeth ihm einen Teller mit panierten Auberginen-Scheiben mit Kartoffelbrei und Salat brachte, umfasste er das Gesicht der Wirtin mit seinen zimtbraunen Händen und küsste sie begeistert auf die

Stirn. Dann strich er sich seine hüftlangen Dreadlocks zurück und hätte sich wohl am liebsten sofort über sein fleischloses Festmahl hergemacht, wenn neben ihm seine Freundin Trudy nicht ihr volles Glas auffordernd in seine Richtung gehalten hätte, um mit ihm anzustoßen. Er lächelte ertappt und stieß mit ihr an. »Proscht, my Darling!«

»Salud, honey!«, antwortete sie.

Die Elwenfelser betrachteten das karibisch-pfälzische Traumpaar mit wohlwollendem Schmunzeln.

»En Gude«, sagte der Pfarrer, um danach lustlos in seinem Kraut herumzustochern.

Carlos sah den Dorfgeistlichen besorgt an. »Hast du dich noch nicht von dem Schreck gestern erholt?«

»Das is es net. Is einfach alles zu viel für mich. Un net nur für mich.«

»Hm. Die anderen sehen eigentlich ganz entspannt aus.« Carlos deutete auf die einträchtig kauenden Elwenfelser, die ihre Martinsgänse mit lautstarkem Enthusiasmus und ohne unnötige Knigge-Tischmanieren zerlegten. Fehlte nur noch, dass ein paar Knochen durch die Luft flogen, dachte Carlos.

»Ich bin net umsonst das spirituelle Oberhaupt von unserm Ort«, sagte Karl. »Ich mach mir halt andere Gedanke, un die lassen sich net mit einem Teller voll gebratenem Vogel aufhalte.«

»Ich an deiner Stelle würde es auf einen Versuch ankommen lassen«, schlug Carlos vor. »Die Gans ist nämlich ein Gedicht.« Er sollte recht behalten, und Karl wäre nicht Karl gewesen, wenn er sich von den Köstlichkeiten nicht wenigstens ein bisschen hätte ablenken lassen. Doch kaum war der Teller leer, versank er wieder in dumpfem Brüten. Allmählich wurden auch die anderen Elwenfelser wieder stiller, was aber auch an der einsetzenden

Verdauung liegen mochte. Irgendwann fing Carlos einen Blick von Charlotte auf, die ihn auffordernd ansah. Er zögerte. War das jetzt wirklich der richtige Zeitpunkt?

»Carlos, was is'n jetzt mit dem Sütterlin?«, nahm Else Carlos die Entscheidung ab.

»Ja, also ich glaube, ich mache mich ganz gut«, verkündete er betont bescheiden. »Und da sich unter euch ja niemand mehr befindet, der diese Schrift noch beherrscht ...«

»Wir babbeln halt lieber, als dass wir schreiben!«, unterbrach ihn Elsbeth. »Es gibt Wichtigeres im Leben wie so e längst vergessene Schrift.«

»Egal! Auf jeden Fall is de Carlos mol wieder de Beschte!«, rief Willi, und wie auf Kommando hob die Versammlung ihre Dubbegläser und prostete ihm zu. Carlos wurde schon wieder rot. Er war zwar gerade erst in Elwenfels eingebürgert worden, aber an dieses kollektive Ego-Streicheln, die unverblümte Art, Komplimente und Liebesbeweise zu verteilen, daran würde er sich noch gewöhnen müssen. Diese brachiale Freundlichkeit war eine Art heftiger Ausgleich für all die Jahre, die er unter seinesgleichen, den emotional etwas unterkühlten Norddeutschen, verbracht hatte.

Nachdem wieder etwas Ruhe eingekehrt war, holte er die drei beschriebenen Seiten hervor und legte sie neben seinen Teller.

»Also, Leute ...«

Mit einem Mal war es in der Weinstube mucksmäuschenstill.

»Ich glaube, dieser Tote unter der Kirche war einem Geheimnis auf der Spur, das bis in die Zeit vor dem Zweiten Weltkrieg zurückreicht. Das, was er bei sich trug, ist das Tagebuch einer jungen Frau namens Greta Treptow, die mit ihrem Bruder Bruno im August 1939 hier im Dorf war.«

Er sah in die gespannten Gesichter ringsum und reichte das Schwarz-Weiß-Foto an Karl, der es begutachtete und dann weitergab.

»Ich würde euch ja gerne sagen, was alles in diesem Tagebuch steht, aber es braucht eben seine Zeit, bis ich das alles übertragen habe.«

»Keine Sorge, Carlos. Zeit gibt's genug«, rief einer aus der Menge.

»Du machst des schon, wer is'n hier de Detektiv?!«

»Jo genau, du darfst dich ruhig bissel nützlich mache bei uns!«

Vereinzeltes Lachen an den voll besetzten Tischen.

»Gut«, sagte Carlos. »Dann würde ich sagen, ich lese euch jeden Abend einen neuen Abschnitt vor, so weit ich eben komme.«

»Aber net, dass du dabei unser Charlotte zu arg vernachlässigst!«, rief ein anderer Elwenfelser.

»Na ja, ich würde mal sagen ...«

»... dass unser Intimsphäre Privatsach is«, stellte Charlotte die Sache klar.

»Oder umgekehrt«, schallte es aus der hinteren Ecke, und eine erneute Woge der Heiterkeit erfasste die Weinstube.

»Also ...« Carlos hob die handbeschriebenen Seiten in die Höhe. Als langsam Ruhe einkehrte, nahm er noch einen Schluck aus seinem Glas und las den ersten Eintrag von Greta Treptow vor. Ihre Ankunft an der Weinstraße mit ihrem Bruder Bruno, der ein draufgängerischer Kerl zu sein schien, während sie selbst eher als nachdenklicher, zurückhaltender Charakter rüberkam. Die rätselhaften Andeutungen eines Geheimnisses, dem die beiden aufgrund eines alten Dokuments von ihrem Vater auf der Spur waren.

Dann kam der Absatz, in dem die junge Frau ihre Fahrt mit dem Einheimischen auf seinem Traktor beschrieb. Auf einmal schnappten seine Zuhörer in der Weinstube hörbar nach Luft, und Elsbeth, die Enkelin des alten Erwin, stieß ein unterdrücktes »Ach Gott, ach Gott, der Erwin!« aus.

Carlos brach ab und betrachtete die Ergriffenheit ringsum.

»1939«, murmelte Willi. »Da war de Erwin noch ... en Mensch, also en lebendiger.«

Das Bemerkenswerte an dem Tagebucheintrag war, dass Erwin die junge Berlinerin damals mit genau jenen Worten begrüßt hatte, mit denen er auch Carlos vor eineinhalb Jahren angesprochen hatte, als der hier ankam.

Jeder wo ebbes sucht, richtig sucht, der kummt irgendwann nach Elwefels ...

Und mittlerweile wusste er, dass hinter diesen Worten ein tieferer Sinn lag.

Als Carlos diese Zeilen heute Morgen entziffert hatte, war eine so flächendeckende Gänsehaut über ihn hinweggehuscht, dass er für ein paar Minuten reglos dasaß und der unheimlichen Wirkung dieser Worte nachspüren musste. Auch jetzt wieder ...

»Hopp! Weiter, Carlos!«, forderte Charlotte ihn auf.

Er las weiter, und als er zu der Stelle kam, in der die Vorfahren der Elwenfelser in der Weinstube saßen und Brunos Hitlergruß unerwidert ließen, war Applaus zu hören.

»Jo genau, so war des sellemols!«, rief ein sehr alter Herr mit Pullunder über dem karierten Hemd samt Fliege, den Carlos bislang noch nicht persönlich kennengelernt hatte. »Bei uns hat des braune Gsocks ken Fuß uff de Bode kriegt!«

»Später aber dann schon«, präzisierte ein anderes älteres Semester finster.

»Und wie habt ihr es geschafft, dass die euch erst mal in Ruhe gelassen haben?«

Diese Frage kam von einem siebzehnjährigen Jungen namens Sascha, in dessen Kinderzimmer einer der wenigen Computer stand, die man in Elwenfels finden konnte. An dessen Rechner, inmitten von FCK-Fanartikeln und einer erstaunlichen Sammlung von Geschichtsbüchern, hatte Carlos vergangenes Jahr eine wichtige Recherche durchgeführt. Saschas Frage zeigte ihm, dass der Teenager tatsächlich an Geschichte interessiert war und die Bücher nicht bloß zur Zierde in seinem Zimmer verteilt waren.

»Ja, was wohl?«, rief der Mann mit der Fliege auf Saschas Frage. »Zammegewesche un nackisch im Wald ausgsetzt!«

Carlos sah Charlotte fragend an. »Verprügelt und ohne Bekleidung im Wald ausgesetzt«, übersetzte sie grinsend.

Manche nickten grimmig, andere lachten, aber niemand fragte nach, ob dieses höchst unwahrscheinliche Szenario der Wahrheit entsprach. Es hätte Carlos zwar nicht gewundert, wenn Elwenfels sich wirklich so wehrhaft gegen die Nazis behauptet hätte, aber der Gedanke war einfach zu schön, um wahr zu sein.

»Jetzt lasst doch de Carlos weiter vorlese!«, drängte Charlotte.

Carlos las den Absatz zu Ende. Über den Widerwillen der Dorfbewohner, den er selbst auch schon am eigenen Leib erfahren hatte. Als er damals zum ersten Mal die Weinstube betreten hatte, war er sich fast so vorgekommen wie ein sehr optimistischer Missionar, der einen Stamm Menschenfresser bei den Vorbereitungen fürs Abendessen stört. Letztendlich hatte ihn die liebenswürdige Wirtin Bettel gerettet. Ganz genauso wie eine andere liebenswürdige Wirtin vor achtzig Jahren die beiden Berliner Bruno und Greta. Dann las er den letzten Absatz vor, der mit Brunos Hoffnung endete, dass der Pfälzische Riesling gar nicht so schlecht war.

»Also, des mit dem Riesling is der erschte vernünftige Satz von dem Bruno. Sollt man net meine, bei so'me dappische Volksgenosse!«, donnerte Otto.

Carlos ließ die Seiten sinken und nahm einen Schluck aus seinem Glas. Der Wein zog angenehme Schleifen in seinem Kopf.

»Und, des war's?«, fragte Elsbeth ungläubig. »Mehr steht da net?«

»Doch. Aber vorlesen kann ich das erst morgen, wenn ich es übertragen habe.«

»Also ich tät de Carlos am liebste festbinde un zwinge, den Rest sofort zu übersetze!«, sagte Frau Zippel. »Des is so spannend, dass ich's kaum aushalt.«

»Da kannscht Netflix grad vergesse«, sagte Sascha.

»Die Frage ist: Was haben die denn hier gesucht?«, erhob Carlos wieder seine Stimme. »Kann sich jemand von euch an die beiden erinnern? Elsbeth, du vielleicht?« Er reichte ihr noch einmal das Foto, das nach seiner Wanderung durch die Weinstube wieder bei ihm angekommen war.

»1939 war ich grad mal zwei. Ich bin nämlich net so alt, wie ich schää bin«, ließ sie ihn wissen und kicherte in einen Zipfel ihrer Schürze.

»Okay, jemand anderer von euch vielleicht? Haben eure Eltern eventuell mal was erzählt?« Carlos sah reihum, aber unter den älteren Leuten schien sich keiner zu erinnern. Entweder waren sie alle noch zu jung gewesen, oder die beiden Berliner hatten ein so unauffälliges Auftreten gehabt, dass sie schlicht niemandem im Gedächtnis geblieben waren. Andererseits – in keinem anderen Ort als Elwenfels fiel es mehr auf, wenn jemand von außen kam.

»Wart mol, ich glaub, ich kann mich entsinne«, sagte der alte Mann mit der Fliege plötzlich. »Da war was. Aber es is alles so verschwomme ... Kann sein, dass es am Flüssigkeitsmangel liegt.«

»Jo alla«, sagte Charlotte vorwurfsvoll.

Er hob sein leeres Glas in die Höhe. »Könnt mal jemand die Luft rauslasse do? Dann erinner ich mich vielleicht.«

»Echt jetzt, Paul?«, fragte der geschichtsinteressierte Sascha. »Letztens hast du behauptet, dass du in Russland in Kriegsgefangenschaft warst. Und wie du mir dann die Papiere von damals gezeigt hast, da war's dann doch Frankreich gewese.«

»Jo, ich weiß selbscht, dass die Mona Lisa net beim Russ hängt, da hätt se nämlich schon längst aufghört zu grinse«, erwiderte Paul. »Un auch wenn bei mir hier oben eventuell e bissel was durcheinandergerate is, an manche Sache entsinn ich mich noch ziemlich genau, vielleicht.« Wie einem geheimen Drehbuch folgend, kam das Foto in diesem Moment bei ihm an. Paul warf einen kurzen Blick darauf und sagte dann so spontan, als wäre es seiner eigenen Erinnerung entsprungen: »Dass des junge Mädel aus Berlin nämlich e ganz arg Hübsche war.«

Vereinzeltes Lachen begleitete die folgende Erzählung vom alten Paul, der in einem für Carlos nur schwer verständlichen Pfälzisch, das hauptsächlich aus breiten, rollenden Lauten zu bestehen schien, weitere Anekdoten von früher zum Besten gab. Carlos hoffte auf authentische Erinnerungsstücke, während er den Alten beobachtete, der mit erhobenem Zeigefinger ein Bild der damaligen Zeit zu malen versuchte. Sascha hing dem Geschichtenerzähler mit einer Mischung aus Faszination und Skepsis an den Lippen.

»Genau, jetz fällt mir alles wieder ein. Des Mädel war ziemlich beliebt. Ich war ja damals nur en kleiner Bub. Aber die Männer ham ihr ständig hinterhergeguckt. Waden hat die ghabt wie e Katz un Auge wie blaue Blümelscher.« Paul schnaubte. »Aber nää, die feine Dame aus Berlin war halt bloß am Adalbert interessiert.«

»Wer ist Adalbert?«, fragte Carlos.

»De Sohn vom Erwin?!« Elsbeth riss überrascht die Augen auf. »Mein Onkel.«

»Jo genau.« Paul wiegte seinen weißhaarigen Kopf, aber er sagte nichts mehr.

»Un weiter? Wie geht's weiter?«, schallte es durch die Weinstube.

»Nix weiter«, murmelte Paul. »Ich sag doch, ich erinner mich net so richtig. De Carlos muss noch mehr vorlese, dann vielleicht ...« Er tippte sich an den Kopf. »Dann rappelt's do vielleicht noch e bissel.«

Sascha warf Carlos einen eindringlichen Blick zu, der wohl sagen wollte: Glaub dem alten Wirrkopf bloß kein Wort.

»Ich bin mir net so sicher, aber ich glaub, ich entsinn mich jetzt auch. So e junges, goldisches Mädel«, sagte plötzlich ein anderer älterer Elwenfelser. »Aber des war, glaub ich, mitte im Krieg, un ich weiß net genau, was aus der Greta dann gworde is.«

»Des Mädel war mit'm Adalbert zusammen un wollt net wieder nach Berlin zurück«, fügte Paul nach einem tiefen Schluck aus seinem Glas noch an. »Und irgendwann war sie nimmer hier. Aber frag mich net, was do genau passiert is.«

Carlos war sich nicht sicher, ob er sich über dieses unverhoffte Verbindungsglied in die Vergangenheit freuen sollte. Der alte Paul schien kein wirklich verlässlicher Zeuge zu sein, und der andere Senior war auch weit davon entfernt, ein echter Zeitzeuge zu sein. Der einzige Zugang zu den Geschehnissen von damals würde nur über das Tagebuch gehen.

»Ob ihr euch nun erinnert oder damals dabei gewesen seid oder nicht, ist eigentlich zweitrangig«, sagte Carlos. »Die Frage ist: Könnt ihr euch vorstellen, was diese beiden Sprösslinge des Forschers hier gesucht haben könnten?«

»Was sollen die hier schon gesucht haben?«, fragte Michael. »Hier gibts doch nix, außer du weißt schon was.« Er guckte Carlos vielsagend an. Es war eine Anspielung auf den Zauberwein, den geheimen flüssigen Schatz von Elwenfels, der in einem großen unterirdischen Saal unter dem Dorfplatz lagerte und von den Dorfbewohnern nur zu ganz besonderen Gelegenheiten getrunken wurde. Carlos selbst hatte zweimal das Vergnügen und die Ehre gehabt, und es hatte sich jedes Mal so angefühlt, als würde ein mysteriöser Hauch aus dem Universum seine Seele anpusten. Und dann dieser unvergleichlich phänomenale Geschmack des magischen Rieslings, dessen Früchte tief versteckt auf einer Lichtung im Wald wuchsen! An sich war das ein Ding der Unmöglichkeit, denn normalerweise gediehen Weinreben nicht im Mikroklima des Waldes. Dies war zwar nur eines der vielen Wunder, die Carlos in Elwenfels erlebt hatte, aber der Wein nahm eine besondere Stellung ein. Er war eine Art spirituelle Wunderdroge, die auf geheimnisvolle Weise bewirkte, dass derjenige, der drei Schlucke von ihr nahm, mit seinem wahren Selbst in Berührung kam. Unter dem Einfluss des Weins war man dann nicht mehr in der Lage, eine falsche Entscheidung zu treffen, und wusste mit untrüglicher Sicherheit, was zu tun war.

Es war allen bewusst, dass die Außenwelt nichts von der Existenz solch eines Elixiers erfahren durfte. Die Gier der Menschen nach Sensationen und Vermarktung hätte dieses Wunder wohl innerhalb kürzester Zeit zerstört. Also war es ein Schatz, den es zu behüten galt wie nichts anderes in Elwenfels.

Carlos bohrte weiter. »Offenbar sind diese beiden jungen Leute ja irgendeinem Hinweis gefolgt, der in einem historischen Dokument aufgetaucht ist. Was, abgesehen von eurem Wein, könnte das denn sein?«

Kollektives Schulterzucken ringsum.

»Ach Leute, das könnt ihr euch wirklich sparen!«, sagte Carlos trocken. »Dieses So-tun-als-ob, das kenn ich schon. Als ich das erste Mal hier ankam und etwas über Hans Strobel wissen wollte, haben auch alle behauptet, ihn noch nie gesehen zu haben. Normalerweise kann ich eine Lüge ziemlich schnell erkennen, aber euch habe ich das damals abgekauft, obwohl er schon seit fast einem Jahr unter euch gelebt hat. Und jetzt guckt ihr schon wieder so dermaßen unschuldig drein, dass ich den Verdacht kriege, eure Unwissenheit ist wieder nur gespielt.«

»Jetzert aber mol!«, protestierte Elsbeth. »Damals warst du en uffdringliche Privatschnüffler. Da kann ma wohl verstehe, dass des reiner Selbstschutz war.«

»Jo genau«, sagte Anthony. »Und heut, wo du einer von uns bist, da hätten wir wohl kaum en Grund mehr, dich anzulüge. Zwei Berliner in Elwenfels. Des klingt net mysteriös, des klingt nach kitschigem Musical, wenn'd mich fragscht.«

»Denkt doch noch mal nach«, bat Carlos. »Hier gibt es sicher noch das ein oder andere Geheimnis, in das ich noch nicht eingeweiht wurde, oder?«

»Des hättscht wohl gern«, brummte Otto.

Ja, das hätte ich gerne, dachte Carlos. Aber bis es so weit war, würde er einfach das Tagebuch weiterlesen und hoffen, dass sich die Antwort in der verschnörkelten Schrift verbarg.

Als er eine Stunde später unter der Bettdecke an Charlotte gekuschelt lag und versuchte, mit seinen Waden ihre kalten Füße zu wärmen, fragte sie: »Carlos, glaubst du, dass es in Elwenfels wirklich etwas gibt, von dem niemand hier etwas weiß? Und dass des alles bloß passiert, damit wir es endlich entdecken, des versteckelte Geheimnis?«

Der Gedanke jagte eine Gänsehaut über ihren nackten Körper. Seit Carlos mit ihr in einem Bett schlief, verzichtete Charlotte auf ein Nachthemd. Er streichelte ihre Seite und betrachtete ihr Gesicht in der Dunkelheit. Im grünlichen Widerschein der Leuchtziffern des Radioweckers funkelten ihre Augen wie Glasmurmeln. Für ein paar Sekunden schrumpfte die ganze Welt nur zu diesem Funkeln zusammen.

»Und warum kriegst du jetzt auch Gänsehaut?«, flüsterte sie überrascht und ließ ihre Finger über seinen Rücken wandern.

»Wegen dem versteckelten Geheimnis«, erwiderte er und beschloss, in Zukunft diese entzückende pfälzische Abwandlung des Verbs »verstecken« in seinen aktiven Wortschatz aufzunehmen.

»Ich habe mein Geheimnis, nach dem ich die ganze

Zeit gesucht habe, ohne es zu wissen, nämlich gefunden.«

Sie lächelte, und er spürte, dass ihre Füße sich allmählich erwärmten. Wenn doch nur alle Dinge so einfach wären wie der Austausch von Körperwärme.

»Aber wieso sollen diese beiden Berliner etwas gewusst haben, von dem hier niemand eine Ahnung hatte?«, fragte er. »Das ist doch eigentlich gar nicht möglich.«

»Genau das isses ja. Und des gfällt mir gar net.«

»Ist das deine charmante Art mir zu sagen, dass ich mich mit dem Tagebuch beeilen soll?«, neckte er sie und hoffte, dass das Thema nicht auch noch dieses Bett beherrschen würde, so wie es den ganzen Abend lang die Gespräche in der Weinstube dominiert hatte.

Charlotte seufzte. »Nein. Ein bissel Ablenkung wär net schlecht. Sonst zerbrech ich mir noch zu arg de Kopf.«

»Also, wenn du das, was ich gerade im Begriff bin zu tun, nur als Ablenkung bezeichnest, meine Liebe, dann werde ich mich tödlich beleidigt von dannen stehlen!«

Charlotte kicherte leise und küsste ihn. »Seit die Cordula dich in e Blondine verwandelt hat, bist du dermaßen empfindlich geworden, Carlos ...«

Kapitel 8

In dem eine Nachtschicht durch eine Kriminalkommissarin mit Laserblick beendet wird

Carlos hasste es, in den späten Nachtstunden wach zu liegen. In seinem Kopf lieferten sich verschiedene Gedankenstränge einen anstrengenden Wettkampf um Aufmerksamkeit. Normalerweise hätte er sich dabei von einer Seite auf die andere gewälzt. Aber neben ihm schlief Charlotte den Schlaf eines unschuldigen Kindes, und diesen Schlaf zu stören wagte Carlos nicht. Also stand er vorsichtig auf und schlich aus dem Schlafzimmer. Vor den Fenstern lag eine undurchdringliche Nebelsuppe, so als würde da draußen die Welt aufhören. Er schlüpfte in eine dicke Jacke, die ihm der Arzt überlassen hatte, und trat kurz hinaus auf den Hof.

Als Hamburger war er mit Nebel aufgewachsen. Seine Mutter hatte ihm erzählt, dass es in der Woche seiner Geburt so diesig gewesen war, dass der Dunst praktisch von ganz allein in sein Babybettchen hineingekrochen war. Vielleicht liebte Carlos sie deswegen so – diese dumpfe, irreale Stille, bei der man glaubt, das Universum breitet sich nicht weiter aus, sondern bleibt ab jetzt in einem endlosen, unveränderten Zustand, in dem dank gedrücktem Pause-Knopf alles möglich ist. An diesem Morgen war es allerdings so unverschämt kalt, dass Carlos sein Lieblingswetter nicht besonders lang genießen konnte. Außerdem kam er sich mitten in der Nacht auf dem Hof des Weinguts unangenehm verloren vor. Schnell ging er wieder ins Haus, setzte in der Küche Wasser auf und machte es sich am Tisch gemütlich. Eine nächtliche Session mit einer Kanne Pfefferminztee und dem Tagebuch von Greta Treptow stand ihm bevor.

10. August 1939

Allmählich wird mir bewusst, welch unlösbarer Aufgabe wir uns verpflichtet haben. Seit zwei Tagen sind wir nun hier, und ich komme mir eher vor wie eine Touristin als eine Entdeckerin. Vielleicht liegt es am Riesling, den man uns überall und allzeit anbietet. Die Dorfbewohner hier scheinen ihn zu trinken wie andere Leute Kaffee. Es ist nicht so, dass sie hier die ganze Zeit betrunken herumwanken, aber es herrscht doch meistens eine gelöste Festtagsstimmung. Aber so schön diese Stimmung auch sein mag, das alles erschwert unsere Suche doch gehörig. Die Menschen hier haben eine Art an sich, als würden sie alles und jeden – und vor allem uns – sanft belächeln. Als wir gestern Morgen nach dem Frühstück mit Tornister, Fotokamera, Fernglas und unseren wichtigen Papieren vor das Gasthaus traten, um einen ersten Erkundungsgang zu machen, kam ein Mann vorbei und musterte uns mit einem breiten Grinsen.

Dann sprach er uns in dieser seltsamen Mundart an, die ich hier nur halbwegs korrekt in Schriftform wiedergeben kann:

»Oh gugge mol do! So schwer belade? Un es heißt doch immer Wandervögel. Wie wollt ihr fliegen mit dem ganze Geraffel?«

»Ich weiß nicht, was Sie mit diesem Wort meinen, aber wir

wollen weder wandern noch fliegen«, hat ihm Bruno dann geantwortet. »Wir wollen den Wald erkunden.«

»Ou ja«, sagte der Mann amüsiert. »Aber schön uffbasse, dass ihr net über eure eigene Füß stolpern tut.«

Eine Frau kam hinzu und riet uns, auf giftige Pilze zu achten, woraufhin der Mann etwas sagte, das ich nun überhaupt nicht verstand. Er sagte etwas von »Elwetritschen«, die sich ihre Schnäbel an uns abwetzen würden, sollten sie uns erst einmal in ihre Krallen kriegen.

»Wie bitte?«, fragte Bruno stirnrunzelnd.

»Ha, wenn ihr schon den ganze lange Weg aus Berlin komme seid, um unsern Wald zu erkunde, dann müsst ihr doch wissen, was en Elwetritsch is.«

»Ah, ich verstehe«, sagte ich dann wohl etwas zu naiv. »Das ist bestimmt ein einheimischer Vogel, ja?«

Der Mann gluckste. »So ebbes in der Art.«

Doch Bruno hatte den Mut nachzufragen: »Und warum sagten Sie gerade eben … also das mit dem Schnabel? Sind diese Tiere gefährlich?«

Die beiden nickten ernst, woraufhin Bruno ihnen sein Jagdmesser zeigte. »Davor haben wir keine Angst. Bei wilden Tieren wissen wir uns schon zu helfen.«

Da brachen die beiden in solches Gelächter aus, dass sie sich die Tränen abwischen mussten. Wahrscheinlich waren wir für die Dorfbewohner eine Art exotische Kuriosität.

Als wir später durch den Wald marschierten, ahnte ich auch, warum sie sich so über uns amüsiert hatten. Es gab nicht das Geringste zu sehen. Nichts als dichten Mischwald und einige Mauerreste, die Bruno als keltische Ringwall-Anlage identifizierte.

Wir liefen in einem großen Bogen um das Dorf herum und stießen auf eine weite Lichtung. Im Norden erhob sich eine hohe Steilwand. Wasser plätscherte. Beim Näherkommen sa-

hen wir einen schmalen Bachlauf, der sich durch die Wiese schlängelte und seinen Ursprung bei der Steilwand zu haben schien. Der Bach drang unterirdisch aus der Wand hervor, bevor er in ein kleines Becken mündete, das in den Bachlauf überging. Das Sonnenlicht fiel zwischen die Steine, wo das Wasser glasklar und smaragdgrün aufleuchtete. Ich setzte mich an den Rand des Beckens und schaute hinein. Auf der Lichtung war es seltsam still, nicht einmal ein Vogel war zu hören. Nur Bruno plapperte drauflos, und ich wünschte, er wäre in diesem Moment einmal ruhig gewesen. Meine Blicke wurden von dem dunkelgrünen Wasser angezogen, das sehr tief zu sein schien. Ich blinzelte und versuchte die Schemen dort unten genauer zu erkennen. Bruno, der jetzt neben mir stand, verstummte. Dann sagte er mit gedämpfter Stimme: »Wenn man genau hinschaut, meint man fast, dort unten goldenes Geschmeide zu erkennen.«

Und er hatte recht. Je länger ich in die grüne Tiefe starrte, desto sicherer war ich mir auf einmal, die Umrisse von Schmuckstücken und Münzen schimmern zu sehen. Aber dann verschwand das Bild wieder, und es waren nur noch glatte Steine zu sehen, Moosfäden und die eigenartig leuchtenden Wasserwirbel.

»Findest du nicht auch, dass heute ein verdammt heißer Tag ist?«, fragte Bruno und hatte sich bereits die Schuhe von den Füßen gezerrt und Hemd und Jacke ausgezogen.

»Willst du etwa da runtertauchen?«, fragte ich.

»Na klar. Irgendwo müssen wir doch anfangen zu suchen.«

Bruno zog sich aus und stieg zwischen den Steinen am Ufer ins Wasser. Er stieß ein lautes Jaulen aus und schüttelte sich.

Ich streifte mir ebenfalls die Schuhe ab und streckte die Füße ins Wasser. Es war eiskalt. Gerade als ich mich fragte, ob Bruno denn wirklich so abgehärtet war, wie er immer tat, war er auch schon in das Becken gesprungen und untergetaucht.

Ich hatte auf einmal Angst, dass diese grüne, geheimnisvolle Tiefe meinen Bruder verschlucken würde. Was, wenn durch das Ausströmen des Wassers ein Sog entstand und er hinter die Steilwand gezogen wurde? Ich starrte dem hellen Umriss seines Körpers nach, der in die Tiefe stieß und mit den Händen umhertastete. Plötzlich fühlte ich mich auf der Lichtung seltsam schutzlos und allein. Ich warf einen nervösen Blick über die Schulter und wurde das Gefühl nicht los, dass irgendetwas in diesem Wald den Atem anhielt. Ebenso wie Bruno, der einfach nicht wieder auftauchen wollte.

Plötzlich erklang hinter mir ein leises, schnarrendes Geräusch, wie ein leises Lachen. Ich fuhr herum, aber da war nichts. Für eine Sekunde glaubte ich, zwischen den Haselsträuchern etwas aufblitzen zu sehen. Meine Nackenhaare stellten sich auf. Waren das etwa jene seltsamen Vögel, vor denen uns die Dorfbewohner gewarnt hatten?

Plötzlich griff etwas Kaltes nach meinem Knöchel, und ich erschrak fast zu Tode. Ich schrie auf, und mit einem lauten Prusten tauchte Bruno aus dem Wasser auf. Seine Augen leuchteten, genauso wie seine Haut, die von der Kälte krebsrot war. Dann hielt er mir die geschlossene rechte Hand hin und ließ mir etwas Glänzendes in den Schoß fallen, sodass ich schon dachte, er habe tatsächlich eine Spur des Schatzes entdeckt. Aber es war bloß ein flacher Flusskiesel mit glänzenden Einschlüssen. »Für dich, Schwesterchen«, sagte Bruno und drückte mir einen kalten Kuss aufs Schienbein.

»Was ist da unten?«, fragte ich.

»Das weiß ich noch nicht. Um das herauszufinden, müsste man öfters da runter, und ich bräuchte eine Taucherbrille. Als Versteck wäre der Platz jedenfalls bestens geeignet.«

»Aber steht in Vaters Aufzeichnungen etwas von Wasser?«

»Zeig noch mal her«, sagte er, und ich holte die Papiere, die Vater für uns zusammengestellt hatte, aus der ledernen Rolle

im Rucksack. Er hatte die betreffende Stelle aus den uralten Dokumenten mit der Schreibmaschine abgetippt und mit eigenen Notizen versehen, die uns die Suche erleichtern sollten.

»Lies noch mal vor!«, sagte Bruno und setzte sich auf einem Stein in die Sonne.

Ich faltete das Papier auseinander und las es, mittlerweile vielleicht zum hundertsten Mal. Jetzt, wo wir an dem Ort waren, den Vater aufgrund seiner Nachforschungen eingegrenzt hatte, konnten wir uns vielleicht mehr darunter vorstellen: »Des Schatzes Fund gelingt nur fern des großen Rheins, von welchem, einst durch Hagen versenkt, sein Weg ging zu des Waldes Hang. Heimlich ging's Kiste um Kiste und ohne Spur. Treuer Männer Zeugnis jedoch legt ab von diesem stillen Tross, der sieben Tage und Nächte zog, auf Rheines Fluten in den Süden und dann an Hügels Saum hinein nach Westen ...«

»Ja, ja weiter!«, unterbrach Bruno mich. »Lies die Stelle vor, die den Ort beschreibt.«

Ich überflog noch ein paar Zeilen. »Ein Ort, im Wald versteckt – nicht Wanderer noch Kaufmann je kreuzte seine Wege, noch fromme Männer wachten hier, der Kirche Stein blieb ungeweiht. Nun sei's der beste Ort, zu versenken erneut den Schatz. So dachten sich die Diebe – ihre Gründe sind's, die wir nicht kennen.«

Ich weiß nicht, wie genau Vater dabei ausgerechnet auf diesen Ort gekommen ist. Wahrscheinlich auf ähnliche Weise, wie Heinrich Schliemann Mykene entdeckt hat. Aber ich kann mir gut vorstellen, dass dieses Elwenfels in alten Zeiten genauso gewirkt haben muss, wie es in dem alten Text beschrieben wurde. Ein gottverlassenes Fleckchen Erde, tief versteckt im Wald und ohne Austausch mit der Welt.

»Weiter!«, drängte Bruno, und ich überflog noch ein paar Zeilen.

»Wo einst die alten Fluten umspülten Gold und Silber, so

war's nun auch der Stein, der klaftertief die Schätze bannte in die Erde. Kein atmend Mann noch Weib konnt' jemals erklimmen diese Tiefe. Doch ist's den Mutigen vergönnt, die Spur zu finden, wenn einst die Zeit ist da zu heben den Schatz, zum Fuße unsichtbarer Mauern.«

Ich bekam eine Gänsehaut, wie immer, wenn ich diese Worte las, und mit einem Blick auf Bruno sah ich, dass es ihm genauso ging.

»Also, da haben wir unsere Anhaltspunkte«, sagte er und nahm mir das Papier aus der Hand.

»Aber warum steht da ›zum Fuße unsichtbarer Mauern‹?«, rätselte ich.

Vielleicht war im Innern der Steilwand ja eine Höhle, und der Schatz lag dort versteckt. Was erklären würde, dass man ihn nicht als zum Atmen gezwungener Mensch erreichen konnte. Man musste hindurchtauchen, um hineinzugelangen. Vielleicht befand sich ja dort auch eine alte Kultstätte, womit die unsichtbaren Mauern gemeint waren. Wir wurden beide immer aufgeregter, und Bruno wollte es auf einen weiteren Versuch ankommen lassen. Nervös sah ich zu, wie er einige Male hinabtauchte und dabei sehr lange unter Wasser blieb. Aber er tauchte immer wieder auf.

»Wir brauchen ein System«, verkündete er keuchend. Seine Lippen waren blau, und er zitterte stark. Ich verbot ihm, noch einmal hinunterzutauchen.

Während er sich erschöpft in der Sonne trocknen ließ, schlug ich vor, dass wir die Dorfbewohner fragen sollten, ob es einmal ein altes Gebäude gegeben hatte, das jetzt eine Ruine war. Oder ob sie etwas von einer Höhle wussten.

Als wir an diesem Abend im Gasthaus saßen und eine köstliche einheimische Speise aßen, die aus mit Kartoffeln gefüllten, in Scheiben gebratenen Schweinsmägen bestand, lenkte Bruno das Gespräch auf die Geschichte des Dorfes. Er fragte nach alten Ruinen und behauptete, sich wegen einer wissenschaftlichen Abhandlung über die Kelten dafür zu interessieren. Wir ernteten nichts als Schmunzeln. Einige der Dorfbewohner, wie ich bemerkte, guckten aber auch besorgt drein, als wir erzählten, den Wald erkunden zu wollen. Sie scheinen zu ahnen, dass wir viel mehr als nur das zu tun gedenken.

Am späten Abend lagen wir etwas beschwipst vom Wein im Bett. Noch bevor ich das Licht löschen konnte, bat Bruno mich, ihm die letzte Zeile aus Vaters Notizen vorzulesen, diesen verheißungsvollen letzten Satz, der unser ganzes Bestreben zusammenfasste.

»Ich liebe es, wenn du das tust, Greta«, murmelte er und rollte sich seitlich neben mir zusammen. »Wenn du es vorliest, hört es sich so bedeutsam an. So, als wäre es unsere Bestimmung.«

Wenn Bruno doch nur recht hätte, dachte ich, während ich die letzte Zeile des Schriftstücks vorlas, wobei ich zum hundertsten Male von einer Gänsehaut überschauert wurde. »Mithilfe des Rheingolds aufzubauen das neue, ruhmvolle Reich der Nibelungen, wo nimmer Verrat noch Krieg der Helden Tod bedeutet …«

Als der Nebel kurz nach der Morgendämmerung silbrig zu leuchten begann, vernahm Carlos von draußen Schritte. Jemand klopfte an der Küchentür, die zum Hof hinausführte. Ohne etwas Böses zu ahnen, stand Carlos auf und öffnete. Und dann war ihm klar, warum er den Nebel immer als etwas Besonderes empfunden hatte. Manchmal war er nämlich in der Lage, etwas ganz und gar Unerwartetes zu gebären. In diesem Fall war es eine hochgewachsene Frau in langem Mantel, Wollmütze, Lederhose und Lederhandschuhen – ganz in Schwarz. Eigentlich fehlte nur noch eine Pistole mit Schalldämpfer, und die Ludwigshafener Kriminalkommissarin Nadja Sprengel hätte ausgesehen wie eine klassische Geheimagentin auf Profikiller-Mission. Carlos verfluchte sich für seinen beschleunigten Herzschlag und das verwirrende Gefühl der Aufregung in seiner Magengrube. Er beschloss, es auf das eben Gelesene zu schieben und nicht auf die Anwesenheit der Kommissarin.

Dann wurde ihm bewusst, dass er eine Schlafanzughose und ein zerknautschtes Hemd trug und wahrscheinlich aussah wie ein Hund, der dringend ... Aber halt, er war gestern beim Friseur gewesen, hatte aber noch nicht nachgeschaut, wie das alles nach dem Aufstehen aussah. Die Polizistin betrachtete ihn mit hochgezogenen Augenbrauen.

»Du hast echt ein Faible für unpassendes Timing, was?«, begrüßte er sie und ließ zu, dass sie seine Hand länger als notwendig drückte und festhielt. Erst vor einigen Wochen war Nadja Sprengel im Haus von Sofie aufgetaucht, hatte sich an seine Bettkante im Gästezimmer gesetzt und ihn beim Schlafen beobachtet, ehe sie ihn verhört hatte. Damals hatte er wahrscheinlich auch nicht viel besser ausgesehen.

»Meine Kaffeemaschine ist kaputt«, erklärte sie und schob sich an Carlos vorbei in die Küche. Ihr Gesicht war vor Kälte gerötet, und in ihren Haaren hingen winzige Wassertropfen. Carlos schloss die Tür und fragte sich, ob ihr Auftauchen ein gutes oder ein schlechtes Zeichen war. Eigentlich hatte er vor einigen Wochen beschlossen, Nadja Sprengel zu vertrauen. Nur leider ging ihr Interesse an ihm weit über eine kameradschaftliche Freundschaft von Kriminalpolizistin und Ex-Kollegen hinaus, und genau das verunsicherte ihn. Er schaltete Charlottes italienische Kaffeemaschine ein, ein edles Teil aus blitzendem Chrom, das sie liebevoll ihren Kaffeedrachen nannte, und fragte sich, wie er die Zeit, bis das Gerät auf Betriebstemperatur war, überbrücken sollte. Nadja Sprengel zog ihren Mantel aus und setzte sich. Sie trug einen eng anliegenden knallroten Rollkragenpullover, unter dem sich ihr beeindruckender Trainingszustand abzeichnete. Ihr Blick wanderte mit einem kühlen Lächeln durch die Küche, als wollte sie sagen: So, so, hier zelebrierst du jetzt also dein Verlangen nach Zweisamkeit und Häuslichkeit ...

Da Carlos nichts sagte, übernahm sie den Small Talk. »Wirklich unglaublich. Es ist früher Morgen, und ich habe auf dem Weg hierher doch tatsächlich im Stau gestanden. Aber nicht in Ludwigshafen!« Sie schickte ein ungläubiges Lachen hinterher. »Sondern in Deidesheim an der Baustelleneinfahrt zu dieser bescheuerten Einkaufs-Mall, die sie da mitten in die Weinberge bauen. Ist das zu glauben? So ein Riesenprojekt hier, an der kleinen Weinstraße. Ich frage mich ja, wer da wen bestochen hat, dass es für so etwas überhaupt eine Baugenehmigung gibt.«

Carlos nickte abwesend. Er hatte schon davon gehört. Die Elwenfelser hatten mitfühlende Worte für ihre armen Nachbarn aus Deidesheim gefunden. Trotz massiver Proteste hatten sie es nicht geschafft, das Bauvorhaben eines Großunternehmers aus Düsseldorf zu stoppen, der mithilfe japanischer Investoren einen Shoppingtempel samt Designer-Outlets direkt am Ortsrand des beliebten Touristenorts eröffnen wollte.

»Die legen damit den ganzen Ort über zwei Jahre lang lahm«, zeigte Nadja sich weiterhin fassungslos. »Die Baustellenfahrzeuge blockieren den Verkehr, überall Dreck und Krach, und niemand weiß, was das alles aus Deidesheim und der Umgebung machen wird.« Sie kaute noch eine Weile ungläubig auf den Infos über das umstrittene Projekt herum, dass Carlos sich allmählich fragte, was sie damit eigentlich bezweckte. Plötzlich kam ihm der Verdacht, dass ihr Verweis nur als Ablenkungsmanöver gedacht war, denn im nächsten Moment blieb ihr Blick an dem Tagebuch hängen, das auf dem Tisch neben dem ausgedruckten Sütterlin-Alphabet und den Artikeln über Ludwig Treptow lag. Carlos brach der Schweiß aus. Ruhig bleiben, hämmerte er sich ein. Sie kann nicht wissen, was das hier ist. Es gibt keine Hinweise, dass er dieses Tagebuch der Leiche entwendet hatte. Oder doch? Scheinbar nebensächlich schob er die Papiere und das Buch weg, legte es auf einen Stuhl und setzte sich ihr gegenüber. »Du bist wirklich nur auf einen Kaffee hier?«

»Natürlich nicht. Aber ich dachte, ich nutze diese frühe Stunde mal, um mir ein Bild von der Lage hier zu verschaffen. Und weil deine neuen Dorf-Freunde so auskunftsfreudig sind wie zugeklappte Austern, muss ich mich wohl an dich wenden, mein Lieber. Du bist zwar jetzt auch einer von ihnen, wie es scheint, aber ich denke, bis du dich in eine pfälzische Auster verwandelst, dauert es noch ein wenig, oder?« Das letzte Wort sprach sie mit einem gewissen Nachdruck aus, der wohl an den letzten Rest seiner Berufsehre in ihm appellieren sollte. »Außerdem bin ich hier, damit du und der ganze Ort die Neuigkeiten aus erster Hand erfahren könnt.«

»Neuigkeiten? Von dir überbracht? Und all das natürlich völlig uneigennützig?«

Nadja verzog spöttisch den Mund und senkte den Blick. »Carlos, du glaubst vielleicht, dass du mir das Herz gebrochen hast, aber das hast du nicht.«

»Ich glaube, dass dein Herz etwas dicker gepanzert ist als dein ...«, er warf einen Blick auf ihre ausgeprägte Oberarmmuskulatur unter dem roten Pullover, »... als dein Stolz.«

Er dachte nur ungern an die Szene in der Elwenfelser Weinstube vor zwei Wochen zurück, als Nadja Sprengel ihm mehr als eindeutig zu verstehen gegeben hatte, dass sie sich in seiner Gegenwart gern die Klamotten vom Leib reißen würde – wie es Cordula formuliert hatte. Danach hatte sie ihn auf Abstand gehalten, und Carlos waren schon Bedenken gekommen, ob sie seinen Aufenthaltsort an ihre Kollegen weitergeben würde, immerhin wurde nach ihm gefahndet. Aber sie hatte genau das Gegenteil getan, ihn geschützt und gedeckt und zum Schluss auch noch umarmt und versichert, dass sie ihm helfen würde. Und wenn er jetzt an diesem Angebot zweifelte, dann lag es wohl nur an ihrer Undurchschaubarkeit, die ihn an eine Sphinx erinnerte. Sie sah in dieser unscheinbaren, einfachen Küche aus wie ein Hollywoodstar, der gezwungenermaßen in diesem wenig glamourösen Setting gelandet war.

»Carlos, ich will nur nicht, dass ihr es aus der Presse erfahrt«, sagte sie schließlich. »Ich habe dir bereits gesagt, dass ich diesen Ort hier schützen will, aber das kann ich nur, wenn wir offen miteinander sind. Ich kann euch nicht helfen, wenn hier niemand mit mir redet.«

Sie verschränkte die Arme. Im Hintergrund fauchte leise die Kaffeemaschine.

»Okay, verstanden. Aber soweit ich es beurteilen kann, weiß hier wirklich niemand, wer der Tote ist«, beteuerte Carlos. »Und mir würden sie es sagen, das kannst du mir glauben.«

»Ach tatsächlich? Bist du sicher, dass zum Beispiel der liebe Herr Pfarrer dir alles sagt, was er weiß?«

Carlos setzte sich kerzengerade auf. »Was meinst du?«

»Meine Kollegen haben ihn gestern befragt. Es ging vor allem um die Frage, wer vor ihm das Amt des hiesigen Seelsorgers ausgeübt hat. So lange, wie die Leiche nämlich schon dort unten lag, fällt dieser Unfall, das Verschwinden dieses Mannes in den Katakomben der Kirche nämlich in die Zeit des vorigen Pfarrers von Elwenfels. Aber die Geschichte, die Karl meinen beiden Kollegen aufgetischt hat, hört sich ziemlich unglaubwürdig an.«

»Jetzt bin ich gespannt.«

Nadja lächelte zufrieden. »Er hat ihnen erzählt, dass sein Vorgänger, ein gewisser Godehard Blum, vor dreizehn Jahren plötzlich beschlossen hat, nach Tansania zu gehen, um sich dort einer Missionsstation anzuschließen.«

»Was?!«

»Ja. Ich habe genauso reagiert wie du gerade«, sagte Nadja. »Ich meine, ich kann diese speziellen Elwenfelser Gepflogenheiten zwar nur ansatzweise erahnen, aber selbst mir ist klar, dass das ziemlich an den Haaren herbeigezogen ist. Trotzdem habe ich die Flugdaten für den entsprechenden Zeitraum abgeklärt, und vor fünfzehn Jahren ist natürlich kein Godehard Blum im April nach Tansania geflogen.«

»Warum ist das denn so wichtig?«, fragte Carlos. »Ich dachte, es geht um den Toten.«

»Ja, aber niemand weiß etwas über ihn, und derjenige, der etwas wissen könnte, verlässt seine Schäfchen und verschwindet im Nirgendwo? Ich bitte dich, Carlos, euer lieber Pfarrer Karl erzählt das doch bloß, weil er uns nicht sagen will, was wirklich los war mit seinem Vorgänger.«

»Okay, wenn du willst, fühle ich ihm mal ein bisschen auf den Zahn.«

»Ja, ich will.«

»Und was ist jetzt mit dem Toten?«, fragte Carlos rasch, denn ihre letzten Worte klangen ihm ein bisschen zu zweideutig. »Glaubst du etwa, Karls Vorgänger ist der, den wir da unten gefunden haben?«

»Nein, er heißt Kai Lohmann. Wir haben ihn gestern identifiziert.«

Carlos sah sie erstaunt an. »Wenn das so schnell ging, gab es einen Eintrag in der Vermisstendatei?«

Nadja nickte. »Er wurde am 3. März 2006 von seinem Bruder als vermisst gemeldet. Der kam gestern Abend sogar spontan hierher, um ihn zu identifizieren. Das Bild des Vermissten hätte aber vorerst schon genügt, so gut wie der Zustand der Leiche war. Lohmann kommt aus Traunstein in Oberbayern. Und er ist der Polizei kein Unbekannter.«

Carlos' Augenbrauen zuckten nach oben.

»Der Mann war ein ziemlicher Querkopf«, erzählte Nadja. »Von Beruf eigentlich Landschaftsgärtner. Aber seit er beim Anlegen eines Brunnens in irgendeinem Park frühmittelalterliche Schmuckstücke und Scherben entdeckt hatte, wechselte er die Berufung.«

»Deinem missbilligenden Ton nach zu schließen, war das wohl keine gute Idee?«

»Er spezialisierte sich auf das Aufspüren unentdeckter Schätze. Na ja, so eine Art selbst ernannter Indiana Jones eben. Und in dieser Eigenschaft machte er dann nichts als Ärger.«

»Machst du eine kurze Spannungspause, damit ich den Kaffee servieren kann?«, fragte Carlos.

»Wer hat jetzt ein Faible für unpassendes Timing?«

Carlos ignorierte ihren Einwurf, mahlte frischen Kaffee und ließ dann zwei Tassen aus der Maschine. Der Duft war betörend und legte sich wie ein Mantel um seine von

Nadjas unerwartetem Auftauchen ziemlich aufgewühlten Nerven.

»Zucker?«, fragte er.

Aber Nadja hatte die Tasse schon zum Mund geführt und nahm zwei vorsichtige, genussvolle Schlucke. »Das Leben ist süß genug«, sagte sie mit einem kurzen Blinzeln. Dann schaute sie ihn direkt an und fügte hinzu: »Wenn man es denn zulässt.«

Sie lachte kurz auf, war aber im nächsten Moment wieder ganz die coole Polizistin, die ihren Ex-Kollegen mit Hintergrundinformationen versorgte: Der Kaffee wirkte allerdings nicht gerade beruhigend für das, was sie ihm anschließend erzählte. »Also, dieser Kai Lohmann kaufte sich eine Metallsonde und ging überall auf Schatzsuche. In Deutschland, Österreich, der Schweiz. Die Kollegen in Wien haben ihn vor achtzehn Jahren einmal verhaftet, weil er ohne Genehmigung Probegrabungen auf einem leer stehenden Grundstück durchführte, von dem er glaubte, dass darunter eine keltische Siedlung lag. In Deutschland hat er mehrere illegale Grabungen an allen möglichen Orten durchgeführt, drei davon hier in der Region. Immer dann, wenn irgendwo größere Bauvorhaben anstanden, fuhr er hin und ging nachts mit Metallsonde oder Bodenradar über das Areal, drang in abgesperrte Baugruben ein und verschaffte sich Zutritt zu unterirdischen Baustellen, einmal sogar in einem U-Bahn-Schacht in Frankfurt. Er wurde insgesamt viermal wegen solcher Aktionen verhaftet.« Nadja Sprengel umklammerte die Tasse mit einem zufriedenen Lächeln. »Richtig schlimm wurde es aber 2003. Da entdeckte er in der Nähe von Trier am Rand eines Weinbergs ein spätrömisches Grab. Er grub es einfach mit Spaten und Spitzhacke aus und hat dabei alles beschädigt, was da in der Erde lag. Ein Jäger hatte ihn frühmorgens entdeckt und die Polizei gerufen. Es stellte sich heraus, dass Lohmann zu Hause bereits mehrere Gegenstände aus Silber und Gold gelagert hatte. Er wollte diese Funde behalten und scherte sich einen Dreck um die rechtlichen Vorschriften. Die Archäologen, die das römische Grab damals besichtigten, brachen regelrecht in Tränen aus, weil Lohmann mit seiner Stümperei kostbare Artefakte zerstört und eine sachgemäße Ausgrabung der Fundstätte so gut wie unmöglich gemacht hatte. Dieses Grab hätte sich vielleicht zu einer absoluten Sensation entwickeln können, mit bis dahin in Deutschland unbekannten Funden und wertvollen Hinweisen auf die Geschichte der Gegend. Einer der Archäologen lauerte Lohmann am Prozesstag auf und schlug ihm mit der Faust ins Gesicht, weil er dessen Frevel nicht ertragen konnte.«

»Kann ich irgendwie verstehen«, murmelte Carlos. Er hatte der Kommissarin gebannt zugehört, und allmählich entstand in seinem Kopf eine Vorstellung von dem, was diesen Lohmann wohl nach Elwenfels geführt haben mochte. Nadja stieß ein bitteres Lachen aus. »Lohmann verstand es aber offensichtlich nicht und verklagte den Archäologen wegen Körperverletzung. Er selbst wurde zu einer hohen Geldstrafe verurteilt, die er aber von seinem Anwalt immer wieder anfechten ließ. Sein Argument war, dass dieses Grab ohne ihn niemals entdeckt worden wäre und man ihm doch gefälligst dankbar sein sollte.«

»Ich glaube, der Archäologe war nicht der Einzige, der ihm gerne eine mitgegeben hätte«, sagte Carlos.

»Ja, der Kerl war wirklich ein dreister Wichtigtuer. Völlig uneinsichtig. Dachte nur an seinen kindischen Abenteuertrieb. Bei der Durchsuchung seines Hauses fand man außerdem Erkennungsmarken von Soldaten aus dem Ersten Weltkrieg, weil er ein abgestürztes Flugzeug im Elsass geplündert hatte. Die Toten konnten also nicht mehr identifiziert werden«, fuhr Nadja fort. »Antikenhehlerei hat er wohl nicht begangen; seine Funde hatte er allesamt in Kisten und Koffern gelagert. Er besaß zu Hause ein halbes Museum. Antike Waffen, mittelalterliche Töpferware, Schmuck, Grabbeigaben, sogar Knochen. Abgesehen davon war er schwer verschuldet und stand kurz vor einer Insolvenz. Seine Kunden beklagten sich, dass er ihre Gärten und Parks eher verwüstete, anstatt sie hübsch herzurichten. Und obwohl er Auflagen bekam, die ihm jegliche Grabungen verboten, machte er einfach weiter. 2006 meldete sein Bruder Stefan Lohmann ihn als vermisst.«

»Hatte der denn eine Ahnung, ob sein Bruder an irgendeiner Sache dran war?«

Nadja Sprengel verengte ihre blauen Augen und sah Carlos eine Weile wortlos an.

»Willst du denn gar nicht wissen, woran Lohmann gestorben ist?«, fragte sie lauernd.

Carlos nickte schnell. »Ja, klar doch.«

»Er ist erstickt. Die Archäologen sagen, dass es dort unten in der Vergangenheit mehrere Einstürze gab, von denen einer dreizehn Jahre zurückliegt. So lange modert Lohmann nämlich dort unten. Und weil er in einer Art Kammer eingeschlossen war, in der es keinerlei Luftaustausch gab, wurde seine Leiche konserviert. In den Steinen dort unten gibt es irgendein Mineral, das diese Konservierung möglich macht. Die Archäologen müssen jetzt rekonstruieren, wie Lohmann in diesen unterirdischen Raum gekommen ist, anscheinend gab es da einen geheimen Zugang, der durch diesen ersten Einsturz verschüttet wurde. Lohmanns Leiche wurde jedenfalls erst freigelegt, als die Fundamente des Turms vor drei Tagen nachgaben.«

»Echt? Krass ...«, murmelte Carlos betont überrascht. Nadja Sprengel hatte gerade seine eigene Theorie vollständig bestätigt.

»Wer weiß, welch krude Idee Lohmann nach Elwenfels geführt haben mag«, sagte er. »Offensichtlich wusste er etwas über diesen unterirdischen Raum, das die Elwenfelser selbst nicht wussten.« Doch nach einer Weile fügte er nachdenklich hinzu: »Obwohl mir das extrem unwahrscheinlich vorkommt.«

»Es *ist* extrem unwahrscheinlich«, sagte Nadja. »Denn zumindest eine Person muss es gegeben haben, die auch von diesem Gang da unten wusste. Nämlich derjenige, mit dem Lohmann sich vor seinem Tod geprügelt hat. Sein Jochbein ist gebrochen, und zwar auf die typische Art, die nur durch einen Faustschlag entsteht. Außerdem hatte er fremdes Blut unter seinen Fingernägeln.«

»Und wie lange lebte er nach dieser Prügelei noch?«

»Die Pathologen gehen von wenigen Stunden aus. Er hatte eine Platzwunde am Hinterkopf, die von einem Stein stammt, aber alleine nicht zu seinem Tod geführt hätte. Wer auch immer Lohmann geschlagen hat, ist entweder ebenfalls da unten verschüttet worden, aber dann müssten wir ihn noch finden. Oder er ist wieder an die Oberfläche gestiegen und hat die ganze Sache hübsch geheim gehalten.«

Carlos schluckte. »Du meinst ...«

»Ja, Carlos. Ich meine, dass einer aus dem Dorf diesem Raubgräber damals das Handwerk gelegt hat. Einer, der danach vielleicht beschlossen hat, nach Tansania zu fliegen.«

Carlos versuchte, sich nicht anmerken zu lassen, wie

sehr ihn diese Information ärgerte. Warum hatte niemand in Elwenfels ihm von diesem verschwundenen alten Pfarrer erzählt? War das der wahre Grund für Karls Niedergeschlagenheit?

»Ich habe gestern mit dem Leiter der Ausgrabung gesprochen«, fuhr Nadja fort. »Er meint, dass es äußerst schwierig ist, die Steine einfach beiseitezuschaffen. Man muss sehr vorsichtig vorgehen, um die historische Struktur nicht zu beschädigen. Diese Leute sind ja keine Kriminaltechniker, sie müssen immer auch ihre Forschungsinteressen im Auge behalten, und das kann dauern. Außerdem ist die Statik wohl so labil, dass da unten jederzeit alles in sich zusammenfallen kann.«

»Und was ist jetzt mit diesem Bruder von Kai Lohmann?«, wechselte Carlos das Thema. »Wusste der, warum er hierherkam?«

»Na ja. Er wusste zwar nicht, dass Lohmann in Elwenfels war«, präzisierte Nadja. »Aber er wusste, wonach sein Bruder suchte.«

»Jetzt mach's nicht so spannend!«

Nadja sprach nicht weiter. Ihr Blick wanderte von Carlos' Gesicht zu dem Stuhl neben ihm. »Was ist das für ein Buch, was du da vorhin so unauffällig weggeräumt hast?«

Carlos blinzelte. »Das? Och, nur so eine alte Dorfchronik, die ich mir mal ein bisschen durchlesen wollte. Jetzt wo ich wohl eine Weile hierbleibe, muss ich schließlich ...«

»Carlos, jeder Teenager hat beim Lügen ein besseres Pokerface als du«, unterbrach sie ihn.

»Wieso lügen? Ich ...«

Ihr Blick ätzte kleine Löcher in seine schlecht gespielte Ahnungslosigkeit.

»Du weißt schon, dass man nach dir fahndet, oder? Wegen was noch mal? Mord? Na ja, dann fallen solche

Sachen wie Beweismittelunterschlagung und Manipulation eines Leichenfundorts auch nicht mehr groß ins Gewicht.«

Carlos schluckte. Alles, was er jetzt noch zu seiner Verteidigung sagen könnte, wäre absurd. Also schwieg er und hoffte, dass Nadja weitersprechen würde. Was sie auch tat, während ihre Blicke immer wieder zu dem Stuhl mit dem Buch wanderten.

»Lohmanns Bruder erzählte uns gestern bei der Identifizierung etwas, das er damals bei der Vermisstenmeldung verschwiegen hatte, weil er wohl versuchte, seinen Bruder zu schützen.«

»Was gab es denn da zu schützen?«

»Tja, das, was sein Bruder sich diesmal in den Kopf gesetzt hatte, war schon ziemlich haarsträubend. So haarsträubend, dass Stefan Lohmann sich mittlerweile auch an die Presse gewandt hat, weil er findet, dass diese Geschichte jetzt an die Öffentlichkeit muss.«

Nadja stellte ihre Tasse ab und schob ihren Stuhl zurück. Sie erhob sich, ohne Carlos aus den Augen zu lassen. Seine Nackenhaare stellten sich in einer unheilvollen Vorahnung auf.

»Weißt du, das Leben macht manchmal schon verrückte Sachen«, sagte sie im Plauderton und kam langsam um den Tisch herum auf ihn zu. »Vor dreizehn Jahren hatte Kai Lohmann seinem Bruder erzählt, dass er bei der Auflösung eines Antiquariats in Leipzig war. So was machte er ständig, immer in der Hoffnung, auf irgendwelche verschollenen Schriften zu stoßen. Und dann wurde er fündig. Ihm fiel ein unscheinbares Buch in die Hände, das ganz hinten in einem Regal versteckt gewesen war. So ein braunes, altes Buch mit Ledereinband, du weißt sicher, wie so was aussieht, nicht wahr?«

Sie trat hinter ihn und streifte ihn an der Schulter, bevor sie an dem Stuhl neben ihm stehen blieb und nach unten schaute. »Ja genau, so wie das da mit der Elwenfelser Dorfchronik. Na, jedenfalls hatte Lohmann in dem Buch wohl einen untrüglichen Hinweis auf sein persönliches Troja gefunden. Etwas, das einen wie ihn nicht mehr ruhig schlafen lässt. Etwas, das ihn alles tun lässt, um es zu finden.« Sie senkte ihre Stimme zu einem Flüstern. »*Den* Schatz.«

»Welchen Schatz?« Carlos zwang sich, Nadja betont ahnungslos anzusehen. Er wusste natürlich ganz genau, was sie meinte, und es überforderte ihn, ihr das Gegenteil vorspielen zu müssen.

Sie beugte sich langsam herunter und wollte das Buch ergreifen. »Ich nehme das mal ohne Handschuhe, du hast es ja ohnehin schon kriminaltechnisch kontaminiert.«

»Nadja, ich ...«

»Hast du schon Hinweise darin gefunden?«

»Was denn für Hinweise?«

»Auf diesen Schatz. *Den* Schatz schlechthin. Sag bloß, du weißt nicht, was ich meine.« Ihre Finger schwebten zwei Zentimeter über Gretas Tagebuch.

»Äh, nein. Nicht wirklich«, log er und suchte Zuflucht in seiner Kaffeetasse.

Sie winkte ab. »Na, du wirst es ja sowieso bald an dem Chaos merken, das in diesem Dorf ausbrechen wird, wenn die Öffentlichkeit erst mal davon erfahren hat.«

Dann hielt Nadja inne. Sie überlegte es sich anders, ging zu ihrer Handtasche, die über der Lehne des nächsten Stuhls hing, und zog ein Paar Latexhandschuhe hervor.

»Gut so, ich habe es nämlich auch nicht ohne Handschuhe angefasst«, murmelte Carlos trotzig.

»Wie vorbildlich«, meinte sie. Dann nahm sie das Tagebuch von Greta Treptow und begann darin zu blättern. »Ist ja auch kein Wunder, dass hier die Hölle losbrechen wird, wenn rauskommt, dass hier irgendwo in Elwenfels der Nibelungenschatz versteckt ist.«

Carlos riss in gespielter Überraschung die Augen auf. »Was sagst du da?«

»Das weißt du noch nicht?«, fragte sie spöttisch.

»Ich bin nicht so fit im Lesen altdeutscher Schriften!«, behauptete er.

»Nun, Kai Lohmann war es. Er transkribierte dieses Tagebuch und erzählte seinem Bruder ganz aufgeregt, dass er einen ernst zu nehmenden Hinweis auf den Nibelungenschatz entdeckt habe, dem er nun dringend nachgehen müsste. Stefan Lohmann hielt das für ein weiteres Hirngespinst und kümmerte sich nicht weiter darum. Als sein Bruder dann aber irgendwann nicht mehr erreichbar war, meldete er ihn als vermisst. Natürlich verlief die Suche nach ihm erfolglos, denn er hatte niemandem verraten, wohin er gegangen war.«

»Nach Elwenfels«, murmelte Carlos beklommen.

»Genau. Und hier starb er, und wir müssen herausfinden, unter welchen Umständen.«

»Vielleicht steht in dem Tagebuch ja ein Hinweis, wie er unter die Kirche kam.«

Nadja sah ihn an und holte eine Beweismitteltüte aus ihrer Handtasche. »Ja, aber den wirst nicht du finden.«

»Nadja bitte, das kannst du nicht machen!«

»Was kann ich nicht machen? Ein unterschlagenes Beweismittel an mich nehmen? Was für eine Art Polizist warst du eigentlich, Carlos?« Sie starrte ihn kopfschüttelnd an. »Warte, sag es mir lieber nicht. Ich kann es mir denken.«

»Ich weiß, ich, weiß«, beschwichtigte er. »Aber ich bin schon mittendrin und gerade richtig gut in Fahrt.«

Sie setzte sich wieder an den Tisch und betrachtete ihn auf ihre kühle, überlegene Art, die ihm so widerwillig gefiel. »Höre ich da eine gewisse Sehnsucht nach ... *Zusammenarbeit* aus deinen Worten heraus?«

»Na ja ... Du könntest mich ja als eine Art externen Mitarbeiter betrachten, der dir mit der Auswertung dieses Beweismittels hilft.«

Nadja lachte, als hätte sie nie einen besseren Witz gehört. Aber Carlos sah an dem warmen Schimmer in ihren Augen, dass sie seine Idee wohl gar nicht so schlecht fand.

»Du hast Glück, dass ich dich mag«, sagte sie und stand auf. »Also, ich erwarte als Gegenleistung, dass du dem Pfarrer auf den Zahn fühlst und mich informierst, und zwar ohne irgendwelche Ausflüchte, rhetorische Luftnummern oder pfälzische Räuberpistolen.«

»Versprochen.«

»Und ich werde vergessen, dass du dieses wichtige Beweismittel von einem Tatort entwendet hast.«

»Jawohl, Frau Kommissarin.«

Von oben ertönte das leise Knarren der Bodendielen. Charlotte war aufgewacht, und Carlos bekam einen kleinen Schweißausbruch.

»Ich werde dieses Buch nur kurz entführen, um in meinem Wagen die Fingerabdrücke abzunehmen.« Sie sah kurz nach oben. »Du kannst mir ja dann eine SMS schreiben, sobald hier ... die Luft hier wieder rein ist, dann bringe ich es zurück.«

»Die Luft hier war nie reiner«, beteuerte Carlos. »Du kannst es jederzeit zurückbringen, Charlotte wird dir schon nicht die Augen auskratzen.«

»Carlos, ich sag's dir ganz ehrlich: Mit dieser Haarfarbe

kann deine Charlotte dich gerne behalten.« Sie stieß ein Lachen aus, das ihren Worten etwas von dem demütigenden Beiklang nahm, griff sich ihre Sachen und verschwand mit dem Buch hinaus in den nebeligen Morgen.

Kapitel 9

In dem verständlich wird, warum Archäologe auf Pfälzisch mit »sch« geschrieben wird

Ich hoffe, dass Sie als Gemeinschaft in dieser wichtigen Angelegenheit mit uns zusammenarbeiten und uns in jeder Hinsicht unterstützen!«, rief die kleine grauhaarige Frau über den Platz und schaute beschwörend in die Runde, als wollte sie mit diesem Blick ihrer dünnen Stimme mehr Gewicht verleihen.

Cordula hatte sich bei Sofie und Charlotte eingehakt, die rechts und links neben ihr standen und wohl das gleiche Bedürfnis wie sie verspürten. In dem beißenden Novemberwind etwas weniger zu frieren und sich durch die Anwesenheit der anderen ein wenig gestärkt zu fühlen. Denn die Rede, die da vorn auf dem Podest vor den Dorfbewohnern gehalten wurde, war für die Elwenfelser die härteste Prüfung, seit vor über siebzig Jahren mal ein paar ordnungswütige Beamte aus Neustadt auf die Idee gekommen waren, eine Volkszählung durchführen zu wollen. Jetzt stand hier in Gestalt von Gundula Bröckner das rheinland-pfälzische Landesamt für Denkmalschutz, einer Dame um die fünfzig in Tweedrock, Wanderstiefeln und dickem Wollpulli. Der aggressive Wind scheuchte ihr immer wieder ein paar ihrer grauen Pudellöckchen ins Gesicht, die sie mit der immer gleichen geduldigen Geste von ihrer großen Brille wischte und dabei auf die versammelten Elwenfelser einredete. Ihre Sätze waren so verschwurbelt und lang, dass die Zuhörer sichtlich Mühe hatten zu folgen. »Die Lage, die wir hier vorfinden, ist für uns so einmalig, dass ich mich jetzt hier nicht in der Kritik an den mannigfaltigen Versäumnissen verlieren möchte, die hier seit Jahrzehnten begangen wurden und zu dieser Situation geführt haben, die ich nur als chaotisch bezeichnen kann, sondern …«

»Jo, jetz hol mol wieder Luft!«, rief irgendjemand aus der Menge.

Ein paar Lacher stiegen in dem eisigen Novembermorgen auf, aber es waren zu wenig, um die Laune wirklich aufzulockern.

»Tja, mir fällt das hier auch nicht leicht, das können Sie mir glauben«, beteuerte Gundula Bröckner, »das hier ist für die Landesdenkmalpflege Rheinland-Pfalz ganz neues Terrain, wofür uns jegliche Vergleichswerte fehlen, was es wiederum sehr schwer macht, ein bewährtes Szenario zur Herangehensweise zu entwickeln.«

»Dann lass es halt!«, schrie es von irgendwoher aus der Menge.

Frau Bröckner stieß ein nervöses Lachen aus, und Cordula schluckte das erste aufkeimende Mitleid entschlossen hinunter. Klar, die Frau machte bloß ihren Job. Aber das taten mormonische Missionare auch, wenn sie südostasiatische Kinder zum angeblich wahren Glauben bekehren wollten. Kein Grund, sich nicht gegen sie zu wehren.

Neben ihr verfolgte Sofie das Geschehen mit regloser Miene. Sie ließ sich nicht anmerken, wie es in ihr aussah, ganz im Gegensatz zu ihrer Schwester Charlotte. Die wippte nervös auf den Zehenspitzen hin und her und schüttelte immer wieder den Kopf. Kein Wunder. Sie war mit Carlos die Erste im Dorf gewesen, die die Neuigkeit erfahren und den anderen erzählt hatte.

Der Nibelungenschatz in Elwenfels?! Das musste ein bizarrer Traum sein. Und doch spürte Cordula ein erwartungsvolles Ziehen an ihren Nervenenden, ein aufgeregtes Kribbeln. War das Stolz? Stolz darauf, dass in dem winzigen Elwenfels jetzt etwas passierte, was von großer überregionaler Bedeutung war? Nein, dachte sie. Was war das schon: Bedeutung? Ein ganz und gar relatives Konstrukt. Was für die einen bedeutend war, für das hatten andere nicht mal ein Schulterzucken übrig. Und genau das war das Problem. Charlotte bezweifelte nämlich, dass Gundula Bröckner verstand, was für Elwenfels wirklich von Belang war. Auf keinen Fall dieser irrsinnige Rummel, der sich wie eine böse Gewitterwolke über dem Dorf zusammenzog. Im Halbstundentakt brummten Fernsehübertragungswagen über die Waldstraße, und die Polizei hatte es sogar für nötig erachtet, während der Ansprache der Landesdenkmalbehörde eine vorläufige Absperrung zu errichten, damit war das sich anbahnende Chaos aber nur kurzzeitig ausgebremst. Nachher, wenn Gundula Bröckner und ihre Mitarbeiter wieder abzogen, würden die Reporter über Elwenfels herfallen wie ein Schwarm ausgehungerter Heuschrecken über ein Weizenfeld. Cordula fröstelte. Sie hatte gestern gedacht, dass es eigentlich nicht schlimmer kommen konnte.

»Ich möchte noch einmal betonen, wie wichtig es ist, dass Sie in dieser Angelegenheit mit uns zusammenarbeiten!«, rief die Denkmal-Dame über den Platz. »Schauen Sie, unten in Deidesheim wird doch gerade diese neue Mall gebaut …«

Abfälliges Gebrumm schnitt ihr das Wort ab.

»Ja, das war mir schon klar, wie Sie dazu stehen, aber mir geht es um etwas anderes, nämlich, dass an diesem Projekt viele Menschen und Arbeitsplätze hängen, die Baufirma und die Hauptinvestoren. Bei diesem Vorhaben zählt vor allem eines: Zeit. Aber selbst diese Leute akzeptieren, dass wir den Baugrund während der Aushubarbeiten nach archäologischen Auffälligkeiten absuchen. Stellen Sie sich vor, wir finden da Hinweise auf einen bedeutenden Bodenfund! Da vergehen Wochen, ehe die Herrschaften weiterbauen können, und doch haben die Bauträger mehr Verständnis für unsere wichtige Arbeit als Sie hier, die doch eigentlich nichts zu verlieren haben.«

»Ou ou ou«, jaulte Otto mit gespielter Betroffenheit. »Jetzt schämen wir uns aber ganz arg.«

»Nun, ich wollte Ihnen nur sagen, dass Sie keinerlei Anlass für so wenig Kooperationsbereitschaft haben. Andere Leute, bei denen es wirklich um etwas geht, sind wesentlich entgegenkommender.«

»Du hast doch gar ken Schimmer, um was es bei uns geht«, zischte jemand aus der Menge.

Gudula Bröckner hob beschwichtigend die Hände. »Ich meine ja nur. Also, solange die rechtlichen Belange hier im Ort nicht hinreichend geklärt sind, muss das Land Rheinland-Pfalz und damit die Landesdenkmalbehörde die Entscheidungen über diese Angelegenheit treffen. Verstehen Sie das?«

Auf dem Platz herrschte Stille. Jeder in Elwenfels wusste, was damit gemeint war. Cordula wurde noch ein bisschen kälter, sie warf einen nervösen Blick zum ersten Stock der Bäckerei. Dort stand halb verborgen hinter einer Gardine Carlos Herb und beobachtete die Szenerie von oben. Sie bezweifelte allerdings, dass er die wahre Tragweite dieser Katastrophe wirklich erfassen konnte. Er fühlte sich zwar mittlerweile als einer von ihnen, aber es gab noch so viel, was er nicht wusste und was die Gemeinschaft von Elwenfels ihm nach und nach in hübsch verdaulichen Portionen zu servieren gedachte. So konnte Carlos auch nicht wissen, worauf ausgerechnet Gundula Bröckner da gerade anspielte.

Den kommunalrechtlichen Status von Elwenfels.

»Um zu klären, wie es mit den Bauwerken unterhalb und oberhalb des aktuellen Bodenniveaus aussieht, brauchen wir dringend Ihre Hilfe!«, forderte Frau Bröckner die Menge auf. »Denn eigenartigerweise gibt es in der Landesarchäologischen Direktion in Speyer keinerlei Ortsakten für dieses Dorf.« Sie hielt inne und streckte ihre Hand aus. »Wenn ich das richtig sehe, ist dieses Gebäude da drüben das Rathaus, oder?«

»E schönes altes Haus, weiter nix!«, rief die alte Else.

»Der perfekte Lagerraum für unsere Weinfescht-Garniture«, präzisierte Alfred.

»Bloß des Dach müsst ma mal repariere«, brummte Otto. »Do regnet's nämlich rein.«

»Sag ich doch«, wiederholte sich Else. »E schönes altes Haus.«

Gundula Bröckner warf einen hilflosen Blick zum Himmel. Dabei hatte sie keine Ahnung, was die wirkliche Funktion des sogenannten Rathauses war. Nämlich keine. Das Haus mit der hellgrünen Fassade und den großen Fenstern stammte aus dem 18. Jahrhundert und diente nicht wie in anderen Ortschaften als Verwaltungsgebäude, sondern als kollektiver Lagerraum der Dorfgemeinschaft, der mit einem unbeschreiblichen Chaos im Innern jeglichem verwaltungstechnischen Ordnungssinn spottete. Dazu kam noch der Zustand, dass es in Elwenfels keinen Bürgermeister oder Ortsvorsteher gab, aber das würden die Herrschaften aus Speyer und Mainz noch früh genug herausfinden.

»Also, liebe Leute, so geht das wirklich nicht!« In Gundula Bröckners Augen stand jetzt die blanke Verzweiflung. »Ihnen mag das alles nicht so wichtig sein, und ich gebe zu, es ist ein unverzeihliches Versäumnis des Landes, zugelassen zu haben, dass in Ihrem Dorf eine derartige Regellosigkeit herrscht, aber das kann man ja ändern. Es wurde in den Gesprächen hier immer wieder die Behauptung vorgetragen, dass Elwenfels eine Art autonomen Status besitzt, angeblich seit dem Mittelalter, was ich für höchst unwahrscheinlich halte. Damit wären Sie in Deutschland nämlich die absolute Ausnahme.«

»Auf jeden Fall. Un net bloß deswege!«, schallte es über den Platz.

»Jaja. Ich rufe Sie dringend auf, alle verfügbaren Dokumente, Urkunden, Schriftstücke, Verfügungen oder sonstige Zeugnisse über den rechtlichen Status dieses Ortes herauszusuchen und uns zur Prüfung zu übergeben.«

»Un was, wenn net?!«, herrschte sie plötzlich der Pfarrer an, der sich aus der Menge gedrängt hatte und sich vor Gundula Bröckner aufbaute. Cordula spürte eine kampfeslustige Stimmung, die man bei Karl normalerweise vergeblich suchte.

»Ah, der Herr Wegner, danke für Ihren Beitrag«, sagte sie. »Ich kann verstehen, dass Sie besonders um Ihre Kirche bangen. Aber diesbezüglich müssen wir ohnehin einen Sonderweg einschlagen.« Ihre Stimme schwang sich zu einem drohend gemeinten Klirren auf. »Soweit ich das nach einem kurzen Faktencheck beurteilen kann, ist dieses Gebäude nie als Kirche geweiht worden und demnach gar nicht im Bestand deutscher Sakralbauten aufgelistet, was den Denkmalstatus zusätzlich erschwert, denn diese

Kirche ist … ist …« Sie holte zitternd Luft, und Karl sprach aus, womit sie sichtlich rang:

»Gar net da. Genau. Niemand da draußen hat jemals ebbes gewusst von unserer Kirch. Kein Bischof, kein Historiker oder sonst irgendein Wichtigtuer, ke arme Seel un kein armer Teufel. Un jetz kommt ihr daher und babbeln Dummzeigs.«

»Dieses Gebäude ist von beträchtlichem denkmalpflegerischem Interesse!«, gab Frau Bröckner zurück. »Und offensichtlich gab es hier am Fassadenschmuck wohl kürzlich Renovierungsarbeiten, die gegen jede kunsthistorische Evaluation durchgeführt wurden.«

»Komm, geh fort mit deinem üwwerzwerche Gebabbel!«, rief eine Stimme aus der Menge.

»Ja genau!«, blaffte Karl die Denkmalschützerin an. »Was wollt ihr jetz mache? Uns bestrafe für Arbeiten an unserm Eigentum? Solang Elwefels ein weißer Fleck auf de Landkart war, hat sich doch auch keine Sau für uns interessiert! Was können wir dafür, dass ihr weder Akte noch Urkunde von uns habt. Ihr habt ja net emol gewusst, dass Elwenfels existiert!«

Zustimmendes Gemurmel erhob sich. »So, un deswegen«, fuhr Karl fort, »brauchen wir auch keine Wissenschaftler un Denkmalpfleger, die uns vorschreibe wolle, wie wir zu lebe un zu arbeite haben!«

Bröckner ließ nun ihre angestrengte Contenance gänzlich fallen. »Auch wenn Ihnen das nicht gefallen mag, wir leben hier in einem Rechtsstaat und nicht in einer Bananenrepublik!«

»Jo, des mit dem Staat könnt man auch anders *evaluiere*«, äffte Karl sie nach. »Obdachlose, Ärztemangel, Pflegenotstand, Flughäfen, wo für Millione neu gebaut, aber nie eröffnet wern, Flüchtlingskrise, Lehrermangel,

Baustelle auf jeder Straß un Gass un dann auch noch die Deutsche Bahn! Alles, was noch zu einer richtigen Bananenrepublik fehlt, sind Bananenplantagen.«

Spontan begann die Menge zu applaudieren, aber Karl war zu aufgewühlt, um sich darüber zu freuen.

»Bleiben wir doch bitte bei der Sache«, bat die Frau vom Landesamt. »Sie stellen mich ja hin, als wäre ich diese böse Tante Prusseliese, die versucht, Pippi Langstrumpf gewaltsam ins Kinderheim zu verfrachten.«

»So fühlt sich's aber an!«, zeterte jemand aus der Menge.

Bröckners Geduld war sichtlich erschöpft. »Wenn die Eigentumsverhältnisse nicht zu klären sind, dann trifft das zu, was überall sonst in Deutschland auch gilt: Gebäude mit historischer Bedeutung und denkmalpflegerischem Interesse gehören dem Land. Und dann müssen Sie gewisse Regeln einhalten und können nicht einfach an einer romanischen Kirche herumbasteln!«

In diesem Moment trat jemand neben sie, den Cordula bislang nur im Hintergrund gesehen hatte. »Herrgott noch mal, ist das denn für euch Hinterwäldler so schwer zu verstehen?!«, schrie der Riese mit der Multifunktionsweste der Menge entgegen.

So kollektiv beleidigt und aus der Reserve gelockt, gingen die Elwenfelser nun unbarmherzig zum pfälzisch gestimmten Gegenangriff über. Aus jeder Ecke des Platzes hagelte es verbale Attacken.

»Aus was für'm Loch is'n der gekroche?«

»Wer hot'n dich gstumpt, dass wackelscht?«

»Halt bloß die Gosch, sonst stecken wir dir de Kopp zwische die Ohre, du Vorderwäldler!«

»Ruhe!«, schrie Gundula Bröckner mit letzter Kraftanstrengung, die ihre dünne Stimme hergab.

»Der Herr neben mir ist Dr. Fabian Gruber, Geschäftsführer der Firma ArchäoPro aus Worms. Er unterstützt das Landesamt seit vielen Jahren bei der wissenschaftlichen Freilegung und Dokumentation von Bodenfunden. Er ist verantwortlich für die Grabungen und wird Ihnen unsere Herangehensweise erklären.«

Gruber trat nach vorn. Cordula starrte den Mann an. Und dann entdeckte sie hinter ihm die junge Frau, deren Demütigung sie gestern mit ansehen musste. Mit gesenktem Kopf stand sie da, zupfte an ihren Fingern herum und schien an jedem anderen Ort auf der Welt lieber sein zu wollen als hier.

»Ja okay, also … Sorry dafür, dass ich Hinterwäldler gesagt habe!«, rief Gruber über den Platz und breitete jovial die Arme aus, aber die Elwenfelser sahen ihn weiter mit kollektiver Verachtung an.

»Kannscht dir sonst wo hiestecke, dein *Sorry*«, rief einer.

Die Dorfgemeinschaft brauchte jemanden, auf den sie ihre geballte Empörung richten konnte, ihre zornige Hilflosigkeit, dass man den Behörden auf einmal so ausgeliefert war, und dafür war Frau Bröckner einfach zu harmlos, dieser so arrogant auftretende Archäologe aber einfach perfekt.

»Sind Sie so gut und versuchen auch mal unsere Lage zu verstehen?«, warb Gruber um Verständnis. »Hier scheint in Bezug auf die Faktenlage ja schon ein ziemliches Chaos zu herrschen, und das ist natürlich ganz schlecht.«

»Für wen?«, fragte Otto.

»Für mich und meine Leute.« Fabian Gruber umfasste mit einer lässigen Geste das kleine Grüppchen seiner Mitarbeiter hinter ihm. »Wir erfahren normalerweise etwas mehr Unterstützung, wenn wir irgendwo eine Grabung durchführen. Na ja, was nicht ist, kann ja noch werden, nicht wahr?«

»Ich hätt mal e Frag!«, rief Alfred, der auf der Treppe seines kleinen Tante-Emma-Ladens stand, dem Archäologen entgegen.

»Ja, bitte.« Der Grabungsleiter reckte das Kinn.

»Von Beruf bist du doch Arschäologe, oder?«

Durch die betont pfälzische Aussprache bekam die Berufsbezeichnung ihre gewollte Doppeldeutigkeit.

»Äh, ja??«

»Un dein Name is Gruber, oder? Also Gruber so wie Maulwurf, ja?«

»Gruber, ja.«

»Genau. Un aber: was hättest du gemacht, wenn dein Vadder Schuhmacher geheißen hätt? Oder Vogel? Oder Laubbläser?«

Gelächter erhob sich in der Menge. Fabian Gruber fixierte Alfred ohne sichtbare Rührung. »Ja, sehr lustig. Dann können wir ja jetzt weitermachen.«

Cordula sah, dass die junge Kollegin des Grabungsleiters blitzschnell eine Hand vor ihren Mund hielt, um ein überraschtes Kichern dahinter zu verbergen. Sofie betrachtete den Redner ohne sichtbare Regung. Aber Cordula kannte ihre Freundin gut genug, um zu erkennen, dass sie versuchte, den Kerl einzuschätzen. Intelligent, unsentimental, überheblich. Er hielt sie hier alle für zurückgebliebene Dorftrottel.

»Also, um eins mal von Anfang an klarzustellen«, fuhr Gruber fort. »Das mit dem Nibelungenhort ist Quatsch. Es gab zwar immer mal wieder ernst gemeinte Versuche, ihn zu finden. Aber bis jetzt hat keiner damit Erfolg gehabt, nicht mal der bedauernswerte Kerl, der hier unten lag.« Er winkte mit genervtem Gesichtsausdruck ab, als hätte er sich schon viel zu lange bei diesem Hirngespinst aufgehalten. »Kann ja sein, dass da irgendwo ein paar Bröckchen Gold rumliegen. Aber das wäre Zufall. Seriöse Wissenschaftler gehen nicht davon aus, dass es diesen Schatz wirklich gibt. Klar?«

»Un was machst du dann hier bei uns?«, wollte Karl wissen.

Fabian Gruber stieß ein mitleidiges Lachen aus. »Guter Mann, ich bin gerufen worden wegen dem, was sich unterhalb dieses Dorfes befindet.«

»Wegen dem Keller unter der Kirch?«

»Keller?!« Gruber stieß einen fassungslosen Lacher aus. Dann drehte er sich um und schnipste mit den Fingern. »Lena, jetzt bist du dran.«

Die junge Frau riss den Kopf hoch und wurde schlagartig rot. »Ich?«

»Ja, du! Würdest du der interessierten Landbevölkerung hier mal in verständlichen Worten klarmachen, was sich unter ihrer Dorfkirche befindet?«

Sie sah ihn mit einem flehentlichen Blick an, der zu sagen schien: Bitte halten Sie mich da raus! Aber Gruber machte eine scheuchende Handbewegung und rammte die Hände in die Taschen seiner Weste.

Ihr blieb nichts anderes übrig, und die junge Frau trat zögerlich vor. Sie trug unter ihrer blauen Allwetterjacke einen Pullover, der so ein hässliches Muster hatte, dass dadurch ihr zartes Porzellangesicht mit den roten Locken noch mehr nach Puppenstube aussah.

»Ja, also …« Ihre Stimme war viel zu leise, um über den Platz zu tragen, sie knetete die rot gefrorenen Hände und hustete nervös.

»Lena, jetzt aber!«, blaffte Gruber. »Was sollen denn die

netten Leutchen hier denken? Professionelles Auftreten! Also, Brust raus, Kopf hoch und laut und deutlich artikuliert! Auf geht's!« Er lächelte sie süffisant an.

»Was is'n des für ein dumpfbackische Dappschädel?!«, empörte Charlotte sich leise.

Cordula hatte genug gesehen. Sie machte sich von ihren Freundinnen los, bahnte sich einen Weg durch die Menge und bestieg das Podest, auf dem vor wenigen Tagen noch der Elwenfelser Kinderchor zur Einweihung der Kirche gesungen hatte. Ohne Gruber anzusehen, ging Cordula auf die junge Frau zu und lächelte sie aufmunternd an.

»Sag einfach mir, was du sagen sollst, hopp«, forderte sie Lena leise auf. »Ich verzähl's dann den anderen.«

Zwei honigbraune Augen blinzelten sie verständnislos an. »Verzähl ... was?«

»Du sollst es mir sagen, und ich gebe es dann weiter«, präzisierte sie. »Ich weiß, wie schwer des is, wenn man was machen soll, was man eigentlich net will. Hopp, ich helf dir!«

Gruber schnaubte ungeduldig. »Sind die Damen dann fertig mit ihrem Teekränzchen?«

Lena wurde die Sache so unangenehm, dass sie Cordulas Aufforderung nachkam und in hastigen Sätzen die gewünschten Informationen wiedergab. Leise und eindringlich und mit einer Stimme, die für ihr mädchenhaftes Äußeres ziemlich dunkel klang. Cordula war entzückt. Außerdem fing sie aus der kurzen Distanz einen angenehmen Geruch nach grünem Tee und Veilchen auf. Als sie fertig war, warf Lena ihr einen kurzen Blick zu und senkte den Kopf.

Jetzt trat Cordula an den Rand des Podestes und schaute in die gespannten Gesichter ihrer Mitbürger. Sie genoss ihre Rolle, denn auch im Alltag war sie die Erzählerin von Elwenfels, die zweimal in der Woche den Kindern in der kleinen Bücherei vorlas, die sich in Sofies Haus befand. Auch bei so manchem Weinfest, zu später Stunde, wenn diese ganz spezielle heimelige Stimmung aufkam, erzählte Cordula die alten Sagen und Märchen, die in Elwenfels seit Jahrhunderten von Generation zu Generation weitergegeben wurden. Und sie wusste, dass die Leute es liebten, an ihren Lippen zu hängen, egal, was sie zu erzählen hatte.

»Also, ich weiß zwar net, was ein ... wie heißt's gleich wieder ... ein Mithräum is, aber genau des isses, was die Leut hier unter unsrer Kirche gefunden haben«, verkündete sie. »Ein Kultraum. Aus der Spätantike, als hier noch die für ihre Friedfertigkeit so berüchtigten Römer unterwegs waren, die uns ja wenigstens den Weinbau hinterlassen haben, wenn sie auch sonst nix Nettes im Schilde führten. Und die ham en Stiergott angebetet, oder so ...«

Fabian Gruber unterdrückte ein belustigtes Geräusch, was Cordula ignorierte. »Auf jeden Fall gibt's hier in der Gegend einige ...« Sie schenkte Lena ihr schönstes Lächeln. »Wie heißt des Ding in der Mehrzahl?«

Die honigbraunen Augen der Archäologin sahen sie zwei Sekunden lang an, in denen Cordula aufhörte zu frieren. »Mithräen«, flüsterte Lena.

Meine Güte, was für ein schönes Wort, dachte Cordula, die diesen Begriff noch nie gehört hatte. Ein geheimnisvolles, altes Wort. Ob Lena sich vielleicht die Zeit nehmen würde, ihr später bei einem Tässchen Schokolade zu erklären, was es genau damit auf sich hatte?

»Mithräen, genau. Also hier an der Weinstraße gab's so was früher wohl öfters. Aber das unter unsrer Kirch is wohl besonders groß und auch ziemlich bedeutsam. Ist des net toll? Also, ich find des viel spannender als so en doofe Schatz.« Sie wandte sich wieder an Lena. »Noch was vergessen?«

Die schüttelte hastig den Kopf und schenkte Cordula ein zaghaftes Lächeln.

»Alla hopp. Jetz wisst ihr des auch noch. Danke fürs Zuhorche!« Sie deutete eine spielerische Verbeugung an, und die Elwenfelser applaudierten. Als sie mit dem Klatschen aufhörten, fügte Cordula noch an: »Ich weiß zwar net, was an dieser Nachricht so schwer war, dass der Herr Arschäologe sie euch net persönlich sagen konnte, aber Männer sind halt manchmal auch e bissel gehemmt un arg schüchtern, gell?« Sie zwinkerte Lena zu und verließ, ohne Gruber eines Blickes zu würdigen, das Podest.

Der dirigierte seine Assistentin mit einer kurzen Kopfbewegung wieder ins zweite Glied und sagte: »Also, ihr habt's gehört. Ich hoffe, euch ist allen klar, was das bedeutet. Für euch, für dieses Dorf, für unsere Arbeit.«

»Ach Gott, jetzt hab ich schon gedenkt, er sagt noch für Deutschland und die Welt«, ätzte Karl grimmig.

Gruber ignorierte ihn. Seine Stimme wurde lauter. »Das heißt konkret: Euer beschauliches Leben hier ist erst mal vorbei. Wir werden den Raum unter der Kirche genauestens untersuchen und den angrenzenden Gang ausgraben, um uns ein Bild zu machen. Und wir werden zusätzlich Probegrabungen hier auf dem Platz und auch rings um das Dorf durchführen, um zu sehen, ob es noch weitere archäologische Fundstellen gibt.«

In der Menge kam Unruhe auf. »Nur über mei Leich«, rief einer.

Gruber verschränkte die Arme und zuckte mit den Schultern.

»Also bitte, liebe Leute!«, sprang ihm die Frau vom Landesamt bei. »Hier geht es doch auch um die Aufklärung eines Mordes. Das muss doch in Ihrem Interesse liegen. Und wollen Sie denn gar nicht wissen, worauf die Mauern dieses Dorfes gebaut sind?«

»Doch, aber zu unsre Bedingunge!«, polterte Otto.

»Tja, das geht leider nicht.« Gruber konnte eine gewisse Schadenfreude nicht verbergen. »Hier müssen echte Wissenschaftler ran und keine Stümper, so wie dieser Typ, der tot in dem Mithräum lag. Also, sorgt ihr mal besser dafür, dass ihr den rechtlichen Status von eurem Dorf hier klärt, sonst haben wir bei entsprechenden Verdachtsfällen theoretisch das Recht, eure Häuser zu enteignen, um den Untergrund freizulegen.«

Cordula erschrak, bemerkte aber, dass Lena und ein paar der anderen Archäologen ein Kopfschütteln andeuteten. War das bloß eine leere Drohung gewesen, von der er hoffte, dass die dummen Provinzler sie einfach schluckten, oder steckte mehr dahinter?

Kapitel 10

Ein Rathaus, in dem Weltgeschichte neu geschrieben wird

Also, ich gebe ja zu, dass ich bei euch öfter mal nur Bahnhof verstehe«, beteuerte Carlos. »Aber heute habe ich wirklich gar nichts begriffen.«

Er saß zwischen ein paar Elwenfelsern auf der Steintreppe im Rathaus und schaute durch die gelben Butzenscheiben auf die Schemen, die sich über den Platz bewegten, sowie die Blitzlichter. Kaum hatten die Mitarbeiter vom Landesamt das Dorf verlassen und die Polizisten die Absperrung geöffnet, waren sie gekommen. Die, die der Arzt Michael Schaf als Parasiten bezeichnete, Otto als Geier beschimpfte und für die die alte Else nichts anderes übrig hatte als das schöne Pfälzer Schimpfwort »Forzathlete«, also jene Leute, die viel Wind machten und dabei die olfaktorische Wirkung ihres Aktionismus ignorierten.

Es schien die Medien nicht im Geringsten zu stören, dass der tote Kai Lohmann einem Hirngespinst hinterhergejagt war. Es war ihnen egal, dass es völlig aus der Luft gegriffen war, hier den sagenumwobenen Hort der Nibelungen zu vermuten. Und es scherte sie auch nicht, dass Elwenfels eigentlich viel zu klein war für all die Journalisten und ihre Teams, die in das Dorf auf der Suche nach auskunftsfreudigen Bewohnern strömten. Carlos hätte zu gern verfolgt, was die Elwenfelser den vielen Kameras und Mikrofonen zu sagen hatten. Aber er musste sich bedeckt halten. Und deswegen hatte er beschlossen, seine Freunde an einer anderen Front zu unterstützen.

Im Rathaus war er auf ein betretenes Grüppchen getroffen: Otto, Pfarrer Karl, der Arzt Michael Schaf, Sofie, Anthony und Hans Strobel saßen alle zusammen auf der Treppe wie ein Haufen Schüler, die des Klassenzimmers verwiesen worden waren. Nur Sofie sah aus, als würde hinter ihrer Stirn ein Plan reifen.

»Was hatten diese Andeutungen der Denkmalschutz-Frau zu bedeuten?«, fragte Carlos noch einmal.

»Was willscht denn genau wissen jetzert?«, fragte Karl.

»Na, ob ihr es für wahrscheinlich haltet, dass der Nibelungenschatz hier in Elwenfels *versteckelt* ist.« Er betonte sein neues pfälzisches Lieblingswort mit einem schiefen Lächeln, aber keiner reagierte darauf.

Karl ließ in einem lang gezogenen Seufzen die Luft aus seiner Lunge entweichen. »Warum net? Alles is möglich.«

»Aber das ist doch bloß ein Mythos«, protestierte Carlos. »So wie Atlantis. Oder Avalon. Es gibt diesen Schatz doch gar nicht, so viel habe ich wenigstens verstanden. Vielleicht gibt es irgendeinen Schatz, aber nicht *den* Nibelungenschatz, oder?«

Schulterzucken. In diesem Moment fiel Carlos der letzte Abschnitt aus Gretas Tagebuch ein, den er am Morgen übersetzt hatte. »Na ja, die beiden Geschwister waren jedenfalls überzeugt, dass es ihn gibt. Aber ich verstehe nicht, wie das gehen soll? Wie hätte jemand das Rheingold bergen sollen und ausgerechnet hier ... versteckeln?«

»Gute Frage«, sagte Sofie. »Aber dann frag doch bei der Gelegenheit auch gleich noch, warum's hier bei uns Elwetritsche gibt. Oder Geister. Oder warum da vorne im tiefsten Wald gesunde Weinreben wachsen.« Sie sah ihn mit ihren moosgrünen Augen vielsagend an.

»So isses«, stimmte Otto ihr zu. »Offiziell sin des jo alles bloß Hirngespinste oder Wunder oder Mysterien. Aber bei uns is es halt Realität. Weeschwieschmään?«

Carlos nickte. »Okay, ich gebe zu, zu Elwenfels würde es natürlich perfekt passen, wenn zu allen schon vorhandenen Wundern obendrauf noch der Nibelungenschatz kommen würde. Auch wenn er bloß eine Legende ist.«

»Manche Legende hat sich schon schwuppdiwupp zur Wirklichkeit verwandelt«, sinnierte Karl.

»Was die eine als Realität bezeichne, is doch im Endeffekt auch nur eine von viele andere Sichtweise. Kommt halt immer auch auf die Sinneswahrnehmung an«, sagte Anthony, der nicht nur den Elwenfelser Friedhof, sondern in seinem Garten auch ein paar stattliche Cannabis-Pflanzen pflegte.

»Dass du des sagst, is jo klar.« Otto knuffte Anthony grinsend schwungvoll in die Rippen.

Carlos war aber noch nicht zufrieden. »Worum geht es bei diesem besonderen rechtlichen Status von Elwenfels? Warum brauchen die Behörden Beweise dafür? Und das mit der Kirche … und dem Rathaus und …?«

»Du willst wissen, warum's in Elwefels anders is wie anderswo?«, fragte Michael.

»Das zu erklären is gar net so einfach«, sagte Sofie. »Ich versuch's mal, aber ohne Garantie, dass das einem … sagen wir mal, normalen Menschen einleuchtet, gell?«

Carlos machte sich innerlich bereits auf eine hanebüchene Räuberpistole gefasst.

»Also, früher war's doch so, dass es in Deutschland Freie Städte und sogenannte Reichsstädte gab.«

»Ja. So viel weiß ich auch noch.«

»Alla. Und diese Städte hatten alle unterschiedliche Rechte, je nachdem, ob sie dem Kaiser unterstanden oder einem Bischof.«

»Klar.«

»Bei Elwenfels gab's aber einen Sonderfall. Irgendwann im Mittelalter war da so ein Fürst aus der Gegend, und der hat Elwenfels den autonomen Status verliehen. Es heißt, dass ihm die Dorfbewohner damals mit ihrem Zauberwein das Leben gerettet haben, wie er mal nachts im Wald vom Pferd gfalle is, oder so ...«

»Oder so?«, hakte Carlos nach.

»Ja, die Gschicht is halt mündlich überliefert«, sagte Sofie. »Jedenfalls hatte der Fürst alle Dörfer hier unter seiner Fuchtel, und er selbst unterstand ja dem Kaiser. Also hat er den alten Elwenfelsern im Gegenzug für ihre Hilfe absolute Freiheit garantiert, Selbstverwaltungsrechte ohne äußere Einmischung durch Kaiser oder Kirche un so weiter.«

»Jo genau. Un so isses dann auch gekomme, dass Elwefels so isoliert, also quasi unsichtbar war für den Rest der Welt«, erklärte Karl. »Und in de nächste Generation war's dann praktisch vergesse, dass es uns gibt, un keiner hat sich mehr um Elwefels gekümmert. Deswege ham wir seit Jahrhunderte schon unser Ruh. Vom Dreißigjährige Krieg hat do nie jemand ebbes mitkriegt. Un als die wüste welsche Bagage vom vierzehnte Ludwig, dem alte Strumpfhose-Loddel, unsere schöne Palz verwüstet hat, war unser Dorf en weißer Fleck auf de Landkart, also völlig unterm Radar, falls es so ebbes damals schon gegeben hätt.«

»Und als die Nazis an der Macht waren, hat's immerhin gedauert bis 1941, bis die braune Drecksbankerte uns überhaupt bemerkt haben«, verkündete Michael stolz. »Erst mitte im Krieg sin die herkomme un haben sich dann gewundert, warum bei uns ke Flagge rumhänge un niemand de rechte Arm hochreißt, genau wie's in dem alte Tagebuch steht.«

»Und was genau ist jetzt das Problem?« Carlos kam sich wieder vor wie damals im Geschichtsunterricht, als sich ihm manche Zusammenhänge auch nicht gleich erschlossen hatten.

»Dass wir jetzt im 21. Jahrhundert leben. So ein Zustand ist halt leider überhaupt nimmer zeitgemäß«, sagte Sofie. »Kannst du dich noch an den Bürgermeister von Deidesheim erinnern, der immer mal wieder versucht hat, uns einzugliedern in die Verbandsgemeinde?«

»Klar, den habt ihr filmreif vergrault«, dachte Carlos grinsend an die köstliche Szene zurück, die er im vergangenen Jahr miterleben durfte.

»Ja, aber es kann sein, dass wir zu einem Zusammenschluss gezwungen werden, wenn wir net beweisen können, dass wir ...« Sie warf einen Hilfe suchenden Blick in die Runde. »Tja, ich weiß auch net, was genau wir eigentlich sind.«

»Republik Freie Palz«, schlug Otto vor.

»Selbstverwalteter Underground«, grinste Anthony.

»Elwetritsche-Biotop«, sagte Hans Strobel.

»Basisdemokratisches Riesling-Reservat. Schön wär's«, schnaubte Karl.

»Euer Problem ist, dass ihr die Geschichte nicht beweisen könnt«, sagte Carlos. »Lasst mich raten, diese Anekdote über den netten Fürsten wurde euch schon als Kindern erzählt und den Kindern davor auch schon und so weiter. Und deswegen halten sie alle für wahr.«

»Carlos, manche Gschichte sin so gut, dass ma sie einfach für wahr halte will«, brummte Otto und zwirbelte dabei seinen grauen Zopf zwischen den Fingern.

»Ja, aber selbst wenn ihr gegebenenfalls einen historisch bedingten autonomen Status beweisen könntet, so ein Dokument hätte heute doch gar keine Gültigkeit mehr, oder?«

Die Urkunde eines rührseligen Fürsten von anno dazumal gegen den modernen Papierdrachen namens Verwaltungsreform. Dieses Dokument wäre zu nichts weiter zu gebrauchen, als es nett einzurahmen und in der Weinstube aufzuhängen, um bei seinem Anblick zu denken: Guck mal da, wie putzig.

Karl schüttelte den Kopf. »Sag des net, Carlos. Soweit ich weiß, gibt's gar keine eindeutige Gesetzeslage für so en Sonderfall. Unser Situation is vielleicht so speziell, dass die Behörden wahrscheins zehn Jahre hie un her un um un dumm rumwurschteln müsste, wie mit unserm Ort zu verfahre is.«

»Genau. Un dann geht man noch vor Gericht, durch alle Instanze«, fügte Michael an.

»Das heißt, so ein Dokument verschafft euch im besten Fall einfach bloß Zeit«, stellte Carlos fest.

Sofie nickte. »Ja. Aber wenn wir nichts in der Hand haben, das diesen seltsamen Sonderstatus irgendwie untermauert, dann sind wir jetzt schon den Behörden auf Gedeih und Verderb ausgeliefert, und die können hier machen, was sie wollen.«

»Ich hab mir das vorhin mal genau erklären lassen«, schaltete Hans Strobel sich ein. »Alles, was Archäologen im Boden finden, fällt an das Land, also Rheinland-Pfalz. Sie brauchen zwar einen hinlänglichen Verdacht, um eine Grabungserlaubnis zu erhalten. Aber wenn es Hinweise auf einen solchen Verdacht gibt, können die einfach graben, ohne dass wir uns dagegen wehren können. Das trifft vor allem auf den Wald um das Dorf zu.« Er holte tief Luft.

»Das heißt, wir müssen nicht nur den Autonomie-Status beweisen, sondern auch noch feststellen, bis wohin sich die Grenzen des Dorfes erstrecken und …«

»Ah, des auch noch?!«, polterte Otto plötzlich los und stand ruckartig auf. »Des sin doch alles verschwurbelte Ferzz! Do soll noch einer durchblicke. Könnscht doch grad auf de Sau nausreite!« Er schnaufte und hatte auf einmal Ähnlichkeiten mit dem Tier, das eine Aversion gegen rote Tücher hat.

»Jo, mein Großer«, beschwichtigte Karl. »So wie du druff bischt, tätst du gradwegs im Grabe lande mit der arme Sau, die wo dich auf'm Buckel hätt.«

Sofie griff mit ihrer schlanken Hand nach Ottos riesiger Mechaniker-Pranke. »Es hilft jetz nix, bloß rumzubebbern. Wir müssen uns selbst helfen, und am besten fangen wir damit an, hier endlich mal e bissel Ordnung zu schaffe. Je mehr historische Belege wir finden, desto besser.«

»Und wo jetzt genau?«, fragte Carlos.

Sofie erhob sich und bedeutete ihnen, ihr die Treppe hinauf zu folgen. »Aber ich warn dich, Carlos. Es könnt durchaus sein, dass dich da oben der Schlag trifft.«

»Och, ich glaube, seit vorgestern bin ich immun gegen solche Drohungen.«

Aber Carlos hielt dann doch erschrocken die Luft an, als er den ersten Stock des Elwenfelser Rathauses betrat. Das, was sich da vor seinen Augen bis an die Decke türmte und über Regale und Tische verteilte, als Chaos zu bezeichnen, war eine beschönigende Umschreibung. Die Räume und Flure sahen aus, als hätten sich dort ein Flohmarkt, ein Antiquariat und eine Baustoffhandlung zu einem wilden Dreier verabredet. Bretter und alte Leitern steckten zwischen staubigen Schränken, die mit Schachteln voller

Papier vollgepfropft waren. Bücher türmten sich in drohender Schieflage auf, undefinierbare Stoffe quollen aus dunklen Truhen, und überall waren Gegenstände verteilt wie die Requisiten eines postmodernen Theaterstücks. Auf den Regalen wartete ein Sammelsurium, bei dem jeder Kuriositätensammler feuchte Augen bekommen hätte: Ausgestopfte Vögel neben rostigen Äxten und Jagdgewehren, alten Schuhen, düsteren Gemälden, verstummten Uhren, Lampen, Werkzeugen, Körben und uralten Puppen. In einer dunklen Ecke entdeckte Carlos ein Grammophon, auf dessen Plattenteller ein Gestell mit Gläschen stand, die verdächtig nach mittelalterlicher Giftapotheke aussahen. Daneben lehnte ein mit Blumen bemalter Sargdeckel an der Wand. Und um das unübersichtliche Durcheinander perfekt zu machen, wurden die Räume von mehreren wuchtigen Schreibtischen blockiert, auf denen sich Papierstapel wie Dünenlandschaften erhoben, die beim kleinsten Windhauch herabzustürzen und eine Staublawine auszulösen drohten. Und als ob sie dieser skurrilen Szenerie noch ein bisschen Lebendigkeit verleihen wollten, ergriff eine kleine Versammlung von Mäusen bei ihrem Anblick die Flucht in alle möglichen Spalten und Löcher. Fehlten eigentlich nur noch Fledermäuse und Spinnenkolonien, dachte Carlos.

»Leidet jemand an Stauballergie?«, fragte der Arzt.

»Was, wenn ich Ja sage?« Carlos spürte bereits ein erstes Kitzeln in der Nase.

»Jetzt stellt euch doch net so an!«, frohlockte Anthony. »Des do is jetzt unsere eigene archäologische Ausgrabungsstätte. Is doch voll geil!«

»Und was genau hoffen wir hier zu finden?«, fragte Hans Strobel.

»Ha! Was meint ihr, was es do für Schätze zu heben

gibt.« Karl zupfte einen staubigen Hut von einem Regalbrett und setzte ihn sich auf. »Also, des zum Beispiel is der berühmte Originalhut vom Indiana Jones. Odder war's de Luis Trenker? Ich weiß nimmer.«

»Un des do«, Anthony wedelte mit einer abgerissenen Vorhangkordel durch die Luft. »Des is die Peitsch vom Ben Hur. Oder war's de Spartacus? Ich weiß auch nimmer so genau, einer von den zwei römische Kafruse halt.« Das löste bei Otto eine solche Heiterkeit aus, dass er beim Lachen gegen einen Papierstapel stieß, der zu Boden ging und eine gewaltige Staubwolke im ganzen Raum verteilte. Carlos riss ein Fenster auf. Als er kurz hinaussah, entdeckte er unten auf dem Platz Willi, der einem Reporter gerade ein Interview gab. Carlos machte Otto auf seinen Freund aufmerksam. »Ich dachte, in Elwenfels redet niemand mit der Presse.«

»Jo, lass den mol. De Willi *redet* net. Der babbelt! Des heißt, der verzählt dem Kerl irgend e Gschicht. Un danach is der Pressetyp total neben der Kapp. Wart's ab!«

Dann beugte sich Otto so weit aus dem Fenster, dass Carlos vorsorglich nach dessen Hosenträgern griff, und schrie: »Willi, was'n los? Wir könnte in unsrer Schatzkammer noch e bissel Hilf gebrauche! Vergiss den dappische Nibelungeschatz! Bei uns do owwe gibt's was viel Besseres!«

Ein paar der auf dem Platz versammelten Presseleute fuhren herum und starrten nach oben zum Fenster. Einer hob sogar vorsorglich seine Kamera. Es könnte ja sein, dass der breitschultrige Mann da oben im Fenster, der mit seinem Organ die Dachziegel zum Wackeln brachte, irgendetwas Kameratauglichesvon sich gab.

»Was meinscht, was wir grad gfunde ham?«, donnerte Otto. »Die abgebrochene Nas von de Kleopatra!«

»Hä?!«, dröhnte Willi so laut zurück, dass der Reporter, der ihn gerade interviewte, durch die Wucht der pfälzischen Stimmbandvibrationen einen Schritt zurücktaumelte. »Von de Kleopatra? Seit wann hot'n die jetz auch ke Nas mehr?«

»Ah, weischt du des nimmer?«, krakeelte plötzlich Pfarrer Karl, dessen gedrückte Stimmung auf einmal wie weggeblasen war, hinunter auf den Platz. »Des war doch der Ur-Ur-Enkel vom Karlheinz seim uneheliche Cousin, wo die Nas sellemols aus Ägypten mitgebracht hat. Is abgebroche, wo'er drauf rumgeklettert is, der Dollbohrer.«

»Un wieso liegt die jetz do bei uns im Rathaus?«, schickte Willi seinen lautstarken Zweifel nach oben.

»Durch de Zoll gschmuggelt, der alte Barawer!«

»Besser wie fortgschmisse, odder?«, schrie Otto und lachte. »Stell der des emol vor: Die Nas von de Kleopatra im Gelbe Sack.«

»Des is die Sphinx!«, schrie Willi.

»Hä?«, schrie Otto zurück. »Was für Dings?«

»Die Sphinx war des! Die mit de Riese-Griffel un dem eckische Kopp!«

»Is doch egal. Uff jeden Fall is des en Mordsapparat von Riechkolbe, wo do owwe rumfahrt.«

»Wart, isch komm glei!« Willi wandte sich wieder dem Reporter zu, dessen Gesichtsausdruck Carlos nur zu gerne besser gesehen hätte. Otto drehte sich mit einem zufriedenen Grinsen um. »So, die Affezibbel vom Fernsehe wolle uns doch all so gern als dappische Pälzer Provinz-Dummbeidel darstelle. Bittschön! Des war jetz die perfekte Vorlag.« Otto schlug sich selbst auf die Schultern. »Als ob isch net wüsst, dass des die Sphinx is, wo die abbene Nas hat.«

Sofie blinzelte sich die Lachtränen weg, während Anthony nicht aufhören konnte zu kichern. Hans schlug Karl auf die Schulter, als der das andere Fenster schloss. »Spitze, Leute. Ihr seid meine absoluten Lieblingsmenschen!«, verkündete er. »So was wie euch müsste man erfinden, wenn's euch nicht schon gäbe.«

»Carlos, was is? Du guckscht so ungläubig aus de Wäsch«, sagte der Arzt, um dann in betont überkorrektem Hochdeutsch fortzufahren. »Hattest du nicht gewusst, dass einige der ungeklärten Mythen und Mysteriösitäten der Menschheit hier selbst ebenda in Elwenfels ihren Anfang genommen haben?«

»Ich, äh ... doch, doch natürlich«, stammelte Carlos.

»Was wiederum bedeutet, dass all die großen Geheimnisse der Geschichte, wenn überhaupt, dann auch nur hier bei uns in Elwenfels zu lösen sind.« Schafs Augenbrauen bebten vor Belustigung.

»Du meinst Terra X auf Pfälzisch?«

»Ah jo! Kennscht du zum Beispiel die wahre Geschichte vom Heiligen Gral?«

»Lass mich raten«, sagte Carlos, »in Wirklichkeit wurde nicht das Blut Christi damit aufgefangen, sondern der erste pfälzische Riesling, der seinerzeit aus dem Mundwinkel der heiligen Johanna von Orléans tropfte, die noch ein letztes Mal ihren Durst stillen wollte, bevor sie auf einem französischen Scheiterhaufen landete?«

Karl starrte Carlos ein paar Sekunden wortlos an. »Woher weißt du das?«

»Das stand in meinem Geschichtsbuch in der dritten Klasse«, sagte Carlos trocken und prustete dann los.

»So, ihr Lieben«, rief Sofie mit eindringlicher Stimme. »Ich find, wir sollten dann mal wieder das machen, wofür wir eigentlich da sind, oder?«

»Ja klar«, kam das folgsame Echo. »Alla hopp!«

Carlos wollte gerade vorschlagen, wie sie ihre Suche nach den Dokumenten effektiver gestalten könnten, als Willi plötzlich neben ihm auftauchte und unvermittelt fragte: »Un? Habt ihr schon ebbes ausgegrabe? Des sieht jo wirklich aus wie en Indoor-Grumbeeracker do.«

Willis Augen funkelten. Das hatte sicherlich mit dem sich bessernden Gesundheitszustand seines verunglückten Sohnes Ferdinand zu tun. Aber es gab wohl noch einen weiteren Grund für die gute Laune. Willi war gerade aus dem Krankenhaus in Ludwigshafen gekommen, wo er nicht nur Ferdinands Heilungsprozess unterstützte, sondern wohl auch die Gesellschaft eines bestimmten Mitglieds des Pflegepersonals genoss.

»Willi, sag mal: War Schwester Julia heute auch wieder da?« Carlos schnupperte an Willis Kinn, das einen ungewohnt betörenden Duft ausstrahlte und noch dazu auffallend glatt rasiert war. Wenn der Elwenfelser Sägewerksbesitzer sich ein neues Rasierwasser kaufte, musste es ihm wirklich ernst sein.

»Guck dir doch mal sei rote Backe an, dann is die Sach klar!« Otto strich seinem Freund liebevoll grob über den Kopf. »Wann dürfen wir sie endlich mol kennelerne, dei Herzkersch?«

»Ja, genau. Ich kenne sie ja schon von der Aktion im Krankenhaus damals. Und ich kann bezeugen: eine echte Herzkirsche, wirklich!«, pflichtete Carlos bei.

Willi spielte den Unschuldigen und meinte nur: »Donkschää! Dem Ferdl geht's immer besser. Un wenn alles gut läuft, kommt er in drei Woche wieder heim.«

»Ihr Lieben«, rief Sofie noch einmal. »Meint ihr net, wir sollten dann mal langsam wieder des mache, wofür wir eigentlich hier sin, oder?«

»Ja genau«, sagte Pfarrer Karl so salbungsvoll, als stünde

er auf seiner Kanzel. »Wir haben eine Mission.« Mit ernstem Gesicht schaute er in die Runde, um im nächsten Moment rauszuplatzen: »Hach, des wollt ich schon immer mol sage: Eine Mission!«

Dann endlich machten die Elwenfelser Anstalten, richtig anzupacken. Alle konzentrierten sich mehr oder weniger ernsthaft darauf, wenigstens ein bisschen Ordnung in das Chaos zu bringen und systematisch Schränke und Regale nach ihrem Inhalt zu durchforsten. Eigentlich musste Carlos mit der Transkription des Tagebuchs weitermachen, aber das wilde Sammelsurium faszinierte ihn zu sehr.

»Und ihr wisst wirklich nicht, wo genau die wichtigen Urkunden gelagert waren?«, fragte Carlos ohne Hoffnung auf eine konkrete Antwort.

»Eigentlich war das ganze historische Zeugs doch immer da drin, oder?« Pfarrer Karl zeigte auf einen riesigen dunklen Ebenholzschrank, der von sperrigen Möbeln zugestellt war. Schnell hatten Otto und Willi die Hindernisse ächzend, aber mit geübten Griffen aus dem Weg geräumt.

Noch bevor sich jemand daranmachen konnte, den Schrank zu öffnen, hielt Pfarrer Karl auf einmal ein ausgebreitetes Tischtuch in die Höhe, auf dem Stockflecken ein wildes Muster hinterlassen hatten. »Ach du lieber Herrgott, wenn ich des gewusst hätt!«, rief er aus.

»Was ist denn jetzt schon wieder?«, wollte Sofie wissen.

»Ah do! Man könnt meine, des wär bloß Dreck, aber guck doch mol genau hin!«

Die Gruppe stand mit schief gelegten Köpfen vor dem ausgebreiteten Tischtuch.

»Was meinst du denn?«, fragte Carlos.

»Die Umrisse. Des is doch … also, klarer geht's doch net!«

»Was denn?«, drängte Hans.

»Des is eindeutig die Kinnpartie vom Jesus.«

»Also für mich hat des eher Ähnlichkeiten mi'm John Lennon«, fand Anthony.

»Des is de Jesus! Was nix anneres bedeutet, als dass das Turiner Grabtuch e Fälschung is. Ihr wisst, was des heißt!« Karl sah seine kleine Gemeinde mit hochgezogenen Brauen an. »Elwenfels, UNESCO-Weltkulturerbe! Un alles bloß wege einer fettische Tischdeck.«

Eine weitere Runde Gelächter wirbelte Staub auf.

»Ihr Lieben«, rief Sofie wieder. »Meint ihr net, wir sollten dann mal langsam wieder …«

»Auf jeden Fall!«

»Hopp, jetz awwer wirklich.«

Als Otto dann aber einen verbogenen Grammophon-Trichter in die Höhe hielt und behauptete, das verschollene Hörrohr Ludwig van Beethovens in Händen zu halten, war an eine konstruktive Suche endgültig nicht mehr zu denken.

Carlos hatte Bauchschmerzen vor Lachen. In ihm drängte die Stimme der Vernunft, nicht den ganzen Tag mit absurden Witzen über historische Schätze in pfälzischen Rumpelkammern zu vergeuden und sich wieder an das Tagebuch zu setzen. Er schielte zum Ausgang, doch auf einmal wurden seine Blicke von einem dicken Folianten angezogen, der als Stütze für ein angebrochenes Tischbein fungierte. Er wusste nicht, warum ausgerechnet dieses Detail seine Aufmerksamkeit erregte. Aber es war fast so, als würde über dem staubigen dicken Buch eine kleine Comic-Gewitterwolke schweben, aus der ein dramatischer Miniaturblitz zuckte. Er wollte Otto und Willi bitten, den Tisch anzuheben, aber die waren seinem Blick gefolgt und rückten das Monstrum ohne weitere Aufforderung zur Seite, um an das Regal dahinter zu kommen.

Während die anderen Papierschachteln und Papphüllen aus dem Regal holten, zog Carlos den Folianten in eine freie Ecke und schlug ihn auf. Es war der alte Kriminalkommissar in ihm, dem dieses Ungetüm aufgefallen war. Was dahintersteckte, wusste er nicht. Aber er hatte schon früher bei seinen Aufträgen als Privatdetektiv immer wieder Fälle gelöst, weil er sich auf scheinbar unbedeutende Details konzentriert hatte. Diese Fokussierung auf Dinge abseits des Suchradius geschah fast automatisch; Carlos wusste nicht, warum er plötzlich Sachen interessant fand, die es auf den ersten Blick nicht waren, wie nun eben dieser Foliant.

Ein riesiges Buch mit einem unlesbaren Schriftzug, der auf dem ledernen Einband eingestanzt war. Carlos schlug es auf. Der Innenteil bestand aus zusammengehefteten Zeitungsseiten aus dem 19. Jahrhundert. Carlos blätterte sich durch die Seiten, zwischen denen sich ein paar alte Fotografien verirrt hatten. Seine Aufmerksamkeit erlahmte. Warum sollte ausgerechnet in diesem Sammelalbum ein bedeutsames historisches Dokument aufbewahrt worden sein? Die anderen kicherten wieder lauter, und er schaute auf. Otto fühlte sich offenbar unwiderstehlich angezogen von einem schwarzen Kutscherumhang, den er sich jetzt überstreifte, die Zähne fletschte, Sofie packte und sie schwungvoll auf den Hals küsste.

Erst blieb sie ernst und versuchte ihn abzuwehren. »Hör auf damit!«

Otto ließ zunächst von ihr ab, heulte auf und drehte dann mit ausgebreiteten Armen als Mantel schwingender, korpulenter Nosferatu eine Runde durch den Raum, um sich im nächsten Moment wieder auf sie zu stürzen und seinen Mund auf ihren Hals zu drücken.

»Mach dich fort, Dracula!«, protestierte Sofie. »Ich hab heute noch ken Riesling im Blut.«

»Ah, des gibt's doch net!«, murrte Otto. »Die Pälzer sin auch nimmer des, was sie mol ware. Früher is unsereins schon mit Riesling getauft worden, gell Karl?«

Die Heiterkeit drang nicht mehr bis zu Carlos durch. Er sah Sofie an, die nach Ottos gescheiterter Vampirattacke leise kichernd in einem Stapel mit Papieren wühlte. War sie die Einzige, die sich der ernsten Situation richtig bewusst war? Die anderen führten sich auf wie Studenten mit akuter Aufschieberitis, die lieber in eine Karaoke-Bar gingen, als für eine wichtige Prüfung zu lernen. Carlos grub die Zähne in die Unterlippe. Ein Teil von ihm regte sich tierisch über diese Gelassenheit auf. Lass locker, dachte er. Und gib wenigstens zu, dass du in Wirklichkeit neidisch bist.

Ja, das war er, und um sich von dieser Selbsterkenntnis abzulenken, blätterte er weiter durch dieses seltsame Sammelsurium aus längst vergangenen Zeiten. Etwas ragte zwischen den Seiten hervor. Etwas, das irgendwie nicht zum Rest passte. Vorsichtig zupfte er es heraus. Es war ein brüchiges Papier, das auf den ersten Blick aussah wie eine immer wieder zusammengelegte Landkarte. Carlos entfaltete das knisternde Ding behutsam und betrachtete es.

Was war das? Es sah aus, als hätte ein vergesslicher Maulwurf sich einen Notfallplan aufgezeichnet für den Fall, dass er in seinem unterirdischen Labyrinth nicht mehr nach Hause fand. Kaum war dieser Gedanke durch seinen Kopf gehuscht, wusste er plötzlich, was er da vor sich hatte. Ruckartig stand er auf und legte den Plan auf den mittlerweile frei gewordenen Tisch. »Schaut mal, was ich da gefunden habe!«

»Was denn?«, fragte Sofie leicht genervt. »Die Tankquittung von der Berta Benz?«

»Oder des Runen-Alphabet vom Wotan?«, lachte Willi.

»Oder die Polier-Anleitung fürs Goldene Vlies?«, schlug Otto vor.

Carlos blieb ernst. »Jetzt guckt doch mal!«

Die anderen versammelten sich um den Tisch und guckten zuerst wie Blockflöten-Schüler, denen man die Partitur einer Symphonie vorlegt. Dann streckte Karl beide Hände aus und ergriff die Ränder so vorsichtig, als handele es sich diesmal wirklich um das Turiner Grabtuch oder sonst eines der unschätzbar wertvollen Hirngespinste, denen sie an diesem Tag so unermüdlich nachjagten.

»Ist es das, was ich glaube, dass es ist?«, fragte Carlos.

»Es is jedenfalls tausendmal besser als jeder Beweis für unsere historisch verbürgte Autonomie«, stellte Sofie ehrfürchtig fest.

Und Otto, der es schaffte, sein dröhnendes Organ ausnahmsweise auf Zimmerlautstärke zu dämpfen, raunte: »Lasst des bloß net in die Händ von dem dappische Arschologe falle ...«

Kapitel 11

Warum Katzenfutter und Kartoffelsuppe für Sensationsreporter nicht Instagram-tauglich sind

Eines musste Cordula den Presseleuten draußen auf dem Platz lassen: Sie waren hartnäckig, und das, obwohl die Temperaturen sich um den Gefrierpunkt eingependelt hatten und der beißende Wind jetzt auch noch Geschosse aus Graupel mit sich führte. Aber man war schließlich nicht alle Tage dem Nibelungenschatz auf der Spur, da konnte man sich schon mal die Beine in den Bauch stehen und sich Nasen- und Fingerspitzen abfrieren. Vor der Bäckerei hatte sich eine kleine Schlange gebildet, die wahrscheinlich von Frau Zippel widerwillig mit heißem Tee oder Kaffee versorgt wurde. Cordula war gerade bei Elsbeth in der Weinstube, um ein Stückchen Leber für ihren Kater Mr Catsby abzuholen. Im Gastraum saßen ein paar wenige Elwenfelser, die wohl nicht anders konnten, als ihren Zorn über die Okkupation des Dorfes in Rieslingschorle zu ertränken, obwohl es erst kurz nach Mittag war.

Die Tür ging auf, und vier Leute, bewaffnet mit Kamera, Tonanlage und Mikrofonstange, schoben sich ins Innere.

»Gibt's hier was, um sich aufzuwärmen?«, fragte ein junger Typ mit schwarzer Basecap und massiv geweiteten Ohrlöchern, durch die man eine Rolle Toilettenpapier hätte stecken können.

»Also die Badwann is grad besetzt, un mei Wärmflasch hat e Loch, wenn ihr's genau wisse wollt«, sagte Elsbeth.

Das Riesenohrloch deutete auf das Tablett mit gefüllten Schoppengläsern, das die Wirtin gerade zu einem der Tische tragen wollte.

»Und was ist damit?«

»Die sin für die Herrschaften an Tisch sieben«, sagte Elsbeth und rauschte von dannen.

Der Blick des Mannes fiel auf Cordula. »Was meinen Sie, gibt es hier etwas Anständiges zu essen für hart arbeitende Leute?« Er nickte in Richtung der Tupperschüssel, die sie in den Händen hielt. Cordula lächelte, klappte den Deckel hoch und zeigte ihm die blutige Leber. »Wäre das hier anständig genug für Sie?«

Der Mann und seine Begleiter guckten sich mit großen Augen das dunkelrote Organ an. Erst jetzt merkte Cordula, dass die Kamera eingeschaltet war und sie mitsamt ihrem blutigen Leberstück filmte. Sie war versucht, die Sache klarzustellen – nämlich, dass die frische Leber für ihren Kater bestimmt war, aber dann entschied sie sich anders.

»Ja, was glauben Sie, warum ich so einen schönen Teint hab?«, fragte sie mit einem koketten Blinzeln in die Kamera. »Eine rohe Leber in der Woch, un schon sieht ma aus wie's Schneewitsche. Sollten Sie auch mal probieren.«

»Ist das ... eine menschliche Leber?«, fragte der Kameramann.

Cordula verdrehte innerlich die Augen. »Natürlich. Gleich hier hinterm Gasthaus gibt's einen Stall. Da mästen wir ein paar speziell ausgewählte Saarländer und Schwaben. Mir sind Schwaben ja persönlich lieber, die sind irgendwie gehaltvoller.« Hinter sich hörte sie Elsbeth leise kichern.

»Na, dann mal guten Appetit«, murmelte der Kameramann, und seine Augen schrumpften wieder auf Normalgröße. Wenigstens verstanden sie Ironie.

»Also noch mal von vorne: Bekommen wir hier auch etwas zu essen?«, fragte eine Frau mit kurzen schwarzen Haaren und einer Daunenjacke, die so dick war, als hätte sie darunter eine ganze Pinguinfamilie versteckt.

»Do!« Elsbeth wischte einen Tisch mit einem Lappen sauber. Das Kamerateam ließ sich nieder und grinste zufrieden. »Das riecht ja schon mal echt *nice!*«, verkündete eine zweite junge Frau wegen des Bratkartoffelgeruchs aus der Küche, die trotz ihres eher magersüchtigen Aussehens wirklich Hunger zu haben schien.

»Gibt's eine Speisekarte?«, fragte das Ohrloch.

»Nix. Bei uns wird gesse, was uff de Tisch kummt.«

In diesem Fall war es ein Topf Kartoffelsuppe, den Elsbeths Küchenhilfe Johanna zwischen die Gäste stellte. Der Kameramann ließ es sich nicht nehmen, alles aufzuzeichnen. Cordula runzelte die Stirn. Musste man nicht das Einverständnis einholen, wenn man Menschen filmte? Diese Leute schienen vorauszusetzen, dass man hier in der sogenannten Provinz gefälligst dankbar dafür war, wenn überhaupt mal jemand mit einer Kamera auftauchte.

Jetzt holte die junge Frau mit der Daunenjacke ihr Smartphone aus der Tasche und begann, von den Suppenschalen, dem dampfenden Topf und den gelblichen Butzenscheiben im Hintergrund Fotos zu machen. »Das lade ich dann gleich bei Instagram hoch«, verkündete sie und machte sich daran, das Bild zu bearbeiten. Cordula konnte über ihre Schulter hinweg verfolgen, wie die Butzenscheiben auf einmal einen goldgelben Retrotouch bekamen, der mit der Realität nicht das Geringste zu tun hatte. Die mattweißen Suppenschüsseln im Vordergrund leuchteten dagegen wie frisch gebleachte Zähne.

»Fett. Passt perfekt!«, sagte das Riesenohrloch und pustete gegen seinen Suppenlöffel. »Voll *oldschool.*«

»Äh, was ist das für eine Geschichte mit Instagram?«, fragte Cordula vorsichtig.

»Na, ein neuer Account über Elwenfels. Haben wir gestern eingerichtet, damit unsere Community auf dem Laufenden bleibt. Euer Dorf hier ist ja nirgendwo zu finden auf Insta.«

»Was wollt ihr damit sage: Insta?« Elsbeth trat an den Tisch und stemmte empört die Hände in die Hüften. »Des is alles selbst gemacht. Bei uns gibt's keine Instant-Supp. Des is echte pälzische Grumbeer-Supp.«

»Insta ist was anderes, Bettel. Im Internet«, erklärte Cordula, während die vier Fernsehleute am Tisch in Gelächter ausbrachen.

»Internetz?! Jo, wer so Ferzz braucht, hat zu viel Zeit«, winkte Bettel ab.

Cordula starrte die kleine Gruppe an. »Hab ich das grad richtig verstanden? Ihr habt einen Account über Elwenfels bei Instagram erstellt?«

»Jepp. Cool, oder?«

»Alles über unsere Arbeit hier. Und alles über euch und so. Hashtag Elwenfels. Allein wie das schon klingt. Geil, oder?«

»Das braucht ihr jetzt, wo ihr doch gerade voll durch die Decke geht, medienmäßig und so.«

»Und wenn das hier mal vorbei ist, dann wollt ihr doch nicht gleich wieder in der digitalen Versenkung verschwinden, oder? Da müsst ihr dranbleiben. Und das geht nur über Social Media.«

Elsbeth guckte ihre durcheinanderredenden Gäste an, als würden sie von der Asphaltierung der Milchstraße sprechen. Und auch die »Herrschaften an Tisch sieben« sahen stirnrunzelnd herüber.

»Bevor ich anfang, mit de Dubbegläser um mich zu schmeiße, geh ich lieber in die Küch«, sagte Elsbeth und verschwand.

Cordula gab sich größte Mühe, ihre aufkommende Wut im Zaum zu halten.

»Und wer hat euch gesagt, dass wir das überhaupt wollen?«, fragte sie.

»Ach komm!«, sagte der Kameramann. »Ohne Insta geht heute gar nix mehr. Und ihr könnt hier draußen doch bestimmt ein bisschen Hilfe in Sachen Publicity gebrauchen.«

»Hast du ebbes an de Ohre?«, stieß Cordula hervor. »Wir wollen kein Instagram-Auftritt. Und auch sonst nix. Wir brauchen des net, und wir wollen des net, klar?«

»Okay. Kommt halt ein bisschen spät«, sagte die junge Frau mit dem Handy ungerührt. »Der Account ist seit vorgestern online und hat bis heute schon 7235 Abonnenten. Bisschen Dankbarkeit wäre auch mal ganz *nice*. Von so einem krassen Start können andere bloß träumen.«

Cordula hätte ihr am liebsten das Handy aus der Hand gerissen und in ihren Suppenteller geworfen.

»Hallo? Keiner hat euch darum gebeten!«

»Gebeten? Wow, Sie können ja auch Hochdeutsch.« Das Riesenohrloch schlürfte grinsend an seinem Suppenlöffel.

»Ich will, dass ihr das wieder löscht! Sofort!«, verlangte Cordula. »Wir wollen diesen Scheiß hier nicht!«

»Nö«, kam die einsilbige Antwort.

»Schon mal was davon gehört, dass man nen Hashtag nicht mehr löschen kann?«, fragte der Kameramann ungläubig. »Und digitale Freiheit? Ist das vielleicht ein Begriff?«

»Wenn uns keiner fragt, dann ... dann geht das einfach nicht!« Cordula fühlte sich zunehmend hilflos und schämte sich sogar ein bisschen für ihre Naivität. Klar wusste sie, wie es im Internet zuging, sie hatte ja selbst einen privaten Instagram-Account. Aber nur, weil sie damit die Seiten ihrer Lieblingsdesigner anschauen konnte. Es wäre ihr nie in den Sinn gekommen, die besondere Welt ihres Heimatortes in dieses Forum zu zerren, wo es nur ums Sehen und Gesehenwerden ging. Allein die Vorstellung, Elwenfels mit einem Hashtag zu versehen, tat ihr in der Seele weh.

»Ich kann dieses Bild nicht hochladen!«, sagte die Handy-Frau genervt und hielt das Smartphone in die Höhe. »In diesem blöden Kaff gibt's einfach kein Netz, geschweige denn gescheites WLAN!«

Bevor Cordula sich rhetorisch auf die junge Frau stürzen konnte, um von ihr zu erfahren, was genau sie mit »blödem Kaff« gemeint hatte, rief Alfred vom Nebentisch: »Jo, von alle Sache, wo in Deutschland net funktioniere, is mir des mit dem löchrige Mobilnetz noch am liebschte.«

»Ey, da hatte ich ja in der Wüste von Rajastan besseren Empfang«, schimpfte die junge Frau weiter.

»Genau des mein ich!«, frohlockte Alfred.

»Annika, jetzt reg dich nicht auf«, sagte die andere Frau. »Poste das Bild einfach heute Abend vom Hotelzimmer in Deidesheim aus.«

Mit einem entnervten Stöhnen wanderte das Smartphone zurück in die Daunenjacke.

Cordula versuchte es noch einmal auf die höfliche Art: »Liebe Leute, wir leben hier anders als anderswo. Und deshalb wäre es uns wirklich sehr recht, wenn ihr gar nix aus Elwenfels ins Netz stellt und die Einträge wieder löscht!«

Das Riesenohrloch legte seinen Löffel weg. »Meine Fresse, was ist denn dein Problem, Frau? Globalisierung! Schon mal gehört davon? Alles ist immer und überall, und das ist auch gut so. Wieso solltet ihr da die einzige *fucking* Ausnahme sein?«

Cordula beugte sich vor. »Ich sag dir's noch mal, du Hannebombel: Das hier is Elwenfels und kein Hotspot für Influencer-Dumpfbacken wie euch. Glaubt ihr, wir wollen hier ein zweites Hallstatt haben?«

»Guter Vergleich«, pflichtete der Kameramann Cordula bei. »Ein kleines Dorf in Österreich wird durch einen Dokufilm berühmt, und jetzt kommen jeden Tag Busladungen mit Chinesen. So was könnte euch auch passieren. Wär doch geil. Das mit diesem *creepy* Nibelungen-Schatzsucher, das ist ein Sechser im Lotto.«

»Ihr versteht das nicht!« Cordula hätte am liebsten laut geschrien. Es kam ihr vor, als würde sie mit Aliens sprechen. »Wir wollen keine Publicity und keine Leute, die bloß hierherkommen, um zu gaffen und ein Foto bei Instagram hochzuladen ...«

»... geht ja auch nicht, ihr habt ja hier kein Netz«, ätzte die Daunenjacke.

»Aber was nicht ist, kann ja noch werden!«, frohlockte der Kameramann. »Ich seh schon die Schlagzeile vor mir: *Glasfaser statt Saumagen. Pfälzer Provinzdorf endlich zwangsverkabelt.*«

Es folgte eine neue Runde spöttischen Gelächters, und dann machten sich die vier Fernsehleute über ihre Suppe her, ohne Cordula weiter zu beachten, die zurück an die Theke ging und Elsbeth in die Gaststube rief, um noch eine wenig Publicity-taugliche Schlussbemerkung zu machen.

»Alla Bettel, und danke, gell?«, rief sie so laut, dass es in der ganzen Weinstube zu hören war. »Nächste Woch dann e frisches Herz, okay? Ich muss wirklich was für mein schwaches Bindegewebe machen.« Sie tätschelte kurz ihr Hinterteil und ging. Sie hätte gern über die Gesichter der Vierergruppe gelacht, aber ihr war nicht danach. Sollten sie doch ruhig glauben, sie wäre Hannibal Lecters kleine Schwester. Das würde sie auch nicht davon abhalten, diese verdammte Instagram-Seite weiter zu füttern.

Ich muss unbedingt mit den anderen besprechen, ob man irgendetwas dagegen unternehmen kann, dachte sie.

Cordula bahnte sich ihren Weg zwischen den vielen Auswärtigen hindurch, die den Platz bevölkerten, und schritt zu ihrem Haus auf der anderen Seite. Der Gedanke, dass hier nie wieder die gewohnte beschauliche Ruhe herrschen würde, löste fast ein bisschen Panik aus.

Als sie an dem weißen Zelt der Archäologen vorbeikam, bremste sie ihre Schritte, um einen kurzen Blick hineinzuwerfen. Im Innern knieten einige Forscher auf einer Plastikplane und fotografierten Steine. Ein junger Mann sprach etwas in ein Diktafon und vermaß gleichzeitig etwas, das aussah wie ein … war das etwa ein Schädel?

Am Rand des Zeltes standen mit Folie ausgeschlagene Metallkisten. Hier herrschte eine ruhige, fokussierte Atmosphäre. Cordula wäre gerne zu den Archäologen gegangen und hätte sich deren Arbeit erklären lassen, aber die Nähe zu diesem Gruber hielt sie davon ab.

Cordula ging weiter und schloss ihren Laden auf.

Mr Catsby würde ihr Laufmaschen in die Strümpfe kratzen, wenn er nicht bald was zu fressen bekam. Sie wollte gerade die Tür wieder schließen, da sah sie, dass jemand aus dem weißen Zelt stolperte. Lena. Die junge Frau wischte sich verstohlen eine Träne weg. Ihr ganzer Körper schien unter Hochspannung zu stehen, Cordula konnte das Zittern ihrer Hände sogar auf die Entfernung sehen. Lena ging ziellos ein paar Schritte und schien nicht zu wissen, wohin mit ihren Gefühlen. Sie stapfte wütend und gleichzeitig unsicher auf Cordulas Laden zu, ohne überhaupt wahrzunehmen, dass sie ja noch in der Tür stand. Wie ein Kind, das geärgert worden oder hingefallen war und nun nicht wusste, woher jetzt Hilfe kommen sollte.

Cordula ging auf die junge Frau zu und zog sie am Ärmel ihrer Outdoorjacke sanft in den Laden. »Hopp, komm mit! Des Elend kann man sich ja net länger mit angucke!«

Die Frau stolperte neben ihr her, ohne sich zu wehren. Ob sie wohl immer so duldsam folgte, oder nur wenn sie gerade durch den Wind war? Cordula drückte sie in den Laden, schloss die Tür und sah sie an. »Hat er mal wieder seinen inneren Drecksack rausgehängt?«

Die junge Frau blinzelte, was aber wohl diesmal nicht an ihren Tränen lag.

»Was ich meine: Hat dein Chef, dieser Gruber, mal wieder sein mieses Karma aufgefüllt? So wie der sich aufführt, ist er nicht gerade der menschlichste Mensch unter de Säugetiere.«

»Das können Sie laut sagen«, murmelte Lena und guckte sich etwas erschrocken um.

»Also, ich bin net die Sie, sondern die Cordula.«

»Okay ... ich heiße Lena.«

»Gut. Also, Lena, was meinst du? Hast du Lust auf e kleine Paus vom Drecksack?«

Wieder ein unsicheres Nicken. »Äh ... was ist das hier?«

»Das is mein kleines Unnedrunner-Paradies. Aber des zeig ich dir später. Magst du dich bissel aufwärme? Ich hab Tee und Kakao oder Kaffee. Un wenn du willst, mach ich uns was Schönes zu essen.«

Cordula hielt es kaum aus zu sehen, wie Lena ängstliche Blicke zur Tür warf. Als könnte jederzeit der Grabungsleiter aus dem Erdboden fahren und sie an den Haaren zurück in den Untergrund zerren. »Nee, lassen Sie, also ich meine: Lass mal lieber! Ich kann hier nicht einfach verschwinden.« Sie wischte sich fahrig über die Augen. »Tut mir leid, ich will nicht ...«

»Du darfst keine Mittagspause machen?«, fragte Cordula.

»Doch, schon. Na ja, ich hab vielleicht eine halbe Stunde.«

»Prima. Ich muss nur kurz meinen Mitbewohner füttern, dann bist du dran.«

»Äh, das klang jetzt wie 'ne Drohung.« Lena betrachtete mit einem schiefen Lächeln die verhängten Fenster. Zum ersten Mal wurde Cordula bewusst, dass sie vielleicht ein wenig gruselig auf diese unsichere junge Frau wirkte. Und dann der Laden mit all den alten Schaufensterpuppen. »Stimmt. War aber anders gemeint.«

Kurz darauf saßen sie zusammen in ihrer Küche, zwei Tassen Tee und eine Platte mit belegten Broten vor ihnen. Mr Catsby verzehrte unter dem Tisch dezent schmatzend seine Leber. »So, Lena, jetzt erzähl doch mal! Was macht ihr da unten genau? Was habt ihr schon gefunden? Wie ist es so, als Archäologin zu arbeiten? Un warum is der Gruber so en Arsch?«

Lena deutete ein Lächeln an. »Welche Frage soll ich zuerst beantworten?« Unter ihrer unförmigen Jacke war eine zierliche Figur erschienen, die an diesem Tag ein kariertes Flanellhemd mit Steppweste bedeckte. Ihre Haare glänzten unter der Küchenlampe wie rotes Herbstlaub. Sie musterte Cordula verstohlen, als fragte sie sich, warum eine Frau in einem winzigen, abgelegenen Dorf am helllichten Tag herumlief wie eine englische Lady aus den Vierzigerjahren des letzten Jahrhunderts.

Cordula betrachtete ihren Gast. Diese Augen ... wie zwei wunderschöne, schimmernde Bronzeknöpfe. »Die, die du am liebsten beantworten würdest.«

»Na ja, also ... Archäologie war schon immer mein Traum. Schon als kleines Kind. Aber eigentlich hab ich's mir immer spannender vorgestellt, es bedeutet viel Papierkram und noch mehr Dreck. Ist manchmal ziemlich unspektakulär, aber oft total anstrengend. Man muss sich eben hocharbeiten, um gute Stellen zu bekommen. Ich lerne Italienisch, damit ich eines Tages nach Neapel oder Rom kann.«

»Oh, das hört sich wundervoll an! Ich würd unheimlich gern mal nach Rom gehen. Die ganze alte Bauten un all die Pracht, da wird mir ganz blümerant zumut!«

Lena zuckte bloß mit den Schultern.

»Also, dann is der Fund hier schon was ziemlich Bsonderes, oder?«, fragte Cordula weiter.

Jetzt erschien ein kleines Funkeln in Lenas Augen. »Ja, total. Extrem besonders. Man hat ja geglaubt, dass alle Mithräen in Süddeutschland schon gefunden wurden, und dann so was hier. Es ist ein Prachtstück. Unglaublich gut erhalten und sehr aufschlussreich.«

»Ich hab eigentlich den Nibelungenschatz gemeint«, sagte Cordula.

»Ach bitte!« Auf Lenas Gesicht erschien plötzlich ein leicht vorwurfsvoller Ausdruck, über den Cordula sich freute. Sie hatte schon gedacht, Lena hätte immer nur den traurigen Lämmchenblick drauf.

»Schon klar, den gibt's in Wirklichkeit gar net. Sagt zumindest dein Chef. Aber dieser Zusammenhang ist doch trotzdem spannend für eure Arbeit, oder?«

»Na ja. Im Endeffekt war es nur ein Typ, der einem Mythos und einem alten Sagentext hinterhergejagt ist und durch Zufall ein verborgenes Mithräum entdeckt hat. Das ist alles.«

»Was is'n das eigentlich genau, ein Mithräum?«, fragte Cordula.

»Das erkläre ich dir, wenn du mir deinen Laden zeigst.« Der Anflug eines Lächelns umspielte Lenas Lippen, war aber gleich wieder verschwunden.

»Du glaubst gar net, wie gern ich das mache. Dann haben wir also ein Date? Morgen Mittag vielleicht?«

Lena nickte fahrig und begann, an ihrem Daumennagel zu kauen. »Du wolltest wissen, wie es ist, als Archäologin zu arbeiten«, murmelte sie.

»Ja, und du hast gesagt, dass es unspektakulär ist. Du meinst, es macht keinen Spaß wegen ihm.«

Lena nickte. »Die Nummer, die er vorhin auf dem Platz abgezogen hat, das war bloß ein sehr kleiner Auszug von dem, wie er sonst zu mir ist.«

»Zu dir oder auch zu den anderen Kollegen?«

»Eigentlich nur zu mir.«

Cordula schwieg. Sie wusste, dass es irgendeinen kläglichen, wehrlosen Teil in dieser wunderschönen Frau gab, der es Gruber erlaubte, so mit ihr umzuspringen.

Und dass es viel zu früh war, ihr zu sagen, dass sie diesen Teil von sich ruhig in Rente schicken konnte. Weil er nur einem einzigen Sinn diente: einem Widerling wie Gruber zu erlauben, mit den Absätzen seines Egos auf ihrer Unsicherheit herumzutanzen.

In Lenas Augenwinkeln glitzerte es verdächtig. »Ich hasse ihn«, flüsterte sie. »Eigentlich könnte alles ziemlich gut sein, aber er ...«

Cordula schenkte Tee nach. »Was?«

»Er sorgt dafür, dass ich mir wünsche, ich hätte lieber Geschichte oder Literatur oder sonst irgendwas Sinnloses studiert.«

»Warum erlaubst du es ihm dann?«

»Was weißt du schon?!«, zischte Lena gereizt.

»Gar nix. Deswegen frag ich ja.« Cordula überlegte, ob es eine gute Idee gewesen war, die junge Frau zu sich einzuladen. Sie war derart negative Schwingungen gar nicht gewohnt und hatte eigentlich auch keine Lust, sich von ihrem Gast so anblaffen zu lassen. Aber dann kam Mr Catsby unter dem Tisch hervor und erkor Lenas Schoß als den Ort aus, an dem er sein Verdauungsschläfchen halten wollte. Das war nun allerdings ein gutes Zeichen. Ihr Kater verteilte seine Sympathien nicht so willkürlich wie die meisten seiner Artgenossen. Vielleicht wollte er sie irgendwie trösten, und wenn selbst ihr raubeiniges Haustier ein wenig Mitgefühl für dieses arme Mädchen empfand, dann konnte Cordula sich auch wieder entspannen.

»Ich bin abhängig von ihm«, erklärte Lena, durch die Anwesenheit des Katers in ihrer Gereiztheit etwas besänftigt. »Ich habe bei ihm studiert und wollte eigentlich auch meine Doktorarbeit bei ihm schreiben. Aber seit er vor drei Jahren die Archäologie-Firma übernommen hat und nicht mehr an der Universität arbeitet, ist das alles ziemlich kompliziert geworden. Ich hatte mich bei ihm für die

Dissertation angemeldet, und er hat versprochen, meine Arbeit zu betreuen und mich bis zum Abschluss zu begleiten. Aber jetzt lässt er mich hängen, hat keine Zeit mehr für mich.« Lena seufzte frustriert. »Und was für ein Scheißkerl er ist, weiß ich auch erst, seitdem ich bei seiner Firma arbeite. Zuerst war es nur ein befristeter Job für ein halbes Jahr, aber dann hat Gruber mir angeboten, als festes Teammitglied einzusteigen.«

»Ist das nicht alles e bissel viel?«, fragte Cordula. »Doktorarbeit und dann noch so ein Job?«

»Eigentlich schon. Aber ich bin total dankbar für diese Chance, und es macht sich super im Lebenslauf, wenn man in einer so renommierten Firma Erfahrungen sammeln kann.«

»Aber du kommst trotzdem net von der Stell, gell?«

Lena schüttelte den Kopf. »Ich komme aus der ganzen Nummer einfach nicht mehr raus.«

»Warum nicht?«

»Mein Forschungsschwerpunkt liegt auf römischen Mithräen. Eigentlich könnte ich auch schon seit einem Jahr fertig sein mit der Rohfassung der Arbeit, aber der werte Herr Doktorvater Gruber hält mich seit Monaten hin und hat immer wieder irgendetwas auszusetzen. Das ist reine Schikane, aber ich weiß nicht, was ich dagegen machen soll. Eigentlich könnte ich diesen Fund hier bei euch in meine Dissertation mit aufnehmen, und damit wäre ich die Erste, die darüber schreibt. Aber Gruber macht mich fertig. Er sagt mir die ganze Zeit, was für ein hoffnungsloser Fall ich bin. Und weil er mich so unter Druck setzt, mache ich natürlich immer wieder Fehler.« Sie hielt krampfhaft die Tränen zurück und starrte aus dem Fenster.

»Tja, meine Liebe, das hört sich nach einem Mann an,

der Angst vor Frauen hat, die selbstständig sein und denken können. Warum suchst du dir keinen neuen Doktorvater?«

»Das ist nicht so einfach. Vor allem jetzt nicht mehr.«

»Was heißt das?«, fragte Cordula. Aber Lena kniff die Lippen zusammen und schüttelte finster den Kopf. Das klang nach etwas, worüber sie nicht sprechen konnte.

»Weißt du, er ist erst seit Kurzem so richtig unausstehlich. Es liegt an diesem Bauprojekt unten in Deidesheim, von dem die Bröckner vorhin erzählt hat.«

Cordula verdrehte die Augen. Dieses Thema war ihr schon länger ein Dorn im Auge.

»Was wird denn da eigentlich genau gebaut?«, fragte Lena.

»Ach, da will sich irgend so ein reicher Typ verwirklichen, der sieht die Weinstraße als Spielwiese für seine Allmachtsfantasien. Designer-Outlet, Vinothek mit Weinen aus aller Welt, tausend Parkplätze und schicke Restaurants. Als ob wir so ebbes hier brauche.«

Lena nickte wie abwesend. »Ja, krass ... also das alles macht den Gruber jedenfalls völlig kirre.«

»Warum das denn?«

»Weil bei jedem großen Bauvorhaben ein archäologisches Gutachten gemacht werden muss. Und bei so einer großen Fläche in dieser Gegend hier ...« Sie sah Cordula vielsagend an. »Archäologen müssen das Areal mit Bodenradar und Luftaufnahmen scannen, um zu gewährleisten, dass da nichts in der Erde liegt, was ein Bagger zerstören könnte. Und wenn der Erdaushub beginnt, sind Archäologen auf der Baustelle, um nach Kleinfunden Ausschau zu halten, die auf eine alte Siedlung hindeuten. Das Landesdenkmalamt vergibt solche Aufträge an archäologische Firmen, und Gruber hat wohl darauf spekuliert, dass die Bröckner ihm diesen Auftrag zuschanzt. Aber offensichtlich ist eine andere Firma schneller gewesen, und Gruber guckt jetzt blöd aus der Wäsche. Ich weiß auch nicht, was da gelaufen ist. Jedenfalls ist er seitdem ein noch größeres Aas als ohnehin schon. Und lässt seinen Ärger bevorzugt an mir aus.«

»Das heißt, wenn sie in Deidesheim irgendwas finden, kann nicht gebaut werden?«

»Doch, aber mit einiger Verzögerung. Also, was ich dir sagen will: Gruber ist total geladen wegen dieser Sache, obwohl wir noch nicht erfahren haben, ob die Konkurrenz überhaupt etwas gefunden hat. Er wird sich hier doppelt und dreifach aufspielen, weil ihm das vorherige Projekt durch die Lappen gegangen ist.«

Cordula lächelte. »Oh, glaub mir, bei uns in Elwenfels gibts Mittel un Wege gege so uffgeblasene Gockel.«

Lena nickte schwach. »Seine Anwesenheit ist mir einfach zuwider. Und vielleicht spürt er das und ist deswegen so gemein zu mir. Wenn ich ihn mögen könnte, ein bisschen wenigstens, dann wäre er vielleicht netter zu mir.«

Sie sah auf, und ihr Blick war so hilflos, dass Cordula erschauderte. Selbst Mr Catsby war dieser devote Gedanke wohl zu absurd, und mit einem Satz hüpfte er von Lenas Schoß. »Jo, so isses immer!«, sagte Cordula trocken. »Frauen sind immer selbst schuld dran, wenn Männer sich net zu benehme wisse.« Sie sah Lena direkt an. »Sag mal, wo schläfst du eigentlich?«

»In einer Pension in Deidesheim. Er ist im Zimmer nebenan. Und da ist so eine blöde Verbindungstür. Ich kann ihn … ich kann alles hören.«

Cordula sah sie entsetzt an. »Schätzel, du brauchst dringend e Paus von dem Kerl.«

Lena zuckte resigniert mit den Schultern und schaute auf die Uhr.

»Wenn du magst, bei uns im Dorf gibt's auch ein kleines Gästehaus. Wenn ich bei de Brigitte e gutes Wort einleg, kannst du da unterkommen.«

»Ja, mal sehen. Ich muss jetzt wieder runter.«

Sie stand auf und reichte Cordula eine Hand, die trotz des Tees eiskalt war. »Danke für deine Hilfe, das ist echt nett.«

Cordula ergriff ihre Finger mit beiden Händen. »Ich bin da für dich. Kannst immer zu mir kommen, wenn du mal bissel Luft holen oder dich aufwärmen willst.«

Und auch für alles sonst, du süßes Geschöpf!, dachte sie. Cordula sah ganz deutlich, dass hinter den traurigen Augen eine ganz andere Person versteckt war, die sich nach etwas sehnte, von dem sie vielleicht dachte, dass es ihr nicht zustand. Die unförmige Allwetterjacke, die Lena nun überzog, tat ihr Übriges. Armes Schätzel, dachte Cordula, als Lena wieder über den Platz lief und mit steifen Schultern in dem weißen Zelt verschwand.

Aber es war ja nicht so, dass es in Elwenfels kein Heilmittel gegen solche Verwirrungen gab.

Kapitel 12

Wie ein nicht ganz so christlicher Pfarrer einen tot geglaubten Kollegen zum Leben erweckt

Carlos war noch nie zuvor bei Pfarrer Karl zu Hause gewesen und wunderte sich schon gar nicht mehr, dass auch dieses Haus in Elwenfels sein ganz besonderes Innenleben hatte. Er fand Karl vor seiner Haustür in der Kälte stehend, eine selbst gedrehte Zigarette in der Hand. Der Rauch vermischte sich mit dem Nebel, der sich als Begleiter der Dämmerung wieder ins Dorf schlich. Ein Blick in das Gesicht des Pfarrers genügte, um zu sehen, dass die Heiterkeit, die er bei der staubigen Dokumentensuche so ungebremst zur Schau gestellt hatte, wieder einem dumpfen Brüten Platz gemacht hatte.

»Auf dich hab ich gewartet«, begrüßte Karl ihn.

»Na, wenn ich das gewusst hätte, wäre ich schon früher gekommen.«

Karl drückte die Zigarette in einem leeren Blumentopf aus und winkte Carlos ins Haus. Er führte ihn in ein großes Wohnzimmer, dessen Decke aus einem beeindruckenden Sandsteingewölbe bestand. Carlos' Blick wurde jedoch von dem angezogen, was vor den Fenstern lag. »Was ist das denn?«

»Jo, da guckscht du, gell?!« Karl öffnete stolz die Tür zu einem Hof, der an den Flanken mit einem schmalen Arkadengang umrandet war. In der Mitte ragte ein verwitterter Brunnen inmitten winterlichen Grases hervor, der von einem Dutzend schiefer, halb im Boden versunkener Grabsteine umgeben war. Dass auch hier dünner Nebel zwischen den Grabsteinen hindurchkroch und auf der Brunneneinfassung eine Krähe hockte, machte das gotische Klischeebild perfekt. Das war mal wieder typisch für Elwenfels. Da erwartete man ein stinknormales Pfarrhaus und fand sich dann in einem historischen Juwel wieder, das auch noch das Zeug zur Gruselfilm-Kulisse hatte.

»Ist das euer alter Kirchhof?«, fragte er und trat hinaus zwischen die uralten Grabsteine.

Karl freute sich sichtlich über Carlos' Begeisterung. »Vor langer, langer Zeit war des alles hier mal ein kleines Kloster. Das hier war der Kreuzgang, wo die Mönche gebetet und meditiert haben. Ich persönlich glaub zwar, dass die do dabei auch bloß Riesling im Kopp hatten, aber Wein hat ja durchaus auch was Biblisches.«

Links vom Hof erhob sich die Fassade der Kirche. »Hier drüben gab's mal e Tür, die von der Kirch direkt in den Kreuzgang geführt hat.« Karl zeigte seinem Gast eine zugemauerte Stelle in der Wand unter dem Arkadengang, vor der ein Blumenkübel mit einem frierenden Buchsbaum stand.

»Und warum wurde die zugemauert?«

»Das weiß keiner so genau«, sagte Karl geheimnisvoll. »Auf jeden Fall wurde der alte Kreuzgang irgendwann mal, wo's dann keine Mönche mehr in Elwenfels gab, als Kirchhof genutzt. Aber du siehst ja, wie wenig Platz da is. Seit vierhundert Jahr is da keiner mehr bestattet worden. Un für mich is das mein ganz eigene spezielle Privatgarten.«

Carlos trat an den Rand des Brunnens, und die Krähe

trippelte gelassen zur Seite. Die Öffnung des Brunnens wirkte wie ein großer, feucht-atmender Schlund. Carlos warf einen Blick in die Tiefe.

»Wie tief geht es denn da runter?«, fragte er und dachte an das Fundstück, mit dem sie heute ihre Suche im Rathaus doch noch einigermaßen erfolgreich beendet hatten.

»Ke Ahnung. Der Brunnen is trocke. Von inne verschütt, schon vor langer Zeit.«

Carlos dachte an den unterirdischen Raum, den sie inspiziert hatten, diese seltsame Abzweigung mit dem Geröllhaufen und die eisige Luft, die in ihm ein so beklemmendes Gefühl verursacht hatte. Konnte es sein, dass diese Stelle direkt unter ihnen lag, dort, wo der Brunnenschacht verlief? Er verscheuchte den Gedanken. Das musste warten.

»Hier herrscht eine ganz besondere Stimmung.« Carlos trat vom Brunnenrand zurück.

»Jo, so kann man des nenne«, erwiderte Karl. »Carlos, du glaubst vielleicht, dass ich en lauter, lustiger Kerl bin, so wie de Otto und de Willi un die anderen. Aber ich bin net immer so. Ich brauch viel Zeit für mich allein un muss viel nachdenke über ... über verschiedene Dinge halt, wo bloß de liebe Gott und mich ebbes angehn.«

»Zum Beispiel über deinen verschwundenen Vorgänger?« Karl setzte an, etwas zu sagen, aber Carlos ließ ihn nicht zu Wort kommen. »Bitte verschon wenigstens mich mit deinem Märchen von der Missionsstation in Tansania.«

Karl gab sich geschlagen und winkte ihn zurück ins Haus. »Ich hoff, du magst auch Tee. Mir is grad net nach Riesling zumut.«

»Du bist also wirklich anders als die anderen«, stellte Carlos schmunzelnd fest.

Kurz darauf saß er mit einer Tasse Ostfriesenmischung auf Karls Sofa und wartete. Doch statt etwas zu sagen, deutete der Pfarrer zunächst auf ein Schwarz-Weiß-Bild an der Wand. Es zeigte einen hageren, älteren Mann mit stechenden Raubvogelaugen und einem sanften Lächeln. »Des isser. Der Godehard. Mein Vorgänger.«

»Hm. Sieht nicht aus wie jemand, der seine Schäfchen einfach verlässt und nach Tansania geht.«

»Auf gar ken Fall!«

»Also, was ist passiert? Und warum hast du die Kommissarin angelogen?«

»Weil ich Angst hab, dass es mich verdächtig macht, wenn sie die Wahrheit hört.«

»Du bist bereits verdächtig«, klärte Carlos ihn auf. »Die Frau ist nicht dumm. Sie spürt, dass du ihre Kollegen angeschwindelt hast.«

»Ich trau Behörden prinzipiell net. Nenn mich en verkappte Anarcho, aber ich hab einfach keine Lust, mich verhöre zu lasse. Wer weiß, was die mit meiner Aussag dann anstelle? Wenn ich denen verzähl, was wirklich passiert is? Des is doch noch unglaubwürdiger als die Gschicht mit Tansania.«

»Dann erzähl sie bitte *mir*.«

»Damit du dann alles deiner Kommissarin weitersagst?« Karl kniff die Lippen zusammen und sah ihn finster an.

»Das ist nicht *meine* Kommissarin. Aber Nadja Sprengel vertraut mir, und das ist ein Vorteil für uns. Und sie hat ein Interesse daran, dieses Dorf aus der Schusslinie zu halten. Wusstest du, dass sie aus einer Winzerfamilie ganz in der Nähe stammt?«

»Wirklich?« Karl riss erstaunt die Augen auf.

»Ja, ursprünglich wollte sie auch Winzerin werden. Als

Zwanzigjährige war sie in einen jungen Mann aus Elwenfels verliebt, der dann später beim Klettern in Nepal gestorben ist. Sie war nicht bloß in diesen Jungen verliebt, sondern auch in den Ort. Aber nach diesem tragischen Unfall ... Sie hat es wohl auch bereut, dass sie das genaue Gegenteil von dem gemacht hat, was sie eigentlich in ihrem Leben machen wollte.«

»Un so landet ma dann bei der Polizei in Ludwigshafen«, murmelte Karl.

»Ich will dir damit nur sagen, dass Nadja keine weibliche Ausgabe von Polizeiwachtmeister Zohres ist.«

Karl seufzte schwer. »Jo, dann verzähl ihr halt die Gschicht. Ich hoff bloß, dass sie dann net meint, *ich* hätt de Godehard damals um die Eck gebracht. Ich weiß, wie verdächtig mich des alles macht. Und den Rest von uns Elwefelser gleich mit dazu.«

»Jetzt erzähl doch erst mal«, bat Carlos, der erkannte, wie schwer es dem Pfarrer fiel, die Details aus dem toten Winkel der Verdrängung wieder ans Licht zu holen.

»Alla hopp! De Godehard war vierzig Jahr lang unser Pfarrer«, begann Karl. Der Dampf aus seiner Teetasse ließ seine runden Brillengläser beschlagen, und es sah tatsächlich so aus, als würde er nun seinen Blick zurück in die Vergangenheit werfen.

»Du kannst dir sicher denken, dass er kein normaler Pfarrer war, sonst hätt er mich nie so inspirieren können. Er war eigentlich weniger Christ, mehr Universalist. Hat alle Bücher über Religion gelese und war sehr kritisch mit der Amtskirche. Er hat nie e theologische Fakultät auch nur von inne gsehe, hat in seinen jungen Jahren alle möglichen heiligen Stätten auf der ganzen Welt abgeklappert, weil er immer auf der Suche war nach der Wurzel, die alles zusammehält.« Karl deutete auf die prall gefüllten Bücherregale. »Do, des hat er alles gelese.«

Carlos nickte beeindruckt. »Aber wenn er kein richtiger Theologe war, wie kam es dann, dass er hier den Posten als Pfarrer antreten konnte?«

»Ach Carlos, du weißt doch, wie's in Elwefels läuft. Wir legen hier net so viel Wert auf Lebensläufe. Ich selbst hab jo auch nie Theologie studiert.«

»Was?«

»Genau so isses. Mein Studium waren die Gespräche mit dem Godehard. Der hat mich praktisch ausgebildet. Un außerdem: Wenn man en gude Mensch is, dann kann ma auch en gude Pfarrer sein, oder?!«

»Wie man an dir sehen kann.«

»Der Godehard war ein richtiger Bilderbuch-Pfarrer. Aber er war auch unbequem und hat sich manchmal aufgführt wie ein wütender Eber. Wenn er gesehen hat, dass ebbes Unrechtes passiert, dann is der richtig aus der Haut gfahre. Aber er hat's immer gut gemeint. Dieses Eins-Sein mit der Schöpfung und dem Universum, des hot der uns vorgelebt. Un er war mein bester Freund. Ich hab nächtelang mit ihm diskutiert, über Gott un die Welt un de Teufel. Wenn's einen gab, wo von Gott direkt berufen war, dann er! Und eines Tages war er weg. Fort. Äfach so. Wie vom Erdbode verschluckt. Am 12. April 2006 ...«

Carlos nickte langsam, das passte zusammen. Das Verschwinden von Kai Lohmann fiel ebenfalls in den April 2006. »Lass mich raten. Ihr seid damals nicht zur Polizei gegangen, um ihn suchen zu lassen, was?«

»Eher rennt die Mona Lisa zum Beauty-Doc!«

Carlos unterdrückte ein Grinsen. »Warum? Wolltet ihr denn nicht, dass er gefunden wird?«

»Mann Carlos, hast du's immer noch net verstanden?!«,

fuhr Karl ihn ungewohnt gereizt an. »Wir rennen doch net zur Polizei un melde unsern Pfarrer als vermisst. Du kennst uns doch gut genug jetzt! Du weißt, dass wir die Dinge hier unter uns allein regeln.« Er atmete schwer. »Un außerdem: Wir haben ihn doch gesucht. Überall. Im Wald, tagelang. Er war gern im Wald. Un wir dachten, vielleicht hat er sich verletzt un liegt hilflos irgendwo rum.«

»Aber ihr habt ihn nirgendwo entdeckt?«, vermutete Carlos.

Karl schüttelte den Kopf. »Es war e schwere Zeit damals. Es war so, wie wenn er uns verlasse hätt. Jeder von uns hot gspürt, dass irgendwas passiert war, aber keiner hat verstehe könne, was genau. Des hat uns jahrelang verfolgt.«

»Kannst du dich wirklich nicht daran erinnern, dass damals dieser Kai Lohmann ins Dorf kam? Ihr seid doch sonst so aufmerksam, wenn jemand Fremdes in Elwenfels auftaucht. Wie kann es sein, dass niemand diesen Typ bemerkt hat?«

Karl stellte seine Tasse ab und hob hilflos die Hände. »Kann schon sein, dass der Kerl damals hier war un wir dachten, er wär en Tourist, der sich hierherverirrt hat. Aber ich merk mir doch net jeden Außergewärtige, der bei uns durch de Ort schlappt.«

»Schon gut. Aber du merkst schon, dass es da einen Zusammenhang gibt, oder? Nadja Sprengel sagt, dass der tote Lohmann seit dreizehn Jahren da unten lag.«

Karl nickte düster.

»Und wie ging es dann weiter?«

»Ich war damals Ende zwanzig und wollt eigentlich Musiklehrer werden«, erzählte Karl. »Aber irgendwie hat sich's dann gefügt, dass ich des Ganze übernomme hab, was der Godehard hinterlasse hat. Lag mir halt irgendwie im Blut. Un ich hab des Gfühl gehabt, ich wär ihm des schuldig. Er war der außergewöhnlichste Mensch, den ich je getroffen hab, ohne den ganze Quatsch, der normal in de Kirch so getrieben wird. Des hat mich alles schwer inspiriert.«

»Ja genau! Deswegen spielst du nach dem Gottesdienst auch Queen-Songs und kein Orgel-Gedudel«, stellte Carlos fest.

Karl lachte leise. »Weißt du, was die Lieblingsband vom Godehard war?«

»Weiß nicht. Die Rolling Stones?«

»Black Sabbath.«

»Was? Echt?«

»Jo, wenn der alte Ozzy wüsst, was für en coole Pfarrer seine Musik gehört hat, des fänd der, glaub ich, ziemlich geil.«

Sie lachten, aber Karl wurde gleich wieder ernst. »Manchmal glaub ich, dass die offene, freie Haltung vom Godehard ihm irgendwie ... ich weiß net, zum Verhängnis wurde.«

»Warum?«

»Wo soll er denn hin verschwunden sein? In Elwefels kann ma sich doch net einfach in Luft ufflöse.«

»Na ja, du weißt, was wir heute im Rathaus gefunden haben. Das dürfte der Beweis dafür sein, dass es mehr Möglichkeiten gibt, in Elwenfels zu verschwinden, als ihr bisher ... als wir bisher angenommen haben.«

Karl nickte düster. »Wir müssen das alles noch den andern sagen.«

»Na klar. Die sollen doch wissen, was unterhalb ihrer Häuser so abgeht.«

»Carlos, irgendwie is mir die ganze Sache total unheimlich.« Karl begann nervös seine Brille zu putzen. »Ich hab gedacht, ich kenn unser Dorf, unser Gschicht, unser Vergangenheit. Un dann so ebbes! Als der Kirchturm abgesackt is, hab ich erst gemeint, jetz holt mich der Herrgott zu sich. Un dann war da die Hand von dem Toten, un ich hab wieder des Gesicht vom Godehard vor mir gsehe. Eigentlich kann en echte Pälzer so schnell nix erschüttern. Aber des ...«

»Ich weiß, Karl. Das wäre für niemanden leicht gewesen.«

»Ich glaub, dass de Godehard irgendwo da unten liegt. Verschütt, im Stein eingeschlosse. So wie dieser Lohmann.«

»Na ja, bis jetzt haben sie ihn noch nicht gefunden«, sagte Carlos. »Aber sag mal, wie soll Godehard denn überhaupt da runtergekommen sein? Du sagst doch, es gibt keinen Zugang zu den Katakomben?«

Karl zuckte mit den Schultern. »Was weiß denn ich?«

»Sag mal, gibt es von ihm noch irgendwelche persönlichen Sachen?«

»Oben in seinem alte Schlafzimmer is noch alles voll. Ich hab's nie angerührt.« Er warf Carlos einen Blick zu, der zu sagen schien, dass er immer noch hoffte, dass der alte Pfarrer eines Tages wieder zurückkommen würde.

»Kann ich mir die Sachen morgen mal ansehen? Vielleicht finden wir ja irgendeinen Hinweis.«

»Jo, mach du nur. Alles, was hilft.«

Carlos stand auf und legte Karl eine Hand auf die Schulter. »Na komm, wir gehen in die Weinstube, okay? Du willst doch bestimmt wissen, wie es mit Greta und Bruno weiterging.«

Karl rappelte sich auf und schlüpfte in einen Kapuzenpullover mit Deep-Purple-Aufdruck. »Das auch. Aber vor allem will ich wisse, was unser liebe Mitbürger zu dem sage, was heut von einer unerschrockenen Bande von Hobbyarchäologe im Rathaus gefunden wurde.«

Kapitel 13

Über den zweifelhaften Wahrheitsgehalt von Saumagen-Klischee und Nibelungenschatz

Das Fernsehbild zeigte eine blutige Leber in einer Tupperschüssel, die von zwei gepflegten Damenhänden mit roten Fingernägeln gehalten wurde. Cordula sagte aus dem Off: »Ja, was glauben Sie, warum ich so e gute Haut un so en schöne Teint hab? Eine rohe Leber in der Woch, un schon sieht ma aus wie's Schneewitsche.«

Dann ein Schnitt, hin zu einem Moderator draußen auf dem Platz, der mit einer Mischung aus zur Schau gestellter Coolness und gespielter Überraschung in die Kamera guckte.

»Ja, meine Damen und Herren, das sind Einblicke in diesen seltsamen Ort namens Elwenfels. Einem Dorf, in dem möglicherweise ein Teil deutscher Geschichte neu geschrieben wird. Liegt hier in der pfälzischen Provinz etwa der sagenumwobene Nibelungenschatz? Wenn man der seltsamen Story eines Hobbyforschers glauben möchte, der hier vor drei Tagen tot aufgefunden wurde, dann ist das so.«

Die Kamera schwenkte auf den schiefen Kirchturm und die Polizei-Absperrung.

»Elwenfels – das klingt ja ganz kuschelig. Hier sind wir in der Pfalz, dem Land mit dem größten zusammenhängenden Waldgebiet Deutschlands. Berühmt ist diese Region für ihren Wein und ihr Nationalgericht, den Saumagen. Natürlich auch für Helmut Kohl, und vergessen sollten wir auch nicht Deutschlands bekannteste Blondine, die rund dreißig Kilometer von hier aus Ludwigshafen stammt. Das mag zwar nicht die schönste Stadt der Republik sein, ist aber trotz seiner baufälligen Brücken wohl immer noch einladender als dieser Ort hier mit seinen abweisenden Einwohnern. Da fällt es auch den Behörden schwer, sich verständlich zu machen.«

Das Bild zeigte nun den Chefarchäologen Fabian Gruber, wie er angestrengt zu den Dorfbewohnern sprach, dann ein Schnitt, und auf einmal waren in Großaufnahme die abschätzigen Gesichter von Willi und Otto zu sehen, deren Münder auf und zu gingen, ohne dass man hörte, was genau sie sagten.

Aus der Weinstube, wo die Elwenfelser gemeinsam die Berichterstattung über ihren Ort auf dem großen Flachbildschirm verfolgten, den Bettel extra auf der Theke aufgestellt hatte, drang dröhnendes Gelächter, und im Gastraum ertönte ein wildes Durcheinander von Rufen.

»Ach Gott, die Allerärgschde im Fernseh!«

»Waldorf un Stadler beim Bebbern un Motze.«

»Mit denen geht die Einschaltquote garantiert durch die Deck!«

»Pscht!«, machte Elsbeth neben der Theke, um zu hören, was der Reporter sagte, der nun wieder ins Bild gekommen war.

»Wir befinden uns hier in einem kleinen mehr oder weniger vergessenen Dorf mitten im Pfälzerwald. Hier bleibt man lieber unter sich und genießt das Leben auf pfälzische Art.«

Es folgten die Filmaufnahmen von Elsbeth und der

Bratkartoffeln futternden Runde in der Weinstube. Die Kamera zoomte dabei ganz nah auf pralle Wangen und arbeitende Mundwerkzeuge. Wieder lautstarkes Gelächter und entsprechende Kommentare.

»Ou Elsbeth, gegen dich un dei Gebrätelte, do kann de Tim Mälzer einpacke!«

In der Luft lag eine solche Ausgelassenheit, dass Carlos meinte, sprichwörtlich im falschen Film zu sein. War den Elwenfelsern kein bisschen unwohl zumute bei dem Gedanken, wie der Rest der Republik nun vor ihren Bildschirmen hockte und bei Feierabendbier und Chips-Tüte über sie lachte?

»Ja, wie sagt man so schön«, fuhr der Reporter fort. »Die Pfälzer Küche ist für vieles bekannt, nicht aber für ihre Fettarmut.« Dann ein Schnitt auf die Szene, die sich am frühen Nachmittag auf dem Dorfplatz abgespielt hatte, als Willi, Otto und Karl sich lautstark über die Nasen von Kleopatra und der Sphinx ausgelassen hatten. Die Kamera fing ihre Gesichter in Dokumentarfilm-Manier ein, unterlegt mit schnellen Schnitten, sodass die grelle Ironie der Szene nicht mehr zu spüren war und der Zuschauer tatsächlich annehmen konnte, dass die vorgeblich tumben Provinzler es wirklich so gemeint hatten. Und das passte auch zu der hübschen jungen Frau, die in die Kamera lächelte und allen Ernstes behauptete, ihren Appetit mit Organen von gemästeten Schwaben zu stillen.

Willi betastete seine Wangen. »Ach Gott, isch hätt misch besser mal e bissel abgepudert, gell?«

»Des hätt auch nix mehr gholfe«, brummte Otto. »Dann wärst du halt en gepuderter Dappschädel gewese. Des is für die da drauße kein Unterschied.«

Carlos kniff die Augen zusammen, als die Kamera nach oben zum Rathausfenster schwenkte, wo man hinter Otto deutlich einen menschlichen Umriss mit hellblonden Haaren sah. Er schluckte und beschloss, in Zukunft noch einen größeren Bogen um alle Kameras zu machen.

»Doch all die provinziellen Eigenarten der Dorfbewohner hier sollen uns nicht vom Wesentlichen ablenken, liebe Zuschauer.« Der Reporter wechselte von gespielter Sachlichkeit in überzogenen Ernst, indem er seinen Zeigefinger hob und die Augen verengte. »Vor wenigen Stunden hat sich hier etwas ereignet, das wirklich einer Sensation gleichkommt. Es ist eine Wahnsinns-Enthüllung, die man so kaum glauben kann! Es scheint wirklich so, als wäre die Suche nach dem sagenhaften Nibelungenschatz hier und heute ein bedeutendes Stückchen weitergekommen. Doch lassen wir lieber die Fachleute aus der Archäologie dazu etwas sagen.«

Die Sendung zeigte nun ein Interview, das Fabian Gruber vor zwei Stunden auf dem Dorfplatz gegeben hatte, kurz nachdem er und sein Team mit ihrer Entdeckung an die Öffentlichkeit gegangen waren. Der Archäologe wurde – mit wilden Schwenks aus der Handkamera – als imposanter Schatzgräber inszeniert, mit Staubflecken auf der Stirn und einer zur Schau gestellten, selbstsicheren Überlegenheit, die wahrscheinlich mächtig Eindruck auf die Fernsehzuschauer machte. Nur nicht auf Cordula, die ein Geräusch ausstieß, als hätte sie in ihrem Kühlschrank verschimmeltes Gemüse entdeckt.

»Also, ich darf mit aller gebotenen Vorsicht noch vor der folgenden Untersuchung der Exponate schon mal sagen, dass das etwas ist, von dem man als Archäologe sein Leben lang träumt. Es ist vielleicht nicht Troja, aber …«

»Was haben Sie im Untergrund der Kirche gefunden, Herr Doktor Gruber?«, unterbrach ihn die Reporterin, die das Interview führte. »Ist es denn nun ein Teil des Nibelungenhorts, den Ihr Team heute freigelegt hat?«

Gruber machte ein Gesicht, als wollte er sagen: Nun, liebe Kinder gebt fein acht, ich hab euch etwas mitgebracht ...

»Es ist ein Schatz, ja. Zumindest etwas, das auf eine größere Ansammlung von Wertgegenständen hindeutet. Ob und wie die Fundstücke mit dem Nibelungengold zusammenhängen, muss noch geklärt werden.«

»Geht das etwas konkreter, Herr Doktor Gruber?«

»Wir haben beim Freilegen eines verschütteten Ganges aus römischer Zeit unter dem Geröll einige Schmuckstücke gefunden. Geschmeide, Armspangen, Ketten und Ringe und eine ganz außergewöhnliche Gürtelschnalle, die mit Rubinen und Smaragden besetzt ist, wahrscheinlich aus der Spätantike. Einige bedeutende Funde aus der sich überschneidenden Merowinger-Zeit sind auch dabei.«

»Welche Bedeutung hat dieser Fund für die Archäologie?«

»Das können wir zum jetzigen Zeitpunkt noch nicht sagen. Was wir aber sagen können: Es ist offensichtlich, dass dies hier für die Forschung sehr wertvolles Terrain ist. Unter dem Boden dieses Dorfes hat sich in der Vergangenheit Bedeutsames zugetragen. Wir werden weitergraben und sind uns ziemlich sicher, noch mehr solcher Funde zu entdecken.«

Damit war das Interview beendet, und die Kamera rückte wieder den Reporter groß ins Bild: »Sie haben es selbst gehört, liebe Zuschauer, hier bahnt sich eine archäologische Sensation an. Wird das kleine Pfälzer Dorf Elwenfels zur Weltkulturerbe-Stätte? Die Bewohner dieses Ortes scheint das wenig zu beeindrucken. Hier im Hinterland hat man wohl andere Prioritäten.«

Die folgende Filmsequenz zeigte die Elwenfelser beim kollektiven Gang in die Weinstube. Carlos hätte schwören können, dass die Geschwindigkeit des Films minimal verändert worden war, damit die Bewegungen langsam und behäbig wirkten. Es sah aus, als würde eine Herde Nutzvieh zur Fütterung in den Stall zockeln.

»Das nennt man dann wohl pfälzische Gemütlichkeit«, sagte der Reporter mit einem vielsagenden Blick in die Kamera. »Bei Saumagen und Wein, der hier übrigens aus einem Glas getrunken wird, das woanders wohl eher als Blumenvase Verwendung finden würde ...« Der Mann hob ein Dubbeglas in die Kamera, das er wohl in irgendeiner Weinstube in Deidesheim hatte mitgehen lassen. »Wir wissen nicht, was jetzt hinter den Fenstern dieses Gasthauses besprochen wird. Aber selbst wenn, so hätten wir wohl große Schwierigkeiten, es zu verstehen bei diesem wilden Dialekt, der hier geradebrecht wird. Oder wissen Sie, was ein ...«, er blickte kurz auf einen kleinen Zettel in der Hand, »ein Lappendudel oder ein Hahnenbombel ist, liebe Zuschauer?« Ein kurzes Grinsen und Nicken in die Kamera. »Und damit gebe ich wieder zurück ins Studio ...«

Bevor das Bild wechselte, hielt die Kamera wie in einem Outtake noch einmal auf den Reporter, der betont verwundert das Dubbeglas betrachtete und zu irgendjemandem außerhalb des Bildes sagte: »So, jetzt kannste das Ding hier wieder zurückbringen in den Blumenladen.«

Noch bevor das anschließende Gelächter durch die Schalte ins Studio abgebrochen wurde, machte Elsbeth den Fernseher aus. Kollektives Aufatmen in der Weinstube, die Heiterkeit darüber war jedoch verschwunden, dass ihr geliebtes Dorf und seine Bewohner auf nicht gerade vorteilhafte Weise gezeigt wurden. Carlos ahnte, was in den Köpfen seiner Freunde vor sich ging. Natürlich hatten sie kein Interesse daran, dass scharenweise Touristen bei ihnen einfielen, was aber unweigerlich passieren würde. Erst recht, nachdem Elwenfels nun auch auf Instagram vertreten war, wie Cordula ihnen vorhin gezeigt hatte.

Es konnte nicht im Interesse des Dorfes sein, in der sozialen und unsozialen Medienlandschaft dort draußen als niedlicher Traumort dargestellt zu werden, als unentdeckte Perle im Meer des *overtourism* Mainstreams und noch dazu *very instagramable*. Aber andererseits war es sicher auch nicht besonders angenehm zu sehen, dass man für die Augen der Welt als ein debiler Haufen Dorftrottel dargestellt wurde. Bei einem Blick auf Willi, Otto und die anderen wurde Carlos jedoch klar, dass die Elwenfelser über diesem Ärgernis standen. Ob die Außenwelt sie klischeehaft wahrnahm, war ihnen egal. Sie wussten es besser, und außerdem hatten sie nun wirklich andere Sorgen, wie den Schmuckfund zum Beispiel. Diese Neuigkeit hatten sie alle erst jetzt aus dem Fernsehen erfahren, und nun saßen sie mit ungläubigem Kopfschütteln über ihren Schorlegläsern.

»Carlos, was is?«, rief Willi über die Köpfe hinweg. »Wir blöden Pälzer denke beim Lesen immer nur an Traube. Aber bei Bücher hört's halt uff bei uns. Willscht du uns net bissel helfe mit einer kleine Vorlesestunde?«

Carlos war froh, dass die Ereignisse ihm immer noch genügend Zeit gelassen hatten, sich dem Tagebuch zu widmen. Er hatte es nach dem Besuch bei Pfarrer Karl geschafft, die nächsten beiden Einträge vollständig zu übersetzen.

»Moment mal«, sagte er. »Und was ist mit unserer Entdeckung, die wir heute im Rathaus gemacht haben?«

»Habt ihr jetzt endlich die Urkunde gfunde?«, fragte Elsbeth.

»Na ja, das nicht unbedingt ...«

»Aber ebbes viel Besseres!«, frohlockte Karl. »Aber das Beste kommt zum Schluss. Carlos, du zuerst. Und dann verzählen wir, was wir heut im Rathaus entdeckt haben. Ich sag nur so viel: Es is so dermaßen bedeutsam, dass wir all die andere sensationelle Sache – das echte Turiner Grabtuch, Beethovens Hörrohr, de Originalumhang vom Dracula un all des – einfach ham liege lasse, verstehen ihr, wie ich mein?«

»Hä?«, machten ein paar aus der Menge.

Nur die Teilnehmer der Suchaktion kicherten und versprachen, es den anderen später genau zu erklären. Dann richteten sich alle Augen auf Carlos und seine Abschrift des Tagebuchs.

Er berichtete davon, wie verwundert sich Greta Treptow über die eigentümliche Stimmung im Dorf zeigte und mit welcher Besessenheit ihr Bruder auf der Waldlichtung in dem Wasserloch nach dem Schatz tauchte, ohne jedoch fündig zu werden.

Als Carlos dann die altertümlichen Worte des Schriftstücks vorlas, das die Geschwister nach Elwenfels geführt hatte, war es in der Weinstube vollkommen still geworden.

Er las den nächsten Abschnitt, in dem Greta davon berichtete, wie sie und Bruno weiter erfolglos durch den Wald stapften. Greta schien sich in Elwenfels zunehmend wohlzufühlen und knüpfte Kontakte zu einigen Frauen aus dem Dorf. Bruno jedoch kommentierte herablassend, dass die Haltung der Bewohner eine ganz andere war als jene, die in Deutschland zu dieser Zeit üblich war. Er fand es sehr verdächtig, dass es hier weder Hitler-Bilder noch Hakenkreuzfahnen und auch keinen offiziellen Parteivorsitzenden gab. Kaum jemand las die Zeitungen, und bei Erwähnung politischer Themen wurden so gut wie immer Witze gerissen. Carlos fröstelte. Diese Leute waren nur einen knappen Monat von einem Weltkrieg entfernt gewesen, ohne es zu wissen. Er legte seine Abschrift auf den Tisch und trank einen Schluck Rieslingschorle.

»Wahnsinn!«, sagte Alfred. »Unser Vorfahre ham sich net närrisch mache lasse von dem Dummbeidel.«

»Schad, dass des hier keiner mehr so richtig weiß, wie des damals alles so war.«

»Jo, dann frag doch mich!«, sagte der alte Paul, von dem alle wussten, dass sein Erinnerungsvermögen die Eigenschaften eines Nudelsiebs hatte.

»Okay, das machen wir später mal«, meinte Carlos. »Jetzt ist es Zeit, euch zu zeigen, was Sache ist. Anthony, würdest du bitte? Und Elsbeth, können wir hier bitte eine saubere Tischdecke haben?«

Kurz darauf faltete Anthony vorsichtig das Papier auseinander und hielt es hoch, damit alle es sehen konnten.

»Was is'n des?« Elsbeth verdrehte den Kopf in alle Richtungen, ohne etwas zu erkennen.

»Achtung, bitte alle Gläser in Sicherheit bringen!«, kommandierte Carlos und half Anthony, das Papier auf der Tischdecke auszubreiten.

»Ihr könnt euch das nachher in Ruhe nacheinander anschauen, aber ohne …« Er rieb die Fingerspitzen aneinander. »Wie sagt man bei euch dazu?«

»Fettgriffel!«, informierte ihn Willi.

»Genau. Also am besten gar nicht anfassen. Das Ding ist alt und nicht mehr besonders stabil. Und lasst bloß nichts drauftropfen, sonst verschwimmt die Tinte.«

»Ich schweiße es in Klarsichtfolie ein, dann bleibt es heil«, versprach Anthony.

»Un was is des jetzert?«, drängte Elsbeth.

»Das hier haben wir heute in dem chaotischen Archiv gefunden, das ihr Rathaus nennt.«

»Net wir!«, präzisierte Willi und zeigte auf Carlos. »Er war's! Er hat's gfunde. Unser Lieblingsschnüffler!« Dabei rammte er ihm einen breiten Zeigefinger in die Schulter.

»Wir haben selbst eine Weile gebraucht, um zu verstehen, was das ist«, sagte Carlos und genoss all die gespannten, fragenden Blicke auf sich. »Also, wir haben es hier offensichtlich mit einem alten, handgezeichneten Plan zu tun, auf dem die Geheimgänge unter dem Dorf skizziert sind. Das ganze System. Wie eine Straßenkarte.«

»Jo alla«, meldete sich Paul. »Des kennt doch bei uns jeder auswendig, wie im Schlaf.«

»Bist du sicher?«, fragte Carlos. »Also, all die anderen, die die Karte schon gesehen haben, sind sich sicher, dass auf dem Plan Gänge eingezeichnet sind, die hier keiner kennt. Zum Beispiel zwischen dem Friedhof und der Kirche. Oder einen, der die Weinstube mit der Stelle verbindet, wo heute die Straße über den kleinen Fluss führt. Und ein Gang führt von Charlottes Weingut in den Wald, wo er irgendwo in einer kreisrunden Sackgasse endet.«

Charlotte blinzelte ungläubig. »Was?«

»Ja, Schwesterherzl«, meinte Sofie. »Und des is noch lang net alles.«

»Zum Beispiel gibt es unter dem Pfarrhaus nicht nur den Gang, den Karl kennt, sondern noch einen zweiten, der parallel dazu verläuft.«

Der Pfarrer nickte. »Mein Geheimgang läuft vom Keller bis zur Dorfmitte un kreuzt dabei die Gänge, wo von Cordulas Haus un von de Bäckerei abgehen. Von dem zweiten Gang hab ich aber noch nie was gsehe, da gibt's auch keine zugemauerte Stell oder so was.«

»Aber laut dem Plan hier muss es die geben«, sagte Carlos. »Es muss unter dem Pfarrhaus oder unter der Kirche einen euch unbekannten Einstieg in den Untergrund geben. Dieser Gang verläuft durch dieses Mithräum, wo die Leiche von Kai Lohmann lag, zweigt nach rechts ab und stößt später auf den Gang, der vom Weingut ab in den Wald führt. Das Mithräum ist nämlich auch eingezeichnet auf diesem alten Plan.«

Unter den Elwenfelsern wurde aufgeregtes Murmeln laut. Elsbeth rieb sich über die Arme, als hätte sie gerade die Gänsehaut des Jahrhunderts.

»Als wir in diesem unterirdischen Raum waren, haben wir den Anfang dieses Ganges gesehen«, fuhr Carlos fort und dachte schaudernd an die eisige Kälte und das unheimliche Gefühl, das ihn dort unten ergriffen hatte.

»Und ihr määnt ... also ihr glaubt, dass de Godehard irgendwo do unne liegt?«, fragte Elsbeth. Sie schien bereits zu wissen, dass der Pfarrer Carlos alles über das Verschwinden seines Vorgängers erzählt hatte.

»Ja genau, das glauben wir«, sagte Karl.

»Aber das würde voraussetzen, dass Godehard von der Existenz dieses Geheimganges wusste«, gab Carlos zu bedenken. »Und Kai Lohmann auch. Die Frage ist aber, warum hatte der Rest von Elwenfels bis heute keine Ahnung davon?!«

Die Angesprochenen sahen sich ratlos an und zuckten betreten mit den Schultern.

»Und noch eine Frage müssen wir uns stellen: Wussten Greta und Bruno Treptow von diesem Gang? Denn wenn Lohmann dieses Tagebuch gelesen hat und aufgrund der Beschreibungen darin hierhergekommen ist, dann muss der Geheimgang irgendwo in Gretas Aufzeichnungen eine Rolle spielen. Und zwar in Bezug auf den Nibelungenhort. Wie sonst sollte dieser Hobbyschatzsucher davon gewusst haben?«

»Jo, dann beeil dich halt e bissel mit dem blöde alte Buch!«, platzte der alte Paul heraus und hieb mit der Faust auf den Tisch, dass die Dubbegläser wackelten.

»Ich tu, was ich kann«, beteuerte Carlos und warf einen kurzen, intensiven Blick auf Charlotte. Eigentlich hatte er keine Lust, die Arbeit an dem Tagebuch gegen die Zweisamkeit mit ihr einzutauschen. Aber gleichzeitig wurde die Spannung in seinem Innern so groß, dass er ihr letztendlich würde nachgeben müssen.

»Wenn ich es richtig sehe, ist der Gang hinter dem Mithräum zusammengestürzt«, sagte er. »Aber vielleicht nur teilweise. Also gibt es vielleicht eine Möglichkeit, an einer anderen Stelle dort einzusteigen. Und dann können wir sehen, wohin der Gang führt.«

»Und dann finden wir entweder den Schatz oder unseren alten Pfarrer oder beides oder nix davon«, fasste Sofie zusammen.

»Auf jeden Fall müssen wir es schaffen, den Archäologen immer einen Schritt voraus zu sein. Ich nehme nicht an, dass ihr hier einfach warten wollt, dass die Profis die ganze Arbeit machen und euch dann die Ergebnisse präsentieren.«

Kollektives Kopfschütteln.

»Und wir müssen versuchen, diesen Mord aufzuklären«, ergänzte Carlos. »Zusammen mit Frau Sprengel von der Kripo Ludwigshafen. Sie hat mir heute Morgen gesagt, dass hier alle als verdächtig gelten, solange sie nichts Näheres weiß. Sie geht von einem Mord an Godehard Blum und an Kai Lohmann aus. Es kann aber auch sein, dass die beiden sich gegenseitig umgebracht haben.«

»Gegenseitig umgebracht?«, echote Willi ungläubig.

Sascha runzelte die Stirn. »Das klingt e bissel arg nach den Cohen Brothers, oder?«

»Auf jeden Fall kommt es der Kommissarin seltsam vor, dass sich hier niemand an den Mann erinnert«, fuhr Carlos fort. »Euer Schweigen ist zwar verständlich, aber für die Polizei ist das ein Meer an roten Alarmleuchten.«

»Alla hopp!«, rief Willi. »Isch tät sage, wir suchen jetz erst mal nach dem Einstieg in den Geheimgang. Gucke, ob der überhaupt noch begehbar is. Nachher fällt uns die Deck auf de Kopp un die Wänd kippen um.«

»Des kann auch schon passiere, wenn ich noch weiter hier hock un de Riesling so flüssig is«, verkündete Karl und stand schwankend auf. »Ich geh heim.«

Cordula bot sich an, den ziemlich angetrunkenen Pfarrer nach Hause zu begleiten, und stand ebenfalls auf. Carlos blieb noch eine Weile in der Weinstube sitzen und lauschte den erregten Gesprächen der anderen. Sie befanden sich auf einmal mitten in einem Abenteuerfilm, der tatsächlich ein bisschen an *Die Goonies* erinnerte, bloß dass hier die kindliche Unschuld und Zuversicht fehlte. Und dass es da etwas gab, was wie verrückt in Carlos' Kopf pulsierte, er aber nicht benennen konnte, was es genau war. Er machte Charlotte ein Zeichen zum Gehen, und sie verabschiedeten sich. Draußen auf dem Platz lag alles leer und still.

Nein, nicht ganz. »Wer is'n des?« Charlotte zeigte hinüber zu Cordulas Laden. Dort stand eine zierliche Frauengestalt in einer unförmigen Jacke, die einen Rollkoffer festhielt. Hinter dem zugezogenen Vorhang des Schaufensters ging in diesem Moment Licht an, und ein Schatten bewegte sich auf die Glastür zu. Kurz darauf wurde geöffnet, und wenige Sekunden später verschwand sie im

Innern von Cordulas Laden, und das Licht ging wieder aus.

»Das war bestimmt diese arme kleine Lena«, vermutete Charlotte.

Carlos sah sie fragend an. »Wer?«

»Na die Assistentin von diesem Gruber. Ich glaub, die Cordula hot sich verliebt.«

14. August 1939

Allmählich bricht sich bei Bruno Ungeduld Bahn. Wir sind noch keinen Schritt weitergekommen, was auch nicht verwunderlich ist, sind wir doch vollkommen ahnungslos, wie wir es anstellen sollen, das Dorf besser kennenzulernen. Auch die keltischen Mauerreste im Wald geben uns keinen Aufschluss darüber, wo sich der Schatz befinden könnte. Immer wieder lesen wir die rätselhaften Zeilen durch und wenden sie auf die Architektur des Dorfes an. Aber es passt einfach nicht. Wir müssten einen Weg finden, um in die Keller der Häuser zu kommen.

Die Bekanntschaft mit den Menschen hier ist immer noch sehr oberflächlich. Man lädt uns ab und an ein, um mit ihnen zu essen oder ein Glas Wein zu trinken, und fragt uns dann neugierig nach dem Leben in Berlin. Dabei lassen die Leute gerne spitze Bemerkungen über den Führer los, der hier wohl nicht besonders wohlgelitten ist. Bruno könnte dabei jedes Mal die Fassung verlieren, das weiß ich. Aber er verkneift es sich klugerweise, die Redner zurechtzuweisen. Seiner Meinung nach sind die Elwenfelser allesamt Volksschädlinge, weil ihnen das Feiern wichtiger ist als die tägliche Arbeit. Um ehrlich zu sein, ist mir all das recht gleichgültig. Berlin und der Führer sind so weit weg! In diesem Ort hier liest kaum jemand Zeitung, und der eine Volksempfänger, der in der Weinstube steht, ist bis jetzt stumm geblieben. Er sei angeblich kaputt und nicht zu reparieren, aber Bruno vermutet, dass das nur ein Vorwand ist.

Irgendwie habe ich beständig das Gefühl, dass die Welt den Atem anhält. Ich habe Angst und weiß nicht, wovor. In Berlin war dieses Gefühl allgegenwärtig, aber ich wollte es mir nicht eingestehen. Aber hier, in der Einsamkeit dieses schlichten Dorfes, wird mir auf einmal so beklommen zumute. Mir ist, als würde mir ein Gewicht von den Schultern fallen, und gleichzeitig fühle ich mich doch bang und unruhig.

Bruno geht es wohl ganz ähnlich. Er stöhnt im Schlaf und wälzt sich hin und her.

Gestern haben wir Vater einen Brief geschrieben, in dem wir unsere Lage beschönigen mussten, denn wir können nichts Neues berichten. Da es in Elwenfels kein Postamt gibt, müssen alle Briefe gesammelt und hinunter nach Deidesheim gebracht werden. Heute Morgen wollte ich mich selbst auf den Weg machen und hoffte, der kauzige Traktorfahrer würde mich wieder mitnehmen, aber der war nirgendwo zu sehen. Mich sprach jedoch ein Mann an, den ich bei verschiedenen Gelegenheiten schon gesehen habe. Er heißt Adalbert und sticht unter den anderen Dorfbewohnern ein wenig heraus. Er ist groß und schlank mit dunkelbraunen Haaren, die er verwegen lang trägt, obwohl er sicher schon über vierzig Jahre alt ist. Seine sehr blauen Augen gefallen mir, und mein Herz klopfte ein wenig schneller, als er mich ansprach. Ob er meinen Brief mitnehmen soll, fragte er mich, denn er wäre gerade auf dem Weg hinunter an die Weinstraße. Ich nickte und reichte ihm den Umschlag. Dann plauderten wir noch ein wenig miteinander. Und jetzt beim Schreiben merke ich, dass ich gerne an ihn denke. Ich male mir aus, dass er sich heute Abend in der Weinstube vielleicht in meine Nähe setzt.

Kurz bevor es Abend wurde, stürmte Bruno ins Zimmer

und sagte, dass es ihm nun endgültig reicht. Er ging zu seinem Koffer und schloss die Holzkiste auf, die er darin aufbewahrt. Er zog einen Lederbeutel heraus, in dem er normalerweise seine Brote herumträgt, wenn wir in Berlin an den Wannsee fahren.

Er setzte sich zu mir aufs Bett und schüttete den Inhalt des Beutels vorsichtig auf die Decke. »Das ist unser Schatz«, sagte er. »Zumindest ein Teil davon.«

Ich erkannte die Schmuckstücke aus Vaters Sammlung sofort wieder, denn ich habe die Ketten, Armspangen, Broschen, Fibeln und die herrliche Gürtelschnalle oft bewundert. Vater bewahrt sie in den Vitrinen in seinem Arbeitszimmer auf. Sie stammen von Ausgrabungen in Persien, Mesopotamien, Griechenland und Italien, manches aber auch von hier, aus dem alten Germanien. Einige Stücke hat er auf seinen Expeditionen selbst ausgegraben, andere waren Geschenke von befreundeten Forschern. Vater meinte, es würde niemandem schaden, wenn er ein paar Stücke für sein privates Vergnügen behält, wo er doch in seiner Laufbahn schon so viele Asservate für die Museen gefunden hat. All diese Stücke lagen nun vor mir auf dem Bett und funkelten in der Sonne. Ich starrte Bruno entsetzt an, weil ich annahm, er könne sie nur gestohlen haben. Aber er lächelte mich an und legte den Arm um mich.

»Sorg dich nicht, Greta. Vater hat mir die Stücke eigenhändig gegeben«, verriet er mir. »Das hier ist nicht bloß ein kleines Abenteuer, sondern eine ehrenvolle Aufgabe mit Tragweite für das Reich. Dass wir den Nibelungenschatz finden, ist von großer Wichtigkeit fürs Vaterland.«

Ich schüttelte seinen Arm ab und wollte wissen, was er mit diesen Stücken zu tun gedenke.

»Ich habe das alles mit Vater besprochen«, sagte er. »Wahrscheinlich, wenn wir ehrlich sind und als Forscher denken, dann ist es klar, dass es wohl keinen Schatz geben kann, weil

die Nibelungensage ein Märchen ist. Aber ihre Bedeutung als Gründungslegende für das Deutsche Reich ist eben epochal.«

Ich sah ihn verständnislos an.

»Greta, nun versteh das doch. Wir suchen hier nach einem Schatz, den es höchstwahrscheinlich gar nicht gibt.«

»Und das fällt dir erst jetzt ein?«, fuhr ich ihn an.

»Wir können nicht überprüfen, ob dieses alte Schriftstück, das Vater entdeckt hat, echt ist, oder ob sich da jemand einen Scherz erlaubt hat, um nachfolgende Generationen auf eine falsche Fährte zu locken«, sagte er. »Tja, und für den sehr wahrscheinlichen Fall, dass es den Schatz nicht gibt, haben wir jetzt eben vorgesorgt.«

Ich fragte ihn, wie er es denn anstellen wollte, diesen Betrug in die Tat umzusetzen? Bruno packte mich an den Schultern und zwang mich, ihn anzusehen. »Greta, denk doch mal ein bisschen größer! Stelle dir vor, ich schicke eine Note nach Berlin und vermelde, dass wir hier auf eine Spur des Schatzes gestoßen sind. Das würde einen solchen Wirbel auslösen, dass es völlig egal wäre, was genau da wo gefunden wurde.«

»Du willst den Führer belügen?«

»Ich will einen Traum inszenieren!«, rief er. »Einen Traum, der unserem Land wieder zu unantastbarer Größe verhilft. Deutschland und der Welt auch nur die Wahrscheinlichkeit dieses sagenhaften Schatzes zu präsentieren, würde zeigen, dass all die legendären Helden, allen voran Siegfried und der unbeugsame Hagen, unsere Ahnherren und Volksgenossen sind. Niemand könnte mehr bezweifeln, dass einem Land mit einer derart grandiosen Geschichte auch eine grandiose Zukunft zusteht!«

Ich konnte nicht anders und platzte mit einem Lachen heraus. »Sag mal, hast du bei Göbbels dein Gesellenstück gemacht?«

Ich hätte ahnen können, wie Bruno reagieren würde. Er

sah mich zuerst mit dieser Mischung aus Bedauern und Enttäuschung an, bevor er mir mit der Hand eine verpasste. Ich sprang vom Bett und wich an die Wand zurück.

»Du dumme Gans, verstehst du denn nicht?«, zischte er. »Ich sage doch nicht, dass wir es auf jeden Fall so machen. Es besteht ja eine kleine Möglichkeit, dass es den Schatz doch gibt, immerhin deuten Vaters Dokumente darauf hin. Aber wie sollen wir das hier jemals rausfinden bei diesen Bauern! Mit Saufen und Fressen? Ich will unserem Land dienen, Greta!«

»Aber du willst es mit einer Lüge tun«, zischte ich zurück, und er sah mich mit einem Blick an, der mich frösteln ließ. So, als wollte er sagen: Wer tut das denn bitte nicht in diesen Zeiten?

»Ich werde diese Schmuckstücke jetzt wieder verschließen und nur einsetzen, falls es nötig sein sollte«, sagte er, bevor er auf mich zukam und mir beschwichtigend über die Wange strich. Ich stieß seine Hand weg.

»Wir müssen zusammenhalten, Schwesterlein.«

Dann legte er den uralten, kostbaren Schmuck wieder in den Lederbeutel und verschloss ihn in der Kiste im Koffer. »Und morgen nehmen wir diese Kirche mal etwas genauer unter die Lupe. Ich habe da nämlich etwas sehr Sonderbares beobachtet. Da gibt es eine Tür zu einem Kreuzgang auf der Südseite der Kirche. In der Mitte steht ein Brunnen. Und da habe ich vorhin jemanden hinaussteigen sehen.«

»Wahrscheinlich hat jemand Wasser geholt«, wandte ich ein.

Bruno schüttelte den Kopf. »Das kann sein. Aber wieso muss man zum Wasserholen in den Brunnen hineinklettern?«

Kapitel 14

Warum Wein und Weib auch ohne Gesang eine zauberhafte Verbindung eingehen können

Cordula rückte auf dem Sofa ein Stückchen näher an Lena heran. Der Schein des Kaminfeuers ließ ihre Haare noch mehr leuchten, was in einem malerischen Kontrast zu ihrer blassen Haut stand. Vor wenigen Minuten noch hatte ihr Gesicht vor Wut und Ärger geglüht. Cordula hatte keine Fragen gestellt. Es war ihr ziemlich egal, aus welchen Gründen Lena ihre Übernachtungseinladung nun doch annahm. Hauptsache, sie war jetzt hier bei ihr.

Trotzdem hatte Lena sich verpflichtet gefühlt, Cordula zu erklären, warum sie nachts um elf Uhr plötzlich mit ihrem Rollkoffer vor ihrer Tür aufgetaucht war. »Ich halte es einfach nicht mehr aus mit Gruber. Er hat mich vorhin vor allen anderen dermaßen runtergemacht und ... er ist einfach total eklig. Sag mal, hast du irgendetwas zu trinken hier? Ich muss mich dringend abreagieren.«

»Unser Riesling mag es eigentlich lieber, wenn man ihn genießt, statt sich an ihm abzureagieren«, erwiderte Cordula.

»Auch gut. Dann gibt mir etwas, das ich genießen kann.«

Cordula verharrte, zehn Zentimeter von Lenas Gesicht entfernt, und fragte sich, wie die junge Archäologin wohl reagieren würde, wenn sie ihr einen Kuss auf die Wange drücken würde. Aber dann entschied sie sich, damit noch zu warten.

»Ich werde uns ein Fläschchen holen und dich betrunken machen, und dann werde ich dir alle Geheimnisse entlocken, die du von deinem Chef weißt«, verkündete sie lächelnd und nur halb spielerisch.

Lena starrte in die Flammen. »Verdammt, ich müsste eigentlich zur Polizei mit dem, was ich über ihn weiß.«

Cordula bemühte sich, ihr Lächeln nicht verrutschen zu lassen, und betrachtete ihre Besucherin geduldig von der Seite. Sie musste all ihre Selbstbeherrschung aufbringen, um nicht weiter zu bohren, wohlwissend, dass man am meisten von anderen Menschen erfuhr, wenn man ihnen einfach nur intensiv zuhörte, ohne nachzufragen oder zu kommentieren.

Und es wirkte, Lena begann zu erzählen. Und dabei redete sie sich beinahe um Kopf und Kragen. Ab und zu verlor sie sich in unheilvollen Andeutungen und gab nur zögerlich Details preis, dann rechtfertigte sie immer wieder ihre ausweglose Situation. Doch je mehr sie versuchte, das Wesentliche auszusparen, desto klarer wurde das Bild: Doktor Fabian Gruber hatte mehr Dreck am Stecken als Herkules beim Ausmisten der Augias-Ställe.

»Ich bin so eine blöde Kuh, dass ich ihm so viel Macht über mich gegeben habe«, meinte sie und kaute an ihrem Daumennagel. »Ich verachte ihn. Ich weiß, dass er Dinge tut, die ihn seinen Job kosten können. Und trotzdem erlaube ich ihm, auf mir herumzutrampeln, und lege sogar noch meine akademische Karriere in seine schmutzigen Hände!«

»Schon mal überlegt, dass er es genau deswegen tut?«, fragte Cordula. »Weil er dich lähmen will, damit du ihm nicht gefährlich werden kannst? Das haben Männer schon immer gemacht. Der Sokrates hat das schon vor über 2000 Jahren gesagt: ›Eine Frau, gleichgestellt, wird überlegen‹. Das heißt nix anderes, als dass die Frauen unten gehalten werden, weil sie von Natur aus stärker sind als die Männer. Und damit meine ich net die Muckis.«

Lena warf ihr einen überraschten Blick zu. »Herrgott, ja, das weiß ich!«, stieß sie dann hervor und biss so heftig in ihren Daumennagel, dass ein hässliches Knacken zu hören war. Cordula ergriff ihre Hand und hielt sie fest. Lena starrte frustriert ins Feuer, bevor sie sich in einer weiteren Tirade der Selbstanklage erging.

»Sag mal, wolltest du net e Schlückel trinke?«, erinnerte Cordula sie.

Lena nickte.

»Warte kurz, ich bin gleich wieder da.«

Cordula stand auf, zog eine dicke Strickjacke über und ging hinunter in ihren Laden. Sie schlug den Vorhang der Umkleidekabine zurück und schob ein Wandpaneel neben dem Spiegel zur Seite, wo eine Taschenlampe an einem Nagel hing. Sie richtete den Lichtstrahl in den dunklen Schacht, der sich unter ihr auftat. Die Stufen der engen Wendeltreppe ließen ein metallisches Singen hören, als Cordula hinabstieg. Unten angekommen, wandte sie sich nach rechts und bog in den gemauerten Geheimgang ein, der direkt unter dem Dorfplatz hindurchführte. Nach wenigen Metern mündete er in den großen unterirdischen Saal, der den Elwenfelsern gelegentlich als geheimer Versammlungsort diente. Und nicht nur das. An der Wand lag in gemauerten Nischen, umhüllt von Spinnweben, Staub und Zeit, der größte Schatz des Dorfes: Die Flaschen mit dem besonderen Wein, der nur zu ganz besonderen Anlässen getrunken wurde. Dieser »Zauberwein« lag dort nach Jahrgängen geordnet, und das älteste Datum verwies auf das Jahr 1897. Cordula verspürte einen wohligen Schauder, als sie an den Nischen vorüberging. Das Licht ihrer Taschenlampe ließ die Flaschen geheimnisvoll grünlich aufleuchten. Vor ihr öffneten sich weitere Gänge, die in die Dunkelheit führten und von denen Cordula den mittleren wählte. Es war kalt und feucht zwischen den alten Mauern, und ihr wurde bewusst, dass sie noch nie allein hier hinuntergestiegen war, sondern nur mit den anderen, wenn sie ihre wichtigen Versammlungen abhielten. Oder früher als Kind, wenn sie mit ihren Freunden Verstecken gespielt hatte, obwohl die Erwachsenen das nicht so gern sahen. Das alte System weit verzweigter Gänge hatte vielen Generationen von Elwenfelsern gedient, um abzutauchen, wenn es oben brenzlig wurde. Und von Elsbeth und den anderen Alten im Dorf wusste sie, dass diese Gänge in den Vierzigerjahren auch noch einen anderen klandestinen Zweck erfüllt hatten, der so manchen verfolgten Menschen an der Weinstraße das Leben gerettet hatte.

Diese unterirdische Welt verbreitete in ihr eine Stimmung von sanftem Unbehagen, von Schatten und Flüstern, aber auch von einer alten Geborgenheit. Das normale Leben im Dorf war für Außenstehende schon besonders genug. War man aber erst einmal hier unten, atmete man auf einmal eine geheimnisvolle Vergangenheit, über die die heutigen Generationen der Elwenfelser – wie sich jetzt herausstellte – selbst nicht alles wussten. Sie wussten aber, dass der Inhalt der wie Augäpfel gehüteten Flaschen in den Nischen des großen Saals Zauberkräfte besaß. Immer mal wieder wurde der wundersame Tropfen eingesetzt – bei Taufen, Hochzeiten und Todesfällen, bei Krankheit, Schicksalsschlägen oder sonstigen Kapriolen des

Lebens – und versetzte den, der davon trank, in einen intensiven Gefühlsrausch mit dem eigenen Selbst. Selten wurde der besondere Riesling aus dem verborgenen Weinberg im Wald aber auch für spezielle Sonderfälle eingesetzt.

Und Lena war ein solcher Sonderfall. Sie war zwar eine Fremde und stammte aus dem Lager der »Eindringlinge«, aber das Gleiche hatte auch einmal für Carlos Herb gegolten. Oder für die Ex-US-Soldatin Trudy, die große Liebe von Anthony. Und wer mochte wissen, welche Wunder der Elwenfelser Zauberwein in der Vergangenheit schon bei anderen Fremden vollbracht hatte? Cordula spürte, dass Lena für dieses Wunder bereit war. Aber da war auch ein unsicheres Stimmchen in ihr, das fragte, ob das nicht bloß Wunschdenken war.

Sie huschte durch den engen Gang, an dessen Wänden in einigen Abständen Türen und Treppenabsätze eingelassen waren, die zu den anderen Häusern führten. An einer alten Holztür blieb sie stehen, öffnete sie und lief eine schmale Treppe hinauf, die sie in einen Besenschrank in der dunklen Küche von Sofies Haus führte.

Bitte lass sie und Hans nicht gerade unter der Bettdecke Tango tanzen, hoffte Cordula und leuchtete in Richtung der Treppe, die ins Obergeschoss führte. Das hier war eine Art Notfall, und Cordula hatte keine Skrupel, ihre Freundin aus dem Schlaf zu schrecken. Aber sie hatte Glück. Oben war ein Lichtschein zu sehen, und sie hörte eine leise Stimme. Cordula lauschte, um zu überprüfen, welche Art Konversation das wohl sein mochte. Dann erkannte sie, dass Hans seiner Liebsten wohl irgendetwas vorzulesen schien. Vorsichtig näherte sie sich der Schlafzimmertür und klopfte an.

»Ach Gott, was is'n jetz los?«, fragte Sofie hinter der Tür.

»Ich bin's nur«, gab Cordula Entwarnung und betrat das Schlafzimmer.

»Oh, na wenn du davon nicht schon mal geträumt hast, mein lieber Hans?«, schnurrte Sofie und warf ihrem Bettnachbarn einen schelmischen Seitenblick zu. Hans saß mit nacktem Oberkörper neben ihr, vor sich ein Buch, dessen Titel Cordula nicht erkennen konnte. Sofie trug das zauberhafte schwarze Seidenneglige, das sie sich vor ein paar Wochen erst in Cordulas Laden gekauft hatte. Während Sofie ihr Lachen hinter der hochgezogenen Bettdecke verbarg, erstrahlte Hans' Gesicht vor Schamesröte.

»So genau wollt ich's jetz eigentlich gar net wisse«, sagte Cordula. »Ich wollt dich bloß um Erlaubnis bitte, ein Fläschel von unserm spezielle Wein zu stibitze.«

Sofie ließ die Bettdecke sinken. »Wenn du so fragst, gibt's bestimmt en wichtige Grund, oder?«

Cordula nickte. »Lena, die Archäologin.«

»Ah. Ich verstehe.«

Natürlich verstand Sofie. Sie wusste, dass nicht nur Cordula, sondern eigentlich alle im Dorf über das nötige Wissen und die Ehrfurcht verfügten, wie und bei wem der kostbare Wein einzusetzen war. Und besonders wenn es um Leute von außerhalb ging, musste es einen mehr als guten Grund geben. Sofie kannte ihre Freundin gut genug, um zu wissen, dass die sich etwas dabei gedacht hatte. Etwas, dessen Tragweite ganz Elwenfels anging.

»Willst du sie ... aushorchen? Oder trösten?«, fragte sie.

»Trösten«, versicherte Cordula. »Un alles andere passiert dann sowieso von ganz allein.«

»Na dann. Mach's Beschte draus!«

Kurz darauf stieg Cordula wieder die Wendeltreppe zu ihrem Laden hoch, im Gepäck eine Flasche des Zauberweins. Ein Blick auf die Uhr zeigte ihr, dass sie nur wenige

Minuten weg gewesen war. Im Wohnzimmer saß Lena immer noch auf dem Sofa und starrte in die Flammen. Mr Catsby hatte sich neben ihr zusammengerollt. Cordula betrachtete das ungewohnte Bild. Sie fragte sich, ob ihr Vorhaben vielleicht zu selbstsüchtig war. Ob es hier nur um ihre eigenen Gefühle ging, die sie in Anwesenheit der jungen Frau überkamen, oder doch um das Schicksal ihres Heimatortes? Nein, dachte sie. In erster Linie würde sie Lena dazu verhelfen, sich selbst zu befreien. Und der Nebeneffekt würde wiederum Elwenfels dazu verhelfen, sich zu befreien. Ein perfekter Austausch. Cordula nahm einen tiefen Atemzug und packte die Flasche fester. Hoffentlich ging das gut. »Da bin ich wieder«, verkündete sie.

»Wo warst du denn so lange?«, wollte Lena wissen. »Ich habe schon gedacht, du kommst gar nicht mehr wieder. Hier ist es ... so still.«

»Ich hab e bissel länger gesucht, weil ich dir en ganz besondere Tropfe einschenke wollt.«

»Ach, mach dir doch keine Mühe, ich habe gerade einfach bloß Lust, mich zu betrinken. Da ist mir jede Art von Alkohol recht.«

»Nix da. In Elwenfels trinkt man net, um sich zu besaufe. Das kann zwar passiere, is aber net Sinn und Zweck der Übung.« Rasch nahm sie zwei Stielgläser aus der Vitrine in der Küche, holte eine angebrochene Flasche des einfachen Ortsrieslings aus dem Kühlschrank und ging zurück ins Wohnzimmer.

»Hier trinken wir Wein, um das Leben aus einer anderen Perspektive betrachten zu können«, sagte sie.

»Tut mir leid, wenn ich das gerade nicht würdigen kann.« Lena warf ihr einen entschuldigenden Blick zu.

»Oh, ich bin mir sicher, das wirst du bald.«

Cordula goss sich den Rest des Rieslings ein und stellte scheinbar überrascht fest: »Oh, schon leer. Na, dann mach ich für dich am besten gleich die andere Flasche auf.«

Lena betrachtete die staubige, unetikettierte Flasche mit jener Neugierde, die Cordula von einer Archäologin erwartete. Sie zog den Korken heraus, schnupperte daran und fühlte einen süßen Stich in ihrer Nase. Ein wohliges Gefühl, das ihre Nervenenden eroberte und sie kurz innerlich abheben ließ. Sie konnte ihn ganz deutlich wahrnehmen, den besonderen Geist, der aus dem grünen Glas entwich. Die mysteriöse Energie einer Substanz, die es nur einmal auf der Welt gab. »So, probier mal, ob er dir überhaupt schmeckt«, sagte sie und goss einen kleinen Schwall ins Glas. Sie musste dafür sorgen, dass Lena nur drei Schlucke zu sich nahm, denn nur so entfaltete sich die Magie dieses Elixiers.

Lena nahm das Glas ohne besondere Erwartungen entgegen. »Auf was trinken wir?«

Cordula hob ihr Glas. »Wir trinken auf die Vergangenheit und die Geschenke, die sie für die Zukunft bereithält.«

Lena lächelte und stieß mit Cordula an. »Auf die Vergangenheit und ihre Geschenke für die Zukunft. Der perfekte Trinkspruch für meinesgleichen.«

Ja, dachte Cordula, und du weißt nicht einmal, wie ich ihn wirklich gemeint habe. Sie nippte an ihrem Riesling und beobachtete gebannt, was mit Lena geschah, als die von ihrem Wein trank. Sie rief sich nun offensichtlich doch zur Räson und nahm erst mal einen kleinen Schluck.

»Sehr lecker. Was ist das?«

»Ach, das ist so e Art ... wie tät ma heut sage? Garagenwein. Jemand aus dem Dorf keltert den privat.« Cordula unterdrückte ein Lachen, denn irgendwie stimmte das wohl, war aber gleichzeitig die Untertreibung des Jahrhunderts.

»Schmeckt ziemlich edel für einen Garagenwein«, kicherte Lena.

»Für dich nur das Allerbeste.« Cordula strich ihr über die Wange.

»Ich fühl mich geehrt, dass du mein Angebot angenommen hast, obwohl wir uns ja eigentlich gar nicht kennen.«

Lena trank einen zweiten Schluck. »Tja, da siehst du mal, wie verzweifelt ich bin.« Sie schaute auf, und ihre Augen nahmen eine goldene Färbung an. »Und ich mag dich.«

Cordula lauschte ihrem leicht beschleunigten Herzschlag. Es hatte begonnen. Drei Schlucke von diesem Wein, und das wahre Selbst des Menschen wurde sichtbar. So war es damals bei Hans gewesen, bevor er Sofies Partner wurde. Und bei Carlos, der vom misstrauischen Privatschnüffler zum Vollmitglied der Elwenfelser Gemeinschaft befördert worden war. Und auch bei Trudy, der desertierten Soldatin, die jetzt mit Anthony zusammenlebte. Und nun beobachtete Cordula diese junge Frau, wie sie an dem Elixier der Wahrheit nippte. Cordula bemühte sich, ihren Gast nicht anzustarren. Lena trank das Glas aus, ihr dritter Schluck, und schaute begehrlich auf die Flasche. Dann aber ließ sie das Glas sinken und betrachtete stattdessen den schlafenden Körper der Katze auf ihrem Schoß.

»Du wolltest mir doch erklären, was ein Mithräum ist«, erinnerte sie Cordula leise.

Lenas Lippen glänzten feucht vom Wein, und ihre Augen flackerten im Licht des Feuers. Sie sah Cordula fragend an und runzelte die Stirn, als müsste sie sich angestrengt daran erinnern, was für eine Antwort man auf diese Frage geben musste. Als sie sprach, klang ihre Stimme schwach und unbestimmt.

»Das ist ein Tempel für den Mithras-Kult, ein alter Mysterienkult im Römischen Reich. In Rom selbst gibt es Hunderte solcher Räume. Immer unterirdisch und nur so groß, dass sie maximal achtzig Menschen fassen konnten. Ach, Menschen, was sage ich? Nur Männer durften da mitmachen.«

Für einen Moment wurde ihr schönes Gesicht wieder von einer grimmigen Härte verzerrt. Aber dann lösten sich plötzlich ihre Züge und wurden weich. Sie schloss die Augen, und als sie weitersprach, klang ihre Stimme, als würde sie ein wunderbares Geheimnis weitergeben.

»Mithras, das ist in der Mythologie eine Personifizierung der Sonne. Der Kult kam aus Persien und Kleinasien in den Mittelmeerraum, wo ihn die Römer für sich entdeckten und für ihre Zwecke neu erschufen. Sie gaben Mithras den Beinamen *Sol Invictus*. Der unbesiegbare Sonnengott.«

Lena stellte ihr Glas ab und wandte sich Cordula zu. Ihre Augen leuchteten, und sie sprach immer schneller, während sie ihr den uralten Kult und seine Symbole erklärte. Ihr ganzer Körper schien vor Begeisterung zu vibrieren.

»Man weiß nicht genau, was die Anhänger des Mithras-Kultes bei ihren Ritualen im Detail gemacht haben. Es war ursprünglich nämlich eine Geheimreligion, also war es streng verboten, Details über die Riten vor Nichteingeweihten preiszugeben.«

»Hm, als Elwenfelserin kommt mir das irgendwie bekannt vor«, sagte Cordula leise, aber Lena reagierte nicht auf die Bemerkung.

»Außerdem hat das Christentum die meisten Zeugnisse des Kultes vernichtet.«

Cordula hing ihrem Gast an den Lippen und spürte, wie sie von einer unbekannten Energie ergriffen wurde, denn Lena, die sonst so einsilbig und desillusioniert gewirkt hatte, zog sie jetzt in eine fremde, längst versunkene Welt hinein. Sie hätte ihr ewig zuhören können. Auf einmal schien sich die ganze Atmosphäre im Wohnzimmer zu verwandeln. Die tanzenden Schatten an den Wänden schienen nicht mehr von dem gemütlich brennenden Feuer im Kamin auszugehen, sondern von Fackeln und Feuerbecken und brennenden Opferstätten. Eine fremde, leidenschaftliche Energie waberte durch den Raum. Zuckende Umrisse von archaisch gekleideten Wesen, ein Stier, der sich aufbäumte, Tiere, die über die Zimmerdecke huschten. Das Licht bekam nun etwas blutig Goldenes, und beinahe glaubte Cordula, beschwörende Gesänge und das Stampfen von Füßen zu hören. Auch der Kater spürte die veränderte Atmosphäre, er war aufgewacht und beäugte den Gast mit aufgestellten Ohren und bebenden Schnurrhaaren. Einen Moment später wurde ihm die geballte Energie wohl zu unheimlich, und er sprang vom Sofa und verschwand im Schlafzimmer. Cordula wurde zum ersten Mal seit dem Unglück mit dem Kirchturm und der Entdeckung des unterirdischen Raumes darunter bewusst, wie wunderbar und zugleich logisch es war, dass schon die alten Römer auf dem Boden von Elwenfels geheimen Kulten gehuldigt hatten. Wo, wenn nicht hier …?

Umso bitterer war es, dass den Elwenfelser Nachfahren jener uralten Geheimnisträger die Entdeckung dieses Wunders von einem Ekel wie Gruber versaut wurde.

Cordula musterte Lena, die mit funkelnden Augen den

Fund unter der Elwenfelser Dorfkirche beschrieb, ein wertvolles Steinrelief mit dem Sonnengott Mithras, der einen Stier tötete, und goldenen Sternen an der Gewölbedecke.

Noch während sie sprach, glitzerten auf einmal Tränen in ihren Augen, und sie sah sich orientierungslos im Wohnzimmer um, als würde sie plötzlich die Welt nicht mehr verstehen. Cordula ergriff ihre Hand und verfolgte die Veränderung in Lena, verunsichert und fasziniert zugleich. Der jungen Frau schien plötzlich etwas Wichtiges bewusst zu werden, wofür sie aber keine Worte fand. Sie blinzelte wie ein Kind, das aus einem tiefen Schlaf geweckt wird, und begann zu schluchzen. Darauf war Cordula vorbereitet, denn so lief es immer ab. Denjenigen, die den Zauberwein tranken, wurde mit überwältigender Klarheit bewusst, wo sie sich selbst betrogen, wo sie ihr Herz ignorierten und was sie bisher davon abgehalten hatte, glücklich zu sein. Und bei Lena schien es eine ganze Menge Gründe zu geben.

Cordula zog sie behutsam an sich, ließ sie den Kopf an ihre Schulter legen, streichelte ihren Rücken und wartete. Sie wusste, was als Nächstes kam. Wenn das Weinen abebbte, kam der Schlaf, und bei Lena setzte er schlagartig ein, als würde sie in Ohnmacht fallen. Von einer Sekunde auf die nächste wurde sie still und schwer an Cordulas Schulter. Ihr eben noch aufgewühlter Atem ging nun ruhig und gleichmäßig. Cordula löste sich von ihr und ließ sie zurücksinken, dann stand sie auf, hob ihre Beine auf das Sofa und breitete eine Decke über sie. Sie betrachtete Lena noch eine Weile und stellte fest, dass auch ihr eigener Herzschlag sich wieder beruhigte. Trotzdem würde in dieser Nacht nicht an Schlaf zu denken sein. Sie war zu aufgewühlt von Lenas Verwandlung und von ihren eigenen Gefühlen.

Wie würde es sein, wenn ihr Gast morgen früh aufwachte, mit einem klaren Blick, einem neuen Bewusstsein? Würde sie sich dann endlich trauen, Details über ihren Chef preiszugeben?

Cordula wälzte sich eine Weile unruhig im Bett herum, es war schon halb drei. Sie war todmüde und gleichzeitig hellwach. Dann kam Mr Catsby und tat, was er immer tat, wenn er merkte, dass seine Herrin nicht zur Ruhe kam. Er legte sich auf ihren Bauch, und zwei Minuten später war auch Cordula eingeschlafen.

Kapitel 15

Wenn Archäologie auf Menschen angewandt wird, taucht nicht immer ein Schatz im Dreck auf

Carlos freute sich auf das Frühstück bei Cordula. Und weil Charlotte an diesem Morgen mit ihrer Schwester nach Bad Dürkheim zu einem Küfer fuhr, um neue Fässer zu bestellen, nahm er die Einladung gern an, die er am frühen Morgen am Badezimmerspiegel gefunden hatte. Dort hatte ein Zettel mit den Worten geklebt: *Lust auf Brötchen mit einer wichtigen Zeugin, Herr Detektiv?*

Carlos wählte diesmal den normalen Weg, also oberirdisch, weil es noch sehr früh war. Es war beißend kalt, und die Raben auf der Friedhofsmauer passten so gar nicht zu der heimeligen Geborgenheit, die Carlos immer in Elwenfels empfand. Aber er war ja auch noch nie in der kalten, dunklen Jahreszeit hier gewesen. Im Sommer und Frühherbst mochte das hier das absolute Paradies sein, wenn die Dächer im Sonnenlicht badeten, doch jetzt bemerkte er, dass die ständige Präsenz des Waldes auch etwas Düsteres haben konnte. Es sollte ihn doch sehr wundern, wenn die Elwenfelser nicht auch ein wirksames Gegenmittel für Winterdepression und Kälteblues hatten.

In der kleinen Bäckerei von Frau Zippel legte er einen kurzen Zwischenstopp ein und kaufte eine Tüte mit Brötchen. Ein einsamer Polizist stand vor dem Eingang zu dem Zelt und bewachte den gesperrten Durchgang unter dem schiefen Kirchturm. Carlos senkte den Kopf, schlug den Kragen seiner Jacke hoch und zwang sich, langsam an dem Mann vorbeizugehen; aber der Beamte nickte nur schläfrig und konzentrierte sich wohl darauf, in der morgendlichen Kälte nicht am Boden festzufrieren. Die Tür zu Cordulas Laden war offen, die Schaufenster waren immer noch verhängt. Carlos folgte dem Kaffeeduft nach oben. In der Küche erwarteten ihn zwei Frauen, die unterschiedlicher nicht sein konnten. Cordula trug einen kirschroten Morgenmantel und ein geblümtes Tuch um ihre mit Lockenwicklern gespickten Haare. Ihre Füße steckten in überdimensionalen Plüschschuhen, die ihr Kater mit eleganten Bewegungen umstrich, als hoffte er, die Pantoffeln dadurch zum Leben zu erwecken. Neben Cordula saß die junge Archäologin, und obwohl Carlos sie nicht kannte, schien sie irgendwie verändert, seit er sie am Tag zuvor gesehen hatte. Ein Handtuch war um ihre feuchten Haare geschlungen, und ihr schlanker Körper steckte in einem Schlafanzug, der wohl noch von ihren Jugendtagen übrig geblieben war – weißes Frottee mit aufgedruckten bunten Ponys und dazu hellblaue Wollsocken. Ihre Augen waren jedoch nicht länger die einer Frau, die sich am liebsten in einem Kaninchenloch verkriechen würde.

Cordula hauchte Carlos einen Begrüßungskuss auf die Wange. Dann stellte sie die junge Frau als Lena Nussbaumer vor. Carlos drückte ihr vorsichtig die filigrane Hand.

»Und das ist unser voll integrierter Wahl-Elwenfelser, Carlos«, sagte Cordula. »Nicht erschrecken, wenn er gleich die Gosch aufmacht, er babbelt nämlich ganz hohes Hochdeutsch.«

»Sie waren früher mal bei der Polizei?«, fragte Lena.

Offensichtlich war sie bereits im Bild und machte sich ihren eigenen Reim darauf, denn sie betonte das »früher mal« so, als wäre es ziemlich verdächtig, nicht mehr bei der Polizei zu sein.

»Als Detektiv kann ich mich mehr auf meine guten Seiten konzentrieren«, sagte Carlos augenzwinkernd und setzte sich an den Tisch, den Cordula in ein kleines Meisterwerk verwandelt hatte. Geschirr aus altem Porzellan, Blumen, eine Etagere voller Häppchen, duftender Milchreis und eine mit herzförmig geschnittenen Karotten und Radieschen dekorierte Käseplatte. Seine Brötchen waren hier wohl überflüssig. Aus dem Lautsprecher ihres Radios erklangen italienische Schlager vergangener Jahrzehnte, und fast schien es so, als würde Cordulas Kater dazu im Takt wippen, während er jetzt vor dem Kühlschrank hockte und ein Hühnerbein abnagte.

»Das heißt, Sie haben auch schlechte Seiten?«, forderte Lena ihn heraus. »Wie kann ich Ihnen dann vertrauen?«

Cordula lächelte nervös, und Carlos sagte: »Indem Sie mich duzen. Als erste vertrauensbildende Maßnahme sozusagen. Das ist nämlich einer der Gründe, warum ich froh bin, kein Polizist mehr zu sein. Und ja, ich habe schlechte Seiten. Sehr schlechte sogar.«

»Deine frühere Frisur zum Beispiel«, bestätigte Cordula lachend.

Carlos wandte sich wieder Lena zu. »Brauchst du einen Heiligen für das, was du gerne erzählen magst?«

Lena warf einen nun doch etwas unsicheren Seitenblick auf Cordula, die ihr beschwichtigend die Hand auf den Arm legte. »Sag ihm einfach nur das, was du mir heut Morgen im Bett erzählt hast.«

»Solche Geschichten mag ich am liebsten«, sagte Carlos, dachte aber: *Im Bett?!?*

»Und ihr werdet mich auch nicht verpfeifen?«, fragte Lena.

»Also bitte!«, rief Cordula aus. »Du wolltest doch Verbündete. Hier sind sie!«

Carlos begriff nicht so recht, was hier los war, aber dann fiel sein Blick auf eine unbeschriftete, staubige Flasche auf der Küchenanrichte, und ihm wurde schlagartig alles klar. Lena hatte wohl gestern Nacht das Privileg genossen, vom Elwenfelser Zauberwein kosten zu dürfen. Sie musste Cordula wirklich sehr am Herzen liegen.

»Also, es geht um Gruber, meinen Chef«, sagte Lena. Carlos goss sich eine Tasse Kaffee ein und betrachtete die junge Frau im Pony-Schlafanzug. Sie schien innerlich zu beben, um endlich etwas loszuwerden, das unter einer Schicht aus Angst oder Scham schon lange Zeit in ihr vergraben gewesen sein musste. Er kannte diesen Ausdruck von Verdächtigen, die sich nach jahrelangem Schweigen endlich entschlossen auszupacken.

»Er hat euch gestern angelogen. Was diese Schmuckstücke angeht.«

»Wie meinst du das?«, spielte Carlos den Ahnungslosen. Dabei wusste er genau, was sie meinte. Er hatte das nächste Tagebuchkapitel übersetzt, nachdem Charlotte in der vergangenen Nacht eingeschlafen war.

»Wir graben seit zwei Tagen diesen verschütteten Gang aus, um zu schauen, was dahinter liegt. Ich war direkt hinter Gruber, als er diesen kleinen Hohlraum zwischen den Steinen freigelegt hat, in dem der Schmuck lag. Und … ich habe den Beutel gesehen.«

»Welchen Beutel?«, tat Carlos weiter ahnungslos.

»Na, diese Schmuckstücke lagen in einem alten Lederbeutel. Zu dem Zeitpunkt, als Gruber ihn geöffnet hat, war nur ich in der Nähe«, fuhr Lena fort. »Und einer unserer Kollegen, aber der war zu sehr beschäftigt mit den Wandmalereien in einer anderen Ecke des Mithräums. Gruber hat den Beutel geöffnet und die Schmuckstücke auf eine Plastikplane gelegt. Er hat sofort gesehen, wie uralt die Exponate sind.«

»Und was genau bedeutet das jetzt?«, fragte Carlos nach.

»Na, im Fernsehen hat er ja diesen Beutel überhaupt nicht erwähnt, oder? Er hat behauptet, die Schmuckstücke so entdeckt und in diesem Zustand zwischen dem Geröll geborgen zu haben. Also schreibt er jetzt in seinen Forschungsbericht, dass diese Funde schon seit mindestens achthundert Jahre dort lagen.«

Sie sah zwischen ihren beiden Zuhörern hin und her, als wäre sie nicht sicher, wie weit sie ausholen sollte, um die Sache zu erklären. »Es gab in diesem Gang mehrere Einstürze aus verschiedenen Zeitabschnitten. Der Abschnitt, den wir gerade freilegen, ist gleich zweifach verschüttet worden. Unten liegen Steine von einem sehr alten Zusammenbruch, der ungefähr vor achthundert Jahren passiert sein muss, dem Zustand der Erde nach zu schließen. Darüber kommt eine Steinschicht, die wesentlich jünger ist, wahrscheinlich Mitte des 20. Jahrhunderts. Und zwischen diesen beiden Schichten lag der Beutel.«

Carlos nickte vorsichtig. »Ich verstehe zwar noch nicht, warum das so wichtig ist, aber erzähl doch weiter, bitte.«

»Wisst ihr, für die Archäologie sind nicht nur die Funde wichtig, sondern auch der Fundort selbst. Das ist oft aufschlussreicher als die Funde an sich. Deswegen ist das mit dem Lederbeutel auch so wichtig.«

»Und Gruber hat den Beutel unterschlagen, weil der nicht zum Rest des Fundes passt«, sagte Carlos.

Lena nickte. »Der Beutel stammt vielleicht aus der Mitte des letzten Jahrhunderts, älter ist der nicht. Da war eine Prägung an der Seite, die ich gestern Abend im Internet nachrecherchiert habe. Es ist das Wappen von einem alten deutschen Wandervogel-Verein, den es bis in die Sechzigerjahre gab. Und das war in den Beutel geprägt. Aber Gruber hat den einfach verschwinden lassen. Liegt wahrscheinlich jetzt irgendwo im Müll.«

»Aber warum?« Carlos kam sich langsam vor wie eine kaputte Schallplatte.

»Verstehst du denn nicht?« Lena wurde allmählich ungeduldig. »Stell dir vor, du suchst einen Schatz ...«

»Aber ich denk, den Nibelungenschatz gibt's gar net?«, hakte Cordula nach.

»Wahrscheinlich nicht. Aber ganz genau wissen wir das nicht. Gruber erzählt euch allen, dass das Humbug ist, aber das macht er bloß, um abzulenken. In Wirklichkeit ist er ganz heiß darauf, diesen Schatz zu finden. Wie so viele vor ihm. Die Nibelungensage hat einen – allerdings stark umstrittenen – historischen Kern, den Untergang des Burgunderreiches im Jahr 436 ...«

Carlos warf einen Seitenblick auf Cordula. Sie hing der jungen Archäologin geradezu an den Lippen und ... nein, sie lauschte ihr nicht, sie himmelte sie an. Als könnte sie nicht genug davon bekommen, den Geschichten aus ihrem hübsch geschwungenen Mund zu lauschen.

»Also es gibt einen geschichtlichen Bezug, und es kann sein, dass auch der Schatz einen historischen Wahrheitsgehalt besitzt, von dem wir nur nichts wissen. Aber unsere Aufgabe als Archäologen wäre es jetzt erst mal herauszufinden, ob dieser hier gefundene Schmuck sich einordnen lässt in die historischen Rahmenbedingungen, die die Nibelungensage uns gibt.«

»Und dann taucht da dieser Wandervogel-Lederbeutel auf …«, überlegte Carlos laut und sah Lena fragend an.

»Genau. Und wenn du als Archäologe denkst, dass du einer Sensation auf der Spur bist, und du hast das aufgeblasene Ego von Fabian Gruber, was machst du dann, wenn du merkst, dass der Schatz kein Schatz ist? Sondern einfach nur eine rätselhafte Hinterlassenschaft von jemandem, der vor dir da war?«

»Keine Ahnung. Was verspricht sich Gruber davon?«

»Ich weiß es nicht. Aber bei seiner Vergangenheit …«

»Ah. Er hat Scheiße gebaut und muss irgendwie seinen Ruf retten?«, wagte Carlos einen Schuss ins Blaue.

Lena starrte ihn mit großen Augen an. »Woher weißt du …?«

»Ich hab dir gesagt, er is genial!«, sagte Cordula stolz.

»Sag schon, was hat er getan?«, bohrte Carlos weiter.

Lena zwirbelte nervös den Ärmel ihres Schlafanzugs.

»Lena, jeder hat gesehen, wie der Typ dich behandelt hat, gestern«, erinnerte Cordula sie. »An und für sich wär des schon Grund genug, dem en Satz heiße Ohre zu verpasse, dem Saukerl, dem dreckische. Dieser Gruber is für uns alle e Bedrohung. Erst recht, wenn der Kerl lügt un betrügt. Also wenn schon einer bei uns rumbuddeln muss, dann aber net so en großgoschische Hundsfott wie der.«

Carlos unterdrückte ein Lachen und hustete.

»Tja, das Landesdenkmalamt arbeitet in dieser Sache aber eben mit seiner Firma zusammen«, gab Lena zu bedenken.

Carlos beugte sich vor und fixierte sie. »Lena, was hat er getan?«

»Ich weiß es nicht genau. Aber ihm wurde vorgeworfen, dass es bei einer Ausgrabung vor sieben Jahren … na ja, gewisse Unregelmäßigkeiten gab.«

»Und was heißt des jetzt übersetzt?«, drängte Cordula.

»Er hat irgendwie geschlampt, und dabei ist etwas verschwunden beziehungsweise verloren gegangen.«

»Und was?«, fragte Carlos.

»Ein prächtiges Zaumzeug aus keltischer Zeit. Gruber behauptete, man hätte es aus dem Lagerraum gestohlen, aber er wurde beschuldigt, den Fund unterschlagen zu haben. Ein damaliger Kollege von der Universität fand das Stück auf der Webseite eines Auktionshauses, das es kurz darauf aus der Versteigerung herausnahm. Niemand konnte Gruber etwas nachweisen, aber es war seine Ausgrabung. Und es gibt einige Leute, die ihm so eine Aktion zutrauen.«

Lena trank nachdenklich einen Schluck Tee.

»Na ja, und dann war da noch diese spätrömische silberne Kanne, die letztes Jahr bei uns im Lagerraum lag. Ich habe sie nur durch Zufall gefunden, weil ich eigentlich nach einem anderen Exponat gesucht habe. Sie war in einer Kiste mit Stroh versteckt, wo normalerweise nur tönerne Vasen gelagert werden. Ich bin richtig erschrocken, als ich sie sah. Sie war außergewöhnlich wertvoll, mit eingelegten Edelsteinen und einem goldenen Griff. Ich habe überhaupt nicht mitbekommen, wie sie in unseren Bestand kam und wer sie gefunden hat. Normalerweise wäre das eine Sensation, und wenn man so etwas findet, wird 'ne fette Party geschmissen.«

»Du meinst, Gruber hat sie bei einer Ausgrabung mitgehen lassen?«, fragte Carlos.

»Nicht unbedingt. Er gräbt halt auch inoffiziell, also ohne behördliche Genehmigung.«

Lena macht ein Gesicht, als hätte sie bereits zu viel gesagt.

»Graben ohne Genehmigung?«, echote Carlos. »Du meinst, so wie unser toter Kai Lohmann?«

»Das kannst du laut sagen. Gruber ist eine seltene Mischung aus echtem Archäologen und heimlichem Sonden-Gänger. Das ist voll pervers. Als wäre er schizophren.«

»Ist das nicht ein Verrat an seinen Idealen?«

»Nicht, wenn man Interesse daran hat, sich an antiken Funden zu bereichern, und über die nötigen Connections verfügt. Dann braucht man keine Ideale«, sagte Lena bitter.

»Und die Kanne …?«

»Ich habe mich nicht getraut, ihn darauf anzusprechen«, gestand Lena kleinlaut. »Aber als ich später nochmal nachgeschaut habe, war sie weg. Ich habe dann auf gut Glück im Internet geguckt. Manche Hehler, die antike Stücke verticken, bieten ihre Sachen auch auf Ebay an. Aber da war nichts. Gruber hatte aber letztes Jahr enge Kontakte zu einem seltsamen Typ aus Abu Dhabi, der uns öfters zugeschaut hat, weil er den Grabungsprozess angeblich so aufregend fand.«

»Hast du die Kanne fotografiert?« Carlos erwartete betretenes Kopfschütteln. Aber Lena zauberte ein Bild auf das Display ihres Smartphones, das sie Carlos entgegenhielt.

Er betrachtete das Bild und freute sich über die Weitsicht der jungen Frau. »Okay. Sieht wertvoll aus.«

»Ja, das perfekte Stück, um sich aus finanziellen Schwierigkeiten zu retten«, sagte sie.

»Gruber hat seinen Job an der Universität aufgegeben, um diese Grabungsfirma zu übernehmen. Und damit hat er sich wohl übernommen. Damit wird man nicht reich. Aber für so ein Fundstück bekommst du in den richtigen Kreisen locker eine halbe Million.«

Cordula stieß abfällig die Luft aus. »Dein Chef bereichert sich also an archäologischen Funden?«

»Beweisen müsste man es halt können. Sonst behält er seine Lizenz und kann einfach so weitermachen.«

»Was der behält, is höchstens en schiefe Unterkiefer, wenn wir mit dem fertig sin!«, grollte Cordula.

Lena sah sie ungläubig an und musste plötzlich lachen. »Oh, ich wünschte so, er könnte dich mal über ihn reden hören!«

»Das wird er noch«, drohte Cordula. »Un vieles andere noch dazu!«

Lena wurde wieder ernst. »Aber wie wollen wir das mit der Hehlerei beweisen?«

»Lass de Carlos nur mache«, sagte Cordula. »Der schafft das schon.«

»Ach echt?«, hakte Carlos nach. »Davon weiß ich gar nichts. Lena, wie hieß dieser Araber, zu dem dein Chef Kontakte pflegte?«

Sie nahm wieder ihr Handy zu Hilfe und zeigte ihm einen komplizierten Namen, den Carlos in sein eigenes Smartphone übertrug. Eigentlich hatte er ja genug zu tun mit der Übersetzung des Tagebuchs. Aber so wie es aussah, würde eine aufwendige Recherche-Session dazwischenkommen, abgesehen von der Suche in Godehards privaten Sachen. Und als Krönung würde er heute wohl auch wieder Besuch von Nadja Sprengel bekommen.

»Also, lass mich das noch mal zusammenfassen«, sagte er. »Fabian Gruber fälscht Forschungsergebnisse und veräußert außerdem Fundstücke ins Ausland. Und wir müssen ihn dieser Untaten überführen.«

Lena nickte und warf einen Blick auf die Uhr. Plötzlich wirkte sie erschöpft.

»Ich muss gleich runter. Die anderen sind bestimmt schon da.«

»Wart«, bat Cordula und nahm die Hände der Archäologin. »Lass dir nicht anmerken, dass du mit uns gesprochen hast, gell?«

»Mach ich nicht. Für Gruber ist es ja schon ein Frevel, dass ich mich gestern Nacht ausquartiert hab.«

»Der soll ruhig jammern un piense. Hauptsache, du lässt dich von dem nimmer einschüchtern!« Sie sah Lena prüfend an.

»Der Scheißkerl kann mich mal.«

»So spricht eine wahre Königin«, murmelte Carlos. »Wobei ... Eigentlich wäre es besser, wenn du noch eine Weile mitspielst.«

»Was soll ich?«

»Pass mal auf, ich habe da eine Idee.«

18. August 1939

Oh, ich könnte ihn ohrfeigen, meinen ach so klugen Bruder! Ein betrübliches Ereignis wird unsere Anwesenheit in Elwenfels wohl auf unbestimmte Zeit verlängern.

Bruno hat uns mit seinem Übermut eine Menge Schwierigkeiten eingehandelt, und ich wage kaum daran zu denken, dass ich Vater in meinem nächsten Brief davon berichten muss. Er hatte sich in den Kopf gesetzt, den Brunnen im alten Kirchhof zu inspizieren. Seit er gesehen hat, wie irgendjemand dort herausgeklettert ist, kann ihn nichts mehr von der Überzeugung abbringen, dass es dort einen Zugang in einen unterirdischen Raum gibt, in dem der Schatz verborgen sein könnte. Ich musste ihm recht geben, denn ein Brunnenschacht würde tatsächlich mit Vaters Aufzeichnungen übereinstimmen. Den Beutel mit den Schmuckstücken trägt Bruno jetzt immer bei sich, sobald wir unser Zimmer verlassen. Gestern Morgen nämlich haben wir die Wirtin dabei überrascht, wie sie sich an den Kofferschnallen zu schaffen gemacht hat. Als Entschuldigung brachte sie vor, dass sie schauen wollte, ob wir schmutzige Kleidung hätten, die sie für uns waschen könnte. Zähneknirschend bewahrte Bruno die Fassung. Seitdem hat er Angst, dass sein kostbarer Besitz gestohlen wird. Ich spüre ganz deutlich, dass man uns hier nicht traut. Wer kann es ihnen verdenken?

Wir gaben also am Nachmittag vor, die Kirche besichtigen zu wollen, und warteten einen Zeitpunkt ab, an dem niemand in der Nähe war. Dann schlüpften wir durch die schmale Pforte an der Südseite des Seitenschiffs hinaus in den Kirchhof, auf dem einige verwitterte Grabsteine im hüfthohen Gras stehen. Schwalben sausten über dem Hof durch die Luft und tauchten blitzschnell unter die Dachziegel über dem Bogengang an den Seiten. Es war sehr still zwischen den Mauern, und ich stellte wieder einmal fest, dass jeder Winkel in diesem Dorf seinen eigenen Zauber birgt. Am liebsten hätte ich mich einfach ins Gras gelegt und den Schwalben zugesehen, aber Bruno zog mich zum Brunnen. Und als wir uns über den Rand beugten, sahen wir in der inneren Einfassung Steine hervorragen, die wie eine Trittleiter in die Tiefe führten. Bruno grinste mich triumphierend an.

»Wozu braucht man denn eine Treppe in einem Brunnen?«, fragte er. »Oder ist das hier vielleicht gar kein Brunnen?«

»Was soll es denn sonst sein?«, wandte ich ein. Mir wurde auf einmal unheimlich zumute.

Ohne sich umzusehen, schwang Bruno sich über den Rand des Brunnens und kletterte hinein. Schnell war sein heller Schopf in der Dunkelheit verschwunden, und ich vernahm nur das Hallen seiner Tritte.

»Was ist denn da unten?«, rief ich leise in die Tiefe. Er ant-

wortete nicht. Aber dann hörte ich einen erschrockenen Atemzug und sah unten ein Streichholz aufflammen.

»Was siehst du?«

Offensichtlich war am Grund des Brunnens kein Wasser, denn ich hörte seine hallenden Schritte. Und dann rief er. »Greta, das musst du dir anschauen! Warte, ich hole dich.«

Alles in mir sträubte sich, mir graute vor diesem dunklen Abgrund. Aber gegen Brunos Tatendrang kam ich wieder einmal nicht an. Ich hörte ihn hastig zurück nach oben steigen und erahnte schon seinen Kopf in der Finsternis, als es passierte.

Auf einmal ertönte ein dumpfes Grollen, und von der Brunneneinfassung bröckelten Steine nach unten. Bruno stieß einen Schrei aus. Ich hörte ihn etwas rufen, aber seine Stimme ging in dem grässlichen Poltern unter, und dann ging eine Schicht aus Geröll und Erde ab. Dann war nichts mehr zu hören, nur ich, ich schrie so laut, wie ich nur konnte. Trotz der Augusthitze war mir nun eiskalt, und ich zitterte am ganzen Leib. Ich rannte durch die Kirche hinaus auf den Platz, wo bald einige Dorfbewohner zusammenliefen. Nachdem ich ihnen hastig geschildert hatte, was geschehen war, zögerten sie nicht, Bruno sofort zu Hilfe zu eilen. Im Nu kamen einige Männer mit Seilen und Schaufeln zum Kirchhof und machten sich daran, ihn aus der Tiefe zu bergen. Ich stand weinend daneben und befürchtete schon das Schlimmste. Da half es auch nicht, dass Adalbert unter den Helfern war und mir immer wieder aufmunternde Blicke zuwarf. Eine Ewigkeit verging, zumindest kam es mir so vor. Aber bald darauf hatten sie ihn aus dem Brunnen gezogen. Bruno lag auf dem Gras: Er war bewusstlos und sein Kopf staubig und voller Blut.

Zum Glück ist aber alles nicht so schlimm, wie es zuerst aussah. Der Dorfarzt hat ihn sogleich versorgt und mir versichert, dass Bruno großes Glück gehabt hat. Sein rechter Arm ist gebrochen, er hat eine Gehirnerschütterung, überall Prellungen, und zwei seiner Zähne fehlen ihm nun. Aber in ein paar Wochen wird er wieder auf dem Damm sein. Die Dorfbewohner versprachen mir, dass man sich gut um ihn kümmern werde. Aber auf die Frage, was Bruno dort gesucht habe, konnte ich nur hilflos stammeln und mit Schulterzucken antworten.

Den Rest des Tages saß ich bei ihm am Krankenbett und verfluchte ihn stumm für seinen Leichtsinn. Als er wieder zu sich kam, hatte er keine andere Sorge als den Schmuckbeutel.

»Du bist noch am Leben, was kümmert mich da der blöde Schmuck!«, warf ich ihm vor. Aber Bruno wurde ganz unruhig. »Du musst ihn zurückholen, Greta!«, beschwor er mich.

Aber selbst, wenn ich wollte, es ist unmöglich. Das Innere des Brunnens ist eingestürzt, und was immer sich an dessen Grund befand, ist nun unzugänglich. Mir ist es inzwischen gleich, was Bruno dort unten gesehen hat. Ob da ein unterirdischer Raum oder Gang ist, ob es dort Fabelwesen gibt oder eine Truhe voller Gold. Ich will von dieser ganzen Schatzsuche einfach nichts mehr wissen!

Am Abend fiel Bruno in einen fiebrigen Schlaf. Mit wackeligen Knien stand ich auf und wanderte eine Weile ziellos durch den Ort. Es war ein schöner, warmer Abend, aber ich hatte keine Lust, mich zu den anderen Dorfbewohnern in die Weinstube zu setzen.

Ich lief in Richtung Wald und kam an dem großen alten Weingut vorbei, das dem Friedhof gegenüberliegt. Aus dem Hof erklangen leise Stimmen und Gläserklirren. Ich zögerte und wollte schon umdrehen, als jemand aus dem Tor trat. Adalbert. Er trug ein frisches blau-weiß gestreiftes Winzerhemd, aber auf seiner Stirn lag immer noch eine Staubschicht von der Bergung im Brunnen. Für einen Moment sah er mich reglos an. Dann streckte er die Hand aus und winkte mich in den Hof.

»Da, setz dich hin, mei Hübschi!«, sagte er lächelnd. »Wenn dein Bruder dich schon im Stich lässt, wir lassen dich net hänge.«

Im Hof war ein großer Tisch aufgestellt, an dem die Familie zu Abend aß. Auch der alte Traktorfahrer mit den hellblauen Augen saß dort, in der einen Hand seinen löchrigen Strohhut, in der anderen ein gefülltes Weinglas. Auf dem Tisch stand ein großer Topf mit dampfenden Kartoffeln, eine Schüssel Quark, Brot, Käse, Äpfel und Würste. Und in der tief stehenden Sonne glitzerte der Wein in den Gläsern. Für einen Moment war ich überwältigt von der Schönheit. Eine Frau rückte einen Stuhl für mich zurecht und brachte einen weiteren Teller aus dem Haus. Ich nahm neben Adalbert Platz, und erst jetzt wurde mir bewusst, wie hungrig ich war.

Es wurde ein schöner, heiterer Abend, und der Schreck über Brunos Unfall fiel allmählich von mir ab. Ich war den guten Leuten sehr dankbar, dass niemand mir unangenehme Fragen stellte. Sie waren alle so freundlich, und fast hatte ich das Gefühl, mit zur Familie zu gehören. Adalbert warf mir bisweilen einen langen Blick zu. Später, als es schon dunkel wurde, erbot er sich, mich zurück zum Gasthaus zu begleiten. Als ich neben ihm die stille Dorfstraße entlanglief, bedauerte ich es, dass der Weg zurück so kurz war. Er sprach nicht, aber allein seine Anwesenheit genügte mir schon. Seine Nähe ist beruhigend und gleichzeitig aufregend. Er ist so ganz anders als die anderen Männer, die ich in Berlin kenne.

Als wir vor dem Gasthaus ankamen, sagte er: »Du und dein Bruder, ihr bleibt ja jetzt noch e Weil bei uns in Elwenfels.«

»Ja schon. Der Not gehorchend«, sagte ich und fühlte mich ganz schuldbewusst dabei. Ich befürchtete schon, dass er mich nun fragen würde, was der wahre Grund für unsere Anwesenheit ist.

»Mich stört des net«, erwiderte er jedoch. »Im Gegenteil.«

Und dann hob er die Hand und strich mir sachte über die Wange. Mein Herz machte einen Sprung bis fast hoch zum Mond, der über dem Dorfplatz stand.

Jetzt liege ich in meinem Bett und schreibe all das auf, weil ich nicht schlafen kann. Draußen zirpen die Grillen, und der Wald rauscht. Ganz plötzlich bin ich Bruno fast dankbar, dass er so ein leichtsinniger Trottel ist. Er muss sich jetzt mindestens zwei, drei Wochen lang auskurieren. Eine Zeit, in der ich die Schönheit dieses eigenartigen Dorfes uneingeschränkt genießen kann. Und noch mehr. Ich gar kann nicht aufschreiben, was ich insgeheim erhoffe ... Und dann? Was ist, wenn Bruno wieder ganz gesund ist? Ich glaube, ich will nicht zurück nach Berlin. Und ich befürchte, dass mit jedem Tag, den ich hier in Elwenfels bin ... in der Nähe von Adalbert ... dass eine Rückkehr in mein altes Leben immer unmöglicher wird.

Kapitel 16

Wie eine Kriminalkommissarin einen Dorfpfarrer so sehr beeindruckt, dass er plötzlich Hochdeutsch spricht

Carlos ließ das Tagebuch sinken und ertappte sich bei dem Gefühl, einen Roman zu lesen, in dem die Hauptfigur in ein romantisches, aber unheilvolles Abenteuer schlittert. Gleichzeitig empfand er eine seltsame Tragik bei diesem Abschnitt über Gretas Erlebnisse bei dem Abendessen in jenem Weingut, in dem er selbst heute ein und aus ging. Was wohl aus Adalbert geworden war? Im Dorf hatte nie jemand über ihn gesprochen, und Carlos ahnte, dass auch er ein Opfer des Krieges geworden war, so wie sein Vater Erwin, der Ururgroßvater von Charlotte und Sofie.

Er klappte das Tagebuch zu und lauschte. Charlotte war mit Anthony in ihrem Büro, um neue Etiketten für den nächsten Jahrgang des örtlichen Rieslings zu entwerfen. Sie kicherten wie zwei Abiturienten, die einen unübertroffenen Schulscherz ausbaldowerten. Ansonsten war es ruhig im Haus. Um diese Jahreszeit, in der die Trauben in den Tanks und Fässern lagen und vor sich hin gärten, gab es nicht mehr ganz so viel zu tun.

Carlos beschloss, ins Pfarrhaus zu gehen und sich die Sachen des alten Godehard genauer anzusehen. Pfarrer Karl hatte ihm gezeigt, wo genau der Ausgang zu finden war, nachdem man den unterirdischen Weg durch die Geheimgänge genommen hatte. Es war ein winziger Raum, der ihm als Sakristei diente und direkt an die Küche seines Hauses anschloss. Einmal dort unten angekommen, ging Carlos noch schneller als sonst, denn er wollte keine Sekunde länger als nötig unter der Erde verbringen. Er hatte in letzter Zeit definitiv zu viel über einstürzende Mauern und herabfallende Gewölbedecken gelesen.

Als er aus Karls Küche ins Wohnzimmer trat, sah er, dass nicht nur er dem Pfarrer einen Besuch abstattete. Ein langbeiniges Wesen saß in einem Sessel und ließ sich Tee servieren: Nadja Sprengel. Karl wirkte dabei so unterwürfig wie ein alter Butler, den man nur aus Mitleid im Hausstand belassen hatte. Es war ihm deutlich anzusehen: In der Anwesenheit der Kommissarin fühlte er sich unwohl. Doch als Carlos plötzlich ins Wohnzimmer trat, verlor die Polizistin für einen kurzen Moment ihre zur Schau gestellte Coolness und schaute erschrocken auf.

»Was? Wo kommst du denn auf einmal her?«

Carlos freute sich, dass er zur Abwechslung einmal sie aus der Fassung brachte. »Tja, das wüsstest du wohl gerne.«

Ihre Augen verengten sich. »Warst du die ganze Zeit schon hier?«

»Ja«, sprang Karl ihm bei. »Er hat so eine Angst vor Ihnen, Frau Kommissarin, dass er sich einfach net rausgetraut hat, der Arme.«

Nadja stieß ein ungläubiges Prusten aus; sie hatte ihre Contenance schnell wiedergefunden. »Ja, auf jeden Fall! Komm, setz dich, Carlos, zu dir wollte ich ohnehin.«

»Zu Befehl, Frau Kommissarin.«

Er setzte sich neben Karl, dem die Schweißperlen auf der Stirn standen, und sah die Kommissarin an. Dann erzählte er ihr ohne große Einleitung, was der Pfarrer ihm am vergangenen Tag anvertraut hatte: die Geschichte vom verschwundenen Godehard Blum.

»Jo äh, genau. Sie müssen wissen, Frau Sprengel, mir is klar, dass ich dadurch ... also, dass mich das schon e bissel ... also, dass mich das wahrscheinlich ziemlich verdächtig machen könnte«, stammelte Karl in einer ungelenken Anwandlung von Hochdeutsch.

»Warum?«, fragte sie.

»Ich ... also ich bin ja sein illegitimer Nachfolger.«

»Ach komm. Jetzt hört aber mal auf!«, rief Nadja lachend. »Wir sind doch hier nicht beim niederen Adel, wo der uneheliche Bastard den Lord umbringt, um seinen Platz einzunehmen. Was für ein Motiv sollten Sie denn haben?«

»Ich? Motiv? Äh ... nix, also gar nix. Also keines, würd ich mal sagen.«

»Eben. Es sei denn, dieses wunderschöne Haus hier wäre das Motiv. Oder gibt es da noch etwas anderes, was ich wissen müsste?«

»Na ja, ich nehm mal an, Sie haben bestimmt en Durchsuchungsbeschlussbefehl für des Pfarrhaus, wegen der Ermittlung, falls ich Ihne etwas verschweige wollen tät.«

Nadja Sprengel verdrehte die Augen. »Sie sind nicht verdächtig, Herr Pfarrer. Wie oft denn noch?«

»Ja, Karl, jetzt entspann dich mal.« Carlos knuffte ihm in die Rippen. Karl saß immer noch innerlich bebend in seinem Sessel, und auf seiner Stirn glänzte der Angstschweiß. »Tschuldigung, aber ich bin's einfach net gewöhnt, dass die Polizei bei mir uff de Chaiselongue hockt. Da werd ich nervös. Ich bin halt gar ken richtiger Pfarrer. Hab nie Theologie studiert, un da komm ich mir manchmal einfach vor wie ein Betrüger, wie ein Hochstapler. Wissensiewieschmään?«

»Das hört sich schon besser an, Karl«, sagte Carlos erleichtert. »Ich dachte schon, dir ist vor lauter Angst dein Pfälzisch eingefroren.«

»Herr Wegner«, sagte die Sprengel in strengem Ton, um dann plötzlich in tiefstem Pfälzisch fortzufahren. »Ich weiß selbscht, dass es do in Elwefels annerscht is wie annerschtwo.«

Carlos musste zugeben, dass die Sprachmelodie Nadjas dominante Gesamterscheinung um ein äußerst attraktives Element bereicherte. Doch schon im nächsten Moment wechselte die Kommissarin wieder in ihren gewohnten Befragungsjargon. »Ihr Lebenslauf interessiert mich erst dann, wenn Sie … nun ja, falls Sie im Lauf meiner Ermittlung eventuell doch verdächtig werden sollten.«

Karl schnappte nach Luft.

»Bis es aber so weit ist, bleibt Kai Lohmann unser Hauptverdächtiger. Er hatte immerhin Blut unter seinen Fingernägeln. Gibt es hier irgendwelche alten Gegenstände von Ihrem Vorgänger, von denen wir DNA-Proben nehmen können? Ein alter Kamm vielleicht?«

Karl sprang diensteifrig auf und bat seine beiden Gäste, ihm nach oben zu folgen. Er öffnete das Schlafzimmer des alten Pfarrers, in dem es aussah wie in einer Mönchszelle. Ein schmales, sauber gemachtes Bett, ein spärlich gefüllter Kleiderschrank und ein ausgetretener Teppich. An einer Wand standen eine Holztruhe und ein Lederkoffer. Nur ein gerahmtes, uraltes Plakat des 1. FC Kaiserslautern neben dem Fenster passte nicht ganz zum spartanischen Gesamteindruck.

Nadja Sprengel fand schnell, wonach sie suchte. In der Schranktür an einem Haken hing eine Schiebermütze aus Cord. Sie drehte sie um, zupfte ein graues, längliches Haar aus dem Innenfutter und legte es in eine kleine Beweismitteltüte, die sie aus ihrer Manteltasche gezogen hatte. »Das war's schon. Ich will auch gar nicht länger stören.«

»Ach, wie schad«, sagte Karl. »So langsam hab ich angfange, mich in Ihrer Näh nimmer wie en Verbrecher zu fühle.«

»Wie schön für Sie, Herr Wegner. Ach Carlos, kommst du mal mit? Ich hätte da noch eine Frage an dich.«

Carlos folgte der Kommissarin wieder hinunter ins Wohnzimmer. Sie betrachtete prüfend die offene Küchentür, aus der er gekommen war. »Wo bist du vorhin hergekommen? Bist du aus dem Spülbecken gekrochen, oder was?«

»So in etwa.«

»Carlos, ich meine es ernst. Gibt es in diesem Dorf irgendwelche Wege und Möglichkeiten, dorthin zu gelangen, wo Kai Lohmann gefunden wurde?«

»Ich denke, es ist die Aufgabe der Archäologen, das herauszufinden.«

Carlos dachte an den Brunnen und daran, dass der vielleicht gar nicht mehr so unzugänglich war wie nach Brunos Unfall. Was, wenn die Elwenfelser das Geröll beiseitegeschafft und den Weg wieder freigeräumt hatten? Aber würde Karl dann nicht davon wissen?

»Ich bin durch die Sakristei hereingekommen«, lenkte er die Kommissarin von ihren Vermutungen ab, die gefährlich nah an der Wahrheit lagen. »Die Kirche wird längst nicht so gut bewacht, wie du denkst. Ich hatte eben keine Lust, den Riesenumweg über den Friedhof zu nehmen, zu dem sie uns wegen der Absperrung zwingen. Es ist arschkalt da draußen, falls es dir entgangen ist.«

»Ich mag die Kälte. Ich kann dann besser denken.«

»Und was denkst du?«

»Dass deine geliebten Elwenfelser mir etwas verheimlichen.«

Carlos zuckte mit den Schultern. Nadja Sprengel verstaute die Tüte mit dem Haar in ihrer Handtasche und verabschiedete sich. Sie war so in Gedanken, dass sie Carlos gar nicht mehr nach dem Tagebuch fragte und auch keine weitere Abschrift der letzten Kapitel verlangte. Kaum war sie gegangen, lief Carlos wieder die Treppe hinauf in das Schlafzimmer des verschwundenen Pfarrers. Karl stand vor dem geöffneten Kleiderschrank und schaute nachdenklich hinein.

»Weißt du, was mir grad auffällt?«

»Dass er sich ab und zu mal ein paar neue Klamotten hätte kaufen können?«, mutmaßte Carlos beim Anblick der spärlichen Garderobe.

»Ich wusst eigentlich gar nix über ihn. Nix über seine Vergangenheit. Wo er herkomme is ... nix!«

Carlos runzelte die Stirn. »Wo soll er denn *hergekommen* sein?«

»Er is net in Elwefels gebore, so viel weiß ich.«

»Und wo dann?«

Karl hob die Schultern. »Er hat nie besonders viel von sich geredet. Aber jetzt fällt mir grad ein, dass er manchmal gemeint hat, dass der Fußball ihm des Lebe gerettet hat. Also, net irgendein Fußballverein, sondern nur der FCK.«

»Na ja, ihr seid ja hier doch alle Fans von Lautern. Das bringt die pfälzische Seele wohl so mit sich. Egal, wie weit unten gespielt wird, hm?«

»Liebe kennt keine Liga!«, skandierte Karl und betrachtete das verblichene Plakat, das ein Spiel zwischen Kaiserslautern und dem VfB Stuttgart am 21. Juni 1953 ankündigte. Das Papier war an den Seiten eingerissen, wäre aber heute unter Sammlern sicher ein kleines Vermögen wert.

»War Godehard bei diesem Spiel?«, fragte Carlos.

»Ke Ahnung. Er hat alles geliebt, was mit Lautern zusammehing. De FCK war seine große Leidenschaft.«

»Aber wieso hat der Fußball sein Leben gerettet?«

Wieder ein Schulterzucken.

»Also, ich würde mich jetzt hier mal ein bisschen genauer umschauen, wenn du nichts dagegen hast.«

»Mach du nur! Ich hab hier nie was angerührt.«

Carlos wollte sich gerade dem alten Koffer zuwenden, als ihm einfiel, dass er eigentlich über den ominösen Scheich recherchieren wollte, den Lena erwähnt hatte. Für einen Moment war er hin- und hergerissen, welcher Aufgabe er nun Priorität einräumen wollte, als von der Gasse ein lauter Pfiff ertönte. Karl streckte den Kopf aus dem Fenster.

»Cordula, mei Herzkersch!«, rief er. »Was gibt's?«

»Ich such de Carlos!«, rief sie zurück.

Carlos eilte nach unten, öffnete ihr die Tür und erschrak. Cordula war völlig aus der Fassung. Sie hatte hektische rote Flecken im Gesicht und blinzelte nervös.

»Carlos, du glaubst net, was die Lena mir grad verzählt hat!«, stieß sie hervor. »Ich sag nur eins: Gefahr im Verzug!«

Carlos zog sie in den Flur. »Jetzt beruhig dich doch mal. Was ist denn los?«

Heute Vormittag hatten sie mit der jungen Archäologin ausgemacht, dass sie Cordula über alle Schritte von Gruber informieren würde, damit die Elwenfelser sich auf etwaige unliebsame Überraschungen einstellen konnten.

»Der Gruber is heut gar net an der Grabungsstell«, informierte sie Carlos. »Ein Kollege von ihm hat gesagt, dass der Chef sich heut mal abseits vom Dorf umschaue will. Er is seit heut Morge im Wald. Un er hat eine Drohne und so eine Sonde dabei. Die Lena hat mir sofort Bescheid gesagt.«

»Eine Drohne? Was will er denn damit?«

»Luftaufnahmen vom Gelände mache, sagt die Lena.« Cordula packte ihn beim Revers seiner Jacke und sah ihn eindringlich an. »Carlos, du weißt, was das bedeutet!«

»Unser Wingert«, stieß Karl neben ihm hervor. Cordula nickte, und schon hatten sich Carlos' Prioritäten neu geordnet. Der im Wald eingebettete Weinberg war in Gefahr.

»Alles klar. Dann müssen wir ihn irgendwie aufhalten. Wo sind Willi und Otto?«

»Des isses ja grad!«, lamentierte Cordula. »Die sind bei der Anna. Brennholz liefern und ihr Dach repariere.«

»Okay, ich gehe hin und gebe ihnen Bescheid«, beschloss Carlos. »Dann sind wir ja ohnehin ganz in der Nähe.«

Die alte Anna war unter all den besonderen Menschen in Elwenfels noch ein bisschen spezieller. Sie lebte draußen im Wald in einem kleinen, windschiefen Holzhaus, gerade so, als müsste das Klischee der Hexe voll erfüllt werden. Aber Anna war weder eine Hexe noch eine Verrückte, obwohl ihr Äußeres durchaus daran zweifeln lassen konnte. Sie kleidete sich vornehmlich in mehrere Lagen von Spitzenröcken und selbst gestrickten Wollpullovern, die sie mit Gummistiefeln kombinierte. Ihre Haare trug sie zu einer Art Turm aufgesteckt, den nicht einmal Amy Winehouse früher so hinbekommen hatte. Sie lebte allein auf einer Lichtung, war aber alles andere als einsam. Denn sie hatte Gesellschaft: Tiere, die ihr bedeutend lieber waren als menschliche Lebewesen. Ihr engster Begleiter war ein zahmer Fuchs namens Barbarossa. Und direkt neben ihrem Haus hatte sie ein Gehege für Rehe angelegt, die Anna hingebungsvoll pflegte. Die Elwenfelser sahen es als ihre gemeinschaftliche Aufgabe an, ihre wundersame Mitbürgerin im Wald zu versorgen. Willi widmete sich regelmäßig der Ausbesserung ihres Häuschens, und zusammen mit Otto schaute er auf der Lichtung immer wieder nach dem Rechten. Carlos erinnerte sich noch immer schaudernd an seine erste Begegnung mit Anna, als sie ihn mit wehenden Spitzenröcken und einer entsicherten Schrotflinte begrüßt hatte …

»Was könnte Gruber denn schlimmstenfalls anrichten?«, fragte Carlos. »Außer ein bisschen rumzuschnüffeln, meine ich.«

»Das reicht doch vollkommen aus. Als ob des dann net schon der absolute Super-GAU wär?!«, regte sich der Pfarrer auf.

Cordula holte zitternd Luft. »Die Lena meint, der Gruber holt heimlich alles aus'm Boden, was er irgendwie zu Geld mache kann. Ihr wisst, was in der Nähe von unserm Wingert is.«

»Der keltische Friedhof«, murmelte Karl. »Un wer weiß was sonst noch alles … Allein die Vorstellung, dass der überhaupt die Haxe in unsern heilige Weinberg setzt, macht mich ganz heckewelsch.«

»Ihr müsst ihn stoppen, den Drecklappe!«, beschwor Cordula die beiden.

»Ich hatte sowieso mal wieder Lust auf einen Waldspaziergang«, behauptete Carlos, dem bei seinem Versteckspiel im Dorf allmählich auch die Decke auf den Kopf fiel. »Herr Pfarrer, kommst du mit?«

Karl pflückte eine dicke Steppjacke vom Garderobenhaken und grinste grimmig. »Jo, der Karl muss schon allein deswege dabei sein, damit der Kerl jemand für sei letzte Ölung hat, wenn de Willi un de Otto mit ihm fertig sin.«

Kapitel 17

Zeigt, wie pfälzische Fabeltiere, Verbalinjurien und ein gezielt eingesetztes, nicht gerade kleines menschliches Hinterteil sich gemeinsam der Zerstörung von heimischem Natur- und Kulturgut erwehren

Es war eigenartig, durch das winterliche Unterholz zu stapfen. Carlos kannte den Wald rund um Elwenfels mittlerweile fast genauso gut wie den Ort selbst, war doch bei seinen letzten drei Aufenthalten dieser Wald immer wieder Schauplatz von dramatischen Ereignissen gewesen. Der Weg vom Parkplatz führte aber nicht auf gut ausgebaute Wanderwege, wie es im Rest des Pfälzerwaldes wohl der Fall war, sondern ging über in ein Netz kaum sichtbarer Trampelpfade, deren genauen Verlauf nur Eingeweihte kannten. Der Hauptweg endete abrupt vor einer Art Riesenhecke aus wild wucherndem Gestrüpp, das von Brombeerranken zusammengehalten wurde, die einen natürlichen Abwehrwall bildeten. Als Carlos bei seiner ersten Ermittlung in Elwenfels vor dieser Hecke gestanden hatte, war er davon ausgegangen, es mit einer natürlichen Barriere zu tun zu haben. Aber dann war ihm klar geworden, dass die Elwenfelser das Unterholz gezielt zu einer Art Bollwerk hatten anwachsen lassen. Nur wer genau hinschaute, konnte einen schmalen Korridor entdecken, der durch das Dickicht führte. Anthony, der nicht nur

Friedhofsgärtner, sondern auch zuständig für die Baumpflege war, sorgte dafür, dass der Durchlass nicht zuwucherte.

»Wieso macht ihr euch solche Sorgen, dass Gruber den geheimen Weinberg entdeckt?«, wunderte sich Carlos, als er hinter Karl durch den Gang zwischen dem kahlen Gestrüpp schlüpfte. »Ihr habt diese Hecke doch genau dafür hier wuchern lassen, damit kein Fremder den Weg dorthin findet?«

»Du hast den Weg doch damals auch gfunde«, knurrte Karl. »Die Hecke is nur e optische Abschreckung. Wer wirklich hier durchwill, den hält des Gestrüpp net ab. Un wenn der Kerl drüben bei der Lichtung is, dann muss er bloß durch de Wald laufe, un schon stößt er auf de Wingert.«

»Aber wenn er nicht weiß, dass es ihn gibt, dann kann er ihn doch auch nicht suchen.«

»Schon vergesse, Carlos? Der Kerl hat e Drohne dabei. Jetzt sei still und erinner mich net dran, was alles passiere kann. Ich will bloß hoffe, dass der dappische Arschologe einfach nur durch de Wald schlappt und nix weiter passiert.«

»Dein Wort in Gottes Ohr«, murmelte Carlos.

Aber Karls Stoßgebet wurde nicht erhört. Als sie kurz darauf auf die Lichtung traten, an der Annas Häuschen lag, trafen sie auf Otto und Willi, die aufgescheucht herumliefen und angestrengt in den Himmel schauten. In der Luft lag ein unangenehmes Sirren. Es klang, als würde eine überdimensionale Killerwespe irgendwo außer Sichtweite über den Baumwipfeln herumfliegen.

»Ich hab's gewusst«, stöhnte Karl gequält.

Carlos' Hals wurde eng. Dieses Geräusch! Es machte ihn schlagartig aggressiv. Auch Annas Fuchs Barbarossa war ganz außer sich. Er machte seltsame Sprünge und stieß mit der Schnauze in die Luft, als könnte er das ekelhaft sirrende Ding schnappen und zu Boden zerren. Nur Anna war mal wieder ganz in ihrer eigenen Welt versunken und störte sich nicht an dem Aufruhr. Sie stand am Zaun des Geheges und fütterte ihre Rehe mit Äpfeln.

»Gut, dass ihr kommt!«, rief Willi und eilte auf Carlos und den Pfarrer zu. »Ich streit mich grad mit dem Otto, weil er meint, die Aliens greife an.«

»Jo, jo. Un de Willi in seiner bekannt sensible Art meint, es wär ein Bieneschwarm, wo de Winterschlaf vergesse hat«, fand Otto und stützte sich atemlos auf seinen Knien ab. »Ma weiß ja nie, mit dem Klimawandel un so ...«

»Hallo?!«, sagte Carlos. »Das ist eine *Drohne.*«

»Sag ich doch!«, triumphierte Willi. »Biene! E armes verwirrtes Männel, wo die Königin nimmer an de Honigtopf lässt. Deswege is die auch so laut.«

Wenn die Lage nicht so unangenehm gewesen wäre, hätte Carlos laut losgelacht. Er übernahm die Aufgabe, den beiden zu erklären, was es mit dem Sirren auf sich hatte. Je länger er sprach, desto bedrohlicher wurde die Veränderung in den Gesichtern seiner Freunde. Vielleicht lag Pfarrer Karl mit dem Angebot einer potenziellen letzten Ölung gar nicht so falsch.

»Das Geräusch ... hört ihr?! Es kommt aus der Richtung des Weingartens«, stellte Carlos fest.

Dann ging alles ganz schnell. Mit einer Geschwindigkeit, die man den beiden schwergewichtigen Schorleglas-Athleten kaum zugetraut hätte, hasteten Willi und Otto zum Haus zurück und traten nur einen Moment später wieder ins Freie. Carlos schluckte, als er Annas alte Schrotflinte in Willis Händen sah, und der Spaten in Ottos Händen sah nicht minder bedrohlich aus.

»Mich soll de Teufel zum alkoholfreie Biertrinker bekehre, wenn das gut ausgeht …«, murmelte Karl und schloss sich seinen Freunden an, die mit großen Schritten zwischen den Bäumen verschwanden.

»Wo wollen die zwei Bube so schnell hin?«, wunderte sich Anna nun.

»Ach, weißt du … die sind hinter einem Bienenschwarm her, der sich unter deinem Bett einnisten wollte«, erklärte Carlos es so, dass es in Annas Weltbild passte.

»Ou. Da tät mei Tierlieb dann wahrscheinlich mol uffhöre!«

Carlos eilte seinen Freunden nach, verzichtete aber auf eine Bewaffnung.

Er hatte Mühe, die drei einzuholen, und erzählte ihnen dann im Laufen, was er von Lena über Gruber erfahren hatte. Angesichts der wüsten Drohungen, in denen Willi und Otto sich gegenseitig überboten, bestand durchaus Grund zur Sorge, dass es in Elwenfels noch an diesem Tag den nächsten Todesfall geben würde.

»Leute, warum diese Aufregung?«, unterbrach er sie. »Und warum die Waffen? Ich dachte, euer geheimer Weinberg hat seine eigene Security?«

»Carlos, die Elwetritsche passen auf, des is schon klar«, sagte Willi. »Aber so e Art von Bedrohung sind die einfach net gewohnt. Wer weiß, ob die net völlig austicke un abhaue.«

Noch vor zwei Jahren hätte Carlos gedacht, dass so ein Dialog eher in der Kreativrunde von Fantasy-Filmemachern stattfinden konnte. Aber inzwischen hatte er seine eigenen, ganz realen Erfahrungen gemacht mit der Zwischenwelt von Elwenfels. Elwetritsch, das war die pfälzische Entsprechung des bayrischen Wolpertingers. Ein eigentümliches Federvieh, das der mythischen Kreuzung zwischen Enten, Hühnern und Waldelfen entsprungen war und an den Rändern der Weinberge und Wälder nistete und lebte. Ein Wesen, das ins Reich der Fabeln und Sagen gehörte und doch ganz real war, zumindest in Elwenfels, das seinen Namen offensichtlich nicht von ungefähr hatte.

Beim Gedanken an seine erste Begegnung mit einem dieser sonderbaren Tiere fing die Narbe an seiner linken Wange leicht an zu ziehen, und auch die gut verheilte Schramme in seinem Nacken machte sich pochend bemerkbar. Carlos wusste, wie es sich anfühlte, von einem Elwetritsch angegriffen zu werden. Diesen Schock hatte er nur überwunden, weil Otto ihm versichert hatte, dass Elwetritsch-Narben Glück brachten. Im Allgemeinen ging man in der Pfalz davon aus, dass die Tiere eher plump und possierlich waren, aber die spezielle Elwenfelser Art dieser Vogelwesen war beeindruckend kampfeslustig und überaus bissig. Und so wunderte es ihn auch nicht, als plötzlich aus der Ferne ein gellendes Schreien ertönte. Das Sirren der Drohne war mittlerweile verstummt, und bis auf das atemlose Schreien war es im Wald unheimlich still.

»Seht ihr, die Security funktioniert doch!«, frohlockte Carlos.

»Vielleicht hast du recht«, wisperte Karl aufgeregt.

»Hm, irgendwie is des dann aber schad«, grummelte Otto. »Ich hätt dem Kerl so gern eins mit dem Spate übergewesche.«

Willi tröstete ihn: »Des kannst du trotzdem mache.«

Kurzerhand schulterte er seine Flinte und eilte der kleinen Gruppe voran. Durch die kahlen Bäume konnte Carlos den Weinberg bereits erkennen. Er war während der kalten Jahreszeit nie hier draußen gewesen und kannte die fünfzehn Rebzeilen nur im leuchtend grünen Gewand. Jetzt aber wurden die Schreie, die über die Lichtung schallten, dramatisch untermalt vom Anblick der wuchtigen, verknoteten Rebstöcke, deren vertrocknete Blätter leise im Wind raschelten, als wollten sie der Szene applaudieren, die sich hier abspielte. Carlos blieb stehen und versuchte das Bild auf seiner Netzhaut mit seinem aus den Fugen geratenen Weltbild in Einklang zu bringen. Was er sah, hätte ebenso gut aus einer sehr finsteren Version von Hitchcocks *Die Vögel* stammen können. Am Rand des Weinbergs lag ein Mann auf dem Boden und versuchte, sich mit Händen und Füßen gegen drei Elwetritsche zu wehren, die ihn umzingelt hatten und immer wieder auf ihn einhackten. Ein viertes, kleineres Exemplar hockte auf Grubers Brust und hatte mit dem Schnabel seine Haare gepackt, während die anderen mit den Krallen nach seinem Hals griffen. Dabei stießen sie ein charakteristisches, glucksendes Schnarren aus, das man nachts manchmal aus dem Wald hörte und das bei Carlos jedes Mal die Nackenhaare aufstellte.

Grubers Multifunktionsweste hing bereits in Fetzen, und der Mann blutete. Seine Schreie wurden immer verzweifelter, er zappelte panisch unter den Flügelschlägen, ohne die Vogelwesen abschütteln zu können. Carlos warf einen nervösen Blick auf Willi und Otto, die die Szene mit offenen Mündern und unverhohlener Freude verfolgten. »Könnt ihr sie nicht von ihm wegscheuchen?«

»Nur die Ruhe«, meinte Willi grinsend.

»Also, isch hab Zeit«, sagte Otto.

»Noch e bissel, e kleines bissel nur«, flehte Pfarrer Karl, dem Carlos eine derartige Schadenfreude gar nicht zugetraut hatte. Doch dann hielt Carlos es nicht länger aus. Er machte einen schnellen Schritt nach vorn und klatschte laut in die Hände. Ein Schwarm Möwen, dachte er. Das ist wie bei einem Schwarm gieriger Möwen, die sich über einen gegrillten Fisch hermachen. Kann ja nicht so schwer sein, die Biester zu verscheuchen. Eine Sekunde später bereute Carlos sein Eingreifen jedoch. Die Elwetritsche hielten inne und wandten ihm in einer unheimlichen, synchronen Bewegung die Köpfe zu. Carlos sah ganz deutlich das Funkeln in den bernsteinfarbenen Augen und die kleinen, spitzen Zähnchen in den geöffneten Schnäbeln. Wer bist du, dass du es wagst, uns bei der Ausübung unserer Pflicht zu stören, Fremder?, schienen sie zu fragen. Carlos wich zurück. Schon tapste eines der Vogelwesen in seine Richtung, während Gruber immer noch um sein Leben schrie. »Kscht!«, zischte Karl und ging dazwischen. »Is aber gut jetzert!«

Und als wären sie perfekt dressierte Haustiere, hielten die Elwetritsche schlagartig inne. Die Vögel blinzelten, und Carlos hätte schwören können, dass sich so etwas wie Enttäuschung in ihren Augen zeigte. Dann drehten sie sich um, watschelten zwischen die Rebzeilen und von dort aus ins Unterholz, wo sie mit einem letzten beleidigten Schnarren verschwanden. Carlos schloss die Augen und atmete tief durch. Im nächsten Moment schien es, als wären die unheimlichen Wesen nie da gewesen.

Gruber stöhnte. Gleich neben ihm lag eine Metallsonde. Erst jetzt sah Carlos, dass die Drohne ein Stück entfernt im braunen Gras gelandet war. Und noch etwas sah er. Etwas, das ihm den Hals von Neuem zuschnürte. Er warf einen erschrockenen Blick auf seine drei Begleiter, die es im gleichen Moment begriffen. Otto schnappte nach Luft. Karl stieß ein leises Jaulen aus wie ein gepeinigter Hund. Und Willi stand starr mit aufgerissenen Augen da, überwand aber als Erster seinen Schock, warf den Spaten weg und stapfte auf Gruber zu, der sich das Blut von der Stirn wischte.

»Was ... was um alles in der Welt waren das für Bestien?!«, stammelte der Archäologe und blickte erschrocken um sich. Niemand antwortete ihm. Willi stellte sich breitbeinig über den am Boden liegenden Mann und ließ sich dann auf dessen Brust nieder. Carlos glaubte schon zu hören, wie die Rippen brachen, aber Gruber ächzte bloß, als Willi ihm die Luft aus den Lungen presste.

»Du elendiger Saulappe, was hascht du do gemacht, hä?«, blies Willi ihm seinen Zorn ins Gesicht. Mit der einen Hand packte er Gruber am Kragen und zog seinen Kopf ein Stück hoch. Mit der anderen Hand deutete er auf den Wingert:

Dort lagen zwei entwurzelte Rebstöcke im Gras. Der Anblick war furchtbar. Hätte Carlos nicht gewusst, was diese Reben für Elwenfels bedeuteten, er hätte versucht, Willi davon abzubringen, Gruber eigenhändig zu erwürgen. Aber ihm war klar, was für eine heilige Bedeutung diese knochigen Gewächse für Elwenfels und seine Bewohner hatten. Sie waren ein absolutes biologisches Wunder, denn auf der ganzen Welt existierten keine Rebstöcke, die im Mikroklima des Waldes wuchsen und Trauben mit derart psychotroper Wirkung hervorbrachten. Und nun kam dieser halbseidene Archäologe daher und riss einfach zwei dieser einzigartigen Gewächse aus dem Boden, weil sein Gerät irgendeinen Pieps von sich gegeben hatte. Es war, als hätte jemand Graffiti in einen griechischen Tempel gesprüht oder einen weißen Alba-Trüffel an eine McDonalds-Filiale verkauft, als wären die englischen Kronjuwelen in einer Schrottpresse gelandet. Ein unvorstellbarer Frevel.

Karl näherte sich zögernd der Stelle, so wie er sich wohl

einem Schwerstverletzten nähern würde. Dann kniete er sich vor die entwurzelten Reben hin und schlug die Hände vor den Mund. Carlos betrachtete sie verwundert. Wie hatte Gruber das geschafft? Die Rebstöcke waren mehr als armdick und die Wurzeln wie lange, sehr starke Kabel. Mit welch roher Gewalt musste Gruber an den Reben gezerrt haben, um sie ohne Werkzeug dem Boden entreißen zu können? Mit dem Spaten hatte er dann die dicksten Wurzeln gekappt und die Pflanze beiseitegeworfen. Aus der aufgewühlten Erde ragten die abgetrennten Wurzelstränge wie amputierte Gliedmaßen. Carlos wollte nicht länger hinschauen und widmete sich lieber dem menschlichen Schauspiel vor sich, das allerdings auch ziemlich unerfreulich anzusehen war.

»Du hinnervozzischer Hundsknoche, du dappischer! Du gehörscht doch gewesche, dass de Putz bröckelt!«, schrie Willi und schüttelte den Archäologen. »Du Bloßarsch, du Rindskambiffel, großgoschischer Giftnickel du, dir müsst ma die Fieß zammeknipple in en Eimer mit Zement un ab in de Rhein!«

»Isch, isch weiß gar net, was wir zuerst mit dir mache solle, du Brunskachel«, leistete nun auch Otto seinen Beitrag zum Crashkurs in pfälzischer Schimpfwörterkultur.

Und Pfarrer Karl, der eben noch kraftlos einen Rebstock aufgehoben hatte, beugte sich nun drohend über Gruber und hielt ihm das knorrige Holz unter die Nase: »Du! Du bist verloren, du bocksbeinischer Olwerniggel«, zischte er. »Ewig sollst du dafür in der Hölle schmore bei Schwenker un Trollinger. Des ...« Er hob das Holz über seinen Kopf, als wollte er zum Schlag ausholen. »Des is die Ursünde!«

»Mann, das sind doch bloß ein paar Weinreben!«, keuchte Gruber, der sich der Schwere seines Vergehens nicht im Mindesten bewusst war.

»Sei froh, dass es ke Rettich-Feld war«, schrie Willi. »Sonst wüsst ich, wohin ich dir des Gemüs schiebe tät, du dreckischer ...«

Weiter kam er nicht. Dem Archäologen war der wiederholte Angriff auf seine Person wohl zu viel. Er verdrehte die Augen, und sein Kopf sackte nach hinten, sodass eine gnädige Ohnmacht ihn unempfänglich für eine weitere Runde pfälzischer Verbalinjurien machte. Karl drehte sich mit einem unterdrückten Schluchzen zur Seite und hielt den Rebstock jetzt eng umklammert an seinem Körper.

»Willi, geh runter von ihm, sonst erstickt der noch«, mahnte Carlos.

»Un weiter?!«, schnauzte Willi ihn an, ohne sich zu erheben. »Ich kann's immer noch net fasse. Wenn des die anderen erfahre, dann erlebt Elwenfels de erschte Lynchmob seiner Geschichte.«

»Na komm!«, mahnte Carlos. »Ihr wollt ihn doch wohl nicht umbringen.«

»Ha. Du denkst, wir einfältige Provinz-Bagage sind zu so was net fähig, hä?«, brummte Otto.

»Doch! Genau deswegen ist mir das hier gerade ein bisschen unheimlich«, erwiderte Carlos beklommen. Erleichtert sah er, dass Willi sich anschickte aufzustehen, puterrot im Gesicht und schwer schnaufend. Carlos näherte sich dem reglosen Mann. Er war übel zugerichtet. Über der Stirn verlief ein tiefer Kratzer, aus seiner Nase floss Blut, und auch sein Hals sah aus, als bräuchte er dringend medizinische Hilfe.

»Leute, wir müssen ihn zu Michael in die Praxis bringen. Guckt doch mal das ganze Blut.«

»So ebbes kummt von so ebbes«, sagte Otto trocken.

»Ja, aber jetzt ist Erste Hilfe angesagt. Ihr hattet euren Spaß!«

Carlos richtete den Oberkörper des Bewusstlosen ein wenig auf und klopfte ihm behutsam auf die Wange. Gruber stöhnte auf. Kurz darauf hatte Carlos die beiden stämmigen Männer dazu überredet, den Archäologen aufzuheben und ins Dorf zu tragen, eine Aufgabe, die Otto und Willi nur äußerst widerwillig übernahmen. Karl trug die Drohne in der einen und einen Rebstock in der anderen Hand, Carlos nahm die Bodensonde. In einer schweigenden Prozession zogen sie durch den winterlichen Wald, in dem die Schatten bereits dunkler wurden. Bodennebel kroch ihnen hinterher, ein Käuzchen schrie von einer Blautanne. Ab und an wurde die Ruhe von kurzen verbalen Ausbrüchen der beiden unfreiwilligen Sanitäter unterbrochen, deren Schimpfwörterreservoir immer noch nicht erschöpft war. Willi und Otto hatten es nicht eilig, und sie behandelten den Verletzten auch nicht sonderlich vorsichtig. Als sie schließlich vor Michaels Praxis ankamen und den vor Schmerz ächzenden Archäologen in die Obhut des Arztes übergeben mussten, wirkten sie regelrecht enttäuscht. Während Willi lautstark und mit weiteren lautmalerischen Beleidigungen ausgeschmückt Michael einen Abriss gab, was vorgefallen war, hatte Karl ein anderes Ziel.

»Ich geh mal zum Anthony und zeig ihm den Rebstock. Vielleicht is der noch zu rette.« Seine Miene bewies jedoch, dass er nicht besonders viel Hoffnung hatte.

»Und sag der Sofie auch B'scheid. E weibliche Hand is immer gut, bei solch delikate Angelegenheite«, sagte Michael und begutachtete den unerwünschten Patienten auf der Untersuchungsliege seufzend.

»Manchmal tät man sich wünsche, dass es den dappische Eid vom Hippokrates net gibt.« Er atmete tief durch, dann sprach er Gruber direkt an: »Und der Onkel Doktor soll jetz wieder heile heile mache, was unsere Elwetritsch-Tiersche so perfekt vollbracht ham, aus reiner Notwehr?«

Der Archäologe zitterte wie Espenlaub. »Was ... was waren das für fürchterliche Wesen?«, wollte er kurzatmig wissen. »Übertragen die irgendwelche Krankheiten?«

Michael machte ein betroffenes Gesicht. »Also, wenn du heut Nacht aufwachst und en unbändige Drang verspürst, aus'm Fenster zu springe, weil du glaubst, du kannst fliege ... Dann isses schon zu spät. Des is dann so was wie Vogel-Tollwut.«

Grubers Augen weiteten sich. »Ich ... ich habe eine Tetanus-Impfung.«

»Die nützt nix«, bellte Otto. »Wer mal so krank un infiziert is wie du, dem is nimmer zu helfe.«

»Aber was zum Teufel waren denn das für Tiere? Wieso ... wieso haben Sie keine Warnhinweise im Wald aufgestellt. Die Biester waren drauf und dran, mich totzuhacken! Auf diese Gefahr muss man doch aufmerksam machen!«

Michael tupfte Desinfektionsmittel auf den blutigen Riss in Grubers Stirn.

»Aua!«

»Also erstens: Des sin ke Viecher, sondern Elwetritsche. Die Welt is der Meinung, dass die eigentlich gar net existiere, aber was kümmert uns die Welt?«

Willi und Otto brummten zustimmend.

»Un warum sollten wir so Hohlköpp wie dich vor unsere putzige Wappentiere warne? Hat dir jemand erlaubt, in unserm Wald rumzuschnüffle? Also.«

»Ah!«, zischte Gruber mit schmerzverzerrtem Gesicht.

»Jo, jammer net so gottserbärmlich! Oder bist du en brasilianische Fußballspieler? Was genau hast du dort überhaupt gemacht, hä?«

Gruber zuckte zusammen, als Michael mit Nadel und Faden vor seinem Gesicht herumfuchtelte. »Hopp sag schon! Un halt still, sonst hast du gleich noch e drittes Naseloch!«

Sichtlich verängstigt ließ Gruber die Prozedur über sich ergehen und krallte die erdverkrusteten Hände in die Untersuchungsliege. Irrte Carlos sich, oder ging der Arzt diesmal ungewöhnlich ungeschickt zu Werke? Gruber ächzte. Zum Schluss verteilte Michael noch an verschiedenen anderen Stellen Desinfektionsspray und Pflästerchen.

Willi konnte das Ende der Behandlung nicht abwarten. »So, ich will jetz genau wisse, warum du unsern Wingert verwüstet hascht!« Er trat so dicht an die Liege, dass diese wackelte.

»Sie verstehen das völlig falsch!«, ächzte Fabian Gruber und wich vor Willis bedrohlicher Gestalt zurück. »Ich bin Archäologe! Ich muss mir ein Bild von der Umgebung hier machen. Und diese Lichtung ist eine vielversprechende Verdachtsfläche.«

»Verdachtsfläche?!«, polterte Otto und stellte sich neben seinen Freund. »Dein Gsicht is auch gleich so e Verdachtsfläche.«

»Genau. Was do wohl alles auftaucht, wenn ma do mol anständig umgräbt!« Willi hielt Gruber die geballte Faust unter die geschwollene Nase.

Michael schob die beiden aufgebrachten Männer zur Seite und stopfte Gruber ein Wattestück ins Nasenloch. »Des Gesicht bleibt jetz erst mal so. Sieht doch schlimm genug aus, oder?«

Otto und Willi musterten Gruber, der sich nun vorsichtig aufsetzte, mit finsteren Mienen. »Also?«, drängte Willi. »Wieso, weshalb, warum is diese Nase krumm, hä? Was sollte das?«

Gruber hob beschwichtigend die Hände, und als er sah, dass sowohl seine Drohne als auch die Sonde unbeschadet geblieben waren, huschte ein Lächeln über sein Gesicht. Er räusperte sich.

»Ja, es tut mir leid, ich hätte Sie vorher um Erlaubnis bitten sollen.«

»Des hätt halt bloß nix genützt«, sagte Willi. »Wir hätten so was niemals erlaubt.«

Gruber war sichtlich bemüht, wieder die Kontrolle über sich zu gewinnen. »Ich kann ja verstehen, dass ihnen das hier wichtig ist, ihr Fleckchen Heimatscholle und so weiter. Aber in diesem Ort und in der näheren Umgebung gibt es vielleicht historische Funde, die von großer Bedeutung sind. Das könnte eine wissenschaftliche Sensation sein. Da geht es dann nicht mehr um ... um ›Unser Dorf soll schöner werden‹.« Gruber hob seine Hände, um seinen Worten mehr Gewicht zu verleihen. »Dieses Mithräum unter der Kirche ist ein Hinweis auf eine große römische Siedlung oder ein Kastell in dieser Gegend, und deswegen habe ich mit meiner Drohne das Terrain im Wald von oben gefilmt.«

»Und was soll des bringe?« Michael warf die blutigen Wattetupfer in den Müll.

»Mit den Kameras der Drohne kann man genaue Bodenstrukturen erkennen«, erklärte Gruber. »Man sieht, ob unter der Erde Mauern, Wälle oder Gräben verlaufen.«

»Un?«, fragte Otto. »Hat die dappische Biene irgendwas erkannt?«

»Das weiß ich noch nicht. Ich muss die Filmaufnahmen erst noch auswerten. Aber das Bodenradar hat deutlich ausgeschlagen. Das hier, das wird eine absolute Sensation, das hab ich im Blut. Damit werdet ihr hier noch viel Freude haben.«

Was für ein Schleimer, dachte Carlos, hielt sich aber bewusst im Hintergrund und beobachtete Gruber. Seine Begeisterung und die betont kooperative Haltung waren Schmierentheater. Insgeheim glaubte er immer noch, es mit einfältigen Dorftrotteln zu tun zu haben, die seine Methoden gar nicht wirklich einschätzen konnten.

»Des is interessant«, sagte Otto und ging ein paar Schritte in Richtung des Stuhls, auf dem Karl die Drohne abgelegt hatte.

»Die Sensoren in der Sonde sind auf die Metalle geeicht, die in der Antike Verwendung fanden«, fuhr Gruber fort. »Ich habe es mal mit Gold probiert. Und tatsächlich! Bei den Weinreben schlug sie dermaßen heftig aus, dass ...«

»... dass du die einfach mal so rausgeroppt hascht«, fasste Willi zusammen.

»Ich war einfach zu euphorisch in dem Moment«, gab Gruber gespielt kleinlaut zu und schien tatsächlich zu hoffen, dass die Elwenfelser ihm seinen Frevel verziehen.

»Wie schad, dass unser Vögel so e Euphorie ganz falsch verstehe«, sagte Michael.

Gruber schnaubte, als wollte er fragen: Was soll ich denn machen?

In diesem Moment ertönte ein lautes, hässliches Knirschen. Carlos wandte den Kopf und sah, dass Otto sich grinsend auf dem Stuhl in der Ecke niedergelassen hatte. Ein verbogenes Plastikteil ragte unter seinem Hinterteil hervor, und ein kleiner Propeller fiel zwischen seinen Beinen auf den Boden.

Gruber stieß ein entsetztes Keuchen aus und sprang mit verzerrtem Gesicht von der Liege. »Was um Gottes Willen machen Sie denn da?!«

Otto guckte erschrocken unter sich und machte ein unschuldiges Gesicht. »Hoppala. Ich glaub, ich war einfach zu euphorisch grad für de Moment.«

»Sie Idiot! Wissen Sie, was das Teil gekostet hat?«

»Es is jedenfalls net so wertvoll wie unsere Weinreben«, informierte ihn der Arzt.

Gruber raufte sich die Haare. »Ihr seid doch von allen guten Geistern verlassen in diesem Kaff hier! Setzt sich dieser Brutalo mit seinem Elefantenarsch auf meinen Quadrocopter!«

»Jo, ich bin ehrlich gesagt auch schon mal bequemer gsesse«, stellte Otto fest und stand wieder auf, wobei er sich die Hinterseite rieb. Er sah nach unten. »Oje. Wie die jetz aussieht. Ich hoff, du hast en gute Elefantekleber, Herr Arschologe.«

Gruber betrachtete die völlig zerstörte Drohne mit mahlenden Kiefern. Dann riss er sich das blutige Wattestück aus der Nase und schleuderte es auf den Boden. »Ich werde euch verklagen. Allesamt. Sachbeschädigung und Nötigung. Und das mit diesen scheiß Vögeln werde ich auch zur Anzeige bringen. Ihr werdet euch umschauen, ihr verfluchten …«

Weiter kam er nicht. Willi packte den Mann mit beiden Händen um die Hüfte und zerrte ihn aus dem Behandlungszimmer. Gruber zappelte und fuchtelte umher. Es war ein denkwürdiges Bild, denn Gruber war einen Kopf größer als Willi, hatte aber keine Chance gegen die urwüchsige Kraft eines pfälzischen Sägewerksbesitzers. Willi stellte Gruber draußen vor der Eingangstür ab und gab ihm einen kräftigen Schubs. »Sei froh, dass du noch lebst, du Dummbeidel!«

Otto schnappte sich die Sonde und warf sie hinter dem Archäologen auf die Gasse. Gruber hob sie auf und humpelte von dannen. Carlos machte der inneren Anspannung

Luft und klopfte Otto auf die Schultern. »Wow. Was eine Aktion, Mann.«

»Soll ich euch e Geheimnis verrate?«, fragte Willi und schaute in die Runde. »Ich hab en Riesedurscht. Auf den Schreck brauch ich jetz dringend en Schorle.«

Während der Doktor seinen Behandlungsraum aufräumte, hatte Carlos auf einmal einen bösen Gedanken: »Was, wenn der Kerl euch … also uns wirklich anzeigt?«

Willi winkte ab. »Des macht der net. Dann käm doch raus, was er für en Stümper is.«

»Jo genau, wenn klar wird, was der alles so treibt, dann verliert der vielleicht seine Lizenz als Archäologe«, sagte Michael zufrieden. »Der hält die Gosch.«

Dann gingen sie zusammen in die Weinstube. Es war bereits dunkel, aber der Platz war noch immer voller Fernsehteams und Reporter. Carlos' Freunde waren trotz des Zwischenfalls in seltsamer Feierlaune. Und so traute er sich nicht, die unangenehme Frage zu stellen, die ihm auf der Zunge lag. War diese Demütigung des Archäologen vielleicht erst der Anfang weitaus schlimmerer Probleme?

26. August 1939

Ich erlebe eine wundervolle Zeit, die ich mir niemals zu träumen gewagt hätte. In Berlin hatte ich so hochtrabende Pläne, ich wollte die Welt bereisen, die Metropolen aller Kontinente sehen, mit einem Flugzeug fliegen, Chinesisch lernen, einen Filmschauspieler heiraten … alle Träume, die das Fernweh nach der großen weiten Welt hervorrufen kann.

Aber mir war nie bewusst, welche Faszination von einer kleinen Welt ausgehen kann. Einer kleinen Welt wie Elwenfels. Oh, wie glücklich es mich macht, hier zu sein! Der Ort er-

scheint mir viel großartiger als alles, was da draußen an Verlockungen warten mag. Und das liegt nicht nur an Adalbert.

Die Dorfbewohner sind mir gegenüber nun aufgeschlossener, und ich hege den Verdacht, dass es damit zu tun hat, dass Bruno nicht mehr ständig in meiner Nähe ist. Je mehr ich sie kennenlerne, desto klarer wird mir, wie sein Auftreten auf die Elwenfelser gewirkt haben muss. Alles, was er anpackt, wird von seinem Kopf bestimmt. Immer will er alles planen, vorherbestimmen, will keine Zeit verschwenden, schon gar nicht für Petitessen. Bei den Menschen hier ticken die Uhren anders. Hier nimmt man sich Zeit, vor allem Zeit fürs Leben. Der allgemeine Umgangston hier ist von einer Herzlichkeit durchwoben, die ich selbst nie erlebt habe. Jeder hat einen Scherz auf den Lippen, man umarmt sich und ist selten grob oder unfreundlich, wenn man einmal von dem seltsamen, lauten Dialekt absieht, der in meinen Ohren manchmal immer noch recht grobschlächtig klingt. Die Elwenfelser lieben es zusammenzusitzen, zu trinken und bei einem deftigen Essen das Leben zu genießen. Alle paar Minuten erhebt einer sein Glas und bringt einen Trinkspruch auf die verschiedensten Dinge aus. Auf eine gute Weinlese. Auf einen langen Sommer. Auf die Schwalben am Himmel. Einmal hob Adalbert sein Glas und rief: Auf die Liebe!

Voller Begeisterung prostete man sich gegenseitig zu, und er schaute mich lange an. Einige Dorfbewohner warfen uns vielsagende Blicke zu und schmunzelten. Gewiss hat es sich längst herumgesprochen, dass Adalbert mich mag. Und ich ihn.

Vor drei Tagen hat er mich zu einem Waldspaziergang mit Picknick eingeladen. Wie herrlich ist dieser Wald, wenn man nicht nach einem dummen Schatz suchen muss. Auf der Lichtung bei dem Bach saßen wir am Ufer und ließen die Füße ins Wasser hängen. Und da passierte es. Mein erster Kuss.

So glücklich ich auch bin, so bang wird mir doch, wenn ich an Bruno denke. Er ist immer noch ans Bett gefesselt, hat üble Laune und wirft mir vor, ich würde ihn im Stich lassen. Immer will er wissen, ob ich weiter nach dem Schatz suche oder ich die Dorfbewohner nicht dazu bewegen kann, den Brunnenschacht wieder freizulegen. Er erholt sich zudem schneller als gedacht. Möglicherweise wird er in einer Woche so gut auf den Beinen sein, dass wir die Rückreise antreten können.

Adalbert verwundert mich. Wenn wir zusammen sind, scheint er nur für diesen Moment zu leben. Nie fragt er, wie es mit uns weitergeht, wann ich nach Berlin zurückkehre und ob ich dann jemals wiederkomme. Es ist, als wäre er sich bereits sicher, dass ich dazu nicht mehr in der Lage bin.

Ich kann nicht mehr zurück nach Berlin.

Und ich weiß nicht, wie ich das meinem Bruder klarmachen soll.

4. September 1939

Etwas so Unfassbares ist geschehen, dass ich erst jetzt in der Gemütslage bin, es aufzuschreiben.

Und obwohl es sich eigentlich seit Jahren angedeutet hat und nur ein Tor die Vorzeichen übersehen konnte, ist es dennoch schrecklich, dass es nun Gewissheit ist.

Die Wehrmacht ist in Polen einmarschiert, daraufhin haben Frankreich und das Vereinigte Königreich Deutschland den Krieg erklärt.

Hier in Elwenfels, wo die Menschen kein großes Interesse an Politik haben, erfuhren wir es erst vor zwei Tagen. Die Neuigkeit verbreitete sich wie ein Lauffeuer, und zum ersten Mal sah ich in den gutmütigen Gesichtern der Dorfbewohner Sorge und Beklommenheit. Auch Adalbert wurde blass, als die Botschaft uns erreichte. Ohne mich anzusehen, griff er nach meiner

Hand und drückte sie so fest, dass es wehtat. In der Weinstube, in der es sonst immer so ausgelassen hergeht, starrten die Leute auf einmal dumpf vor sich hin und steckten die Köpfe zusammen. Es scheint, als wüssten hier alle ganz genau, dass es nun wohl auch in Elwenfels mit der Beschaulichkeit und dem Frieden vorbei ist.

Der Einzige, dessen Augen angesichts der Neuigkeit leuchteten, war natürlich Bruno.

Er ballte triumphierend die Fäuste und schaute mit glühendem Blick erwartungsvoll aus dem Fenster, als erwartete er, dort draußen einen Trupp Soldaten aus dem Wald marschieren zu sehen, dem er sich anschließen könnte. Dieser Ausdruck in seinem Blick! Er macht mir Angst. Ich versuchte, es auf seinen Zustand zu schieben, denn ich weiß, wie anders die Welt erscheint, wenn man längere Zeit krank ist. Aber Bruno konnte sich in seiner Freude überhaupt nicht mehr bremsen.

»Endlich passiert etwas. Das wurde auch Zeit!«, sagte er mit leuchtenden Augen.

»Was wurde Zeit?«, fragte ich.

»Dass Deutschland endlich seine natürliche Vormachtstellung in Europa einnimmt.«

»Wenn England und Frankreich uns den Krieg erklären, wird das aber nichts mit der Vormachtstellung«, wagte ich einzuwenden. Aber Bruno winkte selbstsicher ab. »Der Führer wird sie alle in die Knie zwingen.«

»Wieso freust du dich denn nur so über diesen Krieg?«

»Na, ist das denn kein Grund zur Freude?« Bruno starrte mich fassungslos an.

Ich schwieg, denn ich begriff in diesem Moment, dass wir beide in völlig unterschiedlichen Welten lebten.

»Was werden wir jetzt tun?«, fragte ich.

»Wir werden sofort nach Berlin zurückreisen, und ich melde mich zur Wehrmacht.«

»Bruno, du hast einen gebrochenen Arm und bist noch angeschlagen. Da nehmen sie in der Wehrmacht lieber einen alten Zirkusclown als dich.«

Ich weiß nicht, woher ich den Mut nahm, so mit ihm zu sprechen. Vielleicht, weil Bruno früher über so etwas gelacht hatte. Jetzt lachte er nicht. Ohne sich von seinem gebrochenen Arm hindern zu lassen, sprang er plötzlich auf mich zu, packte mich an der Schulter und drückte mich gegen die Wand. Sein Blick flackerte vor Zorn.

»So redet eine anständige deutsche Frau nicht! Wo ist denn deine Vaterlandsliebe geblieben, Schwester? Wie kannst du mich verhöhnen, wenn ich mich diesem heldenhaften Feldzug anschließen will? Diese Dorftrottel hier haben dir wohl zu viel von ihrem sauren Wein eingeflößt? Es wird Zeit, dass wir nach Berlin gehen, damit du wieder weißt, wo dein Platz ist.«

Oh, wie gerne hätte ich ihm die Antwort entgegengeschleudert, die mein Herz bewohnte. Dass mein Platz hier war. In Elwenfels. Aber ich empfand in diesem Moment solche Angst vor ihm, dass ich schwieg.

Später saß ich im Hof des Weingutes, direkt neben Adalbert. Ungeachtet der schrecklichen Nachricht ließ sich seine Familie nicht davon abhalten, einen schönen Abend zu verbringen. Es wurde aufgetischt und gegessen und getrunken, als gäbe es etwas zu feiern. Mir wollten der Wein und das gute Essen aber nicht so recht munden. Irgendwann fragte Adalberts Mutter mich, warum ich so ein betrübtes Gesicht machte. Da konnte ich nicht länger an mich halten und brach in Tränen aus. Adalbert sah mich erschrocken an und legte den Arm um mich.

»Ich habe solche Angst«, stieß ich hervor.

»Ach Mädel«, sagte Erwin. Dann hob er sein Glas, schaute hinein wie in die Glaskugel einer Wahrsagerin und sah mich mit seinen stechend blauen Augen an. »Es kummt, wie's

kummt.« Er nahm einen tiefen Schluck und zuckte mit den Schultern. »Un wenn's net kummt, kummt's halt annerscht.«

Die anderen nickten und schienen zufrieden mit diesen schlichten Worten, die mich jedoch keinesfalls trösteten.

»Schätzel, du weinst doch net wegen dem Iwwerzerche ...«, fragte Adalberts Schwester und hielt dabei zwei Finger als angedeuteten Bart an ihre Oberlippe, »... un seinem dappische Krieg, oder?«

Ich schüttelte den Kopf.

»Mein Bruder will wieder zurück nach Berlin«, schluchzte ich.

Adalbert neben mir war ganz still, aber ich sah, dass er den Kopf hob und Erwin einen rätselhaften Blick zuwarf.

»Aber du willst das nicht?«, fragte Erwin dann, und in seine fröhliche Stimme hatte sich etwas Lauerndes geschlichen.

Ich schüttelte zwar den Kopf, aber in diesem Moment wurde mir schlagartig klar, dass das ein naiver Mädeltraum war. Ich musste zurück. Ich konnte nicht so tun, als ginge mich das alles nichts an. Ich konnte es auch Vater nicht antun.

Es gibt also nur einen Weg: Ich muss Adalbert vergessen, muss Elwenfels vergessen, muss die wundervolle kurze Zeit vergessen, die ich hier verlebt habe. Vielleicht gelingt es mir, so zu tun, als hätte es diese Wochen nie gegeben, auch wenn es mir das Herz zerreißt.

Kapitel 18

In dem unser Held zwar eine gute Spürnase beweist, aber (mal wieder) kein gutes Timing für romantische Liebesangelegenheiten

Carlos ließ das Tagebuch sinken und stellte überrascht fest, dass sich sein eigenes Herz ebenfalls anfühlte, als wollte es zerreißen. Er konnte Gretas Zustand so gut nachvollziehen, schließlich hatte er am eigenen Leib erfahren, wie es sich anfühlte, wenn man das Paradies Elwenfels wieder verlassen musste. Bei seinem ersten Besuch, als er genau wie Greta die spezielle Gastfreundschaft der Dorfbewohner genossen hatte, war er in Ungnade gefallen, weil er die Elwenfelser heimlich bei einem ihrer altertümlichen Rituale im Weinberg beobachtet hatte. Danach hatte man ihn geschnitten und wenn auch nicht komplett, so doch emotional verbannt. An dieses schmerzhafte Gefühl konnte er sich noch gut erinnern, etwas Wertvolles, Einzigartiges verloren zu haben. Und wie schrecklich und ausweglos musste es sich erst 1939 für diese junge Frau angefühlt haben, im Angesicht einer sich anbahnenden Katastrophe? Er warf einen Blick durch die offene Schlafzimmertür, hinter der Charlotte im Bett lag. Es war mitten in der Nacht, aber der Schlaf machte mal wieder einen großen Bogen um Carlos, wie früher in seiner Zeit als Kriminalkommissar. Er war angespannt und fokussiert und schraubte dabei seine körperlichen Bedürfnisse auf ein Minimum herunter. Aber hier, in dem stillen nächtlichen Weingut mit seiner friedlich schlummernden Traumfrau nur vier Schritte entfernt, fühlte sich dieses Getriebensein auf einmal ziemlich absurd an. Eines musste er in Elwenfels definitiv noch lernen: sich einmal wirklich zu entspannen. Aber das war leichter gesagt als getan. Dazu müsste einfach mal eine Weile nichts passieren.

Carlos rieb sich die brennenden Augen. Das Tagebuch hatte er bereits zu drei Vierteln durch, und er wollte unbedingt dranbleiben. Aber er brauchte auch dringend eine Pause. Die Sütterlin-Buchstaben tanzten vor seinen Augen wie Ameisen auf Ecstasy, und da fiel ihm wieder ein, dass er ja noch einer anderen Sache nachgehen wollte. Er klappte den Laptop auf, gab den Namen von Dr. Fabian Gruber in die Suchleiste ein und fand die Webseite seiner Firma ArchäoPro. Dort schaute er sich eine Weile um, ohne etwas Auffälliges zu finden. Grubers Internetauftritt wirkte um Längen seriöser, als der Typ selbst es tatsächlich war. Seine Referenzen waren beachtlich; der Mann hatte wirklich einen Ruf zu verlieren. Er hatte im Auftrag von großen Baufirmen Bodenanalysen in ganz Rheinland-Pfalz durchgeführt und wurde vom Landesdenkmalamt an erster Stelle genannt, wenn es darum ging, einen erstklassigen Archäologen weiterzuempfehlen. Während seiner Zeit als Universitätsdozent hatte er zwei wissenschaftliche Bücher über die Merowinger-Zeit geschrieben. Er galt außerdem als Experte für spätrömische Kastelle sowie Siedlungen. Carlos glich seinen eigenen Eindruck mit dem ab, was auf der Webseite über ihn zu lesen war, und kam zu dem Schluss, dass er es – mal wieder – mit einem Menschen zu tun hatte, der mindestens zwei Rollen spielte: der seriöse, erfahrene Archäologe auf der einen Seite, hingegen der skrupellose Raubgräber auf der anderen. Carlos betrachtete das energische Gesicht auf dem Foto vor sich. Wie eigenartig ... Warum führten die Wege von Kai Lohmann und von Fabian Gruber beide hierher nach Elwenfels? Das Dorf war in seiner Abgeschiedenheit und mit seinen sorgsam gehüteten Geheimnissen natürlich eine schöne Spielwiese für solche Gestalten. Ein Experimentierfeld für archäologische Abenteuer. Oder gab es doch einen direkten Zusammenhang zwischen diesen beiden Männern?

Carlos suchte weiter nach Verbindungen zwischen Gruber und Lohmann, fand aber nichts. Also holte er sein Handy hervor und suchte den Namen des Arabers heraus, den Lena ihm am Morgen verraten hatte. Es war ein für abendländische Verhältnisse langer und komplizierter Name und endete auf al-Halabi.

Carlos fand schnell heraus, dass der Mann ähnliche Interessenlagen hatte wie Gruber. Er war offensichtlich mit sagenhaftem Reichtum gesegnet und finanzierte mit seinem Vermögen archäologische Projekte in der arabischen Welt. Al-Halabi besaß ein Privatmuseum in Dubai mit bedeutenden historischen Funden und reiste um den Erdball, um Auktionen in den großen Metropolen zu besuchen. Die wenigen Bilder, die Carlos von dem Mann fand, zeigten ihn zusammen mit Politikern und Kunstsammlern, so zum Beispiel bei Sotheby's in London oder am Rand einer Ausgrabungsstätte im Westjordanland. Bilder von ihm zusammen mit Fabian Gruber fand er nicht. Lena hatte erzählt, dass al-Halabi ihren Chef bei mehreren Projekten besucht und ihm über die Schulter geschaut hatte. Aber was wollte dieser mondäne Araber in der Pfalz bei einem piefigen deutschen Grabungsleiter? Carlos scrollte noch einmal über die Bilder und stieß schließlich auf eine Seite in arabischer Sprache, bei der es offenbar um das Privatmuseum in Dubai ging. Auf der Seite gab es nur ein einziges Bild, es zeigte den Innenraum des Museums mit den Exponaten in den Vitrinen und auf Sockeln. Es war eines dieser leicht gewölbten 360-Grad-Bilder, bei dem der Betrachter einen Rundumblick über den ganzen Raum bekam. Das Bild blieb jedoch die ganze Zeit hinter einem Text verborgen, so als wollte al-Halabi damit sagen: Schaut mal, das sind meine Schätze, aber ich zeige sie euch nicht ganz so deutlich, damit eure Neugierde geweckt wird. Wenn ihr mehr sehen wollt, müsst ihr schon herkommen. Carlos wanderte mit dem Mauszeiger die Himmelsrichtungen ab und betrachtete die Ausstellung. Er sah Statuen, Reliefs, Vasen, Säulen, Waffen, Büsten und ...

Plötzlich griffen in seinem Kopf zwei Rädchen ineinander, und er starrte auf ein bestimmtes Detail des Bildes. Er versuchte, das Ganze näher zu zoomen, aber es ging nicht. Der Museumsbesitzer hielt die digitalen Betrachter seiner Schätze auf Abstand. Carlos biss sich auf die Unterlippe. Ein schneller Blick auf die Zeitangabe. 04:06 Uhr. Sein Herz klopfte schneller, und in der schlagartig einsetzenden Unruhe wusste er nicht, was er mit dieser Entdeckung anfangen, geschweige was er als Nächstes tun sollte.

In diesem Moment legte sich eine Hand auf seine Schulter. Carlos zuckte zusammen und fuhr herum. Charlotte stand neben ihm. Nackt, mit durcheinandergeratenen Haaren und einem Blick in den Augen, der nicht zu jemandem passte, der gerade noch tief und fest geschlafen hatte.

»Du ... du hast mich ganz schön erschreckt«, stammelte Carlos.

»Carlos, erinnerst du dich noch an das Gästezimmer

von Brigitte und Berthold in der Gass hinterm Rathaus?«, fragte sie in seltsam alltäglichem Tonfall. »Da, wo du bei deinem ersten Besuch geschlafen hast?«

Er nickte. »Das mit den vielen getrockneten Blumensträußen, von denen ich immer so niesen musste.«

»Genau.«

»Was ist damit?«

»Ich tät sage, des bissel, was von deinem verkümmerten Schlafbedürfnis noch übrig is, kannst du auch dort ausleben.«

»Äh ... wie bitte?«

»Ah jo. Du glaubst doch wohl net, dass ich dir die Ehre gestattet hab, mit mir in einem Bett zu schlafe, bloß um dann mitte in der Nacht aufzuwache, un neben mir is alles leer. Wenn ich des gewusst hätt, dann ...« Ihre Stimme klang nicht im Mindesten anklagend, sondern ganz gelassen und bestimmt.

»Ich kann nicht schlafen, Charlotte.«

»Falsch, mein Lieber«, sagte sie ruhig. »Du willst net. Du hast dein Hirn irgendwann mal so programmiert, dass du nachts wie en Besessener über einem Bildschirm brütest und dir einredest, dass du das machen musst. Aber in Wirklichkeit is bei dir einfach bloß was durcheinandergerate, und du merkst des gar net.«

»Hm ...«

Sie strich ihm über die Haare. »Mein Lieber, es gibt für alles eine Zeit. Zeit zum Ermitteln, Zeit zum Riesling Trinke un Zeit zum Schlafe. Hier is net Hamburg, und Carlos Herb is auch kein Polizist mehr. Vielleicht solltest du langsam mal deine innere Uhr auf Elwenfelser Zeit umstelle, wie wär's?«

»Vielleicht hast du recht. Aber ... aber das ist nicht so einfach.«

Charlotte wandte sich lächelnd ab. Über die Schulter sagte sie: »Ich wüsst net, was da dran so schwer sein soll. Guck, ich schaff's doch auch. Ich geh ins Bett ...«

Langsam und mit wiegenden Hüften ging sie zurück, verschwand aus dem spärlichen Lichtkreis des Laptops in die Dunkelheit des Schlafzimmers, wo ihre Silhouette wie ein feenhafter Schemen schimmerte. Carlos schluckte. Und hatte gar keine andere Wahl, als die blöde römische Vase, die Gruber an den Scheich verscherbelt hatte und die nun in einem Museum in Dubai stand, zu vergessen. Er hatte viele Lektionen gelernt, seit er Elwenfels und seine Bewohner kannte. Lektionen über die Leichtigkeit des Seins, die ihm ein Stück von seinem eigenen Leben zurückgegeben hatten. Was Charlotte da gerade gesagt hatte, entsprach der Wahrheit. Er war nicht länger der stumpfsinnige Ermittlungs-Roboter von früher. Es wurde Zeit, dass er das auch mal seinen Gehirnwindungen mit ihren verschwurbelten Eigenleben mitteilte. Er stand auf und folgte Charlotte. Allerdings war er jetzt in einer Stimmung, bei der an Schlaf auch nicht mehr zu denken war.

Cordula war entzückt. Sie hielt den Samtvorhang der Umkleidekabine zur Seite und betrachtete Lena, die vor dem Spiegel stand und aus dem Staunen gar nicht mehr herauskam. Es war ein Samstagmorgen, und die junge Archäologin hatte sich heute freigenommen. Und diesen Umstand hatte Cordula dazu genutzt, ihr Versprechen einzulösen und ihrem Gast das kleine »Unnedrunner-Paradies« zu zeigen, wie sie ihren Laden nannte. Zuerst war Lena etwas verlegen an den Regalen mit den Dessous vorbeigegangen und hatte sich geziert, genau hinzusehen. Es war ihr anzumerken, dass die genussvolle Weiblichkeit, die Cordula hier zelebrierte, ihr irgendwie unangenehm war. Je mehr aufreizende Details die junge Archäologin an den Schneiderpuppen und in den Schachteln entdeckte, desto unwohler schien sie sich in ihrem unförmigen Pullover zu fühlen, dessen Farbe an Zahnpasta erinnerte. Dann hatte Cordula ihr angeboten, sich einfach etwas auszusuchen und anzuprobieren. Es hatte sie einiges an Überredungskunst gekostet, aber irgendwann schüttelte Lena ihre Scheu ab.

Cordula lächelte zufrieden. So war es immer. Wenn unentschlossene oder befangene Kundinnen ihren Laden betraten, manchmal mitgeschleppt und überredet von ihren Freundinnen, lief es immer nach dem gleichen Schema ab. Zunächst stachelten die feinen Wäschestücke das angeschlagene Selbstwertgefühl der Frauen an, doch dann fehlte plötzlich der Mut und sie heuchelten Desinteresse. Erst in diesem Moment trat Cordula in Aktion. Sie sah etwas in den Damen, das sie bis dahin bei sich selbst nicht sehen konnten, und Cordula hatte es sich zur Aufgabe gemacht, diese unbeachtete, verborgene Schönheit ans Licht zu holen und zu feiern, bis sich schließlich jede Frau vor dem Spiegel mit neuen, leuchtenden Augen sah. Cordula wusste, dass man ihre besondere Vorgehensweise in Bezug auf weibliche Schönheit als Geschäftsmasche interpretieren konnte, denn natürlich verließen all diese Frauen ihr Geschäft mit einer Tüte voller Schätze. Aber der finanzielle Verdienst war nur ein Nebeneffekt dessen, was Cordula als ihre ureigene Mission begriff. So wie Sofie den Menschen in Elwenfels mit dem Zauberwein einen Zugang zu den höheren Sphären ihres Selbst ermöglichte, wollte Cordula den Blick ihrer Schwestern auf das lenken, was Gesellschaft, Medien und diverse Schönheitsideale ihnen weggenommen hatten. Die Dessous dienten dabei nur als kleine spielerische Hilfsmittel.

Und jetzt geschah es wieder. Lena hatte sich nach einigem Zögern auf das Experiment eingelassen und peinlich darauf geachtet, dass Cordula keinen Blick auf ihre Alltagsunterwäsche erhaschen konnte. Aber jetzt drehte sie sich in transparenten, hellgrünen Dessous vor dem Spiegel und bestaunte sich mit ungläubigem Grinsen.

»Deine Haare passen wundervoll zu diesem Set«, sagte Cordula. »Und dein Hautton kommt herrlich zur Geltung bei dem zarten Grün. Du siehst aus wie eine Wassernymphe!«

»Wow! Ich ... ich weiß nicht, was ich sagen soll«, stammelte Lena. Man konnte dabei zusehen, wie sie sich innerlich aufrichtete und wie etwas Altes von ihr abfiel. »Ich wusste nicht, wie hübsch ich aussehen kann. Nicht, dass mir das jemals wichtig war ...«

»Warum nicht?«, fragte Cordula.

»Na ja, wen soll ich denn in diesen Dessous verführen?«

»Dich selbst.«

»Wie ... mich selbst?«

Cordula pflückte ein Paar goldschimmernde Nahtnylons aus einer Verpackung und bedeutete Lena, sich in den Sessel neben dem Spiegel zu setzen. »Hast du gedacht, der einzige Sinn von edler Unterwäsch is der, Männern damit de Verstand zu raube?« Sie griff nach Lenas nacktem Knöchel.

»Äh ... ja, eigentlich schon. Was denn sonst?«

Cordula blinzelte ihr zu. »Ich freu mich ja, wenn das Mannsvolk Freude hat daran.« Sie zog den Strumpf behutsam über Lenas Knie nach oben und befestigte ihn mit geübtem Griff am Clip des Strumpfhalters. »Aber das is nur en Nebeneffekt. Der eigentliche Sinn hat nur was mit dir selbst zu tun.«

Sie nahm den zweiten Strumpf und streifte ihn über das linke Bein, während Lena Cordulas Handgriffe neugierig verfolgte.

»Weißt du, ich hab das früher auch immer gedacht. Dass Schönheit ebbes is, was irgendeiner andere Sach dient. Damit man sich den Mann fürs Leben angeln kann, damit man bewundert wird. Alles, was man uns Frauen halt schon immer eingetrichtert hat.«

Lena strich sich das Haar über der Schulter zurück. Cordula betrachtete sie und spürte ein leichtes Zittern in ihren Fingerspitzen. Irgendetwas war anders heute. Ihre spielerische Routine stand auf seltsam wackeligen Beinen, und eigentlich hatte sie gar keine Lust mehr zu reden. Schnell befestigte sie den zweiten Strumpf und fing Lenas Blick im Spiegel auf. »Man will uns immer einreden, dass Schönheit für die andere Leut ist«, sagte sie leise. »Niemand hat uns je erklärt, dass sie für uns is, für uns selbscht, für unsere innere Göttin.«

Lena nickte sich selbst im Spiegel zu. »Also, wenn ich mich so anschaue, dann könnt ich fast glauben, dass es in mir eine Göttin gibt.«

Cordula richtete sich auf und betrachtete ihr Werk. »Na alla. Mehr wollt ich ja gar net erreiche.«

Sie hätte gerne ihre Hand auf Lenas Hüfte gelegt und sich an sie geschmiegt, an diesen milchweißen Körper, der gerade unerwartet aufgeblüht war wie ein Krokus nach einem langen Winter. Sie empfand jedoch eine merkwürdige Scheu, die sie von sich gar nicht kannte. Aber zum ersten Mal verspürte sie bei einer Frau derartiges Herzklopfen.

Lena drehte sich um und hob den Kopf. Cordula glaubte plötzlich zu erkennen, dass sie es genoss, so von ihr betrachtet zu werden.

Lena trat einen Schritt näher. »Danke, dass du mir das gezeigt hast.«

Und dann überwand sie die kurze Distanz, die sie noch voneinander trennte, indem sie genau das tat, was Cordula sich nicht traute. Lena schlang die Arme um sie und zog sie an sich. Ihr Mund lag ein paar Sekunden unentschlossen irgendwo zwischen Cordulas Wange und ihrem Kinn und dann ganz plötzlich auf ihren Lippen. »Ich stelle gerade fest, dass du eine viel bessere Archäologin bist als ich«, flüsterte Lena.

Cordula glaubte, ihre Beine würden nachgeben. »Dann passen wir ja gut zusammen«, wisperte sie und erwiderte den Kuss.

Für ein paar Augenblicke stand die Zeit still, und Cordula wusste nicht, für welches der durcheinanderwirbelnden Gefühle in ihrem Innern sie sich entscheiden sollte – Freude, Überraschung, Erleichterung? Doch sie hatte gar keine Zeit, eine Wahl zu treffen, denn in diesem Moment schepperte die kleine Klingel über der Ladentür. Cordula löste sich erschrocken von Lena und stellte sich in einer schützenden Bewegung vor sie. Dann erkannte sie, dass dieser Eindringling keiner von der unangenehmen Sorte war. Trotzdem schaffte es Cordula nicht, ihre Emotionen so schnell wieder ins Gleichgewicht zu bringen. »Herrgott, Carlos, dein Timing ist wirklich unschlagbar!«, fauchte sie ihn an und angelte blitzschnell einen seidenen Morgenmantel aus der Umkleidekabine.

Reflexartig hob sich Carlos den Laptop, den er bei sich trug, vors Gesicht und stammelte eine Entschuldigung. »Ich … ich hab nichts gesehen. Gar nichts. Überhaupt nichts!«, beteuerte er.

»Und selbst wenn«, sagte Lena gelassen und schlüpfte in den Morgenmantel. »Du wirst es überleben, oder?«

»Ja, aber nur knapp.«

Zu Cordulas Erleichterung lachte Lena und warf ihr einen Blick zu, der zu sagen schien: Aufgeschoben ist nicht aufgehoben.

»Also: Was gibt es denn, Herr Detektiv?«, fragte Cordula. »Und ich hoff für dich, dass es wirklich was Wichtiges is!« Carlos ließ den Laptop sinken, und Cordula hob kichernd eine Hand vor den Mund. »Also, wenn ich gewusst hätt, dass du so dermaßen rot werden kannst, dann hätt ich en andere Ton für deine neue Haarfarbe ausgesucht.«

»Schon gut. Es geht gleich wieder.« Carlos stellte den Laptop auf den Verkaufstresen. »Ich wollte dir nur kurz was zeigen, Lena.«

»Hast du was über die Vase rausgefunden?«

»Vielleicht. Schau mal hier. Ist sie das?«

Carlos deutete auf eine Webseite mit arabischer Schrift und scrollte in einem 360-Grad-Bild herum, das die Ausstellungsstücke eines Museums zeigte, bis Lena ein grimmiges Schnauben ausstieß. »Und ob sie das ist. Eindeutig! Ich fass es nicht. Der Dreckskerl hat das Teil an diesen Scheich verhökert und wahrscheinlich ordentlich dafür kassiert.«

»Und was bedeutet das jetzt?« Cordula versuchte, ihr Inneres wieder von Romantik auf Rachegelüste umzupolen, was ihr erstaunlich schnell gelang.

»Man müsste beweisen, dass die Vase aus dem Fundus eurer Firma stammt und bezeugen, dass dieser al-Halabi mit Gruber in Kontakt stand«, sagte Carlos. »Es ist gut, dass du sie fotografiert hast, damit bist du auf der sicheren Seite.«

»Aber ich hätte die Vase doch genauso gut an einem anderen Ort fotografieren können«, wandte Lena ein.

»Nicht, wenn es eine polizeiliche Ermittlung in dieser Sache gibt«, versprach Carlos. »Dann werden sie deine Handydaten checken und die Zeit, in der die Aufnahmen gemacht wurden. Wenn du nachweisen kannst, dass du in dieser Zeit bei euch in der Firma warst, gibt es daran keinen Zweifel. Die Frage ist nur, was uns das bringt.«

»Na, dann wird Gruber seine Lizenz als Archäologe entzogen.«

»Ach Gott, des dauert doch viel zu lang. Bis dahin richtet der hier in Elwenfels bestimmt noch viel Schaden an!« Cordula spürte wieder die Wut in sich aufsteigen. Diesem Typ musste das Handwerk gelegt werden, je eher, desto besser. Lena, die ihren Chef seit dem Zwischenfall nicht mehr gesehen hatte, wusste noch gar nicht Bescheid über die Katastrophe, die er im geheimen Weinberg der Elwenfelser angerichtet hatte.

»Könntest du dir vorstellen, Anzeige gegen ihn zu erstatten?«, fragte Carlos sie.

Lena biss sich nickend auf die Unterlippe. »Dann kann ich mir eine neue Arbeit suchen und muss mit meiner Dissertation noch mal von vorne anfangen.«

»Eine Sackgasse is der beste Platz, sich umzudrehen und wieder rauszuspaziere, oder?« Cordula hoffte, dass ihre Worte nicht zu platt in Lenas Ohren klangen.

»Du hast recht. Ich habe bei Gruber sowieso keine Zukunft.« Sie strich gedankenverloren über die seidenen Ärmel des Morgenmantels. »Krass, dass ich das plötzlich so entspannt sehe. Seit ich euren verrückten Wein probiert habe, ist die Angst davor irgendwie verschwunden.«

Carlos atmete erleichtert aus. »Gut. Und jetzt, da das geklärt ist, dass du quasi die Seiten gewechselt hast ...«, er hielt Lenas Blick für eine Sekunde fest, »ist es wohl an der Zeit, dich einzuweihen.«

»In was denn?«

»In die Elwenfelser Unterwelt, die noch kein anderer Mensch von außerhalb je zuvor zu Gesicht bekommen hat.«

Lena richtete sich auf und starrte Carlos an.

»Hopp, Carlos, jetzt red Klartext mit ihr!«, forderte Cordula ihn auf. Sie konnte kaum erwarten, die Reaktion der Archäologin zu sehen, wenn sie von dem altertümlichen Gangsystem zu hören bekam, das die Elwenfelser seit Jahrhunderten schon auf eine eigene untergründige Art verband.

Kapitel 19

Ein Maulwurf rächt sich, ein Dorf wehrt sich

Carlos verließ Cordulas Geschäft mit einem siegessicheren Gefühl, das aber schon nach wenigen Metern ins Gegenteil verwandelt wurde. Und das lag nicht bloß an Hauptkommissarin Nadja Sprengel, die über den Platz lief und aussah, als hätte sie gerade die Kriminalstatistik von Ludwigshafen auswendig lernen müssen. Es war hauptsächlich die Szene am Brunnen, die ihn so unerwartet traf.

Dr. Fabian Gruber stand dort vor einer Wand aus Kameras und Mikrofonen, während eine Maskenbildnerin so tat, als könne sie sein entstelltes Gesicht irgendwie fernsehtauglich pudern. Carlos blieb fast das Herz stehen. Hatte der zwielichtige Archäologe etwa vor, der Welt mitzuteilen, was ihm gestern widerfahren war? Schnell versteckte er sich hinter einer Häuserecke, die außerhalb der Kameraobjektive lag, und beobachtete die Szene, die auch den anderen Elwenfelsern nicht entgangen war. Überall an Fenstern und Türen tauchten Gesichter auf. Im nächsten Moment stand Nadja Sprengel neben ihm und fragte mit amüsiertem Unterton: »Was ist denn mit dem armen Kerl passiert?«

»Das Leben als Archäologe kann manchmal ziemlich gefährlich sein«, knurrte Carlos.

»Habt ihr ihn gestern durch die Mangel gedreht, oder was?«

»Und wenn schon?« Carlos war es völlig egal, wie ungehalten er dabei klang. »Alles, was passiert ist, hat er sich selbst zuzuschreiben.«

»Na, dann wollen wir mal nicht hoffen, dass es Gruber so geht wie seinem amateurhaften Kollegen Lohmann und er auch in einem unterirdischen Loch endet.«

Carlos sah sie stirnrunzelnd an.

»Das Blut unter Lohmanns Fingernägeln. Wir wissen jetzt, dass es von Karls Vorgänger stammte, Godehard Blum. Das Haar von seiner Mütze, das ich gestern mitgenommen habe – der Schnelltest hat ergeben, dass es sich um ein und dieselbe DNA handelt.«

»Verdammt.«

»Ja, verdammt. Diese Information bringt mich nämlich nicht wirklich weiter. Sie beweist nur, dass der alte Pfarrer und Lohmann wohl eine Schlägerei hatten. Ob sie sich aber in den Katakomben der Kirche geprügelt haben oder irgendwo anders, können wir unmöglich feststellen. Es könnte ja auch sein, dass jemand anderes Lohmann in diesen unterirdischen Raum schleppte und ihn dort sterben ließ.«

»Aber wo ist dann Blum? Warum ist er verschwunden? Es liegt doch nahe, dass auch er dort unten irgendwo begraben liegt«, gab Carlos zu bedenken.

Nadja legte den Kopf schief. »Du willst andeuten, dass es hier nicht um ein Verbrechen geht, sondern ein Unglück? Die beiden Kontrahenten haben das Pech, dass bei ihrer Prügelei zufälligerweise die Kellermauern einstürzen und die Erde sie verschluckt?«

»Könnte doch sein.«

»Und wie sind sie da runtergekommen?«

»Es gibt im Kirchhof einen Brunnen. Karl meint, er sei verschüttet, aber in diesem alten Tagebuch steht, dass Gretas Bruder Bruno von dort aus in den Untergrund geklettert ist.«

»Und was wollte er da?«

Carlos genoss das interessierte Glitzern in Nadjas Augen. »Er war auf der Suche nach dem Nibelungenschatz. Und da hat er seine Nase wohl in jeden nur denkbaren Winkel gesteckt. Der Brunnen stürzte dabei allerdings ein und verschüttete den Jungen.«

»Was?! Ist er gestorben?«

»Nein, die Elwenfelser haben ihn geborgen. Aber seitdem ist der Brunnen als Einstieg in die Unterwelt nicht mehr brauchbar. Vielleicht müssten wir das trotzdem noch mal überprüfen.«

»*Wir*. Soso ...«, sagte sie unbestimmt und lenkte Carlos' Blick auf Gruber, der nun bereit war, zu den Kameras zu sprechen. Obwohl er ein Stück entfernt stand, hörte Carlos jedes einzelne Wort. Grubers Stimme trug weit über den Platz, als wollte er, dass alle Dorfbewohner ihm zuhören mussten. Zuerst erklärte der Archäologe großspurig, dass er sich die Verletzungen in seinem Gesicht bei der Arbeit in der Ausgrabungsstätte zugezogen hatte. Zwischen zwei gekünstelten Lachern fielen die Begriffe »Indiana Jones« und »Berufsrisiko«. Carlos ließ seinen Blick über den Platz schweifen: Am Eingang des Dessous-Ladens standen Lena und Cordula und starrten den Grabungsleiter mit reglosen Gesichtern an. Und der genoss seinen Auftritt mit jeder Silbe. »Ich kann heute mit großer Begeisterung verkünden, dass wir hier auf eine weitere, äußerst vielversprechende Verdachtsfläche gestoßen sind«, sagte er und streckte sein verschrammtes Kinn stolz in die Kameras. »Wenn man ein Mithräum von solchen Ausmaßen findet, wie es hier der Fall ist, dann muss man davon ausgehen, dass in unmittelbarer Umgebung noch mehr im Boden liegt. Deswegen habe ich gestern zu weiteren Forschungszwecken einen Drohnenflug über dem Wald veranlasst. Und ich kann Ihnen sagen, wir haben hier eine wahre Fundgrube an vormittelalterlichen Bauten in der Erde. Ob diese von den Römern oder den Kelten stammen, wissen wir nicht. Die Aufnahmen sind noch nicht vollständig ausgewertet, und wir müssen warten, bis wir eine Grabungserlaubnis vom Landesdenkmalamt bekommen. Wenn ich daran denke, was in diesem kleinen Dorf alles im Boden liegt! Das ist Gänsehaut pur auch für einen alten Grabungsveteranen wie mich. In jedem Fall sind das großartige Neuigkeiten, und wir können gespannt sein, was hier alles zutage tritt. Vielleicht ja sogar ein Teil des Nibelungenschatzes, wer weiß?«

Carlos schloss die Augen und stieß die Luft aus. Er ahnte, was Gruber mit dieser Rede bezweckte, und bei dem Gedanken an die Konsequenzen dieses Schmierenschauspiels bekam er weiche Knie.

»Warum wirst du denn so blass?« Nadjas Stimme klang mehr neugierig als besorgt.

»Na komm! Da fragst du noch?«, fuhr er sie an.

Sie setzte einen ironischen Schmollmund auf. »Ach Gott nein, die armen Elwenfelser. Könnte es jetzt endgültig vorbei sein mit der beschaulichen Ruhe? Na komm, hier ist so viel halb legale Kreativität unterwegs, da wird man sich schon zu helfen wissen. Irgendwie werdet ihr diesen Berufsmaulwurf schon wieder los, oder?«

Carlos knirschte mit den Zähnen. »Ihn schon. Aber das Echo, das dieser Kerl auslöst, wird das Dorf unweigerlich verändern.«

»Man könnte aber auch einfach mal diesen betonköpfigen Widerstand abschütteln und im 21. Jahrhundert ankommen«, schlug sie vor. »Die Realität annehmen wie normale Menschen, das würde weitaus weniger Stress bedeuten. Auch für Leute wie mich, die hier ermitteln müssen.«

»Das sind aber keine normalen Menschen!« Carlos kam sich vor, als würde er über dieses isoliert lebende Inselvolk im indischen Ozean reden, das vor einiger Zeit einen aufdringlichen Missionar mit Pfeilen beschossen und ihn dabei getötet hatte. So mancher Elwenfelser hätte sicher auch gerne ab und an zu solch drastischen Mitteln gegriffen. Aber glücklicherweise waren sie ein ziemlich gewaltloses Völkchen, das, wenn überhaupt, nur eine Waffe kannte: ihr scharfzüngiges Mundwerk, hier »Gosch« genannt.

»Genau«, seufzte Nadja. »Der gemeine Elwenfelser ist kein einfacher Mensch, sondern ein *Homo palatinus*, seltsame Spezies einer längst vergangenen Zeit. Wo wir gerade davon sprechen – was macht denn das Tagebuch? Irgendwelche weiteren Erkenntnisse, abgesehen von diesem Unfall im Brunnen?«

»Nur Geschwisterstreit und gebrochene Herzen.«

Nadja streckte die Hand aus. »Das interessiert mich natürlich brennend.«

Er griff in seine Jackentasche und reichte ihr die zusammengefalteten Ausdrucke des letzten Abschnitts. Für die allabendliche Vorlesestunde in der Weinstube würde er seine Übersetzung des Tagebuchs ein zweites Mal ausdrucken.

Allerdings in der vollständigen Version. In der für Nadja bestimmten Abschrift fehlte nämlich ein wichtiges Detail: Carlos hatte die Passage mit dem alten Schmuck, den Bruno verloren hatte, gelöscht. Diese nicht unerhebliche

Kleinigkeit wollte er sich aufheben für den Fall, dass man Gruber unter Druck setzen musste. Es war ein gutes Drohmittel und musste taktisch klug eingesetzt werden. Falls Grubers Unterschlagung des Lederbeutels und die absichtlich falsch getätigten Angaben jetzt schon an die Öffentlichkeit gerieten, würde er sich vielleicht herausreden. So aber konnten die Elwenfelser ihn besser in die Enge treiben, wenn sich dafür Gelegenheit und Notwendigkeit boten. Wenn nicht, dann würde Carlos Nadja das entscheidende Detail später nachreichen, mit der Entschuldigung, sich beim Übertragen der komplizierten Sütterlin-Schrift mal eben in der Zeile geirrt zu haben. So oder so – Grubers Karriere wäre durch die Sache mit Brunos falschem Schatz beendet.

»Was meinst du, Carlos, könntest du eine kleine Recherche für mich vornehmen?«

»Was denn?«, fragte er und bemühte sich, nicht allzu ungehalten zu klingen.

»Kannst du herausfinden, ob es zwischen diesem Tagebuch und dem verschwundenen Pfarrer irgendwelche Verbindungen gibt?«

»Ist das nicht eigentlich deine Aufgabe, Frau Kommissarin?« Carlos schob den Gedanken weg, dass das Ganze so langsam in Stress ausartete. Aber ihn interessierte diese Frage natürlich auch. Er ahnte, dass der Pfarrer und Lohmann nicht bloß wegen dessen Schatzsucher-Ambitionen aneinandergeraten waren.

»Wir können es ja zusammen machen«, sagte sie, was aus ihrem Mund nicht wie ein Vorschlag, sondern wie ein Befehl klang. Also verabredeten sie sich für später im Pfarrhaus.

Die kleine Menschenmenge auf dem Platz zerstreute sich. Gruber war sichtlich zufrieden nach seinem Fernsehauftritt und ging mit großen Schritten in Richtung Kirche davon, wo er in dem weißen Zelt verschwand. Die Elwenfelser waren von Grubers Rede offensichtlich verunsichert, immer mehr strömten aus ihren Häusern hin zu ihrem zentralen Versammlungsort, der Weinstube.

Als Carlos eintrat, war die Atmosphäre zum Schneiden. Es wurde wild durcheinandergeredet, bis Cordula mit dem Boden eines Schoppenglases auf den Tisch schlug und rief: »Leut! Ich glaub, diese junge Dame hier weiß die Antwort auf unsere Frage.« Sie schob Lena in die Mitte zwischen die Tische. Einigen Dorfbewohnern fiel erst jetzt auf, dass eine Fremde mitten unter ihnen war, und sie runzelten die Stirn.

»Des is die Lena! Un sie is auf unsrer Seit!«

Schnell sprang Sofie Cordula bei: »So isses. Die Lena is seit letzter Nacht eine von uns.«

Damit war klar, dass Lena als Außenstehende die Ehre gehabt hatte, den Zauberwein zu kosten. Was so viel hieß, dass man ihr uneingeschränktes Vertrauen entgegenbringen konnte. Trotzdem wollten manche der Dorfbewohner immer noch nicht verstehen, womit sich die unscheinbare junge Frau dieses Vertrauen verdient hatte. Sofie hob die Hände und bändigte das aufbrausende Gemurmel. Währenddessen betrachtete Lena die Menge, ohne den Kopf einzuziehen. Von ihrer Schüchternheit war nichts mehr zu spüren. Carlos war beeindruckt. Cordula und das zauberhafte Elwenfelser Elixier hatten ganze Arbeit geleistet. Die Erinnerung an die intime Szene im Laden flackerte in seinem Kopf auf, und wieder keimte dieses unangenehme Gefühl auf, die beiden Frauen in einem wichtigen Moment gestört zu haben.

»Jetz awwer mol!«, rief Sofie. »Wir vertrauen uns doch untereinander, oder? Alla. Und wenn sich einer von uns an mich wendet mit der Bitte, dass ein auserwählter Auswärtiger von unserm Wein trinke soll, dann hat der oder die sicher wichtige Gründe. So war's immer, oder net?!« Sie ließ ihren eindringlichen Blick zwischen Carlos, Hans Strobel und Trudy hin und her wandern. »Und wir haben schon immer richtig gelegen mit unserer Menschenkenntnis. Die Cordula hat beschlosse, dass die Lena auch so ein spezielle Fall is. Also: Wer hat jetz noch was dagege zu sage?«

»Ich wüsst halt nur gern de Grund?«, fragte der alte Paul mit seiner schnarrenden Stimme.

»Ganz einfach«, sagte Cordula. »Die Lena is jetz unsere Agentin. Sie wird uns über alle Schritte von ihrem Chef informiere, damit wir ihm immer en Schritt voraus sein könne. Wir wissen inzwische, dass der net bloß en unsympathische Olwerkolwe is, sondern auch noch kriminell. Er klaut archäologische Funde un verscherbelt sie an reiche Type im Ausland. Wir müssen ihn stoppe. Un dabei kann die Lena uns helfe. Alla, noch Fragen?«

Ein synchrones einsichtiges Nicken beherrschte den Raum. Dann klapperte es hinter der Theke, und die Wirtin Bettel drückte Lena ein volles Glas Rieslingschorle in die Hand – die Elwenfelser Willkommensgeste. Dabei strich sie ihr über den Kopf und sah sie so liebevoll an, als wollte sie die kleine Archäologin auf der Stelle adoptieren. Die angespannte Stimmung lockerte sich. Otto gab sich Mühe, sein dröhnendes Organ zu dämpfen, als hätte er Angst, Lena mit seiner Stimme umzublasen. »Hopp Mädel, dann sag uns doch bitte mol: Was hat des Dummgebabbel von deim Chef mit de Fernsehleut zu bedeute?«

»Er will euch damit schaden.« Lena trank einen Schluck aus dem Dubbeglas, das in ihren Händen absurd groß aussah.

»Des macht er doch sowieso schon!«, fuhr Anthony dazwischen. »Die rausgerissene Rebe – ich hab versucht, die zu rette. Da is nix zu mache. Die sin kaputt. Taugen bloß noch als Deko. Es is zum Heule!«

»Das mit den beiden Rebstöcken ist noch gar nichts«, fuhr Lena fort. »Wenn das eintrifft, was er mit seiner Aussage vor den Kameras bezweckt hat, dann habt ihr hier bald noch viel schlimmere Probleme.«

»Hä? Was zum Kreuzdunnerwedder meinscht du do damit?«, polterte Willi los, senkte aber auf einen drohenden Blick von Cordula die Stimme und versuchte es zartfühlender. »Äh, also ich meine ... ich wollt sage: Wie ist denn diese bedrohlich klingende Aussage gemeint, wertes Fräulein?«

Lena sah sich mit einer Mischung aus Lächeln und Stirnrunzeln in der Weinstube um.

»Ganz einfach: Mit diesem Interview lockt er Leute an, die sich privat als Hobbyarchäologen betätigen. Typen, die mit Bodenradar und Sonden durch die Wälder ziehen, immer auf der Suche nach irgendwelchen Schätzen und verschwundenen Wertsachen. Ein Albtraum für jeden seriösen Archäologen.«

»Du meinst, so wie dieser Kai Lohmann damals?«, fragte Carlos.

Lena nickte. »Es gibt in Deutschland Hunderte von diesen Leuten. Meistens sind es Männer, die ohne Rücksicht auf Verluste ihre Schatzgräber-Fantasien ausleben. Oberhalb von Bad Dürkheim gibt es zum Beispiel eine keltische Siedlung im Wald, aber keine offiziellen Pläne, sie vollständig freizulegen. Archäologen lassen Funde, die sie nicht sofort untersuchen können, am liebsten im Boden. Das klingt paradox, aber im Erdreich sind sie am besten geschützt und konserviert. Wir graben nur, wenn es gar nicht anders geht, wenn etwas darübergebaut werden soll oder der Fund von außergewöhnlicher Bedeutung ist.«

»Un weiter?«, drängte jemand aus der Runde.

»Also, in Bad Dürkheim – und das ist nur eins von vielen Beispielen – wurden immer wieder Leute beobachtet, die mit Sonden diese keltische Siedlung ablaufen und auch graben. Sie scheren sich nicht um wissenschaftliche Richtlinien, buddeln einfach in der Erde und behalten alles, was sie finden. Auf Ebay tauchen immer wieder römische Münzen, keltische Gewand-Fibeln oder Gefäße auf, alles Artefakte, die aus illegalen Grabungen stammen. Das ist eine ganz eigene Szene, die untereinander gut vernetzt ist. Gleichzeitig finden da aber auch regelrechte Revierkämpfe statt. Ein Haufen gewissenloser Wichtigtuer, die Bodendenkmäler zerstören und denen es nur um ihren Egotrip geht.«

»Und du meinst, dass Gruber uns diese Leute jetzt auf den Hals gehetzt hat?«, hakte Carlos nach.

»Genau das meine ich.«

»Und das funktioniert so mir nichts, dir nichts?«

Lena lachte bitter auf: »Ihr könnt sicher sein, dass diese Sondengänger-Typen nur ein paar Sätze von Grubers Fernsehauftritt gesehen haben müssen, schon packen die ihren Rucksack und ihre Geräte zusammen und machen sich schnellstmöglich auf den Weg. Die werden den ganzen Wald auf links drehen, weil sie so gierig sind auf irgendwelche antiken Funde. Und Gruber weiß das genau. Ein seriöser Archäologe würde so etwas erst mal für sich behalten. Aber Gruber will euch Stress machen, euch schaden.«

Die Weinstube explodierte vor Wut. Eine Lawine an Schimpfwörtern rollte durch den Raum, und Lena zog unwillkürlich den Kopf ein, obwohl sie das meiste wohl ohnehin nicht verstand. Diesmal hatte Sofie mehr Mühe, wieder für Ruhe zu sorgen. »Lena, du weißt Bescheid über die Karte von den unterirdischen Gängen im Dorf?«, fragte sie.

»Ja, Cordula und Carlos haben sie mir gezeigt.« Sie wandte sich an Cordula und lächelte. »Ich wollte mal sagen ... also, vielen Dank, dass ihr mich eingeweiht habt. Das ist eine große Ehre für mich. Nicht nur als Archäologin.«

Cordulas Strahlen wirkte wie ein Flutlicht in dem dunkel getäfelten Gastraum. »Jo, des is alles Teil von unserer Verteidigungstaktik«, behauptete sie und wurde ein wenig rot dabei.

»Was sagst du zu dieser Karte?«, fragte Sofie Lena. »Kann sie uns irgendwie weiterhelfen?«

»Ich denke schon. Es fragt sich bloß, was genau ihr damit machen wollt.«

»Wir brauchen in erster Linie einen Fachmann ... eine Fachfrau, die uns mit ihrem Wissen unterstützt und wenigstens theoretisch einschätzen kann, ob die Gänge da unten überhaupt begehbar sind«, sagte Carlos. »Wir müssen einen Verschwundenen wiederfinden, einen Todesfall aufklären und Gruber zuvorkommen. Er darf dieses Gangsystem auf keinen Fall betreten. Aber er ist kurz davor, wenn er vom Mithräum aus weitergräbt.«

Lena nickte ernst. »Wow, da habt ihr euch ja was vorgenommen.«

Für eine Weile war es ruhig in der Weinstube, ganz so, als hätte den Elwenfelsern der kollektive Blick in die Zukunft die Sprache verschlagen. Es war Willi, der die Stille mit einem markerschütternden Beschwörungsruf beendete: »Es kummt, wie's kummt! Un do druff wird jetz einer getrunke!« Er hob das Glas, und ein vielstimmiger

Chor antwortete ihm. »Genau so isses!«, »Alla hopp, dann Proscht!«, »Zum Wohl die Palz un Elwenfels!«, »Druff un dewedder!«, »Schoppegewitter!«, »Dubbeglaskarambolage!«

Carlos senkte den Blick. Sosehr er seine Freunde lieb gewonnen hatte, mit dieser allgegenwärtigen Riesling-Motivation konnte er einfach nichts anfangen, besonders jetzt in dieser kritischen Situation. Aber wahrscheinlich brauchten die Elwenfelser diese Art der Selbstbeschwörung gerade jetzt am allermeisten, um ihre Kräfte zu mobilisieren.

Nachdem wieder einigermaßen Ruhe einkehrt war, sagte Lena im Ton einer Grundschullehrerin, die eine Gruppe Kinder für die Geheimnisse der Archäologie begeistern will: »Habt ihr eigentlich gewusst, dass im Römisch-Germanischen Museum in Köln ein ganz ähnliches Trinkgefäß aus römischer Zeit steht? Mit diesen runden Vertiefungen drin.«

»Ich bin ja grad froh, dass du net Dellen gesagt hast«, schmunzelte Michael.

»Jo genau, des sind nämlich ke Delle, sondern Dubbe«, präzisierte Elsbeth.

»Un was viel Leut auch net wisse«, sagte Otto. »Die Römer waren die Erfinder vom Weinschorle. Der römische Woi war nämlich so en dermaßen forztrockene Rattegiggel, dass ma den bloß trinke konnt, wenn er mit Wasser verdünnt war.«

Lena warf ihm ein anerkennendes Lächeln zu. »Rattengiggel? Ja genau, sehr saurer Wein. Manchmal haben sie auch Honig beigemischt. Hauptsächlich aber, um den Geschmack von Pech zu übertünchen, mit dem die Weinfässer innen bestrichen waren. Wer bei den Römern nämlich den Wein unverdünnt trank, galt als Säufer.«

»Die spinne, die Römer«, merkte Karl überflüssigerweise an.

»Also, ich will ja kein Spielverderber sein«, rief Carlos schließlich in die Runde. »Aber wo wir gerade bei dem Stichwort Dellen und *Vertiefungen* waren ... was ist denn jetzt mit der Karte und den unterirdischen Gängen?«

Lena stellte ihr Glas ab und betrachtete die Karte, die in Klarsichtfolie eingeschweißt auf einem Tisch lag. »Ich habe vorhin kurz mit einem unserer Kollegen gesprochen, der meinte, dass Gruber etwas von einer runden Bodenstruktur im Wald erzählt hätte, die er mit seiner Drohne gesehen hat.«

»Wie will der überhaupt was sehe, wo die Drohne jetzt so schön platt is?«, fragte Michael und zwinkerte Otto zu.

»Während die Drohne fliegt, kann man auf dem Handy verfolgen, was die Kamera sieht.«

»Das scheint der runde Raum zu sein, wo de Geheimgang aufhört, wo aus'm Ort rausführt.« Anthony deutete auf die entsprechende Stelle der Karte.

»Leute, ich bin zwar kein Archäologe«, meinte Carlos. »Aber sieht es nicht so aus, als ob dieser Raum direkt unterhalb des Wingerts im Wald liegt?«

»Oh ... ja klar«, raunte Sofie. Carlos hätte schwören können, dass eine kollektive Gänsehaut die Elwenfelser ergriff.

»Also doch kein Keltenfriedhof?«, fragte Anthony.

»Keine Ahnung. Ich habe so etwas noch nie gesehen«, erwiderte Lena.

»Warum weiß denn hier im Dorf niemand etwas darüber?«, wunderte sich Carlos laut.

»Manche Dinge geraten eben in Vergessenheit«, murmelte Cordula. »Und dann komme so Mensche wie die Lena, damit sie wieder ans Licht geholt werden.«

»Oder wie Gruber«, sagte sie mit finsterem Gesichtsausdruck. »Also jedenfalls braucht mein Chef diese Karte nicht zu sehen. Wenn er weitergräbt, wird er auf diesen Gang hier stoßen«, sie tippte mit dem Zeigefinger auf eine Stelle, die nordöstlich des Mithräums lag. »Und wenn der nicht komplett eingestürzt ist, muss er einfach bloß geradeaus laufen, um in diesen runden Raum zu kommen.«

Ein paar Elwenfelser verrenkten sich die Köpfe beim Betrachten der Karte und dem Versuch, sich die Gänge unterhalb des Dorfes vorzustellen.

»Ich habe einen Vorschlag«, sagte Lena. »In den Häusern, die an dieser Abzweigung hier liegen«, sie deutete auf den Gang, der aus dem Dorf herausführte, »müsste es doch irgendwo einen Einstieg geben, oder?«

Die Betroffenen, unter ihnen Sofie, Charlotte, Frau Zippel und noch einige andere, sahen sich an und zuckten mit den Schultern.

»Sucht doch mal danach. Auch wenn ihr glaubt, es gibt keinen Eingang. Irgendwann einmal hat es vielleicht einen gegeben. Ihr habt ja selbst gesehen, dass ihr über euer schönes Dorf längst nicht alles wisst, was es zu wissen gibt.«

»Ah ja? Un was heißt des jetz schon wieder?«, brummte Otto hörbar empört.

Vor zwei Tagen hätte Lena sich vor seinem aufbrausenden Wesen wohl weggeduckt, aber sie sah Otto lächelnd an. »Ich will damit nur sagen, dass die Geschichte viele Dinge verschluckt, das ist ein völlig natürlicher Vorgang. Sonst wäre meinesgleichen arbeitslos. Also, wenn ihr Gruber zuvorkommen wollt, müsst ihr einen Zugang zu diesem Gang hier finden.« Sie tippte noch einmal auf die Karte. »Und wenn jemand etwas findet ... Vorsicht! Das könnte gefährlich sein. Also gebt mir Bescheid! Ich kann zumindest abschätzen, ob so ein Gang einsturzgefährdet ist oder nicht. Wir wollen nicht, dass jemand verschüttet oder erschlagen wird, okay?«

»Jawohl, Frau Grabungskommandeurin«, sagte Otto. »So wird's gemacht!«

»Und was machen wir, wenn dann diese komischen Sondengänger kommen?«, wechselte Anthony das Thema. »Stellt euch des mal vor: lauter Hannebambel, die durch de Wald schlappe un vielleicht sogar noch unsern Wingert zertrampeln. Was sollen wir da dagegen machen?!«

»Des is e gute Frag«, sagte Willi. »Aber es is ja net so, dass wir hier net genug Freiwillige hätte, die … na ja …«

»Was du meinst, is e Bürgerwehr«, erwiderte Otto und sah dabei aus, als hätte er ein Stück Kernseife im Mund. »Es is doch e Schand, dass wir jetz meine, wir hätten so ebbes nötig!«

»Ja, Pfui Deifel!«, spuckte der alte Paul aus.

»Dann schirmen wir den Wingert ab. Mit einer Menschenkette oder so was«, schlug Charlotte vor.

»Wenn du dir deinen Bobbes abfrieren willst, bitte«, wehrte ihre Schwester Sofie sie ab. »Es muss doch noch andere Möglichkeiten geben.«

»Un was bittschön?«, fragte Willi.

Carlos wechselte einen Blick mit Lena. »Ich hätte da, glaub ich, eine Idee …«

Weiter kam er nicht. Die Tür der Weinstube ging auf, und das vierköpfige Fernsehteam samt dem Reporter der gestrigen Sendung platzte herein. Der Kameramann, ein Typ mit riesigen Ohrlöchern, eine Frau mit überdimensionierter Daunenjacke und ein frierendes junges Ding mit roter Nase, das eine riesige Tasche voller Equipment schleppte. Der Reporter trug einen Anorak mit Fuchspelz an der Kapuze. Carlos ging hinter Otto in Deckung. An den Gesichtern einiger Elwenfelser, aber vor allem an Cordulas und Elsbeths Ausdruck sah er, dass sie die Truppe wohl schon kannten.

»Hallo Leute, wie sieht's aus?«, rief der Reporter in die Runde. »Gibt's heute noch mal so ne leckere Kartoffelsuppe wie gestern? Mein Team hat ja so was von geschwärmt von dem *country food* hier!«

»Was träumst du eigentlich nachts?!«, fuhr Cordula ihn an.

»Was'n jetzt los?«, wunderte sich der Kameramann, und die anderen drei wechselten unsichere Blicke.

»Was los is?« Elsbeth baute sich vor der kleinen Gruppe auf und stemmte die Fäuste in ihre Seiten, und Carlos war sicher, dass niemals zuvor eine alte Dame in Kittelschürze so bedrohlich ausgesehen hatte. »Was glaubt ihr, wo ihr hier seid?«

»Sieht aus, wie so ne Dorf-Klitsche halt aussieht«, stellte der Reporter fest. »Aber wenn es hier gutes Essen gibt, sagt man ja nicht Nein.«

»Für euch Bagage gibt's hier gar nix mehr zu esse!«, zischte Elsbeth.

»Warum nicht? Habt ihr schon alles aufgegessen?« Die Runde kicherte vielsagend.

»Genau!«, rief Willi. »Weil wir nix Besseres zu tun ham wie Fresse, Saufe un Dummbabbeln.«

»Ja, das können wir am besten!«, pflichte Pfarrer Karl ihm bei.

»Un ihr Profis vom Fernsehen habt des jo auch alles perfekt dokumentiert!«, flocht Anthony ein.

»Also, ich versteh das nicht!« Die Daunenjacke wandte sich an Cordula. »Ihr selbst habt doch gestern gesagt, dass ihr nichts mit Publicity zu tun haben wollt und dass euch der ganze Rummel zu viel ist, oder etwa nicht?«

»Ihr seid ja doch net so schwer von Begriff«, freute sich Sofie mit kühlem Lächeln.

»Aber worüber regt ihr euch denn dann so auf?«

»Ja, genau, was ziert ihr euch denn so?«, fragte der Moderator spöttisch. »Ihr müsst euch mal entscheiden! Wenn ihr keine Fremden hier wollt und wir euch auch genau so der Außenwelt zeigen, dann seid ihr doch selbst schuld. Oder fühlt ihr euch einfach nur *gedisst*, also, äh ... durch den Kakao gezogen durch die Darstellung eurer Sitten und Gebräuche?«

»Durch de Kakao wär net so schlimm gewese«, rief Elsbeth. »Es war aber dein bappisches Babbelwasser!«

»Hä?«

»Ihr müsst bloß eins verstehen«, half Cordula der betont ratlosen Gruppe auf die Sprünge. »Für euch gibt's hier weder Grumbeersupp noch sonst irgendwas.«

»Wir sind hier also nicht willkommen?«, fragte die Daunenjacke perplex.

»Endlich hat's gerappelt«, stellte Elsbeth erleichtert fest, nahm von ihrer Küchenhilfe Johanna einen Teller Bratkartoffeln mit Speck entgegen und stellte ihn vor Alfred auf den Tisch, der Messer und Gabel in die Hände nahm wie ein angriffslustiger Pirat.

Das Fernsehteam und der Moderator betrachteten die köstlich duftende Speise mit einer Mischung aus Wut und Bedauern.

»Nur dumm, dass sich so was rumspricht, was das hier für ein Scheißkaff ist«, regte sich das Riesenohrloch auf.

»Ach Gott, sind die Gebrätelte lecker!«, schmatzte Alfred dazwischen.

»Ganz, ganz schlechte Werbung für Ihr Dorf!«, ätzte das Mädchen mit der roten Nase und zückte ein Smartphone. Beinahe beiläufig schoss sie ein paar Fotos von der

Runde und dem genussvoll kauenden Alfred. »Ich poste das bei Instagram«, drohte sie.

»Ferzz mit Kricke!«, schnappte Otto.

»Was?«, empörte sich die Daunenjacke. »Fürze und Krücken, ja echt?«

»Also, ihr liebe Leut«, meinte Elsbeth versöhnlich. »Ich hab die Lösung für euch. Ihr fahrt jetz all zusamme nach Deidesheim. Da gibt's schöne Gaststätte für Touriste mit sogenannter Pälzer Hausmannskoscht. Aber hier bei uns is jetz geschlossene Gesellschaft.«

»Deidesheim, gutes Stichwort.« Der Fuchspelzkragen betrachtete seine Fingernägel. »Da gibt's ja bald die neue Mall. Die Pfalz wird da unten ganz groß vermarktet. Das Ding soll original so aussehen wie der Ortskern von Deidesheim, mit Brunnen und Rathaus und Feigenbäumchen. Und die versteigern da einen Geißbock, und zwar nicht bloß einmal im Jahr zu Pfingsten, sondern jedes Wochenende einen. Vor allem asiatische Touristen stehen ja total auf so was. Designermarken, Topgastronomie, Saumagen-Sushi und Edelriesling aus Tupfengläsern, auf denen sich die Gäste im Anschluss ihren Namen eingravieren lassen können. Alles vom Allerfeinsten.«

»Un weiter?«, fragte Willi ungerührt. »Was hat des mit uns zu tun?«

»Das wird Auswirkungen haben auf euch. Die Leute sind ja nicht doof. Es werden ganz bestimmt einige den Weg hier raus in den Wald finden. *Nature* und so, *back to the roots*, das ist zurzeit mega im Trend. Da könnt ihr gar nicht verhindern, dass die Leute nach einem Kommerz-Trip in der Mall nachmittags in einem putzigen, unaufgeregten Dorf die Seele baumeln lassen wollen.«

»Jetz halt endlich die Gosch, du Luftpump!«, donnerte Otto.

Das Ohrloch konnte es immer noch nicht fassen. »Ey, ich glaub's nicht! Es gibt Leute, die würden sich für so viel Publicity ein Bein rausreißen. Und ihr …«

»Wir bevorzugen es, mit zwei Beine zu laufen«, sagte Cordula spitz.

»Also, ich bin offiziell sprachlos!«, verkündete das Daunenzelt kopfschüttelnd.

»Schää wär's«, sagte Elsbeth. »Dann wär endlich Schluss mit dem Dummgebabbel.«

Die Truppe trollte sich, fassungslos vor sich hin murmelnd, während die Weinstube kollektiv aufatmen konnte.

»Also, die blöde Instagram-Seite, das wär dann die nächste Baustell, um die wir uns kümmern müsse«, sagte Cordula und rieb sich die Hände.

5. September 1939

Ich kann immer noch nicht begreifen, was mit mir passiert ist. Vorgestern noch schien alles verloren, und nun kommt es mir vor, als wäre ich in einem neuen Leben aufgewacht. In gewisser Weise stimmt das auch, denn ich bin heute Morgen zum ersten Mal neben ihm aufgewacht. Neben Adalbert. Er schläft immer noch tief und fest, und die Sonne malt goldene Flecken auf sein Gesicht. Ich habe ihn so lange angesehen, wie ich noch nie einen Menschen angesehen habe.

Ich bin ganz leise aufgestanden und schreibe diese Zeilen im Sessel, der vor einem geöffneten Fenster steht. Draußen scheinen die Vögel in den Bäumen verrückt geworden zu sein. Ihr Gesang ist so ausgelassen wie nie zuvor. Vielleicht war es aber auch schon immer so und findet erst jetzt den Weg in meine Wahrnehmung. Obwohl ich nur in einem schlichten Zimmer sitze, liegt in allem mit einem Mal eine beinahe schmerzhafte Schönheit.

Wie gerne möchte ich Adalbert wach rütteln und mit ihm in den Wald hinausrennen und laut schreien vor Glück und Lebendigkeit. Bin ich von Sinnen, so glücklich zu sein, wo doch die Welt auf ein furchtbares Chaos zusteuert? Habe ich den Verstand verloren, dass mich diese Katastrophe, die Bruno Vaterlandsliebe nennt, gar nichts mehr angeht?

Ich muss aufschreiben, was gestern passiert ist, sonst denke ich später noch, dass nur die Nacht mit Adalbert für meinen Sinneswandel gesorgt hat. Denn so ist es nicht.

Gestern Morgen kam Bruno zurück in unser Gästezimmer und wollte seine Sachen zusammenpacken, um so schnell wie möglich die Rückreise anzutreten. Abgesehen von seinem kaputten Arm scheint er wieder ganz der Alte zu sein. Ich konnte seinen Eifer nicht ertragen und ging hinaus, um mich ein wenig abzulenken. Draußen auf dem Platz wartete Erwin mit seinem Traktor, und Adalbert stand auf dem Trittbrett und sagte etwas zu ihm. Erwin nickte bedächtig, und dann schauten beide Männer plötzlich zu mir herüber. Ich erschrak, denn in ihren Blicken lag eine Entschlossenheit, die mir unheimlich war. Kurz darauf lächelten sie aber und winkten mir zu. Der Rest des Tages verging mit Nichtstun. Abends, kurz bevor die Dunkelheit hereinbrach, forderte Adalbert mich auf, mit ihm in die Weinstube zu gehen. Ich folgte ihm schweren Herzens. Ein letztes Abendessen, ein letzter Riesling. Das würde also der Abschied sein. Adalbert nahm meine Hand und steuerte die Tür neben der Theke an, die wohl in den Weinkeller führt. An diesem Abend war die Gaststätte ungewöhnlich voll, und immer mehr Dorfbewohner drängten von draußen hinein. Jeder hatte ein Weinglas in der Hand – und sie alle steuerten diese Tür an.

»Was ist denn dort unten?«, fragte ich verwundert, aber Adalbert lächelte nur, nahm zwei Gläser aus dem Regal und schob mich auf die Tür zu. Dahinter verbarg sich eine Treppe,

die in die Tiefe führte. Ich hörte Stimmen von unten, die verzerrt klangen, als wäre dort unten eine Höhle.

Und ich hatte mich nicht geirrt. Unterhalb der Treppe befand sich ein riesiger Saal mit einem gemauerten Gewölbe, der sich unter den ganzen Dorfplatz erstrecken musste. An den Wänden flackerten Gaslaternen, und das Licht fiel auf eine große Anzahl Stühle, die dort im Kreis standen. In den Saal mündeten mehrere dunkle Zugänge, aus denen weitere Leute kamen. An einer Wand waren Nischen in den Stein gehauen, in denen Weinflaschen lagerten. Beim Näherkommen erkannte ich, dass die Flaschen von einer dicken Staubschicht überzogen waren, eingewoben in Spinnweben, die die Flaschen wie Geisterhände in den Nischen festzuhalten schienen. Adalbert führte mich zu einem Platz und setzte sich neben mich. In der Luft lag eine sonderbare Stimmung, und ich verstand nicht, warum ich ein Teil dieser Versammlung sein sollte.

Als alle ihre Plätze eingenommen hatten, erhob sich eine Frau, die ich bei früheren Gelegenheiten schon heimlich bewundert hatte. Sie heißt Gudrun und ist bei allen im Dorf hoch respektiert. Warum das so ist, weiß ich nicht, aber an ihrer außergewöhnlichen Schönheit allein kann es nicht liegen. Gudrun trat in die Mitte des Kreises und sah reihum. »Ihr Lieben, ihr wisst, warum wir hier sind«, sagte sie, und alle nickten.

»Wir haben Krieg. Schon wieder. Is des zu glaube? Die Welt is von Sinnen, un ihr wisst, was das bedeutet. Wir müssen jetzt dafür sorgen, dass wir unser Sinne beisammehalte. Mehr denn je. Wissen'er, wie'sch määän?«

»Ah joo!«, schallte es ihr aus allen Mündern entgegen.

»In der Zeit, die jetzt vor uns liegt, werden viele schlimme Dinge passiere in der Welt. Un es kann sein, dass ein paar schlimme Dinge auch bis zu uns nach Elwenfels kommen. Aber wir können uns wappnen, damit wir net das Wertvollste

verliere, was es im Krieg zu verlieren gibt. Un ich mein damit net unser Leben.«

Alle nickten bedeutungsschwer.

»Ihr alle wisst, dass wir uns jetzt schütze müsse für das, was kommt. Und ich freu mich ganz besonders, dass wir heute einen Gast haben, dem die kostbaren Gaben von unserer Pälzer Erde ebenfalls zugutekomme solle, gell, Greta?«

Gudrun sah mich an, und mir schlug das Herz bis zum Halse. Alle Blicke richteten sich jetzt auf mich, und Adalbert drückte meine Hand fester. Gudrun wandte sich wieder an die anderen und hob wie die Priesterin die Arme. »Alla hopp, her mit de Gläser!«

Die Versammlung hob die mitgebrachten Gläser, und Adalbert drückte mir ebenfalls eins in die Hand. Gudrun und vier andere Frauen gingen zu den Nischen, wo sie mehrere der verstaubten Flaschen herausnahmen. Nachdem sie die Flaschen entkorkt hatten, gingen sie reihum und gossen jedem eine kleine Menge des Weins ein, nicht mehr als drei Schlucke. Wie heller Bernstein schimmerte die Flüssigkeit in den Gläsern. Erst als an alle Versammelten ausgeschenkt worden war, stellte Gudrun sich wieder in die Mitte und erhob ihr Glas. »Lasst uns trinke, ihr Liebe! Auf de Friede. Un wenn schon net in der Welt, dann in unsre Herze. Auf die Unschuld, die mir uns bewahre müsse, egal was passiert. Auf's Leben, das immer weitergeht, auch wenn's net immer so aussieht. Un auf die Liebe.«

»So sei es!«, rief die Menge. »Alla hopp!«

Alle hoben ihre Gläser und tranken mit andächtig geschlossenen Augen einen ersten Schluck. Adalbert stupste mich an, damit ich es ihnen gleichtat.

Ich probierte zaghaft einen ersten Schluck. Dann sah ich mich um. Die Elwenfelser verzogen verzückt ihre Gesichter, hoben die Gläser ans Licht und bewunderten den funkelnden Wein. Ich trank einen zweiten Schluck, der ganz anders als der erste schmeckte. Wie eine Marmelade von einer exotischen Frucht. Vielleicht war das gar kein Wein, dachte ich verwirrt. Und warum gab es eigentlich nur so wenig davon für jeden, fragte ich mich, bevor ich den letzten Schluck nahm. Und mit einem Mal schien es, als würde etwas aus mir entweichen, das ich noch nie zuvor wahrgenommen hatte. Etwas Schweres, Dumpfes, dessen Anwesenheit ich erst bemerkte, als es im Begriff war zu verschwinden. Gleichzeitig fuhr es wohlig durch meine Hände und Füße, meinen Bauch, meine Brust. Der Nachgeschmack des Weins war so stark, dass ich mich unwillkürlich schütteln musste. Plötzlich fühlte ich nichts anderes mehr als die verschiedenen erstaunlichen Dinge, die in meinem Körper geschahen. Das entzückte Gefühl in meinem Zäpfchen, meiner Zunge, meiner Kehle, das Prickeln in meinem Gaumen. Die schlagartige Leichtigkeit in meinem Kopf war so stark, dass ich glaubte, davonfliegen zu müssen. In meiner Brust machte sich ein ungläubiges Lachen breit, und in meinem Bauch schien ein Feuerwerk den Rest meines Körpers zu erleuchten. Ich spürte, wie Adalbert seinen Arm um mich legte. Ich brach in unkontrolliertes Zittern aus, spürte aber im selben Moment eine tiefe Gelassenheit in mir. Deutschland war im Krieg. Na und? Ich war unsterblich, und kein Krieg konnte mir etwas anhaben. Das fühlte ich mit vollkommener Gewissheit.

Und noch etwas wurde mir bewusst. Ich würde nicht nach Berlin zurückkehren, auch wenn es den Bruch mit meiner Familie bedeuten mochte. Ich konnte nicht mehr zurück in den Wahnsinn, der das ganze Land und nun auch die Welt ergriff. Ich musste hierbleiben und tun, was mein Herz forderte. In diesem Moment wusste ich auch, dass ich diese heroische Deutschtümelei in der Tiefe meines Herzens schon immer abstoßend gefunden hatte. Ein Land im Wahn, ein Volk, das einer falschen Idee aufsaß, einem einzigen dramatischen Missver-

ständnis. Alle Gründe für den Krieg waren eine aus Schmerz und Angst geborene Illusion. Diese Täuschung machten sich Leute wie der Führer zunutze, und wir hecheln hinterher, weil wir es nicht besser wissen. Aber die Bewohner dieses wundersamen Dorfes Elwenfels leben in einer anderen Wirklichkeit, in der es diese Lügen nicht gibt. Ich spürte Tränen aufsteigen. Obwohl ich mir mit einem Mal nackt und orientierungslos vorkam, schämte ich mich nicht vor den vielen Menschen um mich herum. Mir war, als würde ich auf einmal in eine große Umarmung gezogen, so als würde das Leben selbst mich an sich drücken. Dann war plötzlich alles dunkel, und ich wusste nichts mehr. Als ich wieder zu mir kam, lag ich in Adalberts Bett. Draußen leuchtete der Mond vor den Fenstern, und er saß neben mir und sah auf mich herunter. Er hatte mich aus dem Keller hierhergetragen, wie er mir später erzählte. »Was ist denn da gerade passiert?«, fragte ich ihn.

Er beugte sich zu mir herunter und küsste mich. »War's schön?«, wollte er zuerst wissen.

Ich nickte. »Und wie! Aber ich verstehe es nicht.«

»Musst du auch net. Das Leben muss man net unbedingt verstehe. Man muss es einfach nur lebe. Un mit unserem Wunderwein geht's ein bissel leichter, gell?«

Dann erklärte er mir schließlich alles, was mit diesem geheimnisvollen Wein zusammenhing. Über einen geheimen Weingarten im Wald. Er erzählte mir von altertümlichen Ritualen, die die Elwenfelser seit Jahrhunderten pflegten, um die Reben zu ehren, die der Überlieferung nach auf einem Keltenfriedhof wuchsen. Adalbert schob sich neben mir ins Bett und zog mich an sich. Mein Herz klopfte wie wild, denn ich spürte etwas Unausweichliches, das wundervoll zu der eigentümlichen Stimmung passte, die mich umfing. Er erklärte mir noch, dass der Wein etwas Besonderes mit den Menschen anstellte. Dass man fortan das Leben mit dem Herzen wahrnahm und nicht mehr mit dem Verstand. Genau so hatte auch ich es empfunden. Es war mir ein Rätsel, wie ich jemals anders hatte fühlen und denken können. »Aber wieso ich?«, fragte ich.

Adalberts Augen schimmerten silbrig. »Is des so schwer zu verstehe?«, wisperte er. »Aus ganz eigennützige Gründe. Ich will einfach net, dass du zurück nach Berlin gehst, Greta.«

»So eigennützig sind diese Gründe gar nicht«, sagte ich. »Du hast für mich mitgedacht.«

»Das heißt, du bleibst hier bei mir?«

»Zweifelst du etwa an der Wirkung von eurem Zauberwein?«

»Hm, es kommt halt net so oft vor, dass Leut von außerhalb die Erfahrung mache.«

»Und warum ich?«, fragte ich noch einmal.

»Weißt du noch, worauf Gudrun getrunken hat?«

»Auf die Liebe.«

»Genau. Das is deine Antwort. Ich war mir bloß net sicher, ob die Liebe gegen dein Berlin ankommt.«

Ich konnte nicht glauben, was ich da hörte. Gleichwohl fand ich, dass in dieser besonderen Nacht nun genug geredet worden war. Adalbert schob seine Hand in meinen Nacken, und ich konnte spüren, wie sein Herz pochte. Nur noch eine Sache wollte ich loswerden. »Es ist jetzt nicht mehr mein Berlin«, flüsterte ich. »Sondern mein Elwenfels.«

Kapitel 20

Von den lebensrettenden, sentimentalen und nostalgischen Eigenschaften eines legendären Fußballvereins

Carlos sah sich in der Weinstube um, ob auch niemand bemerkte, dass er sich eine Träne der Rührung aus dem Augenwinkel wischte. Aber die wenigen Elwenfelser, die an den anderen Tischen saßen, ließen ihn in Ruhe, weil er sich hinter Laptop und Tagebuch verschanzt hatte. Er trank einen großen Schluck Weinschorle, um das Gefühl hinunterzuspülen. Die letzte Szene zwischen Greta und Adalbert klang nach einem Happy End, von dem er jedoch wusste, dass es später in einer Katastrophe enden würde. Denn es waren nur noch etwa zwanzig Seiten übrig, und das Datum des letzten Eintrags, der 22. März 1943, ließ nichts Gutes erahnen. Carlos hatte bereits recherchiert, dass Berlin in diesem Jahr zum ersten Mal bombardiert worden war, und zwar zwischen dem 16. Januar und dem 30. März 1943. Zu dieser Zeit hatte Greta sich bereits wieder in ihrer Heimatstadt befunden, wie er an der Überschrift des Abschnitts erkennen konnte. Die Gründe für ihre Rückkehr kannte Carlos noch nicht. Und die Auflösung des offensichtlich tragischen Endes würde auch heute noch warten müssen. Er klappte Tagebuch und Laptop zu und ging zu seinem Treffen mit Nadja Sprengel, die bereits im Pfarrhaus auf ihn wartete. Er fand sie und

Pfarrer Karl im Kirchhof über den Brunnen gebeugt. An diesem Tag schien eine blasse Wintersonne, die es schaffte, den Ort in eine ganz andere Atmosphäre zu tauchen. Der Kirchhof wirkte beinahe heimelig. Anstatt der unheilvollen Krähe tummelte sich ein Haufen Spatzen im Gras und flatterte um die Grabsteine herum, an deren Ecken Karl Futterringe aufgehängt hatte. Der Anblick hob Carlos' Laune, und er merkte erst jetzt, wie sehr ihn die Tagebuchlektüre trotz der romantischen Wendung bedrückte. Er konnte kaum mehr an etwas anderes denken als an Gretas Geschichte und die Frage, warum sie mitten im Krieg ein Idyll wie Elwenfels gegen die Hölle von Berlin eingetauscht hatte.

»Carlos, gut dass du kommscht«, sagte Karl. »Könntest du bitte deine Kommissarin davon überzeuge, dass es besser wäre, den Brunnen nicht als Einstiegspforte zur Unterwelt zu benutzen? Ich erinnere an das Märchen von Frau Holle. Brunne sin äußerst gefährliche Zwischenwelte, da bin ich ausnahmsweis e bissel abergläubisch. Ich möcht net, dass wegen einer kriminaltechnische Untersuchung plötzlich das Tor zur Hölle aufgestoßen wird.«

Nadja betrachtete Karl mit einem belustigt zuckenden Mundwinkel. »Ihr Aberglauben in Ehren, *Hochwürden*, aber wir versuchen hier den Hergang eines Verbrechens zu rekonstruieren. Wir müssen herausfinden, wie Kai Lohmann da runterkam. Und das Verschwinden Ihres Vorgängers deutet ja wohl darauf hin, dass auch er diesen Zugang kannte. Ob wir nun das Wie oder das Warum zuerst klären, ist egal. Aber wir müssen da runter. Ich rufe die Spezialisten an, wir werden den Brunnen untersuchen.«

»Aber Nadja, wir wissen doch, dass der Brunnen 1939 teilweise eingestürzt ist«, sagte Carlos.

»Falsch. Der junge Mann, der dort verunglückte, wurde doch dann wieder ausgegraben. Wer weiß, ob es da nicht doch noch einen Zugang gibt.« Sie zog ihr Handy hervor. »Ich rufe die Kollegen jetzt an. Und du kannst dich ja inzwischen schon mal mit Godehards Hinterlassenschaften beschäftigen.«

Carlos wollte gegen diesen dominanten Ton protestieren, doch dann erkannte er seine Chance. Während Nadja ihre Vorbereitungen traf, konnte er sich vielleicht einen kleinen Wissensvorsprung verschaffen. Er stieg die Treppe zum Schlafzimmer hoch, hockte sich vor die Truhe und den alten Lederkoffer. In der Truhe befanden sich Kleidungsstücke, Schuhe und ein platter Lederfußball. Carlos schaute auf das alte Plakat neben dem Schrank und dachte daran, was Karl über Blum erzählt hatte. Dass der Fußball ihm das Leben gerettet habe. Er schaute auf die schlaffe, schäbige Lederhülle in seiner Hand. Was genau war damit gemeint? Hatte dieser Fußball hier ihm das Leben gerettet? Oder die Liebe zum Fußball ganz allgemein?

Carlos hörte Nadjas Schritte auf der Treppe und nahm sich den Koffer vor.

»Sie kommen in einer Stunde«, sagte Nadja in seinem Rücken.

Sie ließ sich neben ihm auf dem Boden nieder. Die Nähte ihrer Lederhose knarzten, und er fing ihren herben, sinnlichen Geruch auf. Herrgott, konnte diese Frau nicht endlich aufhören, ihn derart zu verwirren? Falsch, sagte eine innere Stimme. Du könntest aufhören, damit zu hadern, dass Nadja dir nicht als Kollegin im Polizeidienst begegnet ist, in einem anderen Leben. Bevor du deine Liebe zu Charlotte entdeckt hast, Idiot! Er rückte ein Stückchen von ihr ab und öffnete die störrischen Kofferschnallen.

»Weißt du, warum wir das hier machen?«, fragte Nadja beiläufig.

»Ist das eine Fangfrage?«

»Nein. Aber wir suchen hier nicht nach irgendwelchem persönlichen Kram.«

»Sondern nach was?«

»Nach Hinweisen darauf, wer Godehard Blum überhaupt war. Laut Karl war Godehard schon ziemlich alt, als er vor dreizehn Jahren verschwand. Wie alt, wusste er aber nicht. Godehard hatte außerdem immer behauptet, er wüsste nicht, wann genau sein Geburtstag war, also hat er ihn immer an Weihnachten gefeiert.«

»Wie kann das sein?«

»Es ist gar nicht so ungewöhnlich für Menschen, die in den Kriegswirren geboren wurden. Kinder gehen verloren, kommen in andere Familien, und niemand weiß, wann und wo sie eigentlich zur Welt kamen. Im Krieg hatten nicht alle Eltern die Zeit, für ihre Kinder eine Geburtsurkunde ausstellen zu lassen. Und auf Blum trifft das wohl auch zu.«

»Woher weißt du das?«

»Wir haben seinen Namen in keinem Archiv oder Register gefunden. Auch in keiner der Suchdienststellen, die im Krieg verschollene Personen ausfindig machen sollen, taucht sein Name auf. Unter dem Namen Godehard Blum, auf den seine Beschreibung passen könnte, gibt es keinen Vermerk, weder im Einwohnermeldeamt noch sonst wo. Entweder er hat irgendwann mal seinen Namen geändert, oder er ist das überaus seltene Exemplar eines deutschen Staatsbürgers, dessen Existenz nie behördlich erfasst wurde. Jedenfalls wurde auf seinen Namen nie ein Personalausweis ausgestellt.«

Carlos klappte den Koffer auf und betrachtete nachdenklich den Wust aus Papieren, der ihnen entgegenquoll. »Du meinst, er kam ursprünglich vielleicht gar nicht aus Elwenfels und ist hier bloß untergetaucht?«

»Könnte doch sein, oder?« Nadja zog einige Papiere aus dem Koffer und überflog sie. »Meine Befragungen hier waren jedenfalls ohne Ergebnis. Es gibt niemanden, der mir sagen konnte, wer die Eltern von diesem Mann waren und ob er überhaupt in Elwenfels geboren wurde. Sie wissen nur, dass er hier aufgewachsen ist.«

»Wenn er hier aufgewachsen ist, kann er doch nicht untergetaucht sein.«

»Nicht wissentlich natürlich. Aber was, wenn es nach dem Krieg irgendeine Verwicklung gab, durch die er hier gelandet ist?«

»Und du glaubst, dieser Koffer spuckt das Geheimnis aus?«

»Komm schon, Carlos, das sind die Basics. Anfängerarbeit. Das würden wir immer zuerst und bei jedem machen.«

»Schon gut. Danke für die Ehre, dir dabei zur Seite zu stehen.«

Eine Weile durchforsteten sie den Koffer, ohne auf etwas Verwertbares zu stoßen. Godehard Blum war offenbar ein glühender Fan des 1. FC Kaiserslautern gewesen, denn sie fanden ein dickes Album voller Eintritts- und Dauerkarten für den Betzenberg von 1957 bis 2008. In einem separaten Ordner waren die Karten für die Auswärtsspiele abgeheftet. Der Mann hatte ein halbes Jahrhundert lang auf den Tribünen deutscher Fußballstadien verbracht. »Ein wahrer Fan«, stellte Carlos fest.

»Ja, schon allein deswegen ist es wahrscheinlich besser, wenn der gute Mann heute nicht mehr unter den Lebenden weilt«, seufzte Nadja.

»Wie ist das denn gemeint?«

Sie sah ihn abschätzig an. »Du interessierst dich nicht besonders für Fußball, was?«

»Seh ich so aus?«, entgegnete er.

»Und ich? Wie seh *ich* aus?«

»Äh … du? Du bist Fan von Kaiserslautern?«

»Carlos, ich mag vielleicht auf dich wirken wie ein menschenfressendes Reptil, so wie du mich manchmal anschaust. Aber ich bin … e Pälzer Mädel, isch bin vun do.« Sie lachte kurz auf. »Also schlägt mein Herz auch für diesen Verein. Und in letzter Zeit blutet es, so viel wirst du ja mitbekommen haben.«

Carlos sah sie ratlos an. »Ist jemand aus der Mannschaft gestorben?«

Nadja verdrehte die Augen. »Wenn es nur ein einziger Mensch wäre. Aber es geht die Angst um, dass irgendwann der ganze Verein stirbt. Wenn du erst mal unten drinstehst, bist du sehr schnell nicht nur in der Versenkung verschwunden, sondern ganz von der Bildfläche.«

»Davon versteh ich nichts.«

»Musst du auch nicht. Ich meine ja bloß – so wie es heute aussieht mit dem Verein, der ruhmreiche FCK im Keller, für einen Fan wie diesen Blum wäre das sicher nur schwer auszuhalten gewesen.«

»Hm, kann sein. Guck mal hier, er hat ziemlich früh angefangen.« Carlos hob einen Bilderrahmen aus dem Koffer, in dem eine einzelne Eintrittskarte auf rotem Samt hinter Glas lag.

»Jo, die Kart hat ihm immer am meisten bedeutet.« Karl war hinter ihnen in den Raum getreten. »Die war sein wertvollster Schatz.«

»Was ist das?« Carlos hatte Mühe, die verblichenen Buchstaben zu entziffern.

»Das Finalspiel um die deutsche Meisterschaft 1950/1951 gegen Preußen Münster«, erklärte Karl. »Im Berliner Olympiastadion. Das war damals der erste deutsche Meistertitel für uns. Muss e legendäres Spiel gewesen sein, über 80 000 Zuschauer.«

»Und Godehard war damals dabei?«, fragte Nadja.

»Schon möglich. Auf jeden Fall war ihm die Kart ganz arg wichtig.«

»Und was ist das hier?« Nadja angelte ein dünnes, gelbliches Papier hervor, das mehrfach eingerissen und geknickt war und aussah, als hätte es Regen, Sonne und Sturm überstanden. Dementsprechend wenig war darauf zu erkennen. Aber dass es einmal eine Geburtsurkunde gewesen war, sahen sie dennoch. Carlos betrachtete den verblichenen Stempel und die kaum noch zu erkennenden Drucklettern.

»Hm ... die Schrift müssten wir im Labor der KTU wieder sichtbar machen können«, sagte sie.

»Um herauszufinden, wann und wo Godehard geboren wurde?«, fragte Carlos. »Wie soll uns das helfen?«

»Ich hake besser nicht nach, warum ausgerechnet ein ehemaliger Kriminalkommissar mir eine solche Frage stellt«, erwiderte sie kühl und verstaute das uralte Dokument in einer Beweismitteltüte, ehe sie es noch einmal ins Licht hob. »Da, der Stempel. Sieht aus wie ein Adler mit Hakenkreuz. Das zuständige Standesamt kann man aber nicht mehr erkennen.«

»Also, ich will ja net in euer Ermittlungsarbeit reinfunke«, meldete Karl sich, »aber wie soll das helfen herauszufinden, warum de Godehard verschwunde is?«

»Vielleicht gar nicht, ist aber einen Versuch wert.« Nadja erhob sich. »Vielleicht ist er in den Brunnen gefallen, nachdem er Kai Lohmann verprügelt hat. Vielleicht ist er aber auch dorthin verschwunden, wo er hergekommen ist. Solange wir nicht wissen, wer dieser Mann wirklich war, müssen wir andere Szenarien mit in Betracht ziehen. Geheimnisse, Fehden, alte Familiendramen, was weiß ich. Noch andere wohlmeinende Fragen?«

Da keiner antwortete, verabschiedete sie sich und verschwand. Carlos betrachtete nachdenklich den Koffer. Die übrigen Papiere wirkten unbedeutend. Zeitungsausschnitte, Landkarten, Postkarten. Und diese auffällige Aufbewahrung für eine alte Fußball-Eintrittskarte. Warum hatte Godehard sie für so wertvoll erachtet? Er wandte sich an Karl, der sich auf die Bettkante gesetzt hatte. »Karl, wer ist der älteste Elwenfelser, der unter uns weilt?«

»De Erwin.«

»Ich meine, der älteste lebende. Keinen Geist.«

»Dann de Paul. Warum?«

»Ich muss ihn wegen Godehard befragen.«

»Der hat e Gedächtnis wie en Gitterrost, das weißt du doch.«

»Mag sein. Aber vielleicht kann er sich trotzdem an genau das Puzzleteilchen erinnern, das wir suchen.« Carlos betrachtete erneut die eingerahmte Fußballkarte. »Mir kommt da gerade ein Verdacht. Kai Lohmann, Godehard Blum und Greta Treptow. Hängt das alles irgendwie zusammen?«

»Vielleicht. Aber wie?«

»Ich muss erst das Tagebuch zu Ende transkribieren, bevor ich dazu was sagen könnte.«

Karl sah ihn an, als würde Carlos die Enthüllung des Geheimnisses aus reiner Bosheit herauszögern. »Ja hopp, auf geht's, woraufwartescht du dann noch?«

Kapitel 21

Wo oberirdisch gerätselt wird, welche Geheimnisse und Träume unterirdisch begraben sind

Draußen rückten behelmte Ermittler dem Brunnen mit einer Seilwinde, Eimern, Schaufeln und anderem Gerät zu Leibe, aber Carlos ließ sich nicht ablenken. Er saß in Karls Wohnzimmer mit einer Kanne Ostfriesentee und einem Teller Kekse und arbeitete sich durch den letzten Teil des Tagebuchs. Draußen im Kirchhof landeten Erdladungen und Steinbrocken auf dem Gras zwischen den Gräbern. Karl, der das Elend in seinem Hinterhof nicht mit ansehen konnte, war nach nebenan in die Sakristei geflüchtet, um dort nach seinem verlorenen Gleichgewicht zu suchen, wie er sich ausdrückte. Nadja Sprengel war nirgendwo zu sehen.

Carlos biss sich beim Transkribieren auf den Daumennagel und ertappte sich bei einem merkwürdigen Gefühl. Sosehr es ihn erleichterte, dass seine Sütterlin-Lektüre bald ein Ende haben würde, so sehr wollte ein Teil von ihm, dass die Geschichte weiterging, und die Illusion aufrechterhalten, dass alles gut war, solange Greta noch lebte. Es tat ihm weh, dass er ihren Lebensweg bald nicht mehr nachverfolgen konnte, dass die Greta, die er in diesem Tagebuch kennengelernt hatte, bald nicht mehr da sein würde.

Nachdem die Elwenfelser sie in ihren Kreis aufgenommen hatten, veränderte sich der Stil der Tagebucheinträge. Offenbar hatte Greta, als sie endlich da angekommen war, wo sie hinwollte, kein großes Bedürfnis mehr, ihre Erlebnisse ausführlich zu schildern. Die Abreise ihres Bruders beschrieb sie nur mit knappen Worten und deutete an, dass er voller Groll aus Elwenfels verschwunden war, zusammen mit der Ankündigung, dafür zu sorgen, dass sie ihr kleines Paradies nicht lange würde genießen können. Greta kümmerte sich nicht weiter um diese Drohung. Sie fühlte sich bei den Dorfbewohnern vollkommen sicher, und Bruno kam in den nächsten beiden Jahren nicht dazu, sie zu drangsalieren. Greta erwähnte allerdings wütende Briefe ihres Vaters, der ihr befahl, endlich nach Hause zu kommen. Dann ein Eintrag, der wieder von ihrem Bruder handelte. Bruno war in die Wehrmacht eingetreten und ganz begeistert über seine Versetzung an die Ostfront. Greta drückte die Sorge um ihren Bruder mit knappen Worten aus, ebenso ihr Entsetzen über die furchtbaren Dinge, die in Deutschland ihren Lauf nahmen. Sie beschrieb das Leben in Elwenfels nur am Rande und widmete auch ihrer Hochzeit mit Adalbert bloß ein paar schlichte Zeilen. Trotzdem meinte Carlos aus ihren kurzen Berichten herauslesen zu können, dass sie glücklich war, zumindest soweit es eben möglich war angesichts dessen, was außerhalb des Dorfes geschah. In einem etwas längeren Abschnitt vom November 1941 beschrieb Greta in hoffnungslosen Worten, dass Elwenfels sich nun nicht länger vor der Allgegenwart der Nazis verstecken konnte. Der zuständige Gauleiter war auf die »undeutsche« Lebensart der Elwenfelser aufmerksam geworden und hatte seine Schergen losgeschickt, um im Dorf für Ordnung zu sorgen. Greta schien es kaum über sich zu bringen, den neuen Alltag in Elwenfels schriftlich festzuhalten, und Carlos war ihr dankbar dafür. Schon ihre vagen Andeutungen waren fast unerträglich. Die jungen Männer aus dem Dorf wurden eingezogen und an die Front geschickt, während die Frauen als Krankenschwestern zum Einsatz kamen oder als Arbeiterinnen in die Munitionsfabriken nach Landau und Kaiserslautern. Elwenfels trocknete aus, wurde menschenleer, denn des Gauleiters Lektion in Vaterlandstreue bestand darin, möglichst alle Bewohner des Ortes zwangszurekrutieren. Damit legte er das Leben in Elwenfels fast völlig lahm, und der kleine Ort mutierte zu einem Geisterdorf.

Carlos' Hals wurde eng. Er brauchte gar keine Details, um sich vorzustellen, wie konsequent die Nazis dabei vorgegangen waren, den Freigeist von Elwenfels zu neutralisieren. Greta, die seltsamerweise unbehelligt blieb, ohne auf diesen Umstand jedoch näher einzugehen, beschrieb die Geschehnisse mit einer seltsam distanzierten Haltung, als wäre sie insgeheim davon überzeugt, dass ihr nichts passieren konnte. Adalbert hatte es geschafft, sich den Machthabern auf besondere Weise nützlich zu machen. Er sollte an der Weinstraße die vielen Weinkeller der Winzerbetriebe inspizieren und prüfen, inwieweit sie als Luftschutzkeller taugten, und die Umbaumaßnahmen koordinieren. Greta beschrieb, wie er ihr unter Tränen davon erzählte, dass Hunderte Weinfässer geleert und aus den Kellern gerollt wurden, um darin Platz für die Landbevölkerung zu schaffen. Und auch die weit verzweigten Keller unter Elwenfels wurden umfunktioniert, aber nicht zu Luftschutzräumen. Im Dorf hatte sich ein subtiler, aber effektiver Widerstand formiert, der den Verfolgten aus Deidesheim und Umgebung zugutekam. In wenigen Sätzen deutete Greta an, dass die Geheimgänge von den

Nazis unentdeckt geblieben waren und als Versteck für einige jüdische Familien und zwei gesuchte Kommunisten fungierten. Man stattete die Gänge mit Feldbetten aus, verlegte elektrische Leitungen und versorgte die Menschen mit allem Notwendigen.

Greta selbst wurde weiterhin in Ruhe gelassen und äußerte nur ihre Erleichterung darüber, dass niemand versuchte, sie zurück nach Berlin zu schaffen.

Doch dann, am 15. Dezember 1942, änderte sich ihr Leben schlagartig. Adalbert wurde eingezogen und noch vor Weihnachten an die Ostfront abkommandiert. Carlos hätte die nächsten Abschnitte am liebsten übersprungen, die Vorstellung, dass die beiden nun doch getrennt wurden, setzte ihm zu. Aber er zwang sich weiterzulesen. Nur noch wenige Seiten waren übrig. Die Einträge wurden immer kürzer und verloren sich in Andeutungen, als hätte Greta nicht länger die Kraft, Worte für das zu finden, was aus ihrem Leben geworden war.

21. Dezember 1942

Noch keine Nachricht von Adalbert. Es ist unerträglich für mich. Die Familie scheint es zu spüren, und das Band, das sie um mich ziehen, wird enger und inniger. Weihnachten steht vor der Tür, aber niemandem im Dorf ist feierlich zumute. Nur Gudrun besteht darauf, dass wir ein Fest veranstalten, um die Hoffnung aufrechtzuerhalten. Ich habe keine Lust und kann an nichts anderes denken, als dass ich ihn vielleicht nie wiedersehe. Und es gibt nichts, mit dem ich mich ablenken kann. Ich stelle mir vor, wie Adalbert frieren muss, wie er Not leidet in Russland, und schäme mich fast, unter das warme Federbett zu kriechen. Wozu brauche ich ein Bett, wenn ich allein darin liege?

29. Dezember 1942

Das alte Jahr geht nun doch nicht zu Ende, ohne dass ich Feldpost von ihm bekommen habe. Er ist nicht in Stalingrad, Gott sei Dank! Er ist in einem Lager sechshundert Kilometer westlich davon stationiert, das die Versorgungslinien unterstützt, auch wenn ich nicht so ganz verstehe, was er dort macht. Sein Brief ist lang und voller Liebe, und ich habe mich beim Lesen gefühlt, als sei alles Leben in mich zurückgekehrt. Ich habe laut gejubelt vor Freude und den Brief seiner Familie vorgelesen. Der alte Erwin hat vor Erleichterung ein paar Tränen vergossen, ebenso Adalberts Schwestern. Ich bin wie befreit von einer furchtbaren Last und schreibe ihm sogleich zurück. Trotz der momentanen Freude muss ich jedoch all meine Kraft darauf verwenden, die Sorgen auf Abstand zu halten. Seit Adalbert seinen Brief verfasst hat, sind Tage und Wochen vergangen. Was kann in dieser Zeit alles Schreckliches passiert sein ... Dies ist keine wirkliche Gewissheit, und bald schon fühlt es sich wieder an, als hätte es diesen Brief gar nicht gegeben. Ich habe entsetzliche Angst um ihn.

31. Dezember 1942

Wir saßen bei Kerzenschein im Keller unter dem Dorfplatz und haben ohne große Feierlichkeit das neue Jahr begrüßt, zusammen mit den Familien, die wir bei uns heimlich versteckt halten. Eine der jüdischen Frauen hat am Vormittag ein gesundes Kind zur Welt gebracht, und das allein vermag unsere Stimmung ein wenig aufzuheitern. Gudrun hat den wundersamen Wein ausgeschenkt, um unsere Hoffnung am Leben zu halten. Und es hat geholfen. Für eine Weile erschien mir alles wieder hell und leicht, und ich wusste plötzlich, dass es Adal-

bert gut geht, da, wo er gerade ist. Würde dieser Zustand doch ewig andauern …

5. Januar 1943

Bruno hat geschrieben. Er ist vor wenigen Tagen von der Front zurückgekehrt und hat einen Monat Heimaturlaub bekommen, wegen einer schweren Grippe, die er auskurieren muss. So wie er das Leben in Berlin beschreibt, kann man sich dort aber wohl kaum erholen. Die allgemeine Lage wird immer schwieriger, und Vater liegt im Sterben. Bruno schreibt, ich müsse doch in den Stunden der Not wissen, wo mein Platz ist. Ich hasse ihn dafür, dass er mich dazu bringt, über meine neue Heimstatt nun wieder neu nachzudenken. Hier in Elwenfels bin ich niemandem eine Hilfe. Das Dorf wirkt verwaist, und einige der älteren Einwohner sind im Winter verstorben. Werde ich es mir verzeihen, wenn ich hierbleibe, ohne Vater noch einmal gesehen zu haben? Und Bruno? Er ist mir so fremd geworden, aber er ist ja doch mein Bruder. Und wenn das zutrifft, wovor ich am meisten Angst habe, ist es egal, wo ich bin. Trotzdem: Ich kann doch nicht einfach von hier weg …

7. Januar 1943

Heute habe ich mit Erwin gesprochen und es ihm gebeichtet, nicht nur den Zustand meines Vaters und Brunos Brief, sondern auch das andere. Es ist etwas passiert, das mich nun mit noch größerer Sorge erfüllt und mir den Abschied noch schwerer macht. Warum ist das Leben nur manchmal so ungerecht und stellt immer wieder schier unüberwindbare Hindernisse auf? Erwin hat mich mit seinen seltsamen blauen Augen an-

gelächelt und meine Schulter getätschelt. Ich hätte erwartet, dass er nun umso mehr einen Grund gehabt hätte, mich von der Reise abzuhalten, aber er sagte wieder seinen alten Spruch, der seltsamerweise immer Sinn ergibt. »Es kummt, wie's kummt. Un wenn's net kummt, kummt's halt annerscht.« Es sind Phrasen, aber aus Erwins Mund klingen sie bedeutsam. »Ich tät mir wünsche, den Adalbert noch emol zu sehe, bevor ich sterb«, sagte er dann. Ich fragte ihn, ob er krank sei, aber er schüttelte den Kopf. Er wollte mir nur zu verstehen geben, dass er den Wunsch meines Vaters nachvollziehen konnte und die Familie das Wichtigste sei. Also ist es jetzt entschieden. Ich werde gehen.

11. Januar 1943, Berlin

Ich hätte es wissen müssen. Es war schier unmöglich, nach Berlin zu kommen. Kurze Strecken mit dem Zug, dann ein Transporter oder ein Pferdefuhrwerk, wieder Züge. Es war eine so anstrengende Reise, dass ich heilfroh war, als ich gestern endlich ankam. Und nun, wo ich es endlich geschafft habe, will ich nur noch eines: zurück nach Elwenfels! Aber ich weiß nicht, wie ich es anstellen soll. In Berlin hat sich das Leben so verändert, dass ich es nicht wiedererkenne. Bruno ist völlig verändert. Mit Vater kann ich nicht mehr sprechen, er liegt in einem Dämmerschlaf und redet wirr vor sich hin. Ich will meiner Pflicht damit Genüge tun, dass ich an seinem Bett sitze, seine Hand halte und ihm den Schweiß vom Gesicht tupfe. Aber Bruno sieht mich mit Blicken an, die mich strafen sollen. Ja, vielleicht bin ich zu spät gekommen.

18. Januar 1943

Vater ist tot, und angesichts dessen, was passiert ist, bin ich froh. Über mir dröhnt es, und neben mir weint ein kleiner Junge. Wir werden bombardiert, Bruno und ich haben uns in den Luftschutzkeller am Zoo geflüchtet. Gestern das Gleiche. Mir ist heiß, obwohl es draußen Minusgrade hat. Diese Wärme hier drinnen kann man sich in Russland bloß wünschen, sagt Bruno, und am liebsten hätte ich ihm eine Maulschelle verpasst. Ich muss Adalbert in meinem nächsten Brief gestehen, dass ich in Berlin bin, auch wenn er sich dann furchtbare Sorgen machen wird. Hier zu überleben wird schwer; das ist seit gestern gewiss. Ich kann nicht glauben, was ich getan habe. Elwenfels zu verlassen, es einzutauschen gegen Brunos kalten Blick und diese schreckliche Gefahr überall. Wie konnte ich nur so dumm sein? Ich muss an Gudruns Worte denken, an die Hoffnung, die wir am Leben halten sollen. Ich habe dieses Fünkchen Hoffnung mit den Füßen ausgetreten, indem ich hierhergekommen bin.

22. Januar 1943

Unsere Wohnung in der Bismarckstraße ist getroffen, wir sind ausgebombt. Bruno hat hohes Fieber. Ich musste ihn ins Krankenhaus bringen. Auf dem Weg zurück Bombenalarm, mitten am Tag. Unterschlupf im Bunker eines Privathauses. Panik, sobald die Temperatur wieder anstieg und die Luft hier unten dünn wurde. Ich werde aufhören zu schreiben, meine Hand zittert, und ich kann mich nicht konzentrieren. Keine Hoffnung mehr. Worauf soll ich denn hoffen? Wenn ich lange genug überlebe, wird alles noch schwieriger. Die Leute singen Loblieder auf die Volkswohlfahrt, die nach jedem Bomben-

alarm zur Stelle ist und sich um Wohnraum, Verpflegung und alles Weitere kümmert. Ein alter Mann rät mir, mich bei der Fliegerschadenstelle zu melden. Dort könnte ich Entschädigungsansprüche geltend machen für die ausgebombte Wohnung. Als ob das ein Trost wäre.

24. Januar 1943

Ich werde einfach die Augen schließen und an den Wald denken. Die Sonne auf den Dächern der kleinen Häuser. Mir vorstellen, wie es sich anfühlt, ein kaltes Glas Rieslingschorle in der Hand zu halten, den Wein auf der Zunge spüren. Mir ausmalen, wie es wäre, mit Adalbert, Erwin und den anderen im Hof zu sitzen, die Schwalben über uns. Ihr schrilles Fiepen, das so viel lauter ist als das bedrohliche Dröhnen über mir. Die anderen Leute hier unten tun das auch. Sie schließen die Augen und denken sich weg von ihrer Angst. Es ist die einzige Möglichkeit, und es hilft. Ich spüre schon, wie die Angst ein bisschen weicht, wenn ich nur an mein Zuhause in der Pfalz denke. Wenn ich heute Nacht sterbe, dann bin ich in Gedanken in Elwenfels.

Carlos drückte die Speichern-Taste. Dann klappte er Tagebuch und Laptop zu und nahm einen tiefen Atemzug. Ein paar Minuten lang saß er ganz still, versuchte, das Gelesene zu verarbeiten. Er kannte derartige Geschichten selbst zu gut. Sein eigener Vater hatte als kleines Kind den Feuersturm in Hamburg erlebt und wachte auch später noch manchmal in der Nacht schreiend auf, wenn ihn die Erinnerung in seinen Träumen heimsuchte. Für Carlos waren seine Erzählungen immer sehr abstrakt gewesen. Aber nun, nachdem er sich in den letzten Tagen mit dieser jungen Elwenfelserin aus Berlin angefreundet hatte, ergriffen ihn ihre Worte mit einer emotionalen Wucht, die er nicht für möglich gehalten hätte.

»Carlos?«

Eine sanfte Stimme holte ihn aus seiner Versunkenheit. Karl und die Kommissarin standen vor ihm und sahen ihn betroffen an. Draußen im Kirchhof war niemand mehr. In der hereinbrechenden Dämmerung standen nur noch ein paar Eimer und Gerätschaften zwischen den Grabsteinen.

»Ist es so schlimm?«, fragte Karl.

Carlos schluckte. »Na ja, es lässt zumindest Schlimmes ahnen. Aber ganz genau kann man es nicht wissen. Greta schrieb ihren letzten Tagebucheintrag während eines Bombenalarms, irgendwo in einem Luftschutzkeller. Dass es danach endet, heißt ja nicht, dass sie auch an diesem Tag gestorben ist. Es ist gut möglich, dass sie das Tagebuch danach einfach nicht mehr weiterführte oder es verloren hat.«

»Liest du das dann später in de Weinstub vor, ja?«, fragte Karl.

Carlos schüttelte den Kopf. »Ich druck dir das Transkript aus, dann kannst du das machen. Ich brauche jetzt erst mal Abstand.«

»Und?«, fragte die Kommissarin ungewohnt einfühlsam. »Irgendwelche Hinweise, die uns weiterhelfen könnten?«

Er schüttelte wieder den Kopf. Allerdings warf das unvollständige Bild vor seinen Augen eine Frage auf, die ihm keine Ruhe ließ. Es war eine Andeutung Gretas, die er nicht verstand, obwohl irgendwo in ihm eine Vermutung aufkeimte. Etwas, das sie damals vor ihrer Abreise nach Berlin Erwin erzählt hatte. Aber was konnte das gewesen sein? Er wollte diese Frage jedoch nicht vor Nadja Sprengel erörtern und wechselte das Thema. »Was ist denn jetzt mit dem Brunnen?«

»Carlos, es ist wirklich so«, sagte Karl mit unheilvoller Miene. »Es gibt im Brunne tatsächlich en Zugang nach do unne.« Er deutete mit dem Zeigefinger vielsagend auf den Boden.

»Und warum wusstest du nichts davon?«, wollte Carlos wissen.

»Ich hab vom Godehard immer bloß gehört, der Brunnen wär dicht. Un wieso hätt ich ihm net glaube solle?«

»Der Zugang war verschüttet«, erklärte Nadja. »Von oben sieht es so aus, als wäre da tatsächlich nichts weiter. Aber wenn man den Schutt freiräumt, kommt man ungefähr an der Stelle heraus, wo Lohmanns Leiche lag. Es ist bloß ein schmaler Schacht, mit Trittstufen in der Wand wie bei einer Feuerleiter. Über diesen Weg ist Lohmann wohl in die Tiefe gelangt.«

»Ja, er hatte das Tagebuch gelesen und kannte diesen Zugang«, murmelte Carlos.

»Und Godehard fand das wohl nicht so lustig und ist ihm gefolgt«, schlussfolgerte sie.

»Entweder er kannte diesen Zugang schon, bevor Lohmann hier auftauchte, oder er hat ihn erst bei dieser Gelegenheit selbst entdeckt. Und dann gab es einen weiteren Einsturz da unten, so wie damals, als Bruno in den Brunnen gestiegen ist.«

»Also, warum sollt unser Pfarrer so ebbes für sich behalte und e Geheimnis draus mache?«, überlegte Karl laut. »Dafür gibt's doch überhaupt keinen Grund.«

»Wie auch immer«, Carlos sah Nadja an. »Fall gelöst, Frau Kommissarin?«

»Kann schon sein. Aber wir sollten abwarten, was die Archäologen in den nächsten Tagen so finden.«

Kapitel 22

Eine wilde Party im Wald fordert sonderbare Opfer

Am nächsten Morgen sah Carlos, dass Lenas Prognose eingetreten war.

Als er aus dem Hof der Weinstube trat und sich vorsichtig umsah, entdeckte er mehrere Autos, die am Straßenrand und zwischen den kahlen Obstbäumen parkten, deren Kennzeichen aus ganz Deutschland stammten. Aus einem schlammverkrusteten Geländewagen stieg gerade ein stämmiger Typ in Outdoorkluft, der einen Wanderrucksack, eine Metallsonde und einen Klappspaten aus dem Kofferraum holte. In seinem Gesicht stand eine Mischung aus Eifer und Verbissenheit. Dann hastete der Hobbyarchäologe in Richtung Wald. Carlos schluckte. Er wusste nicht, wie und ob die Elwenfelser sich gegen diese Invasion gewappnet hatten, konnte sich aber denken, dass der Widerstand mal wieder sehr kreativ ausfallen würde.

Doch darum konnte er sich jetzt nicht kümmern. Er musste den alten Paul finden und ihn zu Godehards Vergangenheit befragen. Auf dem Weg ins Dorf entdeckte er Sascha, der mit seinem Handy alle möglichen profanen Dinge fotografierte: einen Gullydeckel, einen Briefkasten, ein Gartentor, ein paar heruntergefallene Äste auf dem Boden. Er wirkte wie ein Junge, der eine Kamera geschenkt bekommen hatte und das Erstbeste fotografierte, das ihm vor die Linse geriet.

»Hi, Großer«, begrüßte Carlos den Siebzehnjährigen. »Was machst du denn da? Ist dir langweilig?«

»Sieht so aus, gell?« Sascha zwinkerte verschwörerisch. »Des is alles Teil vom Widerstand. Ich sag bloß Hashtag Elwenfels.«

Carlos hatte gestern Abend am Rande mitbekommen, dass die Elwenfelser darüber berieten, wie sie der unerwünschten Aufmerksamkeit auf der Social-Media-Plattform entkommen konnten. Sascha, von allen Bewohnern derjenige mit der größten Digital-Affinität, hatte vorgeschlagen, die Elwenfels-Seite möglichst unattraktiv zu machen, indem er lauter Bilder hochlud, die an Banalität nicht zu überbieten waren. »Das Ganze muss voll blöd sein. So richtig dappisch, sodass keiner von den Influencern do drauße auf die Idee kommt, Elwenfels wär en Ort, wo man Bilder schießen kann, die Follower bringen.«

»Und du glaubst, das funktioniert?« Carlos sah nachdenklich einem weiteren Wagen aus Stuttgart nach, der an ihnen vorbeibrauste – am Steuer ein gierig dreinblickender Kerl, der in seinem Kofferraum sicher auch Sonde und Spaten transportierte.

»Besser wie nix, oder?« Sascha knipste ein Bild von einer vertrockneten Basilikumpflanze auf einem Fensterbrett. Carlos fragte sich, ob die Sache mit Instagram nicht vielleicht das geringste Problem des Ortes war, schließlich hatten die Sondengänger und Hobbyschatzsucher auch ohne Social Media den Weg ins Dorf gefunden.

Carlos wusste nicht, wo Paul lebte. Als er Albrecht vor seinem kleinen Laden entdeckte, fragte er ihn, wo der älteste noch lebende Elwenfelser zu finden sei.

»Wo wohl? Im Wald!«, informierte ihn Albrecht. »Zusammen mit den anderen.«

»Was machen die denn da? Es ist saukalt.«

»Jo, und deswegen kannst du dich gleich mol nützlich mache und des do mitnehme.«

Er drückte Carlos einen riesigen silbernen Kaffeespender in die Hand. »Damit die Widerständler net verfriere.«

»Aber ... wie? Und wo?«

»Jo, nur mol bissel gucke, dann merkst du schon, wo die sind.« Albrecht hängte Carlos gleich noch einen Korb an den anderen Arm, in dem sich neben einem Laib Brot mehrere Dosen mit Saumagen und Leberwurst stapelten.

Derart beladen marschierte Carlos in den Wald. An diesem Morgen war es im Dorf unnatürlich ruhig. Die Presseleute und Kamerateams ließen noch auf sich warten, was wohl der beißenden Kälte geschuldet war. Nur Gruber und sein Team waren schon am Werk. Aus dem Zelt vor der Kirche ertönten rhythmisches Klopfen und Schleifgeräusche. Mehrere Helfer trugen Eimer mit Erde und Geröll aus der Tiefe und schütteten den Aushub auf einen großen Haufen neben dem Zelt, der täglich anwuchs. Als Carlos Lena sah, ging er zu ihr und stellte die schwere Riesenkanne ab. »Was ist denn los?«

»Gruber hat eine Nachtschicht eingelegt«, ließ sie ihn wissen. »Wir sind mit der Einsturzstelle fast durch. Hörst du das Klopfen?«

Carlos lauschte auf das merkwürdige, ferne Geräusch aus der Tiefe.

»Damit stellen wir fest, ob dahinter noch viel Geröll liegt«, sagte sie. »Es hört sich so an, als könnten wir spätestens morgen auf den dahinterliegenden Gang stoßen. Hat denn keiner irgendwo einen anderen Einstieg in den Gang gefunden?«

»Nicht, dass ich wüsste. Aber ich frage die anderen gleich mal. Hab heute Morgen noch niemanden gesehen.«

»Na dann«, sagte sie tonlos und schüttete die Steine aus ihrem Eimer auf die Halde.

Plötzlich erschien Grubers Kopf in der Öffnung des Turms. »Kommst du jetzt, oder was?«, herrschte er sie an. »Oder hat das werte Fräulein was Besseres zu tun?«

»Ja, Fabian, bin schon da«, sagte Lena betont unterwürfig, und dann leise zu Carlos: »Ich halte euch auf dem Laufenden.«

Er nickte ihr zu und nahm die Kanne wieder hoch. Der Weg in den Wald war ziemlich beschwerlich, so schwer zogen die Gewichte an seinen Armen. Er beschloss, die Last abzusetzen und kurz zu verschnaufen. Musste ja keiner sehen, dass er hier bald aus dem letzten Loch pfiff. Plötzlich krachte es im Unterholz hinter ihm. Carlos fuhr herum. Aus den Büschen stürzte ein junger Mann mit Bundeswehrjacke und Russenmütze hervor und rannte schreiend an ihm vorbei, dicht gefolgt von einem schnaubenden Wildschwein. Carlos duckte sich unwillkürlich. Als er sich wieder aufrichten wollte, kamen zwei andere Gestalten aus dem Unterholz, die bleichen Gesichter mit blutigen Kratzern verunstaltet. Jetzt dämmerte ihm langsam, was da los war, und er schlug den direkten Weg zum einstmals geheimen Weinberg ein. Kurz bevor Carlos die Stelle erreichte, begegnete er einem blassen Kerl mit Metallsonde und voll bepacktem Rucksack, der immer wieder gehetzt hinter sich blickte. Seine Gangart sah schwer danach aus, als hätte er sich in die Hose gemacht.

Die Gründe für den Schrecken der ungebetenen Besucher waren vielfältig. Sicherlich waren die Elwetritsche im Dauereinsatz, höchstwahrscheinlich unterstützt von Annas Fuchs Barbarossa. Wenn es nicht so kalt und er nicht so außer Atem gewesen wäre, hätte Carlos zufrieden aufgelacht. Als er sich dem Wingert näherte, wurde er Zeuge einer Szene, die er so nur von den Festen und Ritualen kannte, die die Elwenfelser aus Anlass der Weinlese oder der Rebenblüte feierten. Die ganze Lichtung war voller Leute. Sie hatten zwar keine Menschenkette um die Reben gebildet, aber das war auch gar nicht nötig. Das Ganze sah aus wie ein riesiges winterliches Picknick. Klappstühle, Bierbänke und Tische waren rings um den Wingert aufgestellt. Die Elwenfelser hatten sich alle in dicke Kleidung gepackt und trotzten der Kälte mit Decken und Schaffellen. Überall brannten kleine Feuer, auf einem Grill brutzelten Würstchen und Kartoffeln. Frau Zippel hatte Brotlaibe und Brezeln verteilt, und zwischen den Feiernden kreisten Dubbegläser oder dampfende Tassen. Um die Stelle, aus der Gruber die beiden Reben gerissen hatte, war ein Kreis von Teelichtern auf dem Boden aufgestellt worden, wie bei einem Trauerfall. Trotz der Kälte lag über dem Geschehen eine ausgelassene Stimmung, und Carlos stellte wieder einmal fest, dass keine Bedrohung – vielleicht einmal abgesehen von den Nazis – die Elwenfelser daran hindern konnte, ihrer Lieblingstätigkeit zu frönen. Das Leben zu feiern. Sogar die alte Anna, die normalerweise nur in ihrem kleinen Waldhäuschen zu finden war, hatte sich unter die Dorfbewohner gemischt und fühlte sich sichtlich wohl.

»Ah, da kommt de Nachschub!«, begrüßte Willi Carlos und nahm ihm die schwere Kanne ab.

»Komm, hock dich her!« Otto klopfte auf ein Schaffell neben ihm auf der Bank. »Bischt ja schon ganz verfrore.«

»Und was hat unser Rotnäschen da im Körbchen?«, säuselte Bettel und zwickte Carlos liebevoll in die mittlerweile taub gewordene und noch dazu tropfende Nase.

»Äh … irgendwas mit Fleisch.«

»Ah, dann is des für die Elwetritsche«, stellte Willi fest und öffnete ein paar der Konservendosen, aus denen ein Geruch entwich, der Carlos an Katzenfutter erinnerte.

In diesem Moment ertönte aus dem Wald ein furchtbares Gekreisch und Geschnatter, und die Elwenfelser verstummten und lauschten gebannt.

»Ha, un schon wieder einer verwischt!«, freute sich Anthony. Seine Dreadlocks hatte er unter eine ausladende rot-gelb-grün gestreifte Wollmütze gesteckt, die so aussah, als hätten drei strickende Großmütter mindestens fünfzig Wollknäuel dafür verarbeitet.

»Schon der fünfte heut Morge«, zählte Willi auf.

Carlos biss sich auf die Unterlippe. »Heftig!«

»Selbst schuld«, meinte Anthony gnadenlos. »Niemand hat die blöde Kafruse gezwunge, bei uns rumzuschnüffeln.«

»*Curiosity kills the cat*«, fügte Trudy hinzu und schmiegte sich an Anthonys Rücken.

»Unser Elwetritsche hatten schon lang nimmer so en Mordsspaß!« Elsbeth reichte Carlos eine Tasse Kaffee. Dankbar wärmte er sich die kalten Hände und schaute ins Unterholz, wo die Brombeerranken hektisch zuckten.

»Was macht ihr, wenn einer von den Sondengängern zur Polizei geht und das hier meldet?«

»Und wie sollen wir uns das dann vorstelle?«, fragte Michael über den Tisch hinweg und reckte angriffslustig das Kinn. »Herr Wachtmeister, ich wurde im Wald von einem Vogel angegriffen, der hatte Entenfüße und spitze Zähne im Schnabel?«

Plötzlich löste sich jemand aus der Menge und kam auf Carlos zu. Es war Anna, mit einem Messer in der Hand.

Carlos wich automatisch zurück. Mit Anna war nicht zu spaßen, und sie als unberechenbar zu beschreiben, war eine höfliche Untertreibung. Anna hob das Messer und stieß es in ein Stück Saumagen, das Willi gerade auf ein Brettchen gelegt hatte. »Was machst du denn da?«, entfuhr es Carlos.

»Ihr seid net die einzige Lebewese mit Hunger!«, erwiderte sie.

Sie zerteilte das Fleisch in kleine Stückchen, nahm das Brettchen und ging damit aufs Unterholz zu. Anna ging vor dem Gebüsch in die Hocke und streckte das Brettchen aus. »Tritsch, tritsch! Hier gibt's ein feines Fresschen für meine kleinen Schätzchen«, flötete sie. »Ja, wo bleibt ihr denn? Guckt mol, was ich do hab: euer Leibspeis, en schöne, feine Saumage. Kommt, ihr Süße! Hopp, hopp, schnapp, schnapp!«

Carlos warf einen verdatterten Blick auf die anderen, doch die Elwenfelser beobachteten das Schauspiel gelassen. Und tatsächlich: Wenige Momente später streckte der erste Elwetritsch seinen Kopf aus dem Unterholz. Carlos erstarrte. Dieses Biest als kleines Schätzchen zu bezeichnen, war wirklich eine Verharmlosung der besonderen Art. Ebenso gut hätte man eine Horde Rocker mit »sehr geehrte Freizeitsportler« ansprechen können. Es war ein ziemlich großes Exemplar, das jetzt mit freudig blitzenden Augen den Schnabel aufriss, um nach den Saumagen-Stückchen zu schnappen. Gleich darauf schlüpften noch drei weitere Artgenossen aus dem Gebüsch und machten sich mit enthusiastischem Geschnatter über die Fleischstückchen her. Anna quietschte vor Freude wie ein Kind, das zum ersten Mal Kaninchen füttern darf. Als Elsbeth den Hunger der Tiere erkannte, bereitete sie weiteren Nachschub vor und reichte Carlos das nächste Brettchen. »Hopp, sei so gut, bring des der Anna!«, forderte sie ihn auf.

Carlos wäre fast die Tasse aus der Hand gefallen. »Was? Ich?«

»Ah jo.«

»Kann das ... kann das nicht jemand anderes machen?«, stammelte er.

»Schon. Aber ich hab gedacht, du wolltest endlich mal unsere Elwetritsche von Nahem sehe, un noch dazu in friedlicher Absicht.«

Otto legte ihm die schwere Hand auf die Schulter. »Großer, des is eine Ehre!«

»Äh ... danke vielmals, aber ich verzichte gerne auf diese Ehre.«

Trotz Kälte brach ihm der Schweiß aus.

»Ihr seid aber auch so was von goldisch!« Anna betrachtete die Tiere wie eine gerührte, stolze Mutter. Und an die Versammlung hinter sich gewandt fragte sie: »Wo bleibt de Nachschub?!«

»Hopp, Carlos, du bischt gemeint.« Willi schubste ihn mit sanftem Nachdruck von der Bank. »En echter Elwenfelser hat ke Angst vor Elwetritsche. Un du bischt doch jetzt en echter Elwenfelser, oder?«

»Ja, ja schon, aber ähm ...«

»Ich verzähl der Charlotte, was du für en Windbeutel bischt«, feixte Elsbeth.

Tatsächlich war Carlos für Charlottes Abwesenheit an diesem Morgen dankbar. Sie hatte einen Termin bei der Druckerei, bei der sie die neuen Weinetiketten in Auftrag gegeben hatte, und würde nicht miterleben, wie er von einer Horde Elwetritsche zerkleinert werden würde.

Immer mehr Elwenfelser hatten sich nun um Carlos versammelt und bedrängten ihn.

»Was'n los mit unserm Detektiv?«

»Agent 007 flattern die Hose!«

»Dabei sin die Tierle grad so lieb«, sagte Pfarrer Karl. »Vorhin waren sie noch so was von garstig, dass sie beinah so en Hobbyarschologe verspachtelt hätte.«

Carlos hatte genug und nahm das Brett. Die Elwetritsche hatten Annas Ration bereits leer gefressen und funkelten ihm erwartungsvoll entgegen. Plötzlich sprang ein vierter Elwetritsch aus dem Gebüsch und lief direkt auf Carlos zu. Der erschrak so sehr, dass er wie versteinert stehen blieb. Auch die anderen drei kamen nun langsam auf ihn zu. Aber auf einmal wurde ihm bewusst, wie lustig diese Tiere aussahen, wenn sie sich bewegten. Dieser schwankende Watschelgang und die tollpatschigen Schritte, die hin und her wiegenden Bürzel. Carlos entspannte sich etwas. Wenn sie nicht gerade Fremde das Fürchten lehrten, sahen sie wirklich aus wie riesige, etwas aus der Form geratene Enten. Er ging in die Hocke und hielt das Brettchen den gierig auf und zu schnappenden Schnäbeln hin. Die vier ließen es sich schmecken und stießen dabei wohlige Piepslaute aus, als wären sie ein Haufen überdimensionierter, glücklicher Küken. Hinter ihm klatschten die Elwenfelser begeistert in die Hände.

»Kann man die auch streicheln?«, rief Carlos über die Schulter. Auf einmal war er sehr neugierig. Die bronzen leuchtenden Federn faszinierten ihn, und er hätte gern gewusst, wie sie sich anfühlten.

»Probier's halt!«, lockte Michael. »Ich hab für alle Fäll de Erste-Hilfe-Koffer dabei.«

Doch bevor Carlos es sich nach dieser Drohung anders überlegen konnte, schmiegte plötzlich einer der Elwetritsche den Kopf in seine Hand. Es war ein unbeschreibliches Gefühl, mit einem Wesen, das in keinem zoologischen Verzeichnis gelistet war, plötzlich auf Tuchfühlung zu sein. Und noch dazu fühlte sich der Kopf wundervoll weich an. Dieser kleine Vertrauensbeweis des Vogels rührte Carlos zutiefst.

Doch der magische Moment währte nicht lange. Aus dem dichten Wald waren auf einmal Stimmen zu hören. Die Elwetritsche zuckten mit den Köpfen und sahen sich untereinander an, als würden sie sich absprechen. Und im nächsten Augenblick verschwanden sie mit schnellen Sätzen wieder im Unterholz. Man hörte Rascheln, Äste knackten, und kurz darauf ertönten erschrockene Schreie.

»Ach Gott, wie schön!«, freute sich Anna. »Des könnt ich mir de ganze Tag anhöre.«

Carlos kam mit etwas weichen Knien zurück und setzte sich wieder. Willi klopfte ihm auf die Schulter, und Otto drückte ihm eine Rieslingschorle in die Hand. »Da!«

»Donkschää!«, hörte Carlos sich sagen. Hatte da gerade wieder ein pfälzisches Wort seine hanseatisch geprägten Lippen verlassen?

Willi und Otto sahen sich grinsend an und antworteten im Chor: »Bittschää!«

Nach mehreren großen Schlucken hatte sich Carlos wieder entspannt und ließ den Blick schweifen. Auf der anderen Seite der kahlen Reben entdeckte er schließlich Paul, der zusammen mit Brigitte sowie Berthold und der Familie von Sascha an einem Tisch saß. Der Junge hatte sein Fotoprojekt unterbrochen und war nun mit von der Partie.

»Bin gleich wieder da«, versprach Carlos und ging zu ihnen hinüber.

»Auf dich hab ich gewartet!«, begrüßte Paul ihn und rückte zur Seite. »Du willst mich doch bestimmt frage, ob mir noch ebbes einfällt, gell?«

»Endlich mal jemand, der meine Gedanken liest«, freute sich Carlos. »Und?«

»Ja genau: Mir is nämlich wirklich noch was ganz Wichtiges eingfalle wegen unserm alte Pfarrer.«

»Opa, was kommt'n jetzert?« Sascha warf Carlos einen warnenden Blick zu.

»Jo, nää, jetz wart mal un lass mich verzähle«, protestierte der Alte. »Also, des war so: Damals, 1951 ...«

Carlos wurde hellhörig. »In Berlin? Im Olympiastadion?«

»Jo genau. Da war ich en junger Kerl mit solche Muckis.« Er deutete über seinem dürren Arm eine schwimmflügelgroße Erhebung an. Sascha verdrehte die Augen.

»Und du warst dabei? Bei dem Spiel? Deutsche Meisterschaft Kaiserslautern gegen ... gegen wen noch mal?«

»Preußen Münster«, half Sascha ihm auf die Sprünge.

Paul strich seinem Enkel über die Wange. »Braver Bub. Der kann übrigens die komplette Mannschaftsaufstellung von damals auswendig, gell?«

Sascha nickte stolz.

»So genau wollte ich es eigentlich nicht ...«, sagte Carlos schnell, doch es war schon zu spät.

»Helmut Rasch, Karl Adam, Heinz Jergens, Ottmar Walter ...«

»Und du warst damals im Stadion?«, unterbrach Carlos erneut, aber Paul war zu begeistert von seinem Enkel und folgte der Aufzählung mit leuchtenden Augen.

»Werner Kohlmeyer, Ernst Liebrich, Bernhard Fuchs ...«

»Wirklich beeindruckend«, versuchte Carlos das Geschichtsbewusstsein des siebzehnjährigen FCK-Fans zu bremsen.

»Horst Eckel, Werner Baßler und ...«

Sascha guckte Carlos herausfordernd an: »Und? Wen hab ich noch vergesse?«

»Unsern Fritz, Fritz Walter!«, rief Paul, und Carlos hätte schwören können, dass die Temperatur am Campingtisch um einige Grad nach oben stieg, so sehr glühten Opa und Enkel in ihrer gemeinsamen Leidenschaft für den pfälzischen Traditionsverein.

»Jo, un heut kicken sie mit orangene Fußballschuh, un der Betze is ken Berg mehr, sondern e Kellerkind«, maulte Paul jedoch gleich darauf.

»Ja, wirklich schrecklich«, versuchte Carlos ein wenig Anteil zu nehmen. »Aber jetzt erzähl doch mal: Wie war das damals in Berlin?«

»Ah, des war e Rieseding«, sagte Paul. »Bestimmt hunderttausend Leut im Olympiastadion! Un ich mittendrin. Mit dem Zug sind wir gefahren, von Mannheim bis Berlin. Was e Spektakel. Un des halbe Dorf war mit dabei.«

»Und Godehard, euer alter Pfarrer? Wie alt war der eigentlich damals?«, lenkte Carlos die Erzählung auf das wesentliche Detail.

Paul stockte kurz. »Der Godehard? Der war net mit dabei. Der war jo noch viel zu klein.«

»Wie alt war er denn?«

Paul schien angestrengt nachzudenken, dann guckte er Carlos verwirrt an. »Ach so«, war alles, was er sagte.

»Opa, was denn jetzert?« Sascha und auch die anderen am Tisch beugten sich gespannt vor und fixierten den alten Mann.

»Also, jetzt wo ich so drüber nachdenk, fällt mir's wieder ein.«

»Was? Was genau fällt dir wieder ein?«

»Wie wir nach der Rückfahrt in Mannheim wieder

aus'm Zug gstiege sin un dann in de Bus ... da war der auf einmal do.«

»Wie jetzt?«, wollte Carlos wissen. »Willst du damit sagen, der Junge hat vorher den ganzen Weg von Berlin bis Mannheim allein im Zug gesessen?«

Paul nickte. »Jo, vielleicht hot er sich irgendwo versteckelt.«

»Und dann?«

»Im Bus is es uns aufgfalle, dass do en kleiner Bub is, wo net zu uns gehört. Und der hat net geweint, weil er sei Eltern verlore hätt oder so was. Der war einfach do gsesse, wie wenn er schon immer zu uns gehört hätt. In seiner kurze Lederhose und mit seiner Eintrittskarte in de Hand. Jo, die Karte. Des war sein Schatz. An die hot er sich richtig geklammert.«

Carlos nickte und genoss das wohlige Gefühl, mit dem sich der Nebel, der Godehard Blums Geheimnis umhüllte, langsam hob.

»Und was habt ihr dann mit ihm gemacht?«

»Na, was hätten wir mache solle? Nach Berlin wollt er jedenfalls net zurück.«

»Un warum net?«, fragte Sascha, der seinem Großvater nun an den Lippen hing.

»Die Adelheid und de Franz Blum, bei denen is er aufgenommen worden. Die zwei waren im Krieg do bei uns, im Keller versteckelt. Un als alles rum war, sind sie do gebliebe.«

Carlos dachte an Gretas Beschreibung, wie Elwenfels Verfolgten des NS-Regimes Schutz geboten hatte. Das erklärte auch den Nachnamen von Godehard.

»Die zwei Blums warn schon älter un hatte ke eigene Kinder«, fuhr Paul fort. »Zuerst sollt er bloß e paar Tag dableibe, bis er wieder nach Berlin zurückgeht. Aber dann hat die Adelheid verzählt, dass de Godehard ganz schlimme blaue Flecke un Strieme hat, überall am ganze Körper. Den hat jemand ganz arg zugerichtet, den arme Bub.«

Carlos nickte wieder. Das Bild wurde immer deutlicher.

»Er hat net gesagt, wer sei Eltern sin. Oder er wollt net«, fuhr Paul mit gesenkter Stimme fort. »So war des halt damals nach'm Krieg. Viele Kinder ohne Eltern un umgekehrt. Der Godehard hat später verzählt, er wär in Berlin im Heim gewese. Und wie dort damals mit de Kinder umgsprunge wurd, weiß man jo …«

»Also haben diese beiden Leute aus Elwenfels ihn bei sich aufgenommen und aufgezogen?«, brachte Carlos die Geschichte zu Ende. Paul nickte wortlos.

»Verstehe. Aber warum hat mir das denn niemand erzählt?«, fragte er. »Zum Beispiel Elsbeth. Oder andere ältere Elwenfelser. Die waren doch alle dabei, als Godehard hier auftauchte und aufgenommen wurde. Erinnert sich da wirklich niemand dran, oder was?«

Paul zuckte mit den Schultern. »Wer weiß. Is vielleicht auch net so wichtig.«

»Also wenn *das* nicht wichtig ist, dann weiß ich auch nicht!«

»Reg dich net auf, Carlos«, beschwichtigte Brigitte und legte ihm die Hand auf den Arm. »Der Godehard war net der Einzige. Meine Mutter is nach dem Krieg auch als ›Flüchtling‹ in Elwenfels hängen geblieben. Das war normal damals, da war nix Besonderes dabei.«

»Ja, nur leider ist Godehard vor dreizehn Jahren dann spurlos verschwunden«, wandte Carlos ein.

»Ich weiß jetzt net, was das eine mit dem anderen zu tun hat«, nahm Berthold seine Frau in Schutz.

»Ich will damit nur sagen, dass solche Details wichtig

sind bei einer Ermittlung«, sagte Carlos. »Klar, wegen seinem Verschwinden gab es nie eine Untersuchung. Aber wenn man von dieser Vorgeschichte weiß, dann hilft uns das vielleicht zu verstehen, was mit ihm passiert ist.«

Die Elwenfelser am Tisch nickten.

Plötzlich fiel Carlos etwas ein. »Deswegen hat er immer gesagt, dass der Fußball ihm das Leben gerettet hat. Die Eintrittskarte zu diesem Spiel, zu dem er mit irgendjemandem gegangen ist. Fast hunderttausend Menschen, die ihm unfreiwillig dabei halfen zu verschwinden. Wahrscheinlich hat er im Stadion gemerkt, was für nette Leute diese weit gereisten Pfälzer waren, und hat sich einfach zu euch in den Bus gesetzt. Klar, dass für ihn die spätere Liebe zum FCK noch mehr war als reine Fußballbegeisterung.«

»So passt des alles zusamme.« Sascha warf einen ehrfürchtigen Seitenblick auf seinen Großvater.

»Jo«, sagte Paul. »Der Fußball hat ihm des Lebe gerettet, weil er aus Berlin abhaue konnt un bei uns in Elwenfels gelandet is.«

Als Carlos kurz darauf ins Dorf zurückkam, sah er zufrieden, dass die fremden Autos der Schatzjäger allesamt verschwunden waren. Sein Handy klingelte, und Nadja Sprengels Nummer erschien auf dem Display. »Hallo, Lieblingskommissarin.«

»Hallo Lieblingsschnüffler. Ich rufe nur an, um dich wissen zu lassen, was bei der Analyse der Geburtsurkunde rausgekommen ist.«

»Das ging ja schnell.«

»Godehard wurde irgendwann im Juli 1943 geboren. Es wird auch erwähnt, dass er gefunden und in ein Waisenhaus überstellt wurde. Kein Nachname, keine Hinweise auf seine Eltern und auch kein genaues Geburtsdatum.«

»Wahrscheinlich nicht ungewöhnlich für diese Zeit, oder?«

»Eher nicht. Vielleicht hat man den Säugling nach einem Bombenangriff irgendwo gefunden, als einzigen Überlebenden. Die Nazis waren sehr gut organisiert mit Kinderheimen und Waisenhäusern, und dort hat man dem Kleinen dann einen schönen altdeutschen Vornamen gegeben und eine neue Geburtsurkunde ausgestellt.«

»Das heißt, es ist nicht mehr möglich herauszufinden, woher der Junge wirklich kam.«

»Dieses Geheimnis haben seine Eltern wohl mit ins Grab genommen.« Nadjas Stimme klang auf einmal beklommen, und nachdem Carlos sich bedankt hatte, verabschiedete er sich. Und dachte: Vielleicht aber auch nicht.

Kapitel 23

Ein nächtliches Interview mit wichtigen Fragen und gespenstischen Antworten

Charlotte blies eine Wolke duftenden Badeschaums in Carlos' Gesicht.

»Und? Was hast du heut gemacht?«, fragte sie. »Ich krieg dich ja kaum noch zu sehe.«

Carlos ließ sich im Badewasser nach hinten sinken und schloss die Augen. »Ich muss nur noch einer Sache nachgehen, dann wird das wieder besser mit der Zweisamkeit, versprochen.«

»Was meinst du?«

Ruckartig setzte er sich wieder auf, sodass eine kleine Welle Badewasser über den Wannenrand schwappte. Er hasste es, in solch intimen Momenten an seine Nachforschungen zu denken, aber es ging gerade nicht anders. Er war nur noch ein kleines Stück davon entfernt, ein Geheimnis zu lüften, das lange im Dunkel der Geschichte geschlummert hatte. Und dieses Geheimnis war wohl der Grund dafür, dass ein Mensch tot und ein anderer verschwunden war.

»Ich hätte da eine Frage wegen Erwin«, begann Carlos etwas zögerlich.

Charlotte sah ihn mit belustigt gekräuselten Mundwinkeln an. Sie amüsierte sich darüber, dass Erwins Existenz für Carlos immer noch sowohl ein Rätsel als auch ein Grund zum Gruseln war.

»Wenn ich mit Erwin sprechen wollte, bewusst ... also nicht so aus Zufall, weil er gerade irgendwo auftaucht. Wenn ich also ein Anliegen hätte, bei dem nur er mir weiterhelfen kann und dann quasi proaktiv, also ...«

»Carlos, seit wann babbelst du denn so kompliziert?« Charlotte lachte und bastelte sich aus Schaum einen dicken weißen Bart. Fehlte nur noch, dass sie jetzt einen Philosophen zitierte.

»Na ja, weil ich nicht weiß, wie ich das am besten anstelle, ohne ... ich weiß nicht, ohne die Regeln der ... Zwischenwelt zu verletzen«, verteidigte sich Carlos. Meine Güte, wenn ihm früher jemand gesagt hätte, dass er mal agieren würde wie der Typ von *X-Factor*, er hätte sich lieber gleich einweisen lassen. Aber jetzt? Jetzt war er seinem Schicksal dankbar, dass er nun wusste, was Shakespeare gemeint hatte mit den Dingen zwischen Himmel und Erde und der schnöden Schulweisheit.

»Ich bin zwar immer noch etwas überfordert von der Tatsache, dass Erwin ein Geist ist«, fuhr er fort. »Aber ich habe zumindest begriffen, dass man sich nicht mit einem Geist verabreden kann. Die haben da wohl ihre eigenen Regeln.«

»Weise gesprochen, Ghostbuster«, kicherte Charlotte.

»Also: Hast du vielleicht einen Tipp für einen irdischen Privatschnüffler wie mich?«

»Wenn du von Erwin was wissen willst, dann musst du dich schlau anstellen.«

»Das dachte ich mir schon. Und wie?«

»Es gibt zwei Möglichkeiten. Entweder du erweckst seine Aufmerksamkeit mit einer kleinen Opfergabe in Form von du-weißt-schon-was ...«

Carlos nickte. »Ein Glas Rieslingschorle.«

»Nein, das ist zu wenig. Rieslingschorle is zwar ganz nett, aber de Erwin braucht schon ebbes Edleres. Oder du machst es auf die freche Tour, kletterst auf seinen Traktor und tust so, als würdest du dran rumschrauben. Dann wird er wütend und taucht garantiert ziemlich schnell auf.«

Carlos runzelte die Stirn. Die Wut von Erwin heraufbeschwören? Andererseits, wenn er sichergehen wollte ... »Und als Besänftigung biete ich ihm dann drei Schlückchen von eurem besonderen Wein an?«

Charlotte beugte sich vor und küsste ihn. »Wann sagst du endlich unserem statt eurem?«

Carlos seufzte. »Ich muss mich noch daran gewöhnen, dass ich jetzt einer von euch bin.«

»Na, allein schon die Tatsach, dass du dir Gedanken machst über die Kontaktaufnahme mit dem Erwin, zeigt, dass du mehr Elwenfelser bist, wie du vielleicht denkst.«

Vielleicht bin ich auch einfach nur verrückt geworden, dachte er.

Charlotte versprach, bei Cordula die angebrochene Flasche des Zauberweins zu holen und für Erwin ein Gläschen abzufüllen. »Aber vorher gibt's noch was anderes zu *bespreche* ...«

»Äh, was denn?«

»Ebbes, was ma mit Worte net ausdrücke kann.« Charlotte verschwand lächelnd unter der Wasseroberfläche ...

Eine Stunde später stand Carlos, dick eingepackt in Wollpullover und Winterjacke, in der kalten, dunklen Scheune auf der anderen Seite des Hofes. Das Weinglas in seiner Hand zitterte bereits, aber das konnte auch immer noch an Charlottes speziellem Ablenkungsmanöver in der Badewanne liegen. Seine Armbanduhr zeigte zwei Minuten nach Mitternacht. Der uralte Traktor, der seit

1945 hier stand, hob sich tiefschwarz vor der Dunkelheit ab. Vorsichtig stellte Carlos das Glas auf einem Holzfass ab und näherte sich dem antiquierten Gefährt. In der Scheune war es still. Nur von draußen hörte man das Rauschen des Windes durch die Bäume. Carlos ertastete eine rostige Stufe an der Rückseite des Gefährts und kletterte nach oben. Er klappte den Notsitz herunter, auf dem er bei seinem ersten Besuch selbst einmal gesessen hatte. Damals hatte Erwin ihn durch den Wald kutschiert, und an den Traktor war noch ein Anhänger voller Trauben gekuppelt. Er war nie dahintergekommen, wie es sich eigentlich verhielt mit Erwin und seinem Gefährt. Der Traktor sah aus, als wäre er seit achtzig Jahren nicht mehr bewegt worden und wirkte so fahrtüchtig wie eine schrottreife Dampflokomotive auf einem Abstellgleis irgendwo in der Wüste. Und doch tuckerte er immer wieder durch die Wälder rund um Elwenfels, ohne auch nur nach einem Hauch von Diesel zu riechen. Welche physikalischen oder spirituellen Kräfte dabei am Werk waren, überstieg Carlos' Verstand.

Was nun, dachte er. Inzwischen hatten sich seine Augen an die Dunkelheit gewöhnt, vor sich sah er die Umrisse des Lenkrades. Langsam schob er die Beine nach vorn und nahm auf dem Fahrersitz Platz. Dann hielt er inne und versuchte, alle seine Sinne auf die sensibelste Stufe einzustellen. Auf einmal kam es ihm so vor, als wäre es in der Scheune noch kälter geworden. Wehte ihn da nicht ein eisiger Hauch von hinten an? Und das Geräusch? Waren das nicht …? Schritte! Er hörte es ganz deutlich: Leise Schritte, die sich auf dem gepflasterten Scheunenboden näherten. Carlos zog die Schultern hoch. Beklommen versuchte er, etwas in der finsteren Scheune ausmachen zu können. Der Mond war hinter einer Wolkenwand hervorgekrochen und schickte silberne Strahlen, die durch die Ritzen zwischen den Dachschindeln und der morschen Bretterwand an der Rückseite ins Innere der Scheune fielen. Was muss ich denn noch tun?, dachte Carlos, der dieses Mondlicht ziemlich effektvoll, geradezu geschaffen für den Auftritt eines Geistes fand, der aber irgendwie nicht auftauchen wollte. Also probierte Carlos es anders.

»Erwin?«, rief er leise in die Dunkelheit. »Erwin, bist du da?«

»Ei, wo denn sonst?«, fragte eine Stimme dicht an seinem Ohr.

Carlos wäre vor Schreck fast vom Traktor gefallen, was Erwin wahrscheinlich sogar recht gewesen wäre. Er saß direkt hinter Carlos auf dem Notsitz und funkelte ihn herausfordernd an. »Bloß: Do wo du hockst, do hock normalerweis isch. Oder?«, fragte er lauernd.

Carlos' Herz verfiel in einen nervösen Trommelwirbel. »Na ja ... das ist bloß, weil ... also, ich wollte nicht ...«

»Du stotterscht jo schlimmer wie der Motor von dem alte Lanz do.« Erwin tätschelte liebevoll die rostige Karosserie des Traktors. Seine eiswasserblauen Augen starrten Carlos so eindringlich an, dass der unweigerlich den Blick senken musste. Alles an Erwin war alt und verblichen, vom löchrigen Strohhut und dem fadenscheinigen Winzerhemd bis zu seinen runzeligen Händen und dem grauen Haar, das seitlich seiner Ohren in zwei Büscheln abstand. Aber seine Augen ... Es schien, als wäre in ihnen die ganze Essenz seines Lebens gespeichert, als hätten diese Augen die Macht, direkt in Carlos' Seele zu schauen. Ein Schauder ergriff ihn, als er daran dachte, dass Greta diesen Mann noch als lebendigen Menschen gekannt hatte. Kaum hatte er das gedacht, entwich Erwin ein Seufzer.

»Ich wollte dir nicht deinen Platz streitig machen«, beteuerte Carlos.

»Des geht sowieso net. Oder bischt du tot?«

»Nein, nein! Ich wusste nicht, wie ich dich herauslocken kann von da, wo du sonst bist.«

»Du musst mich net locke«, erwiderte Erwin, und jetzt erschien zu Carlos' Erleichterung das typisch verschmitzte Schmunzeln auf seinem faltigen Gesicht. »Ich bin doch immer do un dort un überall un nirgends. Bloß bin ich net immer sichtbar, weeschwieschmään?«

»Ah jo«, versuchte Carlos sich an der pfälzischen Antwort auf diese pfälzischste aller Fragen. Es klang eigentlich ziemlich authentisch, wie er fand.

»Hopp, dann schieb dein Bobbes von mei'm Thronsessel runter!«, forderte Erwin ihn auf, und Carlos beeilte sich, vom Traktor zu steigen. Er kletterte hinunter, holte das Weinglas und reichte es Erwin nach oben, wobei er sich dabei vorkam, als würde er einer Gottheit einen Opferkelch darbieten. Das Leuchten in Erwins Augen schien sich noch zu verstärken. »Des is jo mol e schönes Gschenkel!«, freute er sich.

Carlos kletterte zurück und quetschte sich auf den Notsitz. »Ist ja wohl das Mindeste, wenn ich dich in deiner Ruhe störe.«

»Oh! Ruh hab isch genug. Misch stört die nächste fünfhunnert Jahr nix un niemand mehr«, meinte Erwin und nahm einen Schluck.

»Dann wäre es okay, wenn ich dir ein paar Fragen stelle?«

Erwin antwortete mit einem Satz, mit dem er Carlos vor eineinhalb Jahren auch schon verwirrt hatte. »Wer lang fragt, geht lang irr.«

»Ich weiß. Aber diesmal werde ich irre, wenn ich keine

Antworten bekomme. Es ist nämlich wirklich sehr wichtig.«

»Alla hopp. Wenn's sei muss.«

»Hast du mitbekommen, was hier gerade los ist?«, fragte Carlos und fand seine Worte im nächsten Moment albern. Natürlich wusste Erwin Bescheid. Er hatte gewusst, dass der Kirchturm umstürzen würde, zwei Minuten bevor es passiert war.

»Was los is, weiß isch schun. Un du? Was is mit dir?«, neckte Erwin ihn und betrachtete begeistert das Weinglas in seiner Hand. Carlos wusste nicht, ob der Zauberwein auf ihn die gleiche Wirkung hatte wie auf noch lebende Menschen.

»Ja, also da gibt es etwas, das ich dich fragen muss. Es geht um Greta Treptow aus Berlin. Du kanntest sie.«

Erwin nickte wortlos.

»Ich habe ihr Tagebuch gelesen, und da stehen ein paar seltsame Andeutungen drin, die ich nicht verstehe. Kurz bevor sie nach Berlin zurückging, war sie bei dir, um dir zu sagen, dass sie für eine Weile Elwenfels verlassen müsste. Sie wollte deinen Segen. Du warst immerhin ihr Schwiegervater.«

»So viel Gebabbel für e ganz einfache Frag«, sagte Erwin und nahm einen weiteren Schluck.

»Ich weiß, ich weiß. Also, was hat Greta dir damals denn gesagt, Erwin? Ausgerechnet darüber steht nichts in ihrem Tagebuch, nur eine vage Andeutung. Aber dir hat sie es gesagt. Ich muss wissen, was das war.«

Erwin sah Carlos mit einem wehmütigen Schmunzeln an. »Du kannst die Vergangenheit net verändern, mein Guter.«

»Wie meinst du das denn?«

»So wie isch's sag, so mein isch's«, kam die typisch

enigmatische Antwort. Carlos hatte nichts anderes erwartet, und seine alten Befragungstechniken konnte er bei einem »Zeugen« wie Erwin sowieso vergessen.

Eine Weile verstrich mit Schweigen, dann nahm Erwin einen weiteren genüsslichen Schluck.

»Alla hopp, dann kriegscht du halt e richtige Antwort, Herr Detektiv«, sagte Erwin schließlich. »Es is so einfach, dass es vielleicht schon zu einfach is, um draufzukomme. So einfach wie des ganze Lebe sein könnt, wenn man's lasse tät.«

Carlos spürte, wie er ihn in der Dunkelheit mit einem eindringlichen Blick fixierte.

»Die Greta war e Mädel, un de Adalbert war en Kerl. Un sie ham sich geliebt. So einfach war des. Un? Rappelt's jetzt?«

Endlich verstand Carlos, zumindest hoffte er das. »Du meinst ...?«

Erwin schlug ihm aufs Knie, und Carlos wäre erneut fast vom Traktor gefallen.

»Ah jo! Bloß hab ich mein Enkel halt nie kennegelernt.«

»Und Adalbert?«, fragte Carlos vorsichtig, denn er wollte nicht, dass Erwin seinetwegen mit schmerzvollen Erinnerungen konfrontiert wurde. »Was wurde aus ihm?«

»Ostfront. Nie zurückkomme.«

Carlos nickte betreten. »Das tut mir leid.«

»Un mir erscht. Da freut ma sich über vierzig Jahr lang an so em Prachtkerl von Sohn, un dann isser Kanonefutter für so en cholerische Giftnickel mit Quadrat-Schnorres.«

Gegen seinen Willen musste Carlos über diese treffsichere Beschreibung Adolf Hitlers lachen. Neben ihm stieß Erwin ein grimmiges Kichern aus.

Dann beschloss Carlos, eine Frage zu stellen, die ihm schon lange auf der Zunge brannte.

»Elsbeth hat mal erzählt, dass du im März 1945 gestorben bist, als die Alliierten Bad Dürkheim und Umgebung bombardiert haben. Stimmt das?«

Erwin winkte gelassen ab, die Frage schien seine gute Laune nicht zu beeinträchtigen. »Ich sag dir, was stimmt, mein Guter«, sagte er und hob seinen Zeigefinger. »Des gfährlichste Alter is die Zeit von de Geburt bis zum Tod.«

»Ja, da hast du wohl recht«, stimmte Carlos ihm zu. Erwin war offensichtlich nicht mehr erreichbar für das Gefühl von Tragik, das Menschen bei derartigen Geschichten empfanden. Trotzdem war die nach seinen Worten entstandene Stille irgendwie finster, und Carlos kam auf sein eigentliches Anliegen zurück.

»Also, Greta war von Adalbert schwanger, als sie aus Elwenfels wegging.«

Erwin nickte seufzend.

»Aber sie hatte es dir ja gesagt, und du hast ihr deinen Segen gegeben, oder?«

Erwin schnaubte. »Hätt ich sie vielleicht fessle solle?«

»Na ja, wahrscheinlich hätte sie dann wohl überlebt und das Kind auch.«

Erwins Kopf fuhr herum wie der einer Eule auf Beutezug und starrte Carlos an. »Des Kind is tot? Bischt du dir da sicher?«

»Äh ... was willst du denn damit sagen? Und sag jetzt nicht wieder: So wie ich's sag, so mein ich's.«

»Doch. Oder denkst du, isch mein's net so, wie isch's sag?«

»Ja, nein, also ... Mann, Erwin, du weißt doch irgendetwas!« Carlos hätte ihn auch gern mal geknufft, aber das wagte er nicht.

»Uff jeden Fall weiß ich ebbes! Un des is mehr, wie ma denke könnt.« Erwins Kichern klang fast ein wenig schadenfroh. »Des is jo der Vorteil, wenn ma sei menschliche Hüll abgelegt hat.«

Carlos gab auf. Auf einmal kam er sich dumm und naiv vor und im Blick von Erwins ewigen blauen Augen auch sehr klein und verletzlich. Er wollte gerade den Rückweg antreten und vom Traktor klettern, als der Alte seine Hand ausstreckte und Carlos' Ärmel packte.

»So schnell gibscht du auf, nur weil ich net so red, wie du's gern hättscht?«

Carlos zwang sich, dem durchdringenden Blick standzuhalten. Er spürte, dass es jetzt gleich passieren würde. Dass Erwin etwas sagen würde, was einer Antwort gleichkam, nach der er so dringend suchte. »Ich hab der Greta damals ebbes gschenkt für ihr Kind. Des hot schon der Adalbert ghabt, wie er noch en kleiner Bub war. Ich hab gedenkt, dass mein Enkel e bissel Schutz braucht, wenn er in Berlin auf die Welt kommt. Un es hot jo auch gholfe.«

»Was? Du meinst, Gretas Kind hat den Krieg überlebt?«

Erwin schmunzelte stolz. »Net bloß de Krieg.«

»Und jetzt? Wo ist Gretas Sohn oder Tochter jetzt?«

»Do. Bei uns. Schon lang.«

»Wie, du meinst *hier* in Elwenfels?«

»Ah jo, wo denn sonst? De Kreis hat sich gschlosse.«

»Welcher Kreis denn?«

»Des, mein Lieber, des musst du schon selbscht rausfinde.«

Carlos entfuhr ein frustriertes Geräusch. »Erwin, also echt! Ich bin zwar Detektiv, aber ich glaube, die Hinweise, die du mir gibst, sind für Normalsterbliche nicht wirklich brauchbar.«

Erwin wäre vor Lachen fast von seinem Traktor gefallen. »Dann pass mol auf, Herr Detektiv, jetz kommt en Hinweis, wo dir b'stimmt was nützt.«

»Ja?«, in Carlos regte sich neue Hoffnung.

Erwin beugte sich vor und blitzte ihn verschwörerisch an. »Du kennst doch noch den Spruch, der wo über allem steht, oder?«

»Jaja, äh … es kommt, wie's kommt, und wenn's nicht kommt, kommt's eben anders?«, versuchte es Carlos. Woher sollte er wissen, welchen Spruch aus seinem unerschöpflichen Vorrat rätselhafter Weisheiten Erwin denn nun meinte?

Nun, diesen offenbar nicht, denn der Alte schüttelte den Kopf und legte Carlos die Hand auf den Arm. Seine Augen waren jetzt wahre LED-Leuchten aus blauem, durchdringendem Licht. »Knapp danebe«, sagte er, senkte seine Stimme und raunte bedeutungsschwer: »Jeder, wo ebbes sucht, richtig sucht, der kommt irgendwann nach Elwefels …«

Kapitel 24

Es braucht schon eine unglaubliche Entdeckung, um einen Sonntagsbraten im Ofen zurückzulassen

Cordula liebte das uralte pfälzische Kochbuch, dessen Seiten noch Fettflecken von der vorletzten Jahrhundertwende zierten. Ihre Urgroßmutter hatte es schon benutzt, und sie hatte keine Mühe, die alte deutsche Schrift zu entziffern, und machte sich einen Spaß daraus, ab und an eines der längst aus der Mode gekommenen Gerichte auf ihren Tisch zu zaubern. Für sie war es eine weitere Art, die Vergangenheit lebendig zu halten, oder zumindest den Teil davon, der wertvoll und erhaltenswert war. Und noch dazu ziemlich lecker, wenn man mal von den Kalorienmengen absah.

Es war Sonntag, und Lena deckte den runden Tisch im Esszimmer gerade mit sechs geblümten Tellern, dem alten Silberbesteck und den feinen Kristallgläsern. Cordula stand am Herd und formte mit ihren Händen kleine, perfekt gerundete Kartoffelknödel. Ab und an ließ sie ein wenig von der Masse herunterfallen, direkt vor das Maul ihres Katers Mr Catsby, der erwartungsfroh neben dem Herd Stellung bezogen hatte. Aus dem Lautsprecher drang die bittersüße Stimme von Billy Holiday. Es war ein sonniger, kalter Tag, und auf dem Dorfplatz herrschte ausnahmsweise einmal wieder die vertraute Stille. Die Fernsehteams waren abgezogen, den Reportern währte die momentane Ereignislosigkeit wohl ein wenig zu lange. Sie würden wiederkommen, wenn sich irgendetwas ereignete, das an den Hype anknüpfen konnte, der den Ort heimgesucht hatte wie ein Tornado. Von Lena wusste sie, dass es den Archäologen immer noch nicht gelungen war, durch den verschütteten Gang neben dem Mithräum vorzustoßen. Fabian Gruber tat alles dafür, die Ungewissheit so schnell wie möglich zu beenden, aber er musste eben langsam machen, wollte er nicht die historischen Strukturen gefährden. Er arbeitete fast ununterbrochen in der Ausgrabungsstätte, auch wenn die anderen übers Wochenende heimgefahren waren. Auch heute werkelte er bereits seit dem frühen Morgen in der Tiefe und scherte sich nicht darum, dass diese Arbeit so ganz ohne menschliche Begleiter als Absicherung ziemlich gefährlich war.

Lena umschlang Cordula von hinten mit beiden Armen, was Mr Catsby zu einem beleidigten Maunzen veranlasste. »Würdest du gerne in der Vergangenheit leben?«, fragte sie unvermittelt.

Cordula schmiegte ihre Wange an Lenas Haar. »Warum? Geht es dir hier bei mir ein bissel zu antiquiert zu?«, fragte sie.

»Nein, ich hab mich das nur gefragt, weil deine Ansichten doch eigentlich so modern sind. Und trotzdem umgibst du dich mit der Ästhetik einer Zeit, in der es vor allem die Frauen nicht so gut hatten, oder?«

Cordula drehte sich um und hielt ihre mit Knödelmasse bedeckten Finger unter den Wasserhahn. »Dreh mal auf!«, forderte sie Lena auf.

Aber Lena dachte gar nicht daran, sondern nutzte Cordulas Wehrlosigkeit aus und begann sie zu kitzeln. Mr Catsby flüchtete aus der Küche.

»Erst wenn du mir sagst, was du machen würdest, wenn sich jetzt hier in dieser Küche ein Zeitstrahl in die Vierziger auftun würde.« Lena grub ihre Fingerspitzen in Cordulas Rippen. »Würdest du hier alles stehen und liegen lassen und dorthin zurückgehen?«

»Hm. Weiß nicht. Vielleicht.«

»Komm schon. Ich will wissen, was du machen würdest, Cordula.« Lena kitzelte sie stärker.

»Würdest du gerne zu den ganzen Gretas mit ihren Zöpfen, den Nylonstrümpfen und Tweedkostümen gehen, um zu sehen, ob du auffällst, hm?«

Cordula prallte gegen den Kühlschrank. »Deine Befragungsmethoden schüchtern mich nicht im Geringsten ein.« Sie kicherte. »Warum sollte ich dir antworten?«

»Weil du für unsere Gäste pünktlich das Essen auf den Tisch stellen willst.« Lena umklammerte ihre Taille und küsste sie. Cordula konnte das alles immer noch nicht so recht glauben. Sie hatte das Gefühl, Lena schon sehr lange zu kennen, und trotzdem fühlte sich jeder Augenblick mit ihr ganz neu an. Sie erwiderte den Kuss und versuchte gleichzeitig, sie von sich zu schieben, da sich in diesem Moment ein Schwall kochenden Wassers aus dem Topf auf den Herd ergoss. Lena trat einen Schritt zurück und drehte rasch die Hitze herunter. »Tja, in den Vierzigerjahren wäre das nicht passiert. Da hat die gute deutsche Hausfrau an der Heimatfront nichts anbrennen lassen.«

Cordulas gute Laune verpuffte schlagartig. Sie sah Lena eindringlich an. »So siehst du mich?«

Lena blinzelte und drehte den Wasserhahn auf. Cordula wusch sich die Hände und hatte plötzlich keine Lust mehr auf das opulente Mittagessen, das sie für Charlotte, Sofie, Hans und Carlos vorbereitete, die in einer halben Stunde ihre Gäste sein würden. Im Ofen schmorte ein

Rinderbraten, und in einem anderen Topf siedeten die Kartoffelklöße.

Durch Lenas Worte nahm sie sich in einem ganz neuen Licht wahr, und was sie sah, gefiel ihr gar nicht.

»Cordula, das war doch bloß ein Witz«, beteuerte Lena.

»Na ja, du weißt ja, wie das mit dem Witzemachen so is. Es is halt immer was Wahres dran.«

Lena lächelte herausfordernd. »Du hast Angst, ich könnte in dir jemanden sehen, der mental in den Vierzigern des letzten Jahrhunderts stecken geblieben ist? Keine Sorge, dazu hast du viel zu erfrischende Ansichten.«

Cordula heiterten diese Worte nicht im Geringsten auf. »Es könnt ja sein, dass du mich anders wahrnimmst als ich mich selbst.«

Lena schob den Topf zurück auf die Herdplatte. »Ich habe gedacht, dir ist es nicht so wichtig, was andere über dich denken.«

»Bei dir aber schon.«

Cordula wusste nicht recht, wie sie mit der Situation umgehen sollte. Irgendetwas war anders als sonst. Sie war jetzt sechsunddreißig Jahre alt und hatte noch nie eine ernst zu nehmende längere Beziehung geführt, weder mit einem Mann noch mit einer Frau. Und jetzt auf einmal spürte sie etwas Tiefes, das sich da vor ihr auftat. Sie wusste, dass der Song *Love Hurts* von Nazareth vollkommener Unsinn war. Liebe tat nicht weh. Es war nur das menschliche Ego, das schreiend um sich trat, wenn die Liebe seine Maske herunterriss und es entblößte. Und das tat weh. Und jetzt in diesem Moment spürte Cordula diesen Schmerz ganz deutlich, er überrumpelte sie völlig unerwartet. Hier in ihrer mit altmodischem Zeug ausstaffierten Küche, in der sie sich immer so geborgen fühlte, hatten Lenas Worte plötzlich etwas in ihr erschüttert, das bis jetzt unter der Oberfläche gebrodelt hatte. War ihr nostalgischer Lebensstil nichts anderes als eine Flucht aus dem Hier und Jetzt? Wäre sie abseits von Elwenfels und seinem eigentümlichen Takt überhaupt lebensfähig? Und wenn nicht, was wäre so schlimm daran? Warum bohrten all diese Gedanken kleine, unangenehme Widerhaken in ihr so unerschütterlich geglaubtes Selbstbewusstsein?

»Es könnte ja sein, dass du mich nach einer Weile mit anderen Augen siehst«, offenbarte sie Lena. »Vielleicht zieh ich mein Selbstwertgefühl ja wirklich aus etwas, das gar net in diese Zeit passt. Ich will net, dass du eines Tages denkst, dass das alles bloß museal und künstlich ist.«

Lena trat einen Schritt auf sie zu und zupfte spielerisch an Cordulas üppiger Rüschenschürze, die ebenfalls aus der Zeit ihrer Urgroßmutter stammte. »Die ist wirklich schrecklich altmodisch. Aber du siehst darin eben aus wie eine Königin.«

Trotzdem schnürte Cordula die Schürze auf und legte sie über einen Stuhl. Was war nur geschehen, dass sie sich selbst plötzlich nicht mehr so richtig leiden konnte? Und wieso passierte es ausgerechnet ihr, die doch immer gedacht hatte, dass sie voll und ganz mit sich im Reinen war und sich von Kopf bis Fuß liebte, so wie sie war?

»Ach komm, was ist daran so schlimm, dass man eine Zeit toll findet, die eigentlich ziemlich schrecklich war?«, wollte Lena von ihr wissen.

»Stimmt, da bist du bei deinen alten Römern auch net grad viel besser aufgehoben«, ließ Cordula sich ein bisschen aufheitern.

»Genau. Wenn du Angst hast, dass ich dich eines Tages nicht mehr mag …« Sie zog Cordula wieder an sich und verbesserte sich. »Dass ich dich eines Tages nicht mehr lieb hab, dann wird dein Vintage-Fetisch bestimmt nicht der Grund dafür sein.«

Cordula erwiderte ihren Kuss und wollte gerade fragen, was denn als Grund infrage käme, als plötzlich von unten das Scheppern der Türglocke ertönte und kurz darauf jemand die Treppe heraufgerannt kam.

»Da kann es aber jemand gar nicht abwarten, deine Gastfreundschaft zu genießen«, meinte Lena verwundert.

Sofie erschien in der Küchentür, atemlos und mit einem Ausdruck auf dem Gesicht, den sie noch nie an ihr gesehen hatte.

»Cordula, Lena! Hopp, ihr müsst mitkomme, jetzt sofort.«

»Hat das nicht Zeit bis nach dem Essen?« Lena deutete auf den Ofen.

»Nein, bitte. Du musst dir das anschauen und sagen, was du davon hältst. Und dann können wir das alles später beim Essen besprechen.«

»Ah, do bin ich jetz aber mal gspannt.« Cordula war froh, dass Sofie ihr einen Grund gab, sich von ihrem sonderbaren Unwohlsein abzulenken.

»Das kannst du auch. Aber zieht euch feste Schuhe und was Warmes an!«

Kurz darauf liefen die drei über den Dorfplatz auf Sofies Haus zu. Sofie führte sie in den hinteren Teil des Hauses, durch den Wintergarten und hinaus in den kleinen Hof, wo die Tür des Geräteschuppens offen stand.

»Jetzt mach's doch net so spannend!«, forderte Cordula ihre Freundin auf.

»Ich kann mir schon denken, was du uns zeigen willst«, sagte Lena. »Du hast einen Weg in die Katakomben gefunden, oder?«

Sofie warf ihnen einen vielsagenden Blick zu und bedeutete ihnen, durch die Tür zu treten. Der Schuppen war mit Brettern und einem schrägen Wellblechdach an die Wand des benachbarten Hauses gebaut.

»Ich hab mir den alten Plan noch einmal angeguckt«, sagte Sofie. »Da ist zu sehen, dass irgendwo bei unserem Haus ein unterirdischer Gang verläuft. Aber bei uns im Keller ist kein Zugang. Hans und ich haben gestern alles abgesucht und sind fast verrückt geworden.«

»Wo ist denn dein Herzblatt eigentlich?«, fragte Cordula.

»Der kommt später zum Essen. Er trifft einen Steinmetz, aus'm Elsass, von dem er irgend so ein altes Buch über Steinrestaurierungen kaufe wollt. Irgend so en Deal im Internet, was weiß ich. Er kommt in einer Stunde zurück und dann ...«

»Okay«, unterbrach Lena ungeduldig Sofies Erklärung. »Was wolltest du uns denn zeigen?«

»Viel Geduld hast du ja net grad für eine Archäologin«, meinte Sofie lachend.

»Hast du eine Ahnung! Während der Arbeit bin ich geduldiger als eine Spinne, ein Orchideenzüchter und eine Faultierbeobachterin zusammen. Aber jetzt gerade ...«

Cordula deutete fragend auf den umgestürzten Stapel mit Backsteinen, die auf dem Boden des Schuppens verteilt waren. »Sofie, was ist denn hier passiert?«

Sie winkte ab. »Die Steine liegen da schon, seit ich denken kann. Heute hab ich e paar hochgenomme, weil ich eins von den Kräuterbeeten draußen im Hof neu einfassen wollt.«

»Bei der Kälte?«

»Man kann sich net früh genug auf de Frühling vorbereite, oder?«

»Jetzt bleibt doch mal bei der Sache!«, drängte Lena. »Eigentlich wollten wir ja gerade essen.«

»Warte, bis du siehst, was ich entdeckt hab, dann interessiert dich nur noch dein Hunger nach Geheimnissen.« Sofie trat an den beiden vorbei und stieg über die Backsteine. An der Wand war zwischen zwei angelehnten alten Tischplatten eine Mauernische sichtbar. Sofie zog eine Taschenlampe aus ihrer Jacke und leuchtete in einen Winkel zwischen den Sandsteinbrocken. »Zuerst dachte ich, hier ist einfach bloß eine kleine Nische. Aber auf der linke Seit is ein schmaler Durchlass. Und da hinten ist doch tatsächlich eine Treppe, die in die Tiefe führt.«

»Net dein Ernst!«, stieß Cordula ungläubig hervor.

»Doch. Bloß dass dieser Zugang wahrscheinlich seit Jahre vergesse is.«

»O mein Gott, ich werd wahnsinnig!« Lena machte wie ein aufgeregtes Kind einen kleinen Hüpfer und stieß ein Quietschen aus.

Sofie tauschte einen lächelnden Blick mit Cordula. »Das hört sich jetzt nicht so an, als ob die Archäologie-Doktorandin eine professionelle Expertise abgibt.«

Lena ließ sich nicht bremsen. »Die professionelle Archäologin ist doch sowieso immer mit von der Partie. Aber die kleine Lena, die freut sich gerade wie die Sau.« Sie riss Sofie die Taschenlampe aus der Hand und leuchtete in die Nische. Cordula war plötzlich heilfroh, die plüschige Enge ihrer Küche gegen das hier eingetauscht zu haben, das Unbekannte, Unerforschte. Lena barst förmlich vor Energie, so wie vor wenigen Tagen, als sie ihr unter der Wirkung des Weins von den alten römischen Kultstätten vorgeschwärmt hatte. Im nächsten Moment war sie in dem Spalt verschwunden.

»Alla hopp, dann machen wir jetzt eben eine kleine

Expedition, bevor wir den anderen berichten«, beschloss Sofie.

Cordula bezweifelte zwar, dass Lena mir nichts, dir nichts in einigen Minuten wieder zu Rinderbraten und Klößen zurückkehren würde. Sei's drum, dachte sie, schlüpfte vor Sofie in den Spalt und folgte Lena auf den schmalen Stufen nach unten.

»Da unten ist eine Tür!«, rief Lena.

Cordula streckte die Hand nach hinten aus und griff nach Sofies Fingern. Plötzlich hatte sie das Gefühl, als würde sie in eine andere Welt eintauchen. Die Luft in dem Treppengang war kalt und stumpf, aber die Neugier trieb Cordula voran. Das mit viel Aufwand vorbereitete Sonntagsessen war ihr auf einmal vollkommen gleichgültig. Die Treppe endete in einem kleinen Raum aus grob behauenen Sandsteinen, in dem ihnen eine schmale, aber massiv aussehende Holztür den Weg versperrte. Die Tür besaß zwar einen rostigen Knauf, aber ein Schloss fehlte. Lena streckte die Hand aus, aber kurz bevor sie das Metall berührte, hielt sie inne und schien sich auf irgendetwas zu besinnen. Sie drehte sich um und sah Sofie und Cordula fast wie ein bittendes Kind an. »Darf ich?«

»Ja klar, warum denn net?«, entgegnete Sofie.

»Na ja, das hier sind ja eure Geheimnisse ...«

Cordula lächelte sie an. »Und du wärst nicht hier, wenn wir sie nicht mit dir teilen wollten.«

»O mein Gott, ich glaube ich falle gleich in Ohnmacht!«, quietschte Lena erneut, verzichtete aber diesmal aufs Hüpfen und zog an der Tür. Die gab ein Geräusch von sich, als würde irgendwo in einer ägyptischen Grabkammer ein geheimes Scharnier bewegt, das eine todbringende Falle auslöste. Cordula hielt den Atem an. Das Türblatt schabte schwerfällig über den welligen Steinboden, aus der Einfassung lösten sich Staub und Mörtelbrocken. Dahinter gähnte ihnen absolute Dunkelheit entgegen.

»Leuchte mal da rein«, wisperte Cordula und trat dicht hinter Lena. Ihre roten Haare waren von einer Staubschicht bedeckt, und eine Spinnwebe hatte sich wie ein hauchdünnes Tuch über die Kapuze ihrer Jacke gelegt. Lena hob die Taschenlampe und schickte einen Lichtstrahl in die Dunkelheit. Sofie zog scharf die Luft ein. Vor ihnen lag ein ins Erdreich gehauener Gang von erstaunlichen Ausmaßen. Kein Vergleich zu den gedrungenen, engen Gängen, die sonst den Untergrund des Dorfes durchzogen. Lena streckte die freie Hand nach Cordula aus, als wollte sie in diesem besonderen Moment den Kontakt zu ihr halten. Cordula ergriff sie mit ihrer freien Linken, und wie drei Händchen haltende Kinder in einem Abenteuerfilm traten sie in den Gang.

Lena ließ den Lichtstrahl über Decke und Wände wandern, ohne etwas zu sagen. Die Stille hier unten war wie ein schwerer Umhang, der sich auf sie legte und alle Geräusche zu ersticken schien. Cordula hatte erwartet, dass die Luft feucht und modrig war, aber sie empfing nur den reinen Geruch von Erde und Steinen. »Wie alt mag das hier sein?«, raunte Sofie ehrfürchtig.

Lena ging in die Hocke und leuchtete auf ein Band von Steinen, die wie eine Sockelleiste am Übergang von Wand und Boden verliefen und mit einer dünnen Schicht Moos bewachsen waren. Sie wirkte nicht länger aufgeregt, sondern war jetzt ruhig und fokussiert und ganz in ihrem Element. »Das sind Backsteine. Man müsste einen herauslösen, um ihn auf einen Stempel und die Zusammensetzung zu untersuchen, aber ich schätze mal, die sind aus römischer Zeit. Die Römer haben viel mit Backsteinen gebaut. Das hier sieht aus wie die unterirdischen Gänge in den Kaiserthermen von Trier, wahrscheinlich 2. oder 3. Jahrhundert.«

»Warum?«, fragte sich Cordula laut. »Warum haben die Römer überhaupt solche Gänge angelegt?«

»Wenn ihr mich lasst, werde ich meine Dissertation darüber schreiben«, sagte Lena. »Bis dahin werde ich dann hoffentlich genug Beweise gesammelt haben.«

»Lass mal lieber!« Sofie ging ebenfalls in die Hocke und berührte den glatt gestampften Boden. »Vergiss nicht, wir machen das hier, um Elwenfels und unsere Geheimnisse vor deinem Chef und damit auch vor der Öffentlichkeit zu schützen.« Sie sah Lena mit einem dezent warnenden Blick an. Cordula konnte den inneren Kampf, der in der Archäologin tobte, förmlich hören. Sie hatten beschlossen, Lena zu vertrauen, auch wenn die nun wehmütig seufzend über die uralten Steine strich und aussah, als hätte sie eine Flasche Champagner vor sich, die sie nicht öffnen konnte.

Sofie versuchte, sie zu trösten. »Keiner von uns wird dich aber dran hindern, das hier alles für dich ganz allein zu erforschen. Und dann kannst du es ja einem kleineren Publikum zugänglich machen, das net so sehr auf Sensationsgeilheit programmiert is.«

»Ja, ist ja gut«, erwiderte Lena. »Ich sehe es schon vor mir: ein wissenschaftlicher Vortragsabend in eurer Weinstube.«

Cordula musste bei der Vorstellung lachen. Bei dieser Gelegenheit merkte sie, dass ihr das Atmen immer schwerer fiel. Auf einmal fiel ihr der Rinderbraten ein und dass sie vergessen hatte, den Ofen abzuschalten. Na ja, sie würden ja nicht ewig hier unten sein. Links von ihnen verlief der Gang schnurgerade weiter, das Licht der Taschenlampe verlor sich in der Ferne. Rechts von ihnen lag eine scharfe Biegung, und irgendwo dahinter ertönte auf einmal ein leises Hämmern und Klopfen.

»Was ist das?«, wisperte Cordula.

»Halt mal die Lampe.« Lena reichte die Taschenlampe an Sofie weiter und zog ihr iPhone aus der Tasche. Sie hatte den Plan der unterirdischen Gänge abfotografiert und betrachtete ihn nun konzentriert.

»Wenn das hier die Abzweigung unter der Bäckerei ist und das hier die Kreuzung, die in den Saal unter dem Dorfplatz führt, dann müsste hier die Stelle sein, wo ...«

Weiter kam sie nicht. Im nächsten Moment ertönte ganz in der Nähe ein lautes Rumpeln, und eine Staubwolke drang bis hinter die Biegung, an der sie gerade standen.

Cordula zuckte zusammen und machte einen Schritt zurück in Richtung Ausgang. Doch in diesem Moment schwang die Tür zurück und fiel mit einem knirschenden Laut ins Schloss. Unwillkürlich gab Cordula einen schrillen, erschreckten Laut von sich. Was, wenn sie hier unten verschüttet wurden? Der Gang sah zwar stabil aus, aber was war das für ein Rumpeln gewesen? Erschrocken starrte sie Lena und Sofie an, aber im nächsten Moment war alles wieder ruhig, als wäre nichts passiert.

»... Gruber sich durch den Gang beim Mithräum gräbt«, vollendete Lena wispernd den abgebrochenen Satz. Kaum hatte sie es gesagt, als hinter der Biegung ein Licht aufflackerte, begleitet von einem sich nähernden Geräusch: Schritte.

»Verdammte Scheiße!«, zischte Sofie, und dass sie zu diesem ungewohnt heftigen Vokabular griff, war nun wirklich kein gutes Zeichen.

»Un jetzert?«, flüsterte Cordula.

Lena klammerte sich wieder an ihre Hand und starrte dem näher kommenden Licht entgegen. In Cordulas Kopf überschlugen sich die Gedanken. Sie wusste auf einmal nicht mehr, welche Angst größer war: Hier unten verschüttet zu werden oder hilflos dabei zusehen zu müssen, wie dieser Archäologe die Geheimnisse des Dorfes ans Licht zerrte? Sie wechselte einen alarmierten Blick mit Sofie, aber die sah gerade auch nicht aus, als hätte sie eine rettende Idee. Im nächsten Moment tauchte vor ihnen eine Gestalt auf.

Der Umriss des Mannes wirkte riesenhaft zwischen den zuckenden Schatten, die durch das Licht der Taschenlampe an die Wände geworfen wurden. Dann richtete sich der Lichtstrahl auf die kleine Gruppe und blendete sie derart, dass die drei Frauen die Hände vor die Gesichter hoben. Und dann kam ein Spruch, der so herkömmlich und banal war, als stammte er aus einem sehr schlechten Film. Vielleicht kam es Cordula aber nur so vor, weil sie die Welt nicht mehr verstand. Warum war Dr. Fabian Gruber in keinster Weise überrascht oder wenigstens ein kleines bisschen ehrfürchtig angesichts dieser Entdeckung? Warum stand er einfach seelenruhig vor ihnen und kam ihnen mit dieser Phrase: »Na, sieh mal einer an: Wen haben wir denn da?«

Kapitel 25

Wie ein Mittagessen nie seinen Anfang und ein Ausflug in die Unterwelt ein jähes Ende findet

»Carlos, Lieber! Kommst du dann?« Charlotte strich ihm im Vorübergehen über den Rücken. »Du denkst zwar, es is bloß e nettes Sonntagsessen, aber wenn die Cordula kocht, dann dankst du dem lieben Gott, dass er dich mit so vielen Geschmacksknospen ausgestattet hat.«

Aber trotz der fulminanten Ankündigung kam von Carlos nur ein abwesendes »Hm«. Er hörte nur mit halbem Ohr hin, denn vor ihm standen drei große rostige Keksdosen, die prall gefüllt waren mit uralten Fotos und Postkarten der Familie. Nach seinem gestrigen Treffen mit Erwin wollte Carlos Bilder aus der Zeit sehen, in der Adalbert ein Baby gewesen war. Charlotte hatte daraufhin alle Fotos ihrer Familie aus dem Schrank geholt und Carlos damit vor die Herkulesaufgabe gestellt, sich durch den gesamten Fundus zu wühlen. Mit Elsbeths Hilfe hatte er die Personen auf den historischen Bildern identifiziert und alle aussortiert, die Erwin und seine Familie zeigten.

Jetzt war es kurz vor halb eins, und während Charlotte sich bereits die Winterstiefel anzog, hockte er immer noch vor einem kleinen Bilderstapel und fragte sich, was genau Erwin gemeint hatte. Er hatte sämtliche Bilder, die den kleinen Adalbert zeigten, mit einer Lupe betrachtet, aber keinen Anhaltspunkt gefunden, der ihm weiterhalf.

»Hopp, Carlos, jetzt komm halt«, drängte Charlotte. »Es gibt keine schlimmeren Rätsel als die vom Erwin. Daran beißt ma sich die Zähn aus.«

»Kannst du mir nicht helfen?«, bat er. »Was hat man früher den Kindern als Talisman mitgegeben? Was könnte das sein?«

Charlotte betrachtete die Fotografien und tippte dann mit ihrem Finger darauf: »So was vielleicht? Die Bernsteinkette.« Sie zeigte auf ein Bild, das Adalbert als Einjährigen zeigte. Der Kleine saß in einem Weidenkorb neben einem Blumenbeet und trug ein weißes Hemdchen, das ein wenig über die Schulter gerutscht war und den Blick auf eine zarte Kette freigab, die Carlos gar nicht aufgefallen war.

»Bernstein gilt schon immer als Schutzstein für kleine Kinder«, erklärte Charlotte schulterzuckend, als wäre das ebenso bekannt wie die Tatsache, dass Pinguine flugunfähig sind.

»Im Ernst?« Carlos sah sie überrascht an.

»Klar. Heut gibt man Babys Bernsteinketten, weil man glaubt, es hilft beim Zahnen. Aber früher dachte die Leut, dass es Kinder vor Krankheiten und Geistern schützt. Seit Jahrhunderte wissen die Menschen, dass Bernstein Heilkräfte hat.«

Er betrachtete das Bild genauer. »Ich hätte mir gleich denken können, dass deinem weiblichen Auge solche verborgenen Dinge schneller auffallen.«

Charlotte schmunzelte. »Stimmt. Das ging meinen weiblichen Augen bei dir genauso.«

»Ja. Mehr Glück kann man gar nicht haben.« Er zog sie an sich und betrachtete wieder die alte Fotografie. »Also, könnte es sein, dass Erwin seinem Sohn die Bernsteinkette als Schutz umgelegt hat und er sie später, als Adalbert sie nicht mehr brauchte, Greta für ihr ungeborenes Kind mitgegeben hat?«

»Ja. Das tät zum Erwin passen«, sagte Charlotte. »Er hat damals schon immer auf alle aufgepasst irgendwie. Aber warum hat er dir des überhaupt verzählt? Was is daran so wichtig?«

»Lass uns auf dem Weg darüber reden«, schlug Carlos vor und schlüpfte in seine Jacke. »Wir wollen Cordula nicht warten lassen.«

Draußen erwartete sie ein sonniger, kalter Tag. Charlotte hakte sich bei Carlos ein, und sie spazierten an den winterlichen Obstgärten vorbei in Richtung Dorfplatz. Der an Lärm und wuselnde Menschenmengen gewöhnte Großstädter in ihm war kurz verwundert angesichts der beschaulichen Ruhe dieses Sonntagmittags. Sollte so wirklich das Leben aussehen, das er gegen sein altes Dasein eingetauscht hatte? Momentan war die ereignislose Stille zwar trügerisch, denn er wusste ja, was gerade hinter den Kulissen von Elwenfels geschah, um die zudringliche Welt da draußen abzuwehren. Aber was, wenn dieses Kapitel irgendwann zu Ende ging und die Ruhe und Beschaulichkeit wieder der Normalzustand waren? Was, wenn hier einmal nichts passierte und diese ruhigen Sonntagsspaziergänge, nachbarschaftlichen Esseneinladungen und dörflichen Belange und das ein oder andere festliche Gelage endgültig seinen Alltag bilden würden?

Charlotte stieß ihm sanft gegen die Schulter. »Was denkst du?«

»Oh, nur dass ich früher im Winter immer nach Asien geflogen bin«, wich er aus, und das war nicht einmal gelogen. »Ich habe immer so viel gearbeitet, dass sich massenhaft Überstunden angesammelt haben. Und dann hatte ich im November sechs Wochen Zeit für Tropenurlaub.«

»Ich versteh schon. Du störst dich an meine kalte Füß im Bett.«

»Ja. Es ist nicht auszuhalten«, sagte er todernst, und sie kicherte.

»Du weißt gar net, wie schön Weihnachten in Elwenfels sein kann.«

»Kalt ist es trotzdem«, sagte er, um nicht zugeben zu müssen, dass ihm die winterlichen Temperaturen keine Sorgen machten.

»Warum ist das eigentlich so wichtig, was aus Gretas Kind wurde?«, fragte Charlotte.

»Ich weiß es auch nicht«, beteuerte Carlos. »Bis zu dem Gespräch mit Erwin haben wir ja nicht mal gewusst, dass sie überhaupt eines erwartete. Na ja, ich habe es schon irgendwie vermutet, aber gleichzeitig stand ich total auf dem Schlauch.«

»Ein kleiner Elwefelser«, sagte Charlotte leise.

»Ja. Einer, der offensichtlich den Bombenhagel in Berlin überlebt hat, meint Erwin.«

»Woher will er des so genau wissen?«, wunderte sie sich.

»Na ja, bei Erwin habe ich so langsam den Eindruck, dass der alles weiß. Ich glaube, er wollte mir sagen, dass sein Enkel die ganze Zeit hier in der Nähe ist und sich ein Kreis geschlossen hat. Aber ich denke, seine Worte könnten auch einfach bloß symbolisch gewesen sein, und in Wirklichkeit meint er etwas ganz anderes.«

»Wir müssen das mal mit den anderen besprechen«, sagte Charlotte. »Vielleicht fällt ja noch jemand ebbes dazu ein.«

Sosehr Carlos sich auf das Essen bei Cordula freute, eigentlich hatte er keinen Kopf dafür. Am liebsten wäre er allein in den Wald gegangen, um über alles nachzudenken. In seinem Kopf meldete sich zaghaft ein vertrautes Gefühl, das er von früher kannte, als er noch unter Hochdruck professionell ermittelt hatte. Dieses Gefühl, kurz vor dem Durchbruch zu sein. Der Nebel lichtete sich langsam. Vor Carlos' innerem Auge entstand ein Bild, das so unglaublich war, dass er es genauer untersuchen musste. Verdammt, ihm war überhaupt nicht nach einem feinen Sonntagsschmaus. Sein Körper und seine Seele sehnten sich zwar danach, mit Charlotte, Sofie, Hans und Lena bei Cordula verwöhnt zu werden. Aber der Ermittler in ihm hätte am liebsten gesagt: »Hebt mir was von dem Braten auf, ich hab Wichtigeres zu tun.«

Haben mich die Elwenfelser so gezähmt, dass ich diese Stimme in mir überhöre?, fragte sich Carlos. Bin ich schon so sehr einer von ihnen geworden, dass mir Essen und Trinken wichtiger sind als der Jagdinstinkt? Sie schlenderten an dem weißen Zelt des Archäologen vorbei. Heute waren keine Streifenpolizisten zur Absicherung abgestellt, was Carlos wunderte. Dachten die Behörden vielleicht, der Elwenfelser Widerstand würde die Sonntagsruhe beachten? Es war nichts zu hören. Aus dem Zelt kamen keinerlei Geräusche wie in den vergangenen Tagen. Fabian Gruber machte also auch mal eine Pause, so wie es aussah.

Charlotte steuerte die Tür zu Cordulas Laden an, und als sie drinnen die Treppe nach oben gingen, empfing sie ein Geruch, der einem buchstäblich das Wasser im Munde zusammenlaufen ließ. Paradiesisch! So etwas unverschämt Gutes hatte Carlos schon lange nicht mehr gerochen, und seine Angespanntheit gab den Weg frei für das einfachste Bedürfnis, das ein Mensch haben kann: Hunger. Aber etwas stimmte nicht.

In Cordulas Wohnung war es, genau wie auf dem Dorfplatz, verdächtig still. Was daran lag, dass niemand da war. Der Tisch war nur halb gedeckt, der Herd ausgeschaltet, nur der Ofen arbeitete und verströmte den betörenden Geruch. »Wo sind die denn?«, wunderte sich Charlotte.

»Magst du vielleicht mal an die Schlafzimmertür klopfen?«, schlug Carlos vor.

»Du meinst …?«

»Könnte uns doch auch passieren, oder? Frisch verliebt … da kann alles andere schon mal warten.«

Charlotte hob die Augenbrauen. Dann trat sie an die Schlafzimmertür und klopfte. »Hallo, ihr Turteltäubchen, in eurer Küch sin Leut. Wie wär's mit e bissel Gastfreundschaft?«

Nichts geschah, und Charlotte öffnete vorsichtig die Tür. »Niemand da.«

In diesem Moment polterte jemand die Treppe herauf, aber anstatt der Gastgeberin – deren Gang sich bedeutend zarter angehört hätte – erschien Hans Strobel, etwas verschwitzt und außer Atem. »Bisschen spät, sorry. Hab ich was verpasst?«, fragte er und schnupperte begeistert.

»Wo ist denn Sofie?«, wollte Charlotte wissen.

»Die kommt bestimmt gleich«, meinte Hans und betrachtete durch das Sichtfenster am Ofen den Braten. Und dann mit einem Blick auf den halb fertig gedeckten Tisch: »Äh, wo sind denn alle?«

Carlos wechselte einen erstaunten Blick mit seinem Hamburger Landsmann. »Wollten du und Sofie nicht zusammen kommen?«

Hans schüttelte den Kopf und begann von einem Treffen mit einem elsässischen Steinmetz zu berichten, von dem er an diesem Morgen auf einem Autobahnrastplatz an der französischen Grenze ein seltenes, sehr altes Buch gekauft hatte.

»Ich kam mir vor wie bei einer Drogenübergabe«, raunte er.

»Ich werd mal den Tisch fertig decke«, beschloss Charlotte und beendete das angefangene Werk. Hans machte den Ofen auf und fragte sich laut, wann genau dieser leise vor sich hin brutzelnde Braten bereit wäre, verspeist zu werden. Carlos zwang sich zur Ruhe. Allerdings war der unfassbar köstliche Geruch in der Küche kein besonders gutes Mittel gegen seine Ungeduld und das schleichende Gefühl, dass Cordulas Abwesenheit nichts Gutes zu bedeuten hatte. Und wo blieb Sofie?

Es vergingen zwanzig Minuten, bis sie beschlossen, dass hier wirklich etwas ganz und gar nicht stimmte.

»Was machen denn die hübschen Ladys hier unten im Staub?«

Dr. Fabian Gruber leuchtete ihnen nacheinander ins Gesicht, und Cordula bewunderte in diesem Moment einfach nur Lenas Schlagfertigkeit.

Grubers Assistentin hob ihr Smartphone, leuchtete zurück und sagte: »Vorgestern hast du mich noch eine hirnlose Bratkartoffel und eine dumme Pute genannt. Und jetzt bin ich auf einmal eine Lady? Hast du zu viel abgestandene Luft eingeatmet, oder was?«

»Dich kann ich ja wohl kaum gemeint haben«, zischte Gruber zurück. »Was machst du hier?«

»Ich existiere. Dass dir das nicht gefällt, habe ich hinreichend begriffen, vielen Dank.«

»Ich wiederhole: Was machst du hier unten, unbefugt und ohne mein Wissen?«

»Wir machen einen kleinen Erkundungsgang durch

die Unterwelt unserer Heimat«, flötete Sofie, die ebenfalls wenig beeindruckt schien von Grubers Auftritt. »Und unbefugt würde ich eher die Art und Weise nennen, wie du hier den Gockel spielst.«

Cordula schluckte. Woher die beiden den Mut hatten, den Archäologen so herauszufordern? Sie fand nicht, dass es der richtige Ort und Augenblick dafür waren. Die staubige Luft kratzte in ihren Lungen, und das Poltern und Grollen, das sie gerade gehört hatten, machte sie immer noch nervös. Zum Glück lag die Tür zurück an die Oberfläche in unmittelbarer Reichweite.

Nur allmählich wurde ihr klar, was Sofie und Lena wohl längst begriffen hatten.

Gruber war ihnen zuvorgekommen. Und er hatte etwas gesehen, das nicht für seine Augen bestimmt war. Sie würden ihn also kaum daran hindern können, den unterirdischen Gang zu untersuchen und tiefer vorzudringen, um genau jene Geheimnisse zu entdecken, die die Elwenfelser zu wahren versuchten. Die einzige Möglichkeit, die ihr spontan einfiel, war, Gruber hier unten mit einem Stein zu erschlagen und ihn einfach zu vergessen, aber das hatte nun wahrlich keinen Stil.

»Wie kannst du es wagen, mich so zu hintergehen?«, schleuderte Gruber Lena entgegen und machte ein paar Schritte auf sie zu. Cordula packte Lenas Hand fester, aber sie zog sie zurück und stellte sich ihrem Chef entgegen.

»Wer hintergeht hier wen?«

»Ach komm!«, blaffte er. »Hast du dich jetzt etwa auf die Seite dieser Hinterwäldler geschlagen?«

»Genau das habe ich, ja. Auf deiner Seite war es mir einfach zu eklig.«

»Lena, wir sind professionelle Archäologen.«

»Ich meinte die Seite der Plünderer und Antikenhehler.«

Grubers Lachen prallte an der Decke des gewölbten Ganges ab. »Was erzählst du da für einen Unsinn? Du bist ja nicht ganz bei Verstand. Was haben dir diese Bauern in die Weinschorle gemixt? Du hörst dich an wie eine kaputte Kinderschallplatte von den *Drei Fragezeichen*.« Wieder verbarrikadierte Gruber sich hinter seinem dröhnenden Lachen. Dann brach er abrupt ab und wedelte mit der Taschenlampe den Gang entlang. »Also, Schluss jetzt mit den Spielchen! Du sagst mir, wie du diesen Zugang hier gefunden hast. Und ihr ...« Er fixierte Cordula und Sofie. »Macht den Abgang und lasst mich durch!«

»Warum sollten wir?«, entgegnete Sofie ungerührt.

»Weil ihr keine Ahnung habt, was das hier überhaupt ist. Ich bin der Fachmann, also werde ich das hier auch untersuchen. Bodendenkmäler gehören nicht in private Hände. Sie sind Besitz des Landes Rheinland-Pfalz, und ich bin offiziell von dieser Seite dazu beauftragt.«

»Ganz toll!«, stieß Cordula hervor. »Dann endet dein Auftrag genau hier un jetzert!«

Erneut stieß Gruber ein bellendes Lachen aus. »Träum weiter, Adrettchen. Euer kleines Provinzmärchen ist sowieso vorbei. Ihr müsst euch daran gewöhnen, dass ihr hier auf einem Schatz hockt, den die Welt sehen will. Eure Idylle ist am Arsch. Und das ist auch gut so.«

Das Schlimme war nicht, Gruber diese Worte sagen zu hören. Das Schlimme war, dass er wohl recht hatte. Cordula wurde bewusst, dass das auch der wahre Grund für ihren inneren Aufruhr vorhin in der Küche war. Was Gruber da sagte, stand für den Abgesang auf alles, was hier liebens- und lebenswert war. Ja, sie war weltfremd und unverbesserlich nostalgisch. Aber das war ihre Art, sich gegen eine globalisierte, durch und durch digitalisierte Welt zu stemmen, auch wenn sie wusste, dass diese Haltung naiv war. Wozu wurden Orte wie Elwenfels denn ans Licht der Öffentlichkeit gezerrt? Damit Leute Selfies knipsen und sie im Netz hochladen konnten, um mit ein paar stumpfen Likes ihr Ego zu polieren? Damit die Wissenschaft behaupten konnte, ein weiteres Geheimnis der Geschichtsschreibung gelöst zu haben? Damit irgendjemand ein Marketingkonzept erstellen konnte? Die Welt da draußen verstand nicht, dass mit jeder sensationellen Entdeckung immer auch ein Stück der Seele eines Ortes zerstört wurde. Sollte ihre Heimat ein Ort werden, an dem Leute Schlange standen, um Selfies vor der Dorfkirche zu schießen und von einem chinesischen Billighersteller T-Shirts zu kaufen, auf denen Sprüche standen wie *Elwenfels – I survived the Saumagen Underground*.

Auf einmal fühlte Cordula den Drang, wie ein wütendes Kind auf Gruber loszugehen und schreiend mit Fäusten auf ihn einzutrommeln. Nie hatte sie sich hilfloser gefühlt. Was Gruber für offizielles Recht hielt, war für Elwenfels ein Gewaltakt.

Gruber leuchtete wieder in Lenas Gesicht und stieß den Zeigefinger in ihre Richtung. »Dass du mit diesen Idioten hier gemeinsame Sache machst, das ist Verrat! Ich hätte dir niemals diese Chance gegeben, wenn ich geahnt hätte, dass du nicht weißt, was Loyalität bedeutet.«

»Oh, eine wirklich tolle Chance«, sagte Lena. »Wenn ich Lust darauf gehabt hätte, mich den ganzen Tag schikanieren und wie Dreck behandeln zu lassen, hätte ich mich auch in einem Schlachterei-Betrieb anstellen lassen können.«

»Ach Gottchen, mir kommen die Tränen, du Zimperlieschen!«, spottete Gruber und zerteilte die Luft mit seiner riesigen Pranke. »Du verbrüderst dich hier mit diesen Provinzlern aus der Steinzeit und missachtest …«

Weiter kam er nicht. Plötzlich ertönte über ihnen ein Knirschen.

Gruber riss den Kopf hoch und machte einen Sprung zurück, während Lena wie gelähmt nach oben starrte. Cordula wollte ihre und Sofies Hand ergreifen, um sie in Richtung Tür zu ziehen. »Wir müssen raus hier, schnell!«, stieß sie hervor.

Doch es war bereits zu spät.

Kapitel 26

Ein Knall, ein Notfall, ein Zusammenprall – und ein Privatdetektiv, der aus der Haut fährt

»Was um alles in der Welt war das?«, keuchte Hans, als das polternde Geräusch wieder verstummt war. Carlos nahm die Hände herunter, mit denen er instinktiv versucht hatte, seinen Kopf zu schützen, und sah sich erschrocken um. »Klang wie ein Erdbeben. Bloß, dass es nicht gewackelt hat.«

Sie eilten zum Fenster und schauten hinaus, doch der Platz lag ruhig da. Die Kirche hielt unbeeindruckt die Stellung, während der Glockenturm sich immer noch so neigte, als wolle er dem romantischen Ortsbild noch zusätzlich ein dekoratives Element verleihen. Auch die Häuser der Umgebung sahen aus, als hätte das Getöse zumindest keinen Einfluss auf die Standfestigkeit ihrer Fundamente gehabt. Carlos kniff die Augen zusammen und starrte hinüber zum weißen Zelt der Archäologen. Irrte er sich, oder kam dort eine Staubwolke aus der Tiefe ins Freie?

Zwei Sekunden vergingen, da öffneten sich rings um den Platz Türen und Fenster, und die Dorfbewohner traten mit verdutzten Gesichtern ins Freie. Auch Carlos ging mit Charlotte und Hans nach unten und hinaus auf den Platz.

»Na ja, noch steht ja alles einigermaßen. Aber wer

weiß, wie lange noch ...«, meinte Strobel mit unheilvoll verzerrten Mundwinkeln.

»Jo alla, jetzt aber!«, protestierte Charlotte. »Wir sollte ja wohl erst mal gucken, wo unsere drei Süßen sind. Irgendwie hab ich auf einmal e ganz schlechtes Gfühl.« Sie pustete nervös eine Haarsträhne in ihrer Stirn weg.

Carlos hatte sie seit dem Tod ihres Ex-Mannes Hartmut nicht mehr so aufgewühlt erlebt. »Du meinst, ihr Verschwinden und dieses unterirdische Getöse haben etwas miteinander zu tun?«

»Na du bist ja mal wieder Weltmeister im Kombiniere! Du hast deine Detektivlizenz ja wohl kaum aus'm Kaugummiautomat, oder?«

Carlos ließ ihre gereizten Worte an sich abprallen. Bevor er etwas erwidern konnte, stieß Hans plötzlich einen lang gezogenen, gequälten Laut aus. Noch dazu wurde sein Gesicht so weiß wie der berühmte weiße »Käs«, in den die Pfälzer so gern ihre Bratkartoffeln tunkten.

»Was ist denn?«

»Charlotte hat recht«, krächzte Hans. »Die Sofie wollte ... also, wir wollten ...«

»Ja, was denn nun!«, flehte Carlos ihn an.

»Wir haben gestern die halbe Nacht bei uns im Keller und im Hof nach einem Einstieg in diesen unterirdischen Gang gesucht. Da war aber nichts. Und heute wollte Sofie im Schuppen wohl ein paar Steine holen, um die Beete einzufassen ...«

»Ja, und?«

»Na ja, dabei hat sie vielleicht ... also, es könnte sein ...«

»Hinter den Steinen war en Gang«, platzte Charlotte heraus, als würde sie sich auf einmal an etwas aus ihrer Kindheit erinnern.

»Ein Einstieg«, hauchte Hans und starrte beklommen

zwischen Carlos und Charlotte hin und her. »Das tät zu meiner Schwester passe«, presste sie hervor. »Und wahrscheinlich hat sie auch gleich noch der Lena Bescheid gesagt, weil die sich ja mit dem ganze alte Zeugs da unten auskennt.«

»Und die war bei Cordula in der Küche, also sind sie zu dritt losgezogen«, beendete Carlos die Überlegung. »Und jetzt?«

Hans streifte ihn am Arm und lief dann zu Sofies Haus, das am Ende der Gasse neben der Bäckerei lag. Carlos und Charlotte folgten ihm, genauso wie viele neugierige Blicke der Elwenfelser, die vor ihre Türen getreten waren, um nach dem Grund für das dumpfe Grollen im Untergrund zu sehen.

»Was'n do los?«, fragte einer.

»Wahrscheinlich sin de Otto un de Willi beide gleichzeitig aus'm Bett gfalle«, witzelte ein anderer.

Carlos hatte kein Ohr dafür. Er hatte in diesem Moment einfach bloß Angst. Angst, dass ihnen allen das Lachen bald für sehr lange Zeit vergehen würde.

Hans führte sie durch das Haus in den Hof, wo eine Schuppentür offen stand und einige aufgestapelte Ziegelsteine und Säcke voller Blumenerde im Weg lagen. Der Bretterschuppen war an eine massive Sandsteinmauer gebaut. Er wollte gerade die Schuppentür weiter aufziehen, als sie sich von allein bewegte. »Sofie?!«

Aber die Gestalt, die ihnen entgegentaumelte, war nicht Sofie.

»*Gruber*? Was machen Sie denn hier?«

Der Archäologe sah noch mitgenommener aus als einige Tage zuvor bei der Abreibung durch die Elwetritsche. Keuchend wischte er sich mit zittrigen Händen den Staub aus dem Gesicht.

»Was machen Sie hier?«, herrschte Strobel ihn an.

Die Antwort war ein Hustenanfall.

»Wo ist Ihre Assistentin?« Carlos genoss für einen Moment seine Gnadenlosigkeit, so wie damals bei der Polizei, wenn bei Verhören die Verdächtigen an ihre Grenzen gekommen waren. »Sie ist mit zwei anderen Frauen aus dem Dorf zusammen. Sind sie da unten?«

Nur Charlotte schien zu erkennen, dass Gruber gar nicht in der Lage war, die drängenden Fragen zu beantworten. Sie berührte seinen Arm und bemühte sich um einen mitleidigen Blick. »Brauchen Sie Hilfe?«

Doch Gruber schüttelte sie ab und wankte an ihnen vorbei auf die Terrassentür zu.

»Wo geht's hier raus?«, keuchte er.

»Halt! Sie können jetzt nicht einfach ...«

Gruber ignorierte Strobels Proteste, sondern hinkte keuchend durchs Wohnzimmer und den Flur auf die Haustür zu, während er bei jedem Schritt Staub und Steinchen auf dem Boden verteilte. Carlos blieb dicht hinter ihm.

»Gruber, stopp! Warten Sie doch mal!«

»Jetzt nicht ... das Mithräum!«

»Hallo? Was ist da unten passiert, was war das für ein Getöse?«

Gruber stieß die Haustür auf und taumelte auf den Platz. »Ich muss ... muss schauen, ob noch alles da ist.«

Carlos drehte sich zu Hans und Charlotte um, die Grubers Tatendrang verständnislos verfolgten.

»Gruber! Da unten waren höchstwahrscheinlich drei Menschen«, versuchte Carlos es noch einmal. »Sagen Sie uns jetzt, was passiert ist!«

Wie in Trance schüttelte Gruber den Kopf und humpelte hinaus. Inzwischen waren einige Dorfbewohner zusammengekommen, und Stimmengewirr lag über dem Platz. Es war beeindruckend, mit welcher Beharrlichkeit der Archäologe trotz seines Zustands auf das weiße Zelt vor der Kirche zusteuerte. Charlotte warf Carlos einen verzweifelten Blick zu. »Der denkt doch bloß an seine Ausgrabungsstätte. Unsere drei Mädels sind dem Kerl völlig egal.«

Carlos war sich da gar nicht so sicher. »Ist Gruber wirklich so gewissenlos? Und wenn er sie gesehen hat, dann …«

»Dann können wir sowieso nichts mehr für sie tun«, murmelte Hans finster und griff verstohlen nach Charlottes Hand.

»Jetzt wartet doch mal!«, bat Carlos, aber in seiner Brust vibrierte eine dünne Saite und schien seinen Atem zu zerschneiden. Wenn es so war, wie es aussah, und der unterirdische Gang, dem Gruber entkommen war, war wirklich eingestürzt, dann käme für die drei Frauen jede Hilfe zu spät.

In diesem Moment ertönte aus dem Zelt ein gequälter Schrei, und kurz darauf erschien Gruber wieder im Freien. Nach zwei Schritten gaben seine Knie nach. Er ließ sich zu Boden sinken und verbarg den Kopf in den Händen. Carlos ging vor Gruber in die Hocke und packte ihn an den Schultern.

»Weg!«, stieß der Archäologe tonlos hervor. »Alles weg.«

»Was denn? Von was reden Sie?«

»Das Mithräum. Weg.«

»Wie, weg? Verschüttet oder was?«

»Donnerwetter noch emol, jetz mach die Gosch auf, du Affezibbel!«, fauchte Charlotte und stieß Gruber gegen die staubige Schulter. »Mei Schwester un mei beschte Freundin sin do unne!«

»Und Ihre Assistentin«, ergänzte Carlos.

»Vielleicht ist es noch nicht zu spät«, bedrängte nun auch Hans Strobel den Archäologen. »Wenn wir anfangen zu graben und ...«

»Ich hab nix gesehen, niemanden«, sagte Gruber endlich. »Auch diese drei Frauen nicht. Hab den Durchbruch geschafft heute, westlich vom Mithräum. Und dann den Gang dahinter entdeckt. Bin ein paar Meter rein, hab mich umgesehen ... Und dann hat sich die Decke hinter mir abgesenkt. Da war diese Tür in der Mauer, da bin ich rein, noch gerade so, ehe alles zusammengekracht ist.« Er stieß zitternd die Luft aus. »Meine Beine waren eingeklemmt, aber ich hab's irgendwie geschafft, mich in diesen Treppenschacht zu ziehen. Verdammt, ich hätte sterben können!«

»Toll!«, meinte Carlos. »Hat Sie aber keiner darum gebeten, den Maulwurf zu spielen.«

»Herrgott, das ist meine Arbeit!« Zwei feuchte Spuren zogen sich nun über Grubers staubige Wangen. »Und dieses Mithräum ... Wir waren da unten doch noch gar nicht fertig. Die Wandmalereien, die Säulen, die ganzen Funde ... alles unwiederbringlich verloren!«

»Der Nibelungenschatz, ja?«, fragte Carlos mit ironischem Unterton.

Gruber schluchzte auf. »Der wahrscheinlich auch.«

»Ach kommen Sie! Sie wissen doch ganz genau, dass es diesen Schatz nie gegeben hat!«

»Aber die Schmuckstücke«, erwiderte Gruber schwach. »Was ist mit denen?«

»Sie glauben wirklich, die ganze Welt besteht bloß aus Schwachköpfen, denen Sie Ihre Archäologie-Märchen auftischen können, und keiner merkt's.«

Gruber blinzelte wortlos. Carlos hätte ihm nur zu gern

alles an den Kopf geschleudert, was er wusste, aber dafür war nicht der richtige Zeitpunkt. Gruber stand unter Schock und war fürs Erste fertig mit der Welt. Er schloss die Augen und wiegte sich wie ein Kind vor und zurück. »Alles futsch, alles futsch ...«, wiederholte er immer wieder, und es war nicht klar, ob er damit das Mithräum oder sein Lebenswerk meinte.

Charlotte wandte sich ab. »Tja, das ist wirklich ein schrecklicher Verlust für die Wissenschaft. Aber wir haben jetzt andere Probleme.«

»Was machen wir jetzt?«, fragte Hans tonlos. »Wenn das stimmt, was er sagt, dann sind die drei entweder gar nicht da unten oder ...«

»Vielleicht sind sie in dem Gang in die andere Richtung gelaufen und wurden gar nicht verschüttet«, vermutete Carlos.

In Charlottes blassem Gesicht leuchtete ein Hoffnungsschimmer auf. »Meinst du? Aber wie können wir sie dann befreie?«

»Vergiss es!«, murmelte Gruber schwach. »Selbst wenn sie noch leben, da unten ist nicht genug Sauerstoff.«

Hans verzog das Gesicht und biss sich in den Handrücken. »O Gott, Sofie ...«

»Wir graben sie frei«, beschloss Carlos. »Und wenn wir bei der Einsturzstelle nicht weiterkommen, müssen wir sie anders finden. Wir müssen es probieren. Die Karte. Wo ist die Karte?«

»Die hat der Anthony«, sagte Charlotte.

»Dann geh zu ihm, und hol sie! Bitte ...«

»Was denn für eine Karte?« Auf einmal funkelten Grubers Augen wieder neugierig.

»Du halt die Gosch jetzert!«, zischte Charlotte. »Du bischt doch schuld an dem ganze Schlamassel!« Sie warf

Carlos einen eindringlichen Blick zu und machte sich dann auf den Weg zum Friedhofswärterhäuschen.

»Äh, mir kommt gerade ein ganz anderer Gedanke«, sagte Hans und starrte ringsum in die Gesichter der Elwenfelser, die nun immer zahlreicher auf dem Platz zusammenkamen.

»Wenn es stimmt, was der Kerl sagt, und da unten ist der Gang eingestürzt, meint ihr nicht, dass wir hier oben auch in Gefahr sind?«

»Du meinst, Elwenfels wird vom Erdboden verschluckt?«

»Das würde euch allen recht geschehen«, murmelte Gruber, aber niemand beachtete ihn.

Carlos entdeckte Willi, wie er von der einen Seite den Platz betrat, und Otto von der anderen. Gut. Diese beiden würde er brauchen, um eine Rettungsmannschaft für die Verschütteten auf die Beine zu stellen, auch wenn er nicht die geringste Ahnung hatte, wie sie das hinkriegen wollten, ohne selbst von der instabilen Elwenfelser Unterwelt verschlungen zu werden.

Doch er kam gar nicht dazu, seinen beiden Freunden Bescheid zu geben. In diesem Moment brauste ein schwarzer Van auf den Platz, der vor der Menschenmenge scharf abbremste und vier bekannte Gestalten ausspuckte. Der Kameramann sprang als Erster schwungvoll aus dem Wagen und legte dann seine Kamera auf die Schulter. Neben ihm schoben sich die drei anderen Fernsehleute ins Freie und sprinteten auf das weiße Zelt zu. Die junge Frau mit der dicken Winterjacke hatte ihr Körpervolumen noch durch eine überdimensionale Wollmütze vergrößert. Ihr Kollege trug heute neongrüne Stöpsel in seinen riesigen Ohrlöchern. Nur die Vierte im Bunde wirkte noch unterbezahlter und übermüdeter als sonst.

»Auch das noch!« Hans tauschte einen nervösen Blick mit Carlos.

»Was geht hier ab, Leute?«, rief das Ohrloch in die Runde.

»Sagt ihr es uns!«, erwiderte Hans. »Ihr seid doch nicht aus Zufall hier, oder?«

»Siehst du den kleinen schwarzen Kasten da oben?« Das Ohrloch deutete grinsend auf das Dach des weißen Zelts, während der Kameramann ungeniert den katatonisch wirkenden Gruber in den Fokus nahm. »Das ist unsere kleine Freundin, eine schnurlose Hochleistungsdigitalkamera, mit Funkverbindung gesteuert, perfekt für solche Aasgeier wie uns, die nicht permanent vor Ort sein können.« Er grinste. »Es war nicht schwer zu erkennen, dass hier bei euch gerade ziemlich was abgeht.«

»Moment! Heißt des, ihr habt uns die ganz Zeit überwacht?«, stieß Willi atemlos hervor.

»Des is doch gar net erlaubt«, rief Else, die wie immer in der Nähe ihrer geliebten steinernen Elwetritsche an der Brunneneinfassung stand.

»Ach nee? Und warum nicht?«, blaffte die Winterjacke zurück.

Else trat auf sie zu. »Wege der Dateschutzverordnung, der DSGV, is doch klar.«

»Wow. Omi hat's drauf. Super!«, sagte das voluminös gekleidete Mädchen.

»Ach bitte!«, spuckte die Winterjacke spöttisch aus. »Ihr habt doch dieser Tante vom Denkmalamt erzählt, ihr hättet irgendwelche Sonderrechte, die noch aus dem Mittelalter stammen. Dann dürft ihr euch nicht wundern, wenn für euch auch nicht die normalen Gesetze gelten.«

Strobel konnte es immer noch nicht glauben. »Ihr habt uns die ganze Zeit überwacht?«

»Na ja, so würde ich das nicht nennen. Wir haben interessiert zugeschaut.«

Willi stieß dem Ohrloch den Zeigefinger in die Brust. »Die Kamera kummt weg. Auf de Stell!«

»Ach ja? Und sonst?«

»Sonst steck ich dir des Ding so tief in dei freche Gosch, dass ma sehe kann, wie dein Spatzenhirn von inne aussieht, klar?«

»Warum denn so feindselig? Wir finden euch Pfälzer gar nicht so uncool, wie ihr denkt. Wir waren in Deidesheim gerade voll geil pfälzisch essen. Winzerteller, Schwarzenmagen und so.«

»Schwartemage heißt des«, zischte Willi, dessen rotes Gesicht anzeigte, dass seine Fähigkeit, sich zu beherrschen, auf ein Ende zusteuerte.

»Ja genau, und dann diese Leberknöpfe und so. Krasse Kalorien«, meinte die Winterjacke.

Willis Brustkorb pumpte wortlos auf und ab.

Gruber startete wieder sein resigniertes Mantra. »Es ist alles verloren. Alles futsch.«

»Was soll das heißen? War hier ein Erdbeben oder so was?«

»Alles futsch ... Zweitausend Jahre alt. Das größte Mithräum nördlich der Alpen. Alles verloren ...«

Strobel warf einen alarmierten Blick in Richtung Carlos. Der biss sich auf die Unterlippe. Sie standen hier herum und redeten, während Sofie, Cordula und Lena vielleicht in einem unterirdischen Gang eingeschlossen waren und gerade elendig erstickten. Sollte man nicht sofort professionelle Hilfe anfordern, um sie zu retten? Wärmebildkameras, Ultraschallgeräte, Hunde, irgendetwas? Und wo blieb überhaupt Charlotte?

»Ja, dann sollten wir vielleicht mal den Alarmknopf

drücken da draußen, oder?«, schlug die Winterjacke vor. »Feuerwehr, THW. Is ja dann wohl so was wie 'ne Gefahrenzone hier.«

Carlos war hin- und hergerissen zwischen seinem Wunsch, die Dinge nach Elwenfelser Art zu regeln, unter dem Radar der Außenwelt, und dem Drang, die drei Frauen retten zu lassen. Und eine Bergung funktionierte wahrscheinlich nur mit den eben genannten Organisationen.

»Das heißt ja dann wohl, dass die Sache mit dem Nibelungenschatz wohl auch endgültig futsch ist, was?«

»Der dappische Schatz geht uns voll am Bobbes vorbei!«, polterte Otto.

»Wie schade«, sagte das Ohrloch. »Wir hätten hier eine schöne Reportage drehen können, um euer Dorf mal in ein positives Licht zu rücken.«

Carlos hatte damit gerechnet, dass Willi oder Otto (oder beide zusammen) dem aufdringlichen Kerl irgendwann richtig zu Leibe rücken würden. Aber es war der Pfarrer, dem der Kragen platzte.

»Soll ich dir mal was sage?«, fauchte er. »Eurer Bagage is doch der Schatz scheißegal. Und wir erst recht. Ihr wollt bloß Quote und Tote, Klicks un Likes un nix weiter. Für euch is das hier irgendein Ort, in dem man bissel rumschnüffelt wie en Hund, wo mal da un mal dort des Bein hebt un in die Eck pisst un dann wieder abhaut. Aber dieses Dorf, des Ganze do ...« Er breitete die Arme aus und drehte sich im Kreis. »Des is unser Heimat!«

Die Fernsehleute schienen die Konfrontation zu genießen. Carlos hielt noch einmal Ausschau nach Charlotte, doch sie ließ auf sich warten.

»Heimat, ja?«, sagte die Winterjacke. »Meint ihr nicht, dass dieses Wort heutzutage ein ziemlich problematischer Begriff ist?«

Willi streckte ungläubig den Kopf vor. »Hä?«

»Oh. So seht ihr das?«, fragte Michael, der Arzt. »Das tut uns leid für euch.«

»Was genau is denn an Heimat problematisch?«, fragte Willi auf einmal ganz ruhig und sachlich.

»Hallo? Schon mal Nachrichten gehört, was in Deutschland so los ist in letzter Zeit?« Die verfroren aussehende Assistentin des Quartetts verdrehte demonstrativ die Augen.

»Also für uns is unser Heimat halt die einzigschde Heimat, die wir haben. Un genau deswege lieben wir sie auch.« Auch Otto hatte sich auf einmal dem sachlichen Ton seines ansonsten sehr impulsiven Freundes angepasst.

»Ah ja. Na, dann seid ihr hier vielleicht ja auch ein bisschen nazimäßig unterwegs, was?«

Für eine Weile sagte keiner etwas. Dann konnte Carlos nicht mehr an sich halten. Er wusste, es war unklug – vielleicht hatte ihn auch die Sorge um die verschütteten Frauen dünnhäutig gemacht. Die ganze angestaute Wut in seinem Innern bahnte sich ungebremst ihren Weg.

»Hört ihr euch eigentlich zu?! Ihr nennt euch Journalisten? In Wirklichkeit seid ihr nichts anderes als überhebliche Boulevard-Bratzen. Ihr verdreht Leuten das Wort im Mund und verzerrt die Realität! Macht euch das eigentlich Spaß?«

»Oh, was wird das denn jetzt?«, murmelte das Ohrloch abfällig.

»Ihr habt doch überhaupt keine Ahnung, wo ihr hier seid!«, stieß Carlos hervor, obwohl eine warnende innere Stimme ihn zur Zurückhaltung aufforderte. Aber da war etwas in ihm, das er seit Wochen unterdrückt hielt und das er erst jetzt richtig erkennen konnte. Mit einem Mal war ihm klar, wie aufgewühlt sein inneres Meer eigentlich war und dass auch Charlotte oder die Elwenfelser Heimeligkeit nichts zu dessen Beruhigung beitragen konnten.

»Menschen sind auf einmal Nazis, weil sie ihre Heimat lieben? So etwas kann nur jemand sagen, der entweder selbst keine Heimat hat oder seine Meinungsfreiheit irgendwelchen echten Nazis geopfert hat. Habt ihr die Deutungshoheit über den Begriff Heimat gepachtet, dass ihr hier einen auf Geschichtslehrer macht?«

»Alter, was ist dir denn über die Leber gelaufen?«, fragte die Winterjacke.

»Eure beschissene Arroganz!«, fuhr Carlos sie an. Seine Wut wurde so kalt wie die Alster im Dezember, und gleichzeitig fühlte er sich auf einmal überwältigt von einer seltsamen Traurigkeit, die ihm völlig neu war. Hamburg. Verdammt, er hatte sich nicht einmal richtig verabschiedet von seiner Stadt.

»Für euch ist Heimatliebe nur dann akzeptabel, wenn man keine Heimat mehr hat? Alles andere sind Nazis, ja? Ich sag euch was: Ein echter Nazi wäre ganz schön angepisst, wenn er wüsste, was für bunte Leute ihr in seinen braunen Wäschesack steckt. Ich könnte kotzen!«

Carlos spürte einen Griff am Unterarm, und jemand zog ihn kraftvoll nach hinten zwischen den Dorfbewohnern hindurch. Erst als er sich umdrehte, erkannte er Nadja Sprengel. Und noch etwas sah Carlos: Der Kameramann hatte ihn und seinen emotionalen Ausbruch die ganze Zeit gefilmt.

»Hast du eigentlich komplett den Verstand verloren?«, zischte die Kommissarin.

Carlos brach der Schweiß aus, aber der erwartete Schock über seinen Fehler blieb aus.

»Das ... das musste jetzt einfach sein«, murmelte er.

In diesem Moment erschien Charlotte wieder auf dem Platz, die eingeschweißte Karte des unterirdischen Labyrinths in der Hand. Als sie das Fernsehteam sah, verlangsamten sich ihre Schritte.

»Mann! Deine Deckung ist damit hochoffiziell im Eimer!« Nadja sah Carlos ungläubig an. »Du siehst zwar nicht mehr aus wie der Carlos Herb auf dem Fahndungsfoto, aber so perfekt ist deine Verwandlung nun auch wieder nicht.«

Er nahm einen tiefen Atemzug und beobachtete, wie das Fernsehteam sich nun dem immer noch zusammengesunkenen Archäologen widmete.

»Ja, blöd gelaufen ...«

»Blöd gelaufen?« Nadja runzelte die Stirn. »Was ist denn in dich gefahren?«

Charlotte kam zögerlich näher, als würde die plötzliche Anwesenheit der Kommissarin sie hemmen.

»Ich ... ich konnte einfach nicht anders. Das alles hier, das ist gerade echt zu viel, und zwar auf allen Ebenen.«

»Okay, das verstehe ich ja, aber dein Gesicht ist jetzt gefilmt worden. Und selbst wenn du diesen Leuten untersagst, das zu senden ... Irgendwie wird es trotzdem seinen Weg nach draußen finden. Das ist einfach nur fahrlässig.«

»Ja. Verstanden. Ich bin ein Idiot.« Carlos war zu erschöpft, um Panik zu schieben. Irgendwie war ihm auf einmal alles egal. Nein, nicht alles. Cordula und Lena und Sofie, die waren wichtig. Was aus ihm wurde ... ach, sollte ihn doch der Teufel holen.

»Können wir das jetzt bitte sein lassen, Nadja? Wir haben hier wirklich andere Probleme. Warum bist du überhaupt hier?«

»Das tät mich auch intressiere«, sagte Charlotte.

»Ich ermittle hier, ihr Süßen. Schon vergessen?«

»Suchst du immer noch diesen toten Pfarrer?«

»Woher weißt du, dass er tot ist?«, fragte sie mit gespielter Überraschung.

»Er ist genauso tot, wie Sofie, Cordula und Lena es sein werden, wenn wir sie nicht bald finden.«

Nadjas Augen weiteten sich, und Carlos überließ es Charlotte, der Kommissarin zu erzählen, was passiert war.

Nadja Sprengel fackelte nicht lange. Trotz Charlottes halbherzigem Widerstand gegen eine erneute Invasion von Polizei, Feuerwehr und THW zückte sie ihr Handy und rief Verstärkung.

»Dass ihr versucht, eure Geheimnisse zu schützen, versteh ich ja«, beteuerte sie. »Aber jetzt geht's um drei Menschenleben.«

»Schon klar.« Charlotte wischte sich verstohlen eine Träne weg. Carlos staunte, wie gefasst sie in dieser Situation war.

»Sag mal, hast du zu Godehard Blum eigentlich irgendwelche neuen Theorien?«, fragte Nadja schließlich.

Ja, habe ich, dachte Carlos, sagte aber: »Nadja, bitte! Jetzt ist echt kein guter Zeitpunkt. Später, okay?«

Er ergriff Charlottes Hand. In der Ferne ertönte bereits wieder die vertraute Kakofonie der Sirenen. Carlos wollte sich den Anblick der alarmierten Rettungskräfte diesmal ersparen. Er hatte seine eigenen Ideen und machte Willi und dem Dorfarzt ein Zeichen, bevor er mit Charlotte in Richtung Weingut eilte.

»Wir suchen einen Einstieg im Keller vom Weingut. Auf der Karte ist noch ein einziger weiterer Zugang eingezeichnet. Vielleicht finden wir den. Das ist unsere einzige Chance.«

Kapitel 27

Wenn das Handy mit der Taschenlampenfunktion nur noch zwanzig Prozent Akkulaufzeit hat, dann denkt man in einer Gruft auch schon mal an den Genuss von Wein

Wie drei Kinder in einem Abenteuerfilm hielten sie sich an den Händen, wobei Lena so stark zupresste, dass Cordula die Finger wehtaten. Aber der Schmerz war ihr egal. Im Gegenteil. Er bewies wenigstens, dass sie noch lebten. Nur, wie lange noch? Und war es wirklich ein Trost, dass sie nun erfrieren und verhungern würden, anstatt unter Tonnen von Geröll zerquetscht zu werden?

Sofie ließ den Kegel der Taschenlampe über Wände und Decke des Gewölbes wandern. Sie waren hier unten eingeschlossen, der Rückweg war abgeschnitten und Gruber höchstwahrscheinlich verschüttet und tot. Es gab niemanden, der den anderen mitteilen konnte, dass sie hier unten waren.

Der Gang führte leicht abschüssig immer geradeaus.

»Hier muss irgendwo noch ein Zugang sein!« Lenas Stimme klang tonlos und gepresst. »Auf der Karte war doch noch einer eingezeichnet.«

Fieberhaft suchten sie die Wände des Ganges ab. Einige Abschnitte waren eingesunken, über ihnen lag nackte Erde und darüber ... die Häuser des Dorfes. Tonnenweise Gewicht. Cordula hatte noch nie zuvor eine solch lähmende Angst verspürt. Plötzlich erschien der Bericht von Greta Treptow aus einem Berliner Luftschutzkeller unangenehm wirklichkeitsnah, und sie spürte die fatale Bereitschaft, ihrer Panik einfach freien Lauf zu lassen.

Sofies Nähe und ihre besonnene Ruhe halfen ihr aber, sich zu beherrschen, und außerdem wollte sie Lena beruhigen. Die Archäologin war so verängstigt, dass sie nur noch apathisch einen Fuß vor den anderen setzte und eine uralte Ledersandale und die zwei amphorenartigen Gefäße, an denen sie vorbeikamen, nicht einmal wahrnahm. Ich werde sie nie wieder vor Begeisterung quietschen hören, dachte Cordula und schluckte. In ihrem Mund lag ein grässlicher, modriger Geschmack.

»Wir werden sterben, wir werden hier unten sterben«, wisperte Lena immer wieder und krallte sich noch fester in ihre Hand.

»Nein, das werden wir nicht!«, widersprach Sofie. Das klang nicht wie eine Beschwörungsformel, sondern so, als würde sie es wirklich wissen.

Woher nahm sie nur diese Zuversicht? Cordula versuchte sich einzureden, das Ganze sei ein Abenteuer, aus dem sie unbeschadet herauskommen würden, um später ihren staunenden Enkeln davon zu erzählen. Aber die schlechte Luft in diesem Gang schien ihre Lunge nur zur Hälfte zu füllen. Und die winzige Hoffnung, dass sich irgendwo über ihnen ein Wunder anbahnte, war einfach nicht genug, um ihre Angst einzudämmen. »Wo ist denn dieser verdammte Zugang? Wir sind doch schon längst hinter dem Weingut.«

»Vielleicht gibt's diesen anderen Weg ja gar nicht«, sagte Sofie leise.

»Das Licht wird schwächer«, wisperte Lena alarmiert.

Cordula biss sich auf die Unterlippe. Der Lichtschein

der Taschenlampe verlor zusehends an Kraft, und Lenas Handy zeigte nur noch siebenundzwanzig Prozent an. Lena versuchte mit zitternden Fingern, den Notruf zu wählen, aber Sofie nahm ihr das Handy behutsam ab. »Das kannst du vergessen. Hier unten ist kein Empfang.«

Lena riss das Smartphone wieder an sich. »Ich will's wenigstens versuchen!« Ihre Augen waren starr auf das Display gerichtet. »Mann, dieser Scheiß-Akku ... Jetzt sind's bloß noch fünfundzwanzig Prozent.«

Sofie zog sie weiter. Schweigend und mechanisch setzten sie einen Schritt vor den andern. Auf einmal schien die Luft kälter zu werden, und plötzlich endete der Gang.

Cordula atmete schwer. »Wo sind wir denn jetzt gelandet?«

»Der runde Raum«, sagte Sofie. »Wisst ihr nicht mehr? Auf der Karte war doch dieser runde Raum eingezeichnet.«

»Aber wo geht's hier raus?«, stieß Lena hervor.

Statt einer Antwort ließ Sofie das immer diffuser werdende Licht über die Wände streifen. Das hier war eine Sackgasse. Aber gleichzeitig war da etwas in diesem Raum, das sich wie ein leichtes Tuch über ihre Angst legte.

Plötzlich lachte Sofie fassungslos. »Das glaub ich jetzt net ...«

Das Licht erfasste ein riesiges, dunkles Gewölbe mit glatten, feucht schimmernden Wänden, an denen Dutzende tönerne Gefäße aufgestapelt lagen und teilweise auf den Boden gerollt waren. Dann tauchte noch etwas im Lichtkegel auf. Lena stieß einen Schrei aus und presste ihr Gesicht an Cordulas Schulter.

Cordulas Herz machte einen Satz.

Ein menschliches Skelett.

Es saß aufrecht an die Wand gelehnt und musste einmal Godehard Blum gewesen sein, zu erkennen an dem schwarzen Kapuzenpullover, Jeans und karierten Filzpantoffeln. In der Hand lag eines der Tongefäße. Cordulas innere Reaktion auf diesen Anblick war ganz anders, als sie es sich vorgestellt hätte. In der Gegenwart des toten Pfarrers und unter der schwarzen Kuppel lag eine sonderbare Geborgenheit. Als wären sie in die Urhöhle zurückgekrochen, in der alles begonnen hatte. An einen Ort, an dem alles einen Sinn ergab.

Lena näherte sich den aufgeschichteten Gefäßen. Sofie schaute umher und sah fast so aus, als wäre sie gerade zu Besuch in einem Museum.

»Lena, was denkst du? Was ist das hier für ein Raum?«, fragte sie und zwinkerte Cordula lächelnd zu. Sie wusste natürlich ganz genau, wo sie hier waren. Aber Sofie wollte wohl hören, was eine Archäologin in diesem Gewölbe sah.

Lena nahm Sofie die Lampe ab, legte den Kopf in den Nacken und leuchtete an die Decke, wo in der letzten schwachen Reichweite des Lichtes merkwürdige kabelartige Strukturen verliefen. Lange, weit verzweigte Schlingen hingen wie Stalaktiten herab.

»Sind das Wurzeln?«

»Ja, aber net irgendwelche Wurzeln«, sagte Sofie. »Lena, ich hoff wirklich sehr, dass du unseren geheimen Weinberg einmal zu Gesicht bekommst. Aber dafür kannst du ihn jetzt wenigstens von unten sehen. Das ist bis jetzt noch keinem von uns vergönnt gewesen.«

Cordula deutete auf den toten Pfarrer. »Außer ihm.«

»Ja, außer ihm, nur hat der arme Kerl keine Lampe dabeigehabt. Aber ich bin mir sicher, er is friedlich gestorben. Das hier is nämlich auch eine Art Kirche. Der unterirdische Teil eines Heiligtums, das da oben aus der Erd wächst.«

»Das ist wie das Labyrinth unter dem Asklepios-Heiligtum in Epidauros«, stimmte Lena ihr zu. »Das ist eine geheimnisvolle unterirdische Anlage unterhalb eines Tempels auf dem Peloponnes. In dem Tempel wurde Asklepios, der Gott der Heilkunde, verehrt. Aber das Labyrinth unter der Oberfläche stand wohl für seinen dunklen Aspekt, für sein Wirken aus der Unterwelt heraus. Die Griechen haben schließlich auch die Erdgötter verehrt, Demeter und Kore und ihre Verbindung zu Hades, dem Gott der Toten.« Lena stieß ein ungläubiges Geräusch aus. »Mann, ich merke gerade, dass ihr hier etwas ganz Ähnliches habt.«

»Die Unterwelt von Elwenfels«, flüsterte Cordula.

»Wo alles Leben entspringt.« Sofie betrachtete ehrfürchtig die Wurzeln ihrer geliebten Rebstöcke. »Halt mich für verrückt, vielleicht ist es auch der Sauerstoffmangel, aber ich hätt nie gedacht, dass ich mir mal unsere Weinreben von unten angucke kann.«

Lena kicherte. »Na ja, besser als Radieschen.«

Cordula schluckte. Plötzlich war da eine seltsame Heiterkeit zwischen ihnen, und es war keine Rede mehr davon, einen Ausweg zu suchen. Hatten sie sich mit ihrer Lage wirklich schon abgefunden? Oder war die Faszination für dieses Wunder hier nur ein Aufschub, bevor die Panik einsetzte? Lena hielt ein paar der Gefäße ins immer schwächer werdende Licht. Aber im Angesicht ihrer zurückgekehrten Begeisterung verkniff Sofie es sich, sie zu ermahnen, die Lampe auszuschalten.

»Die hier ist eine römische Halsamphore. Und die beiden da sind keltische Weingefäße. Seht ihr das schöne Ritzdekor hier?«

Cordula lächelte, während sich gleichzeitig eine furchtbare Traurigkeit in ihr ausbreitete. Wahrscheinlich war es das letzte Mal, dass sie Lena so sah, ganz in ihrem Element, voller Leben und Begeisterung. Auch Sofie biss sich auf die Unterlippe. Aber sie ließen Lena einfach diesen besonderen Moment genießen.

»Leuchtet mal da oben hin, bitte«, bat sie Sofie plötzlich und deutete an die Decke.

Das schwache Taschenlampenlicht schaffte es kaum, das Gewölbe zu erhellen.

»Was ist denn da?«

»Tja, das wüsste ich auch gerne.« Lena stellte sich auf die Zehenspitzen und hätte Sofie und Cordula wahrscheinlich am liebsten gebeten, sie mit einer Räuberleiter in die Nähe dessen zu bringen, was sie zwischen Erde und Wurzeln zu erkennen glaubte.

»Seht ihr das da oben?« Lena zeigte auf eine Stelle zwischen zwei dicken Wurzelballen. »Diese eigenartige Struktur. Das sieht aus wie ...«

»Also ich seh nix«, sagte Sofie.

»Das könnte alles sein«, meinte Cordula. »Nix für ungut, Lena. Du hast ja hier den Expertenblick, aber ...«

»Schon klar, wir haben andere Probleme.«

Sofie nahm den Lichtstrahl wieder von der Decke. Ihr Lächeln war immer noch unerschütterlich. »Ich würd das jetzt nicht Problem nennen ...«

Lena schnaubte. »Ach, und warum nicht?«

»Die anderen suchen bestimmt schon nach uns.«

»Aber was ist, wenn sie uns net rechtzeitig finde?«, fragte Cordula.

»Ich weiger mich einfach zu glauben, dass es das jetz gewese sein soll«, protestierte Sofie. »Wenn alles so endet für uns. Des wär doch absurd.«

Cordula ließ die Schultern hängen, erschöpft und ausgekühlt. Und das letzte bisschen ihrer guten Laune löste sich abrupt auf. »Dem Schicksal isses wahrscheinlich egal, was du für absurd hältst un was net.«

Sofie trat neben sie und drückte ihre Hand. »Wenn ich's mir überleg, so absurd wär's vielleicht gar net, hier unten zu sterben. Immerhin liegt über uns der Ort, dem ich mein ganzes Leben gewidmet hab.«

»Und ich hab immer mal wieder davon geträumt, eine unentdeckte, uralte Grabkammer von unschätzbarem Wert zu entdecken«, rief Lena von der anderen Seite des unterirdischen Saals zu ihnen herüber, gefolgt von einem bitteren Lachen.

»Na toll«, stieß Cordula hervor. »Was ist bloß falsch an mir, dass ich die ganz Zeit nur an den schöne Rinderbrate von heut Mittag denke muss, wie er jetz im Ofen verdorzelt?«

»Ja, wenn wir den gegessen hätten, würden wir wahrscheinlich auch länger durchhalten.«

»Wir warn so dumm!«, schluchzte Cordula auf einmal.

»Pscht!« Sofie schüttelte sie, und Cordula sah im immer schwächer werdenden Licht ihre Augen funkeln. »Das bringt doch nix. Wir müssen uns jetzt auf uns konzentriere. Ob die da oben uns finden, liegt net in unserer Hand.«

»Und was liegt dann in unserer Hand?« Lena hatte ihren Rundgang beendet, warf aber immer wieder angestrengte Blicke zur Gewölbedecke hoch.

Statt einer Antwort leuchtete Sofie zur Seite, wo der Lichtschein den Toten erhellte. Der Schädel des Pfarrers ruhte an der nackten Wand, und wäre er kein Skelett gewesen, hätte man meinen können, dass die Gestalt es sich hier einfach gemütlich gemacht hatte.

»Guckt doch mal genau hin!«, wisperte Sofie. »Er war

hier unten ganz allein. Un er hat gewusst, dass er nimmer zurückkann.«

»Sei still!«, unterbrach Lena sie mit einem plötzlichen Schluchzen und presste ihr Gesicht an Cordulas Schulter. Mit ihrer Euphorie war es endgültig vorbei. »Euren alten Pfarrer haben sie ja auch überall gesucht und wundern sich heute noch, was aus ihm geworden ist. Mit uns wird es genauso sein!«

Cordula konnte nichts anderes tun, als ihre Freundin an sich zu drücken und ihren Rücken zu streicheln. Dann fiel ihr etwas ein. »Warum hat der Godehard eigentlich net die Tür benutzt, durch die wir vorhin gekommen sind? Die war ja damals noch gar net verschüttet.«

»Er hatte keine Lampe dabei …«

Sofies Stimme war tonlos, und Lena weinte. Cordula betrachtete den alten Pfarrer. Seine Haltung sah irgendwie friedlich aus. Ob er sich damals mit seinem schrecklichen Schicksal einfach abgefunden hatte? Oder ob es an diesem altertümlichen Gefäß in seiner knöchernen Hand lag?

»Was wolltest du uns denn zeigen?«, fragte Cordula.

Sofie näherte sich dem Toten. Sie leuchtete über die Krüge, die von dem Stapel an der Wand heruntergerollt waren und auf dem Lehmboden verstreut lagen, bevor sie einen von ihnen aufhob. »Lena, komm doch mal her, du musst mir zeigen, wie man die aufbekommt.«

Das Licht der Taschenlampe war nur noch ein schwaches Glimmen. Die Flasche war mit einem Korken verschlossen, der von einer zähen Masse überzogen war. Lena betrachtete den Verschluss. »Das ist Harz.«

»Und wie kriegt man das auf?«

»Warum wollt ihr das denn aufmachen?«

»Is die Frag ernst gemeint?« Sofie lächelte unbefangen,

so als würden sie irgendwo an der Oberfläche stehen und über das Mischungsverhältnis einer guten Rieslingschorle diskutieren.

»Was auch immer in diesen Krügen ist, ist über tausend Jahre alt. Das wollt ihr doch nicht etwa trinken.«

Sofie strich über Lenas Wange und zwinkerte Cordula zu. »Lena, Schätzel, wenn du schon e bissel länger hier in Elwenfels wärst, dann würdest du dich jetz nimmer wundern.«

Lena verstand immer noch nicht. »Das ist vielleicht gefährlich. Trinkt das lieber nicht.«

Cordula nahm ihr den Krug aus der Hand und zog eine Haarnadel aus ihrer Frisur. Damit ließ sich das Harz erstaunlich gut lösen. Lena verfolgte ihren Tatendrang mit wachsender Unruhe. »Ich finde das keine gute Idee, Cordula. Was ist, wenn …?«

Sofie unterbrach sie und deutete wieder auf das, was einmal Godehard Blum gewesen war. »Was glaubst du? Hat ihn der Inhalt von der Uralt-Flasche umgebracht? Oder hat sie ihm en angenehmere Tod verschafft?«

»Eben hast du noch gesagt, dass wir nicht sterben!«, protestierte Lena.

»Ich bin mir da ehrlich gesagt net ganz so sicher, Liebes.«

Lena verschränkte die Arme vor der Brust. »Na toll. Und wie kannst du dann so ruhig hier rumstehen und ans Weintrinken denken?!«

»Das ist das Einzige, was übrig bleibt. Wein war schon immer die Antwort. Was sonst?«

Lena biss sich auf die Unterlippe. »Ich weiß nicht. Schreien? Vielleicht hört uns jemand.«

»Versuch's! Und wenn du dich heiser geschrien hast, dann gibt's was Flüssiges gegen die trockene Gosch.« Sofie zuckte mit den Schultern, als wollte sie sagen: Ich kann nicht anders. Das hier ist Elwenfels, und wir haben hier unseren eigenen Umgang mit dem Tod.

Lena sah sie fassungslos an. »Du willst ... einfach aufgeben?«

»Hm, ich würd's net aufgeben nenne.« Sofie legte den Arm um Lena.

»Was dann?«

»Hingabe.«

»Hingabe? An was denn?!«

»An das, was wir net ändern können. Wir können jetzt rumbrülle un gege die Wänd schlage in der Hoffnung, dass die da oben die rettende Idee haben. Oder wir versuchen es uns hier unten so angenehm wie möglich zu mache. Das Leben genießen, oder das, was noch davon übrig ist. Das ist es, was wir hier am besten können. Hast du das noch net gemerkt? Ich hab so gelebt, un ich würd auch gern so ...« Sie unterbrach sich. »Na ja, es kann außerdem ja immer noch sein, dass denen da oben was einfällt. Und so schnell geht das mit dem Sterben ja dann auch wieder net, gell?«

Cordula war noch nie so dankbar gewesen für Sofies besonnenes Wesen, ihre Gelassenheit und die seltsam unbeschwerte Art, mit der sie allen Dingen im Leben begegnete. Vorsichtig löste sie den Korken aus dem tönernen Hals des Kruges und reichte ihn Lena. »Riech mal dran«, flüsterte sie.

Zögerlich hielt Lena das altertümliche Ding an ihre Nase und schnupperte.

»Oh ...«

»Das dachte ich mir schon«, frohlockte Sofie und näherte auch ihre Nase dem Gefäß.

Ein ungläubiges Lächeln zeigte sich im trüben Lichtstrahl auf ihrem Gesicht. Sie nahm Cordula die Amphore ab und hielt sie mit beiden Händen vor ihr Gesicht. »Oh, du wunderbarer Tropfen der Ewigkeit?«, flüsterte sie liebevoll, als wäre der Inhalt lebendig. »Du Edler! Wie fühlt sich das an, nach so viele Jahrhunderte in die Freiheit zu dürfen?«

»Un wer hätt gedacht, dass drei verlorene Grazien deine Gefangenschaft beende?«, reihte Cordula sich in die Begrüßung mit ein.

»Spinnt ihr?«, zischte Lena. »Haben wir denn nichts Besseres zu tun?«

»Nein, haben wir nicht«, sagte Sofie.

»Das Zeug ist bestimmt giftig oder irgendwas.«

Sofie ließ sie erneut an dem Krug schnuppern. »Riecht das etwa giftig?«

Widerwillig schüttelte sie den Kopf.

»Ich sag dir was als Winzerin: Dunkelheit und Zeit sind die besten Verbündeten von gutem Wein.« Sofie hielt Lena das Gefäß hin. »Hopp, komm! Das ist Archäologie zum Trinken. Davon können deine Kollegen in hundert kalten Wintern noch träumen.«

»Allerdings. Sie werden nie erfahren, dass ich …« Ein plötzlicher Schmerz ließ ihre eben noch neugierige Miene entgleisen. »Ach egal …« Und dann hob sie den Krug an den Mund und trank.

Cordula konnte nicht sehen, wie ihre kleine Freundin reagierte, denn in diesem Moment ging der Taschenlampe endgültig der Strom aus. Sie hörte nur ein erstauntes, leises Schmatzen und einen langen, genussvollen Atemzug. Das tönerne Gefäß berührte ihre Fingerspitzen. Cordula nahm es entgegen und nahm einen Schluck. Und was sie da schmeckte, war unbeschreiblich. Das, was da ihre Kehle hinunterrann, war die Urversion des Elwenfelser

Zauberweins. Gekeltert von ihren Ahnen. Die Ehrfurcht war beinahe intensiver als der Geschmack. Der Wein war wie Sirup; bitter und erdig und zugleich unendlich süß, als hätte jemand verbrannte Kräuter mit Karamell übergossen. Und im Abgang war etwas verborgen, das Cordula noch nie in ihrem Leben geschmeckt hatte.

Der Geschmack von Ewigkeit.

Sie reichte den Krug an Sofie weiter. Die Winzerin nahm einen tiefen Atemzug und trank. Ein ungläubiges Geräusch drang aus ihrer Kehle. Dann herrschte Stille. Sie setzten sich dicht aneinandergelehnt auf den Boden, wie Pinguine auf einer Eisscholle, und der Krug wanderte langsam reihum. Die Kälte, die ihre Beine hochkroch, ignorierte Cordula. Das, was in ihrem Körper passierte, schien überhaupt nicht mehr wichtig zu sein. Ihre Sinne konzentrierten sich nur auf die Wahrnehmung des Weins, der seine Wirkung auf einer anderen Ebene ihres Seins entfaltete. Es war die plötzliche Gewissheit, dass alles gut war, so wie es war. Cordula empfand auf einmal eine seltsame Gelassenheit, selbst in Gegenwart des Toten. Es fühlte sich fast an, als hätten sie nette Gesellschaft hier unten an diesem von der Welt abgewandten Ort. Dann kam die Schläfrigkeit. Sie glitt ab in ein Traumland, in dem es Begriffe wie Tod oder Dunkelheit nicht gab. An ihrer Schläfe fühlte sie Lenas Locken und auf der anderen Seite Sofies Wange.

»Mädels, es war mir e ganz große Ehre mit euch«, wisperte sie. Sie fühlte sich so leicht und unbeschwert wie noch nie zuvor in ihrem Leben.

»Sterben wir jetzt?«, fragte Lena.

Als Antwort erntete sie ein schwaches Lachen, das in dem lichtlosen Gewölbe ein leises Echo bildete. »Wer weiß des schon«, kichert Sofie. »Also, ich bin mir grad gar net sicher, ob wir net schon längst tot sin. Wissen ihr, wie isch mään?«

Cordula lächelte in die Dunkelheit. »Ah jo.«

Kapitel 28

Es soll Pfälzer geben, die behaupten, dass auch die ausweglosesten Situationen nur in einer Weinstube gelöst werden können – man muss nur lange genug dort bleiben

Während die Rettungskräfte mit schwerem Gerät in dem verschütteten unterirdischen Gang nach den drei Verschwundenen suchten, formierte sich auf Charlottes Weingut ein ganz eigener Suchtrupp. Zwanzig Elwenfelser durchkämmten mit Carlos den Keller, die Scheune, den Hof mit den angrenzenden Mauern und den schmalen Weg, der am Waldrand entlangführte. Sie verrückten uralte Weinfässer, klopften den Boden und die Wände ab, hoben Abflussschächte aus und inspizierten das Mauerwerk nach nachträglich eingezogenen Wänden oder verschlossenen Öffnungen, suchten nach losen Steinen und zogen die alten Baupläne des Weingutes zurate.

Nichts.

Es war längst dunkel, und draußen pfiff ein harscher Wind, der aus einem eisigen Abgrund zu kommen schien, als sie schließlich aufgeben mussten. Noch nie hatte Carlos das Elwenfelser Kollektiv derart frustriert und erschöpft erlebt. Charlotte saß schluchzend in der Eingangshalle auf einem Sessel, und Carlos hasste sich für seine Hilf- und Ideenlosigkeit, sie nicht trösten zu können. Willi wischte sich Schweiß und Schmutz von der Stirn und guckte grimmig in die Runde.

»E Idee hätt ich noch«, keuchte er erschöpft.

»Ja?!«

»De Erwin. Vielleicht weiß der was. Der kann doch unmöglich wolle, dass die drei Mädels do ganz allein un verlore im Dunkle hocke. Des kann einfach net des End vom Lied sein.«

Erschöpftes Nicken in der Runde. Carlos zuckte mit den Schultern. »Also ich weiß ja nicht, ob das nicht einfach nur Zeitverschwendung wäre. Ich habe doch gestern Nacht erst versucht, was von Erwin zu erfahren. Da ist jeder Goldfisch auskunftsfreudiger.«

»Du bischt halt ken Pälzer«, entgegnete Willi. »Nix für ungut, mein lieber Palatina-Hanseat, aber so hochdeutsch un verschwurbelt, wie du manchmal daherbabbelst, kann de Erwin dich wahrscheinlich net so gut verstehe.«

»Willi, des is e gute Idee«, schniefte Charlotte. »Mir fällt nix Besseres ein.«

»Alla hopp. Dann versuch ich mal mein Glück.«

Er rappelte sich auf, ging über den Hof und verschwand in der Scheune.

»Da hätten wir auch mal früher draufkommen können«, murmelte Carlos und streichelte Charlottes Rücken.

»Ich weiger mich einfach zu glaube, dass es schon zu spät is«, schluchzte Charlotte. »Wenn ich dran denk, dass die drei da unten bei der Kälte eingeschlossen sind … mir verreißt's des Herz.«

»Wenigstens sind sie zusammen«, sagte Carlos leise.

»Toller Trost.«

Carlos antwortete nicht, dachte aber: nicht so einsam wie Godehard Blum.

Es schien schon eine kleine Ewigkeit vergangen, aber

Willi kam und kam nicht zurück. Irgendwann wagten Carlos und Charlotte sich in die Scheune. Dort saß er allein auf einer umgedrehten Schubkarre und starrte in die Dunkelheit.

»Und? Was hat er gesagt?«

Willi sah müde aus. Und nicht besonders hoffnungsvoll. »Du hascht recht mit dem Goldfisch, Carlos. De Erwin verzapft e dermaße mysteriöses Gebabbel, dass man meine könnt, er wohnt irgendwo in em keltische Kornkreis uff de Osterinsel.«

»Jetzt sag doch schon!«, drängte Charlotte.

»Er meint, dass alles en Sinn hat, auch wenn's ken Sinn macht.«

»Na super ...«

»Typisch Erwin. Manchmal könnt ich ihn schüttle, bis es klappert!«, entfuhr es Charlotte.

»Jo alla, jetzt wart doch mol«, sagte Willi. »Das war doch noch net alles. Er hat noch mehr gebabbelt. Ma sollt net diejenige bedauern, die wisse, wie ma en wahre Schatz findet, während alle Welt bloß hinterm Gold her is.«

»Wie? Was meint er denn damit?«

Willi zuckte mit den Schultern. »Des weiß ke Sau. Un de Erwin war wieder dermaße gut drauf un hat gelacht. Wer weiß, was der alles weiß, wo unsereins net weiß. Wir sind halber verrückt vor Angscht, un de Erwin macht sich gar ke Sorge.«

»Der Erwin lacht immer!«, protestierte Charlotte. »Der hat auch gelacht, als wir die Kirche eingeweiht haben, un zwei Minute später is de Turm fast umgfalle.«

Carlos nickte. »Na ja, aber vielleicht weiß euer Dorfältester, dass am Ende alles gut wird. Also macht er sich keine Mühe, uns irgendwie trösten zu wollen.«

Als hätte nur noch dieses Stichwort gefehlt, erklang in

diesem Moment ein Geräusch irgendwo aus dem dunklen hinteren Teil der Scheune. War das ein Kichern gewesen? Carlos erschrak, und auch Charlotte zuckte kurz zusammen. Nur Willi erhob sich seufzend und schüttelte mit einem schwachen Grinsen den Kopf. »Jo, Erwin, is jo gut. Wir sollen begreife, dass wir nix begreife könne. Stimmt's?«

In der Scheune blieb es still, und die Ungewissheit hing wie ein gefrorenes Spinnennetz zwischen ihnen.

Einige Zeit später gingen sie zusammen zurück ins Dorf, wo Carlos eigentlich ein Großaufgebot an Rettungskräften vermutete. Aber der Platz war menschenleer. Nur der schwarze Van des Fernsehteams stand am Straßenrand, und hinter den beschlagenen Fenstern erkannte er die Umrisse von vier Köpfen. Als er die überfüllte Weinstube betrat und sich durch die stickige Luft kämpfte, saß dort zu Carlos' Überraschung Nadja Sprengel und hielt sich an einer Tasse Tee fest. Sie sah erschöpft und blass aus, und von ihr erfuhren die Elwenfelser wenig erbauliche Neuigkeiten.

»Die Statiker haben gesagt, dass es zu gefährlich ist, sich in den Gang hineinzugraben. Sie haben die Steine unterhalb des Zugangs weggeräumt und die Mauer abgestützt. Dahinter ist alles dicht. Man kann aber nicht genau sagen, bis wohin der Gang verschüttet wurde. Sie kommen morgen wieder mit einem Spezial-Echolot, um zu hören, ob sich dort ein Hohlraum befindet und ob er weitergeht.«

»Das sind ja inspirierende Nachrichten«, stellte Carlos fest. Er war zu erschöpft, um seinen inneren Aufruhr von Neuem anzufachen. Die Worte von Gruber, der seinem römischen Mithräum nachtrauerte, ergaben nun auf eine ganz andere Art und Weise Sinn. Alles verloren ...

Unter den Elwenfelsern herrschte düsteres Schweigen. Man saß vor halb leeren Gläsern, und die Wirtin Elsbeth war nirgends zu sehen. Carlos wollte sich gar nicht ausmalen, was die Sorge um ihre geliebte Enkelin Sofie mit der alten Dame anstellte.

»Man kann oberirdisch leider nicht feststellen, ob da unten Menschen sind, und falls ja, ob sie noch leben«, fuhr Nadja mit gepresster Stimme fort. »Falls sie den Einsturz überlebt haben, werden sie wohl noch einige Tage atmen können, denn laut eurer alten Karte geht der Gang ja noch eine ganze Weile weiter, also ist da unten noch genug Luft. Es wäre etwas anderes, wenn sie in einem schmalen Abschnitt eingeschlossen wären, was wir aber natürlich auch nicht genau wissen.«

Carlos hob den Kopf. »Moment mal, woher weißt du von der Karte?«

»Ich hab's ihr verzählt«, gab der alte Paul zu. »Ich find, die Frau Sprengel is doch auch fast eine von uns, oder?«

Die Kriminalkommissarin wurde rot. »Wie kommen Sie denn da drauf?«

»Na, Sie sind schon e bissel arg oft bei uns zu Bsuch, gell?«

»Ja, also ... nun...«

Carlos hatte die abgebrühte Kommissarin noch nie so um Worte verlegen erlebt.

»Wie sagt der Erwin immer?«, meinte Sascha, der Nägel kauend und bleich neben seinem Großvater auf der Eckbank hockte. »Jeder, wo ebbes sucht, richtig sucht, der kommt irgendwann nach Elwenfels.«

Carlos nickte. »Genau das hat Erwin gestern Nacht auch zu mir gesagt, als ich ihn nach der Geschichte mit Greta gefragt habe.«

»Was hast du ihn gefragt?«, wollte Nadja wissen.

Die Elwenfelser hoben lauschend die Köpfe. Das kam gerade recht als Ablenkung: Die Auflösung eines alten Geheimnisses, das längst nichts mehr mit dem Hier und Jetzt zu tun hatte.

»Ich wollte eine Andeutung aus dem Tagebuch verstehen. Und ich glaube, ich weiß jetzt auch, wie das alles zusammenhängt. Das heißt, falls ich Erwins orakelhafte Aussprüche richtig gedeutet habe.«

»Hopp, dann verzähl's halt«, brummte Otto lustlos.

Carlos zögerte. »Ich weiß nicht. Sollen wir nicht erst dann darüber reden, wenn die drei gefunden wurden? Anstatt hier rumzusitzen und Geschichten zu erzählen, müssten wir doch was unternehmen. Irgendwas!«

»Als ob wir net schon alles versucht hätten«, sagte Charlotte resigniert.

»Hopp, dann mach's halt für die Frau Kommissar«, drängte der alte Paul und blinzelte Nadja Sprengel an. »Sonst denkt die noch, sie is ganz für umsonst herkomme, gell?«

Carlos lächelte schwach. »Also, es ist bloß eine Spekulation. Den endgültigen Beweis haben wir erst, wenn wir Godehard finden.«

Er sah sich unter den müde dreinschauenden Elwenfelsern um. Was er zu erzählen hatte, würde ihnen nicht weiterhelfen, aber das war in diesem Moment auch egal.

»Erwin hat mir verraten, dass Greta Treptow bei ihrer Abreise nach Berlin schwanger war. Hätt ich auch selbst draufkommen können, aber na ja ... Also, er gab ihr etwas mit, das Adalbert als Säugling getragen hatte, und Charlotte meint, es könnte sich dabei um eine kleine Kette aus Bernstein handeln. Hat einer von euch so eine Kette einmal bei Godehard Blum gesehen?«

»Willscht du damit sage, dass unser alter Pfarrer des

Kind von de Greta war?« Karl starrte Carlos ungläubig an.

»Denkt doch mal nach. Findet ihr es nicht merkwürdig, dass Godehard als Kind ohne Eltern aus Berlin hierherkam? Dass er ausgerechnet nach einem Kaiserslautern-Spiel in Berlin in den Bus nach Elwenfels gestiegen ist? Aus Versehen?! Greta hat sich während des Krieges nichts sehnlicher gewünscht, als hierher zurückzukehren. Und dieser Wunsch hat sich von der Mutter auf das Kind übertragen. Und dieses Kind fand dann auf abenteuerlichen Umwegen und unter völlig verrückten Zufällen tatsächlich den Weg zurück zu euch.«

Charlotte blinzelte ungläubig. »Meinst du wirklich?«

»Also, uff meiner Gänsehaut könnt ma grad rohe Grumbeere rasple«, stieß Ottos Frau Lilly aus und rieb sich heftig über die Oberarme.

»Also, wenn des stimmt ... des ... des wär ja der Hammer!«, sagte der Doktor.

Willi konnte mit dem Kopfschütteln nicht mehr aufhören.

»Und was hat das mit Kai Lohmann zu tun?«, fragte Nadja.

»Habt ihr nicht mal erzählt, dass Godehard Blum sich immer gefragt hat, wer seine richtigen Eltern sind? Also, ich bin ja kein esoterischer Spinner oder so, aber ihr meint doch selbst immer, dass in Elwenfels andere Gesetze herrschen.«

»Du glaubst, der Godehard hat diesen Kai Lohmann irgendwie, ich weiß net ... magisch angezoge, damit der ihm mit dem Tagebuch seiner leiblichen Mutter vor der Nas rumwedelt?«, fragte der Dorfarzt.

Carlos zuckte mit den Schultern, und der alte, streng rationale Kriminalkommissar, der immer noch irgendwo in ihm hockte, schlug die Hände über dem Kopf zusammen. Er wagte kaum, Nadjas bohrenden Blick zu erwidern.

Umso überraschter war er, als er sah, dass die Kommissarin ihm konzentriert und ohne jedes Zeichen von Skepsis zu lauschen schien.

»Kann doch sein, dass es so gelaufen ist«, fuhr Carlos fort. »Kai Lohmann entdeckt das alte Tagebuch von Greta in einem Antiquariat, wie sein Bruder der Polizei verraten hat. Und weil er als passionierter Schatzsucher immer auf der Suche ist, liest er sich alles durch und stößt auf den Hinweis mit dem Hort der Nibelungen. Er realisiert nicht, dass die Schatzsuche von Greta und Bruno nur eine Inszenierung ihres ruhmsüchtigen Vaters war, oder es ist ihm egal.«

»Wart mol!«, bat der Pfarrer. »Du glaubst, dass dieses uralte Schriftstück, wegen dem der Ludwig Treptow seine Kinder hierhergschickt hat, um nach dem Schatz zu suche, dass des gar net existiert hat?«

»Ich glaube, dass Treptow sich diese ganze Sache aus Propagandazwecken bloß ausgedacht hat«, sagte Carlos. »Ein fiktiver Schatz, der plötzlich real ist, aber nicht im Rhein liegt, sondern in Elwenfels? Und wie sollte in der damaligen Zeit irgendjemand überprüfen, ob dieser ominöse Hinweis echt ist oder ob Treptow ihn nicht einfach fabriziert hat? Er war Altertumsforscher; er hatte die Mittel und Wege, so ein Schriftstück zu fälschen. Ein bisschen Pergamentpapier in schwarzen Tee tunken, und fertig ist das Uralt-Dokument.«

»Aber warum ausgerechnet hier in Elwenfels?«, fragte Charlotte.

»Tja, so viel zum Knick im Universum«, sagte Karl nachdenklich. »Und dann kommt's, wie's kommt.«

Ehrfürchtiges Murmeln ging durch die Elwenfelser.

»Wir werden wohl nie herausfinden, warum der alte Treptow sich das so ausgedacht hat und was er sich davon versprach. Vielleicht hat er von jemandem erfahren, dass dieser Ort hier irgendwie abseits der normalen Ordnung liegt, und sich gedacht, hier könne er sein kleines Spektakel perfekt inszenieren, weil das Dorf so abgelegen ist, dass ihm keiner auf die Schliche käme. Das wissen wir nicht.« Carlos nahm einen großen Schluck aus seinem Schoppenglas. »Wir wissen aber, dass Kai Lohmann deswegen später hierhergekommen ist. Und in Elwenfels geht er direkt zum damaligen Pfarrer. Denn aus dem Tagebuch wusste er von dem Brunnen im Pfarrhaus und dass Bruno dort irgendetwas gesehen hatte, bevor er verschüttet wurde. Er wollte auf schnellstem Weg das unterirdische Gangsystem erkunden, musste dafür aber erst an Godehard Blum vorbei. Um ihn auf seine Seite zu ziehen, berichtete er ihm offenbar von diesem Tagebuch, von Greta und ihrem Leben hier und ihrer Rückkehr nach Berlin.«

»Und Godehard, der darin einen Hinweis auf seine verlorenen Eltern erkennt, denkt gar nicht daran, Lohmann herumschnüffeln zu lassen«, fasste Nadja Sprengel Carlos' Gedankengang zusammen. »Kein mystischer Goldschatz erscheint ihm so begehrenswert wie die Aussicht, endlich zu erfahren, wer seine leiblichen Eltern waren.«

Carlos nickte. »Das denke ich auch. Ich stelle mir vor, dass Godehard sich weigerte, Lohmann durch den Brunnen klettern zu lassen. Vielleicht hat er ihm aber auch einen Tauschhandel vorgeschlagen: Das Tagebuch gegen den Schatz. Lohmann dachte aber gar nicht daran, das Buch aus der Hand zu geben. Vielleicht hat er es heimlich gemacht und ist eigenmächtig in den Brunnen geklettert. Und Godehard ihm nach. Es kommt zum Kampf, und die

Decke stürzt ein. Sie schließt Lohmann ein, der in seinem engen Hohlraum bald erstickt. Und für den Pfarrer ist der Rückweg abgeschnitten. Vielleicht war er verletzt und irrte herum, ohne zu wissen, dass es geheime Zugänge zu diesem unterirdischen Gewölbe gibt. Vielleicht ist er dann auch irgendwann in diesen runden Raum gekommen, der auf der Karte eingezeichnet ist. Wenn Sofie, Cordula und Lena noch leben, müssten sie mittlerweile auch darauf gestoßen sein. Und befinden sich jetzt in Gesellschaft von Godehard.«

»Aber was für en Raum soll des sein, Dunnerwetter noch emol?«, fragte Willi. »Wer baut denn en runde Raum do unne?«

»Das musst du die Römer fragen«, antwortete Carlos.

Willi schnaubte. »Die ja bekanntermaße spinne.«

Für eine Weile herrschte Schweigen. Irgendwann verabschiedete sich die Kommissarin mit dem Versprechen, früh am nächsten Morgen wiederzukommen. Die Elwenfelser brummten bloß etwas Unverständliches, aber der alte Paul ließ es sich nicht nehmen, Nadja persönlich zur Tür zu begleiten und mit einem altmodischen Handkuss zu verabschieden. Im Vorbeigehen strich sie Carlos und Charlotte mitfühlend über die Rücken. Nun, da er alles ausgesprochen hatte, erwartete Carlos eigentlich, dass er sich ein bisschen besser fühlte, klarer und leichter. Aber die Anspannung blieb, und durch die Sorge kam ihm seine Hypothese, wie sich alles in der Vergangenheit zugetragen haben könnte, völlig sinnlos vor. Wenn Cordula, Sofie und Lena verschwunden blieben oder am Ende als Leichen wieder auftauchten, dann ... Er wollte gar nicht daran denken, griff nach seinem Glas und trank es in einem Zug leer.

Verdammt, er hätte alles getan, um die drei zu finden.

Nur wie? Und warum fiel auch den sonst so findigen Elwenfelsern keine kreative Lösung ein? Sollte es das wirklich gewesen sein? Das ganze Brimborium mit Tagebuch, Schatzsuche und verlorenem Sohn, nur damit am Ende drei junge Frauen starben? Carlos biss sich auf die Unterlippe und starrte in sein Glas. Charlotte neben ihm gab sich keine Mühe, ihre Tränen zu unterdrücken. Warum schlug eigentlich niemand vor, eine Runde Zauberwein auszuschenken, damit von irgendwoher die rettende Idee kam?

Der Zauberwein!

Kaum hatte Carlos den Gedanken gefasst, als die Synapsen in seinem Kopf schlagartig die Weichen umstellten. Plötzlich rauschte eine Assoziationskette durch sein Gehirn, deren Wirkung so heftig war, dass er sich vorkam, als würden ihn diese Gedanken auf einer Wasserrutsche in die Tiefe reißen.

Wein ... Weintrauben ... alte Rebstöcke ... Wurzeln ... Boden... Wingert ... Kreisrunder Raum ... Und dann noch das, was Erwin gesagt hatte. *Der Kreis schließt sich.*

Er sprang so hastig auf, dass ein paar Gläser umkippten und sich der Inhalt über den Tisch ergoss. Normalerweise wäre das der Grund für ein paar flapsige Sprüche aus der Runde gewesen. Doch diesmal richteten sich gespannte Blicke auf ihn. Und Carlos wusste, dass das, was er jetzt sagen würde, einen Tumult nach sich zöge, bei dem noch andere Gläser zu Boden gingen.

»Ich weiß, wie wir sie finden!«

Kapitel 29

In dem ausgerechnet ein weit verzweigtes Wurzelgeflecht von Weinreben der unerwartete Komplize in einer verzweifelten Rettungsaktion wird

Carlos hatte ein Déjà-vu. Es war ganz genauso wie vor einigen Tagen, als sie in die Katakomben der Kirche gestiegen waren. Willi und Otto hatten Seile, Gurte, Handschuhe und eine Strickleiter organisiert. In einer Schubkarre lagen Taschenlampen und akkubetriebene Gartenleuchten, und Michael Schaf hielt seinen Erste-Hilfe-Koffer einsatzbereit. Anthony schleppte Spaten, Spitzhacke und zwei Schaufeln herbei, während andere Dorfbewohner dicke Jacken, Decken und heiße Wärmflaschen beisteuerten. Der einzige Unterschied zur ersten Aktion dieser Art bestand in der Hoffnung, diesmal nicht bloß einen Leichnam, sondern drei Lebende zu bergen. Und es war finstere Nacht. Rings um den Weinberg im Wald waren Fackeln und kleine Feuer entzündet worden, und im flackernden Lichtschein sah Carlos Dutzende angespannte Gesichter vor sich. Zum ersten Mal seit dem Jubel, der in der Weinstube aufgebrandet war, nachdem er den Anwesenden seine Idee vorgetragen hatte, kamen ihm Bedenken. War er wirklich derart verzweifelt, dass er etwas so Abwegiges vorgeschlagen hatte?

Aber es blieb keine Zeit mehr für Zweifel. Es war bereits nach Mitternacht, und seit dem Verschwinden der

Frauen waren zwölf Stunden vergangen. Bitte lass es nicht zu spät sein!, betete er zu einem ganzen Pantheon namenloser Götter und Göttinnen, die vielleicht den mysteriösen Knick im Universum bewachten, der durch Elwenfels verlief.

Anthony steuerte die beiden hässlichen Krater am Rand des Wingerts an, aus denen Gruber gestern die Rebstöcke gerissen hatte. Carlos trat neben ihn. »Was meinst du? Ist das, was wir hier machen wollen, überhaupt realistisch?«

Anthony schaute mit gerunzelter Stirn auf den Boden. Willi, Otto, der Pfarrer und Charlotte umringten sie. Hans Strobel, dem die Angst um Sofie in sein kalkweißes Gesicht geschrieben stand, hakte sich bei Charlotte unter, als könnte er nur noch mit fremder Hilfe stehen.

»Also noch emol«, sagte Anthony. »Wir graben von do owwe nach do unne, ja?«

Carlos nickte. »Genau. Von hier oben direkt nach da unten. Wenn wir uns einig sind, dass hier die Schwachstelle in dem ganzen Wurzelwerk unter unseren Füßen ist, könnte es doch gehen, oder? Gruber hat durch seine blöde Aktion die Erde zusätzlich aufgelockert. Hier unten könnte die Decke dieses runden Raumes durchlässiger sein.«

»Unser Hamburger. Gar net so dappisch, wie er aussieht, gell?«, murmelte Willi und knuffte Carlos anerkennend in die Rippen.

»Ich wär fast gestorben, als ich gsehe hab, was der Drecksack mit unsre Reben angstellt hat«, sagte Pfarrer Karl. »Aber jetzt trifft mal wieder der kluge Spruch von meiner Oma zu. Es is nix so schlimm, dass es net auch für ebbes gut is.«

»Wenn der Gruber die Reben bloß rausgeroppt hat, damit wir dadurch einen Zugang zu Sofie und den anderen beiden finden, dann soll's mir recht sein, dass der Kerl en Drecksack is«, verkündete Charlotte.

»Alla hopp, dann los!« Anthony rammte seinen Spaten in die Erde.

Pfarrer Karl stieß einen Zeigefinger in den rabenschwarzen Nachthimmel. »Und du da oben könntest uns jetzt mol e bissel beistehe. Es wär an der Zeit, meinst du net?«

Elsbeth trat zu ihm und legte ihm beschwichtigend die Hand auf den Arm: »Herr Pfarrer, e bissel Ehrfurcht wär im Moment glaub ich besser.«

»Nix!« Karl stieß noch einmal grimmig den Finger in die Luft. »Wenn des hier schiefgeht, dann kündige ich!«

Carlos schnappte sich den zweiten Spaten und ging Anthony zur Hand. Über dem Weinberg lag trotz der vielen Menschen eine unnatürliche Stille. Nur ab und an stieß Anthony einen Kommentar zur Beschaffenheit des Bodens aus und dirigierte Otto, ihm mit der Spitzhacke zu helfen. Willi schaufelte den Erdaushub auf einen Haufen am Rand der Rebzeilen, und im Hintergrund murmelte Karl inbrünstig Gebete, die sich allerdings eher wie Drohungen anhörten. Die übrigen Elwenfelser sahen schweigend zu. Nachdem er eine Weile gegraben hatte, meinte Anthony: »Der Boden is echt erstaunlich weich hier. Hätt ich net gedacht.«

Carlos legte die Finger in die Erde. »Und die anderen Wurzeln?«

»Sitzen auch ziemlich locker.«

Willi wischte sich über die Stirn. »Un was soll des jetz heiße?«

»Ha, dass hier unnedrunner en Hohlraum sein könnt.«

»Und was ist, wenn der auch einstürzt, wenn wir tiefer graben?«

Anthony grub ein bisschen vorsichtiger. Sie hatten bereits ein Loch von zwei Metern Durchmesser ausgehoben, das trichterförmig in die Tiefe führte. Immer wieder stieß der Friedhofsgärtner den Spaten in die tiefste Stelle, Otto lockerte die Erde mit der Hacke auf, und Willi schaufelte sie zur Seite. Irgendwann mussten Anthony und Carlos sich hinknien, um weitergraben zu können. Eine Stunde verging. Carlos rann der Schweiß über den Rücken, die Atmung in der kalten Luft fiel ihm immer schwerer. Er war kurz davor, eine kleine Verschnaufpause einlegen zu wollen, als ihm plötzlich etwas Merkwürdiges auffiel. Die Stöße des Spatens fühlten sich auf einmal anders an als noch vor ein paar Sekunden. Als würde die Erde keinen richtigen Widerstand mehr bieten. »Anthony, spürst du das auch?«

Seine runde Strickmütze schickte ein Nicken in die Nacht, und der Friedhofsgärtner klopfte behutsam mit der Ecke des Spatens in die Tiefe. Im nächsten Moment ging ein Ruck durch ihn, und Anthony verlor das Gleichgewicht und kippte nach vorn. Carlos konnte ihn gerade noch rechtzeitig greifen, ehe er vornüberfiel.

Anthony stieß ein ungläubiges Lachen aus. »Durchbruch!«

Karl trat zu ihnen. »Wirklich?«

»Ja, eindeutig. Wir brauchen mehr Licht!«

Charlotte kam mit einer Taschenlampe und leuchtete in das Loch. Anthony stieß noch einmal mit dem Spaten zu, und tatsächlich: Die gelöste Erde verschwand in der Tiefe.

Carlos schloss die Augen und lauschte angestrengt. Sie hörten irgendwo unter sich einen leisen Aufprall. Jetzt ließ Willi einen kleinen Stein in die Tiefe fallen, der nach einer gefühlten Sekunde auf dem Boden aufschlug.

»Der unterirdische Raum!«, hauchte Anthony. »Do isser.«

Ringsum im Weinberg verwandelte sich die furchtsame Stille in helle Aufregung. Die Elwenfelser rückten alle ein paar Meter näher an ihre ganz eigene Ausgrabungsstätte heran, und es hätte nicht viel gefehlt und das Grabungsteam wäre vor lauter Enthusiasmus in das Erdloch hineingeschoben worden.

»Halt! Sonst stürzt hier vielleicht alles ein. Wir müssen erst mal die Öffnung größer mache«, rief Anthony. Aber Charlotte hörte nicht auf ihn. Sie kniete sich neben das Loch und beugte sich nach vorn. »Sofie! Cordula! Lena! Hallo?«

Stille.

»Seid ihr da unten?«

Nichts. Charlotte richtete sich wieder auf und sah Carlos beklommen an.

Er biss sich auf die Unterlippe und weigerte sich, auch nur daran zu denken, dass sie zu spät kamen. »Wir müssen weitergraben, los!«

Otto lockerte die Erde mit der Spitzhacke weiter auf, und zwischen dem Geflecht der Rebwurzeln fielen Erde und Steinchen in die Tiefe. Als das Loch groß genug war, legte sich Anthony auf den Bauch und steckte die Taschenlampe durch die Öffnung.

Charlotte wurde immer nervöser. »Was is? Kannst du was sehe? Hopp, jetz sag schon!«

Anthony rappelte sich auf. »Da is nix. Aber wir wollen ja auch net, dass das ganze Zeug auf sie runterfällt. Da unten is jedenfalls alles frei. Also können wir das Loch jetzt so groß mache, dass jemand durchpasst.«

Das ließ Otto sich nicht zweimal sagen. Er hieb mit der Spitzhacke in die Öffnung, als gelte es, einen ganzen Berg zu spalten. Anthony und Carlos mussten ihn bremsen, sonst hätte er mit seinem Enthusiasmus dafür gesorgt, dass sie noch alle in die Tiefe rauschten.

»Bittschön! Ein sauberer Einstieg in de Elwenfelser Underground.« Er deutete auf das Loch unter dem Wurzelnest, das jetzt die Größe eines Lkw-Reifens hatte. Anthony leuchtete noch einmal hinein und sah dann Carlos an. »Willscht du?«

»Was will ich?«

»Reinsteige? Ich seil dich ab.«

»Und warum net ich, oder de Willi?«, protestierte Otto.

Hans Strobel schnappte ungläubig nach Luft. »Ich glaub's nicht. Ihr zwei seid doch ...«

Otto unterbrach ihn grinsend. »Scherz, mein Guter, Scherz. Ich weiß, dass da jetz eher Leichtmatrose gfordert sin.«

Carlos lächelte schwach. Gleichzeitig war er sich überhaupt nicht sicher, ob wirklich er derjenige sein sollte, der dort hinabstieg. Ob er es sein sollte, der diesen geheimen und unglaublich alten Raum als Erster betrat. Und ob er es sein sollte, der die bis zum Zerreißen gespannte Hoffnung der Elwenfelser beenden sollte. Er wollte nicht da runter, um dann den anderen mitteilen zu müssen, dass Sofie und Cordula und Lena tot waren. Denn sosehr er sich auch dagegen wehrte – die Angst, dass es so war, wurde immer stärker.

Aber es half nichts. Er musste stärker sein als diese Gedanken. Also sah er dabei zu, wie Anthony einige der Wurzeln durchtrennte und sich dabei immer wieder inbrünstig bei den Reben entschuldigte.

»Sorry, *roots of my life*. Es tut mir ganz arg leid, aber es geht um Leben und Tod! Nächsten Frühling mach ich alles wieder gut. Do gibt's en ganz feine Kompost, Vollwert-

Naturdünger, versproche.« Dann hob er den Kopf und nickte. »Bittschön. Du bischt dran.«

Während Charlotte sich noch einmal vor die Öffnung kniete und die Namen der drei Verschütteten rief, ließ Carlos sich von Willi ein Geschirr mit Karabinerhaken anlegen, durch den ein starkes Seil gezogen wurde, das er und Otto mit ihren breiten Pranken packten und ihm dann aufmunternd zunickten. Carlos näherte sich mit vorsichtigen Schritten dem Rand des Lochs.

»Meister, ich sag dir was: Wenn unser zwei Mädels und die kleine Archäologin net do unne sind …«, drohte Pfarrer Karl erneut in Richtung Himmel.

»Was dann?«, stieß Charlotte tonlos hervor und drückte Carlos' Hand.

»Dann … dann …« Karl ließ die Hand sinken. »Dann werd ich Atheist. Oder Antialkoholiker. Oder beides.«

Carlos klemmte sich eine Taschenlampe zwischen die Gurte über seiner Brust und konnte nicht verhindern, dass seine Stimme zu einem Krächzen wurde: »Lasst mich runter …«

Am Rande der Rebzeilen, inmitten des freigelegten Wurzelwerks, war eine Art Schacht entstanden, durch den Carlos sich relativ leicht abseilen lassen konnte. Er nahm einen tiefen Atemzug und ließ sich mit den Füßen voran in das Loch gleiten. Weitere Erde bröckelte unter ihm weg. Sein Puls raste, und er schloss unwillkürlich die Augen. Dabei fühlte er eine absurde Erleichterung, dass er nun nicht länger in die gequälten, angespannten Gesichter seiner Freunde schauen musste. Für ein, zwei Sekunden gestattete er sich, das Schweben hinunter in die Dunkelheit ohne angstvolle Gedanken wahrzunehmen. Er spürte eine seltsame Geborgenheit, in die unbekannten Tiefen abzutauchen, während Otto und Willi ihn oben im Vertrauten und Sicheren verankert hielten. Auf einmal stieß sein Fuß gegen einen Widerstand, und Carlos öffnete abrupt die Augen. Der Lichtkegel der Taschenlampe wischte über lehmigen Grund, wo er neben dem Erdhaufen wieder festen Boden unter die Füße bekam. Kalt war es hier unten, und die Luft roch feucht und modrig. Carlos leuchtete um sich. Das Erste, was er registrierte, waren die Ausmaße des Raums, der wohl von der Grundfläche der Größe des Weinbergs über ihm entsprach. Eine große unterirdische Halle. Der Abstand zwischen Decke und Boden betrug gewiss fünf Meter. Die Wände, die in der Höhe zu einem Gewölbe wurden, waren so exakt und gerade, als wären sie gemauert. Das Gewölbe selbst bestand aus einem dichten Geflecht aus Wurzelwerk. Carlos leuchtete die Decke ab, die von ineinander verschlungenen Wurzeln dicker Reben verstärkt war. Es war ein uraltes Gewölbe, das mit einer einzigartigen Statik gehalten wurde, eine Symbiose aus Menschenhand und Naturkräften.

»Carlos?« Charlottes Stimme drang wie aus einer anderen Dimension an sein Ohr. »Was ist los da unten?«

Carlos riss sich aus der Betrachtung und leuchtete den Raum nun systematisch in alle Richtungen ab. Auf einmal erfasste der Lichtkegel seiner Taschenlampe etwas, das sein Herz für ein paar Sekunden aussetzen ließ.

Da waren sie.

Carlos schloss die Augen. »Sie sind hier«, sagte er, aber es war zu leise für die Menschen, die am Rand des Schachtes auf eine gute Nachricht warteten.

»Was?«, schrie Charlotte.

»Hier sind sie! Ich brauche Hilfe! Lasst Michael hinunter!«, schrie Carlos zurück. Dann ging er langsam auf die kleine Gruppe zu. Das Licht fiel zuerst auf die feuerroten

Locken von Lena, bevor es über das glänzend schwarze Haar von Cordula strich, um schließlich zitternd auf Sofies knallroter Steppjacke hängen zu bleiben. Er nahm nichts anderes mehr wahr. Nicht das geschäftige Rascheln und aufgeregte Rufen, das von der Oberfläche zu ihm drang. Nicht die geheimnisvollen Tonkrüge, die dutzendweise an den Wänden aufgereiht standen. Und auch nicht das zusammengesunkene Skelett links von ihm. Zögerlich näherte er sich den drei Frauen. Wann hatte er jemals einen solchen Schmerz empfunden? Er war in seiner Karriere als Polizist oft zu spät gekommen. Aber nie hatte es sich so persönlich angefühlt. Am liebsten hätte er laut geschrien.

Cordula, Sofie und Lena lagen auf dem Boden, leichenblass und mit bläulichen Lippen. Das Schlimmste an diesen offensichtlich leblosen Körpern war aber, dass sich die drei an den Händen hielten. Neben ihnen lag ein umgestürzter Tonkrug auf dem Boden. Und ein Stückchen weiter die knöchernen Überbleibsel eines Menschen, die von Godehard Blum stammen mussten. Auch neben ihm lag eine der uralten Flaschen. Die Anwesenheit des verschwundenen Pfarrers bestätigten Carlos seine Theorie. Aber er fühlte keinerlei Bestätigung oder Triumph dabei.

Carlos ließ den Blick weiterschweifen, nur damit er nicht wieder zu dem Anblick der drei Frauen zurückkehren musste. Überall diese Krüge. Und weiter vorn gähnte ein schwarzes Loch in der Wand, das wohl der Einstieg zu einem unterirdischen Gang war.

Plötzlich wurde Carlos aus seinen Gedanken gerissen, als hinter ihm eine laute Stimme ertönte.

»Was guckst du so dappisch aus de Wäsch, Mann?« Es war Michael, der sich gerade hektisch aus seinem Tragegeschirr schälte. »Vitalfunktione überprüfe, hopp, hopp!«

Carlos zuckte zusammen und beeilte sich, dem Befehl nachzukommen. Wie konnte man sich in einer Notlage nur so unprofessionell verhalten? Puls- und Atemkontrolle, früher war es Routine, sogar wenn einer mit Kopfschuss vor ihm gelegen hatte und noch eindeutiger tot war als die drei Frauen vor ihm. Er ging neben Sofie in die Hocke und legte die Finger an ihren Hals. Nichts.

Oder doch?

Verdammt, er war viel zu aufgeregt, um seinen rasenden Herzschlag nicht mit ihrem Puls zu verwechseln. In diesem Moment kniete sich Schaf mit einem unwilligen Grummeln neben ihn, beugte sich über Cordula und legte seine Finger an die Halsschlagader. Carlos erstarrte und hielt den Atem an.

Michael schüttelte verwirrt den Kopf, zog Cordulas Lid hoch und leuchtete mit der Taschenlampe hinein. Dann stieß er einen überraschten Laut aus, näherte sich mit seiner Nase ihrem Mund und schnupperte.

»Ha!«, rief der Arzt. »So viel is mal klar: Alle drei ham einen im Tee.«

Carlos sah den Arzt erschrocken an. »Was? Ein MRT hier unten? Wie willst du das denn jetzt bewerkstelligen?«

Der Arzt lachte laut los. »Einen im Tee hab ich gesagt. Kennst du des net? Einen im Tee haben?«

»Äh, was? Ach so ...«, stammelte Carlos. »Du meinst ...« Damit beugte er sich zu Lena hinüber. Tatsächlich: Aus ihrem halb offenen Mund kam ein dezenter, aber ziemlich eindeutiger Geruch.

»Da brauchts ken MRT un auch ke Brill«, sagte der Arzt schmunzelnd. »Unsere drei Grazien sin net tot! Die sin bsoffe. Und zwar net zu knapp.«

»Von dieser einen Flasche da?«

Der Arzt sah sich ungläubig in dem Saal um. »Von

was auch immer. Aber jedenfalls hätten die des gar net gemerkt, wenn wir ... na ja, wenn wir zu spät gekommen wären.«

Ungläubig zog Carlos auch Sofies Augenlid hoch und leuchtete hinein. Die Pupille reagierte sofort und wurde ganz klein. »Aber warum kann ich dann keinen Puls fühlen?«

»Unterkühlt un bewusstlos. Da is des net so leicht fürs Herzel. Wir müssen sie hier rausbringe, un zwar schnell!«

Als Carlos nicht reagierte, packte ihn der Arzt an den Schultern und schleuderte ihm die dringlichste Aufforderung entgegen, die die pfälzische Sprache in ihrem Repertoire hatte: »Hopp jetzert!«

Carlos wusste, was von ihm erwartet wurde. Aber er saß einfach da, fassungslos und gelähmt vor Erleichterung. Und auf einmal ging es Schaf trotz seiner drängenden Worte nicht anders. Ungläubig lächelnd tätschelte er Cordula die bleiche Wange und blinzelte, als müsste er eine Träne wegdrücken. »Ich hab's gewusst, dass alles gut wird«, sagte er und packte Carlos' Hand, der das warme Gefühl, das seinen Körper gerade durchflutete, gerne noch länger genossen hätte, aber die Zeit drängte. Er machte sich von dem Anblick der eben noch so leblos erscheinenden Frauen los und lief zurück zum Einstiegsloch.

»Anthony!«, rief Carlos, als er das hellbraune Gesicht des Gärtners erkannte. »Komm, du! Wir brauchen hier unten noch einen dritten tapferen Ritter, der eine ohnmächtige Maid rettet.«

Er grinste breit nach oben und hoffte, dass Charlotte ihn so sehen konnte. Im nächsten Moment brach über ihm wieder ein Tumult los, als Anthony den Elwenfelsern zurief, dass die Frauen noch lebten. Carlos konnte geradezu spüren, wie die Erleichterung der Elwenfelser wie kleine Druckwellen im Untergrund ankamen. Kurze Zeit später war Anthony unten und umarmte ihn stürmisch.

Ungläubig staunend sah er sich in dem Saal mit der Wurzel-Kuppel um, aber Michael drängte zur Eile. »Auf jetzt. Wir können sie einfach so hochnehmen. Die sin all net verletzt.«

Er nahm Cordula auf die Arme und rappelte sich ächzend hoch. »Meiner Seel, des sieht immer so romantisch aus im Film. Aber in Wirklichkeit is des e Mordsschlepperei, so e Mädel zu rette.«

Carlos lachte und hatte endlich Gelegenheit, einmal eine seiner pfälzischen Lieblingsfloskeln auszuprobieren. »Piens net rum!«

»Genau, piens net rum un freu dich!« Der gut durchtrainierte Anthony hob die reglose Sofie elegant auf, und Carlos nahm sich Lenas Körper an, der sich so leicht anfühlte wie der eines Kindes.

Trotzdem dauerte es weitere zehn Minuten, bis alle drei Männer und die Geretteten wieder an der Oberfläche waren. Carlos bildete mit Lena das letzte Gespann. Kaum war er aus dem Loch aufgetaucht, brandete ein so stürmischer Jubel auf, dass er sicher war, das Geschrei würde die drei Frauen auf der Stelle aufwecken. Carlos kam kaum dazu, Lena auf einer Decke abzulegen, da schlang Charlotte schon die Arme um ihn und presste den Kopf an seine Brust. Hans und Karl lagen sich ebenfalls in den Armen, und die alte Elsbeth wedelte sich wie eine überhitzte Theaterdiva die kalte Nachtluft ins tränenüberströmte Gesicht.

Carlos drückte Charlotte fest an sich, obwohl seine Hände gar nicht aufhören wollten zu zittern. Auf einmal hatte er etwas im Auge und wollte es wegblinzeln, aber gegen diese Erleichterung war er machtlos. Charlotte sah auf und wischte ihm die Tränen weg. »Du … du bist einfach unglaublich«, flüsterte sie.

Er versuchte es mit heldenhafter Bescheidenheit. »Nur so unglaublich, wie man als Elwenfelser eben sein kann.«

Charlotte küsste ihn, dann ließ sie ihn los und ging neben ihrer Schwester in die Hocke. Carlos ließ sich neben Anthony an einem der Lagerfeuer nieder und sah zufrieden dabei zu, wie Nachtluft, Decken und Wärmflaschen sowie die kundigen Hände von Schaf die Lebensgeister der drei Geretteten zurückbrachten. Zehn Minuten später schlugen Sofie, Lena und Cordula eine nach der anderen die Augen auf. Erneuter Jubel brandete auf, und es hätte nicht viel gefehlt und die Elwenfelser hätten angefangen, zwischen den Reben herumzutanzen. Als es wieder etwas ruhiger wurde, hörte er Cordula doch tatsächlich sagen: »Ja, genau so hab ich mir's im Paradies immer vorgstellt …«

Und Sofie, die mit ihrem Kopf in Strobels Schoß lag, sah auf einmal irritiert nach oben und fragte: »Hans. Du? Bist du etwa auch tot?«

Nur Lena hatte ihre Sprache noch nicht wiedergefunden und guckte ungläubig in die Runde. »Das Paradies?«

Anthony, der gerade die Dreadlocks in seiner Strickmütze neu ordnete, schmunzelte: »Wow, Mädels, was war das für 'n Stoff in der Flasch do unne?«

»Jo alla«, lachte Otto. »Jenseits, Diesseits, Paradies, Elwenfels – was is da schon für en Unterschied?«

Als das folgende Gelächter durch den Wald hallte, schien auch den drei Frauen so langsam zu dämmern, dass sie im Diesseits aufgewacht waren.

Pfarrer Karl hob die Hände zum Himmel und rief: »Hopp, großer Meister, ich hab's net so gemeint. Ich hab natürlich die ganz Zeit gewusst, dass alles gut wird. Du bist mir doch net bös, oder?«

Und da er von oben keine eindeutige Antwort bekam, sah man einmal von einem heftigen Windstoß ab, der ausgerechnet in diesem Moment durch die Baumwipfel fegte, sagte er: »Gut ... am Sonntag gibt's dann en ganz besondere Gottesdienst, gell? Um das Wunder der Wiedererweckung zu feiern. Dafür bist du ja bestens bekannt. Oder war des de Jesus? Ach Gott, ich bin schon ganz durcheinander vor lauter lauter ...«

Er schnappte sich Carlos und drückte ihn an sich. Das war der Beginn eines kollektiven Umarmungsrituals, für das die Elwenfelser berühmt-berüchtigt waren. Carlos kannte diese Neigung zu herzhaftem Körperkontakt schon von früheren Gelegenheiten, aber noch nie hatte er ihn so heftig erlebt. Willi, Otto und einige der anderen schien es nicht zu kümmern, dass es in Carlos' Brustkorb ein paar Rippen gab, die ihrem Ansturm vielleicht nicht gewachsen sein könnten. Aber wenigstens war ihm danach wieder schön warm.

»Carlos, mein Beschter, bald gibt's in unserm Weinstube-Gemeinderat bestimmt en Antrag, dir auf unserm Dorfplatz e Heldedenkmal zu baue«, sagte Willi.

»Echt, Carlos: Du weißt schon, selbst wenn du wolltest, spätestens jetzt täten wir dich nie wieder gehe lasse«, verkündete Anthony.

So wie es in Elwenfels eben üblich war, tauchten von irgendwoher auf einmal Weinflaschen und -gläser auf, und das gesamte Dorf stieß auf den glücklichen Ausgang der Geschichte an.

Irgendwann fragte Lena mitten in die sich ausbreitende gute Laune hinein: »Sagt mal, was ist eigentlich mit Gruber?«

Willi winkte ab: »Oh! Was soll mit dem schon sein?«

»Na ... ist er tot? Er wurde doch verschüttet.«

»Nix. Der Kerl springt irgendwo rum und jammert, weil er sein Schatz net gfunde hat.«

»Warte mal ...« Carlos ging neben der Archäologin in die Hocke. »Heißt das, ihr habt ihn da unten gesehen?«

Die drei Frauen nickten.

»So ein verfluchter Drecksbankert!«, schimpfte Charlotte. »Uns hat er verzählt, er wär euch nie begegnet. Wenn's nach ihm gegangen wär, dann hättet ihr da unten einfach verrecken können. Ich fass es net!«

Lena, Sofie und Cordula quittierten die Aussage mit betretenen Gesichtern, aber jetzt war keine Zeit für große Erklärungen.

Während die drei Geretteten wieder aufgepäppelt wurden, erzählte Anthony den Elwenfelsern von dem Raum unterhalb des Weinbergs. Bei der Erwähnung der uralten Weingefäße und der Wurzeln, die vom Wingert herab eine Art dreidimensionales Deckenfresko für den Raum bildeten, bekamen die Elwenfelser immer größere Augen.

»Ha, dann weiß ich jetz doch, was de Erwin vorhin gemeint hat«, ging Willi ein Licht auf. »Dass ma net die Leut beneide soll, die wisse, wie ma en echte Schatz findet, während die ganz Welt bloß auf der Suche nach Gold is.«

»Das soll heiße, der wahre Schatz is das da unten, wo unser Mädels ware«, sagte Karl. »Und der is tausendmal mehr wert wie so e blödes römisches Heiligtum oder der dappische Nibelungenschatz.«

»Die Frage ist aber doch, woher der Erwin das wusste«, überlegte Hans Strobel laut. »Und warum er uns nix davon erzählt hat.«

»Er wollte eben, dass wir selbst die Entdeckung machen«, meinte Carlos.

»Wie auch immer. Es is jedenfalls ganz schön geheimnisvoll«, sagte Charlotte. »Wer weiß, was ursprünglich mal der Zweck von dem Raum war.«

»Jo, wenn die Lena wieder auf Betriebstemperatur is, kann sie uns jo ebbes verzähle, was wir jetz noch net wisse«, frohlockte Otto und lächelte die Archäologin begeistert an.

Lena warf einen fragenden Blick auf Cordula. »Ich muss so schnell wie möglich wieder da runter.«

Otto brummte tadelnd. »Jetzt mol net so übermütig, Prinzessin!«

»Da war etwas.« Lena sah um sich, als wüsste sie nicht mehr, ob sie nicht alles nur geträumt hatte. »Da war etwas in der Decke. Eine seltsame ... Struktur.«

»Oh!«, winkte Otto mit der ultimativen pfälzischen Verneinung ab. »Des war wahrscheinlich bloß e Elwetritsch-Skelett, was zwische de Wurzeln rumgammelt.«

Aber Lena wollte sich damit nicht zufriedengeben. »Ich muss das unbedingt überprüfen. Könnte sein, dass ...«

»... du dich unbedingt erholen musst«, vollendete Cordula den Satz. »Das ist erst mal das Wichtigste.«

»Genau. Du nimmst mir das Wort aus der Gosch, Cordula«, sagte der Arzt und entschied, dass die drei Geretteten nun schnellstmöglich ins Warme gehörten. Also machte sich ein Großteil der Elwenfelser auf den Weg zurück ins Dorf. Sofie und Cordula konnten allein gehen, auch wenn sie gestützt werden mussten. Lena wurde von Otto huckepack getragen, wobei nicht klar war, wer von beiden diese Art des Transports mehr genoss.

»Ich bleibe noch hier«, sagte Carlos, als Charlotte ihn aufforderte mitzugehen. »Ich muss noch was mit Karl besprechen.« Carlos deutete auf den Pfarrer, der im Weinberg stand und angestrengt in das dunkle Loch zwischen den Reben starrte.

Charlottes Augen wurden groß. »Du meinst, wegen dem da unten?«

»Ja. Wir gucken uns das Ganze jetzt noch mal in aller Ruhe an.«

Charlotte nickte. »Alles klar. Dann kümmer ich mich mal um mein Schwesterherz.« Sie gab ihm einen Kuss und warnte ihn lächelnd: »Wehe, du gehst da unten verloren.«

»Keine Angst, ich halte mich an unsere Vereinbarung. Oh, und informiert die Rettungskräfte, dass sie morgen nicht weitersuchen müssen. Denkt euch irgendwas aus, wie die drei wieder aufgetaucht sind.«

»Wird gemacht, Herr Herb. Ich werde so kreativ lügen wie noch nie zuvor!«

Sie eilte den Elwenfelsern hinterher, während Carlos mit Anthony und dem Pfarrer auf der Lichtung zurückblieb. Karl sah ihn vielsagend an.

»Verschüttete lebend zu bergen, das is sehr befriedigend. Nur, mit ihm da unten geht das wohl net ganz so einfach, was?«

Carlos schüttelte den Kopf und tätschelte die Schulter des Pfarrers, der mit einem Mal kraftlos und leer wirkte.

Sie banden ein starkes Seil um eine Strickleiter, befestigten es an einem Baumstamm und stiegen hintereinander in die Tiefe. Jetzt, da die drei Frauen in Sicherheit waren, empfand Carlos kaum noch Nervosität im Gewölbe. Die Faszination für diesen Ort konnte nun endlich ganz in den Vordergrund treten. Wo auf der Welt gab es denn so etwas? Einen uralten geheimen Raum unterhalb eines Weinbergs? Eine Weile standen sie beisammen und ließen die Lichtkegel der Taschenlampen durch die Dunkelheit wandern. Über die feucht glänzenden Mauern, die herabhängenden Wurzeln, die Tongefäße an den Wänden. Behutsam, als könnten sie Godehard Blum aus seinem dreizehn Jahre andauernden Schlaf aufwecken, näherten sie sich schließlich dem Skelett.

Karl ging vor ihm in die Hocke. »Servus, alter Freund.«

Carlos und Anthony schwiegen. In der unheimlichen Stille des unterirdischen Saals dehnte sich der Moment zu einer kleinen Ewigkeit aus. Der Pfarrer führte wohl eine Art stumme Zwiesprache mit seinem Vorgänger. Irgendwann berührte Carlos ihn an der Schulter. »Schieb mal seine Ärmel hoch, wenn es dir nichts ausmacht.«

Karl deutete ein Kopfschütteln an und bewegte nacheinander die Ärmel des schwarzen Sweatshirts. Aus dem Innern des linken Ärmels fiel klimpernd etwas über die Knochenhand und von da aus auf den Boden.

»Das Bernsteinkettchen«, flüsterte er. »Vom Erwin. Das hat er dem kleine Adalbert um de Hals gelegt. Und später hat's die Greta bekomme für ihr Baby.«

»Es könnt natürlich auch ein anderes Kettchen sein«, wandte Anthony vorsichtig ein.

»Du ungläubiger Thomas!«, tadelte Karl mit einem schiefen Lächeln. »Also wenn wir hier schon an Wunder glauben, dann isses doch klar, dass es genauso gelaufen is, oder?« Er stand auf und schlug ein Kreuzzeichen über dem Toten. »Es hört sich zwar morbid an und komisch, aber ich freu mich irgendwie für ihn.«

»Und was jetzt? Wollen wir ihn anständig bestatten?«, fragte Carlos.

»Also, ich weiß ja net, wie ihr da drüber denkt«, sagte Anthony. »Aber ich als Friedhofsgärtner und Totengräber find, dass der Godehard eigentlich schon perfekt bestattet is.«

Die beiden anderen nickten wortlos.

»Er is da, wo er hingehört«, meinte Karl. »Ganz nah am Herz von Elwenfels.« Er seufzte und klang fast zufrieden dabei. »Wir wissen zwar noch net genau, was in de ganze Flasche is, aber eigentlich wissen wir's doch, oder?«

»Elwenfelser Zauberwein«, sagte Anthony mit ehrfürchtigem Unterton. »Die Uralt-Version von vor ewig un drei Tag.«

»Alla. Und deswegen denk ich, dass de Godehard genau do is, wo er hingehört.«

Aber dann fiel Anthony noch etwas ein. »Und was sagen wir der Kommissarin?«

Die beiden Männer sahen Carlos erwartungsvoll an, der abwehrend die Hände hob.

»Noch ein Wunder? Das wird langsam ein bisschen viel.«

Karl und Anthony fixierten ihn weiter mit ihren Blicken.

»Is ja gut. Wir könnten ihr vielleicht sagen, dass er hier ist. Und sie soll es für sich behalten. Also den Fall einfach unaufgeklärt zu den Akten legen.«

»Echt? Du vertraust ihr so arg?«, fragte Anthony.

»Meinst du, die hält dicht?« Der Pfarrer sah nicht sonderlich überzeugt aus. »Warum sollte sie?«

»Habt ihr das denn nicht gemerkt? Sie will eine von uns werden. Also wird sie den Mund halten.«

»Ach.« Karl sah ihn überrascht an. »So is des? Da hat der Provinzpfaffe mal wieder nix mitgekriegt, was bei seinen Schäfchen so abgeht.« In Anthonys Lachen fuhr der Pfarrer fort: »Na, dann tät ich sage, wir verschließen das Loch nur oberflächlich, damit die Lena hier unten noch e bissel forsche kann. Und dann legen wir dem Godehard e paar Blume hin, un jeder darf sich von ihm verabschiede. Und am End machen wir das Loch wieder zu und ...«

»Ich pflanz zwei neue Reben!«, beschloss Anthony.

»Schlauer hätt ich's mir auch nicht ausdenken können«, pflichtete Carlos bei.

»Alla hopp, dann schlaf gut, mein guter Godehard. Wir wollen gar net länger störe.« Karl strich dem Skelett liebevoll über den Filzpantoffel am rechten Fuß und richtete sich wieder auf. Dann gingen sie zurück zum Einstiegsloch, um wieder an die Oberfläche zurückzukehren. Pfarrer Karl kletterte als Erster nach oben, doch kurz bevor er über den Rand steigen konnte, hielt er ruckartig inne.

»Was ist?«, rief Carlos von unten. »Stimmt was nicht?«

Statt einer Antwort stieß Karl ein so finster-grimmiges Grollen aus, das ihm nur der Höllenhund Cerberus persönlich beigebracht haben konnte. Und dann schrie er: »Gott nää! Net der schon wieder!«

Carlos wusste sofort, wer sie da draußen erwartete.

Kapitel 30

Wer anderen eine Grube gräbt, darf mit hinein

Fabian Gruber stand direkt an dem Baum, um den das Seil gewickelt war, das ihre Strickleiter hielt. Betont unauffällig nestelte er an einer Tasche seiner Multifunktionsweise herum, und Carlos wollte sich gar nicht ausmalen, was der Archäologe gerade vorgehabt hatte. Ohne lange zu fackeln, ging er auf ihn zu und stieß ihn mit der Hand hart vor die Brust.

Gruber schwankte nicht mal.

»Drei Frauen da unten eingeschlossen zurücklassen reicht dir wohl nicht?«, rief er. »Hat aber leider nicht geklappt. Wir sind alle wieder da. Deine Kollegin Lena übrigens auch. Dumm gelaufen für dich!«

Gruber beachtete ihn gar nicht, sondern schob Carlos zur Seite und wollte sich dem Loch am Rand des Wingerts nähern, in dem gerade Anthonys bunt bemützter Kopf auftauchte.

Spätestens an ihm kam Gruber nicht mehr vorbei.

»Schön dableibe, Olwerniggel!«, blaffte Anthony und verstellte dem Archäologen den Weg. Grubers Augen waren weit aufgerissen, als er versuchte, an Anthony vorbei einen Blick in das Loch zu werfen. »Ihr habt es also gefunden. Was ist es?«

»Wir haben keinen Schimmer, Herr Grabungsleiter.« Karl baute sich energisch, wenn auch nicht ganz so Furcht einflößend, neben Anthony auf. »Schon vergesse, wir sind alles provinzielle Dorftrottel hier. Wie sollen wir da wissen, was das da unten is. Also für mich sieht des aus wie e Bowlingbahn aus de Siebziger.«

»Vielleicht war's auch de Kartoffelkeller von unserer Urgroßmutter aus'm Paläo-Giftozän oder wie des Zeitalter heißt«, grinste Anthony.

»Vielleicht aber auch nur ein vergessener Luftschutzbunker aus der Frührenaissance«, meinte Carlos. »Nichts von Interesse also.«

»Verarschen kann ich mich alleine.« Gruber versuchte doch tatsächlich, Anthony zur Seite zu schieben. Für einen Mann, der von Elwetritschen zerrupft und fast von einem einstürzenden Gewölbe erschlagen worden war und dann auch noch einen veritablen Nervenzusammenbruch erlitten hatte, wirkte er immer noch unverschämt energisch. Anthony stieß ihn zurück. Gruber schnaubte wütend. »Jetzt lasst mich das sehen! Ihr wisst ja gar nicht, wie bedeutsam das ist. Da muss ein Profi ran.«

»Stimmt«, sagte Carlos. »Aber das wirst nicht du sein.«

»Dann werde ich eben das Denkmalamt verständigen. Und morgen wimmelt hier alles voller Sachverständiger.«

»Gar nichts wirst du, außer deinen Job los. Das Denkmalamt wird dich dann nicht mehr mit dem Allerwertesten anschauen.«

»Weil ich in dem Chaos da unten die drei Ladys übersehen habe? Das kann doch mal passieren, meine Güte!«

Carlos trat ganz nah an Gruber heran und machte Anthony ein Zeichen, zur Seite zu gehen. Dann stieß er Gruber in Richtung des Lochs, was diesmal nur funktionierte, weil es sich der Archäologe gefallen ließ, wurde er doch ohnehin wie von einem riesigen Magneten angezogen.

»Klar kann das passieren«, sagte er leise. »So wie es auch eben mal so passieren kann, dass man antike Fundstücke unterschlägt und an reiche Scheichs verschachert in dem ganzen Chaos, hm?«

Der Archäologe konnte ein Zucken seiner Mundwinkel nicht verhindern. Carlos machte einen weiteren Schritt auf ihn zu, und Gruber machte diesmal reflexartig einen Schritt rückwärts. In seinem Gesicht zuckte es wieder. »Was soll das denn jetzt?«

»Is doch ganz einfach, mein Sohn«, sagte Karl in seinem liebenswürdigsten Tonfall. »Wenn man bei Google ›kriminell‹ eingibt, dann tauchst du als Erster bei der Bildersammlung auf. Un ausgerechnet wir ham dich durchschaut.«

»Du meine Güte, ihr habt mich durchschaut!« Gruber hob in gespieltem Entsetzen die Hände. »Ihr solltet eine Bande gründen. Die drei Rieslingnasen und ihr Kampf für Gerechtigkeit. Ich lach mich krank.«

»Und was ist mit deiner Lügengeschichte über die gefundenen Schmuckstücke?«, fuhr Carlos unbeeindruckt fort. »Du hast den Medien erzählt, die Sachen würden da seit achthundert Jahren liegen. Dass daneben ein Lederbeutel aus dem 20. Jahrhundert lag, hast du einfach mal so unterschlagen.«

Gruber schnaubte abfällig. »Willst du damit an die Presse gehen? Na dann los! Nur hast du leider keine Beweise dafür.«

»Ich weiß nicht recht«, sagte Carlos in gespielter Ahnungslosigkeit und sah die beiden anderen Männer an. »Haben wir wirklich keine Beweise?«

Der Pfarrer und Anthony hoben synchron die Schultern. »Du bist aber auch so was von dappisch, Gruber«, sagte Karl. »Du musst doch gehört haben, dass Kai Lohmann wegen einem Tagebuch aus den Dreißiger- und Vierzigerjahren hier nach dem Nibelungenschatz gsucht hat? Kannst du dir net denken, dass darin genau beschrieben is, wie die Schmuckstücke damals absichtlich platziert worden sind? Kommt dir das net bekannt vor? Genauso würdest du es heut doch auch mache, du Hohlkopp!«

»Blablabla«, winkte Gruber ab, der weiter sehr überzeugend den Unbeeindruckten gab. Dabei schaute er immer wieder begierig nach dem Einstiegsloch. »Dieses Tagebuch ist doch bloß ein Mythos. Niemand hat es gefunden, wer sollte also ... Moment mal!« Er starrte Carlos, Anthony und Karl an. »Das hätte ich mir ja denken können. *Ihr* habt das Tagebuch! Wahrscheinlich beiseitegeschafft, bevor die Polizei angerückt ist, um die Leiche zu bergen.«

Die drei verzogen keine Miene.

»Hopp, jetz müsst's aber langsam mal klick mache in deinem Leerschädel, Gruber-Baby?« Anthony tätschelte dem Archäologen die Wange, was mit seiner großen Hand eher nach kleinen Ohrfeigen aussah. Die Sache machte trotz Kälte und Erschöpfung so langsam Spaß. Der Archäologe machte wieder einen vorsichtigen Schritt in Richtung des Lochs. Jetzt war er so nah, dass er sich über den Rand beugen konnte. Anthony gab ihm einen Stoß. Gruber taumelte, aber der Elwenfelser Friedhofsgärtner packte ihn an seiner Multifunktionsweste und hielt ihn fest. »Das hättest du wohl gern, du Maulwurfschreck«, zischte er.

Jetzt wurde Gruber böse. Er riss sich los, trat einen Schritt auf Carlos zu und verpasste ihm einen Stoß.

Und Carlos spürte, wie die Freude in ihm aufstieg, sich

wie in den alten Tagen so richtig dreckig mit Gruber zu prügeln.

»Ihr könnt mich nicht beeindrucken mit eurem erfundenen Gerede!« Der Archäologe funkelte die drei Männer zornig an. »Ich werde euch anzeigen, weil ihr mich in der Ausübung meines Berufs behindert. Wegen Verleumdung! Und wegen Sabotage eines Bodendenkmals! Ihr werdet euer Lebtag nicht mehr froh, ihr Stümper!«

Gruber versuchte erneut, in das Loch zu schauen, und das Spiel begann von Neuem. Anthony stieß ihn, Gruber taumelte, dann wurde er wieder zurückgerissen. Karl und Carlos standen jetzt so nah um ihn herum, dass er auch nicht mehr zur Seite ausweichen konnte.

»Pass auf, Gruber. Ich schlag dir was vor«, sagte Carlos. »Du vergisst, was du hier gesehen hast. Und wir vergessen, der Polizei von deinen Sauereien zu erzählen. Du kannst einfach weitermachen wie bisher.«

»Des is doch mal e großzügiges Angebot«, fand Karl.

»Was träumt ihr eigentlich nachts?!«, blaffte Gruber.

»Ich sage dir, wovon ich träume«, sagte Carlos betont liebenswürdig. »Ich träume davon, deine Machenschaften publik zu machen. Dafür zu sorgen, dass dir deine Lizenz entzogen wird und du deine schlammigen Trekkingstiefel nie wieder auch nur in die Nähe einer Ausgrabungsstätte setzen kannst. Deinen Ruf zu ruinieren, so wie du es verdient hättest. Geht das in den Hohlraum rein, der hinter deiner Visage gähnt?«

Gruber stieß ein unterdrücktes Husten aus. Er wollte etwas sagen, aber Carlos war noch nicht fertig.

»Du wirst nichts über dieses sogenannte Bodendenkmal erzählen. Im Gegenteil. Du wirst in deinem Bericht schreiben, dass die Grabungsarbeiten nichts ergeben haben und dass es hinter dem Mithräum nicht weitergeht –

was du natürlich herausgefunden hast, bevor das Ganze verschüttet wurde. Du wirst vergessen, was du hier gesehen hast, und du wirst dem Landesdenkmalamt glaubhaft versichern, dass im Untergrund von Elwenfels nichts Interessantes zu finden ist.«

»Ihr seid doch nicht ganz dicht!«, fuhr Gruber sie an. »Glaubst du, das würde ausreichen, um euer Dörfchen hier zu schützen? Es werden andere Forscher kommen. Die Aufmerksamkeit ist doch schon viel zu groß.« Nun schien Gruber sich zu besinnen und gab auf einmal den Verständnisvollen. »Ich kann ja nachvollziehen, dass man sich in der heutigen Welt das Besondere, Einzigartige bewahren will. Aber wie stellt ihr euch das vor? Dass ihr euch die Augen und die Ohren zuhaltet und dabei diese historische Sensation hier für immer verstecken könnt? Wie? Und mit welchem Recht?«

»Ganz einfach«, sagte Anthony. »Das hier is Elwenfels.«

»Ach, ihr könnt mich mal mit eurem blöden Elwenfels!«

»Was ist, wenn ich Scheich al-Halabi erzähle, dass du beschlossen hast, dein Gewissen zu erleichtern und ihn anzuzeigen?«

»Das würde ich niemals tun.« Gruber sah ihn entgeistert an.

»Kann schon sein, aber das weiß doch der Scheich nicht. Er hat zwar bestimmt einen ganzen Hofstaat voller Anwälte. Aber ich würde nicht darauf wetten, dass er dich damit durchkommen lässt, wenn durch deinen Verrat auf einmal sein kleines Privatmuseum in Verruf kommt. Wie viele Altertümer hast du eigentlich an den Kerl verschachert?«

Gruber blieben für ein paar Sekunden die Gesichtszüge

stehen. Er blinzelte erschrocken, und in Carlos machte sich ein zufriedenes Gefühl breit. Doch nicht lange, Gruber hatte sich sofort wieder im Griff. »Scheich? Privatmuseum? Ich weiß nicht, von was ihr da faselt.«

Wie viele Runden wollte er eigentlich noch drehen? Carlos brauchte dringend eine andere Strategie für diesen hartnäckig leugnenden Heuchler. Doch es war der Pfarrer, der eine neue Richtung einschlug. Er stieß ein Seufzen aus und zuckte mit den Schultern. »Leut, so kommen wir hier doch net weiter. Es is arschkalt, un ich bin so müd. Wir müssen einsehen, dass der liebe Herr Gruber recht hat.«

Zu Carlos' Überraschung nickte Anthony zustimmend. »Jo. Der Herr Archäologe hat halt einfach die bessere Argumente, gell?«

Gruber setzte sein Warum-nicht-gleich-so-Grinsen auf.

Carlos ahnte, dass irgendetwas vor sich ging, was er noch nicht durchschaute, irgendeine Elwenfelser Tücke, daher spielte er instinktiv mit. »Scheiß drauf. Den Versuch war's wert.«

»Na herzlichen Glückwunsch!«, frohlockte Gruber. »Endlich habt ihr's begriffen. Kann ich mir jetzt bitte dieses Bodendenkmal anschauen?!«

»In Gottes Namen ja«, ergab sich Karl, und Anthony verbeugte sich gönnerhaft. »Bitte schön!«

Und dann gab er Gruber einen sanften, aber nachdrücklichen Stoß, dass der rückwärts in das Loch fiel. Der ungünstige Winkel und seine Körpermaße sorgten dafür, dass er wie zusammengefaltet stecken blieb, wobei eine gewisse Ähnlichkeit mit einem Riesenkäfer, der auf dem Rücken lag, nicht zu leugnen war. Mit aufgerissenen Augen starrte er zu den Männern hoch und fuchtelte mit den Armen. Dann gab die Erde rings um die Einstiegsstelle nach, und Gruber fiel in die Tiefe. Er bekam die Strickleiter zu packen, was seinen Fall etwas dämpfte, aber dann entglitt sie seinen Händen, und er stürzte den letzten Meter schreiend hinunter, bevor er hart auf seinem Hintern landete. Carlos, Anthony und Karl knieten sich neben das Loch und zogen schnell die Strickleiter hoch. Gruber versuchte noch, sie zu erhaschen, aber es war zu spät. Sein Gesicht glich auf einmal der Fratze eines Wasserspeiers an einer gotischen Kathedrale.

»Lasst mich sofort hier raus!«, brüllte er.

»Aber warum denn nur?«, fragte Karl. »Du wolltest dich doch so dringend umschauen da unten.«

»Is zwar bissel dunkel, aber besser wie nix, oder?«, feixte Anthony. »So schult man den Tastsinn.«

»Nein! Das könnt ihr nicht machen!«, schrie es ihnen aus der Tiefe entgegen.

»Können wir nicht?« Carlos sah seine Freunde fragend an.

»Man weiß halt auch gar net, was der Kerl genau will«, wunderte Karl sich. »Erst will er runter. Un jetzt wieder hoch.«

»Ihr könnt mich hier unten nicht verrecken lassen!« Grubers Stimme wurde schrill.

»Davon war auch nicht die Rede«, tröstete Carlos ihn. »Aber wir dachten uns, dass so ein dunkler Raum im Schoß der Erde sicher der perfekte Ort ist, um ein wenig nachzudenken.«

»Lasst mich raus hier!«

»Nein, Gruber. Du hast jetzt mal Pause. Wir kommen morgen wieder, und bis dahin hast du Zeit, dir ein paar gute Gedanken zu machen. Wir werden die Beweise gegen dich verwenden, darauf kannst du deine hässliche Weste verwetten. Oder du lässt uns in Ruhe und schweigst.

Falls irgendwann mal wieder so ein Typ vom Denkmalamt hier aufkreuzen sollte, dann werden wir wissen, dass du die Quelle bist. Und dann haben wir genug in der Hand gegen dich, um dich so gründlich zu zerstören wie der gute Nero das alte Rom. Verstanden?«

»Ja doch ... ja, ich verspreche es«, flehte Gruber.

»Nee, nee, so schnell geht das net!«, protestierte Karl.

»Gilt net«, fand auch Anthony.

Carlos nahm eine der Decken, die die Elwenfelser dankenswerterweise vergessen hatten, und warf sie in die Tiefe. »Schlaf gut, Indiana Jones.« Sie knipsten die Taschenlampen aus und standen auf. Aber Karl und Anthony beschlossen, die Fantasie des Archäologen noch ein wenig zu strapazieren.

»Hoffentlich hat er keine Angst im Dunkeln.«

»Und hoffentlich schläft er net ausgerechnet neben dem Knochenmann ein.«

»Was? Was heißt das?«, schrie es aus der Tiefe.

»Jo alla«, antwortete Anthony. »Du hast doch sicher schon mehr wie ein Skelett ausgebuddelt.«

Und damit entfernten sie sich und ließen das schrille Flehen des Archäologen hinter sich. Kaum waren sie ein paar Schritte gegangen, da überfiel Carlos auch schon das schlechte Gewissen. »Leute, ich bin mir nicht sicher, ob ich das durchhalte, ihn so lange da unten schmoren zu lassen.«

Anthony strich ihm grob herzlich durch die Haare. »Doch net so ein harter Hund, unser Privatdetektiv, hä?«

»Nix! Der Drecksack bleibt do unne jetzert!«, beschloss Karl gnadenlos. Dann betrachtete er die Leuchtziffern seiner Armbanduhr. »Es is halb drei. Morgen um neun kommen wir wieder. Unser Mädels ware doppelt so lang verschütt. Der Dollbohrer wird schon net sterben.«

»Es sei denn, die Elwetritsche springen zu ihm runter«, murmelte Carlos.

»Jo, e bissel Grusel is gsund für de Blutdruck.«

Später, als Carlos eng an Charlotte geschmiegt im Bett lag, spürte er, dass er sich in der letzten Stunde noch ein Stück weiter von seinem alten Leben verabschiedet hatte. Er fühlte sich wie ein Matrose auf hoher See, der alle alten Bedenken, Ängste und Ideale gleichgültig lächelnd über Bord wirft und gelassen dabei zusieht, wie sie im tiefen Wasser untergehen. Sein früheres Ich war als Letztes dran. Es tut mir leid, mein Alter, hörte er sich innerlich sagen. Er dachte an die Gefahr, der er sich durch alle seine früheren Aktionen ausgesetzt hatte. Die Hamburger Unterwelt, sein Haftbefehl, der unüberlegte Auftritt vor laufender Fernsehkamera und jetzt die Sache mit Gruber – das war nicht mehr Carlos Herb, der Ex-Kommissar und Privatdetektiv. Das war ein fahrlässiger Verrückter, der Dinge tat, die früher völlig undenkbar gewesen wären und die ihn seltsamerweise dennoch leichter atmen ließen.

Das war ein Carlos Herb, der trotz Ausweglosigkeit irgendeiner schrägen, höheren Macht vertraute – einem Knick im Universum vielleicht, der durch den Wald hinter dem Dorf verlief. Einer, der wusste, dass er viel mehr gewonnen als verloren hatte.

Das war Carlos Herb, der Elwenfelser.

Kapitel 31

Wie eine Nacht in einem dunklen Erdloch Erhellendes bewirken kann

Charlotte bestand am nächsten Tag darauf, Carlos in den Wald zu begleiten. Er hatte ihr erzählt, dass sie in der Nacht noch von Gruber überrascht worden waren, und war erschrocken, als er sah, mit welch diabolischer Schadenfreude Charlotte auf dessen Bestrafung reagierte. Trotzdem füllte sie noch rasch eine Thermoskanne mit heißem Tee, um den Archäologen bei Bedarf ein wenig aufzutauen. Auf dem Weg in den Wald sinnierte sie zum wiederholten Male über die Erlebnisse, die Sofie, Cordula und Lena als Verschüttete in dem Gewölbe gehabt hatten.

»Stell dir mal vor: Die Mädels haben wirklich gedacht, dass sie da nie mehr rauskommen. Und dann noch der Wein. Die Sofie meint, der alte Wein is so gut, dass ma sterbe könnt vor lauter Geschmack. Ein paar Flaschen will sie raufholen, damit alle mal probieren können.«

»Und der Rest?«

»Der bleibt hübsch da, wo er immer war.«

»Das findet Lena bestimmt auch. Aus archäologischer Perspektive. Das Alte erhalten und so weiter.«

»Genau. Ich merk schon, wir denken langsam all wie die Archäologen. Die Lena glaubt außerdem, dass der Saal en alter Kultraum aus keltischer Zeit is und später dann von den Römern genutzt wurde.«

»Ein Kultraum? Und für was?«, fragte Carlos.

»Für Feste, Rituale un so. Unsere Vorfahren haben das Wachstum der Reben wahrscheinlich unnerirdisch beschworen. Bacchus-Feiern, so wie wir das oben in unserer Höhl auch mache.«

»Na, dann wundert mich gar nix mehr, wenn eure Vorfahren auch schon so drauf waren.«

Charlotte packte seine Hand fester und strahlte ihn an. Ihre Nasenspitze leuchtete in der kalten Waldluft wie eine Himbeere. »Ist das net unglaublich? Ich bin so ... ich weiß net, stolz. Stolz bin ich, weil das alles jetzt noch mehr Sinn macht. Die Sofie is sowieso völlig aus'm Häusel. Die kann's kaum erwarte, sich den Raum noch mal in Ruh anzuschauen. Un die kleine Lena erst. Ich glaub, Cordula hat sie heut Nacht ans Bett fesseln müsse, sonst wäre sie gleich wieder los.«

Charlotte seufzte glücklich, und Carlos konnte sich kein schöneres Geräusch vorstellen in diesem morgendlichen Wald, in dem silbrige Nebel durch das Unterholz geisterten und der Boden leise frostig unter ihren Schritten knisterte. Leider konnte er diese Schönheit kaum genießen, weil er mit einem Ohr auf die Schreie des Archäologen lauschte. Und da er nichts hörte, kroch nun doch ein düsterer Zweifel sein Rückgrat hoch. Was, wenn diese Stille bedeutete, dass ...

Er verscheuchte den Gedanken und warf einen Blick über die Schulter. Irgendwo hinter ihnen ertönten Schritte und leises Gelächter, das er Karl und Anthony zuordnete. Die beiden schienen sich nicht die geringsten Sorgen zu machen.

Auf der Lichtung des Weinbergs angekommen, prallte

Carlos zurück, Charlotte stieß ein überraschtes Keuchen aus. Jemand war ihnen zuvorgekommen, aber offensichtlich nicht, um den Archäologen vorzeitig aus seinem dunklen Loch zu befreien.

Kriminalhauptkommissarin Nadja Sprengel.

Sie hockte an der Durchbruchskante und schaute mit derartig gnadenloser Genugtuung in die Tiefe, als wäre sie ein böses Kind, das es genießt, ein Stöckchen in einen Hühnerkäfig zu stoßen. Sie trug einen langen schwarzen Mantel mit Pelzkragen und Schulterklappen, schwarze Lederhandschuhe und kniehohe Lederstiefel. Wenn Carlos es nicht besser gewusst hätte, er hätte sie für eine russische Geheimagentin gehalten. Süffisant lächelte sie in die Tiefe und schüttelte spöttisch den Kopf.

»Was macht ’n die da?«, entfuhr es Charlotte.

»Sie kommt mal wieder zur richtigen Zeit«, murmelte Carlos und dachte an Nadjas unnachahmliches Talent, immer dann aufzutauchen, wenn man es am wenigsten erwartete. Es war nicht das erste Mal, dass sie zu früher Morgenstunde in Elwenfels erschien. Dabei folgte sie wohl einem untrüglichen Gefühl, immer dann vor Ort zu sein, wenn es eine Situation gab, die ihren Ermittlungen nicht entgehen durfte.

Nadja winkte Carlos und Charlotte lächelnd zu sich.

»Es sieht wohl ganz danach aus, als hätte die Staatsdienerin nichts gegen unsere unkonventionelle Art der Gefahrenabwehr einzuwenden«, sagte Carlos.

»Mehr als das.« Nadja rieb sich die Hände. »Ich habe ja versucht, die Untersuchungshaft zu beenden, aber dieser arme Kerl da unten glaubt offensichtlich, dass er es nicht verdient hat.«

Carlos und Charlotte schauten über den Rand des Lochs. Die Strickleiter baumelte in die Tiefe, und direkt darunter hockte Fabian Gruber, der keinerlei Anstalten machte, nach oben zu klettern. Er hatte sich die Decke über den Kopf gezogen und wiegte den Oberkörper vor und zurück. Sein Blick war auf irgendetwas in dem unterirdischen Gewölbe gerichtet.

»Ja, ich geb's zu, du hast recht!«, stieß er mit vor Schuldgefühl klirrender Stimme hervor. »Ich bin ein verantwortungsloser Stümper ...«

Dann folgte eine Tirade der Selbstanklage, in der Gruber mit heiserer Stimme und ohne Punkt und Komma alles wiederholte, was Carlos ihm gestern Nacht vorgeworfen hatte, nur diesmal in Ich-Form.

»Mit wem redet der denn da?«, wunderte sich Nadja Sprengel. »Ist da unten noch jemand?«

Carlos räusperte sich. »Ähm ... nicht wirklich.«

»Es könnte durchaus sein, dass dem Typ ein paar Rädchen aus dem Getriebe gehüpft sind«, sagte Nadja. »Er hat jetzt schon zum zehnten Mal diverse, nicht ganz harmlose strafbare Handlungen gestanden. Hehlerei mit antiken Wertgegenständen, Betrug, Unterschlagung von archäologischen Beweisen, Falschaussagen, unterlassene Hilfeleistung. Ich würde ihn ja gerne endlich festnehmen, aber ich muss zugeben, dass ich keine große Lust habe, mir in dem Loch die Stiefel dreckig zu machen.«

»Ist auch ziemlich schauerlich da unten«, sagte Carlos.

»Oh, Nadja, du warst mir noch nie so sympathisch!« Charlotte beugte sich vor und drückte der Kommissarin einen Kuss auf die Wange.

Nadja wurde rot. »Wofür war das denn?«

»Für alles halt. Dass du Polizistin bist, aber doch net *so* arg, dass du keine von uns sein könntest. Irgendwie ...«

Nadja runzelte die Stirn. Und als sie antworten wollte,

ertönte aus dem Loch neben ihr ein gequälter Schrei. Gruber begann eine neue Runde der Selbstanklage.

»Oh, du Unwürdiger, du Korrupter, du Wurm der Altertumsforschung …«

Carlos schaute nach unten und rief: »Hey, Gruber! Deine Zeit ist um.«

Aber der Archäologe schien ihn gar nicht wahrzunehmen und verbarg das Gesicht in den Händen.

»Nadja, ich bin mir nicht sicher, ob er bei diesen Aussagen bleibt, wenn er erst mal wieder an der Oberfläche ist.«

Die Kommissarin klopfte sich lächelnd auf die Manteltasche. »Ich habe bereits alles aufgezeichnet, was er von sich gegeben hat. Die Frage ist bloß, ob er nicht einfach fantasiert. Warum habt ihr ihn überhaupt da unten eingesperrt?«

»Haben wir nicht. Er war ganz begierig, sich den Raum da unten selbst anzuschauen. Wir haben nur ein wenig nachgeholfen. Und das, was er da sagt, ist schon eine Art Geständnis. Wir können das alles sogar lückenlos beweisen.«

»Aha.« Nadja sah von Carlos zu Gruber und wieder zurück zu Carlos. »Es ist wohl überflüssig zu erwähnen, dass ich mal wieder ziemlich beeindruckt bin von dir. Und natürlich gibt es auch wie immer wieder mal so einige offene Fragen, die ich nicht in meinem offiziellen Bericht erwähnen kann, richtig?«

Carlos nickte und sah über die Schulter. Anthony und Karl erschienen auf der Lichtung und blieben wie angewurzelt stehen. Als sie erkannten, dass Nadja Sprengel nicht gedachte, irgendjemanden wegen Freiheitsberaubung zu verhaften, entspannten sie sich und kamen näher.

»Was macht ’n unser Frühstücksei?«, fragte Anthony. »Isses weich gekocht?«

»Windelweich«, verkündete Charlotte. »Un dazu noch eine heftige Prise Selbsterkenntnis.«

»Also, wer erzählt mir jetzt mal ein bisschen genauer, was hier abgelaufen ist?«, fragte die Kommissarin. Dieser Bitte kam Karl nur allzu gerne nach. Seine anfängliche Befangenheit ihr gegenüber ließ sich auch durch Nadjas einschüchterndes Outfit nicht wieder hervorlocken. Wie eine kleine Predigt über Gut und Böse, so ausführlich und detailverliebt schilderte der Pfarrer die Ereignisse der Nacht. Währenddessen kletterte Anthony nach unten und versuchte, den immer noch lamentierenden Gruber dazu zu bringen, endlich den Rückweg an die Oberfläche anzutreten.

»Nein, er lässt mich nicht!«, schrie Gruber. »Er lässt mich nicht gehen.«

»Wer denn? Hier is doch niemand«, beharrte Anthony, warf aber einen vielsagenden Blick nach oben.

»Doch, siehst du ihn denn nicht?!«, heulte Gruber auf und zeigte mit zitterndem Zeigefinger ins schwarze Nichts.

»Do is nix.« Anthony tätschelte Grubers Rücken. »Un selbst wenn da jemand wär, tät er dich auf jeden Fall gehe lasse, jetzt wo du ihm all deine Sünde verzählt hast.«

Nadjas Augenbrauen rutschten nach oben. »Äh ... wen meint er denn damit?«

»Oh, der hat halt einfach e lebhafte Fantasie.«

»Oder der gute Godehard hat auf seine alten Tage seine Macht als Beichtvater entdeckt«, vermutete Karl.

Anthony schaffte es, dass Gruber sich endlich in Bewegung setzte. Willenlos klammerte der sich an die Strickleiter und ließ sich wieder nach oben ziehen, wo er sich gleich wieder hinsetzte und seinen Kopf zwischen den angezogenen Knien versteckte. Er schien in den vergangenen Stunden um zehn Zentimeter geschrumpft zu sein. Nadja Sprengel betrachtete ihn mit einer Mischung aus Mitleid und Kühle. Während Charlotte versuchte, dem Reumütigen etwas heißen Tee anzubieten, nahm Carlos Nadja beiseite und deutete auf das Loch am Rand des Weinbergs.

»Es ist, wie ich gesagt habe. Godehard Blum ist da unten.«

»Und höchst lebendig, wenn ich die Redseligkeit dieses armen Wurms richtig einschätze.«

»Du, in Elwenfels ist das so eine Sache mit der Präsenz aus dem Jenseits«, wich Carlos aus und versuchte ihr klarzumachen, wie aus seiner und aus Sicht der Elwenfelser diese Sache nun enden sollte. Sie hörte ihm aufmerksam zu, und Carlos gestattete sich ganz ohne schlechtes Gewissen, die glühenden Blicke der Kommissarin zu genießen. Wenn sie gekonnt hätte, wenn Charlotte nicht in der Nähe gewesen wäre, sie hätte vielleicht noch etwas anderes gemacht als nur heiße Blicke übermittelt.

Als Carlos geendet hatte, setzte er einen betont schuldbewussten Blick auf und sah sie fragend an. »Und? Wie kriegen wir diese verfahrene Geschichte jetzt ins Reine?«

»Also, ich kann hier nichts Unreines entdecken.«

»Ernsthaft? Aber was ist mit Godehard Blum? Und Grubers Geständnis?«

Nadja lächelte geheimnisvoll. »Carlos, manchmal frage ich mich, wer hier wen mit dieser sträflichen Lockerheit angesteckt hat. Du mich oder ich dich.«

»Also für mich bist du nie etwas anderes gewesen als eine überaus korrekte Beamtin und eine vorbildliche Ermittlerin.«

Sie lachte kurz auf. »Eine vorbildliche Ermittlerin, die sich an ungesetzliche Elwenfelser Gesetzmäßigkeiten angepasst hat.«

»Warum willst du das eigentlich? Warum nimmst du in Kauf, dass das hier deine Karriere gefährdet?«

Sie schnaubte leise. »Ach, welche Karriere denn? Und außerdem ist doch nichts Böses passiert. Ihr habt eine Leiche gefunden, die keinem Verbrechen zum Opfer gefallen ist. Warum sollte ich da nicht einfach die Akte schließen? Und Gruber? Wenn er schon so nach Bestrafung schreit, dann soll er sie auch haben. Da kann ich nun wirklich nicht wegschauen.«

»Und kannst du dabei wegschauen?« Er deutete auf das Loch. »Den Menschen hier ist es ziemlich wichtig, dass hier keiner rumschnüffelt.«

»Von was denn wegschauen? Ich sehe nichts weiter als ein Loch, in dem dieser Archäologe übernachtet hat. Weiter ist da unten doch gar nichts, oder?«

Sie zwinkerte Carlos zu und ging zurück zu Gruber, der gerade dabei war, sich wortreich bei Charlotte, Anthony und Karl zu entschuldigen. Charlotte strich ihm mitfühlend über den Rücken, und Karl versprach göttliche Vergebung. Dann zogen sie den großen Mann mit vereinten Kräften auf die Beine und begleiteten ihn zurück ins Dorf, wo er auf den Rücksitz von Nadjas Auto verfrachtet wurde. Die unvermeidlichen Reporter und Fernsehteams fingen die Szene begierig ein. Nadja hatte Mühe, den Wagen durch die Menschenansammlung zu lenken. Kaum war sie außer Sichtweite, sahen sich die Journalisten nach auskunftsfreudigen Elwenfelsern um, die ihnen erklären konnten, warum Fabian Gruber so zerstört aussah wie Kriemhild, nachdem Hagen ihr den Nibelungenhort geklaut hatte.

Kurz darauf nahm Carlos in der Tür des Dessous-Geschäfts die Umarmungen der dankbaren Frauen entgegen. Cordula und Lena waren beide noch eine Nuance blasser um die Nase als sonst, aber abgesehen von ihrem Teint wirkten sie wiederhergestellt.

»Ich hätte nie gedacht, dass ich den Gruber mal so sehe«, sagte Lena. »Ich glaube fast, dem ist der Lebenswille komplett abhandengekommen.«

»Und dir nicht?«, neckte Cordula sie und zupfte an einer ihrer roten Locken.

»Ach was, ich habe gerade so viel Lebenswillen, dass ich gar nicht weiß, wohin damit.«

»Und was is mit dem Raum da unten?«

»Das olle Mithräum? Das ist zwar verdammt schade, aber letztendlich doch nichts gegen den Schatz, den ich hier oben bei euch gefunden habe.«

Sie zog Cordula zu sich und drückte ihr einen Kuss auf den Mund.

»Ein gutes Stichwort«, meinte Charlotte und tat es den beiden Frauen nach. Carlos wollte so gern diesen herrlichen Moment der Unbeschwertheit genießen, aber es gelang ihm nicht. Es war noch nicht vorbei. Er hatte mittlerweile ein untrügliches Gespür für vorzeitige und damit unechte Happy Ends. Gruber war neutralisiert, Godehard gefunden, die Frauen gerettet, Nadja auf ihrer Seite – eigentlich war alles gut. Aber genau darin lag das Problem. Denn dieses »eigentlich« hatte noch so viel Potenzial für negative Überraschungen und unerwartetes Scheitern.

Und als hätte das Schicksal nur auf dieses gedankliche Stichwort gewartet, ertönte neben ihnen auf einmal ein indigniertes Räuspern. Carlos' Kopf ruckte herum, und dann sah er, wer da offensichtlich keinen Sinn für verliebte Paare, damit einhergehende Romantik oder Happy Ends hatte. Gundula Bröckner vom Landesdenkmalamt.

Kapitel 32

Geschichte neu zu schreiben ist manchmal gar nicht so schwer, wie man denkt – könnte aber Muskelkater verursachen

»Also bitte, Herrschaften. So geht das doch nicht!«

Gundula Bröckner war der Verzweiflung nah. Auf ihren Wangen blühten rote Flecken, und ihre grauen Pudellocken sträubten sich heute wie das Fell einer Katze.

Sie stand vor dem Dessous-Laden, dessen Schaufenster mit seinen überaus interessanten Details einen ironisch-sinnlichen Kontrast für die trockene Beamtin abgab. Einige Elwenfelser hatten sich versammelt, um zu hören, was sie zu sagen hatte.

Willi hielt ihr seine schwieligen Handflächen entgegen. »Is des vielleicht unser Schuld, dass es do unne so gerappelt hat un des ganze Tempelzeugs verschütt is jetzert?«

Für einen Moment sah es fast so aus, als würde Bröckner die Elwenfelser tatsächlich beschuldigen, das Mithräum allein durch die Kraft ihrer Gedanken zerstört zu haben, womit sie vielleicht nicht ganz falschlag. Aber die Frau war offenbar nur gekommen, um in dem immer noch herrschenden Chaos irgendwie Präsenz zu zeigen, war sie doch in den vergangenen turbulenten Tagen durch Abwesenheit aufgefallen. Der Presserummel auf dem Platz war ihr wohl noch mehr zuwider als der kalte Wind, der ihr die Haare immer wieder aus den unmöglichsten Winkeln ins Gesicht wehte. Also bugsierten Cordula, Charlotte, Willi und Karl sie ins Rathaus.

Carlos hatte sich der kleinen Gruppe nicht angeschlossen, weil er sich wieder etwas mehr Mühe geben musste, nicht aufzufallen und unter dem Radar zu bleiben.

Lena dagegen hatte ihre eigene Art, die Geschehnisse der vergangenen Nacht zu verarbeiten. Sie konzentrierte sich auf die archäologischen Aspekte des Dramas und war mit leuchtenden Augen losgezogen, um das Gewölbe unterhalb des Wingerts ein zweites Mal zu besuchen. Sie musste die eigenartige Struktur, die in der Decke des unterirdischen Raumes zu sehen gewesen war, eingehender untersuchen und hatte Cordula versprechen müssen, dass sie nur zusammen mit Anthony noch einmal hinabstieg. Eigentlich hätte Cordula sie gerne begleitet, aber allein die Erinnerung an dieses dunkle Gewölbe mit dem toten Pfarrer ließ sie schaudern. Sie hatte den Schock, dort unten eingeschlossen gewesen zu sein, noch längst nicht verarbeitet.

Im Rathaus war Schadensbegrenzung angezeigt. Eigentlich war es ein kaum geeigneter Ort, um die Dame vom Landesdenkmalamt zu besänftigen, aber Cordula begriff, dass Willi und Karl damit wohl einen eigenen Zweck verfolgten. Das Chaos, das sie bereits in der Eingangshalle erwartete, entlockte Gundula Bröckner ein erschrockenes Keuchen. Willi geleitete sie wortlos in den ersten Stock, wo er auf das Sammelsurium zusammengewürfelter Elwenfelser Alltagskultur deutete.

»Da. Wie Sie sehe könne, gute Frau, haben wir uns nun wirklich redlich bemüht, die Dokumente zu finden, die Sie haben wollen, also haben wollen müssen ...« Er brach ab, weil es nun wirklich nicht seiner Natur entsprang, gestelzte Sätze zu formulieren.

»*Das* hier ist das Rathaus, also das Verwaltungszentrum Ihres Ortes?!« Frau Bröckner riss die Augen auf.

»Wir würden das eher als unser Schatzkammer bezeichne«, korrigierte sie der Pfarrer.

»Ich hatte Ihnen ja mitgeteilt, dass ich historische Dokumente benötige, um die besondere verwaltungsrechtliche Stellung Ihres Ortes hier ordnungsgemäß ...« Sie brach ab, hielt sich eine Hand vor den Mund und rollte die Augen nach oben. »Also das ist ja hier ein Saustall utopischen Ausmaßes!«

»Liebe Frau Bröckner«, Karl breitete die Arme aus und strahlte sie an. »Wenn ich's recht verstanden hab, dann sind Sie doch eigentlich für Denkmäler zuständig, oder? Un für Sache, die man in der Erde findet, also aus'm Bode buddelt.«

»Ja, ganz recht.«

»Na alla. Dann kann Ihnen doch des alles hier am Bobbes vorbeigehe, oder net?«

»Sie sind ja gut.« Gundula Bröckner holte zitternd Luft und musste niesen.

Willi reichte ihr ein geblümtes Spitzentaschentuch, das er blitzschnell zwischen einer alten Pelzmütze und einem Paar Schlittschuhe auf einer Kommode hervorgezupft hatte.

Frau Bröckner starrte sie mit offenem Mund an. »Verstehen Sie denn nicht? Ich arbeite mit Verwaltungsbehörden zusammen. Wie sollen wir die Dinge, die in Ihrem Dorf passiert sind, die historischen Fakten und Dokumente, wenn es sie denn gibt, wie sollen wir das denn alles einordnen, wenn hier niemand einen Überblick hat?«

»Gar net«, sagte Cordula.

»Ich bitte Sie!« Die Denkmalamtsdame sah sich immer noch ungläubig um. »Das ist doch kein Zustand. Sie sollten, Sie müssten mal ... Also hier muss jemand von außen dran, der Kreis, das Land. Das muss alles erst mal gesichtet werden.«

Willi machte einen Schritt auf die Bröckner zu und legte ihr seinen mächtigen Holzfällerarm um die Schulter. Die Frau wirkte unter dieser Last wie das Kuscheltier eines zu groß geratenen Jungen. Willi schenkte ihr sein freundlichstes Lächeln. Gundula Bröckner wurde rot, unternahm aber nichts, um den Arm abzuschütteln.

»Jetz pass mol uff, mei liebe Frau«, begann Willi und schlenderte mit der Frau den zugestellten Flur entlang, wobei er aussah wie ein König, der einem Gast die Lustgärten seines Schlosses zeigte. »Des hier, des is unser Elwenfels. En Ort voller Wunder un Seltsamkeite ...«

»Allerdings.«

»Genau. Un so viel Wunder un Seltsamkeite können hier bloß existiere, weil eben kein Bürgermeister oder Ortsvorsteher oder sonst en Labbeduddel de Besserwisser raushängt. Net falsch verstehe: Wir haben nix gege Politiker. Nix, was hilft, jedenfalls.«

Frau Bröckner konnte ein kurzes Glucksen nicht unterdrücken.

»Ich merk, Sie verstehn mich, gnädige Frau«, strahlte Willi sie von oben herab an. »Politiker mache auch bloß ihren Job. Aber hier bei uns brauchen wir so Leut net.«

Cordula tauschte einen Blick mit Charlotte. Willi hatte sein sattes Dröhnen gegen ein sanftes, eindringliches Säuseln eingetauscht, das Cordula so noch nie aus seinem Mund gehört hatte. Sie konnte sich schon denken, woher auf einmal dieses Taktgefühl kam. Sicher spielte die Bekanntschaft mit einer gewissen Krankenschwester aus Ludwigshafen eine nicht unerhebliche Rolle dabei, dass Willi ganz neue Umgangsformen kultiviert hatte.

»Sie müsse das mal so sehen: Wir ham einfach de Anschluss an die moderne Welt verpasst. Wir sin wie so e Inselvolk, wo friedvoll un selig vor sich hin lebt, un wenn von auße nur en kleiner Schnuppe kommt, dann sin wir schon vom Aussterbe bedroht.«

Frau Bröckner schnaubte leise. »Ach? Und ich bin dann wohl auch so ein Schnupfen?«

»Na ja, e kleines bissel vielleicht schon.« Willi drückte lächelnd ihre schmale Schulter.

»Wir sollen hier also unser harmonisches Leben aufgeben«, fuhr Karl mit seiner Predigerstimme fort, »obwohl wir nie einer Menschenseel ebbes zuleide getan ham – wollen Sie das wirklich?«

»Was ich will, spielt erst mal keine Rolle. Aber ein Ort mit Sonderprivilegien, also eine Art gesetzesfreier Raum, das geht nun mal nicht!«

»Okay, also was können wir tun?«, fragte Charlotte. »Was können wir tun, damit Sie von uns ablassen und keine weiteren Schritte mehr unternehmen?«

»Aber Kindchen ...«

»Bittschön: Ich bin net Ihr Kindchen«, widersprach Charlotte, ebenso sanft wie Willi.

»Sie können gar nichts tun«, erwiderte Frau Bröckner. »Es gibt nun mal ein konkretes denkmalpflegerisches Interesse an diesem zweifelsohne sehr interessanten Ort, und deshalb ist eine genauere Untersuchung durch die zuständigen Behörden zu ermöglichen.«

»Klingt e bissel kompliziert. Aber trotzdem stimmt's. Es is wirklich interessant do bei uns«, meinte Karl. »Gerade für Leute wie Sie. In jeder Eck un jedem Winkel gibt's Zeugs, das ma entdecke un erforsche könnt. Ma braucht bloß irgendwo hinzulange, schwuppdiwupp hat ma irgendwelche historische Artefakte in de Griffel. Do zum

Beispiel ...« Karl holte ein uraltes Benzinfeuerzeug aus einer offenen Schublade und hielt es in die Höhe. »Do. Des legendäre Gerät, mit dem sellemols de Nero rumgspielt un dabei halb Rom abgfackelt hat, dass es nur so gerußt hot. Wer hätt gedacht, dass so ebbes bei uns einfach so rumfahrt? Bitteschön!« Er drückte der völlig verdutzten Gundula das Feuerzeug in die Hand.

»Oder des do!« Willi ließ die arme Frau los und zerrte am Schnürsenkel eines einzelnen, ebenfalls sehr betagten Turnschuhs, der auf einem Schrank stand. Man konnte dessen dreistreifigen Siebzigerjahre-Chic förmlich riechen, aber Willi raunte mit Verschwörerstimme: »Des versteinerte Fossil vom Fritz Walter seinem Weltmeister-Schuh von 1954. Mit dem hätt er im Finale des 4:2 gschosse ... wenn des Spiel so ausgange wär. Was e Ding, oder?«

Gundula Bröckner nieste erneut. »Jetzt hörn Sie aber mal auf! Kann bitte jemand ein Fenster hier aufmachen?«

»Kein Thema«, erbot sich Charlotte und führte die Frau zum nächstbesten Fenster, wo auf einem Styroporkopf eine schwarze Faschingsperücke vor sich hin verstaubte.

»Oh, da is noch was!«, frohlockte sie. »Des hier is des original Toupet vom Elvis.«

»Ich lach mich tot«, schnaubte Frau Bröckner.

Sie hatte genug gehört, trat einen Schritt zurück und stach einen Zeigefinger in den Raum. »Eines kann ich Ihnen sagen: Wen auch immer ich herschicke, um hier für Ordnung zu sorgen, es wird einer meiner Feinde sein. Sie und Ihr ganzes Dorf hier, das ist eine Strafe!«

Damit drehte sie sich um und eilte die Treppe hinunter. Willi seufzte und zuckte mit den Schultern. »Humor is halt für manche Leut e Schimpfwort. En Versuch war's wert.«

Karl schüttelte den Kopf. »Ich weiß net, ob des so klug war von uns. Die kommt bestimmt wieder. Und wer weiß, was dann passiert.«

Charlotte sah nachdenklich zu Boden. »Wir brauchen en bessere Plan, um uns die Denkmal-Blunz vom Hals zu schaffe.«

Willi schaute aus dem Fenster auf den Platz, der immer noch von Journalisten und Fernsehteams bevölkert war. »Ich weiß gar net, warum die ganz Bagage überhaupt noch da is. Gibt doch nix mehr zu sehe, außer e paar ratlose Eingeborene.«

Auch Carlos fragte sich, warum die mediale Aufmerksamkeit in und um Elwenfels einfach nicht nachlassen wollte. Im Fernsehen zeigten sie immer wieder die Sequenz, in der die Kripobeamtin mit einem völlig verstörten Grabungsleiter auf dem Rücksitz aus dem Dorf fuhr. Manche Sender verstiegen sich zu der Theorie, dass im Dorf etwas gefunden worden war, was selbst für den Verstand des altgedienten Archäologen Gruber zu überwältigend war. Die Journaille vermutete irgendeine Sensation, die vor der Öffentlichkeit geheim gehalten wurde. Im Netz verfolgte Carlos die Beiträge einiger Blogger, die sich zu haarsträubenden Theorien verstiegen. Vom Stein der Weisen über den Gold-Zug der Nazis bis hin zum Goldschatz des Störtebeker war alles dabei, was für die Sehnsucht der Menschen nach Abenteuergeschichten und Verschwörungstheorien in einer sonst so völlig rationalen, entmystifizierten Welt sprach.

Als Carlos am späten Nachmittag in die Weinstube kam, grübelte das Elwenfelser Kollektiv darüber, was man tun konnte, um die Pressegeier und die ungewollte Aufmerksamkeit endlich loszuwerden. Carlos setzte sich zu Willi und Karl und ließ sich von ihnen über den unerfreulichen Besuch Gundula Bröckners Bericht erstatten sowie ihre pedantische Entschlossenheit, Elwenfels gründlich umzukrempeln.

»Die Frau hat so viel Humor wie e Krokodilhandtasch«, schnaubte Willi.

»E Krokodilhandtasch mit graue Korkenzieherlocke«, ergänzte Karl.

»Die is dermaße penetrant, die lässt einfach net locker.«

Carlos nickte nachdenklich. »Dann wohl eher Pitbull als Krokodil.«

»Die hat gemeint, unser schönes Archiv im Rathaus wär en Saustall.« Otto schüttelte ungläubig grinsend den Kopf. »Wie ma uff so ebbes kommt?!«

»Ich sag dir was«, meinte Carlos. »Diese Bröckner ist bestimmt nicht die Einzige, die das mitbekommen hat, was hier los ist in eurem sogenannten Rathaus. Dafür ist Saustall ja schon fast ein Kosewort, oder?«

Karl putzte seine Brille mit einer Papierserviette und murmelte: »Also, ich bin am End mit mei'm Latein.«

»Un ich mit mei'm Pälzisch«, antwortete Otto.

»Und ich bin einfach nur hundemüde«, sagte Carlos. »War alles ein bisschen viel in den letzten Tagen.«

»Jo, und deswegen wär's schön, wenn wir jetz endlich mal wieder unser Leben e bissel genieße könnte, aber nein, mein Schwein, das soll nicht sein.« Willi setzte das Dubbeglas an und nahm ein paar Schlucke von seiner Rieslingschorle.

»Man müsste sich irgendetwas ausdenken, dass die völlig ihr Interesse an uns verlieren«, überlegte Carlos laut. »Aber die haben sich alle irgendwie festgebissen.«

»Wir schmecken halt einfach zu gut«, meinte Karl freudlos.

»Wo sind eigentlich unsere geretteten Damen aus der Unterwelt?«

Karl seufzte. »Die Sofie hat sich e schlimme Blasenentzündung eingefangen un liegt mit sieben Wärmflaschen im Bett. Un die Cordula ... ich weiß gar net. Hoffentlich hat's die net auch verwischt.«

Carlos sah nachdenklich ins Leere. Irgendwie fühlte sich nach der gestrigen Aufregung und dem filmreifen Happy End alles so schal und unfertig an, so als würde auf eine süße Köstlichkeit ein übler Nachgeschmack folgen. Es sah so aus, als wären sie der sensationsgeilen Aufmerksamkeit, die wie ein Laserstrahl gebündelt auf dem Dorf lag, ohne Gegenwehr ausgeliefert. Sascha berichtete von seinem Versuch, wenigstens online etwas dagegen zu unternehmen, indem er auf Instagram den Hashtag Elwenfels mit unspektakulären und hässlichen Bildern geflutet hatte. Aber die Anzahl der Likes wuchs trotzdem beständig. Elwenfels hatte bereits 37 200 Follower, das Hundertfache seiner Einwohnerzahl, und es wurden stündlich mehr.

»Vielleicht ist es einfach Zeit, sich damit abzufinden«, meinte Carlos und zog instinktiv den Kopf ein. Er erwartete schon, dass das ein oder andere Glas in seine Richtung fliegen würde, aber die Elwenfelser waren zu erschöpft, um zu protestieren.

»Wenn Elwenfels bekannt wird da draußen, muss das ja nicht gleich heißen, dass hier Touristenmassen über uns herfallen wie in Dubrovnik oder Venedig«, fügte er noch hinzu.

»Ach Gott, vielen Dank aber auch für diese überaus tröstlichen Worte«, giftete Karl.

In diesem Moment ging die Tür zur Weinstube auf, und die bunte Wollmütze von Anthony schob sich in den

Raum, der dann Lena und Cordula den Vortritt ließ. Für ein paar Sekunden herrschte Stille. Alle starrten die Neuankömmlinge an wie eine Erscheinung, was wohl daran lag, dass sie strahlten, als hätten sie eine Heiligenvision gehabt. Verstärkt wurde dieses seltsame Leuchten noch durch ihre roten Gesichter. Drei Paar Gummistiefel verteilten großzügig gefrorene Erdklumpen auf dem Holzboden, und ihre Kleidung sah aus, als hätten sie einen Tag lang Wildschweine gehütet.

Anthony machte Lena ehrerbietig Platz, sodass sie wie eine kleine Königin in die Weinstube stolzierte. In den Händen trug sie eine Plastikwanne, deren Inhalt von einem Tuch verdeckt war. Cordula und Anthony räumten wortlos einen der Tische frei, und Lena stellte die Kiste ab. Carlos merkte, wie sich sein Gesichtsausdruck unwillkürlich dem Leuchten der beiden Frauen anglich. Sie waren trotz Schmutz und grober Outdoorkleidung niemals schöner gewesen.

»Warum guckt ihr all so verschreckt aus de Wäsch?«, wunderte sich Cordula.

»Dann guck *du* halt mal, was da drauße alles los is, dann weißt du, warum«, entgegnete Charlotte.

»Da draußen ... o ja, das ist gruselig. Der Abendnebel, mit schweren Schwaden zieht er aus dem Wald ins Dorf«, sagte Cordula mit ihrer Märchenerzählerstimme.

»Also, egal was ihr alle grad zu jammern un zu piense habt, egal, wie arg ihr euch die Köpp zerbroche habt«, Anthony legte die Arme um die beiden Damen. »Hier kommt die Lösung.«

»Was is'n des?« Der Dorfarzt griff nach einem Zipfel des Tuches. Cordula schlug ihm auf die Hand und warf Lena einen auffordernden Blick zu. »Hopp, jetzt zeig's ihnen schon.«

Lena nahm einen tiefen Atemzug und stellte sich vor die Plastikwanne, und Anthony reichte ihr ein Paar quietschgelbe Haushaltshandschuhe, die sie sich überstreifte.

»Also, ihr Lieben, hier drin ist eure Rettung.«

»Mädel, jetz mach's halt net so spannend!«, drängte Otto.

»Lass mich raten«, sagte Carlos. »Du warst ja heute noch mal da unten, um die Gewölbedecke zu untersuchen, oder?«

Lena nickte. »Ja. Und ich hatte recht. Da war etwas. Es lag knapp neben der Stelle, durch die ihr gestern Nacht durchgebrochen seid. Durch diese Grabungsaktionen wurde es sozusagen erst freigelegt. Ich habe mir die Stelle heute noch mal angeschaut, und mit Anthonys Hilfe haben wir dann ...« Ihre Stimme zitterte vor Aufregung.

»Was dann jetzert?!«, rief Willi.

»Ich hätte nie gedacht, dass ich so was mal erlebe«, stieß Lena hervor. »Das ist ein unfassbarer Traum. Und doch stehe ich jetzt nicht als professionelle Archäologin vor euch.«

»Sondern?«

»Na ja, ich bin jetzt vielleicht nicht gleich eine Grabräuberin, aber auf jeden Fall jemand, der alle wissenschaftlichen Richtlinien missachtet.«

»Warum das denn?«

»Wegen euch. Weil ihr mir beigebracht habt, so zu denken wie ihr, wie eine Elwenfelserin.«

Für einige Momente war es ganz still in der Weinstube.

»Und wenn man mal in dieser Dimension angekommen ist, dann ...«, fuhr Lena fort.

»Dann wär man ganz schön dappisch, wenn ma wieder normal werden tät, oder?«, platzte Willi in die beinah schon andachtsvolle Stimmung. »Wir sind zwar sturköpfige Hartriggel un dauerbabbelnde Großgosche, aber dafür …« Er breitete seine Arme aus. »… sind wir halt auch durschtiger wie andere Leut, wissen'er, wie isch mään?«

»Un liebevoller«, fügte die alte Wirtin hinzu. »So liebevoll wie der Moment, wo e heiße Dampfnudel in süße Vanillesoß getunkt wird.«

»Ja. Ihr seid eben anders«, nickte Lena. »Und ich will euch helfen, damit euer Leben nicht weiter von außen gestört wird.«

»Oh, da hat wohl jemand zu viel Asterix gelese«, entfuhr es Charlotte.

Lena lächelte. »Ich finde schon, dass das ein guter Vergleich ist. Ihr gebt ziemlich gute Nachfahren des unbeugsamen Gallierdorfs ab.«

»Mädel, jetzt sag's halt schon, in drei Teufels … also äh, Gottes Namen!« Karl schleuderte der Plastikwanne einen drohenden Blick zu.

Lena atmete noch einmal tief ein und schlug dann das Tuch auseinander. Ihre Hand tauchte in die Wanne, ergriff etwas und hob es behutsam wie ein rohes Ei ans Licht. Ein leises metallisches Klirren war zu hören. Die Elwenfelser schnappten nach Luft. »Ein Schatz?!«

»Ja!«, Lenas Augen leuchteten. »Das hier ist ein Kettencollier aus mindestens fünfhundert einzeln verarbeiteten Goldteilen. Vorne ist eine Schließe aus getriebenem Gold mit eingesetzten Granatsteinen. Und hier …« Sie ließ die Kette wieder zurücksinken und hob zwei gewölbte, ringartige Metallteile hoch. »Zwei silberne Gewandspangen mit Schlangenköpfen.« Ihre Hand verschwand wieder und erzeugte ein dumpf klirrendes Geräusch. »Hört ihr das? Das sind einhundertvierundachtzig Münzen. Und dann gibt's hier noch Ringe und Armspangen, die Überreste eines goldenen Gürtels ... Und das ist nur das, was wir auf die Schnelle aus der Erde holen konnten. Ich glaube, da unten, unter den Wurzeln, liegt noch weitaus mehr.« Sie brach ab, weil ihre Stimme vor Aufregung zitterte.

Die Weinstube glich einem Wachsfigurenkabinett. Aufgerissene Augen, geöffnete Münder, so starrten sie die junge Archäologin an. In der Luft waberte eine solche Ungläubigkeit, dass Carlos fast glaubte, die Elwenfelser würden wohl niemals ihre Sprache wiederfinden.

»Is des ... vom Siegfried? Also, de Nibelungenschatz?«, brach Elsbeth schließlich flüsternd das Schweigen.

»Es ist ein keltischer Schatz von bisher unbekanntem Ausmaß«, sagte Lena und betrachtete den Inhalt der Plastikwanne. »Ich weiß nichts von einem vergleichbaren Fund. Weder in Deutschland noch in Frankreich, Großbritannien oder Ungarn. Der Wert dieser Funde ist unschätzbar. Und sie sind unglaublich gut erhalten.«

Anthony hob die Hand. »In meinem Schuppe steht außerdem noch so en Bronzekessel und ... wie heißt des Ding noch, Lena?«

»Ein Stabdreifuß, mit wunderschönen Löwenpranken als Füßen. Ich habe den ganzen Tag damit verbracht, diese Funde vorab zu analysieren und mir ein eigenes Bild zu machen. Derartige Schmuckgegenstände wurden bei den Kelten für gewöhnlich den Verstorbenen mit ins Grab gegeben.«

»Die Legende ist also wahr?«, fragte Charlotte. »Unter unserm Wingert war ein Keltenfriedhof?«

»Womöglich nur ein einzelnes Grab von einem sehr bedeutsamen Mitglied der Gemeinschaft«, sagte Lena. »Was ich nicht verstehe, ist die Tatsache, dass sie ihn oder sie nicht in einem Grabhügel bestattet haben, wie es sonst üblich war. Es wäre unglaublich wichtig, diese Stelle weiter zu untersuchen, um herauszufinden, wie das alles zusammenhängt. Ich kann es mir jedenfalls nicht erklären. Ein römisches Gangsystem, das in einer Kultstätte unterhalb einer keltischen Bestattungsstelle endet, wo Tongefäße aus beiden Kulturen zu finden sind. Das sprengt mir den Kopf, Leute.«

Die Elwenfelser saßen immer noch da wie gelähmt. Cordula und Anthony standen lächelnd hinter der jungen Archäologin und wären vor Stolz fast geplatzt.

»Früher hätte ich meine Seele verkauft, um so etwas erforschen zu können, aber heute ... ohne Seele will mich Cordula bestimmt nicht mehr«, fuhr Lena fort. »Für euch, für Elwenfels wäre das eine Katastrophe, wenn diese Funde da draußen bekannt werden würden. Das wäre der Anlass, euren Weinberg im Wald plattzumachen und alles auszugraben, was da in der Erde liegt. Das Landesdenkmalamt hätte das Recht, diese Bodenfläche einfach zu beschlagnahmen, und ihr könntet nichts dagegen unternehmen.« Lena ergriff Cordulas Hand. Ihre ohnehin schon stark geröteten Wangen nahmen noch ein wenig mehr Farbe an. »Ich ... also, ich habe mich verliebt. In Cordula und auch in euch. In Elwenfels.«

»Da bist du nicht die Einzige, der so was passiert ist«, sagte Carlos. »Die Liste von auswärtigen Besuchern, die sich hier verliebt haben, wäre Stoff, um drei bis vier Bücher zu füllen ...«

Lena lächelte verlegen. »Na ja, auf jeden Fall will ich nicht zulassen, dass euer Geheimnis zerstört wird. Dieser Fund ist zwar für die Forschung eine absolute Sensation. Aber irgendwann landet er im Museum. Die Welt wird dann einen weiteren wertvollen Schatz besitzen. Aber ihr, ihr alle hier hättet euren Schatz verloren.«

Die Elwenfelser nickten und warfen sich gegenseitig fragende Blicke zu.

»Deswegen habe ich Folgendes beschlossen: Für die ganzen Artefakte, die da unten wahrscheinlich noch liegen, ist es ohnehin das Beste, wenn sie weiterhin in der Erde schlummern. Und für all das hier …« Sie ließ die Elwenfelser noch einmal das goldene Kettencollier sehen. »Dafür habe ich mir etwas ganz Besonderes ausgedacht.«

»Und was?«, fragte Elsbeth. »Sollen unser Mädels des Zeugs beim nächste Weinfescht trage?«

»Oder wir nehmen's als Christbaumschmuck?!«, schlug Karl vor.

Lena lächelte verschwörerisch in die Runde. »Also, vorausgesetzt, ihr seid bereit, euch davon zu trennen: Ahnt ihr wirklich nicht, wozu dieser Schatz gut ist?«

Kollektives Kopfschütteln in der Runde.

Lena stieß ein leises Lachen aus. Dann zeigte sie nacheinander auf Willi, Otto, Anthony und Carlos. »Männer, wir haben eine lange Nacht vor uns. Zieht euch warm an, und macht euch gemeinsam mit mir strafbar.«

Kapitel 33

Wie eine humorresistente Denkmalschützerin beinahe ein Happy End verhindert

Carlos leckte genüsslich den Honiglöffel ab und zupfte ein großes Stück aus seinem frisch gebackenen Brötchen. Es war drei Uhr nachmittags, und er war gerade erst aufgestanden. Die Nacht steckte ihm immer noch in den Knochen, und er fühlte sich, als müsste er noch eine ganze Woche weiterschlafen, um Erschöpfung, Kälte und … ja, auch dieses schlechte Gewissen aus seinem System zu kriegen. Trotzdem hatte er sich aufgerafft, um der Einladung von Frau Zippel nachzukommen, die für die nächtliche Heldentruppe ein opulentes, spätes Frühstück in ihrer Backstube organisiert hatte. Carlos war so schwach auf den Beinen, dass er sich auf dem Weg in die Bäckerei beinahe auf Charlotte gestützt hätte. Gleichzeitig fühlte er sich prächtig, und das lag nicht bloß an der Kalorienaufnahme.

Der Dorfplatz war menschenleer. So leer wie an jenem Tag im letzten Jahr, als er zum ersten Mal hier angekommen war und sich gewundert hatte, wo all die Leute abgeblieben waren. Auf den Pflastersteinen lagen Zigarettenkippen, Kaffeebecher und Plastikflaschen verstreut. Aber der ganze Müll konnte nicht darüber hinwegtäuschen, dass in Elwenfels der altbekannte Frieden vorerst zurückgekehrt war.

In der Backstube setzte Carlos sich neben Charlotte an den riesigen Holztisch, auf dem normalerweise Teig geknetet und ausgerollt wurde. Jetzt lag über dem mehligen Holz eine strahlend weiße Tischdecke, und ringsum warteten geblümte Teller und Tassen auf die Gäste. In der Mitte drängten sich Brötchen, Marmeladengläser, Eier und ganze Heerscharen von süßen Teilchen. Es duftete nach Kaffee, und Carlos stieß vor lauter Wohlgefühl einen lauten Seufzer aus.

Willi, Otto und Anthony, die nacheinander eintrafen, wirkten ebenfalls ziemlich angeschlagen. Nur Lena wirkte wie ein ätherisches Geschöpf aus einer anderen Welt. Sie strahlte etwas zutiefst Entspanntes, Wissendes aus und schien sich nicht die geringsten Sorgen zu machen. An Cordulas Schulter gelehnt, knabberte sie wie ein zufriedener kleiner Vogel an einem Stück Brezel.

Kaum wollte sich in Carlos wieder eine Art emotionales Gleichgewicht einstellen – da ging der nächste Alarm los.

»Obacht, Leut, jetz geht's gleich los!«, sagte Charlotte, die ihr iPad gegen eine Kaffeekanne gelehnt hatte. »Noch zwei Minute bis zur Sondersendung.«

Unter dem Tisch packte sie Carlos' Hand und biss sich nervös auf die Unterlippe.

Kurz darauf wurde die ohnehin ziemlich einsilbig vor sich hin kauende Gemeinschaft ganz still, denn auf dem Bildschirm erschien der Reporter mit dem Fuchsfellkragen, der den Dorfbewohnern vor wenigen Tagen noch die Vorzüge der neuen Super-Mall in Deidesheim hatte schmackhaft machen wollen. Doch daraus würde vorerst nichts mehr werden. Der Mann stand mit rot gefrorener Nase und etwas verwirrtem Blick am Rand einer abgesperrten Baugrube. Im Hintergrund waren mehrere Leute zugange, ohne dass man genau erkennen konnte, was sie dort trieben.

»Herzlich Willkommen, liebe Zuschauer, wir senden wieder einmal live, direkt von der Deutschen Weinstraße. Ja, so verrückt spielt manchmal das Leben«, begann der Reporter. »Der tote Hobbyarchäologe Kai Lohmann lag mit seiner Vermutung, hier an den Hängen des Pfälzer Waldes den sagenhaften Nibelungenschatz zu finden, nicht ganz so daneben, wie man zwischenzeitlich dachte. Er hat sich einfach um ein paar Kilometer vertan. Nicht in dem verschlafenen Dörfchen Elwenfels, wo vorgestern durch Erdbewegungen eine gerade erst entdeckte Kultstätte aus der Römerzeit wieder zerstört wurde, ist der Fundort des Schatzes, sondern hier, in Deidesheim, der Perle der Deutschen Weinstraße. Hier am Ortsrand wird seit drei Wochen das Fundament für das prestigeträchtige Megaprojekt ›Palatina Mall‹ ausgehoben. Doch jetzt sind die Arbeiten jäh unterbrochen worden, denn heute in den frühen Morgenstunden wurde hier ein sensationeller archäologischer Fund gemacht. Eine unglaublich wertvolle Ansammlung verschiedener Stücke, die man aus deutschem Boden, das kann man wohl ohne Übertreibung sagen, so noch nie zutage gefördert hat. Und jetzt fragt sich alle Welt: Ist das der Nibelungenschatz?«

Die Kamera machte einen Schwenk auf weiß gekleidete Fachleute in jener Baugrube, die Carlos in der vergangenen Nacht ebenfalls von innen gesehen hatte. Sie erfasste den Stabdreifuß, der immer noch halb verborgen in der fest gestampften Erde lag. Beim Anblick dieser Bilder wurde Carlos noch einmal bewusst, wo seine Schmerzen in Muskeln und Gliedern herrührten. Lena hatte ihnen nicht nur die schweren Bronze-Altertümer aufgeladen, sondern auch ein paar Zentner der Erde, in der sie die

Funde entdeckt hatte. Damit die Archäologen nicht dahinterkämen, dass das Zeug hier platziert wurde, hatte sie gesagt. Aber wie hätte überhaupt jemand auf die Idee kommen sollen, dass ein derartiger Fund durch ein paar verrückte Dorfbewohner in einer anstrengenden Nacht- und Nebelaktion von der einen zur anderen Stelle transportiert worden war? Doch Lena hatte auf Nummer sicher gehen wollen, denn als Archäologin wusste sie, worauf es ankam. Also hatten Carlos und Anthony am späten Abend zunächst mehrere Schubkarren mit dem speziellen Erdmaterial vom Fundort in Plastikwannen gefüllt und zusammen mit den keltischen Preziosen in Ottos Pick-up verladen.

»Wir haben es hier mit außergewöhnlichen Fundstücken aus dem zweiten vorchristlichen Jahrhundert zu tun«, fuhr der Reporter fort. »All das lässt auf eine große Keltensiedlung schließen. Und diese Stücke haben nun wirklich das Zeug, die Herzen von Schatzsuchern höherschlagen zu lassen: Goldmünzen, Schmuck, ein Bronzekessel. Die zuständigen Archäologen sind offensichtlich tief beeindruckt, können aber nicht erklären, warum diese Funde niemandem früher aufgefallen sind. Undenkbar, was passiert wäre, wenn hier weiter die Bagger und Bulldozer am Werk gewesen wären.«

Die Kamera zeigte in kurzen Einstellungen eine Gruppe gestikulierender Bauarbeiter, zwei abgestellte Bagger und drei Archäologen, die mit ernsten Mienen auf die Baugrube wiesen.

»Doch es gibt auch noch eine andere Seite dieser glänzenden Sensation. Für die Bauherren und Investoren des Projekts ›Palatina Mall‹ ist dies der Super-GAU«, fuhr der Reporter fort. »Denn hier wurde erst mal der sofortige Baustopp verfügt. Der anwesende Grabungsleiter hat bereits angedeutet, dass er damit rechnet, bei der anstehenden, intensiven Erforschung des Geländes noch mehr solcher Fundstücke zu entdecken. Das wird Monate in Anspruch nehmen. Eine tolle Nachricht für alle Archäologie-Freunde und Kelten-Fans. Aber Pech für all diejenigen, die sich auf Luxusshopping im schönen Deidesheim gefreut haben. Und damit gebe ich zurück ins Studio ...«

Charlotte schaltete das Tablet aus. Ein paar Sekunden herrschte absolute Stille, bis Lena ein wenig beklommen sagte: »Ich fass es nicht. Die haben es tatsächlich geschluckt.«

Am Frühstückstisch brach begeisterter Jubel los. Cordula umarmte Lena stürmisch. »Ich fass es auch net. Dass so viel kreative kriminelle Energie in dir steckt!«

»Na ja, das war ja wohl eindeutig Notwehr, oder?«

»Auf jeden Fall!«, freute sich Anthony. »Die müsse jetz erst mal e bissel Indiana Jones spiele. Und in der Zwischenzeit vergessen die uns. Hoffentlich.«

»Ah jo«, sagte Willi grinsend. »Un wenn doch noch mal so en Dollbohrer mit sei'm Metallsuchgerät auftaucht, dann werd isch mit dem auch noch fertig.«

Otto schnaufte zufrieden in seine Kaffeetasse. »Hauptsach, die Medien-Bagage bleibt fort. In Deidesheim gibt's für die sowieso die bessere Restaurants.«

»Was soll'n des heiße?«, reckte die Wirtin Elsbeth ihr Kinn herausfordernd in die Höhe.

»Jo alla«, wiegelte Otto lachend ab. »Die wissen doch deine feine Eingeboreneküch gar net zu würdige. Wisst ihr noch, wie der eine Reporter en Handkäs esse wollt un gefragt hat, was für e Art von Musik des is, die da dazu gespielt wird?«

»Hör mer uff!«, lachte Willi. »Dann schon lieber e Archäologin, die e bissel huddelt, indem sie hier en Schatz ausbuddelt un dann woannerscht wieder rein verbuddelt.«

»Ich weiß nicht, ob ich das jemals mit meinem Gewissen vereinbaren kann«, seufzte Lena mit einem schiefen Lächeln, »aber wer weiß, vielleicht finden die Archäologen tatsächlich da unten auch ein paar Überreste keltischer Siedlungen? An der Weinstraße ist das gar nicht so unwahrscheinlich. Die Kelten haben sich hier wohl sehr wohlgefühlt, und ihr Machtzentrum war ja hier um die Ecke in Bad Dürkheim. Warum also nicht auch Teile davon in Deidesheim?«

»Und wenn nicht?«, fragte Cordula.

Lena schluckte. »Tja, dann ist die Forschungsgeschichte um eine Lüge ... oder sagen wir lieber, um ein Geheimnis reicher.«

»Un all des, bloß um unser kleine, bedrohte Eingeborenesiedlung zu rette!« Frau Zippel drückte Lena einen Kuss auf den Scheitel.

Cordula warf einen warnenden Blick in die Runde. »Verplappert euch bloß net irgendwann.«

»Wenn ich jetzt so drüber nachdenke«, Lena stellte ihre Tasse ab und sah betreten in die Runde. »Eigentlich bin ich auch nicht viel besser als Gruber. Der hat auch gelogen und betrogen.«

»Jo, kann schon sein«, sagte Willi frei heraus. »Aber deine Motive sin halt viel edler als wie die von dem uffgeblasene Forzathlet.«

Im nächsten Moment erklang die Türglocke im Verkaufsraum der Bäckerei. Frau Zippel sprang auf und ging nach draußen. Wenig später kam sie zurück, und die frühstückende Gemeinschaft hatte den ersten Testfall, wie stabil ihr Verschwörungsgebilde ausfiel: Vor ihnen stand die oberste Denkmalschützerin von Rheinland-Pfalz.

Beim Anblick der grauen Locken, die den gewohnt strengen Blick einrahmten, zuckte Lena sichtlich zusammen, und auch die anderen am Tisch unterbrachen fast synchron ihr Kauen.

»Was gibt's?«, fragte Cordula ungewohnt unwirsch. »Haben Sie in Deidesheim keinen Bäcker gefunden?«

»Deswegen bin ich nicht hier«, sagte Frau Bröckner trocken.

Carlos warf einen Seitenblick auf Lena. Die war so bleich geworden, dass man die bläulichen Adern unter ihrer Haut sehen konnte. Alles an ihr schien zu sagen: Jetzt ist es aus ...

Frau Bröckner sah verfroren und erschöpft aus, einen gierigen Blick auf die ausgebreiteten Köstlichkeiten konnte sie sich nicht verkneifen. Ihre Löckchen waren noch unordentlicher als sonst, und ihre Hände zitterten.

»Sie haben sicher die Neuigkeiten schon gehört, Frau Nussbaumer?«, fragte sie die junge Archäologin.

Lena nickte. »Ja. Eine echte Sensation. Ich kann es immer noch nicht fassen. Und so nah. Schade, dass wir hier in Elwenfels nichts finden konnten.«

Cordula räusperte sich, und Otto ließ bei seinem Biss in ein besonders knuspriges Stück Brot ein lautes Krachen hören.

»Nun also ...« Die Besucherin sah sich nach einer Sitzgelegenheit um. Frau Zippel zeigte auf ihren Stuhl und goss ihr unaufgefordert Kaffee ein. Frau Bröckner verbreitete eine solche Anspannung, dass Carlos sich auf einmal wieder seiner schmerzenden Muskulatur bewusst wurde.

»Tja, Frau Nussbaumer«, die Denkmalschützerin nahm die dampfende Tasse dankbar entgegen. »Eigentlich würde ich gerne mit Ihnen allein sprechen.«

»Warum?« Lenas Stimme war zu einem Krächzen geworden. »Was Sie zu sagen haben, kann ruhig jeder hier hören. Wir sitzen alle in einem Boot.«

Und wenn das rauskommt, auch alle in einem Gerichtssaal, dachte Carlos.

»Waren Sie schon am Tatort?«, fragte er die Bröckner.

»Wie bitte?«

»Also äh, Fundort meine ich natürlich. Waren Sie schon am Fundort?«

Sie nickte. »Wirklich unglaublich. So etwas habe ich mein Lebtag noch nicht gesehen. Eine Sensation, ohne Zweifel. Allerdings ...«

Jetzt kommt's, dachte Carlos. Ihr ist irgendwas Verdächtiges aufgefallen. Ihr professioneller Blick hat bemerkt, dass diese Stücke dort platziert wurden. Und sie ist bloß zu gehemmt, um ihren Verdacht laut auszusprechen.

»Allerdings gibt es da etwas, das ich so nicht akzeptieren kann.«

Carlos schloss die Augen. Wie hatten sie auch annehmen können, damit durchzukommen. Lena atmete zitternd ein und deutete ein Nicken an.

»Diese Grabungsfirma, die wir beauftragt hatten, vor den ersten Erdarbeiten für die Mall den Boden zu sondieren, hat offensichtlich grob versagt. Solche Funde müssen eigentlich geortet werden, *bevor* die Bagger anrollen. Nicht auszudenken, was hätte passieren können, wenn die heute Morgen einfach weitergeschaufelt hätten. Welch ein Glück, dass wenigstens ein paar Arbeiter Augen im Kopf hatten.« Sie stieß die merkwürdige Andeutung eines Lachens aus.

»Wurde denn etwas zerstört?«, fragte Cordula unschuldig.

»Nein, alles ist unversehrt, bis auf die üblichen Korrosionsspuren und altersbedingten Brüche, die durch das Gewicht der Erde entstehen.«

»Wenn ich Sie richtig verstanden habe, heißt das, Sie trauen den Archäologen vor Ort nicht mehr?«, fragte Carlos.

Frau Bröckner schüttelte vehement den Kopf. »Die Fahrlässigkeit von diesen Leuten ist ebenso unglaublich wie der Schatz selbst!«

Am Tisch kam auf einmal Bewegung in die Runde, nachdrückliches Nicken überall. Die konspirativen Blicke, die sich die Elwenfelser und Lena dabei gegenseitig zuwarfen, entgingen Frau Bröckner allerdings.

»Ich habe außerdem gestern erfahren, dass wohl auch der von mir so hoch geschätzte Dr. Gruber in einige sehr unschöne Dinge verwickelt ist, die mit unserem Berufsethos nicht zu vereinbaren sind. Und dann lässt mich die Firma in Deidesheim auch noch hängen! Unfassbar! Eine Blamage ist das!«

»Gibt es denn keine Alternativen?«, fragte Lena vorsichtig. »Es kommen doch noch andere Grabungsfirmen infrage.«

»Genau darüber wollte ich ja mit Ihnen sprechen.«

Lenas Augen weiteten sich, und sie sah nicht mehr so aus, als würde sie im nächsten Moment ohnmächtig unter den Frühstückstisch sinken.

»Ich habe mich gestern mal mit Ihren Kollegen unterhalten. Alle waren schockiert über die Sache mit Dr. Gruber. Ich selbst habe ja jahrelang mit ihm zusammengearbeitet, hatte aber keine Ahnung von seinen kriminellen Machenschaften. Die Firma ArchäoPro ist jetzt natürlich aus dem Rennen. Es sei denn …«

»Ja?«

»Na ja … es sei denn, Sie könnten sich dazu bereit erklären, anstelle von Gruber die Leitung der Ausgrabungen zu übernehmen.«

Lena blinzelte ungläubig.

»Ihre Kollegen haben mir einiges darüber berichtet, wie Sie behandelt wurden. So jung Sie auch sind, Sie haben sehr viel Erfahrung gesammelt, und die anderen Mitarbeiter schätzen Sie sehr. Nur hat Gruber Ihnen wohl nie gestattet, etwas daraus zu machen.«

Cordula sah aus, als könnte sie sich nicht entscheiden, ob sie Lena einen Kuss geben wollte oder doch lieber Gundula Bröckner.

»Also, Frau Nussbaumer, ich mache Ihnen das Angebot, die Grabungsleitung in Deidesheim zu übernehmen. Ich wüsste nicht, wem ich sonst auf die Schnelle diese heikle Aufgabe anvertrauen könnte.«

Alle Augen lagen nun auf Lena.

Ein dankbares Strahlen erschien auf ihrem Gesicht. Doch schon im nächsten Moment wurde ihr Ausdruck ernst und entschlossen.

Lena beugte sich vor und fixierte Frau Bröckner. »Ich danke Ihnen für das Angebot. Das ehrt mich sehr.«

»Dann nehmen Sie an?«

»Nein.«

»N… nein?!« Sie starrte die junge Archäologin an wie ein Arzt, dessen Patient eine lebensrettende Operation verweigert.

»Ich kann das nicht machen. Ich brauche jetzt einfach eine kleine Pause von der Archäologie und …«

»Falls es an Ihrer Doktorarbeit liegt, da finden wir schon einen Weg.«

Lena winkte ab. »Daran liegt es nicht. Ich glaube einfach, dass diese Lage am Deidesheimer Fundort so … speziell ist, dass ich nicht die geeignete Person wäre, um dort als Grabungsleiterin zu fungieren.«

Frau Bröckner guckte unglücklich über den Tisch. »Das ist aber wirklich sehr schade, Frau Nussbaumer.«

»Ja, mag sein, aber es ist, glaube ich, für alle Beteiligten besser so.«

»Nun, dann ... dann werde ich wohl mit Ihren Kollegen sprechen, und Sie können ja später wieder zu dem Projekt stoßen, wenn Sie mögen.«

Lena nickte und versteckte ihre Nase in der Kaffeetasse.

Frau Bröckner fiel nicht auf, dass unter dem Tisch reger Verkehr zwischen Knien und Füßen herrschte. Carlos drückte Charlottes Hand und starrte die Archäologin ungläubig an. Das war *die* Chance ihrer noch jungen Karriere, und sie schlug sie einfach aus. Dieser selbstlose Idealismus machte sie zu einem perfekten Neumitglied der Elwenfelser Gemeinschaft.

Willi und Otto saßen wortlos da, waren beeindruckt und grinsten. Beide betrachteten die junge Frau derart zärtlich und stolz, als wären sie treue Ritter, die in der Gefolgschaft einer holden Prinzessin ihre höchste Lebensbestimmung gefunden hatten.

Frau Bröckner kaute sehr lange nachdenklich auf einem Stück Kuchen herum und tupfte sich den Mund mit einem Taschentuch sauber. »Na ja, letztendlich haben Sie alle ja dann doch erreicht, was Sie wollten«, murmelte sie.

»Was meinen Sie denn damit genau, gnädige Frau?«, fragte Willi und stieß Otto mit dem Ellbogen in die Seite.

»Das Landesdenkmalamt wird sich jetzt natürlich ganz auf Deidesheim konzentrieren. Was bedeutet, dass Elwenfels erst mal warten muss.«

Am Tisch gaben sich alle Mühe, nicht allzu erleichtert

auszusehen. Nur Frau Zippel legte den Kopf schief und runzelte enttäuscht die Stirn.

»Des is aber sehr schade, Frau Bröckner. Ich wollt Ihnen hier nämlich dringend noch ebbes zeige, was Sie bestimmt ganz arg interessiert. Ich hab's durch Zufall gefunden, un ich weiß net, was ich damit mache soll. Da muss en Profi mal e Aug drauf werfe. Hopp, gucken Sie mal!«

Gundula Bröckner erhob sich umständlich. »Was meinen Sie denn?«

Frau Zippel nahm sie am Arm und führte sie tiefer in die Backstube hinein, wo sie vor einer schmalen Tür stehen blieb. Dann begann sie, verlegen ihre Schürze zu kneten, und sah die Expertin vom Landesdenkmalamt ratlos an. »Also, ich kann mir net erkläre, wie des hierhergekomme is. Es is bestimmt ganz arg wertvoll. Weil so Keltenzeugs gibt's ja viel. Aber des hier gibt's halt nur einmal, gell …«

Bröckners etwas gebeugte Erscheinung richtete sich kerzengerade auf, ihre Stimme vibrierte ungeduldig. »Na dann bitte!«

»Sie dürfen aber net erschrecke«, warnte Frau Zippel.

Dann zog sie mit einem Ruck die Tür auf. Dahinter glänzten in einem kleinen Raum voller Regale Hunderte von Marmeladengläsern in den schönsten Gelb- und Orangetönen. Drei Wände voller eingekochter Schätze der Elwenfelser Obstbäume neben dem Friedhof.

Bröckner riss die Augen auf. »Was soll das denn sein?«

»Ah, des sieht doch jeder Hobbyarscholog auf de erste Blick: Des isses Bernsteinzimmer. Was dann sonscht?«

Das Gelächter, das aus der Bäckerei auf den Dorfplatz von Elwenfels drang, war so laut und befreiend, dass Cordulas

Kater Mr Catsby sich veranlasst sah, seine nachmittägliche Flanierrunde abrupt zu unterbrechen und ein lautes Miauen auszustoßen, das die Spatzenkolonie auf dem Dach der Weinstube zu einem wilden Zwitscheranfall animierte, während die Schnäbel der steinernen Elwetritsche-Figuren am Dorfbrunnen sich zu einem kaum merklichen Lächeln verformten und ein plötzlicher Windstoß das rostige Schild am Eingang der Weinstube laut quietschend hin und her schaukeln ließ. Es war eine geradezu magische Kettenreaktion, die so nur in Elwenfels stattfinden konnte. Auch die Kirche wurde von den akustischen Vibrationen erfasst, und während die Glocke dreimal scheinbar grundlos anschlug, neigte sich der Turm um ein paar Grad mehr zur Seite: Das wiederum hatte Auswirkungen auf die darunter liegenden Fundamente, deren Mauerwerk sich um wenige Zentimeter verschob, wodurch die darunter befindlichen Erdschichten derart in Bewegung gerieten, dass sich neben dem Gewölbe und dem eingestürzten römischen Mithräum ein weiterer Hohlraum auftat. Und was sich darin befand, war so unglaublich, dass man wohl ein ganzes Buch bräuchte, um es zu beschreiben. Da wir hier aber gerade dabei sind, genau das Gegenteil zu tun, nämlich ein Buch zu beenden, wird dieses Geheimnis wohl für immer oder zumindest bis Sofie irgendwann einen ganz alten Jahrgang des Elwenfelser Zauberweins aus dem Keller holen will und dabei den Spalt im Mauerwerk entdeckt, verborgen bleiben – im Elwenfelser Untergrund.

's End

Abspann

Gundula Bröckner war durch die Ereignisse so gestresst, dass sie ihre Stelle kündigte und zum Landesbetrieb für Mobilität nach Speyer wechselte. Leider findet sie dort bis heute auch keine Ruhe, denn durch die zahlreichen Baustellen im Land und die damit verbundenen Grabungsarbeiten werden auch immer wieder archäologische Funde zutage gefördert. Einmal stand Frau Bröckner kurz davor, ein viel befahrenes Teilstück der A 61 für Monate zu sperren, weil dort ein eiszeitlicher Unterkieferknochen entdeckt wurde (der im staugeplagten Pfälzer Volksmund sofort »Homo Verrecktus« getauft wurde). Wie es dann doch nicht dazu kam, das ist eine andere Geschichte ...

Der Kameramann der Fernsehcrew arbeitete eine Weile für *Ich bin ein Star – Holt mich hier raus!*. Nachdem er mehrere tropische Krankheiten überstanden hatte, kündigte er in Australien seine Arbeitsstelle, um sich der freiwilligen Feuerwehr anzuschließen.

Das Ohrloch hat sich desillusioniert von der Medienszene verabschiedet und ist nach Myanmar ausgewandert. Dort betreibt er ein schlecht besuchtes Piercing-Studio, das von wenigen Einheimischen nur dann frequentiert wird, wenn sie – in Ermangelung eines eigenen Eisenwarenladens – Werkzeug und Schrauben ausleihen wollen.

Die Daunenjacke hat immer noch viel mit Fernsehteams zu tun, besonders wenn diese Pause haben und etwas zu essen brauchen: Sie arbeitet bei einer Catering-Firma als Expertin für veganes Fast Food.

Die unterbezahlte Assistentin wurde Regisseurin beim neu gegründeten Regionalfernsehkanal »Palatina Mall TV«, der die Baufortschritte des neuen Einkaufszentrums medial begleiten soll. Die erste Sendung ist auf den 2. Januar 2032 terminiert.

Scheich al-Halabi hat sich ein Haus in Deidesheim gekauft und eröffnet dort in Kürze ein Antiquitätengeschäft mit angeschlossener Weinprobierstube, in dem der beste alkoholfreie Müller-Thurgau ausgeschenkt wird, den es in der Pfalz gibt (es ist der einzige!).

Dr. Fabian Gruber erholte sich nie wieder von seiner Verwirrung. Als er bis zu Beginn seines Prozesses auf freien Fuß gesetzt wurde, kam es in seinem Wohnort Worms zu zwei Zwischenfällen auf Spielplätzen, wo er mehreren kleinen Kindern die Sandschaufeln abnahm und damit fieberhaft den Sandkasten umzugraben begann. Daraufhin wurde er ins Klinikum für Psychiatrie in Klingenmünster eingeliefert.

Lena Nussbaumer verlagerte ihren Lebensmittelpunkt nach Elwenfels, wo ihr die Dorfbewohner freie Hand bei der Erforschung des unterirdischen Gewölbes lassen. Sie schreibt ihre Doktorarbeit über das Mithräum unter der Dorfkirche. Im Moment spaziert sie gerade mit Cordula Hand in Hand durch die italienische Hauptstadt, wo beide ein straffes Programm absolvieren und reihenweise Ausgrabungsstätten und Dessous-Geschäfte abklappern.

Godehard Blum bekam von jedem Elwenfelser eine Blume und von Karl eine postmortale letzte Ölung mit Riesling. Nachdem Lena ihre Untersuchungen beendet hatte, wurde der Einstieg in die Elwenfelser Unterwelt verschlossen. Darauf sprießen jetzt zwei neu gepflanzte Rebstöcke, die die Dorfgemeinschaft »Adalbert« und »Greta« taufte.

Glossar

Affezibbel – wörtlich: Affenzipfel; einer, der den Affen und sich dabei ungewollt lächerlich macht

Alla – das pfälzische »Zauberwort«, vom französischen »aller«, gebraucht als Begrüßung, Aufforderung (»alla hopp«), Beschwichtigung (»jo alla«), Verabschiedung (»alla dann«)

Babbelwasser – »der hot Babbelwasser getrunke«: Mensch mit großem Redefluss

Bappisch – klebrig

Barawer – Halunke

Bebbern – schimpfen, motzen

Bloßarsch – einfältiger Kerl, Feigling

Blümelscher – Blümchen (Plural)

Blunz – Blutwurst, auch beliebt als Schimpfwort: »Bleede Blunz!«

Bobbes – liebevolle Bezeichnung für ein menschliches Hinterteil

Brunskachel – üble Beleidigung: eine Kachel, auf die immer wieder aufs Heftigste uriniert wurde

Dappisch – dumm

Drecksbankert – dreckiger Bastard; im Gegensatz zu anderen eher spielerisch gebrauchten Schimpfworten wird diese Bezeichnung als echte Beleidigung gebraucht und verstanden; auch schlimm: Heckebankert (hinter einer Hecke gezeugter Bastard)

Druff un dawedder – drauf und dagegen, in etwa: auf ihn mit Gebrüll

Dubbe – rundliche Vertiefungen in einem Halbliter-Schoppenglas. Hatte der Glasbläser Schluckauf? Nein. Eher hat es den praktischen Grund, dass auch die fettigen Finger der Weinfestbesucher an den »Saugnapfstellen« des Dubbeglases gut Halt finden.

Dubbeglaskarambolage – onomatopoetische Transkription für das Geräusch beim Zuprosten mit aufeinanderprallenden Dubbegläsern; siehe auch: Schoppegewitter

Dummbeidel – Dummkopf

Elwetritsch – pfälzisches Fabelwesen, das aus der Kreuzung von Kobolden und Federvieh hervorgegangen ist und sich vorzugsweise unter Weinreben oder im Unterholz des Waldes aufhält; entfernter Verwandter des bayrischen Wolpertingers

Ferzz – unnützes Zeug, das genauso schnell verpufft ist wie das, was man mit diesem Wort sonst noch assoziiert (Forzathlet: einer, der groß Wind macht, aber dann Angst hat, dass es stinken könnte)

Gedees – Getöse, Tohuwabohu

Großgoschischer Giftnickel – großmäuliger Giftspritzer

Grumbeere – ein anderer (auch in weiteren süddeutschen Gebieten verwendeter) Ausdruck für die Kartoffel

Hannebambel/Labbeduddel – Weichling, Pantoffelheld, Schlappschwanz

Hartriggel – besonders harter Typ (auch: Hartrichel)

Hear – wird gesprochen, wie man es schreibt und nicht wie das englische »hear«, auch wenn das Wort dieselbe Bedeutung hat: Hör/hör mal!

Heckewelsch – durcheinander, konfus

Herzkersch – Herzkirsche; das schönste Kosewort, das die pfälzische Sprache im Repertoire hat. Dagegen ist das allgegenwärtige, abgenutzte »Schatz« fast schon ein Schimpfwort (»Scha-hatz! Klopapier is all!«).

Hundsknoche, du hinnervozzischer, du dappischer! Du ghörscht doch gewesche, dass de Putz bröckelt! – Du hinterfotziger Hundeknochen, du dummer! Dich sollte man windelweich prügeln, bis der Putz bröckelt!

Iwwerzerch – übertrieben

Jetzert – jetz(t); besonders betonte Form der Momentaufnahme

Kafruse – sonderbare, durchtriebene Menschen; auch: lärmende Kinderschar

Lumbechores – Lumpenpack

Oh – kurz und offen ausgesprochen dient dieser Vokal als kürzeste und wirksamste pfälzische Verneinung

Olwer – tollpatschig; aus dieser schönen lautmalerischen Vorlage können auch entsprechend drastisch klingende Substantive gebildet werden wie Olwerkolwe (tollpatschiger Kolben), Olwerdolwer oder Olwerniggel

Owwe – oben

Piense – jammern, klagen, wimmern, lamentieren. Eine gewisse Verwandtschaft des Piensers mit einem winselnden Hund kann etymologisch nicht ganz geleugnet werden.

Rattegiggel – extrem saurer Wein. Das früher verwendete Etikett: »Für Diabetiker geeignet« war ein feiner Euphemismus, denn eigentlich war der Wein vom

Säuregehalt her wohl eher für den Chemieunterricht geeignet oder als Beizmittel für die Möbelpolitur.

Rindskambiffel – Schimpfwort, das dem hochdeutschen Hornochsen entspricht und einen ziemlich beschränkten Kerl beschreibt; auch: Rindsbeidel, Rindskamuffel

Schnorres – Schnurrbart, Oberlippenbart

»Schoppegewitter!« – siehe: Dubbeglaskarambolage

Sellemols – damals

Unne – unten

Unnedrunner – untendrunter

Weeschwieschmään? – Weißt du, wie ich meine?

Wer hot'n dich gstumpt, dass wackelscht? – Wer hat dich denn angestoßen, dass du wackelst?

Wingert – Weinberg, Weingarten; des Pfälzers heiligster Ort in der Natur

Zammeknipple – zusammenknoten (Knippel = Knoten)

Donkschää!!!

Es gibt einige Menschen, die uns beim Schreiben dieses Buches und der Neuveröffentlichung geholfen haben, mit Rat und Tat und konstruktivem Echo.

Britta Hallmann-Preuß vom Bad Dürkheimer Stadtmuseum, die uns als leidenschaftliche Archäologin eine wunderbare Stütze beim Recherchieren über die Zeit der Römer und Kelten war und uns bei Fragen zu Ausgrabungspraxis und als Altertumsforscherin sehr inspiriert hat.

Tino Latzko, Grafik-Künstler, der unsere Elwenfels-Bücher mit einer wunderschönen Karte bildhaft bereichert hat.

René Stein, unser Lektor und Textstreichler, hat wieder einmal alles gesehen und gegeben. Es ist schön zu merken, wie er durch die Arbeit an unseren Büchern sein Fremdsprachenrepertoire erweitert.

Regine Schmitt, unsere verantwortliche Piper-Verlagsfee, ist unermüdliche Betreuerin, Hinweisgeberin und Inspiration für Wort und Tat.

Bettina Feldweg, Herrin der Gebrauchsanweisungen, hat uns die Tür zum Piper-Verlagshaus aufgemacht.

Thomas *El Tommo* Herrmann, einem treuen Fan und

Leser, der die grandiose Idee hatte, den Nibelungenschatz nach Elwenfels zu bringen. Vielen Dank dafür!

Thorsten Scheller, Manager, Agent und Freund, danken wir für Rückhalt, Zuversicht und immer wieder neue Ideen.

Allen Leserinnen und Lesern, Fans von Elwenfels und Gästen unserer Lesungen, die uns mit Begeisterung, konstruktiver Kritik, Lob und neuen Ideen angefeuert und inspiriert haben …

Allen Pfälzer Winzern und Weinmeistern, die mit ihren Zaubertränken dafür gesorgt haben, dass die guten Weingeister in und über uns waren und die Ideen unaufhaltsam geflossen sind …

Allen Pfälzer Eingeborenen, Dialektikern und Mundartisten, für euer Gebabbel, eure Coolness, eure Lebensart und die Highmat-Gefühle, die ihr auslöst, wenn wir euch zuhören …

Ihr alle, wir alle zusammen sind Elwenfels!